À PROPOS DE L'AUTRICE

Bronwyn Scott est professeur de communication aux États-Unis, et l'heureuse maman de trois enfants – un garçon et deux filles. Quand elle n'enseigne pas ou n'écrit pas, elle aime jouer du piano, voyager (en Italie, à Florence notamment) et étudier l'histoire et les langues étrangères. Elle tient également un blog qui lui permet d'échanger avec ses lectrices !

L'amante russe

*

Un prince pour une débutante

Collection : SAGAS

Titre original :
COMPROMISED BY THE PRINCE'S TOUCH

Ce roman a déjà été publié en 2019

HARPERCOLLINS FRANCE
83-85, boulevard Vincent-Auriol, 75646 PARIS CEDEX 13
Service Clients — www.harlequin.fr
ISBN 978-2-2805-0313-6 — ISSN 2426-993X

Édité par HarperCollins France.
Composition et mise en pages Nord Compo.
Imprimé en février 2024 par CPI Black Print (Barcelone)
en utilisant 100% d'électricité renouvelable.
Dépôt légal : mars 2024.

FSC
www.fsc.org
MIXTE
Papier issu de sources responsables
FSC® C159065

Pour limiter l'empreinte environnementale de ses livres, HarperCollins France s'engage à n'utiliser que du papier fabriqué à partir de bois provenant de forêts gérées durablement et de manière responsable.

BRONWYN SCOTT

L'amante russe

PRINCES DES STEPPES
VOLUME 1

Traduction française de
EMMANUELLE SANDER

SAGAS
HARLEQUIN

NOTE DE L'AUTRICE

Jouons au jeu de la vérité : qu'est-ce qui est vrai dans l'histoire de Nikolaï ?

Vrai : Le Kouban est une véritable région de Russie où se trouve la ville de Sotchi, qui a accueilli les jeux Olympiques d'hiver. Toutefois, il n'y a jamais eu de « royaume » ou de roi de Kouban comme celui mentionné dans cette histoire.

Vrai : La région du Kouban a effectivement été « créée » par la Russie au milieu des années 1700 pour faire office de tampon entre l'Empire ottoman et la Russie, et afin que la Russie puisse revendiquer la Crimée. La guerre entre la Russie et la Turquie de 1768 à 1774 n'a fait qu'attiser la situation.

Vrai : Une grande partie de la population qui a peuplé cette région était composée de cosaques originaires des contrées alentour.

Vrai : Les cosaques étaient et sont toujours connus pour leurs grandes aptitudes à cheval pendant les batailles.

Vrai : Les deux rébellions citées dans le récit de Nikolaï ont réellement eu lieu. La révolte de 1825 que Nikolaï a voulu rejoindre s'est effectivement produite, mais s'est soldée par un échec.

Vrai : Les rébellions étaient conduites par des officiers qui avaient des relais dans le palais. L'Union du Salut était une véritable société secrète en Russie.

Faux : Il n'existe aucune preuve historique selon laquelle la Grande-Bretagne ait soutenu ou financé à l'aide de fonds privés ou autres la rébellion. L'intrigue autour du trafic d'armes est une invention de ma part. Toutefois, d'un point de vue historique, les membres de l'Union du Salut avaient bien des « idéaux britanniques » en matière de gouvernement et d'industrialisation.

Vrai : Au début du XIXe siècle, Soho était un quartier d'immigrés, tout comme celui où Nikolaï a créé son école d'équitation.

J'espère que vous aimerez l'histoire de Nikolaï et de Klara sur cette toile de fond à la fois réelle et imaginaire !

À Joe, Alexis et à toute l'équipe de l'Aleron, qui nous ont si bien accueillis dans l'univers équestre de notre fille.

1

Londres — fin de l'hiver 1823

Saint Jean l'évangéliste s'était complètement trompé à propos de la fin du monde. Au cours de cette dernière heure, le prince Nikolaï Baklanov venait d'avoir une révélation tout à fait personnelle : les quatre cavaliers de l'Apocalypse n'étaient pas du tout des hommes armés d'épées mais quatre jeunes ladies accompagnées de leurs redoutables mères prêtes à affûter leurs lames. En criant pour la troisième fois à Miss Ransome de négocier avec souplesse ses virages, Nikolaï était convaincu que le monde tel qu'il le connaissait n'allait pas être anéanti par les guerres et la peste. C'était plutôt sa patience qui allait être réduite en miettes durant ces jeudis après-midi où ces jeunes filles sciaient la bouche de leurs chevaux sans se soucier des instructions qu'il répétait inlassablement.

— Baissez les talons, Miss Edgars, ou vous risquez d'être désarçonnée au moindre écart de votre monture ! Miss Kenmore, rappelez-vous la règle de l'épaule gauche, sauf si vous voulez entrer en collision avec Miss Ransome !

Il criait ses ordres depuis le centre du manège de Fozard, l'une des meilleures écoles d'équitation de Londres. Mais il n'y avait rien d'exceptionnel dans les aptitudes de ces quatre jeunes filles qui trottaient autour de lui. Ou plutôt trois.

— Miss Calhoun, au nom du ciel, pourquoi vous êtes-vous arrêtée ?

— C'est mon cheval qui s'est arrêté, pas moi.

La jeune fille gâtée rejeta en arrière ses boucles brillantes recouvertes d'un coûteux chapeau haut de forme et lui décocha une moue qui découlait d'un entraînement plus intensif que ses leçons d'équitation.

— Je vous rappelle que c'est vous qui commandez, Miss Calhoun, répondit Nikolaï, prêt à perdre patience.

La leçon allait bientôt se terminer. Il ne lui en restait plus qu'une avant la fin de la journée. Qui aurait cru qu'apprendre à quatre filles à monter à cheval serait plus difficile que de diriger tout un régiment ?

— Mais..., commença à geindre Miss Calhoun.

Nikolaï sentit son sang bouillonner. Comment ? Elle osait lui tenir tête, à lui, un prince de Kouban ? Lui qui avait mené et entraîné la cavalerie de son pays ? Lui qui excellait dans l'art de l'équitation ? Nikolaï haussa le ton pour couvrir ses excuses.

— Il n'y a pas de « mais », Miss Calhoun. Faites avancer votre cheval ou je le ferai pour vous !

Des murmures choqués montèrent des gradins où les mères des jeunes demoiselles et leurs servantes les surveillaient de près. Nikolaï savait ce qu'elles se murmuraient entre elles : elles discutaient de l'intérêt de l'interpeller sur la rudesse de son ton. Allaient-elles prendre le risque de le contrarier ? Ou bien le laisseraient-elles réprimander Miss Calhoun dans l'espoir de retenir son attention ?

Nikolaï ne se faisait pas d'illusions. Elles n'étaient ici que dans un seul but : se faire remarquer et gagner son affection. Toutes ces élèves, ces jeunes filles bien élevées de l'aristocratie britannique, n'étaient là que pour attirer dans leurs filets un prince étranger. Même si ce dernier était en exil et venait d'un endroit dont la plupart n'avaient jamais entendu parler, cela semblait leur suffire. Et peu leur importait qu'il ne soit prêt à accepter aucune de ces offres. Il était arrivé à Londres depuis deux mois, depuis les fêtes de Noël, et l'activité de Fozard avait augmenté de manière exponentielle, ce qui était un exploit puisqu'une grande partie de la société londonienne se trouvait en villégiature à la campagne.

Les murmures cessèrent bientôt. Le jury des mères avait décidé de ne pas lui faire remarquer le ton qu'il avait employé.

— Très bien, ladies, ce sera tout pour aujourd'hui. Descendez de vos montures et amenez-les aux palefreniers, lança Nikolaï en se dirigeant vers la porte.

Ses paroles fusaient aussi rapidement que ses pas. S'il parvenait à s'en aller assez vite, il pourrait éviter les échanges de politesses avec les mères jusqu'à la prochaine leçon. Il avança vers la pièce réservée aux instructeurs et se faufila à l'intérieur en soupirant de soulagement. Finalement, il avait eu un peu de chance aujourd'hui.

— Eh bien, Nik, je vois que tu as survécu aux quatre miss.

Peter Crenshaw, l'un des autres instructeurs qui nettoyait une selle, leva les yeux vers lui.

— Difficilement. Encore un cours et j'en ai terminé.

Terminé avec cette journée qui avait si mal commencé et qui n'avait fait qu'empirer. La matinée avait démarré avec Lady Marwood qui avait glissé dans sa poche une clé accompagnée d'une note dans laquelle elle lui faisait clairement comprendre qu'elle était plus intéressée par le monter, lui, plutôt que la jolie jument alezane que son vieux mari éperdument épris d'elle lui avait achetée la semaine dernière chez Tattersall. Les quatre cavalières de l'Apocalypse avaient clos l'après-midi. Nikolaï aurait donné cher pour avoir pour élève un gars costaud capable de sauter un obstacle.

Peter lui lança un regard goguenard.

— Tu peux toujours démissionner. Tu n'as pas besoin de supporter ces jeunes ladies.

Nikolaï ne manqua pas de remarquer la pointe d'envie qui perçait dans ses propos. Peter avait besoin de travailler. Il lui fallait un salaire. Il était officier dans une armée sans avenir, et ne percevait qu'une demi-solde.

— Que ferais-je de mes journées si je ne venais pas ici ? demanda Nikolaï en haussant les épaules.

Lui aussi avait besoin de travailler, mais pour d'autres raisons que Peter. Il n'avait pas besoin d'un salaire, mais plutôt d'occuper son temps. Un an plus tôt, il était encore un officier de haut rang dans l'armée de Kouban. Il passait ses journées dehors, sur les champs de manœuvre de l'école de cavalerie, à diriger les opérations. La nuit, il se rendait dans des palais et fréquentait les plus belles femmes de Kouban : il valsait, il badinait, il avait des aventures lorsque l'envie l'en prenait. Un bouleversement politique avait changé sa vie, au moins en partie.

Depuis, il festoyait toujours la nuit. Londres n'était pas très différente de la cour flamboyante de Kouban, même si la saison n'avait pas encore commencé. Il y trouvait toujours de nombreuses jolies femmes prêtes à partager avec lui les plaisirs de la chair sans rechercher aucune attache. C'était exactement ce qu'il lui fallait. Mais pour ce qui concernait ses journées, il en allait tout autrement. Et combien !

Fidèle à ses vieilles habitudes de militaire, il se levait de bonne heure. Il avait fini par découvrir que les gentlemen de Londres commençaient rarement leurs journées avant 11 heures. Nikolaï marchait alors dans les rues et dans les parcs et regardait la ville s'éveiller. Il passait ensuite ses « matinées » — terme qu'il employait désormais dans un sens plus large depuis qu'elles s'étendaient de 11 à 14 heures — à s'occuper de sa nouvelle vie dans cette société : il faisait ses comptes, accumulait les adhésions à des clubs et prenait soin de ses chevaux. Il gérait tout cela vite et bien, sans fournir le moindre effort. Il avait passé des après-midi entières à visiter la ville avec ses camarades de Kouban, ses amis qui avaient fui avec lui. Mais une fois tout cela terminé, une fois tous les éléments en place pour commencer son existence londonienne, comment allait-il occuper son temps ?

Il s'était retrouvé désœuvré. Pas étonnant que les gentlemen anglais se lèvent si tard le matin. Il n'y avait rien à faire, rien qui suscite l'envie. Il s'était donc rendu chez Fozard, un lieu où se trouvaient des chevaux, un endroit où il savait comment vivre, jusqu'à un certain point. Il était douloureusement conscient que ce constat n'était pas tout à fait exact. Il était habitué à former des hommes disciplinés, et non des jeunes filles trop gâtées. Mais ce travail ferait l'affaire jusqu'à ce qu'il trouve sa place dans cette nouvelle vie et qu'il sache quel homme il voulait devenir. Cette question le taraudait beaucoup ces derniers jours. Cela faisait presque un an qu'il était en Angleterre et il n'avait pas encore trouvé de réponse. Son désir de créer sa propre école d'équitation était resté au rang d'espoir.

Nikolaï saisit la fiche où étaient consignées les informations sur sa dernière cliente. Il la lut une fois, puis plus lentement, plus attentivement, tandis que les poils sur sa nuque se hérissaient. Il s'agissait d'une certaine Miss Klara Grigorieva, fille de diplomate. Une autre « miss », évidemment. C'était tout ce que le destin lui avait réservé pour aujourd'hui. Il s'interrogea aussitôt sur ses talents d'écuyère, qui devaient être plutôt maigres. Il ne pouvait qu'imaginer à quel point elle devait mal se tenir en selle. Les filles de diplomates étaient maîtresses dans l'art de recevoir des invités pour le thé l'après-midi et les dîners le soir. Elles savaient peut-être parler une ou deux langues étrangères et tenir une conversation sur une multitude de sujets. Mais elles n'étaient pas des cavalières.

Cet aspect n'était pas sa seule source d'inquiétude, mais plutôt le fait qu'elle soit russe. Klara Grigorieva était la fille de l'ambassadeur de Russie, ce qui expliquait pourquoi on l'avait choisi, lui, pour être son instructeur. Ce que l'on ignorait chez Fozard, c'était les soupçons que ce choix éveillerait en lui. Celui-ci dissimulait-il des intentions plus sombres ? Cette demoiselle avait-elle été envoyée pour le débusquer ? Kouban était-il finalement parvenu à le retrouver ? Nikolaï préféra ne pas y penser. Il ne trouverait pas de réponses en restant planté là. Il était 16 heures. Le spectacle allait commencer.

Sauf qu'il ne la voyait pas. Elle ne se trouvait pas dans la salle d'attente. Elle n'était pas dans les allées à flatter l'encolure des chevaux, ni dans les divers endroits où les autres filles aimaient se promener. Pour l'heure, ils risquaient de commencer la leçon en retard et, pour couronner le tout, quelqu'un se trouvait déjà sur la piste. Tout le monde savait pourtant qu'il avait encore une leçon à donner avant de la libérer et de laisser les instructeurs se consacrer à leurs entraînements personnels.

Nikolaï avança à grands pas vers la barrière qui entourait le manège, prêt à arrêter l'intrus. Mais il resta interdit. Quelle que soit cette personne, c'était un excellent cavalier : il avait une bonne assiette, son dos était droit, ses épaules bien en arrière et ses coudes collés au buste. Il poussa le cheval au petit galop d'un geste imperceptible de la main et des genoux. Nikolaï suivit sa trajectoire jusqu'à l'obstacle au centre de la piste, obstacle qui était devenu purement décoratif. Ses élèves n'y aspiraient certainement pas, d'autant que la barrière était placée à un mètre du sol, suffisamment haut donc pour les en dissuader. Le cavalier devait savoir ce qu'il faisait. Il se pencha sur l'encolure du cheval et ils franchirent aisément le faux mur. Le destrier était capable de sauter bien plus haut. Nikolaï l'avait vu à la pliure de ses genoux par-dessus l'obstacle. Il avait également remarqué que l'animal n'appartenait pas à l'écurie de l'école. Le cavalier n'était donc pas un instructeur, ce qui l'amena à la question suivante : qui était-ce ?

L'homme fit demi-tour et s'apprêta à franchir une nouvelle fois l'obstacle en partant de l'autre côté. Nikolaï aperçut alors son visage : ses pommettes hautes, la ligne fine mais ferme de sa mâchoire, presque féminine sous sa bombe, l'intensité de ses yeux émeraude fixés sur l'obstacle. Nikolaï ignorait si l'individu l'avait vu. Le cheval et le cavalier sautèrent à nouveau puis vinrent se camper face à lui, au niveau de la barrière.

L'homme défit la lanière de sa bombe et l'enleva avant de secouer un flot de boucles châtaines. Ce n'était pas un cavalier, mais une cavalière ! Un sourire pas vraiment chaleureux dansait sur ses lèvres sensuelles.

— Nikolaï Baklanov, je suppose ? lança-t-elle en rejetant en arrière ses boucles brillantes avec insolence. Vous êtes en retard.

— Vous montez sans autorisation ni surveillance. Klara Grigorieva, je suppose ? riposta Nikolaï.

Mieux valait commencer comme il l'avait prévu avec cette miss condescendante dotée d'une bonne dose d'arrogance, à défaut d'avoir du bon sens. Nikolaï plaça sa botte sur le barreau de la barrière et détailla sa nouvelle élève de la tête aux pieds.

— Vous êtes la fille de l'ambassadeur de Russie ? demanda-t-il.

Elle descendit de cheval.

— Effectivement, et voici Zvezda, ma jument, annonça-t-elle avec un large sourire, le regard brillant. Vous êtes surpris ? Ce n'était pas ce à quoi vous vous attendiez ?

— Non, pas du tout.

Elle était également très grande pour une femme, et sa taille était mise encore plus en valeur par les vêtements d'homme qu'elle portait. Sa culotte moulait ses longues jambes et soulignait la finesse de sa taille jusqu'où cascadaient ses cheveux. Son visage aurait pu rivaliser avec celui de la Belle Hélène. Ses traits étaient un merveilleux mélange d'exotisme oriental, avec ses yeux en amande surmontés de sourcils noirs et ses pommettes hautes hérités de ses ancêtres russes, et de beauté anglaise classique, avec sa mâchoire délicate. Sa figure reflétait un parfait équilibre entre force et féminité.

— Non, pas du tout ? répéta-t-elle. Que voulez-vous dire ? Que vous n'êtes pas surpris du tout, ou que ce n'était pas du tout ce à quoi vous vous attendiez ?

Nikolaï posa une main sur la bride du cheval.

— Vous savez très bien que vous aviez l'avantage sur moi.

Mais il n'allait pas se laisser intimider par cette surprise. Pas plus qu'il ne la laisserait prendre l'avantage. Les femmes audacieuses étaient séduisantes, jusqu'à un certain point.

— Je pense que vous aimez surprendre les gens, Miss Grigorieva, ajouta-t-il.

Étonnant : la fille de l'ambassadeur avait un côté rebelle. Il caressa l'encolure du cheval à la recherche d'un terrain plus neutre. Mieux valait éviter que leur première rencontre ne soit trop tendue.

— *Zvezda*, cela veut dire « étoile » en russe.

Les prunelles de la miss étincelèrent. Elle l'ignorait. Intéressant.

— Joli nom pour ce splendide animal, souligna-t-il.

La jument était un très beau spécimen anglais, portant un nom russe, apparemment comme cette fille. Klara était cependant un prénom qui pouvait provenir de ces deux pays, contrairement à Grigorieva. Nikolaï observa attentivement la créature anglo-russe qui se tenait devant lui.

— Pourquoi êtes-vous venue me voir, Miss Grigorieva ?

Il laissa son regard se promener sur elle et afficher clairement ce que sous-entendaient ses paroles. Si elle voulait jouer avec le feu, il était prêt à craquer l'allumette.

— Je suis venue prendre des leçons, bien sûr. Ceci est bien une école d'équitation, répondit-elle sans ciller.

— Vous montez déjà extrêmement bien, comme vous devez certainement le savoir.

— On m'a dit que vous étiez le meilleur professeur. Cette raison n'est-elle pas suffisante ?

— Le meilleur en quoi ?

La question était provocante et ne correspondait guère à ce qu'un homme pouvait se permettre de dire à une jeune femme non mariée. Mais celle-ci n'était pas « ordinaire ». Il suffisait d'observer la culotte qu'elle portait en lieu et place de la tenue d'équitation de rigueur pour le comprendre. L'homme espiègle qu'il y avait en lui rêvait de faire tomber Miss Grigorieva de son grand cheval, alors que l'officier voulait la contrôler et maîtriser le danger qu'elle pouvait représenter.

— En équitation, répliqua-t-elle en haussant froidement les sourcils, comme pour appuyer des insinuations qu'elle seule pouvait comprendre.

Elle se tourna vers Zvezda, s'empara du pommeau de la selle et s'agrippa à la crinière de la jument.

— Pouvez-vous m'aider, s'il vous plaît ? demanda-t-elle.

Elle venait de marquer un point, songea tristement Nikolaï. Il croisa les doigts pour qu'elle puisse y placer sa botte, extrêmement conscient de la courbe de ses hanches et de ses fesses, si proches de son visage qu'il aurait pu y déposer un baiser tandis qu'il l'aidait à se mettre en selle. Il opta pour une attitude professionnelle et détachée.

— Essayons de franchir à nouveau l'obstacle. Cette fois, je veux que vous comptiez vos pas. Tout le monde est capable de sauter avec un peu de courage, dit-il en la mettant au défi. Mais tout le monde ne peut pas le faire en comptant ses pas. C'est un véritable art. Faites-le en cinq pas.

Nikolaï dessina une ligne dans le sable avec sa botte.

— À partir d'ici, précisa-t-il.

— Je le ferai en quatre, rétorqua-t-elle en accrochant sa bombe.

— Je vous ai demandé de le faire en cinq, répondit Nikolaï d'un air sévère.

Si cela s'était produit dans son régiment, il aurait fouetté le soldat pour une telle insubordination.

— Si vous voulez travailler avec moi, j'attends de vous que vous obéissiez, ainsi que votre cheval, Miss Grigorieva. Êtes-vous prête à le faire ?

Elle fit tourner la jument blanche sur elle-même avec prétention mais Nikolaï eut le temps de voir ses joues s'empourprer. Ainsi, Miss Grigorieva n'était pas rompue à la discipline. Ses manières hautaines parlaient pour elle. Elle avait l'habitude que les gens lui passent tous ses caprices, et non le contraire. Elle sauta l'obstacle en cinq pas, mais le cinquième fut quelque peu esquivé lorsque le cheval bondit. Elle avait démarré trop vite et la jument avait déjà parcouru trop de terrain.

— Recommencez, Miss Grigorieva ! lança Nikolaï. Cette fois en cinq pas réguliers, afin de donner l'impression que c'était voulu.

Elle lui lança un regard noir qui le fit rire doucement. Une partie de lui allait aimer dompter la fille du diplomate, mais une autre risquait de le regretter. Nikolaï ignorait laquelle l'emporterait sur l'autre.

— Baissez les talons, Miss Grigorieva. Essayez encore.

Londres venait soudain de devenir plus intéressante, sinon plus dangereuse.

2

« Baissez les talons » ? C'était une plaisanterie ? Personne ne lui avait parlé ainsi depuis des années. Elle n'était pas une débutante et pourtant elle s'aperçut à contrecœur qu'il restait encore un peu de place dans les étriers, preuve qu'elle pouvait effectivement améliorer sa posture. Elle fit pivoter Zvezda et l'orienta en direction de l'obstacle. Cinq pas réguliers. Elle allait montrer à cet arrogant prince russe la perfection de son mouvement. Baisser les talons. Pff. C'était la dernière fois qu'elle lui donnerait l'occasion de la prendre en défaut.

Ils travaillèrent sur le décompte des pas le reste de l'heure jusqu'à ce que la jument soit fatiguée, mais pas trop en sueur. Les chevaux qui transpiraient trop prenaient facilement froid en hiver. Nikolaï Baklanov était très attentif non seulement au cheval, mais aussi à la cavalière. Il était en droit de se montrer arrogant, car sa réputation était à la hauteur de ses compétences. Même avec son expérience, Klara avait appris plusieurs petites choses pendant sa leçon, ce qui l'étonnait fort car elle ne s'y attendait guère. Elle n'était pas venue pour cela. Elle avait plutôt été envoyée en mission pour mener une enquête approfondie sur le jeune prince de Kouban. Il était à Londres depuis plusieurs mois et avait donc disposé d'assez de temps pour venir trouver l'ambassadeur. Comme il n'en avait rien fait, son père avait décidé d'envoyer sa fille lui rendre visite. Klara s'était donc présentée devant le prince Baklanov pour se faire une opinion.

Elle descendit de son cheval et le fit marcher le temps que

son corps se refroidisse. Le prince lui emboîta le pas et passa en revue les points qu'elle devait travailler dans le courant de la semaine. Elle l'imaginait aisément donnant la même litanie d'instructions à ses troupes. Il paraissait grand à ses côtés, ce qui était nouveau pour elle. Elle pouvait regarder la plupart des hommes dans les yeux, mais sa tête arrivait à peine à la hauteur des larges épaules du prince.

L'homme était indéniablement un cavalier de très haut niveau. Avec ses longues jambes, ses cuisses musclées et saillantes même à travers le tissu de son pantalon, et ses hanches étroites, il avait le physique rêvé pour monter à cheval. Il était tout en muscle, sans la moindre once de graisse. Ce n'était pas un dandy, comme tous ces officiers de cavalerie qui avaient obtenu leur grade grâce à l'argent de leurs parents et à leur naissance. Cet homme était un guerrier, comme en témoignaient ses longs cheveux noirs qui flottaient librement sur ses épaules. Sa mâchoire était ferme et sévère, et ses traits paraissaient taillés à la serpe. Toute femme pourrait contempler ce visage pendant des heures et se perdre dans la profondeur sombre de ses prunelles, des yeux chargés de secrets. Cet homme savait comment se montrer dangereux aussi bien pour les hommes que pour les femmes, guerrier pour les uns, amant pour les autres. Et visiblement, il ne verrait pas d'un bon œil d'être manipulé.

— Vous avez un cheval, ici ? demanda-t-elle après avoir écouté ses instructions.

Les hommes aimaient parler d'eux. Ce genre de conversation était toujours sûre, et utile. C'était d'ailleurs la raison de sa présence ici : avoir une conversation utile avec le prince Baklanov. Les hommes livraient immanquablement quelques indices sur eux, dans leurs paroles lorsqu'elle avait de la chance, mais aussi de manière plus subtile : au ton de leur voix, à leurs gestes, leur façon de se tenir.

— J'en ai trois, en réalité.

Il sourit en mentionnant ses chevaux, et cela métamorphosa totalement ses traits. Il troqua sa sévérité stoïque de guerrier contre une beauté à couper le souffle. Zvezda s'était rafraîchie et ils l'emmenèrent à l'extérieur du manège, vers l'allée qui conduisait à son écurie.

— Nous allons passer devant eux, dit-il en hochant la tête vers la gauche.

Il mit une main dans la poche de son manteau pour en sortir une friandise en passant devant le premier box.

— Voici Cossack. C'est un cheval russe du Don.

— Ce doit être votre cheval de cavalerie.

Klara passa en revue l'alezan tout en muscle et observa la robe brillante de l'animal.

— Il est magnifique, le complimenta-t-elle.

Mais elle comprit que son commentaire ainsi que sa connaissance des chevaux le surprirent.

— Oui. Je l'ai emmené quand j'ai quitté Kouban.

Elle perçut la mélancolie dans sa voix. Peut-être aurait-il préféré ne pas partir ? Le prince avança vers le box suivant.

— Je vous présente Balkan, mon étalon.

Il passa une main affectueuse sur la longue encolure du cheval à la robe tellement sombre qu'elle paraissait presque noire.

— Laissez-moi deviner.

Klara remarqua son dos court et la hauteur de son garrot.

— C'est un kabardin ou peut-être un karachai.

— Bravo !

Il lui décocha un autre superbe sourire.

— Vous avez quelques connaissances de notre mère patrie, alors.

Ce fut à elle alors de se sentir mal à l'aise face à sa perspicacité.

— Je connais quelques petites choses sur les races de chevaux, répondit vaguement Klara en conduisant sa jument vers son box.

Elle saisit la couverture suspendue à l'entrée et pénétra dans la stalle.

— Comment les avez-vous acquises ? demanda le prince en s'appuyant contre le chambranle de la porte, les bras croisés.

Il la suivit du regard pendant qu'elle passait la couverture sur le dos de Zvezda.

— Vous ignoriez ce que signifiait *zvezda* lorsque je vous l'ai dit, ajouta-t-il. Vous ne parlez pas le russe et je pense que votre mère est anglaise.

Il s'écarta du mur et s'avança pour nouer les sangles de la couverture. Que pouvait penser ce prince d'une femme qui ne savait rien de ses racines ?

— J'ai quitté la Russie quand j'étais enfant. C'est vrai, je n'en ai que très peu de souvenirs. Nous avons vécu à Saint-Pétersbourg pendant trois années à partir de mes quatre ans. Nous passions l'été à la campagne, près de Peterhof. C'est ce que l'on m'a dit. Je me souviens des pelouses autour de la propriété. L'herbe était aussi haute que moi et j'entendais le vent souffler à travers.

Elle chérissait ces souvenirs. À l'époque, elle restait couchée pendant des heures dans ces hautes herbes à regarder le ciel, heureuse et insouciante, sans se douter que son séjour à Saint-Pétersbourg finirait si tristement.

Personne ne se souciait vraiment d'elle mais elle ne comprendrait pourquoi que beaucoup plus tard. Elle avait été heureuse. Elle allait où elle voulait, faisait ce qu'elle voulait. Elle vivait de magnifiques aventures. Son retour en Angleterre y avait mis un terme, à l'exception des chevaux. Elle serait devenue folle sans eux. L'Angleterre avait marqué le début des précepteurs, puis des écoles privées, les meilleures pour une jeune fille élevée dans le but de devenir une parfaite lady anglaise et d'épouser un duc. Son héritage russe ne devait être rien d'autre qu'un trait original à exhiber, comme on montrerait ses talents dans un salon. C'était quelque chose d'intéressant et de divertissant, mais que l'on ne pouvait pas prendre au sérieux, pas même elle, même si elle était en désaccord sur ce point avec son père. Elle rêvait de découvrir cette partie d'elle-même, en mourait d'envie, même si son père avait promis à sa mère juste avant sa mort de l'élever comme une rose anglaise.

— Saint-Pétersbourg est très loin des steppes de Kouban, observa le prince d'une voix neutre.

Klara eut à ce moment le sentiment que c'était elle qui se livrait, alors que c'était exactement le contraire de ce qu'elle attendait de cette rencontre. Cela la rendit nerveuse. Qu'avait-elle fait ? Quels secrets avait-elle révélés par inadvertance ? Elle tenta de lui arracher un sourire en faisant preuve d'humour.

— Nous ne pouvons pas tous être des officiers de cavalerie patriotes.

Ses efforts furent vains. Sa remarque se voulait être un compliment mais elle évoquait quelque chose de plus sombre. Elle vit le visage du prince se fermer.

— Qui vous a dit que j'étais un patriote ? Venez, vous n'avez pas vu mon dernier cheval. C'est une Cleveland Bay. Je l'ai achetée à mon arrivée. J'avais bon espoir de la croiser avec mon étalon kabardin.

Toute possibilité de poursuivre sur la lancée de son commentaire s'évanouit avec le discours du prince sur la reproduction de ses chevaux. Klara était certaine qu'il l'avait fait intentionnellement. Sa remarque sur le patriotisme l'avait rendu nerveux. Elle s'était approchée de très près de quelque chose. Ils caressèrent la Cleveland Bay et parlèrent des juments et des chevaux en général. C'était un terrain sûr pour tous les deux, mais Klara était consciente qu'un climat de méfiance s'était installé. Ils se tenaient sur leurs gardes à présent, se protégeaient, et veillaient à ne pas trop se livrer accidentellement devant un étranger. Klara ne voulait pas lui en dire plus sur elle et sur son manque de connaissance de la Russie. Elle était gênée qu'il l'ait découvert si facilement et si peu de temps après leur rencontre.

Serait-il aussi dégoûté qu'elle l'était s'il en connaissait les raisons, s'il découvrait qu'elle avait été formée pour être un pion de valeur dans un jeu dangereux auquel elle ne pouvait se soustraire ? Y accorderait-il seulement de l'importance ? Pour être dégoûté par une personne, il fallait d'abord s'y intéresser. Il était son professeur d'équitation, rien de plus. Et quant à lui, que lui cachait-il ? Que protégeait-il ? Pourquoi ? Et plus important encore, pourquoi le prince pensait-il que la fille d'un diplomate pouvait s'intéresser à ses secrets ? Dans son cas, s'il s'en souciait cela signifiait que ses secrets étaient précieux, et qu'il ne voulait pas les partager. C'était précisément ce que son père soupçonnait.

Bientôt, un garçon d'écurie leur annonça l'arrivée de la voiture de son père, et Nikolaï la salua poliment d'un signe de tête.

— Il est temps de vous dire *do svidaniya*, Miss Grigorieva.

Il se pencha vers elle et elle sentit des effluves d'homme et d'animal sur lui. Cette fragrance n'était pas si déplaisante pour une femme qui préférait les chevaux aux dandys de la haute société.

— Cela veut dire « à bientôt », précisa-t-il.

— Pourquoi êtes-vous si sûr que je vais revenir ? dit-elle à voix basse en détaillant les traits de son visage.

Elle jouait avec lui comme il l'avait fait avec elle, avec des propos personnels et des regards appuyés.

— Vous n'avez pas trouvé ce que vous étiez venue chercher, Miss Grigorieva. Vous allez revenir. Voulez-vous attendre mardi prochain, ou bien voulez-vous essayer un peu plus tôt ? J'ai un créneau lundi.

— Lundi ? Mais c'est dans trois jours, rétorqua-t-elle avec audace et une assurance qu'elle était loin de ressentir.

Cet homme avait le don de la déstabiliser aux moments les plus inattendus. Que croyait-il qu'elle cherchait ? Elle le savait à peine elle-même.

— Que diriez-vous d'une promenade à cheval samedi, au parc ? proposa-t-elle. Vous pourrez venir avec Balkan. Venez me chercher à 14 heures.

Elle marqua une pause.

— Sauf si vous craignez que je ne puisse obtenir le reste de ce que je suis venue chercher.

Il esquissa un sourire narquois de guerrier qui déclencha en elle un frisson tout à fait déplacé chez une lady, et ce malgré l'aversion qu'elle éprouvait à l'égard des hommes arrogants. Manifestement, le prince était une exception à la règle.

— Ce n'est pas moi qui devrais être inquiet, Miss Grigorieva. À 14 heures, samedi.

— Tu devrais te méfier, Nik. Je n'aime pas du tout cette histoire, prévint Stepan au cours du dîner le soir même.

Illarion, Ruslan, Stepan et lui-même, tous des nobles expatriés de Kouban, étaient attablés autour d'une bouteille de vodka et le dernier *samogon* de Stepan, la version russe d'un John Barleycorn pour les Anglais. Boire ensemble faisait partie de leur rituel du soir au cours duquel ils essayaient de récréer leur ancienne vie à Kouban, quelque chose qui leur appartenait, quelque chose de confortable et de rassurant dans ce nouveau monde dans lequel ils essayaient de se frayer un chemin. Nikolaï tendit la main vers son ami pour qu'il remplisse son verre. Klara Grigorieva l'avait perturbé sur un plan qui n'était pas que politique. Elle avait également réveillé ses sens, chose qui ne lui était plus arrivée depuis qu'il avait quitté Kouban. Il croyait que sa dernière altercation avec une femme, qui avait failli lui être fatale, l'avait immunisé contre le charme féminin. Manifestement, ce n'était pas le cas. L'homme en lui rêvait de la séduire, mais le guerrier l'appelait à la prudence, à l'instar de Stepan.

Pour l'heure, Nikolaï était heureux de laisser ses amis discuter de la question à sa place. À sa droite, Illarion, éternel romantique, prônait l'indulgence.

— Gardons-nous de toute paranoïa. Cette fille n'est pas vraiment russe. Elle a grandi ici. D'après Nik, elle ne parle même pas notre langue. J'ai du mal à croire qu'elle soit invitée à participer aux discussions avec les conseillers de son père, ni même qu'elle s'y intéresse, comme la plupart des femmes anglaises.

— Contrairement à la plupart des femmes anglaises, riposta Stepan, son père est incontestablement russe. Et ambassadeur. C'est son travail de représenter les intérêts de la Russie en Angleterre.

Depuis qu'ils étaient à Londres, Stepan était devenu leur *adahop* officieux, celui vers qui ils se tournaient pour demander conseil.

— S'il y a une personne censée être loyale envers son pays, c'est bien l'ambassadeur.

C'était bien ça, le véritable problème. Peut-être que l'ambassadeur serait assez loyal pour avoir envie que le prince renégat, que l'homme recherché pour le meurtre d'un membre de la famille royale, soit renvoyé au pays. Car le risque était là : que Kouban réclame son retour et que le tsar n'ait de cesse de rechercher son principal fauteur de troubles tant que celui-ci était en exil.

Nikolaï commençait à regretter la décision du groupe de ne pas chercher à en savoir plus sur la situation russe à Londres. Les quatre hommes avaient décidé qu'il valait mieux vivre leur vie simplement et laisser l'ambassadeur venir à eux s'il s'intéressait aux quatre nouveaux citoyens russes qui étaient venus s'installer à Londres. Ce choix avait été simple. Ils avaient déjà tellement à faire pour reconstruire leur existence.

Cette stratégie avait fonctionné. À ce jour, l'ambassadeur ne s'était pas intéressé à eux. Mais aujourd'hui, la situation avait peut-être changé, sauf si Klara était vraiment celle qu'elle prétendait être : une élève de l'école d'équitation, une jeune fille anglaise qui cherchait à remplir ses longues journées vides jusqu'à son mariage.

Pourtant, ce scénario ne correspondait pas à la femme qu'il avait rencontrée. Au fond de lui, Nikolaï savait que cette hypothèse était fausse. Klara ne s'était pas présentée à lui simplement comme une élève. Il ignorait ce qu'elle attendait de lui, mais elle le désirait suffisamment pour ravaler sa fierté. Il avait bien vu comment il l'avait exaspérée en l'enjoignant de baisser les talons ou de compter ses pas. Elle était peut-être là pour monter à cheval, mais indubitablement aussi pour autre chose. Assis de l'autre côté de la table, Ruslan, qui faisait toujours preuve de diplomatie, appuya le conseil de Stepan.

— Avoue que cela peut paraître étrange. La fille de l'ambassadeur de Russie, qui est déjà une cavalière hors pair, se présente pour solliciter des leçons ? Dans les circonstances actuelles, on peut se demander dans quel but.

Ruslan les regarda tour à tour.

— Nous sommes tous d'étranges expatriés.

En effet, d'autant plus que cette expatriation était un déménagement « volontaire ». Nikolaï ignorait d'ailleurs si cette définition très large de « volontaire » s'appliquait à lui-même. Il n'avait pas vraiment eu le choix, sa seule autre option était la prison et un procès pour meurtre susceptible d'être requalifié en trahison. Jamais il ne l'aurait gagné. Il s'était opposé aux traditions du royaume beaucoup trop souvent. Que les charges qui pesaient contre lui soient légitimes n'était pas vraiment le problème, car le tsar avait de bonnes raisons de s'assurer qu'elles le soient. Il s'était heurté à la mentalité conservatrice du monarque à maintes reprises mais, cette fois, du sang avait été versé. Ainsi, lorsque son ami, le prince Dimitri Petrovich, un homme qui avait préféré abdiquer pour pouvoir épouser une femme qui lui était interdite d'après les lois de Kouban, lui avait écrit pour lui demander de ramener sa sœur en Angleterre saine et sauve, Nikolaï avait sauté sur l'occasion, autant par amitié que par intérêt personnel.

La requête de Dimitri était arrivée au moment où il n'était plus en sécurité à Kouban, pas plus que les trois hommes assis autour de cette table avec lui. Stepan Shevchenko l'avait aidé à s'échapper du donjon du tsar, et de manière impardonnable. Quant à Illarion Kutejnikov, dont la bonne renommée n'avait été due qu'à un cousin qui avait été général lors des dernières guerres, il était désormais indésirable après avoir écrit des poèmes pour protester contre les traditions du mariage à Kouban. Il y avait enfin Ruslan Pisarev, qui avait été plus ou moins mêlé à des opérations clandestines douteuses pour aider des personnes à quitter le pays. Ses relations, qui avaient permis à Nikolaï de s'échapper de Kouban sans que personne ne le remarque, étaient indubitablement la preuve de sa culpabilité.

Ils ne pouvaient plus revenir à Kouban maintenant, sauf Ruslan qui trouverait peut-être un moyen de rentrer un jour au pays. Pour l'heure, les quatre hommes étaient des princes exilés en terre étrangère. Ils ne devaient leur subsistance qu'aux bonnes grâces de Dimitri. Les premiers mois suivant leur arrivée en Angleterre, ils avaient séjourné chez lui et son épouse anglaise, Evie. Mais ils ne voulaient pas abuser de leur hospitalité, d'autant qu'Evie attendait un heureux événement. Leur ami avait fondé une famille. Il fallait donc qu'ils volent de leurs propres ailes. Mais même ce petit fragment d'indépendance était un leurre. Les quatre hommes étaient venus à Londres grâce à Dimitri, qui leur avait généreusement prêté sa résidence londonienne. Tous savaient que cette situation ne pouvait durer éternellement, malgré l'insistance de Dimitri. Ils allaient devoir se trouver un autre lieu de résidence. Mais pour l'instant, c'était tout ce dont ils disposaient, et cette idée était très nouvelle pour des princes qui possédaient des palais et des résidences d'été dépassant de loin leurs besoins.

Anciens princes, songea Nikolaï. Il fallait qu'il s'habitue à songer à lui-même en ces termes. Le mot « prince » n'était plus qu'un titre honorifique à présent. Ils n'avaient plus ni palais ni terres, plus aucun des attributs qui faisaient d'eux des princes. Ils avaient tout laissé derrière eux, avec l'espoir qu'on ne les leur confisquerait pas. Restait à savoir si Kouban les avait bel et bien laissés partir. Allaient-ils être poursuivis, ou bien Londres était-elle assez loin pour qu'ils soient hors de portée du bras vengeur de la mère Russie ?

Assis avec ses amis autour de la table, Nikolaï lisait cette question dans leurs regards. La belle et astucieuse Klara Grigorieva était-elle venue en reconnaissance et faisait-elle partie d'un projet plus vaste visant à ramener les princes chez eux ?

Si tel était le cas, étaient-ils tous concernés ou bien seulement lui ? Il était le seul contre lequel pesaient officiellement des charges. Jusqu'à ce qu'il en soit certain, la façon dont il choisirait de manœuvrer avec Miss Grigorieva pouvait tous les affecter. Pour le bien de ses amis, il devait savoir à quel danger il était confronté.

Nikolaï but d'un trait le *samogon* et se leva.

— Je me rendrai au parc avec elle samedi. Si elle est vraiment en train de me tendre un piège, le fait d'annuler notre rendez-vous risque de l'alerter sur nos soupçons. Je ne pourrai pas comprendre quelles sont ses intentions si je ne passe pas un peu de temps avec elle.

L'épreuve ne serait pas trop grande. Klara Grigorieva l'intriguait en tant que femme. Même sans ce besoin d'éclaircir les mystères qui l'entouraient, il se serait intéressé à elle, la fille d'un ambassadeur étranger élevée comme une Anglaise. Dès l'instant où elle avait ôté sa bombe pour secouer sa magnifique chevelure tout en lui reprochant d'être en retard, il avait réagi, tant sur le plan intellectuel que physique. Elle l'avait invité pour une promenade à cheval samedi. « Venez me chercher à 14 heures », avait-elle dit. Une femme comme elle, cela l'obligeait à rester sur ses gardes. Klara Grigorieva n'était pas faite pour les timorés, mais personne ne l'avait jamais traité de lâche.

3

Klara fit glisser son doigt posé sur l'atlas vers le sud. Elle partit de Saint-Pétersbourg, puis passa par Moscou et Kiev avant de s'immobiliser sur un endroit entre la mer Noire et les grandes steppes. Kouban. Le pays de Nikolaï Baklanov. Une terre de montagnes, de steppes, de prairies et de rivières. Elle passa le doigt sur les crêtes matérialisant le Caucase puis le long du fleuve. Une terre de climats tempérés et de montagnes abruptes, à en croire la carte. Une terre de contrastes, tout comme l'homme lui-même. On pouvait beaucoup en apprendre sur un homme quand on savait d'où il venait. Les hommes étaient les produits de leur pays. Les femmes aussi, d'ailleurs. Klara ne s'excluait pas de cette affirmation.

Elle gardait gravée dans son esprit l'image du sourire de Nikolaï. Cette expression avait complètement transformé son visage. Elle avait rendu l'homme accessible, ouvert à la possibilité pour une femme de sonder les mystères que cachaient ses prunelles sombres. Quels étaient-ils ? Qu'est-ce qui pouvait bien pousser un homme à quitter son pays ? Pas n'importe quel homme, mais un guerrier, un homme entraîné à se battre pour son pays, à le défendre. Qu'est-ce qui avait pu conduire un prince à donner des leçons d'équitation à des jeunes filles gâtées ? Les réponses à ces questions se tenaient certainement derrière ses yeux aussi durs que du granite. D'autres mystères, plus sensuels, planaient aussi autour de lui. C'était un homme de passions.

Klara n'avait pas oublié la façon dont il l'avait observée hier, car son examen ne s'était pas limité à sa manière de monter à cheval. Il l'avait visiblement trouvée attrayante, comme un homme séduit par une femme.

C'était bien cela qui le rendait dangereux, songea-t-elle en tapotant la page de l'atlas. Un prince russe déchu n'était pas le genre d'homme auquel son père la destinait, ce pour quoi il l'avait élevée. Mais l'obéissance ne suffisait pas à éteindre ce frisson d'excitation qui traversait son corps à l'idée de leur rendez-vous de samedi. Elle allait avoir l'occasion d'être de nouveau avec lui, de se livrer à des joutes verbales et de sonder ce qui se cachait sous la surface. Se montrerait-il badin avec elle ? La regarderait-il avec ses yeux de braise ? Lui ferait-il des allusions grivoises ? Lui sourirait-il ? Continuerait-il de s'intéresser à elle ? Accepterait-elle, tout en sachant qu'il fallait qu'elle veille à ne pas le laisser aller trop loin ? Elle était destinée à épouser l'un de ses pairs anglais, et ce très bientôt. Mais cela ne l'empêchait pas de se poser des questions. Que ressentirait-elle si elle faisait l'objet d'attentions de la part d'un homme comme lui ? S'il venait à éprouver de l'affection pour elle ?

Klara soupira tout en souhaitant être capable de voir au-delà de la carte. Quel pays pouvait engendrer un homme comme lui, avec de telles passions et tant d'énergie ? À quoi ressemblait le Kouban de Nikolaï ? Peut-être était-ce surtout l'idée de ce pays qui l'attirait vers lui. C'était plus simple à expliquer qu'une pure attirance physique. La Russie était le fruit défendu. Il fallait que Klara soit totalement anglaise, anglaise comme sa mère qui était morte à Saint-Pétersbourg à la fin de ce dernier été. Mais cet événement n'avait pas éteint la soif de Klara pour ce pays. Il n'avait fait que la rendre plus compréhensible.

Soudain, la porte de la bibliothèque s'ouvrit et son père entra. Klara posa rapidement un autre livre sur l'atlas. La voir étancher ce besoin de savoir ne pouvait que le blesser. La Russie lui avait pris sa femme. Il ne tolérerait pas qu'elle lui prenne sa fille. Son père s'avança vers la table, tout sourire.

— Enfin, nous avons le temps de nous parler, Klara.

Son père était un homme grand et beau d'une cinquantaine d'années, encore vigoureux pour son âge. Seuls les fils blancs dans ses cheveux indiquaient qu'il n'était plus aussi jeune qu'il le paraissait. Il tira une chaise vers lui et vint s'asseoir à côté d'elle.

— Dis-moi tout. Comment s'est passée ta leçon avec Baklanov ?

Son père était un homme bon, se rappela Klara. Il s'intéressait réellement à sa leçon. Il l'avait toujours encouragée à monter à cheval, et il était fier d'elle. Elle le savait avec certitude. Mais aujourd'hui il ne se souciait pas uniquement d'équitation. Il voulait connaître son avis sur le prince. Elle aurait dû se sentir fière de sa confiance, fière qu'il la laisse l'aider dans son travail. Et pourtant, elle ressentait une pointe de culpabilité, comme si le fait de se confier à son père faisait d'elle une espionne, un traître. Non, il ne fallait pas se laisser aller au mélodrame. Elle exagérait beaucoup trop cette première rencontre. Comment pouvait-elle trahir un homme qu'elle n'avait vu qu'une seule fois et dont elle ne savait rien ?

Mais peut-être se trompait-elle. Car, après seulement une entrevue, il lui semblait le connaître. Elle connaissait la caresse de son regard espiègle quand il jouait avec elle. Elle savait la compassion dont il était capable à l'égard de ses chevaux, elle avait vu sa délicatesse lorsqu'il flattait leurs longs museaux, elle l'avait entendue dans ses paroles. À présent, son père lui demandait ce qu'elle pensait de cet homme. Là résidait certainement le véritable problème. Elle voulait chérir cette rencontre, la garder pour elle au lieu de la livrer en pâture. Elle avait si peu de choses dans sa vie qui n'étaient pas liées au jeu de son père. Au fil du temps, ce jeu était devenu la base de leur relation.

Son père attendait, calme et patient, en face d'elle. Bien sûr, elle allait lui confier tout ce qu'elle avait appris pour la bonne cause. Sa cause.

— Le prince est un homme très talentueux. Nous avons travaillé sur la vitesse des pas. Même à mon niveau, il a trouvé des moyens de m'aider à progresser.

Son père l'écouta poliment avant de répondre :

— Et l'homme lui-même ? Quel est son caractère ?

— Il prend les choses très à cœur. C'est un homme engagé.

Elle se souvenait l'avoir entendu crier après la pauvre Miss Calhoun pendant qu'elle attendait dehors. Le prince donnait toujours le meilleur de lui-même et attendait la même chose de ceux qui l'entouraient.

— Ce sont des qualités très utiles, répondit son père d'un air songeur.

C'était sa manière d'évaluer les gens et leurs caractères. Pour lui, il n'y avait que deux catégories de personnes : utilisables et non utilisables. Peut-être aurait-elle dû se sentir reconnaissante d'entrer dans la première catégorie. Pourtant, certains jours, elle se demandait à quoi aurait ressemblé sa vie si son père ne l'avait pas jugée utile et l'avait laissée en dehors de ses manœuvres politiques, comme cela avait été le cas avant qu'une fièvre d'été et qu'une promesse faite sur un lit de mort la livrent aux rêves des autres.

L'espace d'un court instant, elle crut que ce bref compte rendu lui suffirait, mais son père en voulait plus.

— Crois-tu qu'il soit encore fidèle à son pays ou que sa loyauté ait changé ? Un homme ne quitte pas sa patrie sans raison.

— Après si peu de temps, je ne saurais le dire.

Elle ne mentait qu'à moitié. Elle songea à la mélancolie qu'elle avait perçue dans les propos de Nikolaï pendant qu'il lui parlait de ses chevaux. Il ne lui avait pas dit qu'il les avait « emmenés », mais qu'il ne pouvait pas « partir sans eux ». Un tel choix de langage supposait qu'il pensait encore à Kouban comme étant son pays. Cette nostalgie pouvait l'empêcher de briser des liens de loyauté.

— Tu as peut-être besoin de le fréquenter un peu plus, alors, dit son père en souriant. Un homme passionné et engagé pourrait nous être utile.

Nous. Un frisson courut dans son dos en entendant ce pronom évocateur. « Nous » voulait dire l'Union du Salut, ce groupe clandestin d'officiers et d'hommes politiques comme son père qui avaient comploté contre le tsar Alexandre de retour à Saint-Pétersbourg. L'Union avait déjà connu une défaite, trois ans plus tôt. Là résidait le danger. Ils étaient désormais contraints de conspirer depuis l'étranger ou dans la clandestinité pour que le jeu continue. Ce jeu fait d'intrigues était devenu la vie de son père, et elle désirait en faire partie afin d'obtenir son amour et son attention. Elle voulait lui prouver sa valeur.

C'était ainsi que les pions et les filles dévouées agissaient. Elles obéissaient à ceux qu'elles aimaient et les protégeaient. Elle ne se serait jamais mêlée de tout cela si sa mère avait été encore en vie, et son père non plus. Ils n'en auraient pas eu besoin. Klara étudia son visage. Vu de près, elle distinguait les premiers signes de l'âge, les ridules autour de sa bouche, la fatigue qui cernait ses yeux. C'était le prix à payer pour une vie passée entre deux pays. Il en voulait à la Russie, ce pays d'arriérés responsable du décès de sa femme. Elle avait contracté la fièvre alors qu'ils passaient l'été à la campagne, loin des eaux polluées de la ville qui se jetaient dans la Neva. La distance n'avait pas suffi, pas plus que les compétences du médecin de campagne. Les faits remontaient à 1810. En 1817, après leur victoire sur Napoléon et une tournée dans les pays à la frontière de la Russie, son père et d'autres partageaient cette idée : la mère patrie était en retard sur le reste de l'Europe, et ce sur tous les plans. La modernisation de la Russie était devenue la passion de son père, une façon de venger la mort de sa femme et de servir son pays.

— Quand dois-tu revoir le prince ? demanda-t-il.

Klara voyait clairement son esprit s'activer derrière ses yeux intelligents. Tous les jours ressemblaient à une partie d'échecs pour lui et elle s'y prêtait parce qu'elle aimait son père.

— Nous avons prévu une promenade à cheval samedi prochain. J'en découvrirai peut-être plus sur lui.

Elle ne dévoila rien de l'ombre qui avait traversé le regard de Nikolaï lorsqu'elle avait évoqué le patriotisme. Son père risquait de trouver ce détail très encourageant, même si la nostalgie du prince disait plutôt le contraire.

— Parfait. Invite-le à notre dîner avec le duc d'Amesbury. Le prince Baklanov sera le convive parfait. Le général Vasilev et les autres seront là. Nous pourrons tous nous faire notre propre opinion.

Klara acquiesça sans rien montrer de son aversion face à cette liste d'invités. Amesbury serait là. Or elle aurait préféré avoir le prince à dîner sans que le duc soit présent. Amesbury était un homme redoutable, avec des idées très arrêtées. Dans leur cercle, il était de notoriété publique que le duc était un politicard puissant qui s'intéressait aux relations russo-britanniques. Son père avait veillé à ce que les frontières au nord-ouest de l'Amérique soient placées dans l'intérêt du duc et de ses investissements dans le négoce des fourrures.

Klara ignorait ce que le duc lui avait donné en échange, mais il ne l'avait pas fait pour rien. Son père se faisait toujours rétribuer en échange de ses services ou de ses relations. Le duc avait lui aussi un avis très tranché sur le retard de la Russie. Le laisser exposer ses idées serait une excellente façon de tester la loyauté du prince Baklanov. Était-il un conservateur ou un progressiste ? songea Klara avec un pincement au cœur de culpabilité. Elle trouvait cela un peu injuste d'inviter le prince à dîner dans le seul but de le piéger. Elle devrait le mettre en garde, mais le pousser à cacher ce qu'il pensait vraiment ne pouvait que desservir son père. La journée de samedi risquait d'être… intéressante.

Le samedi arriva, accompagné d'un beau ciel bleu et d'un air frais et piquant. C'était une journée d'hiver rare et parfaite pour se promener. Tous les Londoniens allaient être de sortie. Même si la saison ne commençait pas officiellement avant trois mois, Londres était toujours très animée.

Aujourd'hui, Hyde Park fourmillait de cavaliers et de voitures, capotes baissées. Leurs passagers étaient emmitouflés dans des manteaux en fourrure pour se protéger du froid.

— Je suppose que le froid ne vous dérange pas.

Klara se tourna vers Nikolaï qui chevauchait à côté d'elle paré de son manteau et d'un cache-nez, une chapka sur la tête.

— Fait-il terriblement froid à Kouban pendant l'hiver ? demanda-t-elle d'un air innocent.

Elle préférait commencer son interrogatoire par des questions anodines. Tout le monde parlait du temps. Le prince partit à rire.

— C'est un euphémisme. Bien souvent, les températures ne dépassent pas zéro. Et bien sûr, nous avons de la neige. Ainsi que des montagnes. Et de la pluie aussi, beaucoup de pluie.

Sa voix était de nouveau empreinte de nostalgie, comme lors de sa première visite chez Fozard. Ainsi, elle n'avait pas rêvé.

— Votre pays vous manque ? Kouban et sa rudesse ?

Il acquiesça silencieusement, avant de déclarer :

— Les Anglais mettent un peu de temps à s'y habituer.

Nikolaï lui décocha un formidable sourire destiné à la déstabiliser, mais elle ne se laissa pas distraire.

— Pourquoi êtes-vous parti, alors ?

Peut-être que cette promenade informelle, que l'idée d'être entourés d'autres personnes, le pousserait à baisser la garde. Car que pouvait bien avoir de dangereux une question posée à haute voix et en public ? Qu'aurait-elle pu essayer de deviner ? Nikolaï était bien trop futé. Il répondit très vite, avec son air sérieux de professeur d'équitation.

— Je vous le dirai peut-être un jour, Miss Grigorieva, mais pas aujourd'hui.

— Klara, le corrigea-t-elle.

Elle ne savait que trop à quel point il était audacieux de demander à un homme de l'appeler par son prénom et ce qu'une telle proposition supposait comme autres privautés, mais si elle voulait que leur relation dépasse le stade de celle entre élève et professeur, il fallait se débarrasser de ces formalités.

— Appelez-moi Klara, au moins en privé, ajouta-t-elle, suggérant ainsi que leurs rapports pouvaient se placer sur plusieurs plans.

— Dans ce cas, vous devez m'appeler Nikolaï, répondit-il, le regard brillant.

Il avait bien relevé sa prudente invitation. Et mieux encore, il l'avait acceptée. Cela impliquait qu'elle-même avait remarqué son regard brûlant, qu'elle l'avait compris et même qu'elle était prête à passer à l'acte. Mais son invitation avait-elle été sincère ? Pouvait-elle se permettre de se montrer plus familière avec lui ?

En toute honnêteté, une part d'elle-même rêvait de savoir où ce genre de relation pouvait les mener. Mais la part qui souhaitait obéir à son père lui recommandait de ne pas s'engager dans quelque chose d'aussi inutile et insensé.

— Klara, répéta le prince d'une voix caressante qui conférait un caractère exotique à son prénom, comme un vrai prénom russe. Il prononçait les « a » de manière claire et ouverte, sans allonger les voyelles comme le faisaient les Anglais. Ce son si ordinaire lui parut beau, comme si son prénom était celui d'une séductrice, d'une femme dotée du pouvoir de captiver les hommes, de le captiver, lui.

— Ne connaissez-vous pas d'allées moins fréquentées ?

À présent, c'était lui qui faisait preuve d'audace en demandant à rester seul avec elle. Les possibilités inhérentes à une telle requête déclenchèrent en elle une série de frissons d'excitation. Elle n'était pas habituée à être affectée de cette manière par un homme.

— Je connais un endroit où nous pouvons faire boire les chevaux.

Elle désigna un chemin à travers les arbres, évitant de trop comparer Nikolaï aux gentlemen anglais avec lesquels elle avait fait ses débuts. Le lieu qu'elle avait en tête se trouvait à l'écart des cavaliers qui encombraient les allées. Elle allait pouvoir continuer de mener son enquête sous un autre angle. Arrivés près des arbres, ils descendirent de leurs montures et les conduisirent au bord de l'eau.

— Il arrive que la Serpentine gèle en hiver, dit-elle avec un sourire timide. Il est alors possible de patiner à la surface. Quand j'avais onze ans, je me souviens que la Tamise a gelé pendant un mois. Le vent était glacial. Mon père m'y a emmenée un jour. Cela me rappelait la Neva à Saint-Pétersbourg. J'avais quitté la Russie depuis quatre ans, et pourtant je m'en souvenais encore. La Neva gelait immanquablement tous les hivers de décembre à mars, et même parfois jusqu'en avril. J'allais patiner presque chaque jour avec ma *nyanya*.

Même après toutes ces années, le mot « nourrice » en russe lui vint facilement. Elle-même en fut surprise.

— Je n'y avais plus pensé depuis des années, ajouta-t-elle.

L'endroit où ils se tenaient était calme. L'eau était sombre et froide. Le moment parfait pour des révélations.

— J'étais très jeune à l'époque mais cet endroit me manque, avança-t-elle prudemment dans l'espoir que le prince lui livre quelques informations sur Kouban, sur lui-même, et qu'elle apprenne à mieux le connaître.

Que regrettait-il de son pays ? Il devait bien y avoir quelque chose qui lui manquait de Kouban pour qu'il réponde à ses remarques avec autant de nostalgie. Mais Nikolaï ne la suivit pas dans cette voie.

— Vous y retournerez un jour.

Il recentrait la conversation sur elle. Klara n'y accorda pas d'importance. Elle tenait dans sa réponse son ouverture. S'il ne lui disait pas pourquoi il était parti, peut-être lui confierait-il son projet d'y retourner.

— Et vous ? demanda-t-elle. Prévoyez-vous d'y retourner ?

Il n'y avait plus personne autour d'eux pour l'empêcher de lui répondre. Leurs chevaux s'arrêtèrent pour boire et il se tourna face à elle, une lueur d'avertissement dans les yeux.

— Je ne peux pas rentrer, Miss Grigorieva.

Il s'était exprimé durement, comme pour la punir d'avoir pénétré son espace privé.

— Est-ce la réponse que vous attendiez ? continua-t-il.

Elle était allée trop loin et regretta aussitôt de s'être ainsi immiscée dans sa vie privée. Elle recula involontairement d'un pas devant la violence de son ton.

— Je suis désolée, je ne voulais pas...

— Vous mêler de ce qui ne vous regarde pas ? répliqua sèchement Nikolaï en avançant vers elle. Vous l'avez fait intentionnellement, ne le niez pas. C'est ce que vous vouliez, et ce dès notre première rencontre.

Klara releva le menton en signe de défi. Elle venait d'être prise sur le fait mais elle ne voulait pas donner au prince la satisfaction de manifester de la honte ou de la lâcheté.

— Si vous vous étiez montré plus ouvert, je n'aurais pas eu besoin de me montrer indiscrète, se défendit-elle.

Elle recula encore d'un pas. À cette distance, il lui paraissait encore plus imposant que lorsque Zvezda se tenait entre eux, ou lorsqu'elle le regardait par-dessus le dos de sa jument.

— Pourquoi vous montreriez-vous indiscrète ? J'ignorais que les professeurs d'équitation devaient parler de leur vie privée à leurs élèves.

Nikolaï s'était encore avancé vers elle et elle dut faire un autre pas en arrière. Elle perdait du terrain et avait conscience que la teneur de leur conversation se transformait en une autre sorte de défi. La conscience qu'ils avaient l'un de l'autre était palpable.

— Tous vos élèves ne sont pas des filles de diplomates étrangers. Nous vivons sous l'œil de deux nations. Nous devons nous montrer prudents sur les personnes que nous fréquentons.

Ils se touchaient presque à présent, et Klara ne pouvait plus reculer. L'arbre dans son dos l'en empêchait.

— Je suis un prince qui ne peut plus retourner dans son royaume. Il faut que je veille, moi aussi, aux personnes que je fréquente.

Sa voix était douce comme une caresse, basse et rauque. Elle invitait à la prudence, non pour lui-même, mais pour elle. Klara comprit un peu trop tard l'avertissement. Sa bouche était déjà sur la sienne, réduisant la distance qui les séparait. Il l'embrassait à la manière d'un guerrier possessif et convaincant, comme un homme qui ne pouvait être mis au défi sans apporter de réponse. Klara répondit à ce défi avec un frisson de plaisir. Elle comprenait enfin ce que c'était qu'être embrassée. L'expérience n'avait rien à voir avec les rares baisers échangés à la hâte pendant sa première saison, avant qu'il soit clairement établi qu'elle était destinée au duc. Elle comprit alors que les gentlemen bien intentionnés bridaient leurs instincts les plus primitifs et n'embrassaient pas comme si le monde était en train de brûler. Il n'y avait rien d'altruiste chez le prince Nikolaï Baklanov en matière de séduction, et il voulait qu'elle le sache. Le guerrier comme l'amant ne faisait pas de prisonniers.

Mais ils pouvaient être deux à jouer à ce jeu. Klara enroula les bras autour de la nuque du prince pour l'attirer vers elle et se laissa aller contre lui. Elle sentait les courbes de son corps ferme tout en sachant qu'il percevait les siennes, plus douces. Elle osa explorer sa bouche et mordilla sa lèvre tout en le goûtant. Elle voulait lui communiquer certaines choses, elle aussi. Elle n'était pas l'une de ses élèves gâtées. Elle n'était pas du genre à se laisser intimider dès qu'on lui lançait un regard sévère ou que l'on haussait le ton. Elle n'avait pas peur de la passion. Elle ne craignait pas non plus de prendre ce qu'elle voulait, même chez Nikolaï. Elle excellait dans l'art de montrer aux autres l'image d'une femme qu'elle n'était pas en réalité. C'était plus simple que de montrer qui elle était vraiment : une femme contrainte de se marier, une femme qui ne savait rien du pays d'où elle venait, une femme piégée entre deux mondes. Elle enfouit les mains dans les cheveux de Nikolaï et les libéra de leur lien en cuir. Elle gémit alors de satisfaction tandis que le prince mordillait le lobe de son oreille.

Il marmonna en russe quelques jurons en entendant ce grognement mais elle n'avait pas besoin de les comprendre pour savoir ce qu'ils signifiaient : que leur baiser avait éveillé en lui la tentation de franchir des limites jusqu'alors confortables. Il s'écarta d'elle et elle croisa ses prunelles noires comme de l'onyx. Il avait le souffle court, comme s'il avait trouvé une certaine satisfaction à ce baiser et qu'il l'avait rompu à contrecœur. Mais avant de parler, elle perçut dans ses yeux cet éclat indiquant qu'il pouvait ne s'agir que d'un jeu conçu pour lui montrer ce qu'il en coûtait d'attiser un dragon comme lui.

— Pardonnez-moi, commença-t-il. Je ne voulais pas...

Une colère froide vint éteindre le brasier qui s'était emparé de son corps.

— Si, vous le vouliez. Vous aviez l'intention de m'embrasser depuis l'instant où nous nous sommes rencontrés.

— Vous avez raison, dit-il en hochant sèchement la tête. Nous sommes donc quittes.

Son audace la mit encore plus en colère. Elle rêvait de laisser libre cours à sa rage, de le frapper pour les libertés qu'il avait prises avec elle, mais cela lui ferait trop plaisir. C'était ce qu'il attendait, peut-être même le but recherché pour la tenir à distance. Il y avait trop de choses en jeu pour qu'elle se le permette, ou pour qu'elle lui fasse miroiter la moindre illusion de victoire. Elle préféra jouer son joker.

— Je ne crois pas. Mon père veut que vous veniez dîner chez nous.

Elle lui lança un regard où se mêlaient la colère et la défiance. Si elle avait appris quelque chose sur Nikolaï Baklanov, c'était qu'il ne reculait devant rien, surtout s'il croyait qu'elle pensait qu'il le ferait.

— Je viendrai.

Elle sentit de nouveau ce pincement de culpabilité. Un léger avertissement sauverait sa conscience sans qu'elle trahisse les intentions de son père.

— Ne voulez-vous pas savoir pourquoi ? dit-elle précipitamment.

Il ne lui restait plus beaucoup de temps. Les chevaux commençaient à s'énerver. Ils allaient bientôt devoir partir. Nikolaï lui lança un sourire si plein d'assurance que Klara se sentit frustrée.

— Ne vous inquiétez pas, *kotyonok moya*, je le sais déjà.

— Vous avez peut-être invité une vipère à dîner, avança le duc d'Amesbury depuis le confortable fauteuil dans lequel il était installé, face à la cheminée du bureau d'Alexei Grigoriev.

L'idée n'était pas nouvelle. Grigoriev était déjà conscient des risques qu'il prenait en invitant le prince russe à dîner. Amesbury observa d'un œil aiguisé l'ambassadeur qui faisait les cent pas devant les hautes fenêtres qui donnaient sur le jardin.

— Ou alors, riposta Grigoriev avec beaucoup plus d'optimisme qu'Amesbury, j'ai invité la solution parfaite à notre problème. Servir au mieux les intérêts de la Russie est toujours une résolution délicate, encore plus maintenant qu'ils ne sont plus défendus par ses dirigeants. Je pense qu'un prince en exil doit désirer ardemment deux choses : la vengeance et l'idée de récupérer sa place. Nous pouvons les lui offrir.

Amesbury réfléchit quelques instants à cet argument tandis que Grigoriev continuait sur sa lancée :

— C'est un candidat parfait : un officier de l'armée et un meneur d'hommes. Nous pouvons l'envoyer à Saint-Pétersbourg le moment venu pour soulever et rallier les troupes.

Ah. Il avait besoin d'un homme pour jouer les martyrs, songea Amesbury. Ils pourraient transformer Baklanov en bouc émissaire si les choses tournaient mal. Ils savaient par expérience à quel point cela était possible. L'Union du Salut, dont Grigoriev était un membre dévoué, avait été contrainte à la clandestinité après la révolte militaire de 1821 qui s'était soldée par un échec. Ils ne pouvaient pas se permettre d'échouer à nouveau, tout comme ils ne pouvaient pas ne pas essayer une fois encore. Aujourd'hui, l'Union complotait en secret et en sécurité, depuis l'Angleterre et d'autres pays.

Le fait que la propre armée du tsar Alexandre soit prête à la révolution était un signe de l'ampleur du mécontentement qui sévissait en Russie. Amesbury ne s'intéressait pas vraiment aux causes de la révolte, mais seulement à ses intérêts. La vente d'armes aux révolutionnaires déterminés qui émergeaient à travers l'Europe après la défaite de Napoléon était devenue un commerce extrêmement lucratif. La révolution de Grigoriev pouvait être la plus rentable de toutes. Il continua son discours convaincu.

— Les militaires respecteront le prince et ce dernier connaît les intrigues de la cour. Il est capable de rallier à notre cause les politiques.

— En théorie, riposta Amesbury. Encore faut-il le prouver.

Il aimait l'idée d'un bouc émissaire si la révolution venait à échouer. En revanche, il n'appréciait pas la possibilité que Grigoriev puisse aimer le prince plus que lui. Il se complaisait dans le rôle de bras droit de l'ambassadeur. Et ce négoce d'armes était une source sûre de profits.

— Il est parfait, intervint le général Vasilev depuis le fauteuil en face du sien.

Le troisième membre de leur groupe très fermé caressa d'un air pensif sa moustache.

— Mais lorsque les choses sont trop belles pour être vraies, c'est souvent effectivement le cas, ajouta-t-il. Peut-être a-t-il été envoyé pour nous détruire. Vous y avez pensé, Alexei ?

Vasilev s'exprimait toujours comme un vrai Russe. Amesbury fut alors prompt à l'appuyer. Il ne faudrait pas que Grigoriev accorde trop de confiance à ce prince.

L'ambassadeur regarda sévèrement le général.

— S'il s'agissait d'un piège, Baklanov serait venu nous trouver bien plus tôt et se serait fait connaître. Il ne peut pas agir à distance, dit Grigoriev en faisant la grimace. De plus, si nous voulons avancer, nous ne pouvons pas nous accorder le luxe du doute. Nous avons besoin de quelqu'un pour acheminer les armes en Russie...

Il marqua une pause et jeta aux deux hommes un regard noir.

— Sauf si l'un de vous veut le faire ?

Il lança cette question avec un air de défi manifeste. Ni Vasilev, ni lui ne voulaient prendre ce risque mais Amesbury préférait parler de ce prince plutôt que de ses réticences à convoyer les armes en Russie.

— Réfléchissez quelques instants à ceci, répliqua-t-il. Si Baklanov ne veut pas attirer l'attention, c'est qu'il cache quelque chose. Cela pourrait nous être utile.

Il aimait semer le doute. Grigoriev et lui évaluaient les personnes en fonction de ce qu'elles pourraient leur apporter. Seules leurs motivations divergeaient. Grigoriev se servait d'elles pour promouvoir ses idées, alors que lui le faisait uniquement dans son propre intérêt. Il agissait par pur égoïsme, tandis que Grigoriev était capable de se sacrifier. Mieux valait que l'ambassadeur ne découvre pas qu'il agissait en vertu de principes différents, plus prosaïques, et non par idéalisme. Amesbury était prêt à autoriser Grigoriev à inclure Baklanov dans leurs projets, à condition que ce dernier ne prenne pas sa place et qu'il se soit assuré un statut plus définitif aux côtés de l'ambassadeur. Un statut que lui accorderait le mariage. Cela faisait quelque temps qu'il louchait sur Klara Grigorieva et il ne voyait pas d'un bon œil l'arrivée d'un prince qui pourrait contrecarrer ses plans.

Il sentit planer sur ses lèvres un sourire rêveur en songeant à Klara Grigorieva. À ses seins fermes et pulpeux. Elle serait un atout à ses côtés. Tous les regards des hommes se tourneraient vers elle. Il lui achèterait les plus belles robes et parerait son cou des bijoux les plus chers. Grâce à son père, il disposerait de suffisamment d'argent pour le faire, et de bien davantage encore. En public, il célébrerait sa beauté et afficherait sa fierté d'avoir conquis une femme que d'autres hommes n'avaient pu avoir.

Mais dans l'intimité de leur alcôve, il prendrait plaisir à dompter cette tigresse aux jambes longues et fines. Cela faisait une éternité qu'il n'avait pas eu dans son lit une femme aussi rebelle, et Klara était la plus fougueuse qu'il connaissait. Elle ne manquerait pas de se débattre une fois acculée. Il s'agita légèrement dans son fauteuil et croisa les jambes afin de cacher l'excitation qu'avaient suscitée de telles images. Il aimait les bonnes bagarres, et surtout celles où il finissait par défaire sa ceinture pour fouetter de belles petites fesses blanches. Il la laisserait s'enfuir, se débattre, lui laisserait croire à une échappatoire possible. Mais à la fin, elle ne pourrait lui résister. Son père s'en était assuré, aussi sûrement qu'il avait assuré sa richesse dès l'instant où il l'avait invité dans son petit cercle de rebelles russes. Avant la fin de cette aventure, Grigoriev allait avoir besoin de sa protection et, pour le bien de Klara, il la lui donnerait, mais ô combien il le lui ferait payer : de manière décadente, immorale, nue et à genoux. Oh ! oui, Alexei Grigoriev était un allié beaucoup trop précieux pour le perdre au profit d'un prince exilé.

Mais d'abord, il restait encore un obstacle à lever : débusquer les secrets de Nikolaï Baklanov. Si le prince en avait, cela voulait dire qu'il pourrait le faire chanter en sa faveur. À condition de les découvrir. Tout le monde avait un prix. Mais il existait tellement de raisons pour lesquelles un prince riche et prestigieux aurait été contraint de fuir son pays.

4

Les motifs pour lesquels un ambassadeur pouvait inviter un prince en exil à dîner étaient multiples, mais Nikolaï ignorait lequel avait incité Alexei Grigoriev à le convier chez lui. Toutefois, il savait reconnaître un piège quand il en voyait un. Celui-ci lui était apparu vêtu d'une luxueuse robe en soie bleu foncé qui rehaussait à merveille des seins fermes. Il étincelait sous le feu des discrets diamants disséminés dans sa chevelure châtaine. Klara était là pour le distraire. On l'avait mise devant lui dans l'espoir qu'il ne verrait pas l'attaque si elle arrivait par-derrière. L'idée n'était pas mauvaise. La tenue si formelle de Klara formait un contraste saisissant avec sa culotte et sa veste d'équitation. Ce soir, elle rivalisait avec les beautés de Kouban, et arrivait même à les surpasser.

— Il s'agit d'une stratégie militaire très classique, dit-il à voix basse tandis qu'il circulait dans la pièce avec Klara, qui le présentait aux convives.

— Je vous demande pardon ?

Elle l'emmena doucement du corpulent et grisonnant général Vasilev, qui était venu accompagné de sa femme et de sa jolie fille, vers un groupe de jeunes officiers debout devant la cheminée en marbre d'Italie.

— Avez-vous entendu parler du piège d'Hannibal près de la Trébie ? murmura Nikolaï.

Il aimait ce sentiment de ne l'avoir que pour lui dans une pièce remplie de monde. Il la sentait encore tendue après leur promenade dans le parc, comme si elle ne lui avait pas vraiment pardonné son baiser. Ou peut-être était-ce à elle qu'elle n'arrivait pas à pardonner. Elle avait pourtant apprécié qu'il l'embrasse, et y avait pleinement participé. Mais peut-être n'avait-elle pas aimé que ce soit lui qui y mette fin. Elle émit un rire de gorge, comme si, elle aussi, adoptait le même ton badin avec lui.

— Je sais qui est Hannibal mais, hélas, je n'ai pas appris les stratégies militaires comme vous.

Ils s'arrêtèrent entre les deux groupes de personnes, et Nikolaï profita de ce moment d'intimité pour lui murmurer tout près de l'oreille :

— Hannibal a ouvertement engagé le combat avec l'armée romaine et, pendant qu'ils étaient ainsi distraits, les Romains ont été piégés par le reste des troupes d'Hannibal.

Il s'était exprimé comme s'il lui chuchotait des mots doux. Avec leurs têtes si proches, cela aurait très bien pu être le cas pour un spectateur extérieur, comme les prémices d'un jeu sensuel. Klara esquissa un sourire modeste.

— Suis-je donc la « distraction » dans votre théorie ?

Elle joua discrètement avec le pendentif en diamant qui ornait son décolleté, ce qui le mit en valeur et attira le regard de Nikolaï.

— Comment est-ce que je remplis mon rôle ? demanda-t-elle encore.

— Aucun gentleman ne peut répondre à cette question sans prendre de risques, murmura Nikolaï.

Il n'était pas pressé de s'éloigner d'elle. Il aimait beaucoup trop cette situation et ils étaient en train d'attirer l'attention du duc d'Amesbury, qu'il avait rencontré à son arrivée. C'était le seul Anglais présent. Leur échange avait été froid, teinté d'une politesse glaciale.

— Si je vous disais que vous vous comportez en experte, je laisserais entendre que vous avez perdu toute moralité. Si je vous disais que vous êtes médiocre, je laisserais entendre que vous n'avez aucun charme.

Il rit doucement. Il avait remarqué que le son grave de sa voix associé à la proximité de son corps faisait battre le pouls de Klara à la base de son cou.

— Dans un cas comme dans l'autre, vous m'auriez giflé, conclut-il.

— Vous est-il souvent arrivé de vous faire gifler ? demanda Klara d'un air taquin.

— Pire. Parfois, je suis même invité.

Il hocha discrètement la tête en direction d'Amesbury.

— Devrais-je m'inquiéter ? Il nous regarde.

Klara hésita un quart de seconde, mais cela suffit pour qu'il s'en rende compte. Elle chassa ses inquiétudes à propos du duc d'un geste de la main auquel il n'accorda aucun crédit.

— Nous sommes au beau milieu d'un salon, entourés d'invités. Il ne peut pas être jaloux.

— Pourquoi devrait-il être jaloux ? demanda Nikolaï du tac au tac. A-t-il des vues sur vous, Klara ?

Il trouvait cette possibilité décevante.

— Il s'intéresse à mon père, répondit-elle un peu trop précipitamment.

Ah, il y avait donc quelque chose à creuser dans cette direction. L'intérêt du duc pour Klara n'était peut-être pas encore formel ou réciproque, mais elle lui prêtait attention et accordait de l'importance à ce qu'il pensait d'elle. Nikolaï lança un discret coup d'œil vers le duc. Amesbury était certainement un ennemi dangereux. Il y avait cette froideur dans son regard qui, même à cette distance, indiquait qu'il valait mieux ne pas l'affronter avec des pistolets. Nikolaï avait déjà vu ce regard dans les yeux de soldats endurcis par les batailles, des individus qui ne savaient pas ce qu'était la pitié. Amesbury n'était pas du genre à décharger son arme en l'air au cours d'un duel.

Lorsque le majordome annonça que le dîner était servi, Klara passa son bras sous le sien et il chassa de son esprit les aptitudes d'Amesbury avec les armes à feu.

— Vous êtes mon cavalier, ce soir.

— Évidemment, répondit Nikolaï en riant, heureux mais pas si surpris par la tournure des événements. Après tout, *kotyonok moya*, vous êtes la distraction.

Nikolaï embrassa du regard l'élégant mobilier de l'ambassadeur : la longue table cirée ornée de chandeliers à plusieurs branches, un coûteux saladier rempli de fruits difficiles à se procurer en plein hiver, et un service en porcelaine de Lomonosov tout aussi rare, fabriqué exclusivement en Russie, avec ses ornements blancs et bleus si caractéristiques. Le cadre donnait le ton. La soirée était immanquablement russe, des couverts aux invités. La table pouvait accueillir vingt-quatre personnes mais ce soir elle était dressée pour seulement douze convives : le cercle intime de Grigoriev et leurs épouses.

Nikolaï aida Klara à s'asseoir au bout de la table et prit place à sa droite avant de laisser son regard glisser sur les invités pour les jauger. C'était ici que Grigoriev allait le piéger. Il le provoquerait, entouré de témoins. La première salve viendrait de l'un d'entre eux, mais pas de Grigoriev lui-même. Ce serait trop évident et il n'y aurait plus aucun effet de surprise. Viendrait-elle du général Vasilev, qu'il avait déjà rencontré ? Ou alors du jeune comte venu en visite de Saint-Pétersbourg avec son ami qui n'avait d'yeux que pour la jolie fille du général ? Ou alors des deux hommes en uniforme à peu près du même âge que lui, les protégés de l'ambassadeur, auxquels il n'avait pas encore eu l'occasion d'être présenté officiellement ?

Ce cercle était vraiment très intime, et maintenant il l'entourait, lui, le nouvel arrivant. Alexei Grigoriev régnait sur eux depuis l'extrémité de la table. Klara trônait en face de lui, vêtue de manière subtile mais riche, avec ses diamants aux oreilles, et sa robe en soie bleu nuit presque assortie aux assiettes. Les Grigoriev vivaient comme des rois dans leur demeure de Belgravia. Ils savaient aussi merveilleusement bien recevoir.

Le dîner commença par des huîtres et du caviar de la mer Caspienne, suivis d'un consommé, qui était un classique russe. On leur servit ensuite du poisson pendant que les invités bavardaient de tout et de rien, en anglais même s'ils étaient capables d'utiliser une autre langue. Peut-être le faisaient-ils par politesse pour Klara et Amesbury ? Ou alors désiraient-ils souligner un autre point plus subtil ? Au moment où l'on posa le rôti et les légumes sur la table, les conversations se portèrent sur des sujets plus sensibles. Les bavardages polis des premiers plats étaient devenus plus politiques. Le piège se refermait. Les hommes n'attendraient pas que les ladies se retirent.

Nikolaï passa une nouvelle fois en revue ses options et réfléchit aux raisons pour lesquelles il avait été invité. Ces personnes voulaient le tester, évidemment, mais dans quel but ? Nikolaï n'aimait pas du tout les conclusions qu'il avait tirées. Un prince en exil devait être suffisamment en colère pour trahir son pays. Pourquoi Grigoriev chercherait-il à le découvrir ? Pour arrêter un traître ? Kouban voulait-il le piéger et le ramener au pays ?

Le moment était particulièrement bien choisi. Il était en Angleterre depuis presque un an, soit assez longtemps pour que les nouvelles circulent jusqu'à Saint-Pétersbourg et qu'une correspondance puisse s'établir. Stepan avait-il raison ? Devait-il craindre Grigoriev ? Ou bien se tramait-il autre chose ? L'ambassadeur avait peut-être d'autres projets, plus personnels.

Nikolaï se pencha vers Klara, conscient du regard d'Amesbury sur lui. Il passa le doigt sur son couteau à beurre.

— Est-ce pour cette raison que vous m'avez invité ici ? Votre père souhaite-t-il tester ma loyauté politique ?

L'ambassadeur savait qui il était, mais pas ce qu'il était : un patriote ou un traître ? Ou quelque chose entre les deux d'encore plus dangereux, un révolutionnaire. Un homme qui aimait assez la Russie pour vouloir la changer. Klara lui décocha un regard sévère.

— Êtes-vous toujours aussi cynique ? Peut-être est-ce le contraire ? Peut-être que ce soir vous allez pouvoir tester la sienne ?

Nikolaï soutint son regard en réfléchissant à sa remarque. Était-ce possible ? Ou bien cherchait-elle à le déstabiliser ? Il y avait beaucoup trop d'inconnues pour tirer une conclusion solide. Grigoriev savait-il ce qu'il avait fait pour mériter l'exil ? Saint-Pétersbourg se souciait-elle qu'un prince issu d'un tout nouveau « royaume » de l'Empire ait pu déserter ? Kouban n'était russe que depuis trois générations de princes. Sans la réponse à ces questions, il ne pouvait pas en conclure qu'il s'agissait bel et bien d'un piège.

Il laissa son esprit suivre le fil des insinuations de Klara. Mais quelles étaient ses motivations ? La trahison ? La rébellion ? Le mariage éventuellement, à en croire les longs regards qui se croisaient en direction de la fille de l'ambassadeur. Il avait déjà songé à la complaisance et à la trahison. Pourquoi ne pas également envisager le mariage ?

Nikolaï étudia Klara et songea à l'intensité de son baiser, à sa vivacité d'esprit. L'avait-elle tenté pour le piéger en vue d'une union ? Cela paraissait bien peu de chose comparé à se retrouver piégé pour trahison.

Alexei Grigoriev n'était pas le premier ambassadeur ambitieux cherchant à unir sa fille à un membre de la famille royale de l'Empire. Si Grigoriev croyait qu'il existait une chance que Nikolaï retourne à Kouban et endosse ses responsabilités militaires, il trouverait avantageux que Klara soit en position de faire avancer sa carrière. De tels arrangements se négociaient constamment à Kouban. Le mariage était une affaire politique. L'amour était une question privée qui se déroulait le plus souvent en dehors du mariage.

Il était donc censé que Grigoriev s'intéresse à Kouban. D'un point de vue politique, cette région prenait une importance croissante. En tant qu'officier, Nikolaï comprenait combien son pays allait gagner en puissance au cours des prochaines décennies. Les Ottomans s'affaiblissaient. L'Empire était sur le point de s'effondrer et la Russie voudrait certainement prendre sa part, tout comme l'Angleterre. La Crimée se trouvait d'un point de vue métaphorique entre l'Angleterre et la Russie à l'ouest, et la passe de Khyber en Afghanistan se trouvait entre les deux à l'est. Ce passage russe permettait de rejoindre les Indes britanniques. Le temps de la guerre n'était pas encore là, mais il allait venir. L'âme de guerrier de Nikolaï le sentait.

Il arriverait un moment où le pays qu'il aimait affronterait celui qui l'avait accueilli. Il viendrait un temps où il lui faudrait faire un choix, un temps pour tester sa loyauté.

Grigoriev le savait peut-être, lui aussi, et il voulait être prêt. Mais il lui faudrait trouver un autre moyen de s'infiltrer à Kouban. Nikolaï n'avait nullement envie de se marier. Il observa discrètement le profil délicat de Klara. Pas même une femme dotée de sa beauté ne pouvait le faire changer d'avis. Nikolaï croyait dur comme fer qu'un officier de métier comme lui, un homme qui côtoyait souvent le danger, n'avait rien à faire avec une femme et des enfants. Car les chances de laisser une veuve et des orphelins derrière lui étaient grandes.

Il devait également raisonner en égoïste. Il avait envie de vivre et, pour ce faire, il ne fallait pas que son esprit s'égare et qu'il s'inquiète de ce qui pouvait lui arriver tandis qu'il dirigeait des raids et qu'il défendait des forts frontaliers le long du fleuve. Le moyen le plus sûr d'être tué sur un champ de bataille était d'être distrait. Et la plus grande source de distraction résidait dans la peur de voir sa famille menacée. Dimitri Petrovich en était la preuve vivante. Nikolaï songea à tout ce qu'il avait enduré pour le bien-être de son père et de sa sœur. L'amour, le véritable amour, ne valait pas ce sacrifice.

Nikolaï s'essuya le coin de la bouche avec sa serviette et s'adossa à son siège pour permettre au valet de retirer son assiette. Il croisa alors le regard ardent de Klara emprunt d'un certain défi tandis qu'elle lui souriait. Oh ! non, le mariage n'était vraiment pas pour lui. Mais cela ne voulait pas dire qu'il lui était interdit de s'amuser un peu. De l'autre côté de la table, l'un des jeunes protégés exposa à l'ensemble du groupe la situation.

— Le moment venu, les militaires soutiendront Constantine comme successeur.

Pendant qu'il pensait à la trahison et au mariage, la conversation avait avancé sans lui. Il fallait qu'il la rattrape.

— Quand cela aura-t-il lieu ? demanda le comte. Le tsar Alexandre jouit d'une assez bonne santé. Allons-nous nous tourner les pouces en attendant qu'il meure ? Il a à peine la quarantaine. S'il est comme sa grand-mère, il peut vivre encore des années. La Russie ne pourra pas supporter encore deux décennies de ferveur religieuse.

— Allons, allons, intervint le général Vasilev en levant son verre, magnifique dans son costume rouge parsemé de décorations. La Russie a besoin d'innovation si elle veut rester dans la course par rapport au reste de l'Europe. Si nous pouvons dire quelque chose de bon sur Napoléon, c'est bien ceci : nos garçons ont voyagé de par le monde, ont observé et ont vu les carences de leur pays. Nous sommes restés trop longtemps un pays de paysans et de princes féodaux.

Il se tourna vers Nikolaï.

— Veuillez m'excuser, Votre Majesté. Je ne voulais pas vous offenser, lui dit-il en hochant la tête sans toutefois jamais croiser son regard.

L'homme attendait qu'il se prononce. Le piège était là.

— Il n'y a pas de mal, déclara Nikolaï en lui répondant à son tour par un signe de tête.

Il savait que ces quelques mots ne suffiraient pas. Mais avec un peu de chance… Amesbury lui sourit, comme un chat devant un bol de lait. Un homme avisé savait que ce sourire n'avait rien d'innocent.

— Dois-je comprendre que vous rejoignez le général Vasilev sur le retard de la Russie par rapport au reste du monde ?

Nikolaï sentit Klara se tendre à côté de lui, preuve que c'était bien là que résidait le piège. Ces hommes souhaitaient tester sa loyauté. Nikolaï répondit avec assurance à la remarque d'Amesbury.

— Je pense qu'un homme devrait pouvoir donner librement son avis sans craindre de répercussions. Le général est libre de dire ce qu'il veut en ma présence.

Mais ce discours laissait une place au complot et à la rébellion, car c'était certainement ce que cachait cette discussion sur les successeurs et le progrès. Intéressant. Pourtant, Nikolaï avait également saisi l'insinuation à peine voilée : ils voulaient qu'il se joigne à eux. Pour quelle autre raison aborderaient-ils ce sujet devant lui ? Rien n'était dit clairement, mais Nikolaï l'avait parfaitement compris. À l'autre bout de la table, les sourcils d'Alexei, noirs comme ceux de sa fille, se haussèrent en signe d'approbation.

— C'est une attitude très généreuse, Votre Majesté. Attitude qui pourrait paraître révolutionnaire dans certains cercles conservateurs.

— Nous sommes en Angleterre, répliqua Nikolaï, pays dans lequel cette opinion n'a rien d'extraordinaire.

Il décida ensuite que le moment était des plus appropriés pour porter un toast. Il leva alors son verre en direction de Grigoriev.

— Laissez-moi vous féliciter, Votre Excellence. J'ai passé une merveilleuse soirée à partager ce repas avec mes compatriotes, nous qui sommes si loin de chez nous. *Zazdarovje* !

Un chœur de « *Zazdarovje* ! » s'éleva et les verres tintèrent, mais Nikolaï était certain que le message était parfaitement passé auprès de l'ambassadeur et des autres personnes réunies autour de cette table. Ils pouvaient spéculer autant qu'ils le voulaient sur son « si loin de chez nous ». Ils pouvaient aussi gloser sur le fait qu'il savait maintenant qu'ils complotaient, à l'abri des côtes anglaises. Cependant, l'idée n'était pas nouvelle. La Russie complotait toujours, même si cela ne rendait pas l'acte moins dangereux.

— Pour que tout soit clair, gentlemen, je n'ai nullement le désir de m'engager dans la politique. J'aspire à vivre ici paisiblement.

Les hommes échangèrent quelques regards, puis changèrent de sujet. Sa remarque avait modifié l'ambiance de la soirée. Lorsque l'on posa les fromages devant lui à la fin du repas, la politique avait complètement disparu des conversations. Même lorsque Klara se leva, indiquant que les ladies devaient la suivre au salon, et que les valets amenèrent les carafes de brandy, le sujet ne resurgit pas, ce qui raccourcit la soirée de deux bonnes heures.

Les hommes ne s'attardèrent pas autour du brandy et la partie « musicale » de la soirée fut heureusement très brève. Pourquoi s'éterniser alors qu'il était clairement l'heure de partir ? Nikolaï était resté assez longtemps pour savoir ce qu'il devait faire, à savoir se retirer. Il n'y avait rien ici pour lui, si ce n'était du danger et des ennuis. Il n'avait pas quitté Kouban pour se remettre dans un imbroglio politique, sexuel, ou autre. Quelle que soit la forme que prenait la politique, elle était toujours dangereuse, et dans la nouvelle vie qu'il essayait de se forger, il n'avait pas de temps à lui consacrer, pas de place à lui accorder.

C'était fort dommage que Miss Grigorieva soit victime de cette décision, mais il n'avait pas le choix. Mieux valait agir ainsi maintenant avant qu'il s'investisse davantage ou que son jugement soit altéré par des questions moins fiables que la logique.

— Vous êtes un peu rabat-joie, murmura Klara en le raccompagnant vers le hall

Un peu avant minuit, les invités avaient commencé à partir.

— Vous sortez souvent ? demanda-t-elle.

— Non, pas dans des soirées comme celle-ci, répondit Nikolaï en riant.

Elle haussa les sourcils.

— Je comprends pourquoi. Êtes-vous certain que vous n'êtes pas un politicien déguisé en officier ?

— Je laisse la politique à mes amis Stepan et Ruslan, quand je le peux. Mais je n'ai encore jamais rencontré de militaire qui ne sache pas gérer les deux aspects.

Le majordome l'aida à enfiler son manteau. Nikolaï prit alors la main de Klara, se pencha vers elle et effleura ses doigts du bout des lèvres.

— *Do svidaniya*, Miss Grigorieva. Merci pour cette soirée si... édifiante.

La révolution était en marche à Belgravia et si la partie logique de son esprit savait qu'il devait s'en éloigner en courant, son cœur protestait déjà face à sa décision de lui tourner tranquillement le dos. Quand avait-il vécu paisiblement ? Savait-il seulement le faire ? Quelle ironie ! La seule chose qu'il espérait éviter dans sa nouvelle vie était également la seule qui l'animait, s'il mettait de côté Klara Grigorieva. La jeune femme l'émoustillait de manière complètement différente, mais non moins dangereuse.

5

La main de Klara frissonnait encore lorsque la porte se ferma derrière le dernier invité, ce qu'espérait sans doute le prince, cet homme arrogant. Elle aurait aimé l'oublier, lui et les effets ravageurs qu'il avait sur elle. Elle aurait aimé penser qu'il ne la troublait pas plus que n'importe quel homme, mais elle n'avait pas pour habitude de se mentir à elle-même. Ses réactions face à Nikolaï Baklanov risquaient de compliquer les choses.

— Le prince s'en est bien sorti ce soir. Pourrait-il devenir l'un des nôtres ?

Son père venait de poser la question à deux invités encore présents, ses conseillers les plus proches : Amesbury et Vasilev. Il se tenait sur le seuil du salon, les invitant à prendre part à cette réflexion.

— Pouvons-nous en parler ? demanda-t-il.

Klara se joindrait aux hommes pour donner ses impressions, comme si sa présence était une évidence. Depuis ses dix-huit ans et son entrée dans la société, c'était devenu une habitude. Son père avait ainsi pu discrètement la former à la diplomatie : comment comprendre ses interlocuteurs, lire entre les lignes de leur conversation. Elle avait reçu cette éducation, car celle-ci servait les intérêts de son père. Cependant elle n'était pas la seule bénéficiaire de ce privilège. Son père tirait profit de l'intelligence de sa fille. Il savait très bien que les hommes se méfiaient moins en présence d'une jeune et jolie femme, surtout s'ils la croyaient inoffensive. On attendait d'une femme qu'elle soit aussi niaise que belle.

Son père servit à chacun un petit verre de *viche pitia* et porta un toast.

— À cette très intéressante soirée.

Intéressante pour Nikolaï aussi. Klara se risqua à regarder brièvement Amesbury tout en sirotant son verre. Nikolaï avait vu juste en lui disant que le duc avait des vues sur elle. Elle avait effectivement conscience qu'il souhaitait la posséder, comme on possède une belle voiture et de beaux chevaux. Le duc surprit son regard. Ses yeux étaient durs et un sourire froid étirait ses lèvres, assez froid pour la faire frissonner. Son père s'adressa à Vasilev.

— Que pensez-vous de Baklanov ?

— Il a compris que nous voulions le jauger ce soir, répondit le général d'un air pensif. Il faisait très attention à ce qu'il disait. Il ne savait pas exactement ce que vous attendiez de lui.

— Il le sait maintenant. Peut-il devenir un révolutionnaire ? demanda son père. Nous avons semé assez de pistes pour qu'un homme intelligent les suive. Le fera-t-il ? Qu'en penses-tu, Klara ?

C'était un honneur qu'il s'adresse ainsi à elle devant le général et le duc, un signe que son père avait de l'estime pour elle. Cet honneur la mettait toutefois mal à l'aise même si elle ne pouvait refuser de lui répondre. Amesbury venait de braquer son regard pénétrant sur elle.

— Oui, Klara, il semblerait que ce soit vous qui le connaissiez le mieux, dit-il en plissant les yeux. Vous avez passé plus de temps avec lui que nous tous.

Ses paroles avaient un léger accent accusateur. Klara soutint son regard. Elle n'avait pas peur de lui, ni de ses accusations déguisées qui laissaient entendre que le temps qu'elle avait passé avec Nikolaï n'était pas convenable. Il intimidait peut-être les autres avec son pouvoir et sa richesse, mais pas elle. Car elle non plus n'en manquait pas. Toute idée de se défendre s'évanouit. Elle ne pouvait pas se le permettre. Ce serait un signe de faiblesse, le signe que peut-être elle commençait à se sentir attirée par le prince de Kouban. Amesbury avait surpris leur aparté dans le salon avant le dîner. Confirmer cette impression aurait un effet désastreux et risquait de froisser le duc, ce qui ne plairait pas à son père. Cela prouverait également qu'elle était aussi superficielle que n'importe quelle femme, et qu'elle pouvait se laisser séduire par un beau visage. Il y avait une certaine dureté dans cette conclusion, mais la meilleure façon de protéger Nikolaï était de le trahir.

— Dès qu'il comprendra que ce n'était pas un piège, il suivra vos pistes et réfléchira à l'idée de se joindre à vous, assura-t-elle.

Elle ne trahissait pas beaucoup Nikolaï avec cette réponse, basée sur sa seule intuition. Mais elle savait qu'elle avait vu juste. L'hésitation de Nikolaï dans le parc, la violence de sa réponse lorsqu'il lui avait dit qu'il ne retournerait pas dans son pays prouvaient qu'elle avait raison. La réticence était un réflexe que l'on attribuait souvent aux hommes qui avaient quelque chose à cacher, aux hommes inquiets de tomber dans un piège capable d'exposer ce qu'ils désiraient protéger. L'ambassadeur et le général hochèrent la tête, mais Amesbury se contenta de sourire d'un air méprisant.

— Puisque vous jouez à la diseuse de bonne aventure, peut-être pourriez-vous nous dire si votre prince se joindra à nous, vous qui le connaissez si bien ?

— Ce n'est pas « mon » prince, riposta Klara d'une voix cinglante en serrant le pied de son verre de vodka.

Elle devait faire des efforts pour rester impassible. Amesbury était un homme jaloux mais il n'avait aucune raison de l'être. Nikolaï Baklanov pouvait badiner avec une femme, mais il n'était pas du genre à appartenir à une seule. Elle ne pensait pas que l'attitude de Nikolaï à son égard, aussi délicieuse et sensuelle soit-elle, lui soit exclusivement réservée.

— Vous voulez savoir s'il veut rejoindre l'Union du Salut, mais je ne peux guère vous répondre, continua-t-elle. Vous avez pu constater ce soir qu'il n'était pas étranger aux intrigues de cour. Il ne livrera pas facilement ses secrets.

Son père les observa brièvement tour à tour avant d'intervenir, tout en foudroyant Amesbury du regard.

— Inutile de nous quereller. Klara a fait le travail que *nous* lui avons demandé. Nous devons convaincre le prince de la justesse de notre cause et de l'importance du rôle qu'il pourrait jouer. Nous avons besoin qu'il achemine les armes à Saint-Pétersbourg et qu'il nous aide à rallier nos troupes le moment venu. Il est tout à fait le genre d'homme que d'autres seront prêts à suivre.

Il tourna son œil critique vers Klara.

— Toutefois, nous prenons tous beaucoup de risques en essayant de l'enrôler trop tôt. Nous devons être sûrs de lui. Le groupe dépend de la qualité de ses membres. Un maillon faible, et nous passons du statut de patriotes à celui de traîtres. La frontière entre les deux est très mince. La prochaine étape consiste à découvrir ce qui a amené le prince Baklanov en Angleterre. Nous lui parlerons ensuite.

Les verres étaient vides et son père ne manifesta nullement l'envie de les remplir de nouveau, indiquant poliment qu'il était temps de partir. Le général Vasilev se leva et fit ses adieux, mais Amesbury s'attarda. Ses lèvres pincées formaient une ligne fine, en une moue aristocratique, fruit d'une éducation anglaise sans faille.

— Raccompagnez-moi, Klara, j'aimerais vous parler en privé.

Klara obtempéra. Comment aurait-elle pu lui refuser cette requête ? En apparence, tout le monde pourrait croire que le duc souhaitait s'excuser pour sa grossièreté, qu'il mettrait sur le compte de l'intérêt qu'il lui portait. Mais ces suppositions seraient fausses. Le duc ne s'excusait jamais auprès de personne. Même s'il ressemblait au père de Klara à bien des égards, son incapacité à s'excuser ne faisait pas partie du lot. Le duc était un homme de grande taille, avec un maintien presque militaire. Klara avait beau être grande elle aussi, elle avait du mal à ne pas se sentir toute petite en sa présence, chose qu'elle ne ressentait pas en présence de Nikolaï. D'aucuns diraient que le duc était beau, avec ses traits forts et les sillons qui creusaient sa peau de chaque côté de sa bouche, renforçant son côté dur et sévère. Klara le trouvait froid comme un iceberg, impression renforcée par ses yeux bleu glacier.

Elle marcha à côté de lui en silence et attendit qu'il parle le premier.

— Je ne voulais rien dire devant les autres, commença Amesbury. Toutefois, comme j'ai beaucoup misé dans cette aventure, et que peut-être...

Il fit une pause dans le vain espoir de paraître modeste.

— ...une relation plus personnelle est en train de naître entre nous, je suis en droit de vous poser la question. Comment avez-vous obtenu vos informations, Klara ?

— Qu'insinuez-vous ? demanda-t-elle en ôtant la main de son bras et en s'écartant de lui, effaçant l'image du couple poli qu'ils formaient.

Il fallait qu'elle mette fin à ses insinuations sur-le-champ. S'il croyait qu'une relation entre le prince et elle était en train de naître, que pouvait-il se figurer d'autre ? Son arrogance le poussait à imaginer toutes sortes d'hypothèses, à commencer par l'idée qu'aucune femme ne pouvait lui résister.

— J'insinue que vous avez dû travailler dur pour obtenir ces informations. Un homme comme Baklanov, qui a certainement de nombreux secrets à protéger, ne doit pas se livrer facilement. Nous l'avons bien vu ce soir. Comment se fait-il que vous soyez au courant de tant de choses ? Il n'est pas insensible à vos charmes. Nous avons également pu nous en apercevoir ce soir. Je vous ai vus tous les deux, la tête penchée l'un vers l'autre.

Klara ne cilla pas face à ces accusations.

— Vous pensez que vous êtes un gentleman, dit-elle en croisant les bras sur sa poitrine, et pourtant vous osez m'accuser de séduire le prince. C'est bien ce que vous insinuez, n'est-ce pas ? Que j'ai essayé de l'appâter de manière peu convenable. Le comportement du prince ressemble davantage à celui d'un gentleman que le vôtre.

Le duc s'avança vers elle et lui prit durement le bras.

— Le prince, un gentleman ? rétorqua-t-il d'une voix menaçante. Est-ce donc ainsi que vous le voyez ? Il avait la bouche presque collée à votre oreille, avec toute l'audace d'un amant.

Le duc lui faisait mal et la serrait assez fort pour lui laisser une ecchymose.

— Pardonnez-moi mes conclusions mais jamais vous ne m'avez autorisé de telles libertés, siffla Amesbury.

Cela ne l'empêchait pourtant pas de les prendre. La puissance de son étreinte était plus qu'effrayante et Klara dut rassembler tout son sang-froid pour ne rien laisser paraître. Jamais il n'avait posé les mains sur elle de cette façon avant ce jour et cet accès de violence la mettait très mal à l'aise. Qu'est-ce qui pouvait lui faire penser qu'il avait le droit se comporter ainsi, à présent ? Klara avait là un aperçu navrant de ce qu'une relation avec un tel homme pouvait impliquer, et elle était bien décidée à y mettre un terme.

— Lâchez-moi. Le prince et moi avons fait une promenade dans le parc et nous avons parlé.

C'était la vérité, même si elle était incomplète. Il y avait eu ce baiser, ce merveilleux baiser d'une dureté érotique qui n'avait rien de comparable à celle du duc à cet instant. Klara combattrait la hardiesse physique du duc avec sa propre audace.

— La jalousie ne vous sied pas, pas plus que vous n'avez la légitimité de la ressentir.

— Pas encore, peut-être. Mais il ne vous a sans doute pas échappé que j'y aspire.

Il ôta sa main et recula d'un pas avant de la saluer d'un signe de tête. Ses paroles la heurtaient tout autant que la violence de son étreinte.

— Je vous souhaite une bonne nuit, Klara.

Il n'y avait pas eu de mots d'excuse ou de pardon. Simplement « bonne nuit ». Demander des excuses impliquerait qu'il s'était mal comporté, ce qui était inimaginable aux yeux d'un homme aussi arrogant qu'Amesbury.

Klara respira mieux une fois la porte fermée derrière lui. Elle n'avait jamais aimé cet homme mais, jusqu'à maintenant, il ne lui avait jamais inspiré d'aversion. Elle le trouvait simplement plat, obtus et arrogant. Sa haute naissance faisait qu'il se tenait à l'écart des autres. Maintenant, elle avait un aperçu de ce qui se cachait derrière ce masque, et ce qu'elle avait vu était effrayant.

Klara enroula les bras autour de ses épaules. Il avait posé ses sales mains sur elle, sous son propre toit. Mais peut-être exagérait-elle la situation. Les hommes étaient par nature des êtres prompts à la compétition, et Nikolaï l'avait provoqué. Et elle aussi. Un peu plus tôt dans le salon, elle savait que le duc la regardait, sans pour autant se rendre compte de l'image qu'ils renvoyaient de l'extérieur. Elle avait peut-être même encouragé le duc. Si on ne réveille pas le loup qui dort, on ne risque pas d'être mordu.

L'imprudence n'était pas sans conséquences. Mais ce raisonnement ne chassa pas le frisson qu'elle avait ressenti lorsque le duc avait posé les mains sur elle. Nikolaï n'était peut-être pas le seul à avoir des secrets.

Il lui vint alors à l'esprit que son père pouvait en avoir, lui aussi. Le duc avait en effet évoqué une relation entre elle et lui, alors qu'elle était certaine de ne jamais l'avoir encouragé dans ce sens. Qu'en était-il de son père ? Au milieu des traités et des projets de révolution, avait-il suggéré au duc qu'il pouvait donner la main de sa fille en échange de… quelque chose ?

Elle réfléchit très vite aux informations dont elle disposait. Son père avait contribué à augmenter la richesse du duc. Qu'avait-il obtenu en échange ? Y avait-il une contrepartie ? Elle savait depuis toujours que son père voulait la marier à un Anglais. Elle avait été élevée dans ce sens. Mais, au duc ? Elle espérait bien que non.

— Tout le monde est parti ? demanda son père en pénétrant dans le hall. Quelle soirée. Tu as très bien joué. Baklanov est tombé sous ton charme, comme il se doit.

Son père lui sourit.

— Ma fille est tellement belle.

Puis il prit un air sérieux.

— Es-tu capable de le faire ? Peux-tu découvrir les secrets de Baklanov ?

Il lui demandait de trahir un peu plus Nikolaï. C'était l'occasion de se retirer. Elle pouvait lui dire qu'elle ne s'en sentait pas capable. Mais en son for intérieur, elle rechignait à se montrer lâche. Elle n'avait jamais refusé de relever un défi. Pourtant, elle se surprit à chercher une excuse.

— Comment faire ? Nous sommes très occupés pendant les leçons d'équitation. Nous n'avons pas le temps de parler.

— Tu trouveras un moyen, insista son père avec assurance. Évoque Kouban. Fais-le parler de lui. Montre-toi un peu enjôleuse. Aucun homme ne peut résister à la tentation de parler de lui à une jolie fille, conclut-il avec un clin d'œil complice.

L'idée de sa prochaine leçon de mardi souleva en elle de multiples émotions. La perspective de revoir Nikolaï la transportait au point de lui couper le souffle, mais pour cela il fallait qu'elle paye le prix fixé par son père et qu'elle joue une nouvelle partie. Il fallait qu'elle réfléchisse à tout cela car, en plus de ces sentiments, elle avait compris qu'elle voulait protéger un homme qu'elle connaissait à peine des intrigues de son père, un homme qui pouvait même s'avérer dangereux pour eux. Pourquoi lui accorderait-elle le bénéfice de l'innocence avant même que celle-ci soit établie, alors que les manigances de son père et sa propre utilité étaient en jeu ? Elle connaissait déjà la réponse à cette troublante question : Nikolaï Baklanov savait embrasser comme un diable.

Le diable se cachait vraiment dans les détails. Nikolaï se tenait dans le hall sombre de la Maison de Kouban et se demandait comment il allait parler à Stepan et aux autres de sa soirée sans les entendre lui dire : « On te l'avait bien dit », et sans leur mentir. Il ne fallait pas qu'il se laisse duper par l'obscurité qui régnait. Stepan ne s'endormirait pas sans s'assurer qu'il était bien rentré. Et comme par enchantement, quelque part dans le hall, Nikolaï entendit craquer une allumette, vit l'ombre de sa flamme contre le mur, suivie de la lueur d'une lampe. Stepan sortit du bureau et se tint sur le seuil de la porte.

— Viens boire un verre. Nous sommes encore debout avec Illarion.

Mieux valait en finir maintenant, songea Nikolaï en prenant une chaise pour s'asseoir à côté du feu. Il laissa Stepan lui servir un verre de *samogon*. Illarion leva le sien et lui porta un toast en silence, puis ils burent.

— Tu as survécu, dit Stepan en s'adossant nonchalamment à sa chaise, les jambes croisées.

Toute personne qui ne connaissait pas Stepan aurait pu le croire détendu. Mais son ami ne l'était jamais.

— Était-ce le piège auquel tu t'attendais ? demanda-t-il.

— Était-elle belle ? s'enquit Illarion, ce qui lui valut un regard noir de la part de Stepan.

— Quelle importance ? gronda celui-ci.

Illarion haussa les épaules sans s'offusquer de cette rebuffade. Cela faisait vingt ans qu'ils étaient amis.

— La beauté est toujours importante, surtout quand on prend des risques, rétorqua-t-il. Un homme devrait toujours être récompensé.

Nikolaï rit en écoutant cet échange. Ils se livraient à ces joutes verbales depuis qu'ils étaient enfants. Illarion était le poète et Stepan, le pragmatique.

— Elle était très belle, Illarion, intervint Nikolaï. Sa robe était assortie à la porcelaine de Lomonosov, si tu veux tout savoir.

Il décocha à Stepan un regard grave. Son ami savait que la porcelaine était un détail important.

— La soirée était entièrement russe. Du consommé, du caviar de la mer Caspienne, et tout ce qui s'en suit. Nous étions douze invités, y compris les épouses, un duc anglais et la fille d'un général.

Les yeux de Stepan s'étrécirent.

— J'imagine qu'ils sont en train de concocter une petite révolution de palais.

Les deux hommes étaient maintenant sur leurs gardes.

— Il est facile de comploter depuis l'étranger, intervint Illarion, avec un pessimisme qui ne lui ressemblait pas.

— Ils veulent que tu les rejoignes, avança Stepan avec perspicacité. Les révolutions de palais ont besoin de princes.

— Peut-être. Ils voulaient tester ma loyauté ce soir, et savoir si j'étais du côté des conservateurs qui s'opposaient au changement, ou bien si mon exil était dû à des convictions plus modernes.

Voyant que Stepan gardait le silence et affichait un air sceptique, Nikolaï s'empressa d'ajouter :

— Ils ne m'ont rien proposé ouvertement. Ils ne sont pas sûrs que je sois l'homme dont ils ont besoin.

Stepan pouffa bruyamment.

— Ne sois pas naïf, Nik. Les révolutions ont besoin de trois choses pour réussir : un soutien militaire, un appui financier et des meneurs haut placés. Pour conduire une révolution russe, un duc anglais n'a pas autant de poids qu'un prince russe. Tu sais ce qu'une révolution de palais signifie. Un changement de dirigeants du haut vers le bas. Les révolutions sont des choses sérieuses, qui ne finissent pas bien en cas d'échec. Ils te feront une proposition dès qu'ils seront sûrs de toi, conclut Stepan sans le quitter du regard.

C'était aussi ce que Nikolaï pensait.

— Ne leur donne pas cette certitude, continua son ami. Romps tous liens avec l'ambassadeur dès maintenant. Il comprendra ce que cela signifie.

Grigoriev comprendrait alors que, malgré ses sympathies pour ses idées, Nikolaï ne voulait pas prendre part à la révolte qu'il projetait. Telle avait été sa réaction immédiate dès qu'il avait compris ce vers quoi tendait la conversation pendant le dîner. Au début, il s'était senti horrifié, puis fasciné. Il rêvait depuis longtemps de révolution et aurait aimé y participer si la situation s'était présentée alors qu'il se trouvait à Kouban. Trois ans plus tôt, il avait compris que si rien n'était fait Kouban ne changerait jamais, malgré le besoin de son pays d'avancer. Cette prise de conscience l'avait alors rendu amer.

Quelque temps auparavant, Nikolaï aurait été l'homme de l'ambassadeur. Mais depuis qu'il avait quitté Kouban, il avait laissé ses ambitions derrière lui. Il les avait mises de côté en échange de sa vie la nuit où une femme était venue à lui armée d'un couteau. Quelle ironie que ces ambitions aient fini par le rattraper maintenant qu'il ne servait plus à rien.

— Nous sommes venus en Angleterre pour nous éviter ce genre d'ennuis, poursuivit Stepan d'une voix inflexible.

Ses pensées étaient-elles aussi visibles ? songea Nikolaï. Si son ami pouvait lire si facilement en lui, c'est qu'il perdait sérieusement la main. Mais peut-être que Stepan ne faisait que deviner ses tentations. Et la tentation était vraiment là, de plus en plus présente à mesure qu'il y réfléchissait. Nikolaï pouvait laisser derrière lui sa maison, ses affaires, mais ses principes et ses croyances étaient aussi vives que l'homme. Kouban avait besoin de changement, la Russie avait besoin de changement, et pas seulement parce qu'il le souhaitait, mais parce que le peuple de cette nation en avait besoin. Les vieux systèmes avaient fait leur temps, ils étaient en bout de course, usés, incapables de servir les intérêts de la population dans un monde moderne.

— De tels déboires ont failli te tuer, lui rappela Stepan.

Oui, et maintenant il était là, à Londres, à mener une existence médiocre où il donnait des leçons d'équitation à des jeunes filles riches, une vie qui attendait de commencer vraiment. Honnêtement, il s'ennuyait. Mais c'était avant de rencontrer Klara, avec sa culotte d'équitation et ses longues jambes, son esprit vif et son regard perçant. Il avait senti son sang bouillonner comme autrefois, même s'il s'était promis de se montrer plus prudent avec les femmes. Aujourd'hui, il se contentait d'aventures d'une nuit, et c'était tout. Il ne voulait plus s'attacher durablement.

— Je refuserai toute invitation à l'avenir, affirma Nikolaï.

Ils ne pouvaient pas nouer de relation, avec Grigoriev. Il n'avait pas le choix. Et s'il se sentait déçu par cette décision, c'était uniquement parce qu'il était agacé. Il avait besoin d'aller de l'avant. Plus vite il acquerrait sa propre écurie, mieux ce serait. Il aurait alors quelque chose à faire, quelque chose qui le détournerait de cette tentation.

— Et la belle Klara ? demanda Illarion. Tu refuseras également ses invitations ?

Nikolaï lança à son ami un regard désapprobateur. Il aurait pu se passer de mentionner Klara. Manifestement, il n'était pas le seul à avoir aussitôt pensé à elle. L'homme qu'il était jouait avec l'idée de conserver Klara comme élève. Mais son côté réaliste comprenait que c'était impossible. Elle était celle qui le reliait à Grigoriev. Elle ne pourrait jamais être neutre. Ses premières intuitions étaient les bonnes. Il fallait qu'il mette Klara de côté. Mieux valait rompre toute relation pendant qu'il n'y avait encore rien entre eux, à l'exception d'un baiser dans le parc et de quelques mots taquins. C'était ce qu'il avait de mieux à faire, car il savait déjà à quel point fréquenter la mauvaise femme pouvait se révéler dangereux.

6

Sa leçon du mardi terminée, Nikolaï sortait à peine du manège qu'il fut assailli par Klara Grigorieva. Celle-ci lui bloquait le passage, vêtue de sa culotte d'équitation, les mains sur les hanches dans une attitude très déterminée.

— Vous m'avez attribué un autre professeur.

— Le capitaine Crenshaw est un excellent instructeur, répliqua-t-il sèchement.

Il se déplaça vers la droite pour la contourner, mais elle imita son mouvement afin de lui barrer le chemin.

— Je ne veux pas du capitaine Crenshaw.

Il aurait dû se douter qu'elle ne céderait pas sans se battre, ce qui, en soi, était une raison suffisante pour s'en tenir à sa décision. Si Klara voulait se battre pour ça, c'était qu'il y avait quelque chose d'important à la clé, preuve que Stepan avait eu raison de s'inquiéter.

— Quel est exactement le problème avec le capitaine Crenshaw ? Il ne vous laisse pas porter de culottes ?

Il fit un pas à gauche mais Klara se plaça en face de lui.

— Il pourrait aussi bien me laisser monter nue que cela n'aurait aucune importance.

Peut-être, mais à présent Nikolaï avait devant les yeux une image capable de tenir un homme en éveil toute la nuit. Les prunelles émeraude de Klara flamboyaient de colère.

— Il n'est pas vous, conclut-elle.

Non, évidemment. Crenshaw ne pouvait pas mener une

rébellion, ce qui confirmait que Klara était motivée par d'autres raisons qu'un baiser pour revenir vers lui. Nikolaï s'efforça de rester poli, distant, la traitant comme toutes ses autres élèves.

— Je pense qu'il vaut mieux qu'il en soit ainsi.

Mieux valait affronter ce que l'on ne pouvait éviter. C'était une leçon de base que l'on apprenait dans la cavalerie. Nikolaï fit un pas en avant, forçant Klara à reculer. Cette tactique avait déjà fonctionné avec elle dans le parc. Mais à ce moment-là, l'issue avait été très différente de celle qu'il recherchait aujourd'hui. Il avança, encore et encore, la poussant vers le box de Cossack. Il avait prévu de le monter ce soir, et il n'avait aucune raison de changer ses projets, encore moins pour une paire de longues jambes en culotte d'équitation.

— Il vaut mieux ? dit-elle très vite, comme si elle venait de comprendre qu'elle perdait trop rapidement du terrain. Pour qui est-ce préférable ? Pour moi ou pour vous ?

Elle n'était plus qu'à un pas du box de Cossack lorsqu'elle lâcha la salve suivante.

— Vous avez peur de moi, Nikolaï Baklanov.

Ses yeux étincelaient comme ceux d'un chat jouant avec une souris, un regard à mi-chemin entre la séduction et le défi.

Je ne pensais pas que vous étiez un lâche, conclut-elle en s'humectant les lèvres.

Il frémit en entendant cette accusation, même s'il savait qu'elle le provoquait, qu'elle désirait le mettre en colère.

— Je ne suis pas un lâche. Le fait que le feu soit bon pour la cuisine ne veut pas dire qu'un homme doit se ruer dans un brasier avec son steak planté sur une pique. Un homme intelligent sait voir la différence.

Et un homme sage agit en conséquence. Nikolaï savait ce qu'il devait faire. Il comprenait parfaitement la situation, en théorie. Mais dans la pratique, il éprouvait beaucoup de difficulté à faire preuve de sagesse, surtout avec Klara Grigorieva debout à quelques centimètres de lui. Son regard brillait de mille feux et sa poitrine montait et descendait sous les plis de sa chemise d'homme.

— *Blizok iokotok da ne ukusish*, murmura-t-il en passant habilement la main derrière elle pour ouvrir le loquet de la porte.

— Ne faites pas cela, déclara-t-elle sur un ton rageur en s'adossant contre la porte pour l'empêcher de l'ouvrir.

Il pouvait voir ses narines palpiter. Derrière elle, Cossack la poussa d'un petit coup de tête.

— Ne dites pas des choses que je ne peux pas comprendre, ajouta-t-elle.

Nikolaï poussa un long soupir.

— J'aurai recours à la force pour vous pousser s'il le faut.

L'image d'un tel acte plana entre eux, beaucoup trop puissante pour avoir l'effet dissuasif qu'il recherchait. Il n'avait pas besoin de cette tentation, ni d'imaginer prendre Klara sur son épaule et sentir ses délicieuses fesses contre sa joue, son bras sur ses cuisses. S'il ne l'avait pas encore fait, c'était parce qu'il était certain qu'elle le frapperait. Il pouvait presque sentir ses petits poings marteler son dos.

— Traduisez-moi ce que vous avez dit et je m'écarterai, promit-elle en croisant les bras.

— Très bien. J'ai dit que les ennuis n'arrivaient jamais seuls.

— C'est donc ça ? Je suis un ennui ?

Elle fit un pas de côté pour lui permettre d'enlever les sangles de Cossack.

— En toute franchise, beaucoup d'ennuis, et de bien nombreuses façons.

Nikolaï ouvrit le coffre à côté du box, en sortit le nécessaire pour le bouchonnage et entreprit de brosser son cheval.

— S'il vous plaît, soyez franc, rétorqua Klara en prenant une brosse pour s'occuper de l'autre flanc de Cossack sans lui demander son avis.

— Vous ne partez pas ?

— Je vous ai simplement promis de m'écarter mais rien d'autre. Où est votre étrille ? Il a trop de boue séchée ici.

— Cherchez. Elle doit se trouver au fond de la boîte.

Klara lui décocha un sourire et il comprit trop tard ce qu'il venait de faire : il lui avait donné la permission de rester. Sans action drastique de sa part, elle ne s'en irait pas. Sauf que, d'après les normes anglaises, il avait déjà franchi les limites. Il s'était avancé vers elle, il l'avait insultée en lui parlant sans détour, et l'avait embrassée. Il avait fait preuve d'une agressivité qui aurait envoyé n'importe quelle miss anglaise se réfugier dans les jupes de sa mère, et même poussé un frère à le provoquer en duel. Pourtant, tous ses efforts n'avaient fait qu'inciter Klara à redoubler d'obstination.

Nikolaï posa sa brosse et flatta le flanc de Cossack. Cela ne lui prendrait qu'une minute. Il passa un bras sous la sangle et prit l'étrille des mains de Klara.

— Je veux que vous partiez et il n'y a pas de discussion possible, gronda-t-il. L'écurie est fermée. Ce n'est pas correct que vous restiez ici avec moi, ou tout autre instructeur, sans chaperon.

Il espérait qu'en évoquant directement sa réputation cela suffirait à la faire déguerpir, mais sa remarque ne fit qu'encourager l'espiègle jeune fille qui avança vers lui.

— Vous craignez que je vous compromette ? demanda-t-elle, un sourire taquin aux lèvres.

Elle enroula les bras autour de sa nuque et se colla à lui sans la protection de ses jupes. Seigneur, elle était audacieuse et, que Dieu lui vienne en aide, il aimait cela, assez pour oublier les décisions qu'il venait de prendre, les règles qu'il devait suivre pour sa propre sécurité et celle de ses amis. Il ôta les bras de Klara de son cou.

— Klara, c'est tout à fait inconvenant.

Bon sang, il s'exprimait comme un homme prude maintenant. La bienséance ne l'avait jamais arrêté avant. Il avait déjà fait de nombreuses choses indécentes, dont certaines dans des recoins obscurs, en présence de centaines d'invités, caché derrière un simple rideau. Mais aucune de ces choses ne lui avait paru aussi périlleuse que celle-ci. Il ne s'agissait pas simplement des étincelles et de l'attirance naissante entre un homme et une femme, il s'agissait d'une fille de diplomate, qui était peut-être une espionne, et d'un prince, qui pouvait encore être utile sur le plan politique. Seul un homme naïf pourrait croire que ce jeu n'impliquait que des sentiments personnels.

Klara se pencha vers lui. Nikolaï sentit son parfum épicé de vanille légèrement ambré chatouiller ses narines.

— Si cela peut vous rassurer, je ne cherche pas à compromettre quiconque, ni vous ni moi.

Elle piqua ensuite son ego.

— Je croyais que vous aviez plus d'imagination que cela, conclut-elle.

L'imagination n'était pas ce qui lui manquait, comme tous les princes qui avaient vécu assez longtemps à la cour. C'était d'ailleurs cette imagination qui lui permettait de voir à travers toutes les couches de vêtements.

— Vous allez me dire que vous voulez que nous soyons amis, lâcha-t-il.

— Cela est-il si dur à croire ? pouffa-t-elle.

— Je ne pense pas que ce dîner ait été organisé pour que nous devenions amis.

— Ce sont les affaires de mon père et les vôtres, si vous choisissez d'y donner suite. Cela n'a rien à voir avec nous. Est-ce si difficile d'imaginer qu'une personne ait envie de devenir amie avec un prince ?

Sa voix s'était adoucie.

— Non, c'est assez facile à imaginer.

Mais le cynisme de Nikolaï était clair. Il voulait qu'elle comprenne une chose : il n'était pas comme tous ces Anglais subjugués par sa beauté, un homme avec lequel elle pouvait jouer.

Il s'écarta et s'empara de la selle de Cossack. Mieux valait s'occuper pour éviter que les mains, les bras, les corps et les esprits s'égarent. Il y avait une attirance entre eux, et il ne pouvait rien y faire. Ce n'était pas la première fois qu'il avait conscience que Klara cherchait quelque chose qui dépassait le cadre politique. Elle attendait quelque chose de lui sur le plan personnel. S'il se fiait à ses paroles, ce « quelque chose » n'était pas le mariage. Mais malgré tous ses efforts d'imagination, il ne parvenait toujours pas à définir ce que c'était.

— Tout le monde veut se lier d'amitié avec un prince, répliqua-t-il. Tout le monde désire quelque chose. Pourquoi ne me le dites-vous pas ? Qu'attendez-vous de moi ?

Oui, qu'attendait-elle de lui ? Plus de baisers durs et fougueux dans le parc, plus de sévérité et d'ordres lancés dans le manège, plus de joutes verbales, plus de tout. Le simple fait d'être dans la même pièce que lui l'excitait. Klara avait aimé l'observer pendant le dîner et imaginé la façon dont il agirait ensuite. Nikolaï n'avait pas été effrayé par les questions du duc.

Elle le regarda par-dessus la couverture de selle posée sur le dos de Cossack et se demanda comment elle pouvait qualifier son désir pour lui, comment elle pouvait ramener le prince à elle. S'entraîner avec le capitaine Crenshaw ne pouvait pas servir ses intérêts, pas plus que ceux de son père. Lorsqu'elle était arrivée à l'écurie, elle avait été furieuse de découvrir qu'elle avait un nouveau professeur.

Elle opta pour l'audace. Nikolaï aimait ce trait de caractère, même s'il essayait de se convaincre qu'il ne pouvait pas y répondre.

— Je vous veux, vous, répondit-elle en lui lançant un regard implorant par-dessus le dos du cheval.

— Je croyais que nous étions d'accord sur le fait que cela n'était pas d'actualité, répliqua-t-il d'un air dubitatif.

Elle esquissa un sourire en coin tout en se délectant de la réponse qu'elle allait lui apporter.

— Vous êtes incapable de dompter votre arrogance. Je ne parle pas de ce genre de désir.

Elle prit une inspiration et se retrancha derrière un prétexte.

— Je veux que vous m'appreniez le russe. Je veux que vous me parliez de la culture de Kouban et de la culture russe.

L'idée lui était venue alors qu'elle réfléchissait à la manière de le retenir et de découvrir les secrets dont avait besoin son père. Nikolaï devenait vulnérable quand il parlait de Kouban. Pourtant, en prononçant cette demande à voix haute, Klara comprit qu'elle ne faisait pas que se jouer de lui pour obtenir des informations. Elle le désirait vraiment, pour elle-même. Elle voulait enfin connaître cette partie de ses racines.

Nikolaï l'observait et réfléchissait, comme s'il cherchait à savoir si elle disait la vérité.

— Votre père peut très bien s'en charger à ma place, objecta-t-il doucement.

Elle secoua la tête.

— Il ne l'a pas fait, vous le savez. Et il ne le fera pas.

Elle marqua une pause. Il fallait qu'elle lui en dise plus et qu'elle dissipe ses doutes. Quelle ironie de voir le prince douter d'elle, alors que c'était quelque chose qu'elle désirait vraiment.

— Je suis censée être anglaise. Mon père souhaite que je me marie avec un Anglais de haut rang.

Depuis le dîner, cette idée commençait à l'inquiéter grandement. Son père avait-il depuis tout ce temps des vues sur le duc, ou bien ce dernier avait-il pris seul des initiatives ? Mais ses aveux n'étaient pas suffisants pour Nikolaï. Il fallait qu'elle lui donne une autre raison plus convaincante.

— Ma mère est morte en Russie, dit-elle en baissant insidieusement les yeux. C'est la raison pour laquelle je n'y suis jamais retournée. Mon père n'a jamais pardonné sa mort à son pays.

Il y eut un long silence et Klara commença à s'inquiéter. *Pourvu qu'il ne me rejette pas*, pria-t-elle en silence. Si cela ne suffisait pas à le convaincre, elle n'avait plus aucun argument à lui soumettre. Cette demande venait d'elle et seulement d'elle, et non de son père.

— J'en déduis que votre père sera mécontent, répondit Nikolaï d'un air narquois.

Mais il n'avait pas dit non. Il était en train d'y réfléchir. Elle le comprit à la manière dont il serra la sangle de Cossack avec détermination. La réponse de Klara était toute prête.

— Mon père n'a pas besoin de le savoir. Comment pourrait-il le découvrir ? Et si jamais cela arrive, il sera trop tard. Que pourrait-il faire ? Certainement pas me sortir de la tête ce que j'aurai appris.

— Je l'avais bien dit, grommela Nikolaï en s'adressant à Cossack avant de le conduire vers le manège. *Blizok iokotok da ne ukusish.*

Mais un léger sourire étirait sa bouche stoïque. Klara retint un frisson de victoire anticipée pour ne pas compromettre ses plans en se réjouissant trop vite.

À l'intérieur du manège, Nikolaï se mit en selle.

— Dites à Fozard de planifier trois leçons par semaine en fin de journée.

Il préférait que Klara ne se fasse pas trop remarquer. Mieux valait que personne ne sache qu'elle venait ici trop souvent. Elle lui adressa un large sourire mais Nikolaï se contenta de secouer la tête et de faire avancer Cossack au petit galop pour lui signifier son congé.

Klara décida de s'en aller. Elle avait remporté sa victoire de la journée.

Cette victoire l'aida à surmonter la fastidieuse soirée qu'elle passa à jouer aux cartes avec les amies de la femme du général. Les leçons de russe commenceraient dès le lendemain. Elle avait obtenu ce qu'elle voulait. Elle allait découvrir ses racines. Évidemment, son père avait eu ce qu'il désirait aussi : une entrée dans la vie personnelle de Nikolaï. Pourvu qu'il n'ait rien à cacher. Elle espérait sincèrement n'avoir rien à rapporter, et que Nikolaï était vraiment ce qu'il prétendait être : un prince sans ambitions qui donnait des leçons d'équitation.

En prenant un autre pli au piquet, Klara savait que même une vérité aussi basique ne pourrait pas sauver Nikolaï des filets de son père. Le simple fait d'avoir attiré l'attention de l'ambassadeur lui avait déjà fait perdre la partie. S'il se montrait « amical », son père chercherait à le recruter dans le cadre de l'Union du Salut. S'il refusait de participer, son père s'assurerait qu'il soit déporté ou même tué. Dans tous les cas, la vie et les choix de Nikolaï ne lui appartenaient plus.

Un élan de culpabilité fit frissonner Klara encore plus fort maintenant que les dés étaient lancés. Quoi qu'il arrive, quoi qu'elle découvre, elle était irrémédiablement impliquée à présent. Il fallait qu'elle assume le fait que tout avait changé pour Nikolaï dès l'instant où elle était entrée dans cette école d'équitation.

7

— Tu ne penses pas vraiment que ça va s'arrêter là, n'est-ce pas ? Que crois-tu qu'elle cherche avec ses cours de russe ? demanda Stepan en lorgnant vers lui, un verre de brandy à la main, le regard chargé de scepticisme.

Nikolaï regrettait d'avoir abordé le sujet, cependant il avait besoin des conseils de Stepan. Il aimait venir au White's en fin de journée mais le regard accusateur de son ami lui gâchait son plaisir. Ils profitaient pourtant d'une brève accalmie avant l'arrivée de la foule en début de soirée. La clientèle se composait surtout de gentlemen qui empoignaient leur verre de cognac avec commisération avant d'aller danser pendant des heures avec des jeunes filles qui faisaient leurs débuts dans la société.

— Cet endroit me rappelle notre club à Kouban, dit Nikolaï en faisant tourner son brandy dans son verre.

Il était évident qu'il cherchait à faire diversion afin de parler d'autre chose que de Klara Grigorieva.

— J'ai entendu que, pendant la saison, il est presque impossible d'obtenir un siège, continua-t-il.

Le White's était un club très fermé. Ils avaient réussi à y entrer grâce à leurs titres. Apparemment, Londres était fascinée par les princes étrangers, même en exil.

— Essaie d'en profiter tant que tu peux, répliqua Stepan avec cynisme. Je me demande combien de temps ils nous accepteront encore lorsqu'ils auront compris que nos moyens sont limités.

Pas de trônes à hériter, pas même des terres, des palais ou des couronnes. Aucun des attributs qui définissent un prince.

— Nous ne sommes pas vraiment pauvres, objecta Nikolaï.

Il n'acceptait d'engager ce débat que pour détourner l'attention de son ami de Klara.

— Non, mais si l'argent était tout ce qui importait, les commerçants demanderaient leur adhésion.

Le commentaire de Stepan lui rappela que leurs titres n'avaient pas été leur seule recommandation pour entrer au White's. Même s'ils avaient laissé derrière eux des richesses considérables en termes de palais et de possessions, il en existait d'autres qui étaient convertibles, qu'il avait été plus aisé de transporter pendant leur fuite. Ces richesses se trouvaient désormais en sécurité chez Coutts and Company sur le Strand, et attendaient qu'ils décident qu'en faire.

Pour l'heure, ils se contentaient de vivre avec une partie des intérêts et réinvestissaient le reste. L'idée était venue de Stepan.

— La richesse n'est que lettre morte, sauf si tu en fais quelque chose, répondit son ami en haussant les épaules. Sinon, elle t'échappe.

Comme le temps. Le temps et l'argent avaient beaucoup de points communs, et Nikolaï avait le sentiment de manquer des deux. Il fit signe au serveur et lui demanda de remplir leurs verres.

— Combien de temps allons-nous attendre encore ?

Stepan n'avait pas besoin de davantage d'explications pour comprendre sa question. Combien de temps allaient-ils attendre avant de s'investir dans leurs nouvelles vies ? Combien de temps resteraient-ils dans les limbes, à se demander si Kouban allait les poursuivre et s'il y aurait des répercussions suite à leur départ ? Il était temps de commencer une nouvelle existence en Angleterre.

— Nous nous sommes donné un an, lui rappela Stepan.

— Et cette année prend fin en mars, répliqua Nikolaï.

À leur arrivée, ils avaient passé du temps à la campagne chez Dimitri, puis ils étaient venus à Londres après les fêtes de Noël. Cette année touchait presque à sa fin et il n'y avait pas eu de poursuites. Ils étaient presque en sécurité.

L'arrivée de Klara Grigorieva ne pouvait pas tomber plus mal car elle menaçait leur sécurité.

— Nous sommes tous impatients, déclara Stepan. Nous devrions peut-être attendre que la saison commence pour entreprendre quelque chose.

En d'autres termes, ils laisseraient à Klara Grigorieva tout le temps nécessaire pour abattre ses cartes. Mais cela voulait dire aussi qu'il perdrait une autre année avant de pouvoir monter sa propre école d'équitation en ville. Une autre année avant que sa Cleveland Bay engendre un poulain. Pour qu'il naisse en janvier ou février, il fallait que la jument conçoive en mars ou en avril. S'il se ralliait à l'avis de Stepan, ses espoirs étaient mis en péril.

— Je sais que tu es inquiet, mais il est plus prudent d'attendre, prévint Stepan. Ce ne serait pas la première fois qu'une femme se joue de toi. La dernière fois, cela a failli t'être fatal.

Nikolaï grimaça en évoquant ce souvenir. Il sentait encore la douleur du coup de couteau lorsqu'il repensait à la nuit qui avait changé sa vie.

— Klara Grigorieva n'est pas Helena.

— C'est ce que tu crois.

Stepan se montrait toujours très sévère et fort sceptique lorsqu'il était question des femmes en général. Helena n'avait rien fait pour qu'il change d'avis.

— Tu finiras comme un moine avec ce genre d'attitude, répliqua sèchement Nikolaï.

— Je ne me ferai jamais poignarder dans ma chambre à coucher non plus, rétorqua Stepan. Si j'étais toi, je ne me montrerais pas aussi désinvolte.

— Je ne suis pas désinvolte, se défendit Nikolaï. Ce qui s'est passé avec Helena ne se reproduira plus jamais. J'ai commis avec elle des erreurs qui ne se répéteront pas.

À savoir trop partager avec une femme, éprouver des sentiments forts et croire qu'ils étaient réciproques.

— Je me suis fixé des règles maintenant, conclut-il. Je ne les laisse plus approcher de trop près. Je me contente de relations purement physiques et brèves.

Il s'agita sur son siège, mal à l'aise, et un peu en colère devant les réprimandes de Stepan.

— Tu n'es pas mon père, ajouta-t-il.

— Non, en effet, mais je suis ton ami.

Stepan but une gorgée de brandy avec une détermination indiquant que cette partie de la conversation était terminée.

Soudain, la porte d'entrée s'ouvrit et trois gentlemen entrèrent. Le club se remplissait à mesure que les ombres s'allongeaient. L'heure de tranquillité était passée. Il était temps de mettre fin à cette discussion sur Klara et de passer à autre chose. Nikolaï n'était peut-être pas aussi méfiant que Stepan mais il ne voyait pas la nécessité de parler de ses affaires privées dans un lieu où on pouvait les entendre. On ne savait jamais qui pouvait écouter.

— J'ai trouvé plusieurs endroits où nous pourrions nous installer pour ouvrir mon école d'équitation, avança Nikolaï.

Stepan était de nouveau tout ouïe.

— J'attendrais quelques mois avant d'investir de l'argent à ta place.

— Toi oui, mais pas moi. Je n'ai pas envie de laisser passer ma chance. Si j'attends que tout le monde rentre en ville pour la saison, je risque de perdre certaines opportunités.

Nikolaï soupira, frustré par la réticence de Stepan. Pourtant, la prudence de son ami était la raison pour laquelle il s'était attaché à lui. Ce trait de caractère contrebalançait ses propres tendances à aller de l'avant promptement. Mais il y avait des limites et, parfois, la prudence ne se justifiait pas.

— Nous n'avons jamais dit que nous resterions invisibles, que nous allions vivre dans la peur au point de nous cacher. Sinon, pourquoi aurions-nous fui ?

Cet argument était surtout théorique. Ils étaient partis pour survivre, et cela était encore plus vrai pour lui. En restant à Kouban, il risquait la peine de mort. Ses amis l'avaient suivi pour d'autres raisons.

— Mais nous n'avons jamais prévu de nous enticher de la fille d'un ambassadeur, riposta Stepan. Il semblerait que les plans aient changé.

— Je ne suis pas en train de tomber amoureux d'elle, se défendit Nikolaï en croisant le regard interrogateur de Stepan.

Son ami était ridicule. Il n'était pas en train de tomber amoureux de Klara. Il la trouvait juste intéressante et rafraîchissante, car elle se démarquait de toutes les autres. Mais ne s'était-il pas juré de ne plus jamais tomber amoureux de personne ?

— Tu n'en as pas assez d'attendre, Stepan ? demanda-t-il avant de soupirer longuement.

Nikolaï était naturellement impatient, mais à Londres il l'était devenu davantage encore.

— Ces gentlemen anglais ne font rien de leurs journées, ajouta-t-il.

Mais il aurait aussi aimé lui demander si Kouban ne lui manquait pas. S'il lui arrivait d'y penser. Que dirait Stepan s'il lui confiait qu'il avait accepté la demande de Klara afin de se souvenir du pays qu'il avait laissé derrière lui ?

— C'est ton argent, acquiesça Stepan sans répondre à la question.

Puis son ami se pencha vers lui.

— Promets-moi que tu ne vas pas la séduire, dit-il à voix basse. Pas maintenant. Je ne sais pas si nous pourrons te sauver une seconde fois.

Nikolaï vit dans le regard de son ami à quel point il était inquiet et se faisait du souci pour lui. Stepan avait été celui qui l'avait fait libérer de la prison du tsar, celui qui avait organisé sa fuite. Il avait pris beaucoup de risques pour lui. Le tsar ne lui pardonnerait pas facilement son rôle dans son évasion, si le cas se présentait. Nikolaï était évidemment plus que reconnaissant de la loyauté de Stepan à son égard.

— Je saurai me tenir, le rassura Nikolaï. Il se passera du temps avant que je permette à une femme de devenir proche de moi.

Peut-être même jamais, songea Nikolaï. Il savait se montrer méfiant, lui aussi, quand il s'agissait des femmes, mais il n'allait pas se transformer en moine pour autant. Plutôt qu'opter pour le célibat, il préférait se contenter de quelques nuits d'amour épisodiques.

— Merci, dit Nikolaï en serrant le bras de son ami avec gratitude.

Derrière ses avertissements, il comprenait l'importance de

ce que Stepan lui avait donné. Ils recommenceraient leur vie en Angleterre comme prévu. Il pourrait monter cette école d'équitation dès qu'il aurait trouvé un lieu pour s'installer.

Nikolaï leva ce qu'il restait de son verre pour porter un toast, parcouru d'un frisson d'excitation. Il allait pouvoir mener ses projets à leur terme.

— *Za vashee zda-ró-vye*, lança-t-il. Santé et à notre nouveau départ.

L'impression douloureuse de mener une vie désœuvrée et sans but commença à s'atténuer, ainsi que la tentation de prendre part à la révolte d'Alexei Grigoriev pour organiser son retour dans son pays. Il lui suffisait de trouver quelque chose à faire.

— Aux nouveaux départs, reprit Stepan. Espérons que la santé nous accompagne.

Puis il haussa les sourcils et ajouta d'un air narquois :

— Je bois aussi aux comportements sages.

Nikolaï était fermement décidé à bien se comporter. Il n'aurait pas trop de mal à s'en souvenir. La cicatrice qui barrait sa hanche lui rappelait le prix qu'il avait dû payer pour ne pas l'avoir fait. Or, il savait pertinemment que les Grigoriev avaient des ambitions politiques audacieuses, de celles qu'il lui était interdit de partager. Ce simple fait mettait Klara hors de portée. Sa dualité faisait qu'il lui était impossible de distinguer le vrai des artifices, et ces derniers étaient nombreux. Elle recherchait sa compagnie dans un but précis. Elle l'avait invité à dîner pour être jaugé par d'importants nobles russes. Il était clair que ses intentions ne relevaient pas du badinage innocent et sincère. Mais lorsqu'il l'avait embrassée dans le parc, lorsqu'elle s'était mise en colère en constatant qu'il lui avait attribué un nouveau professeur, elle était bel et bien sincère.

Il n'y avait aucun artifice dans son emportement et cela l'avait intrigué. Klara aurait dû être furieuse de l'obstacle qu'il avait placé sur son chemin. En effet, elle ne pouvait plus l'espionner pour le compte de son père s'ils n'étaient pas ensemble. Or, il avait compris que ce n'était pas la seule raison de sa colère. Elle en avait fait une question personnelle. Elle était furieuse qu'il lui ait refusé ce moment avec lui. Juste pour elle. Elle le voulait pour lui, ou plutôt les connaissances qu'il possédait.

Il l'avait compris non seulement dans les étincelles de son regard, mais aussi dans le contenu de sa requête. Klara voulait qu'il lui fasse découvrir la Russie, et Kouban. Son père ne lui aurait jamais demandé une chose pareille, surtout s'il avait veillé à ne pas lui léguer son héritage russe. Grigoriev ne voulait à aucun prix que quelqu'un vienne gâcher l'éducation anglaise qu'il avait passé toute une vie à inculquer à sa fille.

La femme qu'incarnait Klara dans ces moments-là éveillait son intérêt, ses sens et sa curiosité au point de lui donner envie de mettre de côté quelques instants sa méfiance face au désir, et d'ignorer le projet politique qu'elle était venue défendre. Il voulait explorer les possibilités de son caractère passionné, explorer la personne, et non le pion qu'elle était. C'était la raison pour laquelle il avait accepté sa requête, et qui expliquait pourquoi il se trouvait assis en face d'elle dans la sellerie transformée en salle de classe improvisée trois soirs par semaine. Il goûtait alors brièvement au plaisir de sa compagnie tout en résistant à la tentation qu'elle incarnait. Il espérait ainsi assouvir sa curiosité et atténuer la fascination qu'elle lui inspirait, comme cela finissait toujours par arriver avec les jolies femmes avec le temps.

C'était son pacte avec le diable, un pacte qui pouvait facilement le conduire sur la pente glissante de la supercherie. Cette subtile dose de chagrin sincère qu'elle affichait la rendait encore plus dangereuse. Sa sincérité l'empêchait encore plus de distinguer les vraies émotions du jeu auquel elle s'adonnait. Il aurait dû lui tourner le dos. Il avait essayé de le faire, vraiment.

Il veillait à garder ses distances, se concentrait sur la grammaire et l'alphabet au lieu de la culture. Il ne lui parlait pas du caractère brillant et passionné de son pays. Évoquer avec elle ces aspects ne pouvait que lui attirer des ennuis. Elle tomberait amoureuse de Kouban, de ses paysages sauvages et de ses rivières, de l'héroïsme des soldats cosaques, du tempérament coriace des nouveaux princes, du mysticisme exotique que le pays partageait avec les

Ottomans, tout en les rejetant. De telles leçons ne pouvaient qu'être une torture pour tous les deux.

Au lieu d'ouvrir Klara à un nouveau monde, il cultivait le caractère austère de ses leçons, et faisait de son mieux pour imiter les précepteurs qu'il avait détestés dans l'espoir de la décevoir et de la faire fuir. Il lui apprit l'alphabet, les chiffres et les bases de la conversation : « Bonjour, je m'appelle Klara, comment allez-vous ? Très bien, merci. » Mais son plan ne fonctionna pas. En réalité, les choses ne firent qu'empirer. Plus ses leçons étaient ennuyeuses et plus elle se montrait charmante avec lui, comme si elle le faisait exprès.

Au début de la troisième semaine, Nikolaï était certain qu'elle le provoquait délibérément, avec sa façon de toucher ses cheveux, son pas assuré, ses regards appuyés par-dessus la table qui duraient juste assez de temps pour semer le doute dans son esprit, le balancement de ses hanches moulées dans sa culotte lorsqu'elle remontait les allées de l'écurie avec une pointe d'arrogance féminine. Elle n'allait jamais suffisamment loin pour être rappelée à l'ordre, mais toujours assez pour éveiller ses soupçons et qu'il se sente bien seul, le soir dans son lit. À la fin de la troisième semaine, il en avait acquis la certitude : elle se jouait de lui.

Là où ses ennuyeuses leçons avaient misérablement échoué, les manœuvres de Klara avaient réussi : il s'était mis dans une situation explosive. À la moindre provocation, il était prêt à bondir. Nikolaï s'agita sur sa chaise dans la sellerie pour dissiper son malaise, tâche diablement difficile car Klara faisait tout son possible pour qu'il en soit autrement. Nikolaï avait même l'impression que cette maudite table avait rétréci. Tout était trop petit ce soir : la pièce, la table, son pantalon. Klara enroula une longue mèche de cheveux autour de son doigt et baissa lentement les yeux vers sa bouche, un peu comme il l'avait fait lui-même avec elle dans le parc. Pendant ce temps, il essayait de lui expliquer l'utilisation des articles en russe.

— Si je comprends bien, dit-elle, il n'y a pas de « un, une » ni de « le, la, les ».

Klara s'exprimait d'une voix grave et sensuelle, sur un ton qu'on pouvait entendre dans une chambre à coucher. Personne ne parlait ainsi pendant un dîner. Elle posa de nouveau les yeux sur sa bouche et suivit le contour de ses lèvres. Cette fille apprenait vite.

— Comme en toute chose, il y a des éléments interchangeables, continua-t-elle. Il n'y a pas de différence entre *un* baiser et *le* baiser. *Un* amant et *l'*amant. Cela peut avoir ses avantages.

Elle humecta ses lèvres, ce qui fit bondir Nikolaï.

— Que diable faites-vous !

— J'apprends le russe. Que croyez-vous que je fasse ?

Elle paraissait tellement surprise, tellement innocente à cet instant, qu'il se demanda brièvement s'il n'avait pas mal interprété son jeu. Mais non, il savait qu'il avait raison. Klara jouait avec lui car elle savait, bon sang, qu'il se moquait d'elle, lui aussi.

— J'espérais plutôt entendre de votre bouche que vous vous vengiez, gronda Nikolaï.

Il était temps de lui donner un autre genre de leçon. Il quitta son siège et se délecta de voir dans son regard une lueur d'inquiétude. Ce qui était normal. Lorsqu'une jeune femme mettait le feu aux poudres, il fallait qu'elle se prépare à des explosions.

— Pourquoi voudrais-je faire une chose pareille ?

Ses mots clamaient peut-être son innocence et son inconscience, mais elle savait pertinemment de quelle manière elle s'était comportée et s'en inquiétait peut-être pour la première fois. Klara se leva et se redressa de toute sa taille à côté de lui. Ils étaient très proches à présent, et il plongea son regard dans ses prunelles émeraude et pénétrantes.

— Vous savez très bien pourquoi, Klara, dit-il d'une voix basse mais ferme.

Sa façade tomba enfin. Il voyait son pouls battre rapidement à la naissance de son cou. Elle plissa les yeux et se laissa envahir par la colère, car elle ne voulait pas réagir à cette querelle, à cette mise au jour de son jeu. Et ils étaient deux. Lui non plus ne voulait pas montrer qu'il était excité, mais il l'était.

— Vous voulez parler de ces horribles leçons ? demanda-t-elle. Oui, je souhaite me venger pour les avoir endurées, pour avoir dû rester assise pendant que vous me traitiez comme une enfant, pendant que vous m'appreniez les choses les plus banales, de la manière la plus banale.

Klara fulminait à présent.

— Ce n'est pas le marché que j'ai passé avec vous, déclara-t-elle.

— Comment ? Et moi ? Je n'ai pas demandé que vous veniez dans mon écurie pour m'aguicher, avec les projets politiques de votre père en guise de carte de visite.

Il commençait vraiment à s'échauffer. Sa colère faisait des étincelles.

— Je n'ai pas envie de jouer, conclut-il.

Ce n'était pas complètement vrai. Il voulait jouer, et durement. Avant même de se rendre compte de ce qu'il faisait, il l'avait adossée contre le mur. Il était temps qu'elle apprenne à quel genre d'homme elle avait affaire. Il cloua les mains de la jeune femme au-dessus de sa tête et posa ses lèvres sur les siennes avec autorité, mais Klara n'avait pas fini de se battre.

— Ceci, dit-elle en haletant entre deux baisers, n'a rien à voir avec mon père, mais avec nous, avec notre accord.

Elle mordilla la lèvre inférieure de Nikolaï.

— Je suis venue à vous avec la volonté de découvrir Kouban et vous m'avez donné votre parole. Mais vous ne m'avez rien révélé.

Elle frotta durement ses hanches contre les siennes. Elle risquait de trouver bien plus que ce qu'elle était venue chercher si elle ne faisait pas attention. Mais là encore, il avait appris à ses dépens que Klara Grigorieva n'était pas d'une nature prudente.

— Vous ne pouvez pas vous promener dans ces écuries en balançant vos cheveux et vos hanches, vêtue d'une culotte, sans vous attendre à ce qu'un homme le remarque, grogna Nikolaï en mordillant le lobe de son oreille.

Elle prit une inspiration.

— Vous m'avez menti. Vous devez payer pour ça, répondit Klara avec fougue avant de glisser la main vers le sexe raide de Nikolaï.

Il l'immobilisa en secouant la tête.

— Non.

C'était sans conteste le mot le plus dur qu'il avait prononcé depuis longtemps, mais pour de nombreuses raisons cet échange ne pouvait pas se terminer en faisant l'amour avec rage sur la table de la sellerie.

— Vous avez défié mon honneur, haleta-t-il. Je ne peux pas laisser passer cela. Vous voulez voir la Russie ? Venez avec moi. Je vais vous la montrer. Mais avant, changez-vous. Nous partons dans dix minutes.

Il recula d'un pas et libéra Klara de son étreinte.

— Sauf si vous avez peur, conclut-il.

Il allait lui donner ce qu'elle lui demandait. Il l'emmènerait à Soho, où vivaient les immigrés russes. Il la conduirait aussi près de chez lui que cela lui était possible à Londres.

— Peur d'expérimenter la Russie ou peur de vous ? demanda-t-elle en secouant la tête d'un air hautain. Je ne crains ni l'un ni l'autre.

Elle saisit son sac posé à terre et se glissa dans un coin de la sellerie où les garçons d'écurie se changeaient. Elle fit passer une chemise blanche par-dessus le paravent, évoquant dans l'esprit de Nikolaï des images de ce qu'elle ne portait plus.

— Je n'ai pas peur de vous, Nikolaï Baklanov.

À la lueur de la lampe posée sur la table, la silhouette de Klara se détachait derrière le tissu du paravent. Nikolaï distingua la courbe fière de ses seins, la finesse de sa taille avant qu'elle n'enfile un chemisier et qu'elle boutonne par-dessus sa veste cintrée.

C'était plutôt à lui d'avoir peur d'elle. Il était allé trop loin, cette fois. Il ne l'avait pas découragée avec l'austérité de ses leçons, avec ses baisers audacieux et ses suggestions choquantes. À la place, ses efforts n'avaient fait que l'attirer encore plus près de lui, la conduisant à le prendre au mot. Stepan serait pris d'une attaque s'il apprenait ce qu'il s'apprêtait à faire : sortir en public avec une jeune femme de bonne famille sans chaperon.

Klara sortit de derrière le paravent et noua ses cheveux en un chignon.

— Ma tenue fait-elle l'affaire ?

Nikolaï embrassa du regard sa robe en laine bleue, simple mais bien taillée, pas trop ostentatoire pour Soho. Oui, elle ferait l'affaire, mais Klara était le genre de femmes à attirer l'attention partout où elle allait, même habillée en haillons. Il commençait pleinement à mesurer la portée de cet acte. S'ils ne faisaient pas attention, si quelqu'un reconnaissait Klara, si son père venait à l'apprendre… Tous ces scénarios se solderaient par un mariage.

— Personne ne remarquera mon absence, dit-elle comme si elle lisait dans ses pensées.

Ou peut-être cherchait-elle à se convaincre que cette folie pouvait passer inaperçue.

— Mon père doit assister à un dîner à Richmond dans notre propriété. Seuls les hommes sont invités. Il ne sera pas de retour avant demain, précisa-t-elle.

Nikolaï perçut dans ses propos une certaine nervosité. Parfait. Il fallait qu'elle ait un tout petit peu peur. Pas de lui, mais de la situation. Les enjeux étaient en effet très importants mais ils avaient atteint le point de non-retour. Il lui avait fait une proposition et elle avait accepté. Ils étaient tous les deux trop têtus pour faire machine arrière.

Nikolaï lui offrit alors son bras. Ce simple geste changeait tout et elle le savait. Malgré ses bravades, il sentit chez elle une légère hésitation, juste avant qu'elle ne pose la main dans le creux de son coude. Il prit une profonde inspiration et couvrit sa main, lui montrant ainsi qu'il la comprenait. Ils ne pouvaient plus revenir en arrière. Ils n'étaient plus ennemis, plus une élève et un professeur. Peut-être même n'y avait il plus de Miss Klara Grigorieva, fille d'ambassadeur, ni de prince Nikolaï Baklanov en exil, mais quelque chose de plus simple : deux complices dans une course secrète à travers la ville. En agissant ainsi, ils s'exposaient mutuellement comme ils ne l'avaient jamais fait auparavant. Or une telle vulnérabilité soulevait une question qui méritait réflexion : que se passerait-il si Klara et Nikolaï se rendaient à Soho sans la protection de leurs titres ?

8

C'était la vraie liberté ! Klara ne devait répondre devant personne d'autre qu'elle-même, elle n'avait pas d'autres attentes que les siennes. En montant dans la voiture, elle avait eu l'impression d'endosser une nouvelle peau et de laisser l'ancienne derrière elle.

Klara s'installa dans l'habitacle moite et comprit l'énormité de ce qu'elle avait fait. Elle avait abandonné le monde civilisé pour vivre une aventure avec un homme qu'elle connaissait à peine : un homme qui, moins d'une demi-heure plus tôt, l'avait poussée contre un mur et l'avait embrassée comme un diable, un homme à qui elle avait répondu avec la même fougue par deux fois. Rétrospectivement, son audace avait allumé en elle un brasier qui n'était pas entièrement imputable à son embarras. Il était si facile de se montrer hardie avec Nikolaï.

La voiture se mit en route et se fondit dans la circulation. Klara lança un bref regard vers Nikolaï assis en face d'elle, la mâchoire serrée avec fermeté comme si, lui aussi, avait besoin d'un peu de temps pour réaliser la situation. À quoi pensait-il ? Éprouvait-il des regrets ? Craignait-il d'être surpris ? Personne ne pouvait les reconnaître. Les personnes qu'elle fréquentait ne se rendaient jamais à Soho.

— Pourquoi m'avez-vous arrêtée tout à l'heure, dans l'écurie ? demanda-t-elle.

Nikolaï n'avait pas besoin qu'elle lui en dise plus pour comprendre sa question.

— Parce que nous étions en colère. Nous étions dans une sorte de compétition et ce n'est pas ce que j'aimerais que vous viviez pour votre première fois.

La franchise de Nikolaï la fit rougir.

— Comment le savez-vous ? demanda-t-elle sur la défensive, soudain honteuse de sa virginité et furieuse de ne pas pouvoir rivaliser avec la supériorité de Nikolaï en la matière.

— Si vous avez été élevée comme le sont les jeunes filles britanniques issues des classes privilégiées, vous devez être vierge le jour de votre mariage.

Nikolaï était très différent des gentlemen anglais qu'elle connaissait. Jamais elle ne parlerait ainsi avec eux, jamais elle ne se comporterait avec eux comme elle le faisait avec lui. Ce dernier lui adressa un sourire chaleureux dépourvu de condescendance.

— Vous n'avez pas à avoir honte de votre virginité, Klara, pas plus qu'une femme ne devrait avoir honte de sa nature passionnée.

Il l'excusait et même approuvait son audace. Et pourtant, il avait interrompu leur élan. Mais pour l'honneur de qui ? Le sien ou celui de Klara ?

Dans une compétition, il y avait un gagnant et un perdant. Avait-il eu peur de perdre ? Avait-il arrêté parce qu'elle était en train de prendre la main ? Pour un homme comme Nikolaï, le contrôle comptait par-dessus tout. Sur le dos d'un cheval, à la table d'un dîner ou dans une chambre à coucher, il voulait contrôler tous les aspects de sa vie.

Elle se rappelait encore la façon dont il avait emprisonné ses poignets. La pression de sa bouche était un signe puissant mais pas si désagréable de ce contrôle, si différent de celui qu'affichait Amesbury pendant leur dernière conversation après le dîner. Elle s'était alors sentie vulnérable, menacée. Pourtant, même si son altercation avec Nikolaï avait été plus physique, elle n'avait jamais eu peur de lui.

— Comment se fait-il que vous en sachiez autant sur la virginité ? demanda Klara timidement.

— C'est une question très importante, déclara Nikolaï avec un sourire en coin.

Il croisa une jambe sur son genou et se détendit. Elle craignait surtout qu'il ne se moque d'elle et qu'il lui réponde de manière détournée. Mais il n'en fit rien. Peut-être avait-il compris son besoin de vérité.

— Kouban n'est pas très différent de l'Angleterre sur ce point. Nos femmes nobles sont prisées pour leur extrême pureté au moment du mariage.

Elle sentit la tension dans sa voix.

— Vous n'approuvez pas ? demanda-t-elle en fronçant les sourcils.

— Je n'approuve pas que l'on prive une personne de sa liberté d'action, dit-il en soutenant son regard. Si une femme désire s'imposer de rester vierge, pourquoi pas, si une femme désire choisir l'homme qu'elle va épouser, pourquoi pas. Je n'ai rien contre l'institution du mariage mais...

Il fit une pause et elle retint son souffle, car son intuition lui soufflait qu'elle était sur le point de percer un secret. Il était primordial qu'elle comprenne Nikolaï si elle voulait appréhender l'homme qu'il était.

— Lorsque nous enfermons des jeunes filles dans des couvents qui ressemblent à des prisons et que nous leur refusons le droit de regarder un homme avant de faire leur entrée à la cour ou que nous les promettons à des hommes qu'elles n'ont jamais vus avant leur arrivée devant l'autel, je considère cela comme un crime contre la personne. Je ne peux pas supporter ce genre de comportement. Pas plus que je ne supporte les règlements régissant le mariage imposés aux hommes de la cour. Ces règlements sont certainement différents mais pas moins invalidants. Kouban exige que tous les nobles prennent leur place à la cour à trente ans. Cette place s'accompagne en général d'un mariage arrangé pour des questions politiques.

Il se tut et elle sentit la force de son regard posé sur elle.

— Vous ai-je choquée, Klara ? Ce n'était peut-être pas ce que vous vouliez apprendre sur Kouban ?

Comme il s'était montré sincère avec elle, elle lui répondrait de la même manière. Elle veilla à ne pas détourner les yeux.

— Certes, ce n'était pas ce que j'espérais apprendre sur votre pays. Mais non, je ne suis pas choquée.

Elle émit alors l'hypothèse qui s'était formée dans son esprit pendant qu'il parlait.

— Est-ce la raison pour laquelle vous en êtes parti ? Parce que vous ne vouliez pas être vendu à travers le mariage ?

Nikolaï s'esclaffa durement.

— Je suis un soldat. Je ne suis pas un homme bon à marier. Je ne crains pas que l'on m'impose ce genre d'union. Mais cela ne m'empêche pas de combattre ces injustices pour les autres. Un homme ne peut pas limiter son sens de la justice aux causes qu'il défend pour lui-même. Ce serait la dernière des hypocrisies.

Pour Nikolaï, Amesbury était l'exemple parfait de l'hypocrite, songea-t-elle. Sa définition de la justice était diamétralement opposée à ce que le duc défendait. Elle songea ensuite qu'elle se trouvait face à un homme de principes, un homme capable de se battre pour ceux qui ne pouvaient pas se défendre seuls. Si son père avait connaissance de ce que Nikolaï venait de lui révéler, il ne le laisserait plus jamais partir. Cette dévotion passionnée était exactement ce qu'il recherchait. Il voudrait exploiter cette passion pour sa propre cause. Elle chassa cette pensée. Ce soir, elle ne voulait pas penser à toutes ses manigances. Ce soir, il n'y avait qu'elle et Nikolaï. Rien qu'eux.

La voiture s'arrêta enfin et Nikolaï regarda par la fenêtre aux vitres opaques.

— Nous sommes arrivés. Êtes-vous prête ?

Plus que prête. Klara sortit dans la nuit brumeuse qui envahissait Soho. Tout ce qu'ils se diraient ou feraient ici n'aurait aucune importance dans le vrai monde. C'était la règle implicite de la soirée, la raison pour laquelle ils étaient venus. Nikolaï l'amena devant un petit restaurant et lui tint la porte. Elle entra dans la pièce surchauffée, et l'odeur des plats fumants l'assaillit aussitôt, de même que le bruit de la salle à manger noire de monde.

— Nikolaï !

Un solide gaillard avec une barbe noire et un grand tablier blanc s'avança vers eux. Il prononça quelques mots en russe, trop vite et trop éloignés de son registre pour qu'elle puisse les comprendre. Nikolaï parut protester et paraissait même intimidé face à l'exubérance de cet homme mais finalement il se laissa conduire vers une table pour deux personnes à côté de la cheminée. Il n'y avait pas de menus mais peu après qu'ils se furent assis l'homme revint vers eux, les bras chargés d'une miche de pain noir et de deux bols fumants. Ils contenaient un ragoût qui sentait délicieusement bon.

— C'est du *solyanka*, expliqua Nikolaï après le départ de l'homme. C'est un ragoût sucré-salé.

Puis il leur coupa une tranche de pain chacun.

— C'est de la nourriture de paysan, prévint-il, et non celle que l'on sert à la table du tsar.

— Mais ça n'en est pas moins délicieux, répondit Klara en goûtant au ragoût. J'aime beaucoup.

Il la testait, et voulait savoir à quel point elle désirait connaître ses racines russes. Elle n'avait pas oublié ce qui avait provoqué cette aventure à Soho.

— Si vous essayez de m'effrayer, vous vous y prenez très mal. Je pourrais venir ici tous les soirs.

Elle hocha la tête vers l'homme qui les avait accueillis pour lui montrer qu'elle appréciait.

— Que vous a-t-il dit ? demanda-t-elle. Je n'ai pas compris.

— Il était juste heureux de me voir, éluda Nikolaï.

Mais elle était prête à parier qu'il y avait autre chose.

Il devait venir souvent ici. De son côté, c'était ce qu'elle ferait si elle avait cette liberté. Jamais elle ne s'était sentie piégée avant de rencontrer Nikolaï. Certes, elle jouissait du privilège de sa naissance, mais ce dernier était aussi une prison. Soudain, elle éprouva de la jalousie envers les hommes qui pouvaient aller et venir où ils voulaient, quand ils voulaient.

— Je donnerais cher pour savoir ce à quoi vous pensez, s'exclama Nikolaï en se penchant vers elle avec un sourire. Où étaient vos pensées, Klara ?

— Je songeais à ces femmes dont vous m'avez parlé dans la voiture et je me disais que ma vie n'était pas si différente de la leur, déclara-t-elle d'une voix calme. Je ne vis pas dans un couvent, bien sûr. Je ne veux pas minimiser ce type de répression, mais je n'avais jamais réalisé avant ce jour à quel point ma liberté était illusoire.

Elle s'était exprimée lentement, choisissant avec soin chaque mot, tant ces pensées étaient nouvelles pour elle.

— Vous portez des culottes d'équitation, Klara, souligna Nikolaï.

Mais il ne l'avait pas contredite. Il la sondait, presque comme s'il voulait l'amener à prendre conscience de certaines choses.

— C'est vrai. Je suppose que, vu de l'extérieur, j'ai l'air d'être libre. Je sais qu'il existe des hommes comme Amesbury qui pensent que je suis incontrôlable. Mais je suis simplement retenue par une laisse un peu plus longue que pour d'autres. Il arrivera un moment où j'en atteindrai le bout et où je serai tirée en arrière. Je monte mes chevaux, je porte des culottes, j'ai tout ce que je veux. Mais il y a un prix à payer. Ce prix sera un mariage avec l'homme que mon père aura choisi pour moi le jour où il l'aura décidé.

Pourquoi ne l'avait-elle pas compris avant ?

Elle haussa les épaules en essayant de cacher à quel point elle était bouleversée par cette découverte.

— Raison de plus pour profiter de cette soirée, je pense, conclut-elle en tendant la main vers sa chope. Dites-moi comment on porte un toast en russe.

Nikolaï la gratifia d'un autre sourire.

— Nous dirions *budem zdorovy*, à votre santé.

— *Budem zdorovy*, alors.

Elle sourit et trinqua avec lui. Après avoir bu, elle le regarda fixement.

— Dites-moi, pourquoi venez-vous ici ?

— Je viens ici quand j'ai le mal du pays, répondit Nikolaï avec franchise.

— Et cela vous arrive souvent ? demanda-t-elle d'une voix douce.

L'intimité les enveloppa et la salle à manger bruyante disparut à l'arrière-plan tandis qu'elle attendait sa réponse. Cette conversation était très différente de leur échange dans la voiture : elle était totalement personnelle, totalement privée.

— Plus souvent que je ne l'imaginais.

Nikolaï tendit la main vers le pichet et remplit leurs verres.

— Ici, je ne me sens pas seul.

Klara acquiesça. Tout autour d'eux, les gens parlaient le russe, mangeaient de la nourriture russe. Ils venaient sans doute de différentes parties de ce pays mais dans ce petit restaurant ils avaient plusieurs choses vitales en commun, et cela leur suffisait pour recréer le sentiment d'être chez eux.

— Vous êtes très courageux. Je pense qu'il faut être très fort pour quitter son pays, sa famille, afin d'entamer une nouvelle vie.

Mais ce choix n'en était pas moins accablant. Il essayait de le cacher, évidemment, derrière ses sourires, son arrogance et ses paroles audacieuses.

— Vous êtes un prince qui est devenu professeur d'équitation, conclut-elle.

L'idée surgit sous forme de bribes de phrases qu'elle essaya de reconstituer. Elle balaya furtivement la pièce du regard.

— Je me demande combien d'hommes comme vous se trouvent ici. Combien d'entre eux ont échangé leur statut et la richesse d'une existence pour en commencer une nouvelle dans l'espoir de trouver mieux ? L'ont-ils trouvé ? Comment peuvent-ils le mesurer ?

Nikolaï attira son attention vers deux hommes en grande conversation près de la porte.

— C'étaient des officiers de la garde royale à Saint-Pétersbourg. Ils ont pris part à la révolte de 1821. Vous en avez entendu parler ?

Elle s'arrêta de manger. Le *solyanka* commençait à peser sur son estomac.

— Oui.

Il s'agissait d'une révolte comme celle que planifiait son père.

— Ils viennent ici pour boire et parler du bon vieux temps, continua Nikolaï. Ils se remémorent la révolte inlassablement.

Il désigna un autre groupe d'hommes dans un coin de la pièce.

— Ils sont venus en Angleterre parce qu'ils étaient persécutés dans leur pays. Ils ont refusé de se plier aux volontés du tsar.

Ces hommes, d'une cinquantaine d'années, étaient plus vieux que les autres.

— Ils sont en Angleterre depuis vingt ans, expliqua-t-il. Ils ont pris de l'âge, mais pas leurs souvenirs. Donc, oui, certains hommes ici ne retrouveront jamais le rang qu'ils ont abandonné là-bas.

Klara vit de la pitié et de la colère dans son regard, et même du mépris pour ces hommes piégés dans leur passé et incapables de surmonter le choix qu'ils avaient fait. Elle comprit sa peur de ne pas être différent d'eux, et de finir par leur ressembler.

— Vous ne serez pas comme eux, le rassura-t-elle.

Nikolaï était un homme trop plein de vie, trop énergique. Mais dans ce contexte, cela la ramenait toujours à la même question : qu'est-ce qui l'avait poussé à quitter tout ce qu'il avait, sur le plan matériel et affectif, pour une terre qui ne lui permettrait pas de s'élever ? Un pays où il serait limité par la langue et une centaine d'autres barrières ?

— Pourquoi êtes-vous venu ici, Nikolaï, si ce n'est pas pour fuir un mariage dont vous ne vouliez pas ? demanda-t-elle en posant sa main sur la sienne.

— Je suis venu pour les mêmes raisons qu'eux. Je n'avais pas le choix.

Il émit un rire sarcastique.

— Quelle ironie ! Tous ces hommes sont ici parce qu'ils voulaient que les choses changent, et maintenant ce sont eux qui ne peuvent pas changer.

Il y avait quelque chose de révolutionnaire dans ses paroles, et d'autres hypothèses se formaient dans l'esprit de Klara. Nikolaï avait-il voulu, lui aussi, changer les choses ?

Elle songea aux hommes près de la porte, à ces anciens officiers. Peut-être des hommes comme Nikolaï. Avait-il essayé de bouleverser l'ordre établi avant d'être obligé de s'enfuir ? La contrainte était le mot juste dans ce contexte. Personne ne laissait sa vie derrière soi uniquement pour avoir voulu modifier le cours des événements.

L'homme au tablier revint avant qu'elle ne puisse approfondir la question. Il débarrassa leurs bols et leur demanda dans un anglais hésitant avec un fort accent :

— Vous resterez pour danser ? Vous voulez un peu de vodka ?

Autour d'eux, les gens commençaient déjà à pousser les tables et à empiler les chaises. Un accordéon et une guitare apparurent comme par magie. Nikolaï la regarda et haussa les sourcils d'un air provocateur. Il la mettait de nouveau au défi, mais elle était prête à le relever.

— *Da*, nous allons rester, répondit Nikolaï.

Elle n'était pas encore disposée à rentrer chez elle. Ce qu'elle venait de découvrir était trop déstabilisant. De plus, elle n'aurait plus jamais l'occasion de revenir ici. Non, elle ne pouvait pas partir maintenant.

— Et nous danserons, conclut-elle en lançant un regard complice à Nikolaï.

9

Jamais elle n'avait dansé ainsi de toute sa vie. Klara rit aux éclats quand Nikolaï la fit tournoyer sur la piste dans une polka endiablée. Elle était en sueur, elle avait chaud et elle était heureuse. Ils venaient de danser pendant deux heures sans interruption. Pour Klara, ces danses étaient autant d'expériences nouvelles. Il y avait eu des rondes, des *khorovods* et des danses en ligne où les personnes se touchaient. Cela n'avait rien à voir avec les danses statiques des salles de bal de Mayfair, avec les petits pas polis et mesurés de l'aristocratie anglaise.

Ici, ils dansaient comme il se devait, en volant sans jamais quitter le sol. Malgré toute sa sophistication, Klara était choquée de constater à quel point son monde était étriqué. Minuscule, à vrai dire, étant donné tout ce qu'elle n'avait jamais fait avant cette soirée, alors qu'elle se trouvait à deux pas de chez elle. En termes de distance, Soho était étonnamment proche de Mayfair. Ils n'étaient séparés que par quelques rues, mais ces deux mondes étaient diamétralement opposés.

Le morceau se termina et l'orchestre fit une pause. Dieu merci. Klara n'avait pas envie d'arrêter de danser mais elle était épuisée.

— Avez-vous soif ? demanda Nikolaï.

Sa main n'avait pas quitté son dos depuis le moment où ils avaient commencé à danser. C'était un autre avantage de ce lieu. Ils n'étaient pas limités à deux danses. Nikolaï avait été son cavalier toute la soirée.

Klara se sentait vivante, ici, dans ce restaurant dont elle ne connaissait même pas le nom, à tourbillonner dans les bras de son prince au son d'un orchestre réduit à deux hommes. Nikolaï lui tendit un petit verre rempli d'un liquide transparent.

— C'est de la vodka, prévint-il. Buvez-le d'un trait.

— Je connais la vodka, dit-elle dans un sourire en le regardant jeter la tête en arrière.

Elle contempla les muscles puissants de son cou pendant qu'il déglutissait. Nikolaï s'était débarrassé de son manteau et de sa veste. Il dansait en chemise, les manches retroussées. Il pouvait être n'importe qui dans cette pièce, un ouvrier par exemple, et non un gentleman. Klara avait elle aussi ôté son manteau. Elle aussi pouvait être n'importe qui avec sa robe bleue sans prétention et son chemisier blanc. Comme il serait tentant d'être simplement Nikolaï et Klara, et de n'avoir aucun secret l'un pour l'autre. Certains murs étaient tombés ce soir, la rendant plus consciente que jamais de ceux qui les séparaient encore.

La tentation fut bientôt remplacée par le germe d'un rêve découlant des découvertes qu'elle avait faites ce soir : et si elle commençait une autre vie ? Une vie en dehors de sa cage dorée ? Une vie où les soirées dans ce café remplaceraient les bals londoniens. Une vie avec Nikolaï, le professeur d'équitation. Elle ne pouvait que fantasmer si elle songeait à un avenir avec un homme qu'elle n'avait rencontré que quelques semaines plus tôt. Il était dangereux d'imaginer tomber amoureuse de Nikolaï Baklanov. N'avait-il pas lui-même avoué ne pas vouloir se marier ? Mieux valait penser à la vodka.

— *Budem zdorovy*, dit-elle en levant son verre avant de boire.

Le liquide glissa facilement dans sa gorge. Elle avait l'habitude de la *viche pitia* mais cette boisson avait un goût tout à fait délicieux ce soir.

— Une autre, s'il vous plaît.

Elle avait plus soif qu'elle le croyait. Nikolaï partit à rire. L'orchestre se remit à jouer, entamant cette fois des notes joyeuses qui soulevèrent des acclamations. La foule se mit à crier :

— *Hopak* !

— Nikolaï, tu dois danser avec nous !

L'homme au tablier et un autre, plus jeune, tirèrent Nikolaï vers la piste où les hommes s'étaient rassemblés. Klara s'empara d'un nouveau verre de vodka et se retrouva dans un cercle autour de la piste avec les femmes.

— Les hommes vont danser pour nous maintenant, l'informa une jeune femme tandis que la musique commençait.

La danse débutait de manière assez traditionnelle, ponctuée de positions accroupies et de bonds ordonnés. Mais à mesure que le tempo s'accélérait, les danseurs suivirent le rythme et les sauts se firent plus hauts. Un homme exécuta un saut périlleux arrière sous une salve d'applaudissements.

C'était le signal pour indiquer que la danse s'était transformée en compétition. Beaucoup se retirèrent et il n'en resta plus que trois. Nikolaï et deux autres danseurs prirent place au centre de la pièce et exhibèrent à tour de rôle leurs prouesses. Nikolaï fut le dernier à s'élancer au centre en faisant un salto et atterrit sur ses pieds. Il donna un coup de pied en l'air et bondit, puis recommença, sautant chaque fois plus haut. Au troisième bond, il fit un grand écart en l'air en touchant ses pieds. Il termina par une série de saltos arrière qui soulevèrent des rugissements approbateurs dans la foule.

— Nikolaï est toujours le meilleur, murmura une femme à côté d'elle. C'est un vrai Russe, si fort, si viril. Toutes les femmes ici présentes le voudraient pour elles, même celles qui sont mariées, glousse-t-elle.

Tout le monde le voulait mais ce soir il était à elle, songea Klara.

Elle avait le cœur gonflé de fierté lorsqu'il s'avança vers elle, en sueur et décoiffé. Le lien en cuir qui retenait ses cheveux était tombé et sa chemise était sortie de son pantalon. Aucun gentleman n'oserait se montrer ainsi en public, mais Nikolaï n'était pas un gentleman. C'était un guerrier cosaque, un pur produit de son héritage, et cela le rendait encore plus séduisant à ses yeux. Son rêve, celui où elle imaginait que peut-être sa vie pouvait être différente, n'en fut que renforcé.

Klara sentit son cœur battre très fort en le voyant approcher. Les yeux de Nikolaï lançaient des flammes et son pas était décidé. Il était en mission et sa mission, c'était elle. Elle était sur le point d'être conquise.

Nikolaï l'attira vers lui et l'embrassa durement sur la bouche tandis que la foule autour d'eux criait :

— *Za zda-ró-vye* !

Il y eut encore de la vodka et des danses. Il se faisait tard et Klara commençait à craindre de devoir partir. Elle ne voulait pas que cette soirée se termine mais l'orchestre jouait lui aussi ses derniers airs. Il entama une lente mazurka, et Nikolaï et elle furent l'un des derniers couples sur la piste de danse. Nikolaï la serra contre lui, et lui murmura que c'était comme une valse russe.

Klara s'en fichait. Tout ce qui lui importait, c'était que Nikolaï la tienne serrée contre lui de manière indécente, au point de sentir son corps bouger contre le sien. D'instinct, elle comprit que c'était leur dernière danse et souhaitait savourer ce moment avec lui. Elle enroula les bras autour de son cou et posa la tête contre son épaule. Elle doutait que ce fût la bonne façon de danser une mazurka mais l'étiquette n'avait plus aucune importance.

— Nous devons partir, murmura Nikolaï.

Il paraissait tout aussi réticent qu'elle à l'idée de s'en aller. La musique s'était arrêtée. Il l'aida à enfiler sa veste et réajusta ses vêtements avec beaucoup plus de dextérité qu'elle. Elle était incapable d'attacher ses boutons.

— Nous allons prendre un fiacre, dit doucement Nikolaï en saisissant délicatement sa main.

Dieu merci. Elle pouvait danser mais elle était incapable de marcher, même si l'air frais lui ferait le plus grand bien. Depuis une heure, elle avait l'esprit embrumé. Elle s'était concentrée sur Nikolaï et sur la musique. Il l'enlaça étroitement pendant qu'ils faisaient leurs adieux, et ils sortirent dans la nuit. Nikolaï trouva un fiacre et l'aida à s'installer.

— Je pense que vous êtes ivre, Klara.

Il ne s'installa pas en face d'elle mais prit place à ses côtés. Elle sentit son corps chaud et tentant pressé contre elle.

— Je ne suis pas ivre. J'ai déjà bu de la vodka, insista-t-elle.

Mais elle commençait à se demander si elle n'était pas un peu étourdie.

— Pas autant à la fois, je pense, répliqua Nikolaï en riant.

Vous allez avoir mal au crâne demain. Êtes-vous sûre que vous voulez monter à cheval ?

— J'irai très bien demain, répondit Klara en bâillant. Notre leçon est dans plusieurs heures.

Elle posa la tête sur l'épaule de Nikolaï.

— À cette merveilleuse soirée, dit-elle d'une voix basse et rêveuse.

Que c'était bon d'être avec lui sans se défier, sans se mesurer constamment l'un à l'autre. Elle était passée de l'autre côté de la montagne et elle avait vu des choses, pensé des choses, qui l'avaient transformée.

Comment pouvait-elle revenir en arrière maintenant ? Comment pouvait-elle être de nouveau Klara Grigorieva ?

— Comment faites-vous, Nikolaï ? Comment faites-vous pour partir ?

C'était plus facile pour lui, bien sûr. Il pouvait revenir quand il le voulait. Mais l'occasion ne se présenterait pas une nouvelle fois pour elle. Demain, ils seraient de nouveau Miss Grigorieva et le prince Baklanov, élève et professeur. Leurs rôles seraient remis à leur place et leurs comportements aussi. Le jeu serait également de retour.

— Que va-t-il se passer ensuite entre nous ?

Ce soir, ils avaient partagé l'intimité de deux amants. La main de Nikolaï n'avait pas quitté son dos, et ce baiser, Seigneur, ce baiser ! Mais ce n'était pas tout. Ils s'étaient aussi livrés l'un à l'autre, et avaient fait quelques percées dans leurs âmes qui l'avaient transformée.

— Nous avons dit que cette soirée était hors du temps, une rupture avec la réalité, murmura Nikolaï.

Elle s'était fait la même réflexion quelques heures plus tôt, une vie plus tôt, lorsqu'elle était descendue de la voiture.

— Hum. Je savais que vous me répondriez cela.

Elle n'était pas ivre au point de ne pas savoir ce qu'elle faisait. S'il ne devait y avoir qu'une seule nuit, elle voulait qu'elle dure aussi longtemps que possible, et s'en repaître autant qu'elle le pouvait.

Klara vint s'asseoir à califourchon sur les genoux de Nikolaï.

— Que faites-vous, Klara ? demanda-t-il, les yeux assombris de désir, de danse et de vodka.

— Vous avez dit qu'une femme ne devait pas brimer sa nature passionnée, murmura-t-elle contre sa bouche avant de l'embrasser. Vous m'avez donné un baiser devant tout le monde. Maintenant, c'est à moi d'avoir des prétentions sur vous.

Si cette soirée devait être hors du temps, qu'il en soit ainsi. Elle l'embrassa lentement et s'attarda sur ses lèvres. Elle le goûta avec sa langue, consciente qu'il la goûtait en retour, qu'il la dévorait par petite bouchée : le lobe de son oreille, la courbe de sa mâchoire, la ligne de son cou.

Il posa les mains sur ses seins et les caressa à travers sa veste en laine. Elle gémit en ondulant des hanches contre lui et sentit son sexe dur à travers son pantalon à mesure que le désir embrasait leurs sens dans l'intérieur sombre et feutré du fiacre.

Elle prit son visage en coupe et embrassa sa bouche et sa joue. Mais la main de Nikolaï avait glissé entre eux et repoussait déjà ses jupes. Il exerça une pression sur son sexe jusqu'à ce qu'elle ait envie de crier.

— Laissez-moi vous donner du plaisir, Klara, juste un petit peu, juste assez.

Il s'était exprimé d'une voix grave, lourde du désir de faire cela pour elle.

— Oui, dit-elle, d'une voix à peine plus assurée.

Elle était prête à tout pour qu'il la touche, pour qu'il la soulage de cette pulsation lancinante qui avait envahi son corps et qui se diffusait dans ses veines. Elle sentit ses doigts la caresser et trouver la source de son plaisir, caché dans ses replis les plus intimes.

Klara se frotta avec frénésie contre lui en gémissant et en se tordant. Seigneur, il avait beau la caresser, la toucher, la pression augmentait et en même temps ce n'était pas assez. Soudain, une vague l'envahit et elle explosa littéralement contre lui en étouffant ses cris contre son épaule.

Le fiacre s'immobilisa. Leur petite course était terminée et Klara poussa un grognement de frustration. Il était l'heure de rentrer chez elle. Non, pas maintenant, songea-t-elle, alors qu'elle pouvait à peine réfléchir, et encore moins marcher. Ce soir avait marqué le début de quelque chose, mais de quoi ? Qu'allait-elle faire de tout ce qu'elle avait appris sur elle, sur lui ?

Peut-être s'était-elle trompée avant. Désirer n'était pas suffisant. Peut-être n'avait-elle jamais désiré quelque chose suffisamment ? Jusqu'à ce soir. Elle voulait plus de liberté, plus de *solyanka*, plus de baisers à la vodka, et plus de Nikolaï couvert de sueur après la *hopak*. Elle désirait suffisamment ces deux choses pour penser l'inimaginable : il fallait qu'elle protège Nikolaï de son père. Si ce dernier découvrait ce qu'elle savait, il ne laisserait jamais Nikolaï tranquille. Et celui-ci prendrait ombrage de cette situation. Il n'aimerait pas qu'on lui impose une conduite à tenir.

Il l'aida à descendre du fiacre et elle l'attira vers elle pour un dernier baiser, ferme et déterminé. Il était plus important que jamais que personne ne soit au courant de cette soirée. La liberté de Nikolaï en dépendait.

Maudite garce. Dire qu'elle accordait ses faveurs après minuit, en plein Mayfair, à ce prince de Kouban ! Amesbury posa ses jumelles d'opéra sur le siège de la voiture. Ce soi-disant prince n'avait même pas la décence de la débaucher dans son propre véhicule, mais dans un vulgaire fiacre. Dégoûtant. Et Dieu seul savait d'où ils venaient.

Il donna des coups de pied rageurs dans le siège rembourré en face de lui et poussa tous les jurons qui lui traversaient l'esprit. Elle était à lui ! Que Grigoriev aille au diable avec ses projets de découvrir les aspirations politiques du prince. Il était certain que l'ambassadeur ne souhaitait pas que sa fille aille jusqu'à se prostituer pour cela. En ce qui le concernait, Baklanov n'était même pas un vrai prince. Plus maintenant. Lorsqu'un homme fuyait son propre pays, il perdait le droit de se faire appeler ainsi. Peu à peu, il sentit sa colère s'apaiser et devenir plus contrôlable. Il sortit alors la dague qu'il portait toujours dans sa botte et en caressa la lame. Ce geste le tranquillisa.

Il se demanda ce que Klara penserait de son beau prince si Baklanov portait une balafre sur le visage ? Ce bâtard n'aurait alors plus rien, pas même ses beaux airs. Et tant qu'il y était, il aimerait aussi le castrer. Il ne serait alors plus un prince, même plus un homme. Il ne serait plus rien.

Il observa Klara se glisser à l'intérieur de chez elle. En ce qui la concernait, elle n'échapperait pas à sa punition pour son infidélité. Dire qu'elle l'avait fait attendre dehors, dans sa voiture, des heures durant. Dès qu'il avait appris par ses hommes qu'elle n'était pas revenue de sa leçon d'équitation, il s'était posté en bas de chez elle.

N'avait-il pas été suffisamment clair avec elle, hier soir ? Ne lui avait-il pas poliment laissé entendre ce qu'il attendait d'elle ? Mais peut-être avait-il été trop poli.

Apparemment, Klara aimait un peu de rudesse. Elle préférait se terrer dans des voitures de location avec Baklanov plutôt que l'extrême élégance que pouvait lui offrir sa propre richesse.

Amesbury gloussa. Eh bien, il était certainement capable de la satisfaire en matière de rudesse. Pas de couteau pour elle. Une cravache pouvait faire des merveilles. Mais pas trop vite. Pas avant leur nuit de noces. Il agirait avec elle ainsi qu'il l'avait prévu toutefois. Inutile de s'y prendre autrement. Klara Grigorieva avait besoin d'une poigne plus ferme que ce qu'il ne pensait. Mais il était prêt à relever le défi.

Il s'agita sur son siège et défit son pantalon. Puis il se caressa énergiquement pour se soulager. Oh oui, il était prêt à relever tous ces défis.

10

Dire qu'il venait de faire jouir Klara Grigorieva dans un fiacre et qu'elle avait étouffé ses cris contre son épaule ! De mémoire, c'était l'expérience la plus érotique que Nikolaï avait vécue depuis longtemps et ses effets ne semblaient pas vouloir se dissiper. Ce comportement immoral n'était pas très judicieux de sa part, et il était en train de le payer par une longue nuit sans sommeil.

Nikolaï quitta son lit et s'habilla. Il avait totalement renoncé à l'idée de dormir. Il était revenu sur la parole qu'il avait donnée à Stepan. Mais ce n'était pas la pire chose qu'il avait faite. Il avait parlé de lui à Klara et lui avait livré des informations qu'il n'avait confiées à personne depuis son arrivée, des informations que seuls ses amis les plus proches connaissaient sur lui. Évidemment, il ne lui avait pas raconté le côté le plus sombre de l'histoire qui l'avait réellement conduit en Angleterre. Mais même ainsi, il en avait trop dit, il s'était trop exposé alors qu'il savait qu'il ne devait pas devenir trop proche d'elle.

Klara s'était livrée, elle aussi. Il avait vu l'expression de son visage changer lorsqu'elle avait compris qu'elle était prisonnière de son rang et de son sexe. Mais pour elle, ce n'était pas la même chose. Elle n'avait rien à perdre. Il ne pouvait pas l'atteindre avec cette information. Et elle, s'aventurerait-elle à le blesser ? Ils s'étaient dit qu'ils vivaient une soirée hors du temps. En parlerait-elle à son père ou bien respecterait-elle leur pacte tacite ?

Nikolaï enfila ses bottes et cacha dans son manteau une petite dague. Une bonne marche lui ferait du bien. Il avait l'habitude de se réveiller très tôt, en même temps que les ouvriers, mais un homme ne pouvait pas sortir la nuit dans Londres sans être armé. Il descendit l'escalier sur la pointe des pieds pour ne pas réveiller ses amis. Stepan ne manquerait pas de vouloir l'accompagner, mais pour l'heure il préférait rester seul avec ses pensées.

Dehors, l'aube était froide. C'était exactement ce dont son corps avait besoin pour apaiser ses pensées. Malgré les inquiétudes qu'il nourrissait sur Klara et ce qu'elle pouvait dévoiler au grand jour, son esprit revenait sans cesse à leur soirée, à la façon dont il l'avait tenue dans ses bras, à ses yeux pétillants et à son rire pendant qu'ils dansaient, à son sourire éclatant avant de boire la vodka. Il sentait encore le parfum de vanille et d'ambre de ses vêtements lorsqu'il l'avait pressée contre lui. Il pensait encore à la façon dont elle avait explosé dans ses bras à la fin.

La nuit dernière, il avait oublié toute prudence. Il imputa son inconscience à cette longue période d'inaction qu'il venait de vivre. C'était la réponse la plus simple qu'il pouvait trouver. Apparemment, il était resté trop longtemps sans femme, ou peut-être trop longtemps sans un projet qui mobilise son corps et son esprit. À Kouban, ses affaires étaient une sorte de divertissement. Il s'en occupait après avoir passé de longues journées sur une selle en compagnie de ses hommes. Maintenant, quelles que soient les nombreuses heures qu'il passait à l'écurie, il avait encore beaucoup trop de temps à tuer. Cela expliquait sans doute son impatience à réaliser ses ambitions.

Il était temps d'arrêter de tergiverser et de se décider sur une propriété à acheter. C'était pour cette raison qu'il n'avait pas réussi à dormir et qu'il était parti marcher alors que le jour n'était même pas encore levé, mais aussi parce qu'il ne parvenait pas à chasser Klara de ses pensées. Il avait du mal à le reconnaître car, s'il le faisait, il lui faudrait également admettre qu'il nourrissait d'autres sentiments pour elle, des sentiments qu'il s'était juré d'éviter et qui l'avaient déjà trahi par le passé.

Nikolaï sentit soudain les poils de sa nuque se hérisser. Il s'arrêta et posa doucement la main sur le couteau à l'intérieur de son manteau. Quelqu'un le suivait. Il ferma les doigts autour du manche et prit une profonde inspiration. Mieux valait les laisser approcher, quels qu'ils soient. Les laisser venir. Le guerrier en lui était en alerte, prêt à agir. Peut-être n'était-ce qu'un vulgaire voleur mais, au regard des événements de cette dernière semaine, il pouvait s'agir de quelqu'un d'autre. C'était peut-être les hommes de Grigoriev et dans ce cas il n'avait rien à craindre. L'ambassadeur voulait juste le surveiller et l'étudier. Mais il pouvait également s'agir d'Amesbury. Il serra le manche de la dague. Le duc était un homme dangereux, qui le percevait comme une menace.

Nikolaï se remit en marche. S'il voulait les laisser approcher, mieux valait ne pas leur montrer qu'il se savait suivi. Il s'efforça de se concentrer sur son centre d'équitation tout en revenant vers Soho. Pour créer son école d'équitation, il lui fallait un emplacement bien spécifique, avec des écuries et un manège. Il tourna à gauche et emprunta un itinéraire qu'il parcourait souvent à travers Soho Square tout en s'efforçant de ne pas céder à la paranoïa. Il changea de direction et prit un chemin plus sinueux. Aucune personne se rendant à Soho Square ne suivrait cette route.

Son sentiment d'être épié persista et pourtant, lorsqu'il se retourna pour inspecter la rue, il ne vit rien d'anormal à cette heure de la journée, seulement des ouvriers et des marchands qui se dépêchaient d'installer leur étal avant que la ville ne se réveille. Peut-être que Stepan lui avait transmis ses inquiétudes, songea Nikolaï en arrivant sur la place. Si quelqu'un l'espionnait, il était toujours là, mais loin derrière. Il balaya du regard les environs dans l'espoir de distinguer une silhouette dans l'ombre. Qui que ce soit, il était doué. Il ne vit personne.

Nikolaï hâta le pas et s'arrêta devant une propriété en passant mentalement en revue des informations qu'il connaissait par cœur : Leighton House, 4 Leicester Square. Il se tenait devant une grande maison de ville, avec d'impressionnantes fenêtres géorgiennes. Elle possédait une cour immense avec des écuries, un manège assez grand pour s'entraîner au saut d'obstacle et un autre plus petit pour travailler en extérieur. Cerise sur le gâteau, les écuries adjacentes étaient également à vendre. Le propriétaire ne voulait plus entretenir des bâtiments aussi coûteux en ville. Il y avait vingt box. Il pouvait même en ajouter. Avec ses chevaux en pension et la place qu'occuperaient ceux de ses élèves, il n'en aurait pas assez. La maison et ses dépendances étaient tout ce qu'il pouvait espérer trouver de mieux en ville, où les terrains et l'espace étaient chers. Plus loin, dans Mayfair, et vers Regent's Park, les maisons étaient moins grandes et les jardins trop petits pour accueillir une école d'équitation. Seules les vieilles demeures possédaient encore de luxueuses dépendances. Mais le problème de ces résidences était leur emplacement.

Peu à peu, Nikolaï sentit le danger s'éloigner. La personne qui le suivait était partie. Elle avait fini par découvrir ce qu'elle cherchait. Nikolaï laissa alors ses pensées vagabonder et elles se portèrent aussitôt sur Klara. Que penserait-elle de cette propriété ? Viendrait-elle ici prendre des leçons ? Cette idée le prit au dépourvu, non parce qu'elle concernait Klara — il pensait souvent à elle — mais parce qu'elle impliquait un désir de durée, un désir de poursuivre sa relation avec elle pour un laps de temps indéterminé. Mais peut-être se faisait-il des idées. Depuis leur dernière soirée, Klara occupait son esprit, mais il finirait par l'oublier, comme les autres. Il fallait juste qu'il se donne du temps.

Aucune femme n'avait réussi à retenir son attention très longtemps. Aucune, hormis cette maudite Helena. Elle était la preuve qu'il ne devait pas s'attacher, et encore moins aux femmes qui provoquaient en lui des émotions. Nikolaï enfonça les mains dans les poches de son manteau pour se réchauffer. Même le froid était différent à Londres. Il se demanda s'il s'y habituerait un jour. À Kouban, le froid était vif, piquant, et il pouvait s'en protéger avec des écharpes et des chapkas en fourrure. Mais le froid londonien était humide et se faufilait sous les manteaux. Nikolaï regarda autour de lui et découvrit ce qu'il cherchait — une marchande de *salep* qui était encore là après une longue nuit. Une bonne boisson chaude était exactement ce qu'il lui fallait. Nikolaï sortit une pièce de sa poche et la donna à la femme, qui lui tendit un petit bol fumant en échange.

Il en huma avec bonheur le parfum et se délecta de la chaleur que dégageait le bol autant que du goût de la boisson. Il remercia ensuite la femme et s'éloigna de son échoppe pour observer le magasin et ses premiers clients. Il s'agissait essentiellement d'hommes et de femmes qui allaient travailler dans les grandes demeures qu'il restait encore dans cette partie de West End, ou en direction des petits commerces qui avaient fleuri dans le quartier. Ces gens parlaient toutes sortes de langues et se saluaient en français, en grec, en allemand et en russe, sa langue bien-aimée. La femme travaillerait encore une heure ou deux, puis rentrerait chez elle. Le *salep* était une boisson réservée aux heures sombres et froides, entre minuit et 8 heures.

Ses clients ne seraient pas les mêmes. Les écoles d'équitation n'étaient pas fréquentées par les artisans et les ouvriers. Peut-être des familles de médecins et de banquiers, mais il avait besoin du soutien des personnes riches. C'était là l'inconvénient, ce qui l'empêchait d'acheter Leighton House. Leicester Square, comme toutes les places alentour, Soho et Golden, avait accueilli autrefois les résidences des princes. Mais ce temps-là était révolu. L'élite londonienne avait déménagé vers l'ouest, à Mayfair, et avait laissé ces maisons derrière elle. C'était devenu le quartier des immigrés, au moins ceux qui avaient les moyens de se payer une location ou d'acheter un bien. S'installer ici serait-il rédhibitoire pour de futurs clients ? Mais où donc trouverait-il une autre propriété répondant à tous ses critères ?

Nikolaï termina son *salep* et rendit son bol. Il s'attarda près de l'échoppe de la femme assez longtemps pour s'accorder le plaisir de converser en russe avec quelques clients. Il ne fit que parler du temps, mais cet échange lui procura un véritable bonheur. Seigneur, entendre sa langue natale lui manquait tant. Stepan et les autres ressentaient-ils la même chose ? Ils ne lui en avaient jamais parlé. Avaient-ils, eux aussi, des rituels secrets, des petites choses qu'ils faisaient lorsqu'ils sortaient pour assouvir leur mal du pays ?

L'impression de Nikolaï d'être suivi avait bel et bien disparu. Il se mit en route. S'il restait là, il risquait de céder à la mélancolie. Il avait d'autres propriétés à voir et auxquelles réfléchir. Mieux valait tourner le regard vers l'avenir plutôt que contempler le passé. Était-ce ce qui l'avait amené à s'opposer beaucoup trop souvent au tsar à Kouban ? Ne lui avait-il pas dit que le problème de Kouban était justement cette fâcheuse habitude de regarder en arrière ? Et maintenant, il était là, à arpenter les rues de l'une des villes les plus modernes du monde en cédant justement à ce travers. Pourquoi s'abandonnerait-il à la mélancolie ? C'était vrai, il ne pourrait jamais rentrer chez lui, mais il avait la chance d'avoir de l'argent qui l'attendait à la banque et un avenir dont il était le maître.

— Que savons-nous de ses activités quotidiennes ? Est-il prêt à nous rejoindre ? demanda Alexei Grigoriev à Amesbury en s'adossant à son siège.

Assis en face de lui, l'ambassadeur attendait qu'il lui fasse son rapport du matin. Le duc n'avait eu aucun mal à convaincre Grigoriev de faire suivre Baklanov par l'un de ses hommes sous prétexte de savoir qui il fréquentait. Mais ses motivations étaient plus personnelles. Plus vite il éliminerait Baklanov et mieux ce serait.

— Je pense qu'il nous a dit la vérité en affirmant qu'il ne s'intéressait pas à la politique, avança Amesbury.

Le moyen le plus rapide d'éliminer Baklanov était que Grigoriev ne s'intéresse plus à lui.

— Voici ce que nous savons, continua-t-il, et cela corrobore cette conclusion.

Amesbury tendit un document à Grigoriev et à Vasilev, et leur laissa le temps de le lire.

— Son emploi du temps est réglé comme du papier à musique. Baklanov donne presque l'impression d'avoir voulu recréer un style de vie militaire. Il arpente la ville de bonne heure tous les matins.

Il s'adressa au général.

— Vos hommes l'ont vu quitter sa maison régulièrement tous les jours à la même heure avant de se rendre chez Fozard.

Il débutait ses journées par des promenades matinales avant de se rendre à l'école d'équitation. Il donnait ensuite des leçons tout le jour, puis il allait boire avec ses amis russes au White's et passait ses soirées à des occupations masculines : ils se rendaient dans des clubs, ils jouaient et assistaient parfois à des soirées musicales. Il n'y avait là rien d'extraordinaire, rien qui puisse indiquer que Baklanov avait des intérêts politiques. À ce rythme, Grigoriev se fatiguerait vite de lui, et cela lui convenait très bien.

L'ambassadeur haussa les épaules avec indifférence.

— Peut-être n'est-il pas intéressé aujourd'hui. Mais tout le monde peut changer d'avis. Le plus dur est de savoir ce qui le motivera à le faire et de déterminer le meilleur moment pour frapper. Pour répondre à ces questions, il faut connaître notre homme. Klara y travaille.

Amesbury s'agita sur son siège et se pencha en avant.

— Puisque vous abordez le sujet, je pense que ce n'est pas très sage. Baklanov est un cosaque au sang chaud et il ne s'encombrera pas de préserver son honneur. C'est un prince, mais il possède une certaine rudesse. Il n'est pas d'une nature très raffinée.

Vasilev hocha la tête d'un air approbateur.

— Amesbury a peut-être raison. La vertu de votre fille n'est peut-être pas en sécurité avec lui. Je suis allé à Soho aujourd'hui. Il s'y rend souvent. Ce n'est pas un quartier pour un gentleman.

Amesbury fit la grimace. La remarque de Vasilev ne plaidait pas pour sa cause. Si les révélations du général pouvaient convaincre Grigoriev de retirer à Klara sa mission, en citant le quartier bohème de West End, il risquait d'éveiller l'intérêt de Grigoriev et de focaliser son attention sur Baklanov. Les révolutions partaient du bas autant que du haut.

C'était encore plus vrai dans le monde en dehors de la Russie. Grigoriev avait l'impression que ce pays était en retard sur tous les plans, y compris avec les révolutions initiées par des officiers haut placés de l'armée et des nobles. Ces derniers temps, Soho grouillait de Russes mécontents, et tous n'étaient pas de pauvres paysans. Après le soulèvement de 1821 qui s'était soldé par un échec, beaucoup de militaires avaient fui. Ceux qui n'avaient pas été capturés avaient trouvé refuge là où ils avaient pu. Londres en avait accueilli certains.

C'était justement ces hommes que Grigoriev voulait ferrer, des hommes capables de reprendre les armes le moment venu. Des hommes qu'apparemment le prince fréquentait. Si Baklanov pouvait les rallier à lui, il s'avérerait très utile. Et cela n'allait pas du tout dans le sens d'Amesbury.

— Mes hommes m'ont dit que Baklanov avait parlé en russe avec deux personnes devant une échoppe de *salep* ce matin avant 6 h 30, continua le général. Leur échange a été chaleureux mais bref. Nous n'avons pas entendu ce qu'ils se sont dit.

— C'est un bon début, général, le félicita Grigoriev. Nous allons rallier le prince à notre cause, ce n'est qu'une question de temps.

Ce n'était pas du tout la direction qu'Amesbury souhaitait que l'affaire prenne. Il était temps de trouver un autre angle d'attaque. S'il ne pouvait pas ôter Baklanov de l'équation, il pourrait peut-être placer Klara hors de sa portée.

— Encore une fois, je vous implore de ne pas mêler Klara à cette histoire. Elle passe beaucoup trop de temps avec lui, dit Amesbury d'une voix lente.

Il imprima une très légère hésitation.

— Ce n'est pas très convenable, pour une jeune fille sur le point de devenir duchesse.

Il laissa ses propos faire leur chemin tout en affichant un air modeste.

— J'ai attendu longtemps pour vous demander sa main mais je ne le ferai plus, Votre Excellence. Les choses étant ce qu'elles sont, je pense qu'il est temps de vous faire officiellement ma demande.

Grigoriev lui décocha un sourire empli de fierté paternelle, comme Amesbury s'y attendait. Il représentait un très beau parti. Année après année, les mères qui cherchaient à marier leurs filles poursuivaient le duc de leurs avances. Il aurait pu épouser la fille d'un duc ou d'un marquis. Le fait qu'il ait choisi la fille d'un ambassadeur étranger, dont le seul lien avec l'Angleterre était sa défunte épouse, fille d'un comte, constituait une vraie fierté pour Grigoriev, un hommage rendu à la beauté et à l'éducation de Klara. Il avait réussi là où beaucoup avaient échoué. Il savait aussi qu'à travers les liens du mariage il pouvait compter sur la protection du duc en cas d'échec de la révolte. C'était une bonne affaire pour tous les deux. Grigoriev serait exempté de charges pour trahison le cas échéant. En échange, Amesbury aurait

Klara et un ambassadeur dans sa poche. Grigoriev se leva et lui tendit la main.

— J'en suis très honoré. Vous pourrez lui parler dès que nous aurons réglé tous les aspects administratifs.

11

La leçon de Klara touchait à sa fin quand un garçon de courses vint glisser un pli dans la main de Nikolaï. Il passa les doigts sur la fine feuille de papier rugueuse. Il connaissait déjà le contenu du message : un cheval était en danger. C'était ainsi que lui arrivaient les appels au secours, gribouillés sur n'importe quel support à portée de main. Il regarda Klara franchir sans difficulté le dernier double obstacle à la fin de l'entraînement. Apparemment, la vodka ne l'avait pas affectée autant qu'il l'avait cru. Il avait été impressionné de la voir se présenter à l'heure et encore plus de l'observer se hisser avec agilité sur le dos de Zvezda sans grimacer.

— Essayez de sauter de nouveau, Klara, en partant cette fois de la gauche. Zvezda a besoin de travailler cette direction. Ensuite, nous aurons terminé.

Elle avait monté merveilleusement bien mais il était heureux que la leçon touche à sa fin. Vu de l'extérieur, ils avaient repris leurs rôles de professeur et d'élève. Mais il avait ressenti une tension dans leur relation. Le souvenir de leur dernière soirée était encore trop présent pour qu'il l'ignore, et ils faisaient beaucoup d'efforts pour feindre qu'elle n'avait pas eu lieu.

Nikolaï la regarda franchir l'obstacle avant d'ouvrir le pli. Il serra les dents en le lisant. Il s'y attendait : un ami de Peter Crenshaw avait fait faillite, et il avait été saisi. On lui avait tout pris, y compris le précieux alezan pure race qui avait causé sa perte. Malheureusement, l'alezan n'avait pas atterri à Tattersall mais dans une salle des ventes beaucoup moins prestigieuse de

Smithfield, près des abattoirs. Un boucher serait prêt à payer une belle somme pour de la viande de cheval de qualité. La vente aux enchères était prévue le lendemain. La demande était toujours la même. « S'il vous plaît, allez sauver le cheval. »

Ce n'était pas la première fois, ni même la deuxième, qu'un message de ce type lui parvenait. Nikolaï avait même acquis une certaine réputation dans le « milieu clandestin équestre », comme il l'appelait. C'était ainsi qu'il avait acquis sa Cleveland Bay. Il avait déjà vu le cheval dont parlait l'ami de Peter dans son message. C'était une magnifique bête. Il ne pouvait pas ne pas y aller. Il emmènerait Stepan avec lui.

— Vous n'avez pas reçu de mauvaises nouvelles, j'espère ? demanda Klara en venant se placer à côté de lui avec Zvezda.

Nikolaï plia le message et le rangea dans sa poche. La voix de Klara était tendue et son visage plus pâle que d'ordinaire. Peut-être que la vodka avait laissé des traces sur elle, finalement. Attendait-elle qu'il lui donne des informations ? Une semaine s'était écoulée depuis son invitation à dîner. Pouvait-il espérer que l'ambassadeur le laisse tranquille après ses commentaires ? Klara avait-elle donné à son père des raisons d'insister ? Lui avait-elle confié tout ce qu'elle avait appris la veille ? La soirée était derrière eux. Ils étaient revenus dans le jeu. Nikolaï recommençait à anticiper les actions de Klara et à lire entre les lignes. Sa sécurité et celle de ses amis en dépendaient.

— Rien que je n'attendais pas, répliqua Nikolaï en réalisant trop tard à quel point sa réponse lui paraîtrait mystérieuse.

La veille, il s'était montré ouvert et honnête avec elle. Ils n'avaient fait que parler. Et danser. Ils s'étaient embrassés et Klara avait joui. Ils ne s'étaient pas souciés de leurs motivations cachées et Nikolaï avait aimé cette relation si rafraîchissante. De bien des façons, c'était le genre de soirée qu'il était venu chercher en Angleterre. Il désirait avoir la possibilité de vivre simplement, à l'écart des intrigues de cour et de la politique. Mais il avait appris que ce choix avait un prix. Aujourd'hui, sa vie était moins rude mais plus vide. Il avait été actif à la cour, car il pensait que son pays en valait la peine. Mais sans cet idéal, pour quoi se battrait-il qui soit véritablement digne d'intérêt ?

— Que les nouvelles soient attendues ne les rend pas moins mauvaises, répliqua Klara. Elles le sont, je me trompe ? Je le vois à votre regard.

Nikolaï choisit de dissiper ses inquiétudes.

— Cela concerne un cheval. Un ami m'a demandé d'essayer de l'acquérir lorsqu'il sera vendu demain aux enchères.

Son explication était aussi neutre que possible. Aussitôt, le visage de Klara devint soucieux.

— Je suis désolée de l'apprendre. Je n'imagine pas perdre Zvezda.

Klara secoua la tête et passa une main dans ses cheveux. Son geste se voulait efficace et non sensuel, mais l'esprit de Nikolaï avait du mal à dissocier les deux. Dans son imagination, il rêvait de troquer le sable du manège contre un boudoir aux lumières tamisées, et la culotte de Klara contre une chemise de nuit en satin blanc.

— Allez-vous réussir à racheter ce cheval ? demanda-t-elle.

— Je l'espère.

C'était bien ça, le risque. Les ventes pour les abattoirs étaient toujours bondées, et il lui fallait d'abord retrouver le pur-sang. Un cheval parmi des centaines. C'était toujours une course contre le temps.

— Je vais venir avec vous, déclara Klara très naturellement.

Ce n'était pas une question mais une affirmation.

— À deux, nous serons plus efficaces que si vous êtes seul.

Il savait qu'elle pensait aux enchères. Dans l'esprit de Klara, il était question d'une expédition dans l'univers sophistiqué de Tattersall, alors que pour Nikolaï il s'agissait de fouiller les enclos pour retrouver l'alezan avant les bouchers.

— Une vente aux enchères n'est pas un endroit pour une lady.

Même à Tattersall, Klara n'aurait pas été la bienvenue. Mais elle avait réponse à tout.

— Je vais me déguiser. Je mettrai ma culotte d'équitation.

Nikolaï lui lança un regard dubitatif. Quiconque la regarderait de près ne pourrait se laisser duper par son déguisement. Mais Nikolaï sentait qu'elle était déterminée à l'accompagner. Peut-être que la vérité l'amènerait à changer d'avis. Nikolaï s'arrêta et la regarda bien en face.

— Je ne veux pas que vous m'accompagniez. Cette expédition ne sera pas très agréable.

De cela, il en était certain. Mais l'honnêteté ne s'avéra pas la meilleure stratégie. Klara ne fit que se braquer encore plus.

— Où allez-vous exactement ? demanda-t-elle en plissant les yeux.

Un air d'incrédulité traversa soudain le visage de Klara. Il savait presque ce qu'elle allait lui dire avant même qu'elle ne prenne la parole.

— Vous n'allez pas le voler, n'est-ce pas ?

— J'espère que non.

Mais Nikolaï le ferait s'il le fallait. La réponse la réduisit au silence. Ils ne parlèrent plus du sujet pendant qu'ils brossaient Zvezda. Nikolaï la raccompagna jusqu'à la voiture de son père qui l'attendait dehors.

— *Do svidaniya*, Miss Grigorieva.

Klara fit une pause avant de monter.

— Il y a quelque chose que vous ne savez pas sur moi, dit-elle. Je sais très bien me servir d'un pistolet. Un diplomate américain m'a emmenée dans un lieu où m'entraîner il y a quelques années. J'étais très douée.

Nikolaï hocha la tête en signe d'approbation.

— Je n'en doute pas.

Klara était le genre de personne à exceller dans tout ce qu'elle faisait, y compris la danse assortie de vodka. Malgré toutes les raisons qui l'incitaient à la tenir à distance, il avait du mal à ne pas l'apprécier, à ne pas la désirer. Pire encore, il avait du mal à ne pas lui faire confiance. Elle lui adressa un sourire pincé.

— Tout comme je suis sûre que vous aurez besoin d'une personne pour vous seconder demain et surveiller vos arrières. À quelle heure partirez-vous ? À quelle heure voulez-vous que je sois là ? Ou bien dois-je venir à l'aube et vous attendre dehors ?

— Est-ce une menace ? demanda-t-il.

— J'espère que non, répliqua-t-elle d'un air narquois en reprenant ses propos. Je n'ai pas plus l'intention de vous menacer que vous de voler ce cheval demain.

Qu'il en soit ainsi. Klara Grigorieva était aussi têtue qu'une mule. Parfois, le meilleur remède pour ce genre de personnes était de leur donner ce qu'elles voulaient et de les laisser faire face aux conséquences. Cette méthode avait très bien fonctionné avec ses jeunes recrues dans la cavalerie. Une fois échaudées, elles s'opposaient rarement à leurs supérieurs.

— Je pars à 4 h 30. Du matin, pas de l'après-midi.

Si elle voulait l'accompagner, il l'emmènerait. Dès qu'elle comprendrait dans quelle situation elle s'était mise, elle resterait sagement assise dans la voiture à l'attendre.

Son entêtement était durement mis à l'épreuve et il n'était que 5 heures du matin. L'aventure avait commencé depuis une demi-heure. Klara avait déjà vu Londres au petit matin, mais d'un œil ensommeillé à travers les vitres de voitures confortables alors qu'elle revenait d'un bal. Elle ne l'avait jamais vue à pied, et cela faisait toute la différence. Une différence faite de froid et d'humidité. Au cours des trois derniers jours, elle avait mieux découvert Londres qu'en quinze ans. Quelle ironie de voir cette ville à travers le regard d'un homme qui n'était là que depuis à peine plus de six mois. Nikolaï rit quand elle lui fit cet aveu.

— Je me promène tous les matins dans la ville. Je pars en reconnaissance. Je suis très doué pour cela. Vous avez froid ?

Ils avaient laissé la voiture quatre rues plus loin. Klara était frigorifiée malgré les vêtements chauds qu'elle avait empruntés à un garçon qui travaillait chez elle. Ce n'était pas juste le temps qui la faisait claquer des dents, mais l'excitation de cette expédition. Non, pas l'excitation, mais plutôt l'angoisse. Elle se sentait nerveuse, même si elle ne l'avouerait devant Nikolaï pour rien au monde. S'il le devinait, il la ramènerait dans la voiture avec Stepan.

— Rappelez-moi pourquoi nous ne pouvions pas amener la voiture plus loin ? marmonna-t-elle.

— Il ne faut pas que nous ayons l'air d'être trop riches. Nous ne ferons pas de bonnes affaires si nous laissons les gens le croire.

L'accent de Nikolaï était plus prononcé que d'habitude ce matin. Il roulait plus fortement les « r ». Jamais il ne lui était apparu, dans sa mise et dans sa voix, moins anglais qu'aujourd'hui. Il avait troqué sa tenue d'équitation immaculée, ses culottes bien taillées et ses bottes cirées contre des bottes d'ouvrier tout abîmées, des vêtements rêches et un manteau élimé aux poignets, signe de plusieurs années d'usure. Ses cheveux tombaient librement sur ses épaules. Il avait l'air d'un homme brutal et dangereux, prêt à se battre et à chercher la bagarre. Mais surtout, il avait l'air d'être parfaitement à l'aise dans ce rôle.

Autour d'eux, les rues brumeuses de Londres grouillaient de vie. Des personnes émergeaient du brouillard comme des fantômes dans des vêtements tout aussi usés que ceux de Nikolaï, et avec des regards tout aussi sombres. Certains passaient leur chemin tandis que d'autres leur emboîtaient le pas. Ils se rendaient au même endroit qu'eux, quel qu'il soit. Nikolaï ne lui avait pas révélé son nom, mais Klara avait sa petite idée. Ils étaient partis vers le nord-ouest du centre de Londres, en direction de Smithfield. Même si elle ne connaissait qu'en théorie l'existence de cette partie de la ville et de ces gens, elle savait ce qui s'y passait. Smithfield accueillait le marché de la viande de Londres. Les grands abattoirs s'y trouvaient. Klara sentit son estomac se nouer en comprenant les implications. Le cheval que cherchait Nikolaï était destiné aux abattoirs.

Ils firent unc courte pause devant l'échoppe d'un marchand et Nikolaï lui plaça un bol entre les mains.

— Buvez ceci, cela vous réchauffera. C'est du *salep*.

Klara n'avait jamais entendu parler de cette boisson mais son goût était délicieux, et surtout elle était chaude, c'était tout ce qui lui importait. Elle commença à se demander — et ce n'était pas la première fois — à quelle fréquence Nikolaï faisait cela. Ses vêtements, son accent, sa connaissance des rues sombres, ne pouvaient être que le fruit d'une longue expérience.

Elle avala une nouvelle gorgée de *salep* et éprouva du bonheur à sentir la chaleur se propager dans son corps, mais elle n'osa pas se plaindre du froid. Nikolaï avait déjà essayé de la convaincre de rester dans la voiture. Il entreprit de lui décrire de nouveau le cheval.

— C'est un alezan avec une étoile blanche sur le front et une chaussette blanche sur la patte arrière droite. Il devrait avoir l'air sain et bien soigné.

— Pourquoi est-il là, alors ?

— C'était un cheval de course médiocre et son propriétaire a fait faillite.

Nikolaï était sur ses gardes. Il observait toutes les personnes qui les entouraient. Klara avait conscience de la montre en or dans sa poche et de la croix en filigrane accrochée à une fine chaîne en or sous sa chemise, deux objets qu'elle portait tous les jours sans réfléchir, même aujourd'hui. Ces bijoux pouvaient nourrir une famille de quatre personnes pendant plusieurs mois dans cette partie de Londres. Nikolaï inspira longuement. Il s'apprêtait à la dissuader de l'accompagner, mais elle refuserait de rester là sans être près de lui.

— Cela ne va pas être drôle, Klara. Tous les chevaux qui ne seront pas vendus aujourd'hui avant que la cloche ne retentisse seront abattus. Même certains d'entre eux qui seront achetés n'échapperont pas à ce sort. Les bouchers sont ici pour acheter la meilleure viande pour leurs boutiques. Certains chevaux ne peuvent pas être sauvés. Leurs propriétaires se trouvent contraints de s'en séparer : il peut s'agir de fermiers qui ont perdu leurs terres, d'autres qui ont déménagé à la ville pour travailler dans les usines et ne peuvent plus entretenir un cheval alors qu'ils n'ont plus de champs à labourer, ou encore de gentlemen surendettés.

Il secoua la tête.

— Gardez la tête baissée, concentrez-vous sur votre mission de sauver cet alezan et rappelez-vous que vous ne pouvez pas tous les sauver. Vous ne pouvez faire que ce pour quoi vous avez été missionnée. Si vous en êtes capable, vous aurez fait la différence pour au moins un cheval.

Elle l'imaginait très bien s'adressant ainsi à ses soldats avant la bataille pour les aider à préparer leur esprit et leur conscience à ce qui allait se passer ensuite, et au-delà — vivre avec leurs échecs et leurs succès s'ils avaient de la chance. Elle avait un aperçu très édifiant de l'officier qu'il avait été. Il était un homme que d'autres avaient envie de suivre.

Un mouvement de foule se produisit devant eux.

— Ils viennent d'ouvrir les portes. Allons-y, murmura Nikolaï. Nous avons une heure pour le trouver.

12

Klara sentit l'odeur des abattoirs avant de les voir. Des relents de peur et de crottin l'assaillaient, comme pour la préparer au spectacle qui s'offrait à ses yeux : des chevaux de toutes tailles, couleurs et races s'entassaient dans des enclos. Nikolaï lui lança un regard encourageant qui lui donna de la force. Il avait voulu la mettre en garde mais il était un soldat. Il se garderait bien de lui dire : « Je vous l'avais bien dit. » La question de savoir si elle avait bien fait de venir ou pas ne se posait plus maintenant. Il était trop tard pour revenir en arrière. Nikolaï avait beau être fort et stoïque, la mission pour laquelle ils étaient venus semblait lui tenir à cœur.

— Trouvez cet alezan, Klara, murmura-t-il, peut-être autant pour lui-même que pour elle.

Son ton n'était guère encourageant. Comment allaient-ils trouver un cheval en particulier dans cette foule ? Dans le premier enclos, un alezan noir courut le long de la barrière, avec ses longues pattes fines. Autrefois, la jument avait été une beauté. Elle hennit doucement et secoua la tête comme si elle était encore belle, et Klara sentit son cœur se serrer. Certains chevaux seraient toujours vivants à la fin de la journée — ceux qui étaient encore capables de tirer une charrue et dont l'entretien n'était pas trop coûteux, ceux qui avaient assez d'entrain pour être utiles à un conducteur de fiacre ou comme cheval de trait. Cette jument n'entrait dans aucune de ces catégories. Personne ne verrait en elle ce potentiel. C'était un pur-sang, un animal élevé pour sa beauté et sa vitesse, un luxe et rien d'autre. D'instinct, Klara tendit la main vers elle et lui caressa les naseaux.

— Ne vous torturez pas, dit-il d'une voix sombre et grave. Il n'est pas ici. Allons-nous-en.

Il l'entraîna avec lui mais la jument les suivit en trottant le long de la barrière jusqu'à ne plus pouvoir avancer. Elle hennit une dernière fois.

— Ne regardez pas derrière vous, ordonna Nikolaï d'une voix propre à faire rester des hommes sur le front pendant une bataille.

L'alezan ne se trouvait pas dans l'enclos attenant, ni dans le suivant. À mesure que les minutes s'égrenaient, Klara sentait Nikolaï se tendre. Déjà, les acheteurs sortaient des enclos avec les chevaux qu'ils avaient achetés au rabais, et une nouvelle peur s'empara d'elle. Et s'ils arrivaient trop tard et qu'une autre personne avait déjà fait l'acquisition du cheval ? Si Nikolaï ressentait la même angoisse, il le cachait bien. Il scrutait méthodiquement chaque enclos tout en évaluant et en écartant les possibilités. Presque tous les chevaux ressemblaient à un alezan, ce qui ne les aidait guère. Lorsqu'ils arrivèrent près du quatrième, Klara avait acquis une certitude : elle ne voulait plus jamais revenir ici. Les personnes étaient grossières, les animaux maltraités, et ce système d'acquisition se révélait fort dégradant. Elle se sentait mal à l'aise et avait très peur. Elle ne connaissait pas ce monde dur. Elle n'avait pas envie de s'éloigner de Nikolaï mais elle savait ce qu'elle devait lui proposer s'ils voulaient retrouver l'animal à temps.

— Nous devons nous séparer, dit-elle.

Si l'alezan se trouvait dans un enclos au fond des abattoirs, ils ne le retrouveraient jamais avant que la cloche ne retentisse.

— Vous en êtes sûre ?

— Je ne suis pas complètement impuissante, contrairement à votre cheval.

Klara avait eu beaucoup de mal à prononcer ces mots tant sa gorge était serrée. Elle pleurerait une fois chez elle, se promit-elle. Mais elle ne pouvait pas s'effondrer maintenant, alors que Nikolaï avait besoin qu'elle soit forte et qu'un cheval avait besoin d'elle. Le seul point positif de cette matinée était qu'ils étaient de nouveau

Nikolaï et Klara, comme pendant leur expédition à Soho. Nikolaï s'arrêta et lui dit sur un ton tendu, chargé d'excitation :

— Regardez par ici, Klara, je crois que c'est lui. Je pense que nous l'avons trouvé.

Il avança rapidement vers l'enclos. Il faisait déjà signe au responsable de lui amener l'alezan mais au loin un faible hennissement attira l'attention de Klara. Il retentit de nouveau avec force, au point de couvrir le bruit ambiant. Il s'ensuivit un vacarme qui attira son regard. Un étalon à la robe rousse se cabra et fendit l'air de ses sabots. Au milieu des désespérés et des opprimés, il avait décidé de se battre. Des hommes le frappèrent avec de lourdes cordes noueuses, mais le cheval continua de se battre. Soudain, un fouet s'abattit sur sa croupe et Klara entendit des cris.

— Maîtrisez-le !

Elle assistait à ce combat entre l'homme et l'animal, mais ce dernier ne pouvait que perdre si personne n'agissait, et vite. Klara oublia sa peur et, sans hésiter, elle s'enfonça dans la foule.

Il avait retrouvé le cheval ! Nikolaï fit signe à l'homme dans l'enclos puis se tourna vers Klara, pour découvrir qu'elle avait disparu. La panique s'empara de lui tandis qu'il balayait la foule du regard. Où était-elle ? Il ne pouvait rien faire maintenant qu'il avait trouvé l'alezan. Il scruta les enclos et les allées bondées à la recherche de quelque chose d'anormal. Seuls de sérieux ennuis pouvaient l'avoir amenée à s'éloigner de lui. Klara était une femme courageuse mais cet endroit et ce qu'elle avait pu y voir ce matin avait constitué un choc pour elle. Au loin dans un enclos, il aperçut un étalon qui ruait et frappait de ses sabots des hommes qui essayaient de le retenir avec des cordes en le fouettant. Cela ne pouvait que mal se terminer, songea-t-il. Puis il aperçut la frêle silhouette de Klara qui escaladait la barrière de l'enclos. Un frisson glacé le paralysa de terreur. Seigneur, elle allait entrer !

Nikolaï interpella un gamin qui errait dans les allées à la recherche d'une menue tâche. Il fourra quelques pièces dans sa main sale.

— Emmène ce cheval vers l'entrée et attends-moi. Je te donnerai d'autres pièces lorsque je viendrai le chercher.

Il se laissa alors emporter par la colère et l'inquiétude. Par tous les feux de l'enfer, c'était exactement pour cette raison qu'il ne voulait pas l'emmener ! Il ne pensait pas qu'elle n'était pas assez courageuse pour affronter les horreurs de l'abattoir, bien au contraire. Elle verrait l'atrocité de cet endroit, son absurdité, son côté pathétique, et elle ne s'enfuirait pas. Non. Elle se jetterait dedans. Elle essaierait de tous les sauver.

Nikolaï se laissa happer par la foule. Avait-elle réfléchi à ce qu'elle ferait une fois près du cheval ? Comment allait-elle le payer ? Il avait pris avec lui assez d'argent pour l'alezan car ici on ne payait que comptant. Mais un homme ne pouvait pas se promener avec une fortune sur lui à moins de vouloir être détroussé.

Un petit attroupement s'était déjà formé autour de Klara et de l'étalon lorsqu'il joua des coudes pour s'approcher de l'enclos. Miraculeusement, Klara avait réussi à maîtriser l'animal. Son chapeau était à terre et ses cheveux cascadaient sur ses épaules. Son déguisement n'avait pas tenu. Elle se tenait debout entre le cheval couvert d'écume et la foule. Que son travestissement soit découvert était le dernier de ses soucis, et peut-être même cela avait-il joué en sa faveur. Les hommes ne savaient pas comment réagir face à une femme en culotte, et encore moins une femme qui brandissait un pistolet comme si elle savait s'en servir. Maintenant, c'était elle et le cheval contre la foule.

— C'est un cheval dangereux, miss. Vous feriez mieux de vous éloigner et de nous laisser faire notre travail, avança doucement un homme pour inciter Klara à abandonner.

Mais ses propos étaient dénués de toute logique puisque ces hommes avaient déjà échoué dans leur tâche. Klara avait été la seule à parvenir à calmer l'animal, et son pistolet indiquait qu'elle et ces hommes n'étaient pas du même côté.

Cependant, même dans cette position, Nikolaï avait compris qu'elle était impuissante. Combien de temps croyait-elle pouvoir les tenir à distance ? Klara posa alors les yeux sur lui et parut soulagée. Mais ce moment avait détourné son attention. Nikolaï sauta lestement la barrière.

— N'y pensez même pas, lança-t-il en direction d'un homme trapu aux larges épaules. Si vous la touchez, vous aurez affaire à moi.

Celui-ci se tourna vers lui.

— Et qui êtes-vous ? demanda-t-il en crachant par terre.

— Celui sur lequel vous devrez passer si vous ne nous laissez pas sortir d'ici tranquillement avec ce cheval.

Tout en parlant, il avait repoussé son manteau, montrant ainsi à l'homme sa dague. Klara n'était pas la seule à être venue armée.

— Nikolaï, il y a un poulain. Le cheval se battait pour le défendre.

Klara s'était exprimée d'une voix basse et rapide tout en désignant une petite boule brune par terre à côté de l'étalon. Nikolaï suivit son regard. Seigneur. Un tout petit poulain au poil soyeux qui n'avait pas l'air d'avoir plus de trois mois. Nikolaï sentit son cœur se serrer. Leurs chances de quitter cet endroit sains et saufs venaient encore de se réduire, alors qu'elles étaient déjà très minces.

L'étalon caressait déjà du museau le poulain qui se mit difficilement sur ses pieds, ce qui ne fit que confirmer les craintes de Nikolaï. Ce poulain ne pouvait pas survivre. Comment le ferait-il, alors qu'il n'avait plus de mère ?

— Tenez-vous prête à partir, murmura Nikolaï.

Il vint s'interposer entre l'homme et Klara.

— Nous allons quitter cet enclos maintenant, clama-t-il d'une voix forte.

— Pas avec ces chevaux. Ils ne sont pas gratuits, monsieur.

— Je vous enverrai de l'argent, tenta Nikolaï avec un regard intimidant vers l'homme, qui ne semblait guère habitué à céder.

Il dégagea le couteau de sa gaine.

— Nous n'acceptons que de l'argent frais, grogna l'homme.

— Mon épingle devrait faire l'affaire, lança Klara en sortant le bijou de sa poche. Prenez-la.

L'homme la saisit et la soupesa dans sa grosse main.

— Qu'avez-vous d'autre ? Ce n'est pas beaucoup pour un si beau cheval. Le boucher m'en donnerait...

Nikolaï posa la pointe de son couteau sous le menton de l'homme.

— Ce n'est pas ce qu'il pourrait vous offrir qui importe en ce moment, mais ce que moi je pourrais vous faire. Je ne pense pas que ce cheval mérite d'être découpé en morceaux. Nous vous en avons donné bien plus que ce qu'il vaut. Cette épingle a beaucoup de valeur, et vaut bien plus que votre grossièreté. Je vous suggère de l'accepter.

Il appela un garçon près de la barrière et lui lança une pièce.

— Ouvre la barrière.

Une voix autoritaire pouvait faire toutes sortes de miracles, ce qui était une bonne chose car il commençait à être à court d'argent. Il ne lui restait qu'une pièce pour le garçon qui gardait déjà son alezan.

Il laissa Klara passer la première avec le malingre poulain tandis que l'étalon poussait doucement le petit avec son museau. Pour Nikolaï, ils devaient avancer plus vite, avant que ses capacités d'intimidation ne se dissipent.

— Dirigez-vous vers l'entrée aussi rapidement que possible, Klara.

Il la réprimanderait plus tard pour son impétuosité mais pour l'heure il fallait la mettre en sécurité avec les chevaux. Il était prêt à les protéger, prêt à se battre. Il sentait son cœur tambouriner dans sa poitrine et son sang bouillir dans ses veines. À ce stade, il ne reculerait pas devant la bagarre.

Les enclos s'éclaircissaient, signe que la cloche était sur le point de retentir. Le soleil était en train de se lever, doucement. Le travail macabre de la matinée était presque terminé. Seules les affaires décentes se traitaient en plein jour, et il n'y avait rien de décent dans cet endroit.

Ils venaient de passer le premier enclos lorsque la cloche sonna. La jument était toujours là. Elle aperçut Klara et courut le long de la barrière avant de l'appeler avec un hennissement glaçant.

— Continuez d'avancer Klara, prévint Nikolaï. Vous avez le poulain.

Mais son cœur battait à tout rompre et, s'il avait pu se préparer psychologiquement à cette matinée, il n'imaginait que trop bien dans quel état se trouvait Klara. Il n'arrivait pas à chasser l'image de la jeune femme dans cet enclos, les cheveux dénoués, le regard étincelant, un pistolet à la main, prête à abattre le premier homme qui essayerait de lui enlever son arme ou le cheval.

Klara s'arrêta et lâcha le poulain. Elle passa les mains derrière son cou et ôta quelque chose par-dessus sa tête, quelque chose qu'elle portait sous sa chemise.

— Je veux cette jument, Nikolaï.

Elle mit dans sa main un objet en or et il contempla la croix filigranée et la chaîne avant de lire le désespoir qui embuait son regard. Elle était sur le point de perdre pied, de lui demander l'impossible ou pire encore, de le tenter seule.

— Très bien.

Il lui tendit la bride de l'étalon tandis qu'un plan fou se formait dans sa tête.

— Mais j'ai besoin que vous fassiez quelque chose pour moi, ajouta-t-il. Vous devez suivre mes instructions à la lettre. Je dois pouvoir avoir confiance en vous.

Il pressa sa dernière pièce dans le creux de sa main.

— C'est pour le garçon qui m'attend dehors. Emmenez ces deux chevaux ainsi que l'alezan avec vous et marchez jusqu'à la voiture.

Il soutint son regard.

— Klara, peu importe ce que vous allez voir ou entendre, ce que vous imaginerez, ne regardez pas en arrière, sous aucun prétexte. Dites à Stepan de partir. Je vous rejoindrai chez Fozard. Vous devez me faire confiance, comme j'ai confiance en vous. Le sort de votre jument en dépend.

Il l'aida à passer la barrière avant de commencer à ouvrir les loquets des enclos. Un, deux puis trois. Seuls les plus rapides, les plus rusés, pourraient survivre. Il ne pouvait pas faire plus.

Lorsque la jument de Klara poussa la barrière du bout du museau et commença à s'élancer, il était prêt. L'exercice était facile. Combien de fois l'avait-il réalisé pendant ses entraînements à Kouban ? Nikolaï courut à côté du cheval tout en sachant qu'il ne faudrait que trois ou quatre pas de plus avant de se faire distancer par les longues foulées de la jument. Il bondit et saisit à pleines mains sa crinière en se hissant sur son dos. Puis il serra fortement entre ses cuisses ses flancs maigres.

D'autres chevaux commençaient à comprendre que les barrières étaient ouvertes. Un petit rodéo commença tandis que les équidés envahissaient les étroites allées et se dirigeaient vers l'entrée. Sur le dos de la jument, Nikolaï les poussait vers la sortie du mieux qu'il pouvait. Soudain, un homme l'interpella :

— Hé, vous devez payer ce cheval !

Nikolaï lui lança la croix de Klara.

— Gardez la monnaie !

Il fonça vers la porte et empêcha la jument de paniquer en arrivant dans la rue en maintenant la pression de ses cuisses sur ses flancs. Pendant ce temps, les chevaux se déversaient dans les étroites allées de Londres. Il dirigea sa monture en direction de la voiture qui avait déjà démarré devant eux. Les chevaux étaient attachés à l'arrière et Klara était assise sur le banc à côté de Stepan. Nikolaï amena sa jument à leur hauteur et décocha à Klara un sourire espiègle lorsqu'il les dépassa.

— Dépêchez-vous de rentrer ! leur cria-t-il.

La jument était couverte de sueur et épuisée lorsqu'il arriva chez Fozard. C'était un cheval de course mais elle n'avait plus d'énergie. Il la sentit trembler pendant qu'il la bouchonnait avec une poignée de foin. La voiture arriva dix minutes plus tard. Klara n'attendit même pas qu'elle s'immobilise pour descendre. Elle vint le rejoindre à grands pas.

— Qu'avez-vous fait ! tonna-t-elle.

Elle était envahie par de multiples sentiments, un mélange de joie intense, d'incrédulité et de colère. Ses yeux étincelaient.

— Vous ne pouvez pas tous les sauver, répondit-il simplement, mais je pouvais en épargner quelques-uns.

— Vous êtes un cosaque complètement fou ! s'écria-t-elle en se jetant contre lui.

Elle enroula les bras autour de sa nuque en lâchant des éclats de rire mêlés de larmes. Elle se laissa ensuite envahir par les émotions de la matinée tout en débitant un flot de paroles décousues.

— J'entendais les clameurs derrière moi, les hommes qui criaient et le bruit des sabots. Je n'ai pas regardé en arrière, je vous le promets. Puis vous nous avez dépassés, tout sourire, comme si c'était un jeu d'enfant. Comment avez-vous fait ?

— J'ai ouvert les loquets et les barrières, expliqua-t-il.

Il était prêt à recommencer pour se sentir comme à cet instant, comme s'il était un dieu, pour tenir Klara contre lui et écouter son sang chanter comme après une bataille dont il était sorti vivant. Il ne s'était plus senti aussi heureux depuis si longtemps. Il l'embrassa sur la bouche et la serra très fort, transporté par ce moment de victoire. Il n'aurait pas dû le faire. Il se l'était promis. Mais l'esprit d'un guerrier était une chose complexe. Il ne répondait pas aux diktats de la raison ou aux promesses qu'un homme se faisait à lui-même.

Il plaqua Klara contre le mur et elle glissa les doigts dans ses cheveux. Sa bouche lui répondit avec la même intensité et les emmena beaucoup plus loin qu'ils n'auraient dû. Nikolaï entendit Stepan tousser derrière eux.

— Heu, que dois-je faire des chevaux ?

Nikolaï lâcha Klara et recula à contrecœur. Il réalisa trop tard à quel point il s'était donné publiquement en spectacle. Seule l'heure très matinale plaidait en leur faveur. Les autres instructeurs n'étaient pas encore arrivés.

— Fozard m'a autorisé à utiliser certains box vides dans les anciennes écuries, dit-il en s'avançant pour prendre la bride de l'étalon. Suivez-moi.

Une fois les chevaux installés dans leur nouvelle demeure, leur excitation était retombée. La réalité rattrapa Nikolaï pendant qu'il les surveillait. Seuls l'alezan et l'étalon semblaient prometteurs. L'alezan dépassait d'ailleurs de très loin ses attentes.

— Nous allons le laisser tranquille un jour ou deux le temps qu'il prenne ses aises, puis nous verrons ce que nous pouvons en faire.

Nikolaï tapota une dernière fois le flanc de l'animal avant de passer à l'étalon.

— Ce garçon est un diamant à l'état brut.

Du moins l'espérait-il. C'était un point de vue optimiste car l'étalon de Klara était une sorte d'énigme. Sa robe était saine mais hirsute, comme s'il avait passé l'hiver dehors, ce qui pouvait signifier qu'il avait pris de mauvaises habitudes. Il n'avait eu aucun mal à suivre Klara dans les rues mais à part cela il était difficile de deviner quel entraînement il avait reçu ou quel était son potentiel. Pourtant, c'était un meneur, un battant. Il savait comment protéger un troupeau, c'était évident. L'animal avait vécu longtemps en liberté, mais aussi parmi les hommes. Nikolaï avança vers le box de la jument. Elle était calme et mangeait du foin, ce qui était bon signe.

— Elle a besoin de prendre du poids, déclara-t-il.

— Nous la nourrirons, répondit Klara en tendant la main pour caresser la tête de la jument.

Celle-ci la leva vers eux dès qu'elle entendit la voix de Klara.

— Avec des jambes comme les siennes, elle est faite pour le saut d'obstacle.

Le tremblement dans sa voix ne faisait que mettre en évidence ce qu'ils ne pouvaient pas prévoir. L'alezan s'en remettrait. Il n'avait connu la captivité et les privations que très peu de temps. L'étalon était vigoureux et la jument reprendrait bientôt des forces et pourrait sauter avec Klara. Mais le poulain ?

Il se trouvait dans le dernier box, couché en boule. Son foin était intact. Le trajet de Smithfield jusque chez Fozard, attaché à l'arrière de la voiture, l'avait complètement épuisé.

— Il a besoin de sa mère, Klara, commença Nikolaï d'une voix douce.

Elle avait traversé beaucoup d'épreuves ce matin mais il ne pouvait pas lui cacher cela.

— Il a besoin de lait.

Avait-on commencé à le sevrer avant qu'il finisse aux abattoirs ? Il était apparemment affamé mais il était tellement faible qu'il ne pouvait même pas avancer vers la nourriture qui l'attendait tout près. À Kouban, Nikolaï aurait nourri le malheureux poulain avec du lait de chameau, mais il ignorait où trouver cette denrée à Londres.

— Je peux vous trouver du lait de vache, répondit Klara d'une voix ferme.

— Le lait de vache risque de provoquer des diarrhées, dit Nikolaï en étudiant mentalement toutes les possibilités. Il contient trop de graisses et trop peu de sucre.

Il passa une main dans ses cheveux avec lassitude.

— J'ai déjà eu recours au lait de brebis, ajouta-t-il.

Il allait devoir se rendre à la campagne pour en trouver et fabriquer une bouteille pour alimenter le poulain, comme s'il disposait d'assez de temps pour biberonner en plus de ses leçons, de ses recherches d'un terrain pour son école d'équitation et de ses réflexions sur les prochains agissements du père de Klara, ainsi que sur la complicité de cette dernière.

— Il se peut qu'il ne passe pas la nuit, Klara. Nous devons nous y préparer.

— Je ne l'accepterai jamais, répondit Klara d'une voix tremblante.

— Je pense qu'il est l'heure pour vous de rentrer, affirma Nikolaï en se tournant vers Stepan. Veux-tu la raccompagner ?

Il aurait préféré le faire mais le poulain avait besoin de lui à présent.

— Je veux rester, riposta Klara.

— Vous devez rentrer, Klara. Il est presque 8 heures.

Puis il secoua la tête. Il avait déjà pris trop de risques en l'emmenant et les conséquences de cette décision occupaient à présent trois box de l'écurie qu'on lui avait prêtée. Il posa une main dans le dos de Klara et commença à la raccompagner de force jusqu'à la voiture qui l'attendait.

— Vous pourrez tous les voir demain lorsque vous viendrez prendre votre cours.

Il avait bien d'autres raisons de vouloir la voir partir mais elle les réfuterait toutes. Elle était pâle et l'excitation de l'aventure s'était estompée. Il savait très bien ce qui se passerait ensuite : l'horreur reviendrait la hanter. Il voulait la savoir en lieu sûr lorsque cela arriverait, un endroit où elle pourrait être seule. D'instinct, il savait que Klara ne voulait pas qu'on la voie dans un moment de faiblesse. Il fallait qu'il songe aussi à se protéger, car il ne manquerait pas de le payer très cher si l'on venait à apprendre qu'elle s'était trouvée seule avec lui dans le noir. Leurs escapades étaient plus que compromettantes.

— Êtes-vous sûre que personne ne risque de vous surprendre ? demanda-t-il en lui tenant la portière.

— Vous ne pouvez être pris que si vous partez en cachette. J'ai laissé une note pour ma bonne au cas où elle viendrait dans ma chambre. Je lui ai dit qu'une urgence m'avait appelée auprès de

Zvezda, déclara Klara en haussant les épaules avec indifférence. Je ne me lève jamais avant 10 heures et elle n'entre jamais dans ma chambre avant 11 heures.

Nikolaï ferma la portière et échangea un regard avec Stepan.

— Tu avais raison sur un point, déclara Stepan en prenant place sur le banc du cocher. Cette fille est une source d'ennuis.

13

Le problème avec les aventures, c'était qu'une fois celles-ci terminées on était ramené brutalement à la réalité. Klara l'avait déjà vécu à deux reprises à présent. Elle était assise au milieu de sa chambre et hésitait à commencer sa matinée. N'était-il vraiment que 8 h 30 ? N'était-elle vraiment partie que depuis quatre heures ? Quatre heures : la durée d'un dîner officiel, moins de temps qu'il n'en fallait pour un bal. Et pourtant, il s'était passé tant de choses.

Elle avait parcouru les rues de Londres au petit matin, avait vu les visages de ceux qui partaient travailler avant le lever du soleil. Ces deux seules choses avaient déjà représenté un choc. Elle n'était pas une femme naïve. Elle savait que sa vie était différente de celle de certaines personnes et que le rang de son père faisait d'elle une enfant privilégiée. Elle participait à des œuvres de charité avec les épouses des connaissances de son père, elle visitait des orphelinats, mais ces visites étaient aseptisées. Les enfants étaient mis à leur avantage et les plus sérieux étaient invités à réciter le dernier poème qu'ils avaient appris.

Voir la classe ouvrière de si près, plonger en son sein, était une tout autre expérience, comme lorsqu'elle s'était mêlée aux immigrés dans le restaurant. Et cela n'avait été qu'un début. Il y avait aussi eu les enclos… Klara frémit. Elle ne parvenait guère à chasser certaines images de sa tête. En plein cœur de l'action, elle n'avait eu aucun mal à faire face, mais à présent son esprit se les repassait en boucle. Elle revoyait ces longues têtes aux regards mélancoliques, désespérés, apeurés et résignés. « Concentrez-vous sur ce que vous êtes venue faire », lui avait dit Nikolaï. Ses paroles résonnaient dans son esprit. Elles étaient son seul bouclier pour ne pas se laisser complètement submerger, à cet instant comme plus tôt ce matin.

Nikolaï. Elle avait déjà ressenti une certaine curiosité le concernant mais à présent le mystère qui l'entourait la fascinait. Il avait joué au pauvre charretier immigré avec ses vêtements élimés et son accent épais, mais personne ne se serait laissé abuser longtemps par ce déguisement. Il portait son pouvoir et son assurance comme une deuxième peau et aurait eu du mal à les dissimuler. Klara s'était sentie en sécurité avec lui au milieu de cette foule d'hommes durs, assez pour s'opposer à ces brutes qui tenaient l'étalon. Elle n'avait aucune idée de ce qu'elle comptait faire lorsqu'elle avait escaladé la barrière, sauf sauver ce cheval. Pourtant, une partie d'elle était sûre que Nikolaï serait là quand elle aurait besoin de lui. Et elle ne s'était pas trompée. Parmi les images qu'elle garderait toujours en elle se trouvait celle où elle l'avait vu bondir par-dessus la barrière comme une bête féroce, prêt à se battre pour elle. Elle le revoyait encore, couché sur l'encolure de la jument, tandis qu'il se faufilait avec hardiesse à travers les ruelles sinueuses de Londres, cheveux au vent. Qu'est-ce qu'il lui avait pris de libérer ces bêtes et de les lâcher dans Londres ? La question méritait réflexion, surtout si elle se la posait à elle-même.

En effet, qu'est-ce qu'il lui avait pris d'agir ainsi qu'*elle* l'avait fait ? Elle avait quitté sa maison, seule, habillée en homme, pour aller arpenter la ville encore endormie en compagnie d'un homme qu'elle connaissait à peine. Le risque était immense et pourtant elle ne s'était pas du tout sentie exposée. Pas un seul instant elle ne s'était sentie en danger. Elle avait confiance en Nikolaï et cela l'effrayait beaucoup, car le danger qu'il représentait était d'un tout autre ordre. Ce qui avait commencé comme une manœuvre de son père s'était rapidement mué en quelque chose de plus personnel.

Jusqu'à présent, Klara n'avait eu aucun mal à se convaincre que c'était l'action qui la fascinait : elle était amoureuse de l'aventure, du risque et du monde que Nikolaï lui avait ouvert. Mais après les événements de la matinée, elle ne pouvait plus fermer les yeux sur la réalité : elle n'était pas uniquement amoureuse de l'aventure.

Elle était en train de tomber amoureuse de lui, et de l'homme qu'il était, au-delà de la puissance physique de son corps.

Aujourd'hui, elle avait été le témoin de sa compassion, de sa ténacité, de son instinct de protection, non seulement à l'égard des animaux mais aussi d'elle-même. Elle s'était montrée têtue et même désobéissante. Elle lui avait imposé sa présence, et pourtant il l'avait protégée. Il était même prêt à se battre pour elle. Elle n'était pas assez stupide pour croire qu'il l'avait fait par amour pour elle. Il n'était pas du genre à tomber amoureux facilement. Il l'avait fait parce que sa morale l'exigeait, et elle avait eu un autre aperçu de son âme.

Mais de simples aperçus ne suffisaient pas. Plus elle en apprenait sur lui et moins elle se sentait satisfaite. Les personnes qui souffraient de dépendances se sentaient-elles ainsi, toujours en manque ? Que faudrait-il pour l'apaiser ? Klara en convenait. Il ne lui fallait pas plus d'aventures, mais plus de cet homme. Elle voulait plus de son corps, de son esprit, même si chaque caresse, chaque regard la mettait un peu plus en danger, la contraignait à cacher encore plus de choses à son père, car s'exposer davantage pouvait se révéler fort périlleux pour eux deux.

La sonnette d'alarme retentit de nouveau dans sa tête. Si son père avait connaissance des principes qui animaient cet homme, sa soif de changement, il ne le lâcherait jamais. Puis un autre avertissement vint s'ajouter : s'il apprenait que sa fille le désirait, il mettrait un terme à sa mission. L'ambassadeur serait alors aux prises avec un terrible dilemme : fallait-il la sauver en vue de la marier avec un Anglais, comme il l'avait promis à sa mère, au risque de laisser son prince révolutionnaire lui glisser entre les doigts ?

Klara se posa alors une autre question qui la hantait depuis son expédition à Soho. Avait-elle de la valeur aux yeux de son père ? La considérait-il vraiment comme sa fille ou simplement comme un pion ? De son propre aveu, elle s'était pliée aux exigences de celui-ci pour retenir son attention, mais jamais elle n'avait cru que sa valeur ne résidait que dans ce rôle qu'elle jouait pour lui. Cette question était très audacieuse, indiquant clairement que

Nikolaï était en train de changer sa façon de voir le monde et de se voir, elle.

Klara inspira et sentit sa propre odeur pour la première fois. La puanteur qu'elle dégageait lui fit esquisser une moue de dégoût. Elle avait besoin de se laver et de se changer. Sa chemise de nuit était toujours par terre, preuve que personne n'avait remarqué son absence. Il lui suffisait de l'enfiler, de se mettre au lit et tout serait terminé. Sa belle aventure aussi. C'était sans doute pour cette raison qu'elle avait autant de mal à ôter sa chemise et son pantalon taché de boue. Les retirer revenait à renoncer à cette expérience pour la ranger dans un placard.

Klara bâilla et doucement, très doucement, commença à se dépouiller de ses vêtements, sans se douter qu'elle sombrerait dans le sommeil pour être réveillée par un cauchemar.

— Votre père veut que vous descendiez tout de suite, miss !

Sa bonne s'agita dans la chambre, tira les rideaux et ouvrit en grand son armoire. Klara regarda d'un œil ensommeillé l'horloge posée sur la table de nuit. Il était déjà 11 heures. Une heure de plus que celle à laquelle elle se levait d'habitude. Elle avait l'impression qu'elle venait tout juste de s'endormir.

— Cela ne peut-il attendre ? grogna Klara en s'affalant sur les oreillers.

— Non, miss. Le duc est avec lui.

La bonne était très sérieuse. Elle tira vivement les couvertures.

— Vous devez descendre immédiatement.

Amesbury était là ? Klara perçut l'angoisse palpable de sa cameriste. La femme n'aimait pas le duc. Klara repoussa les couvertures.

— Que se passe-t-il, Mary ?

La bonne secoua la tête.

— Je n'en sais rien, miss. Je sais juste que vous devez descendre.

Elle ouvrit ensuite l'armoire et en sortit deux robes.

— Que préférez-vous ? La bleu canard avec des rayures en satin ou la violette et grise en tissu écossais ?

— Aucune des deux. Je veux la bleu roi, celle avec la dentelle blanche, et je veux porter le rang de perles de ma mère.

Klara s'était toujours sentie très sûre d'elle avec cette robe, et ce matin elle allait avoir besoin de toute l'assurance dont elle était capable. Elle bouillonnait déjà de colère et de ressentiment d'être ainsi convoquée. Si Amesbury avait menacé sa domestique, elle le réduirait en miettes. D'une façon ou d'une autre. Elle avait affronté trois hommes pour la vie d'un étalon ce matin, elle pouvait sûrement recommencer avec Amesbury.

Mary parvint à l'habiller en un temps record et lui murmura docilement :

— Ils sont dans le bureau de votre père.

Une fois devant la porte, Klara fit une pause, les doigts sur la poignée. Elle prit une profonde inspiration pour calmer ses nerfs à vif. Les secrets étaient une chose horrible à porter, source de beaucoup d'inquiétude. Amesbury était-il là parce qu'il savait ce qu'elle avait fait ? Qui était en danger à présent ? Elle ou Nikolaï ? Ou bien les deux ? Ces questions ne trouveraient jamais de réponse si elle restait debout dans le couloir. Klara ouvrit la porte et entra. Elle reporta toute son attention sur son père et ignora délibérément le duc.

— Vous vouliez me voir, père ?

Son père avait le droit de la convoquer, mais pas Amesbury. L'ambassadeur était assis comme à son habitude derrière son bureau, mais aujourd'hui il paraissait anormalement tendu. Le voir ainsi lui fit l'effet d'une douche froide. Son père avait la mâchoire serrée, et ses traits étaient durs et indéchiffrables. Elle avait devant elle Alexei Grigoriev, celui que redoutaient tous les diplomates qui devaient négocier avec lui.

— Le duc d'Amesbury m'a apporté des nouvelles fort inquiétantes, Klara.

Il fit un geste en direction du duc, la forçant ainsi à faire cas de la présence d'Amesbury. Ce dernier se tenait près de la fenêtre, le dos droit et l'air impassible.

— Il y a eu des rumeurs ce matin selon lesquelles des chevaux sauvages ont été libérés dans Smithfield. Certains disent que Baklanov est responsable de ces troubles.

Grigoriev posa un regard froid sur sa fille et attendit de voir sa réaction avant de poursuivre.

— Les rumeurs disent aussi qu'il avait un complice.

Klara s'efforça de rester impassible, ce qui était un exploit au regard du choc qu'elle éprouvait intérieurement. Comment pouvait-il être au courant ?

— Libérer des chevaux des abattoirs me semble être un acte plutôt noble, déclara-t-elle.

— Noble ?

Le duc fronça les sourcils d'un air dédaigneux.

— Je qualifierais ça autrement, mais votre père et moi ne sommes pas d'accord. J'estime que c'est du vol, alors que votre père considère cela comme une preuve de courage. Cela le conforte dans l'idée que notre prince doit rejoindre la révolution.

L'ambassadeur lança au duc un regard noir et impatient.

— Si nous avons tenu à ce que vous preniez part à cette conversation, Klara, c'est que le duc et moi sommes d'avis que vous ne le voyiez plus.

— Que je ne voie plus Amesbury ?

Klara savait que cette confusion mettrait le duc en rogne.

— Le prince, rétorqua le duc. Vous ne le verrez plus qu'en bonne compagnie. Il n'y aura plus de leçons d'équitation.

— C'est ridicule. C'est le meilleur professeur de la ville.

La colère de Klara éclata.

— Au demeurant, vous n'avez pas d'ordres à me donner, ajouta-t-elle.

Elle se tourna vers son père pour plaider sa cause.

— Je vous suis d'une grande aide avec le prince.

— Plus maintenant, Klara. Amesbury a raison. La révolution peut tolérer et même tirer profit de l'inconscience du prince, mais je ne peux pas te faire prendre de risques. La réputation d'une femme est tout ce qu'elle a.

Il passa une main dans ses cheveux en soupirant d'un air las.

— Je me suis trompé, Klara. Je n'aurais jamais dû permettre que tu le fréquentes sans mieux le connaître. Ta mère n'aurait pas commis cette erreur...

Klara était furieuse à présent. Elle percevait la signature

d'Amesbury derrière ces propos. Il avait rallié son père à lui, évoqué le souvenir de sa mère, sachant pertinemment l'effet que cela aurait sur ce dernier. Elle lança un bref coup d'œil vers le duc. Son petit sourire en coin confirma ses soupçons.

— Merci pour le temps que vous m'avez consacré, Grigoriev, annonça le duc. Si vous voulez bien m'excuser, j'ai d'autres rendez-vous ce matin.

Amesbury fit ses adieux.

— Voulez-vous me raccompagner, Klara, demanda-t-il.

Elle sortit avec lui dans le couloir sans le toucher ni prendre son bras.

— Vous êtes en colère après moi, Klara, dit-il sur un ton légèrement amusé.

Ses bottes résonnaient sur le sol en marbre.

— Cela finira par passer, continua-t-il. Ce que vous ressentez pour ce prince cosaque est une amourette de jeune fille. Vous le surmonterez.

Il émit un petit rire sec.

— Êtes-vous surprise que je sois au courant ? Vous me devez une fière chandelle, vraiment. J'aurais pu dire à votre père que vous sortiez en cachette avec lui.

Klara se figea, le cœur battant. Il ne pouvait pas être au courant, sauf si...

— Vous m'avez suivie.

Les mots fusèrent malgré elle.

— Pas bien loin, je le crains. J'ignore où vous êtes allée le soir où il vous a ramenée chez vous dans un fiacre. Mais j'ai vu le baiser que vous lui avez donné et je sais que vous étiez avec lui ce matin à Smithfield. Un tel comportement n'est pas digne de vous. On ne sait jamais qui pourrait vous voir.

Klara déglutit péniblement, prise de colère et de dégoût. Ainsi, il la surveillait. Et il savait tout.

— Tout bien réfléchi, parler d'amourette n'est peut-être pas assez fort. Êtes-vous allée au-delà, Klara ? Croyez-vous être amoureuse de lui ?

Il plissa les yeux, réduits à deux fentes glaciales.

— Au début, je me suis demandé ce qu'il pouvait bien vous

offrir qui vous pousse à vous abaisser à tant d'indiscrétion. J'ai fini par comprendre. Vous étiez éprise d'une grosse queue russe.

Son visage était tout près du sien à présent. Son sourire était méprisant.

— Vous avez l'esprit bien mal tourné, répliqua Klara en soutenant son regard.

Elle n'était guère disposée ni à le supplier ni à l'affronter. Cela lui ferait trop plaisir. Amesbury aimait rabaisser les gens de pouvoir, les affaiblir et les rendre dépendants de lui.

— Bien au contraire. Ne suis-je pas trop généreux ? Ne suis-je pas la compassion incarnée ? Vous devriez me remercier de ne pas avoir couru chez votre père pour lui raconter vos petites perfidies. Tenez-vous à l'écart de Baklanov, Klara, ou vous risquez de le regretter tous les deux. Un couteau dans la nuit et on finira par retrouver le corps de votre prince dans une ruelle de Soho. Une balle perdue pendant une révolte de palais aurait le même effet.

Klara recula d'un pas, horrifiée.

— Il ne vous rejoindra pas. Il ne s'intéresse pas aux rébellions.

Mais ce n'était pas complètement vrai. Elle n'était pas certaine qu'il ne désirait pas les rejoindre.

— Vous êtes trop naïve, Klara. Il est évident qu'il va se joindre à nous. Pendant que je vous attendais ce matin, j'ai partagé l'une de mes petites découvertes avec votre père. Nous sommes presque certains que le prince Baklanov se ralliera à notre cause, d'une façon ou d'une autre.

Amesbury haussa les épaules.

— Il va recevoir une invitation pour fêter Maslenitsa avec votre père. Ce sera l'occasion rêvée de mieux le connaître.

C'était un euphémisme pour parler de chantage.

— Je pense que le prince va se découvrir de nouveaux élans patriotes pour son ancien pays.

— Vous allez menacer Nikolaï ?

Les horreurs ne s'arrêteraient donc pas. Et c'était elle qui avait tout provoqué. Un homme jaloux avec des ambitions politiques était comme une hydre.

— Je ne vais pas le menacer, ma chère. Je vais l'utiliser en échange de votre obéissance et de la sienne.

Elle décida à cet instant de partir au plus vite, ce dès la première occasion, et elle savait exactement qui elle allait retrouver. Il fallait qu'elle prévienne Nikolaï. Et au diable l'obéissance.

Nikolaï l'entendit avant de la voir. Il perçut le bruissement rapide et feutré, de ses jupes en soie dans l'allée, suivi de son cri surpris lorsqu'elle s'arrêta brusquement devant le box du poulain et qu'elle le trouva vide.

— Non !

Sa plainte étouffée contenait la somme de tout son désespoir et de son angoisse.

— Klara, nous sommes là, appela-t-il doucement en se levant.

Ce n'était pas une tâche aisée de déplacer un poulain endormi sur ses genoux. Il entendit ses jupes bruisser avant qu'elle n'apparaisse devant le box de la jument. La lanterne suspendue à l'extérieur mettait en valeur les contours de son visage. Elle aperçut enfin le poulain.

— Il va bien, constata-t-elle en soufflant. Lorsque j'ai vu que le box était vide, j'ai cru que...

Nikolaï secoua la tête et ne la laissa pas terminer sa phrase.

— Cela porte malheur de dire ces choses-là à voix haute.

Le poulain avait besoin de toute la chance dont il pourrait bénéficier.

— Il avait trop froid pour dormir seul. Je me suis dit que la jument le prendrait près d'elle et c'est ce qu'elle a fait. Votre chère fille a l'instinct maternel.

Nikolaï sourit en tenant devant lui le biberon improvisé qui était vide.

— Je l'ai nourri aussi souvent qu'il me l'a réclamé. Mais j'aurais pu vous le dire demain.

Que faisait-elle ici ? Elle était manifestement habillée pour se rendre ailleurs. Elle paraissait aussi très agitée, et pas seulement à cause des chevaux. Il était arrivé quelque chose qui l'avait contrariée. Quelqu'un avait-il découvert leur escapade du matin ?

— On sera demain dans quelques minutes, déclara Klara en arpentant l'allée.

On aurait dit la déesse de la lune qui se serait matérialisée devant lui dans une robe de bal faite d'argent, brillante comme les étoiles. Ses cheveux étaient entrelacés et parsemés de diamants qui étincelaient dans l'obscurité. Par comparaison avec sa mise négligée, lui qui venait de passer dix-huit heures sans dormir, Klara paraissait si sophistiquée. Sa présence lui semblait déplacée.

— La soie n'a pas sa place dans une écurie, Klara, observa Nikolaï. Pas plus que les filles d'ambassadeur non mariées.

— Je voulais voir les chevaux. Je ne pouvais pas attendre demain. Je n'ai fait que penser à eux toute la journée.

Il entendit aussi ce qu'elle ne disait pas. *J'avais envie de vous voir. Je n'ai fait que penser à vous toute la journée.* Finalement, elle baissa presque timidement les yeux vers ses mains. Il ne s'attendait pas à voir une telle expression chez cette femme merveilleuse, si pleine d'audace.

— Ils vont bien.

Nikolaï sortit du box et tourna la tête de chaque côté pour inspecter l'allée.

— Vous êtes seule ? demanda-t-il.

Klara haussa les épaules comme si cela n'avait guère d'importance.

— J'ai dit à mon père que j'allais passer la nuit chez une amie.

Ses yeux brillaient de malice et d'une autre émotion qui oscillait entre le désespoir et le désir. La combinaison des deux eut sur lui un effet très puissant.

— Nous avons la nuit devant nous, continua-t-elle. Laissez-moi vous aider avec le poulain ce soir. Vous avez l'air épuisé.

— Avec cette robe ?

Il ferait mieux de la renvoyer chez elle. Stepan avait raison. Klara ne pouvait que lui attirer des ennuis, et pas seulement d'ordre politique.

Mais cela semblait être le cadet de ses soucis. Pourtant, ce genre de problèmes pouvaient conduire un homme devant l'autel, enchaîné pour la vie, avant même d'être en mesure de reprendre ses esprits.

— Je peux me changer, déclara-t-elle. Il doit bien y avoir des vêtements que je peux emprunter.

Bonté divine. La dernière chose dont il avait besoin était de la voir se déshabiller dans la sellerie et de faire semblant d'être insensible à ses charmes. La nuit était froide, mais sans plus, et il n'était pas du genre à feindre d'être un eunuque.

— Vous n'arriverez pas à retirer seule cette robe, Klara, prévint-il.

— Vous êtes prêt à en faire le pari ?

Elle fit alors glisser le vêtement à ses pieds en ondulant sensuellement et le clair de lune éclaira son corps. Klara Grigorieva se tenait nue devant lui, et parvenait même à être encore plus époustouflante sans ses atours. Nikolaï sentit chaque partie de son être acquiescer avec violence. Il contempla le corps longiligne de Klara, semblable à une sculpture. Elle était tout en angles et en courbes féminines, de la pointe arrogante de son menton à ses seins fermes et haut perchés, pareils à deux globes parfaits, avec leurs petits boutons rose pâle qui pointaient fièrement vers lui, prêts à se laisser aspirer par la bouche d'un homme. Plus bas, sa taille fine s'évasait doucement vers la courbe délicate de ses hanches. Un triangle noir surmontait ses cuisses. Même à cette distance, Nikolaï apercevait ses boucles humides et soyeuses. Et ses jambes ! Seigneur, quelles jambes ! Elles pouvaient s'enrouler autour d'un homme et le serrer avec passion. Il lui fallait refuser d'aller plus loin, ôter sa veste et couvrir le corps de Klara. Il connaissait un millier de bonnes raisons de ne pas accepter ce qu'elle lui offrait mais, à cet instant, aucune ne lui vint à l'esprit.

— Klara, que faites-vous ?

Mais il connaissait déjà la réponse. Elle leva les mains vers ses cheveux retenus par des épingles en diamant et entreprit de les retirer une à une, mettant ainsi ses seins en valeur.

— J'essaie de vous séduire.

Il avait tellement de questions à lui poser. Qu'est-ce qui l'avait poussée à venir vers lui ? Comprenait-elle les retombées de cet acte ? Était-elle ici pour elle ou dans un autre but ? Il fallait qu'il lui rappelle les conséquences et, surtout, qu'il lui dise qu'il n'y aurait pas de suites. Il ne pouvait pas devenir son amant. Il ne pouvait pas devenir le jouet politique de son père.

Ce qui allait se passer dans les prochaines minutes ne pouvait être troqué contre cela. Mais le seul mot qu'il parvint à prononcer fut « pourquoi ? ». Klara s'avança vers lui, se serra contre son torse et pressa sa main sur son sexe chaud et dur sous sa culotte.

— Parce que je vous désire et que vous me désirez. Cette raison n'est-elle pas suffisante ?

Sa bouche joua contre son oreille et lui murmura ces paroles tentatrices :

— Croyez-moi, Nikolaï. Je ne veux que du plaisir.

Mais sa ténacité prouvait déjà qu'elle mentait. Elle voulait plus que du plaisir, mais il ignorait quoi. En revanche, il pouvait satisfaire sa première demande. Déjà, sa bouche répondait à la sienne. Il déposa une pluie de baisers le long de sa mâchoire tout en se répétant qu'il ne fallait pas. Le plaisir n'était jamais une chose simple. L'expérience lui avait appris qu'il n'était jamais sans conséquences, même s'il essayait de se convaincre du contraire. Mais ces considérations étaient réservées à des moments où tout le monde portait encore des vêtements. Et Klara s'était trompée sur un point : ce n'était pas elle qui allait le séduire, mais lui.

D'une main, il prit en coupe son sein et caressa du bout du pouce sa pointe tendre. Il la sentit se raidir de plaisir. Il pencha la tête en avant et l'aspira si fort que Klara poussa un cri. Même si cette affirmation paraissait désuète, une femme méritait un homme capable de s'affirmer aussi bien dans une chambre à coucher que dans une salle de bal. Il s'agenouilla devant elle, embrassa son nombril et saisit ses hanches à pleines mains. Puis il descendit plus bas. Une femme assez audacieuse pour réclamer du plaisir avait le droit d'en recevoir.

14

Klara se retint au mur en bois rugueux du box. Elle cherchait un point d'appui pour résister aux assauts de la bouche de Nikolaï sur son sein, son nombril et son sexe. Quand avait-elle perdu le contrôle de ce jeu de séduction ? L'avait-elle jamais eu ? Peut-être se flattait-elle en imaginant qu'un homme comme Nikolaï pouvait être séduit. Et pourtant, n'était-ce pas dans ce but qu'elle était venue ? Pour trouver du plaisir ? Pour découvrir les mystères de l'amour ? Pour le connaître lui, et satisfaire sa curiosité. Ce raisonnement était beaucoup trop simple. Elle était venue chercher bien plus que cela.

Elle sentit les doigts de Nikolaï effleurer les plis humides et sensibles de son sexe, puis les écarter avec sa langue qui glissa sur son bouton secret caché à l'intérieur.

— Oh..., gémit-elle.

Son cri à peine voilé monta du plus profond de son être. Elle sentait les pouces de Nikolaï s'enfoncer dans ses hanches pour l'immobiliser afin de mieux la goûter. Klara était pétrie de contradictions. Elle voulait le prier d'aller plus vite. Quelle que soit l'issue, elle était impatiente de l'atteindre et, simultanément, elle désirait plus que tout l'implorer de prendre son temps, de la tourmenter un peu plus.

Lorsqu'elle avait pensé à cette soirée et à ce qu'elle allait faire en venant, pas un instant elle ne s'était imaginé cela. Elle était loin de se douter de ce que cela signifiait d'être mise à nu, sur le plan physique et sentimental. Son unique consolation était qu'elle n'était pas seule à le vivre.

Nikolaï enfouit son nez contre elle en gémissant sans cesser de jouer avec sa langue. Il l'emmenait quelque part, vers une destination inconnue. Mais d'instinct, elle savait que ce serait l'aboutissement de cette délicieuse torture. Nikolaï ne se pressait pas. Il avait le contrôle de la situation et était bien décidé à les satisfaire tous les deux aussi longtemps que possible. Prendre tout son temps et repousser le moment de la satisfaction était le plus grand des plaisirs pour les connaisseurs.

Il murmura contre son sexe des mots d'amour en russe, peut-être même des paroles crues, qu'elle ne comprenait pas. Elle sentait sur elle son souffle court et ses mains durement accrochées à ses hanches. Elle aurait des bleus demain, mais cela lui importait peu. Ils seraient la marque de ce qui s'était passé entre eux cette nuit, preuve que tout n'avait pas été qu'un rêve.

Nikolaï s'enhardit encore plus avec sa langue, ce qui déclencha en elle un long frisson. Elle y était presque. Elle s'agrippa au mur du box et commença à se tortiller. Un dernier sanglot, plus un cri qu'un gémissement, s'échappa de sa bouche et elle explosa, épuisée, comblée. Elle avait réussi à contenir les émotions de la journée pendant tout ce temps, pendant que le plaisir balayait ses inquiétudes et les faisait plonger dans l'oubli. Dans ce plaisir sombre, l'horreur des abattoirs, des chevaux qu'elle ne pouvait pas sauver, les ambitions politiques qui testaient les loyautés, avaient disparu. Il n'y avait plus de salles de bal ni de propositions sordides qui ressemblaient fort à du chantage de la part d'un homme qui ne la percevait que comme une marchandise, comme une assurance pour sa richesse, un trophée à exhiber.

L'expérience des abattoirs avait certes été traumatisante, mais la journée avait connu bien d'autres abjections : la menace d'Amesbury et l'ordre de ne plus revoir Nikolaï. C'était pour ces raisons qu'elle était venue. Elle n'aurait plus d'autres occasions de le faire. Elle préféra chasser de son esprit la cruauté du duc. Ils auraient le temps d'en parler plus tard. Elle ne voulait penser qu'à Nikolaï pour l'instant, qui haletait aussi fort qu'elle. Il avait enroulé les bras autour de ses hanches, et avait posé sa tête brune sur son ventre en attendant que Klara reprenne ses esprits.

Il se leva, secoua son manteau et le passa autour des épaules de cette dernière.

— Vous allez prendre froid.

Sa voix avait encore des accents rauques. Lui aussi avait été affecté par ce qui venait de se passer entre eux, songea-t-elle. Mais s'il avait pris du plaisir sur le plan psychologique, il n'était pas pour autant soulagé sur le plan physique. Klara tenait sa chance de le séduire à son tour. Elle posa la main sur lui.

— Laissez-moi m'occuper de vous.

Sa proposition était très audacieuse. Les jeunes filles anglaises ignoraient à quoi ressemblait le sexe d'un homme, et encore moins comment le manipuler. Mais une femme curieuse élevée au contact des chevaux ne pouvait être aussi naïve.

— Vous avez failli me mettre à genoux, murmura-t-elle tout en ouvrant l'avant du pantalon de Nikolaï. Maintenant, c'est mon tour. Appuyez-vous contre le mur, Votre Excellence. Vous allez en avoir besoin.

Son sexe était chaud, dur et long, déjà prêt. Un véritable étalon. Elle était disposée à le satisfaire, à condition qu'il le lui permette. Il grogna de plaisir lorsque sa main caressa pour la première fois son membre de haut en bas. Klara sentit son corps se tendre, et elle espéra que cette fois il la laisserait maîtresse du jeu. Nikolaï s'empara alors de sa bouche. Il posa une main derrière son cou, une autre sur son sein et, une fois de plus, elle perdit le contrôle de la situation. Il voulait lui rendre la pareille, et lui donner caresse pour caresse. Lorsqu'elle passa le pouce sur le sommet humide de son sexe, il taquina son sein avec le sien, jusqu'à ce qu'elle ôte sa main. Elle ondula des hanches contre lui et sentit son membre dur contre sa cuisse tandis qu'il se frottait contre elle et l'excitait.

— Je voulais vous donner du plaisir, haleta-t-elle.

Seigneur, elle allait exploser de nouveau, mais cette fois, avec lui. Elle était bien décidée à ce qu'il en soit ainsi.

— C'est ce que vous faites, *lyubov moya*, dit-il d'une voix hachée. Prenez-moi dans votre main.

Même au bord de l'explosion, il arrivait à garder les commandes.

Elle enroula les doigts autour de son sexe et le sentit pulser au creux de sa main et se raidir encore plus à l'approche de l'orgasme. Une caresse, puis deux, et il se retrouva au bord du plaisir. Son membre était dur dans sa main et la gravité qui marquait si souvent ses traits disparut l'espace de ce précieux instant où il baissa la garde, où le valeureux guerrier fut enfin repu.

Plus loin dans le box, ils entendirent le foin crisser. Le poulain s'était réveillé. Nikolaï ferma les yeux et soupira avec résignation comme si, lui aussi, avait savouré ces moments en sachant qu'ils ne dureraient pas. Le monde avait ses exigences.

— Il doit avoir faim, murmura Nikolaï.

Klara s'assit sur une balle de foin, le manteau de Nikolaï sur ses épaules, entourée par la douce odeur de la paille et des chevaux. Pendant ce temps, Nikolaï nourrissait le poulain à l'aide d'un biberon improvisé. La maigre jument les regardait d'un œil protecteur mais calme. Pour Klara, le voir faire avec le poulain était presque aussi enivrant que lorsqu'il l'embrassait ou qu'il la caressait. De là à l'imaginer avec un bébé dans les bras, il n'y avait qu'un pas. Le rude guerrier ferait un bon père. Pourtant, ce n'était pas pour cette raison qu'elle était venue.

— Peut-être sera-t-il capable de boire dans un seau dès demain, et de manger un peu de foin, suggéra Klara d'une voix douce.

Un poulain de trois mois avait besoin de davantage de nourriture que ce que pouvait contenir une bouteille. Le nourrir deviendrait bientôt un travail à plein temps, et Nikolaï ne disposait pas d'assez de temps pour cela. Il hocha la tête et regarda le poulain d'un air déterminé. Klara ne s'attendait pas à la question qui allait suivre :

— Avez-vous trouvé ce que vous cherchiez hier soir, Klara ?

— Je vous demande pardon ?

Il leva les yeux vers elle.

— Inutile de prétendre que vous êtes venue uniquement pour voir les chevaux.

Il posa la bouteille vide et cala le poulain contre le flanc de la jument.

— Quoi que vous ayez trouvé ou cru trouver, cela ne change rien. Je suis votre professeur d'équitation, et rien de plus.

— Vous n'avez jamais été un simple professeur d'équitation, répondit Klara en ignorant l'avertissement dans la voix de Nikolaï.

Elle soutint son regard et le contraignit à la regarder, sachant pertinemment que le manteau ne cachait rien de son corps dénudé. Elle croisa une longue jambe fine et nue sur l'autre et observa Nikolaï suivre le mouvement des yeux.

— Vous essayez toujours de tout maîtriser, n'est-ce pas ? Vous croyez que je n'ai pas remarqué ? Vous ne parvenez même pas à m'embrasser sans garder le contrôle.

— Faites attention à ne pas trop me demander, *lyubov*, prévint Nikolaï.

Sa réponse valait autant qu'un aveu. Elle avait raison. Il essayait de garder le contrôle.

— Vous êtes un mystère pour moi, Nikolaï, déclara-t-elle en le regardant droit dans les yeux. Vous ne pouvez pas me demander de ne pas m'interroger sur les raisons qui vous poussent à vouloir tout maîtriser, ou sur ce que vous redoutez si vous ne le faites pas.

Nikolaï s'esclaffa bruyamment.

— Vous êtes trop directe, Klara. Vous devriez commencer par les questions faciles, et non les difficiles. Vous devez prendre un homme par surprise si vous voulez le démasquer.

— Très bien, nous ferons comme vous le suggérez, acquiesça Klara en penchant la tête sur le côté pour mieux l'observer. Que vouliez-vous dire lorsque vous avez déclaré que vous vouliez vous établir ici, en Angleterre ?

Son cœur battait à tout rompre. L'espace d'un instant, elle crut qu'il allait de nouveau refuser de lui répondre, mais un petit sourire pas totalement chaleureux étira sa délicieuse bouche. Klara se prépara à la rebuffade qui ne manquerait pas d'arriver.

— Je cherche à créer une école d'équitation. Je suis à la recherche d'une propriété et de chevaux pour démarrer mon affaire.

Il haussa les épaules.

— Vous voyez, continua-t-il, je ne suis qu'un simple professeur d'équitation. Cela risque de décevoir votre père.

C'était la pique qu'elle attendait. Même après avoir partagé cette intimité avec elle, même après qu'elle se soit montrée nue devant lui, il se méfiait encore d'elle, et la voyait toujours comme la fille de l'ambassadeur.

— Vous êtes incapable de faire abstraction de lui, n'est-ce pas ?

Son prince était un grand cynique dans l'âme.

— Après tous les risques que j'ai pris, ajouta-t-elle d'une voix triste, après tout ce que nous avons vécu ensemble, vous ne me voyez toujours pas telle que je suis.

Elle sentit sa gorge se serrer. Les émotions de la journée menaçaient de la submerger : les abattoirs, Amesbury, et maintenant ça. Les insinuations de Nikolaï prouvaient qu'il ne parvenait pas oublier qui elle était. Sa voix était froide comme de l'acier.

— Vous a-t-il envoyé ce soir pour me convaincre de rejoindre la révolution ? Dois-je m'y attendre ? A-t-il des raisons de croire que j'ai changé d'avis ?

Le corps de Klara se tendit comme s'il l'avait frappée. L'intimité du moment partagé venait d'être supplantée par l'autre raison de sa venue.

— Je refuse que vous transformiez cette soirée en négociation. Comment osez-vous croire que je puisse me prostituer en échange d'informations ?

Nikolaï cherchait à se protéger, elle le savait, mais cela ne rendait pas ses paroles plus acceptables.

— Est-ce donc ce que vous avez fait ? Lui avez-vous laissé l'espoir que je puisse céder ? demanda Nikolaï en se levant.

Il épousseta des brins de paille de son pantalon puis il passa une main dans ses cheveux avant de les nouer à l'aide d'un lien en cuir. Sa voix rauque était réduite à un murmure.

— Ai-je eu tort de vous faire confiance ? continua-t-il. Lui avez-vous parlé de moi ?

— Je ne lui ai rien dit sur vous, répondit-elle d'une voix tremblante en se levant à son tour.

Elle savait à quoi il faisait allusion. Il lui avait montré bien plus que Soho ce soir-là, dans le restaurant. Il lui avait dévoilé une partie de son âme.

— Je ne vous ai pas trahi, ajouta-t-elle.

Elle prit le risque d'aller vers lui et de poser les mains sur son torse.

— Vous me croyez ?

— Je ne devrais pas, dit-il en serrant ses doigts, le souffle court. Vous êtes la fille de l'ambassadeur de mon ancien pays, un pays qui ne serait pas mécontent de me voir de retour. Depuis que je vous ai rencontrée, j'ai été invité à un dîner très tendu, au cours duquel j'ai perçu des sous-entendus extrêmement politiques. Est-ce une coïncidence ? Un homme est en droit de se demander ce que vous lui cachez.

— Une femme est en droit de se demander ce que vous lui cachez.

Mais elle pensait l'avoir deviné. L'intimité était son talon d'Achille, la faille dans son armure de guerrier. La personne qui l'avait blessé avait accompli un travail de maître. Klara embrassa les doigts de Nikolaï. Les murs qui les séparaient étaient effectivement immenses s'ils ne pouvaient pas se fier l'un à l'autre.

— Nous nous sommes fait confiance l'autre jour. Klara et Nikolaï se font confiance.

— Mais la fille de l'ambassadeur et le prince ont des secrets l'un pour l'autre, par obligation, objecta-t-il.

C'était à elle de donner un signe de paix.

— Je suis venue ce soir pour vous mettre en garde. Amesbury est au courant pour notre escapade à Soho et pour les abattoirs. Il nous a fait suivre.

Elle s'agrippa aux revers de son ample chemise.

— Si vous voulez la preuve que je suis ici de mon propre chef, sachez ceci : il m'a interdit de continuer à prendre des leçons avec vous. Il est prêt à vous faire du mal pour me ramener dans le droit chemin. Il veut vous faire chanter afin de vous contraindre à rejoindre cette révolution, et mon père le soutient, car sa cause a besoin de vous.

Lui faire du mal ? Nikolaï allait donner du fil à retordre au duc, dans ce cas. D'autres avaient déjà essayé de le tuer, sans succès. Mais un seul regard sur le visage grave de Klara lui permit de comprendre qu'il ne pouvait pas se contenter de hausser les épaules avec une nonchalance de soldat. Cette dernière avait pris de gros risques en venant le rejoindre ce soir et il s'agissait de la femme qui avait dansé avec lui à Soho, qui avait bu de la vodka avec lui, qui s'était tenue à ses côtés dans les abattoirs aujourd'hui, et qui l'implorait à présent de prendre son avertissement au sérieux. Pour son bien, il ne pouvait pas l'ignorer.

La carapace qu'il s'était forgée commençait à se fissurer. La colère était près d'éclater. Il aurait dû se sentir furieux d'être menacé de chantage. Il imaginait très bien en quoi cela pouvait consister. Mais sa colère immédiate concernait plutôt Klara. Comment le duc osait-il la menacer ! Et pourtant, sa propre peur avait été supplantée par celle qu'elle ressentait pour lui, tout comme elle avait réussi à mettre ses craintes de côté pour l'étalon et le poulain, ce matin. Sa Klara avait un côté salvateur. *Sa Klara*. Pas la Klara de l'ambassadeur, mais la sienne.

— Je suis capable de tenir en respect le duc, affirma-t-il d'un air rassurant. Merci de m'avoir prévenu.

Il couvrit ses mains avec les siennes. Elles étaient glacées.

— Dois-je le provoquer en duel ? demanda-t-il.

Il était capable de se protéger, mais qui la protégerait, elle, s'il ne le faisait pas ?

— Non ! s'écria Klara, l'air horrifié. Je ne veux en aucun cas que des hommes se battent pour moi.

— Et moi, je ne veux en aucun cas que vous soyez blessée à cause de moi.

Il embrassa les doigts de Klara, le souffle court. Il parlait tout à fait sérieusement. Il était prêt à provoquer le duc en duel et bien plus encore pour la protéger. Il était même surpris, et choqué, par l'intensité de sa réponse. Comment se faisait-il qu'une femme ait réussi à se glisser sous son armure alors qu'il était resté sur ses gardes ? Ne s'était-il pas interdit de ressentir autre chose que du plaisir physique ? Et voilà que la femme pour laquelle il était prêt à se battre en duel contre le duc était aussi celle qu'il devait éviter le plus.

L'ironie de la situation ne lui échappa pas, et il se posa une question dangereuse : était-il encore question d'Helena ? Son estomac se serra à l'idée que le beau visage bouleversé de Klara, son regard inquiet ne soient qu'une façade pour le trahir. Il ne pouvait s'empêcher d'y penser. Il portait encore une cicatrice sur la hanche qui l'obligeait à toujours songer au pire. S'il ne le faisait pas, il ne lui restait plus qu'à accorder sa confiance — ce qui était la seule chose, malgré tout l'argent placé en sécurité à la banque, qu'il ne pouvait se permettre.

— Nikolaï, promettez-moi..., commença Klara.

Il posa un doigt sur les lèvres de la jeune femme.

— Ne me demandez pas de vous faire des promesses, Klara.

Il devait la laisser partir. Il était fatigué et n'arrivait plus à réfléchir sereinement. Il ne pourrait que commettre des erreurs si elle restait plus longtemps. Il tendit la main vers la robe suspendue à un crochet et l'aida à la passer. Il en profita pour faire glisser ses doigts sur sa peau tout en nouant les liens. Il s'abandonna à ces gestes de tendresse avant de la laisser partir.

— Vous avez fait preuve d'un grand courage en venant me retrouver ce soir. Vous ne devez plus jamais prendre autant de risques, non pour moi, mais pour vous. Je n'ai pas peur d'Amesbury.

— Je n'ai pas peur de lui non plus, dit Klara en se tournant dans ses bras. Je ne vous fais pas mes adieux, Nikolaï. Amesbury n'a pas le droit de me donner des ordres.

Son entêtement provoquerait sa fin. Il l'écarta de lui, trouvant la force de se montrer ferme.

— Rentrez chez vous, Klara. Il n'y a rien pour vous ici, rien qui ne mérite les risques que vous prenez.

Et certainement pas lui. Il ne ferait que la décevoir avec ses codes de guerrier et ses remparts de méfiance. Klara attendait d'un homme qu'il lui donne tout, et il ne pouvait pas lui offrir cela.

— Je ne vous crois pas, répondit-elle en écarquillant les yeux. Ce soir...

— Ce soir, nous avons connu un moment en dehors du temps, la coupa Nikolaï d'une voix déterminée, comme tous ceux que nous avons vécus. Ils étaient beaux, rares, et complètement coupés de la réalité.

Il ne pouvait pas en être autrement mais Nikolaï était pourtant prêt à tester les limites de la possibilité que lui offraient les deux mots les plus puissants qu'il connaissait : *et si...*

15

— Et si c'était un piège ?

De bon matin, Stepan manifestait déjà son cynisme. À l'heure du petit déjeuner, l'invitation inéluctable dont Klara lui avait parlé était posée entre eux.

— Allons, allons, gloussa Nikolaï, depuis quand es-tu aussi obnubilé par mon courrier ?

Il déplia sa serviette d'un geste théâtral et la posa sur ses genoux.

— Depuis qu'il vient de l'ambassadeur de Russie, répliqua vivement son ami. J'ai bien vu hier, dans l'écurie, la façon dont tu te tiens à distance de Klara Grigorieva. Vous étiez en train de vous dévorer littéralement des yeux, et j'avais l'impression que ce n'était pas la première fois que vous vous livriez à un tel « festin ».

Stepan abattit son poing sur la table de frustration.

— Tu me l'avais promis, Nikolaï ! s'écria-t-il d'un air accablé.

Les yeux de Nikolaï se posèrent directement au bas de la page, sur la signature qui se détachait en caractères gras : Alexei Grigoriev. L'idée de fêter Maslenitsa raviva des souvenirs qui lui firent chaud au cœur. Il avait toujours aimé cette fête quand il était à Kouban. Elle marquait le début du printemps et la dernière des festivités avant le carême. Ici, tout serait différent. Il n'y avait pas de neige pour des sorties en traîneau.

— Comment pourrait-il s'agir d'un piège, alors que je sais où je vais ? riposta Nikolaï. Pourquoi voudrait-elle m'attirer dans un guet-apens alors que c'est elle qui est venue me prévenir ?

Stepan haussa les sourcils, montrant que son cynisme était monté d'un cran.

— Pourquoi n'aurait-elle pas agi dans ce but précis ? Elle sait que tu feras l'inverse de ce qu'elle t'a dit. Elle t'a demandé de te tenir à l'écart parce qu'elle sait que cela t'encouragera encore plus à venir.

À présent, son cynisme semblait supplanté par… la peur.

— Pour une fois, tu n'as peut-être pas besoin de courir vers une belle femmes et le danger à la foi, Nikolaï.

Ce dernier posa l'invitation devant lui. Bien d'autres choses étaient en jeu à présent.

— Qu'est-ce qui t'ennuie vraiment, Stepan ?

— Tu vas partir et je ne pourrai pas te protéger.

Stepan avait l'air bouleversé. Il ne chercha pas à lui cacher son inquiétude et le voir montrer ainsi ses émotions ébranla Nikolaï. Son ami était toujours si impassible, si sûr de lui.

— Nik, tu as oublié que c'est moi qui t'ai trouvé avec cette blessure dans ta cellule. Tout le monde t'accusait de trahison et de meurtre pendant que tu perdais ton sang. Personne ne se souciait que tu puisses mourir pendant qu'ils discutaient.

Le tsar aurait préféré qu'il meure. Le raisonnement de Stepan n'était pas faux.

— C'est grâce à toi qu'ils se sont préoccupés de ma santé, répondit Nikolaï d'une voix calme.

Il ne se souvenait plus trop de ces heures passées à souffrir, à demi-conscient. Mais il savait qu'il devait sa survie à l'intervention de son ami.

— Et tu es venu, ajouta-t-il.

Miraculeusement, quelqu'un avait informé Stepan de la situation.

— Tu es arrivé en courant dans le donjon avec cinq hommes en brandissant une torche et une épée. Tu as alors exigé que je sois vu par un médecin.

Stepan était venu accompagné par un docteur, un homme capable de recoudre sa plaie et non de sonner son arrêt de mort. Puis il l'avait emmené en sécurité dans la maison de son père, lequel avait ensuite tout pris en main. Sans Stepan et son père, d'une façon ou d'une autre, il serait mort.

— Tu m'as sauvé, cette nuit-là, conclut-il.

— Bien sûr, je t'ai sauvé. Tu es mon ami depuis que nous sommes enfants, répondit Stepan d'un air sincère. Et je le ferais encore si je le pouvais. Mais tu ne veux pas être sauvé. Tu fonces tête baissée vers les ennuis avec cette femme, comme si la dague d'Helena dans ton flanc ne t'avait pas suffi.

Stepan fit une pause.

— Songes-tu à les rejoindre ?

— Oui.

Nikolaï ne voulait pas mentir à son ami.

— Tout comme moi, Grigoriev a compris le besoin de changement pour la Russie.

— Mais ce changement ne doit pas forcément venir de toi, rétorqua Stepan. Laisse quelqu'un d'autre mener cette bataille. Il existe peut-être un moyen de conduire tout cela depuis l'Angleterre. Tu sais ce qui arrivera si tu retournes en Russie et si tu es capturé.

— Stepan, lorsque je suis parti de Kouban, je n'ai pas laissé mes principes derrière moi. Je suis perdu sans eux. Je suis perdu si je ne peux pas me battre pour une cause, expliqua-t-il.

— Je te comprends, soupira Stepan. Mais je m'inquiète pour toi. Vous êtes tous en train de me quitter. Illarion sera le prochain. Il peine à attendre le début de la saison. Ses soirées sont déjà remplies d'absurdités anglaises.

— Tu es notre guide, Stepan. Tu l'as toujours été. Même à Kouban, tu étais notre meneur, le consola Nikolaï.

D'ordinaire, c'était Stepan qui se chargeait de consoler ses amis… Nikolaï s'empara de l'invitation.

— Si je ne m'y rends pas, je vais passer pour un lâche, déclara-t-il simplement.

Il n'était pas question de refuser cette invitation.

— Si je ne vais pas les retrouver, ce sont eux qui viendront à moi, et je ne veux pas qu'ils viennent ici, conclut-il en se levant.

Il ne voulait pas que cette conversation se termine par une dispute avec Stepan. Son ami le prit par le bras lorsqu'il passa devant lui.

— Sois honnête sur les raisons qui t'animent, Nikolaï. Répondre à cette invitation parce que tu veux nous protéger est une chose.

Y aller pour une aventure en est une autre. Je peux accepter la première mais pas la seconde. Je ne veux pas devoir te soigner à nouveau. S'il te plaît, Nikolaï. J'aimerais de tout mon cœur ne pas avoir raison.

Devait-il écouter son ami ? Après son départ, Nikolaï appela son valet et commença à donner ses instructions. L'effort à fournir pour faire ses bagages l'aida à se concentrer. Mais son esprit le ramenait sans cesse à la même question : Klara était-elle mêlée à tout cela ? Songeait-il à rejoindre Grigoriev à cause d'elle ? Avait-il accepté cette invitation pour elle ? Ou bien parce que sa conscience l'exigeait ?

Si Klara faisait partie de cette machination, si elle s'était liée d'amitié avec lui dans le but de le rallier à leur cause, il pourrait en conclure qu'il avait été trahi une fois de plus. Il avait eu raison de ne pas lui faire confiance la nuit dernière et de ne pas lui donner le véritable plaisir qu'elle était venue chercher. Il n'avait fait que jouer de ses mains et de sa bouche, comme une pâle imitation d'un acte qu'il n'avait pas consommé, car s'il avait succombé il aurait été lié à elle de manière bien plus irréversible.

Mais cela signifierait aussi que ce qu'il avait vécu avec elle n'avait été qu'une illusion, ce qui l'amenait à mettre en doute tout ce qu'elle lui avait dit et montré. Il n'avait pas envie que la Klara Grigoriev qu'il connaissait soit un mensonge. C'était une femme dont il pouvait tomber amoureux s'il parvenait à la séparer des aspirations politiques de l'ambassadeur. Et il ne doutait pas qu'elle soit le jouet de son père.

Nikolaï se demandait surtout si elle l'avait compris et si elle avait décidé de capituler en toute connaissance de cause. Par ailleurs, si la femme qui était venue le retrouver hier soir et qui avait pris autant de risques pour le prévenir était la véritable Klara, il ne pouvait la laisser être manipulée par son père ou Amesbury. Cette femme aurait besoin de lui, et il n'avait jamais laissé une demoiselle dans la détresse. Stepan n'avait pas complètement tort. Il avait accepté cette invitation pour Klara, pour savoir une bonne fois pour toutes s'il pouvait lui faire confiance. Il allait la tester, et se tester lui par la même occasion.

— Voulez-vous emmener quelque chose de particulier, en dehors de votre garde-robe habituelle ? demanda le valet.

Nikolaï contempla l'armoire qui se vidait. Il ne restait que son costume militaire.

— Ajoutez mon uniforme et mes sabres. Ainsi que ma lance.

La lance était une spécialité cosaque.

— Et vos pistolets de cavalerie ?

— Pourquoi pas ? Mettez-les aussi dans ma malle.

La politique et l'amour, lorsqu'ils touchaient un prince, formaient un duo particulièrement explosif.

Nikolaï avait du mal à imaginer que quelque chose de fâcheux puisse lui arriver à Richmond tant le lieu était bucolique, songea-t-il en remontant la longue allée qui conduisait à la maison de campagne de Grigoriev. La journée était parfaite pour une promenade à cheval. L'air était vif et piquant mais le ciel était bleu au-dessus de sa tête. Il avait chaud et se sentait de bonne humeur. Il avait envoyé sa malle et son valet par la Tamise.

Il aperçut enfin la majestueuse demeure en brique rouge devant laquelle s'étendait une immense pelouse d'herbe verte. Il devinait sans les voir que les pelouses à l'arrière de la maison surplombaient la rivière où pouvait s'amarrer un bateau. C'était l'avantage d'avoir épousé une riche femme anglaise. Grigoriev avait eu de la chance de ce côté, car cette alliance lui avait apporté l'opulence et lui avait permis d'avoir un pied dans les deux camps. Même à Kouban, ces alliances n'étaient pas inhabituelles. Un prince pouvait être « encouragé » à épouser la fille d'un *pacha* de la frontière turque pour maintenir la paix, là où la force militaire était impuissante. Cette logique expliquait sans doute pourquoi Grigoriev était déterminé à ce que sa fille épouse un Anglais, afin de préserver cette ouverture.

Au bout de l'allée, un palefrenier vint à sa rencontre pour prendre son cheval. Nikolaï s'attarda quelques instants pour admirer la maison, avec ses colonnes blanches qui encadraient une majestueuse porte d'entrée, et sa rangée de fenêtres au-dessus. Il y en avait partout, vraiment. De belles et hautes fenêtres avec des volets blancs flanquaient chaque aile de la demeure.

Le valet devant la porte l'accompagna à travers le hall en marbre veiné de bleu jusqu'au salon où les invités étaient réunis pour un thé de bienvenue, dans la plus pure tradition russe, avec un samovar en argent. Grigoriev en personne traversa la pièce pour venir l'accueillir. Il ne lui donna pas une poignée de main mais l'habituelle accolade russe suivie de trois baisers, deux sur la joue droite et un sur la gauche, signe de grande affection.

— Vous avez chevauché d'une traite ! s'écria Grigoriev. Venez boire du thé.

L'ambassadeur le conduisit vers la table où était disposée la nourriture : des plats de petits sandwichs anglais ridicules et des bols en argent remplis de caviar côtoyaient de délicates pâtisseries russes. Nikolaï sentit l'eau lui monter à la bouche, mais aussi ses paupières brûler. Il y avait des tranches de *medovik*, un gâteau au miel fait de fines couches, et de traditionnels sablés ronds pour le thé saupoudrés de sucre glace. Il y avait aussi de minces blinis aux fruits rouges.

— *Eto idela'no*, murmura Nikolaï d'un air appréciateur en prenant une tasse du thé noir et fort que lui tendit une servante vêtue d'un tablier blanc.

— Venez, je veux vous présenter quelques personnes, déclara l'ambassadeur.

Grigoriev le prit par le coude pour le guider à travers la pièce.

— Vous connaissez déjà le général, bien sûr.

Il fit un signe de tête à Vasilev et passa devant lui.

— Nous sommes impatients de mieux vous connaître depuis notre dernier dîner, lança le général.

Nikolaï tendit une oreille distraite au discours de Grigoriev. Il savait le chemin que prenait sa rhétorique. Il se sentait relativement en sécurité pour l'instant. Il en profita pour regarder partout autour de lui. Il n'y avait qu'une seule personne qu'il avait envie de voir.

Il la trouva à côté des hautes fenêtres, le regard tourné vers les pelouses. Sa silhouette était encadrée par les lourdes tentures qui pendaient du sol au plafond. Klara portait une robe d'après-midi bleu foncé. Ses cheveux étaient attachés en un sage chignon bas. Tout chez elle était fin et délicat, immaculé et élégant, bien loin de la femme qui avait fait glisser sa robe de ses épaules et s'était tenue nue devant lui dans les écuries. La pure Klara n'était pas seule. Amesbury se tenait à côté d'elle.

Grigoriev surprit son regard et orienta leurs pas vers la fenêtre, comme si Nikolaï et Amesbury n'étaient pas officieusement rivaux.

— Je suis certain que vous serez heureux de revoir le duc et de saluer également Klara, déclara-t-il d'un air enjoué.

Si Grigoriev était au courant de ce qui s'était passé entre Klara et lui, il le cachait à merveille. Amesbury n'était pas aussi diplomate que lui. Le duc s'inclina légèrement vers eux en les voyant approcher et le considéra d'un air froid.

— Baklanov, dit-il, je suis heureux de vous revoir.

Nikolaï ne se donna même pas la peine de lui adresser un regard. Il n'avait d'yeux que pour Klara, qui paraissait à la fois surprise et contrariée de le voir. Grigoriev s'avança, une main sur l'épaule de Nikolaï pour reprendre les rênes de la conversation. Nikolaï avait la vague impression qu'il ne voulait pas qu'Amesbury en dise trop pour l'instant.

Nos festivités du week-end comprennent une parade militaire équestre. Le général est venu avec certains de ses capitaines. J'ose espérer que vous y prendrez part.

— Avec plaisir, répondit Nikolaï. Vous joindrez-vous à nous, Votre Excellence ?

— Je suis moi-même un homme d'armes, rétorqua le duc avec une feinte modestie, mais le défi dans sa voix était flagrant.

— Je trouve que les pistolets sont des armes très impersonnelles, objecta Nikolaï avec un large sourire. Un homme n'a pas besoin de trop réfléchir à la personne qu'il fauche, contrairement à une lame. Les lames sont les armes des vrais hommes.

Il sentit Klara écraser de son pied sa botte en guise d'avertissement. Elle n'aimait pas le voir s'opposer au duc.

— Nous sommes si heureux que vous ayez pu vous joindre à nous ce week-end, prince Baklanov, intervint Klara en s'éclaircissant la voix. Avez-vous goûté notre *medovik* ? Nous l'avons préparé spécialement pour vous. La femme du général a une merveilleuse recette.

Nikolaï saisit cette occasion pour éloigner Klara du duc.

— Non, mais vous pourriez peut-être me le montrer ?

Il offrit à Klara son bras tout en décochant au duc un regard de victoire.

— Allez-y, Klara, dit le duc avec un sourire.

Il ne pouvait pas le défier publiquement sans paraître grossier.

— Je dois m'entretenir de plusieurs affaires avec votre père, ajouta Amesbury. Vous risqueriez de vous ennuyer.

Dès qu'ils furent suffisamment loin d'eux, Klara le gronda.

— Je vous avais dit de ne pas venir.

— Raison de plus. Je me suis demandé plus tard si ce n'était pas ce que vous vouliez : vous assurer de ma présence précisément en me mettant en garde.

Une fois près de la table, il se servit une part de gâteau, puis il soutint le regard de Klara. Son cynisme manifeste l'avait mise en colère.

— Vous n'avez pas confiance en moi, même après l'épisode des abattoirs et notre escapade à Soho ? s'indigna-t-elle. Aurais-je pris autant de risques sans raisons personnelles ? Vous croyez toujours que je n'agis que pour servir les intérêts de mon père.

Nikolaï sentait dans ses propos à quel point elle était blessée. Ses accusations l'avaient heurtée et il le regrettait. Comment pouvait-il lui dire qu'il avait envie de la croire, de lui faire confiance ? Mais c'était impossible. Cet acte risquait de lui coûter trop cher. La déception se lisait dans ses yeux émeraude. Quand avait-il jamais déçu une femme ? Quand une femme avait-elle attendu de lui plus que ce qu'il ne pouvait lui offrir ? Il pouvait donner du plaisir, un léger badinage et des intrigues, un joyeux jeu de cache-cache, mais pas de la confiance. Il s'agissait là d'un sentiment trop proche de l'amour.

Klara serra discrètement ses doigts, à l'abri des regards.

— L'espace d'un instant, lorsque je vous ai vu entrer dans le salon, si beau dans votre habit, avec vos cheveux ébouriffés par le vent, j'ai cru que vous étiez venu pour moi. Seulement pour moi.

La déception n'avait pas quitté son regard.

— Je comprends à présent que nourrir de tels espoirs est illusoire, conclut-elle.

Elle regarda par-dessus son épaule.

— Mon père vient vers nous pour vous présenter nos autres invités.

Elle lâcha sa main.

— Faites attention à vous. Ces gens-là sont dangereux.

Que diable penser de cette dernière réflexion ? Faisait-elle semblant d'être inquiète dans le but de brouiller les cartes ou bien était-elle sincère ? Nikolaï était incapable de répondre à cette question. Et si Klara était sincère ? Si elle s'était hissée au-dessus du jeu ? Cela changeait-il quelque chose ?

Nikolaï laissa l'ambassadeur le conduire à travers la pièce. Il hochait la tête d'un côté, s'inclinait de l'autre, souriait lorsqu'il le fallait, murmurait quelques mots quand cela était nécessaire, mais son esprit était ailleurs. Il était concentré sur elle, tout comme son regard dès qu'il pouvait se le permettre. Le duc avait repris sa place à côté d'elle. Y était-elle contrainte ou le lui avait-elle permis ? Le désirait-elle ? Si elle devait choisir entre le duc et lui, qui préférerait-elle ? Mais il valait mieux ne pas se poser la question. Peut-être était-ce plus simple d'imaginer le pire sur elle. Il aurait ainsi une excuse pour ne pas laisser parler ses émotions. Croire le pire était le chemin le plus sûr. Imaginer que Klara nourrissait de véritables sentiments pour lui était plus compliqué. Cela voulait dire qu'il lui faudrait répondre de ses propres sentiments et, en toute franchise, il en avait.

Nikolaï sentit monter un violent désir de compétition en la voyant près de la fenêtre avec Amesbury. Il la voulait avec lui, pas avec le duc. Il songea alors à la peur qui l'avait assailli dans les abattoirs lorsqu'il s'était aperçu que Klara n'était plus à ses côtés, la panique qui s'était emparée de lui lorsqu'il l'avait vue dans le box de l'étalon, la violente bouffée de désir qui l'envahissait quand ils étaient seuls, la douceur de la tenir dans ses bras lorsqu'ils avaient dansé dans le restaurant de Mikhail. Tout cela prouvait que Stepan avait raison. Il était en train de tomber amoureux d'elle. Cette révélation le pétrifia aussitôt. Il était incapable de se rappeler les dernières paroles de Grigoriev.

Ce n'était pas vraiment le moment de faire de telles découvertes, au beau milieu d'un salon, alors qu'il aurait dû se concentrer sur sa propre survie. Klara ne s'était peut-être pas trompée. Il était sans doute venu pour elle, après tout.

À l'heure du dîner, il était clair que Klara lui avait dit la vérité concernant cette invitation. Tout était fait pour l'encourager ouvertement à embrasser la révolution. De manière classique et diplomatique, Grigoriev essayait de faire monter doucement les enchères dans l'espoir de ne pas avoir à les revoir à la baisse. Ses méthodes, bien qu'évidentes, étaient assez efficaces. La fête de Maslenitsa était conçue pour évoquer le meilleur de la culture populaire russe. Le thé et les gâteaux, tous succulents, furent suivis d'un dîner russe traditionnel servi dans les règles de l'art.

Tout était plus que délicieux, songea Nikolaï en caressant du bout du doigt son verre de *medovhuka* après le dîner. Autour de lui, les hommes abandonnèrent l'anglais au profit du russe. Les femmes s'étaient retirées et avaient emmené les Anglais, signe qu'il était temps de parler affaires. Nikolaï laissa les mots glisser sur lui avec nostalgie. Entendre cette langue, manger cette nourriture, laisser la liqueur aux saveurs d'hydromel s'attarder sur son palais, tout lui rappelait fortement son pays. Non, ce n'était plus son pays, mais une terre qu'il ne verrait plus que sous forme de bribes comme celles-ci.

— Nous avons des partenaires commerciaux prêts à nous vendre des armes, disait le général Vasilev en désignant Amesbury. Les relations de Son Excellence sont avérées. Nous pourrons fournir à nos troupes de toutes nouvelles armes qu'elles n'avaient pas la dernière fois.

Nikolaï tendit un peu plus l'oreille. Les armes représentaient un pas important et venaient combler le fossé entre une simple conversation après un dîner et un réel projet. Le duc prit alors la parole.

— Cabot Roan a réussi à rallier un large groupe de fabricants d'armes et de munitions susceptibles de nous approvisionner à un prix raisonnable.

Nikolaï venait de découvrir le rôle du duc dans cette affaire. L'ambassadeur s'était lié d'amitié avec un marchand d'armes, et pas n'importe lequel. L'homme avait été jugé pour trahison un an plus tôt avant d'être libéré. Amesbury était vraiment très audacieux. Nikolaï se demanda alors comment Roan avait fait pour sortir de prison. Cela avait-il un rapport avec la fortune d'Amesbury et ses relations ? La commission pour un tel arrangement avait dû être importante pour que ce dernier entrave ainsi le travail de la justice.

— Nous n'aurons peut-être pas besoin d'armes, intervint un jeune capitaine dont Nikolaï avait déjà fait la connaissance. Si Constantine est désigné comme héritier du tsar, nous pourrons effectuer une transition de manière pacifique. Les militaires sont déjà voués à cet homme et à ses idées.

Nikolaï décocha un regard en direction du duc pour voir comment il allait accueillir cette idée. Pas très bien, à en croire la ride qui creusait son front. Mais le général prit la parole à sa place.

— Mais si ce n'est pas le cas, dit-il en penchant son corps corpulent en avant pour mieux appuyer ses propos, nous devons être prêts à frapper fort et vite. L'ascendant de Constantine n'est pas à toute épreuve.

— Quand alors ? demanda un autre invité. Devons-nous attendre aussi longtemps ?

— Là est la question, n'est-ce pas ?

C'était au tour de Grigoriev de parler. L'ambassadeur regarda tour à tour tous les hommes attablés.

— Si nous laissons les événements suivre leur cours naturel, il peut se passer plusieurs années. Je suis d'avis de frapper maintenant. Nous avons des armes et le soutien de l'armée. Nous avons un nouveau chef tout trouvé en la personne de Constantine, prêt à s'emparer du trône de Russie et nous ramener au XIXe siècle, au même titre que les pays de l'Ouest. Il peut être le Pierre le Grand de notre temps.

Ce discours était beaucoup plus audacieux que les conversations prudentes du précédent dîner, et Nikolaï savait où cela allait mener. Grigoriev baissa la voix, attirant l'attention des hommes tandis qu'il leur exposait son plan.

— Nous pouvons forcer la transition grâce à un coup d'État. Cela ne serait pas la première fois et le tsar Alexandre a fait suffisamment de mécontents pour que nous puissions gagner les contestataires à notre cause.

Il marqua une pause et laissa sa proposition faire son chemin dans les esprits. Nikolaï sentit le regard de Grigoriev se poser sur lui.

— Nous avons besoin d'un homme sur place pour rallier les troupes le moment venu. Un militaire, un meneur d'hommes, quelqu'un qui comprenne les soldats et qui sache comment fonctionne une armée, mais aussi un homme qui connaisse la vie de la cour. Un homme comme vous, Baklanov.

Grigoriev ne pouvait être plus direct. Klara l'avait mis en garde. Ils ne voulaient pas seulement qu'il les rejoigne, mais ils attendaient de lui qu'il mène la révolution, qu'il en soit le visage sur le terrain.

— Réfléchissez, Baklanov. Ce n'est pas une décision à prendre à la légère.

Grigoriev lui adressa un franc sourire, mais Nikolaï ne se laissa pas duper. Tous ses sens étaient en alerte. Tous ses doutes revinrent en force. Klara savait-elle que les enjeux étaient à ce point élevés ? Grigoriev s'était-il servi d'elle pour le rallier à sa cause ? Avait-elle accepté docilement le diktat de son père et s'était-elle contentée d'agir comme il lui avait demandé ? Sa scène à l'heure du thé cet après-midi avait-elle été habilement conçue pour le ferrer ? Grigoriev avait peut-être parié qu'il rejoindrait la révolution pour faire plaisir à Klara. C'était facile à imaginer. Ce qu'un homme n'était pas prêt à faire pour la guerre, il pouvait le faire par amour.

16

Oh ! qu'est-ce qu'une femme n'était pas prête à faire par amour, en accordant toute sa confiance et pour prouver sa bonne foi à l'homme qu'elle désirait ! Klara hésita quelques instants avant de frapper à la porte. Le couloir était sombre et calme tout autour d'elle. Il était minuit passé d'une demi-heure d'après la grande horloge qui trônait dans le hall. Officiellement, toute la maison était endormie. Personne ne saurait jamais qu'elle était debout, en chemise de nuit, devant la porte de la chambre à coucher d'un homme. Pourtant, ce qu'elle faisait nécessitait un vrai courage. C'était une décision avec laquelle elle allait devoir vivre pour le restant de ses jours. Il fallait que ce soit ce soir, avant que son père n'enfonce ses griffes plus profondément en Nikolaï, et avant que celui-ci puisse imaginer que sa démarche relevait d'un stratagème. Avant que l'on puisse l'accuser de se prostituer pour obtenir son accord. Comme si elle était capable de donner son corps à tous les hommes dont elle pourrait se servir.

Ce soir, elle n'agissait pas sur un coup de tête. Une fois donné, ce cadeau ne pouvait être repris. Aucune jeune femme non mariée et de bonne naissance ne prendrait un tel acte à la légère. Elle voulait que Nikolaï soit le premier, et qu'importe la façon dont leur histoire se terminerait. C'était d'ailleurs la seule chose dont elle était sûre. Peut-être était-ce différent pour les hommes. Une femme vivait avec ses amants. Elle ne s'en débarrassait pas comme les serpents le faisaient avec leur mue.

Elle prit son courage à deux mains, inspira profondément

et frappa. Elle attendit plusieurs secondes avant d'actionner la poignée et de s'introduire à l'intérieur. La chambre était plongée dans le noir. La seule source de lumière provenait de la cheminée, mais elle lui suffit pour distinguer l'imposante silhouette dans le fauteuil.

— Vous êtes encore debout. Pourquoi n'avez-vous pas répondu quand j'ai frappé ?

Elle s'avança vers Nikolaï et prit place sur le siège en face de lui.

— Je voulais voir à quel point une personne était déterminée à entrer.

Elle remarqua alors le pistolet sur ses genoux. Elle leva les yeux vers lui, le regard plein de questions et de compréhension.

— Vous attendiez le duc ? Vous me croyez maintenant quand je vous dis qu'il vous veut du mal ?

— Je pense que le mot est faible. Il veut plutôt me tuer, à en croire les regards qu'il m'a décochés pendant le dîner.

Nikolaï haussa les épaules.

— Mais j'exagère peut-être le mal que l'on veut me faire, conclut-il.

Klara ne serait pas aussi optimiste si elle était à sa place.

— Vous arrive-t-il souvent que des personnes viennent vous voir pour vous tuer ?

La chaleur de la cheminée réchauffait l'atmosphère après l'accueil si froid de Nikolaï. Klara était prête à l'excuser, évidemment. Il ne l'attendait pas. Ses yeux glissèrent sur elle et apprécièrent sa tenue, ou plutôt son absence de vêtements. Elle avait choisi une chemise de nuit en satin ivoire qui moulait ses seins et ses hanches. Lui était toujours habillé, même s'il ne portait plus les vêtements qu'il arborait au dîner. Il avait passé une chemise ample et exotique en soie, ornée de broderies au col, avec un pantalon. Ses pieds étaient nus.

— Assez souvent.

La réponse de Nikolaï était évasive. Il reporta son attention sur son verre à moitié vide. Klara lui sourit et opta pour une attitude désinvolte.

— Portent-elles des robes en soie ?

Klara avait conscience qu'il n'avait pas posé son pistolet.

— Des assassins en habits de satin, lâcha Nikolaï d'une voix dure, l'air songeur. Vous seriez surprise.

Il ne paraissait pas vouloir se détendre. Non, il ne pouvait pas croire que son père l'avait envoyée faire une chose pareille. Il essayait de la chasser. L'idée qu'elle soit venue pour lui faire du mal était absolument grotesque, même si cela n'atténuait en rien la douleur qu'elle ressentait. Il n'avait fait que la blesser depuis qu'il était entré dans son salon. Il l'avait accusée de l'avoir manipulé pour le faire venir et il l'accusait encore. Elle tenta de le raisonner.

— Je n'ai nulle part où cacher une arme, comme vous pouvez le voir.

Elle écarta les bras mais Nikolaï ne rit pas. Elle croyait être séduisante mais manifestement elle lui évoquait plutôt la mort.

— Vous n'avez pas besoin d'arriver avec une arme, alors qu'il vous suffirait d'utiliser un objet déjà présent dans la pièce. Cela ne serait pas la première fois que la séduction s'avérerait fatale. Antoine et Cléopâtre, Roméo et Juliette. Henry VIII et Anne Boleyn. L'histoire est remplie de personnes qui ont aimé à tort et qui en sont mortes.

— L'histoire de Roméo et Juliette est une fiction. Elle ne compte pas.

Même pour Nikolaï, elle manifestait un cynisme qui ne lui ressemblait pas. Puis elle comprit et sentit son cœur chavirer. Nikolaï avait déjà vécu cette expérience. Elle se pencha vers lui et posa une main sur celle qui tenait la crosse de son pistolet.

— Qui était cette femme qui vous a blessé ?

Peut-être avait-elle fait bien plus que le blesser. Klara s'enhardit.

— Est-ce ainsi qu'elle a tenté de vous tuer ? Elle est venue vous retrouver un soir et s'est offerte à vous ?

Nikolaï se raidit. Elle sentit ses doigts se crisper sous les siens.

— Pourquoi dites-vous une chose pareille, Klara ?

— Parce que c'est la vérité. Votre cynisme n'est pas né de rien.

C'était sensé. Il était un prince, un bel homme avec du pouvoir. On pouvait rechercher sa compagnie pour de bonnes raisons, mais aussi de mauvaises. Klara quitta son fauteuil et s'agenouilla devant lui. Elle couvrit ses deux mains sans plus avoir peur du pistolet.

— Vous avez vécu une vie de luxe, mais une vie dangereuse, prince Nikolaï Baklanov.

Elle murmura sa question en levant son visage vers lui.

— Dites-moi, qui était-ce ? Racontez-moi ce qu'elle a fait. Ce soir, vos secrets sont en sécurité avec moi.

Mais était-elle en sécurité avec lui ? Elle voyait dans ses prunelles le dilemme qui se jouait dans son esprit. Pouvait-il lui faire confiance ? Il était en train de calculer les probabilités. Elle lui avait dit la vérité cet après-midi, et rien de ce qui s'était passé contre le mur de l'écurie ou dans la voiture n'avait été un mensonge. Il était en train de réfléchir à la façon dont il pourrait assumer les conséquences si jamais il se trompait. Il soutint son regard. Ses yeux étaient sombres et luisants.

— C'était la cousine du tsar, commença-t-il lentement. Elle était plus âgée que moi. Elle avait une trentaine d'années, et traînait derrière elle la réputation d'une femme dangereuse, sournoise et désirable. Elle parvint aisément à me faire oublier ses deux premiers travers. Elle était belle et les hommes sollicitaient constamment ses faveurs. J'ai été flatté d'attirer son attention.

— Elle devait être flattée d'avoir attiré la vôtre, l'interrompit Klara.

Elle avait du mal à croire qu'une femme puisse ignorer Nikolaï.

— Il y avait quelque chose qu'elle souhaitait obtenir : mon silence. Je m'étais dressé contre les politiques du tsar trop souvent. Il voulait me voir mort et elle avait une dette envers lui. Un soir, elle est venue me trouver avec un couteau. Après avoir raté son coup, elle s'est saisie de mon sabre de cavalerie.

Il s'exprimait avec gravité, mesurant le poids de chaque mot. Klara imaginait très bien la scène se jouer dans une chambre faiblement éclairée comme celle-ci. La belle femme enragée en déshabillé se battant contre Nikolaï, un couteau à la main. Celui-ci avait été pris par surprise, pétrifié par l'incrédulité et dépassé par la trahison, aux prises avec son sens de l'honneur. Comment pouvait-il se battre contre une femme même en sachant que s'il ne se défendait pas il risquait de mourir ?

— C'était elle ou moi, Klara. Ses intentions étaient claires. Elle m'aurait tué à la moindre occasion.

Il serra douloureusement sa main.

— Un sabre est une lame qui tranche. Elle n'est pas faite pour poignarder. Je l'ai transpercée et elle est morte dans mes bras, sur le sol de ma chambre à coucher.

Dans ses bras. Ces trois mots signifiaient beaucoup pour Klara. Une fois la rage de la bataille passée, il était allé vers elle, lui avait pardonné et avait essayé de rendre sa mort aussi douce que possible. Combien d'hommes étaient morts ainsi dans ses bras, sur le champ de bataille ou dans un hôpital de fortune ?

— Nikolaï, vous n'aviez pas le choix.

Klara voulait à tout prix l'absoudre. Cette histoire était terrible, et pourtant elle avait un caractère poignant.

— Vraiment ? J'étais un guerrier expérimenté, contrairement à elle. J'aurais dû trouver un moyen de mieux me contrôler. Tout était planifié. Les hommes du tsar m'attendaient, mort ou vivant. Quinze minutes plus tard, on m'emmenait. Seule l'intervention de Stepan m'a sauvé de la prison.

Et ensuite, il avait fui. Il ne le dit pas mais Klara avait très bien compris ce qui s'était passé : il risquait d'être jugé pour le meurtre d'un membre de la famille du tsar ou pour trahison parce qu'il avait osé s'exprimer. Nikolaï avait choisi de s'exiler plutôt que d'être exécuté. Et maintenant, il était ici, ramené une fois de plus à l'intérieur du brasier à cause de son père. Pas étonnant qu'il se soit méfié de l'ambassadeur et d'elle.

Klara était plus que jamais déterminée à le convaincre qu'elle n'appartenait pas à ce monde. Il pouvait lui accorder sa confiance. Il pouvait croire à ce qu'il y avait entre eux. Elle glissa une main vers la fermeture de son pantalon, une promesse sur les lèvres.

— Je ne suis pas elle. Laissez-moi vous le prouver.

Nikolaï savait qu'il aurait dû manifester de la retenue. Une telle chose ne devait pas arriver avant qu'il soit certain de la loyauté de Klara et qu'il ait consolidé ses propres sentiments. Mais la question cessa de se poser irrémédiablement dès l'instant où elle posa la main sur son pantalon et qu'elle trouva son sexe, déjà dur et prêt malgré les avertissements de son esprit.

Le spectacle de Klara à genoux devant lui, avec ses cheveux détachés, ses mains sur lui, était beaucoup plus qu'il ne pouvait supporter. Au moins, elle était honnête dans sa passion. Elle le caressa et son membre se raidit à son contact. Mais les questions se bousculaient dans sa tête. Pourquoi était-elle venue le rejoindre dans sa chambre ce soir ? Était-elle là uniquement pour lui ou y avait-il autre chose ? Il n'avait pas oublié le désespoir qui avait percé dans leur dernier échange, pas plus qu'il n'avait oublié à quel point il était inutile de vouloir résister à l'attirance qui les poussait l'un vers l'autre. Pourtant, ces questions ne trouveraient pas leurs réponses ce soir. Klara referma les doigts sur son sexe et le pressa doucement, le conduisant vers l'oubli. Un gémissement furieux lui échappa. Ce soir, il accueillait avec bonheur cette distraction, surtout après les révélations de la journée. Il se laissa glisser dans le fauteuil, prêt à lâcher prise avec la réalité.

Klara profita de cet instant pour écarter ses jambes et glisser une main entre ses cuisses afin de caresser sa peau fine, lui arrachant un grognement. Elle n'était pas Helena, ni dans le geste ni dans le tempérament. Son corps le savait déjà. Elle le caressa une fois encore avant de poser ses lèvres sur lui. Elle l'aspira doucement, apprenant au fur et à mesure, le léchant de haut en bas comme s'il était la plus délicieuse des glaces vendues chez Gunter. Sauf qu'il était beaucoup plus chaud. Il brûlait de l'intérieur et se sentait extrêmement vivant, totalement conscient d'être emmené vers la plus exquise des libérations. Ses mains étaient devenues des serres et s'enfonçaient profondément dans les accoudoirs du fauteuil.

C'était son dernier lien avec la raison tandis que Klara le goûtait, le taquinait de sa langue tout en poussant de petits gémissements de plaisir. Nikolaï éprouva une légère consolation en voyant qu'elle ne se contrôlait pas plus que lui tant elle était absorbée elle aussi par le plaisir. Encore une fois. Ils avaient déjà partagé ce plaisir avant. La première fois, il était aisé de le mettre sur le compte de la nouveauté, mais la deuxième ? Cela voulait dire que le feu qui existait entre eux était unique, et qu'ils étaient les seuls à pouvoir l'éteindre. Personne d'autre. Ainsi, l'enfer sur terre existait bien, car Klara ne pouvait pas être à lui pour toujours. Il sentit son corps se tendre avant d'exploser, et il se rappela qu'elle pouvait au moins lui appartenir ce soir, et qu'elle n'était pas venue le retrouver uniquement pour jouer avec sa bouche.

— Klara ! cria-t-il d'une voix rauque pour la prévenir.

Il sentit son corps bouger, sa bouche s'écarter et sa main se poser une fois de plus sur lui. Elle le serra pendant qu'un violent spasme de jouissance le secouait. Son regard était brillant, comme si elle savait que tout n'était pas terminé. Bientôt, cette jouissance apportée par les mains et la bouche ne serait rien comparée à celle qui allait suivre.

Nikolaï se glissa à genoux sur le sol à côté d'elle. Il s'empara de l'ourlet de sa chemise de nuit et le releva avant de faire passer le vêtement par-dessus sa tête. Il exposa à son regard les merveilleux seins nus avant de les caresser. Il n'y avait aucune urgence ce soir.

Ce soir, il allait pouvoir s'attarder et se repaître tout son soûl. Nikolaï poussa un petit soupir plein de respect, déposa un baiser sur son sein, comme un homme prêt à prier sur l'autel pour sa bien-aimée. Sous ses doigts, la déesse frissonna et cette récompense était plus que suffisante.

Il descendit plus bas, là où ses boucles étaient humides. Il se rappela alors que pendant qu'il prenait du plaisir Klara n'en avait pas reçu. Combien de temps l'attendrait-elle ?

Il se leva et la souleva dans ses bras pour l'emmener vers le grand lit dont il comptait bien profiter ce soir. Il allongea Klara et alluma la lampe.

— Pourquoi faites-vous cela ? demanda-t-elle d'une voix sourde et rauque.

— Pour mieux vous voir, ma chérie.

Il admira alors son corps étendu devant lui. Klara plissa timidement les yeux.

— Pour mieux vous voir aussi, alors, répondit-elle. On dirait que quelqu'un est beaucoup trop habillé pour être dans mon lit.

Techniquement, il s'agissait de son lit à lui, mais il ne voulait pas jouer sur les mots. En revanche, il était prêt à satisfaire les désirs de cette belle dame.

17

Il ôta sa chemise en premier, révélant la puissance de son torse tout en muscle, des épaules à la taille. Il ressemblait à un Atlas vigoureux sur lequel se détachait un petit disque qu'il portait autour du cou au bout d'une chaîne, ainsi qu'une fine cicatrice blanche. Cette imperfection ne le rendait que plus séduisant.

Il se tourna pour faire glisser son pantalon sur ses hanches minces, offrant au regard de Klara son dos lisse. Il avait de magnifiques fesses rondes, des cuisses de cavalier et de longues jambes. Il porta la main à ses cheveux et tira sur le lien en cuir qui les retenait. Klara retint son souffle en admirant le spectacle de cette virilité. Puis il se retourna.

Elle le vit alors de face et sa beauté incomparable s'offrit à elle. Son corps était tellement spectaculaire qu'elle avait du mal à respirer. Il mit les mains sur ses hanches et la fine cicatrice blanche attira son regard vers son splendide sexe qui se dressait fièrement entre ses cuisses, alors qu'elle venait tout juste de le satisfaire.

Il s'avança vers le lit tel un guerrier conquérant et possessif. Il ressemblait plus à un dieu païen qu'à un prince lorsqu'il vint se coucher sur elle. Il s'empara de ses poignets qu'il retint au-dessus de sa tête tandis que son corps trouvait son chemin entre ses cuisses. Klara était plus que prête à soutenir ce siège. Il la pénétra doucement en guise de reconnaissance, se retira lentement avant de revenir, avançant chaque fois un peu plus loin en elle jusqu'à ce que le mouvement lui devienne familier. Son rythme devint le sien. Les vagues de plaisir montaient et descendaient avant de se briser un peu plus vite à chaque assaut. Elle les sentait monter et se laissa emporter tout en sachant qu'elle risquait de s'échouer sur les rochers, de se briser en mille morceaux dans la tempête. Nikolaï la pénétra une dernière fois et la mer les emporta tous les deux.

Le plaisir fut généreux. Il l'emmena sur une berge calme et paisible lorsqu'il se retira. Nikolaï s'assoupit à ses côtés, un bras autour d'elle. Elle céda à l'appel du sommeil, elle aussi.

L'esprit de Klara commençait tout juste à s'éclaircir et à revenir à la réalité. Elle en perçut d'abord des bribes. Elle se trouvait dans le lit de Nikolaï. Le feu s'était éteint dans la cheminée, de même que la lampe. Ainsi, elle avait fini par s'endormir. Mais combien de temps ?

Nikolaï bougea à côté d'elle et sourit en voyant qu'elle était réveillée.

— Cela fait longtemps que vous êtes réveillé ? demanda-t-elle.

— Assez longtemps pour vous regarder dormir, répondit-il d'une voix encore rauque de sommeil.

Elle roula sur le côté pour lui faire face et mieux l'observer.

— Qu'avez-vous là ? demanda-t-elle en jouant avec le disque accroché à la chaîne autour de son cou.

Il n'y avait aucune animosité dans son regard, et Klara voulait que ses yeux gardent cette chaleur. Elle ne savait que trop à quel point le scepticisme pouvait vite revenir. Ses prunelles devenaient alors noires comme de l'onyx, et perdaient leur couleur de chocolat fondu.

— C'est la médaille de saint Jean l'évangéliste, répondit-il en couvrant sa main de la sienne. C'est le saint patron de la loyauté, entre autres. C'est un bon patron pour les soldats. Il nous rappelle que le patriotisme est une forme de loyauté, et que défendre ses amis et son pays est ce qui compte le plus. Mon père me l'a offerte quand j'ai pris la tête de mon propre régiment de cavalerie.

Il lui parlait de son père, de la médaille d'un saint. Klara devinait combien sa vie d'avant avait dû être riche, et tout ce que cette femme de Kouban lui avait enlevé. Elle mesurait aussi à quel point elle en savait peu sur lui, et à quel point elle désirait le connaître.

Mais c'était là quelque chose de dangereux. Quand on connaissait quelqu'un, on devenait plus qu'un pion sur l'échiquier. On devenait vulnérable. C'était ce qui était en train de lui arriver. Tomber amoureuse de Nikolaï l'opposait à son père et à toutes ses manœuvres politiques. Cela la contraignait aussi à faire un choix : son père ou Nikolaï ?

Non, elle ne voulait pas livrer son prince au jeu de son père. Elle était égoïste. Elle voulait que Nikolaï soit tout à elle. Elle désirait son corps, son esprit et son âme. Plus de politique, plus de doutes. L'ampleur de cette révélation la laissa sous le choc.

— Kouban doit vous manquer terriblement, et pourtant, sauf ce fameux soir au restaurant, vous n'en avez jamais parlé. Je croyais que les gens parlaient sans cesse de ce qu'ils aimaient.

Il lui décocha un demi-sourire.

— Comme les mères avec leurs enfants, qui ne cessent de vanter leurs petits prodiges ? Je pense que c'est plutôt le contraire. Il existe des choses trop précieuses pour que l'on en parle ouvertement.

Cet homme splendide gardait-il enfoui en lui d'autres secrets, d'autres chagrins ? Elle voulait les connaître tous. Lui faisait-il suffisamment confiance à présent ?

— Peut-être que cette tendance à garder pour nous ces choses-là nous vient de nos voisins. Il s'agit de Turcs musulmans avec lesquels nous nous battons et faisons affaire tour à tour. Ils gardent leurs femmes dans des sérails, des endroits qui leur sont réservés afin qu'elles ne soient pas exposées aux regards d'autres hommes. Ils les considèrent comme des joyaux à conserver à l'abri. Personne ne les observe ni ne les exhibe sur le marché du mariage dès leurs dix-huit ans, habillées et élevées pour attirer à elles un beau parti, avec assez d'argent pour les acheter.

Le cynisme l'avait gagné à nouveau. Klara réfléchit quelques instants à ce qu'il venait de dire.

— Je n'aimerais pas que l'on me cache de cette façon.

— Évidemment, répondit Nikolaï en riant doucement. Vous êtes anglaise. Cela ne fait pas partie des mœurs britanniques et pourtant, dans cette partie du monde, c'est un signe d'honneur et de richesse pour une femme d'être protégée de cette façon.

Il fit une courte pause avant de reprendre :

— Toutes les prisons n'ont pas quatre murs, Klara.

Il s'empara de sa main et baisa sa paume.

— Avez-vous trouvé un peu de liberté ce soir, Klara ? C'est bien ce que vous êtes venue chercher, n'est-ce pas ?

Elle essaya de retirer sa main mais il la retint. Elle était comme hypnotisée par sa voix.

— N'ayez pas honte, Klara. Vous avez dit que vous n'étiez pas venue pour votre père. Si c'est bien le cas, j'en déduis que vous êtes venue pour vous. Et que pouvez-vous vouloir, sinon de la liberté ? Du plaisir ?

Si c'était bien le cas... Il ne la croyait pas encore complètement mais ici, dans le havre chaud de ses bras, ses paroles lui faisaient moins mal. Elle avait eu son corps, après tout. Elle se risqua à lui livrer la véritable raison de sa venue.

— Je suis ici pour moi, mais aussi pour vous, Nikolaï. Il est important que vous me croyiez. Je ne peux pas supporter que vous puissiez penser que notre relation ait pu être fabriquée de toutes pièces dans un but précis.

Elle s'humecta les lèvres.

— Croyez-moi, ajouta-t-elle, je suis moi-même, j'ai mes propres sentiments. Je ne suis pas le jouet de mon père.

— Je me demande si vous le pensez vraiment... Peut-être le faites-vous, en ce moment. Il est facile de croire beaucoup de choses pendant que nous sommes dans les bras l'un de l'autre — et d'imaginer que l'impossible est possible.

Nikolaï roula sur le côté pour lui faire face. Une lueur qui ressemblait à de la pitié brillait dans ses yeux.

— Que choisirez-vous lorsque vous serez exposée au feu ? Ce que vous croyez maintenant sera-t-il important quand vous aurez à choisir entre votre père et un prince ?

— Un prince a qui j'ai donné ma virginité, un prince à qui je n'ai rien demandé et dont je n'attends rien en retour, mais qui m'a inspiré suffisamment de confiance pour lui faire ce don. Cela ne signifie donc rien pour vous ? Venir ici n'a pas été une mince affaire, vous savez, protesta Klara.

Si cela n'était pas une preuve de la profondeur de ses sentiments, qu'était-ce donc ?

Nikolaï secoua la tête.

— Ce n'est pas que je n'ai pas confiance en vous, Klara. C'est juste que je n'en suis pas capable. Quelle décision prendrez-vous lorsque vous serez mise à l'épreuve ? Je pense que vous ne le savez pas vous-même.

Sa voix s'adoucit, et il caressa tendrement sa joue.

— Ma chérie, que croyez-vous que l'on puisse accomplir dans ce lit ? Je peux vous donner du plaisir ce soir, demain et encore le jour suivant mais, à part cela, rien d'autre. Vous aviez raison. Votre père et ses amis m'ont demandé de rejoindre la révolution. Ils veulent que j'aille prendre les armes à Saint-Pétersbourg.

Klara ne savait plus trop ce qu'elle ressentait. Elle aurait dû se sentir heureuse. Son père avait finalement obtenu ce qu'il voulait. Mais elle avait également peur. Peur que Nikolaï soit exposé aux dangers qui allaient en découler ? Peur qu'il accepte, qu'il refuse ? Plus que tout, elle craignait d'arriver trop tard avec son offre. Son père avait déjà fait la sienne. Cela avait-il affecté leur nuit ensemble avant même qu'elle ne commence ?

— Que leur avez-vous dit ? s'aventura Klara, inquiète d'entendre sa réponse.

Nikolaï avait raison. Comment pouvait-elle gagner ?

— Je ne me suis encore pas prononcé. Ils m'ont demandé d'y réfléchir.

Le regard de Nikolaï s'obscurcit, mais ce n'était pas de désir cette fois. Un frisson glacial lui parcourut l'échine. Oui, elle arrivait trop tard. Son don ne pouvait plus être dissocié de ce qui s'était dit derrière les portes closes après le dîner. Nikolaï était trop malin pour ne pas relever la coïncidence. Il émit un rire sec.

— Vous voyez, vous êtes déjà confrontée à ce choix. Votre père ou moi ? Vous ne savez pas qui choisir.

Son sourire devint dur.

— Nous avons pris notre plaisir, Klara. Nous avons satisfait ce qui existe entre nous sur le plan physique. Peut-être devons-nous

nous plier à la réalité, maintenant que cela est fait. Saviez-vous ce que votre père voulait me demander ? Est-ce en partie pour cette raison que vous êtes venue me retrouver ce soir ? Votre père espère-t-il que je lui dise oui demain matin, après une nuit dans vos bras ?

Klara repoussa rageusement les couvertures et descendit du lit.

— Non ! Après tout ce que je vous ai montré ce soir, vous avez encore l'audace de me poser cette question ?

La colère fit trembler son corps. Comment une personne pouvait-elle feindre ce qu'elle avait vécu ce soir ? Comment Nikolaï pouvait-il être aussi aveugle ? Elle avait envie de le frapper. Elle s'empara de l'objet le plus proche d'elle, un oreiller, et le frappa une fois, deux fois, avant qu'il ne retienne l'oreiller et tire dessus. La rage de Klara se mua alors en larmes. Tout était de sa faute et, maintenant, elle en payait le prix, éconduite par l'homme qu'elle avait choisi à tort d'aimer.

Les larmes de Klara signèrent la perte de Nikolaï. Il lui arracha l'oreiller des mains et la prit dans ses bras. Il regrettait déjà la dureté de ses paroles. Elle lui avait fait un don extraordinaire et il le lui avait jeté à la figure.

— Ne pleurez pas, Klara. S'il vous plaît, ne pleurez pas.

Il s'y était très mal pris. La femme qui avait gémi de plaisir dans ses bras n'avait été le jouet de personne. Sa passion était sincère, tout comme lui avait été sincère. Dire que ce qu'ils avaient fait n'était pas authentique était injuste. Il serra Klara contre lui et la berça dans ses bras. Pourquoi se comportait-il ainsi ? Pourquoi avait-il blessé la femme qu'il aimait ?

Il ferma les yeux et se remémora les images que les questions de Klara avaient de nouveau fait surgir. Il revoyait Helena venant vers lui avec ce couteau, le frappant avant qu'il ne parvienne à la désarmer, encore sous le coup de la surprise. Et le sabre, Seigneur, le sabre ! Il ne lui avait fallu que quelques secondes pour trancher : agir ou mourir ? Le guerrier en lui avait gagné, mais Helena le hantait encore et le ferait toute sa vie. Il ne chasserait jamais de son esprit les images de son corps affalé au sol, tandis que la vie l'abandonnait. Aurait-il pu faire autrement ? Il lui avait pris sa vie et l'avait tenue dans ses bras jusqu'à la fin. Il était capable de justifier sa décision, mais il ne pouvait l'accepter.

Il était une nouvelle fois sur le point de prendre une décision similaire : sa survie ou celle de l'autre. Il avait blessé Klara.

— Klara, je n'aurais pas dû vous dire cela. Je n'aurais pas dû..., murmura-t-il contre ses cheveux.

— Non, c'est moi qui n'aurais pas dû faire toutes ces choses, répliqua Klara en reniflant. Je n'aurais jamais dû venir vous trouver à l'école d'équitation. Je n'aurais jamais dû accepter de me renseigner sur vous. J'aurais dû me retirer après ce premier dîner. Mais j'ai été égoïste. J'ai cru que je pouvais servir les intérêts de mon père et les miens tout aussi bien.

Il sentit une grande lassitude dans le poids de son corps contre le sien. Il n'imaginait pas quelle épreuve cela avait été pour elle. Pendant tout ce temps, il n'avait fait que penser à lui, à se voir comme une victime traquée. Mais Klara était aussi une victime, et elle était peut-être encore moins bien armée que lui pour en assumer les conséquences.

— Vous étiez si beau, si séduisant, si différent, et vous saviez tant de choses que je voulais connaître. Je n'ai pas pu résister.

Elle renifla encore.

— Vous aviez raison depuis le début, continua-t-elle. J'ai joué un double jeu. Un pour moi-même et un autre pour mon père. Mais je ne lui ai jamais parlé de Soho. Je ne lui ai rien dit sur les abattoirs. J'ai gardé nos instants les plus précieux pour moi. Je vous le promets.

Nikolaï sentit que le meilleur de lui-même commençait à s'éveiller. Il s'aperçut enfin qu'ils étaient tous les deux nus et collés l'un contre l'autre. Ou bien était-ce son esprit qui acceptait finalement que là résidât la vérité, aussi imparfaite soit-elle.

— Klara, je vous crois.

Il déposa un baiser sur sa tête posée sur son torse.

— Tout n'est pas votre faute, continua-t-il. J'ai cédé alors que j'aurais pu m'éloigner de vous.

Il pouvait au moins lui offrir cela.

— Vous m'intriguiez. Je ne voulais pas vous laisser partir.

Ils s'étaient montrés tous les deux égoïstes, ce qui les avait menés à cette situation intenable.

— Qu'auriez-vous fait si vous ne m'aviez pas rencontrée ?

La question de Klara paraissait si improbable dans l'obscurité.

— J'aurais donné des leçons d'équitation. J'aurais supporté les quatre cavalières de l'Apocalypse.

— Et c'est tout ? Je ne peux pas le croire. Cette vie est trop étriquée pour l'homme que je connais.

Elle frotta son nez contre lui et Nikolaï sentit son sexe durcir. Ils avaient dépassé leur colère, dépassé leurs blessures.

— Est-ce pour cette raison que vous vous rendez dans les abattoirs ? Pour le goût de l'aventure ?

Sa question attendrit Nikolaï. Elle voulait qu'il lui donne un autre petit bout de lui-même. Peut-être y avait-elle droit.

— J'y vais quand on fait appel à moi. Certains savent que je suis un ami des chevaux. Lorsqu'il y a un animal en danger, ils me le font savoir.

— C'est très honorable de votre part. Beaucoup plus que tout ce que j'ai pu accomplir dans ma vie. Qu'advient-il de ces chevaux ? Vous ne pouvez tous les garder.

— Je monte une écurie en vue de créer ma propre école d'équitation.

Il partit à rire.

— Votre curiosité est-elle satisfaite, mademoiselle Fouineuse ? Ou bien êtes-vous déçue de découvrir que votre prince est un homme très simple, finalement ?

Elle pouffa de bon cœur, cette fois, et s'adressa à lui d'une voix enjouée.

— Non, cela ne me déçoit pas du tout. Et où comptez-vous créer cette belle école ?

— Rien n'est encore décidé, mais j'ai déjà repéré plusieurs endroits.

Il fit nonchalamment glisser une main le long de son bras. Il commençait à s'intéresser à d'autres choses. Il l'aida à remonter dans le lit et ondula sur elle.

— Mais pour l'heure, c'est plutôt vous qui m'intéressez.

Klara passa les mains derrière sa nuque en guise d'assentiment et l'attira vers elle. Il se laissa faire. Il aurait le temps de s'inquiéter plus tard de la révolution. Les confessions qu'ils s'étaient faites ne changeaient rien, et ils le savaient sans se le dire. Klara allait être confrontée à un choix et sa réponse était encore incertaine. Nikolaï allait lui aussi devoir prendre une décision : aider Grigoriev dans sa révolte, ou affronter le courroux de l'ambassadeur. Ce soir, ils prendraient du plaisir. Et au diable les lendemains.

18

Il y avait des blinis pour le petit déjeuner, ces petites crêpes traditionnelles russes qui constituaient le plat principal de Maslenitsa. Le buffet débordait de toutes sortes de garnitures : du caviar, de la crème fraîche, des confitures, des fruits, et même un pot de beurre fondu pour napper les blinis. Grigoriev et le général devaient avoir désespérément besoin de lui, songea Nikolaï. Amesbury se trouvait déjà dans la salle du petit déjeuner. Son assiette, très anglaise, contenait des œufs en cocotte, du hareng fumé et des saucisses.

Nikolaï le salua sèchement de la tête et se dirigea vers le buffet pour remplir son plat de blinis qui sortaient tout juste de la cuisine. Il ignora délibérément les plats anglais qui étaient proposés. Il s'assit à la table d'à côté, près du jeune homme qui avait pris la parole la veille après le dîner. Son assiette était elle aussi copieusement garnie de blinis.

— On ne peut pas faire l'impasse sur les blinis pendant la semaine de mardi gras, n'est-ce pas ? lança Nikolaï, tout sourire.

Il sentit le mécontentement du duc lorsque celui-ci reçut la pique. Il tourna vers Amesbury un visage neutre, comme si sa remarque n'avait rien d'insultant.

— Vous n'en prenez pas, Votre Excellence ? demanda-t-il.

— Non, monseigneur. Pour moi, les douceurs sont faites pour les enfants. La viande convient mieux aux hommes. Elle leur donne des forces.

Pour souligner son propos, il leva sa fourchette sur laquelle était plantée une saucisse. Nikolaï exagéra alors son accent russe.

— Ah, je me trompe peut-être mais je croyais que l'on célébrait aussi mardi gras en Angleterre. Vous appelez cela *Shrovetide*, si je ne me trompe ?

Il sourit et mordit généreusement dans un blini.

— Oui, mais tous les Anglais ne suivent pas ce rituel, rétorqua le duc. Vous découvrirez que l'Angleterre est un pays où les hommes réfléchissent. Le passé nous a appris les dangers du fanatisme religieux et de la superstition, ajouta Amesbury en prenant une gorgée de café. Êtes-vous un homme pieux, monseigneur ? J'ai entendu dire que beaucoup de vos compatriotes l'étaient. Comme le tsar, par exemple.

Dans sa bouche, ces propos étaient tout sauf un compliment. En une seule parole insultante, Amesbury avait réussi à dénigrer son pays et son dirigeant.

Nikolaï songea à la médaille de saint Jean qu'il portait sous sa chemise.

— Je suis un homme pieux, Votre Excellence. La plupart des soldats avisés le sont. Notre métier l'exige. Et vous-même ? Vous qualifieriez-vous d'homme de foi ?

— Non, je n'ai pas de temps à consacrer à toutes ces superstitions et ces fadaises, répondit le duc sans détour, jetant ainsi le gant à terre.

Ils se livraient une bataille verbale. Nikolaï ne pouvait pas rester assis là et se laisser insulter, lui, mais aussi son pays et son dieu, sans riposter. Duc ou pas, Nikolaï était prêt à affronter cet homme mais un bruissement sur le seuil de la porte mit fin à leur altercation.

— Vous n'avez pas de temps pour quoi ? demanda Klara en traversant la pièce d'un pas fluide, tout sourire.

Elle portait une tenue d'extérieur et paraissait radieuse, vivante et fraîche. Et elle était à lui. En la voyant, Nikolaï sentit monter une bouffée de désir, même si Klara ne l'avait quitté que quelques heures plus tôt. Il se redressa et n'eut guère de mal à le faire, car il était déjà à moitié debout, ou à moitié penché au-dessus de la table, selon l'angle d'où on le regardait. Le duc se leva et salua Klara de la tête.

— Bien le bonjour, ma chère Klara. Vous êtes absolument ravissante.

Le duc avait-il deviné leur secret ? Une partie de lui le désirait. Nikolaï songeait déjà à le provoquer en duel. La pelouse au sud de la propriété s'y prêterait bien. Le terrain était plat. Nikolaï essaya de regarder Klara en gardant un air impassible. Avait-elle l'air d'une femme qui venait de passer la nuit dans les bras de son amant ? Il se dirigea vers le buffet pour lui servir une assiette pendant qu'Amesbury se contentait d'échanger avec elle quelques banalités.

Était-ce ce qu'Amesbury pouvait faire de mieux ? Lui dire qu'elle était ravissante ? Elle était certes très jolie dans sa tenue d'équitation bleu foncé coupée selon la tradition militaire. Elle avait également tressé ses cheveux en couronne. Mais Klara était toujours jolie. Pour lui, les actes valaient mieux que les mots.

— Klara, ma chère, venez vous asseoir. Puis-je aller vous chercher quelque chose à manger ?

Le duc tira la chaise à côté de lui et Klara s'assit, mais Nikolaï déposait déjà devant elle une assiette remplie de blinis lourde de sens. Il toisa le duc avec fierté. Klara émit un petit rire, gênée d'être ainsi le centre de l'attention.

— Il semblerait que le prince Baklanov s'en soit déjà chargé.

Nikolaï s'assit avec effronterie sur l'autre chaise à côté de Klara, abandonnant sa place précédente.

— Les blinis sont excellents ce matin. J'ai choisi plusieurs garnitures que vous apprécierez particulièrement, je pense.

Il désigna la cuillerée noire sur le bord de l'assiette.

— J'ai noté lors de notre dernier dîner que vous aimiez beaucoup le caviar. Goûtez-le en premier, avant que votre palais ne soit recouvert de crème fraîche. Il sera bien meilleur.

En d'autres circonstances, il lui aurait garni son blini et l'aurait porté à ses lèvres comme s'il s'agissait de la chose la plus délicieuse au monde, mais ils n'étaient pas dans le salon d'une dame en fin d'après-midi. Il était 9 heures du matin et ils se trouvaient dans une salle de petit déjeuner anglaise, exposés au regard de plusieurs spectateurs. Et plus particulièrement d'un.

Il se demanda quelles étaient les possibilités d'un recours aux épées plutôt qu'aux pistolets. Dans le premier cas, il avait de meilleures chances de gagner. Car il n'aimait pas du tout ce duc et encore moins le fait qu'il soit si intimement lié à des trafiquants d'armes, ou qu'il se sente obligé d'être si proche de Klara. Leur tête-à-tête près de la fenêtre la veille n'était pas une coïncidence. Et maintenant, Amesbury l'appelait « ma chérie » et semblait s'en délecter, comme s'il avait des prétentions sur elle. Était-il l'Anglais auquel Klara était destinée ?

Cette éventualité le fit le détester encore plus. Cet homme n'était pas du tout fait pour elle. Amesbury n'était pas un amant mais un dominateur. Il connaissait ce genre d'individus. Le sexe n'était pas une question de plaisir pour lui, mais de pouvoir. Nikolaï contempla Klara qui avalait le blini et le caviar, et songea à la manière dont sa bouche avait savouré d'autres choses, la nuit dernière.

Jamais une femme ne l'avait encore autant troublé le lendemain de leurs ébats. D'ordinaire, ses ardeurs s'étaient éteintes et il trouvait la femme moins séduisante. Mais pas ce matin. Il se sentait agressif, protecteur. Il voulait Klara pour lui tout seul, chose qu'il allait lui être difficile d'obtenir avant minuit. Il lui prépara un autre blini.

— Le caviar de la mer Caspienne est le meilleur au monde, dit-il. Je pense que c'est à cause de la température de l'eau. Nous l'appelons « les perles noires ».

Nikolaï lança un regard vers le duc.

— Avez-vous déjà vu la mer Caspienne ? C'est un endroit magnifique. Vous devriez y aller un jour.

Klara lui décocha un coup de pied sous la table. Sa fierté et son orgueil masculin lui donnaient envie d'ajouter quelque chose de totalement puéril. « Elle me préfère à vous. Je l'ai fait jouir contre le mur de l'écurie et hier soir... » Mais ces vérités-là étaient dangereuses à dire et il aurait risqué d'ouvrir la boîte de Pandore.

Car lui aussi avait joui à ces moments-là, complètement désarçonné par les caresses de Klara, par sa ferveur et par ce que cela pouvait signifier. Plusieurs heures plus tard, il ressentait encore l'impact de son acte : elle était venue à lui comme une épouse vers son mari et lui avait offert son corps, sa virginité, comme un signe de la confiance qu'elle lui témoignait. Stepan se rirait sûrement de lui face à cette conclusion naïve mais il avait du mal à remettre en doute la sincérité de Klara à présent. Elle avait réussi à s'extraire du jeu de son père, momentanément au moins. Cela ne pouvait pas durer, et elle en paierait le prix. Cela valait-il trois nuits d'amour ? Trois nuits de liberté ?

Il avait jusqu'à la fin du week-end pour dire non à Grigoriev et quitter Klara. Le séjour, si menaçant au départ, lui paraissait maintenant très court. Il n'avait plus que deux jours devant lui. Il y aurait des conséquences s'il refusait. Grigoriev et ses amis avaient fait des allusions très explicites devant lui la veille concernant la rébellion. Ils ne pouvaient pas le laisser partir s'il rejetait leur offre. Si ? Non, il fallait dire non. Il était à l'aube d'une nouvelle vie. Son écurie était à portée de main et l'idée de faire affaire avec des hommes comme Cabot Ronan ne le réjouissait pas. Mais la tentation revint le hanter à voix basse, toujours avec le même refrain. *Fais-le pour Klara, fais-le pour sauver Klara.*

Depuis ce matin, il ne pouvait s'empêcher de songer combien les choses seraient plus simples pour elle s'il acceptait. Elle subirait moins de pression, n'aurait plus à choisir entre son père et lui. Il assouvirait aussi son besoin de passer à l'action. Il était fait pour la guerre. C'était tout ce qu'il connaissait. De plus, ils seraient tous du même côté, car ces hommes voulaient la même chose que lui : une Russie capable de rivaliser avec l'Europe de l'Ouest. Ces idées étaient celles qui l'avaient contraint à quitter Kouban. Or il tenait à présent une chance de revenir en Russie et de se battre pour elles. Un prince, un soldat, ne devait-il pas se tenir prêt à protéger son pays contre l'ennemi, même si ce dernier venait de l'intérieur ?

La cause que soutenait Grigoriev contenait assez de bonnes choses pour écarter les mauvaises. Mais il était aisé d'avancer cet argument, surtout lorsque la belle Klara se trouvait dans son lit et qu'elle soupirait dans ses bras. Il entendait déjà la voix de la raison incarnée par Stepan résonner doucement mais fermement dans sa tête. *Peut-être est-ce toujours un piège. Ces femmes-là sont capables de pleurer comme des crocodiles. Le risque pour toi est immense.*

Mais le risque pour Klara était encore plus grand. Elle était beaucoup plus innocente et étrangère à tout cela que lui, et de ce fait, c'était elle qui était la plus exposée.

— Je pensais bien vous trouver ici ! s'écria Grigoriev en entrant dans la pièce. Il fait un temps magnifique et nous sommes prêts à sortir faire un tour de la propriété.

Il désigna de la tête Nikolaï.

— Un terrain d'équitation sera préparé pour cet après-midi. Plusieurs hommes du général feront une démonstration. Si vous voulez vous joindre à eux...

— Avec plaisir, répondit Nikolaï, comme s'il avait le choix.

Grigoriev n'avait pas pour habitude de demander aux autres leur assentiment. Une démonstration de ses talents obligerait peut-être celui-ci à se méfier. L'ambassadeur ne craignait pas de lui dévoiler ses projets, car un homme qui refuserait d'y participer était un homme mort. Si tel était le cas, Nikolaï lui montrerait aujourd'hui qu'il aurait plus de mal à le tuer que ce qu'il imaginait.

Il ne put cependant s'empêcher d'aiguillonner un peu plus le duc et, se tournant vers lui, il déclara :

— Votre Excellence, accepterez-vous de vous joindre à nous pour la démonstration de tir ?

S'il devait bientôt l'affronter en duel, il avait besoin de savoir contre qui il allait se battre.

Si Nikolaï avait occupé le terrain au petit déjeuner, la visite de la propriété rappela poliment au duc et aux autres invités la richesse et la puissance de Grigoriev. C'était bien lui qui menait la révolution. Ils visitèrent des jardins ornés de buissons parfaitement taillés, et des jardins de nœuds typiquement anglais. Même en plein hiver, ils étaient verts et gardaient vivace la promesse du printemps à venir. Ils virent les écuries flambant neuves et modernes, avec leurs rangées de box et leurs mangeoires accrochées au mur. Construites autour d'une cour carrée, elles étaient superbes. Elles contenaient également un manège intérieur, avec de hautes fenêtres pour laisser passer la lumière.

— Je les ai fait construire pour que Klara puisse pratiquer son passe-temps, déclara Grigoriev en haussant les épaules, comme pour minimiser la fierté qu'il éprouvait à l'égard de sa fille et de ses installations.

Nikolaï resta en arrière du groupe, ce qui permit à Klara de le rejoindre facilement. Il avait faim d'elle, et était à la recherche du moindre contact. Elle le retrouva au moment où le groupe quittait les écuries et se dirigeait vers les voitures qui les attendaient afin de les conduire jusqu'à la ferme du domaine pour visiter la laiterie moderne qu'elle abritait. Ils s'assirent dans la dernière petite voiture. Le reste du groupe s'était déjà mis en route.

— Vous devez arrêter de le titiller, commença Klara sans préambule dès que la voiture se mit en branle.

— Qui donc ? Vous voulez dire Son Excellence le duc d'Amesbury ? demanda Nikolaï en la regardant arranger une couverture sur ses genoux pour se protéger du froid.

Il sourit. Sa douce Klara, d'ordinaire si forte, paraissait vulnérable, presque timide malgré la fougue de leur dernière nuit.

— Oui. Vous savez très bien de qui je parle.

Elle leva enfin les yeux vers lui et le contempla d'un air grave.

— Ce n'est pas un jeu, Nikolaï, continua-t-elle.

Il la regarda avec la même gravité.

— Non, en effet. C'est une révolution dont le succès n'est pas garanti. Pour Amesbury, ce n'est pas très important, pourvu qu'il vende des armes. Il se fiche de savoir que des hommes vont mourir. Les plus chanceux tomberont pendant la bataille. Les plus infortunés seront pendus aux remparts, accusés de traîtrise pour avoir voulu faire avancer leur pays. Ils paieront pour cela le prix fort du patriotisme, déclara-t-il avec dédain. Le duc ne paiera rien. Il ne fera que se remplir les poches.

— Mon père a besoin de lui. Il ne peut pas se permettre de se le mettre à dos. Nous avons besoin d'armes.

— Nous ? intervint Nikolaï avec un sourire en coin. Vous et votre père. Vous avez déjà choisi votre camp, même si votre père est prêt à utiliser des armes corrompues pour gagner une révolution.

— Pour une bonne cause, une cause en laquelle vous croyez, rétorqua Klara.

— La fin justifie les moyens, alors ? demanda Nikolaï.

Klara avait l'esprit pratique. Nikolaï avait intérêt à s'en souvenir s'il voulait comprendre au mieux leur relation.

— Ne soyez pas grossier. Vous le pensez aussi. Vous avez réfléchi à la question toute la matinée. Je l'ai vu sur votre visage, dit-elle en lui prenant la main. Vous ne savez que répondre à mon père, continua-t-elle d'une voix douce.

— Non, je ne le sais pas encore, reconnut Nikolaï. Je devrais refuser, car mes principes m'empêchent de faire des affaires avec des hommes comme Amesbury et Roan, des hommes capables de corrompre les causes pour des raisons immorales.

Il baissa la voix et couvrit la main de Klara posée sur la sienne, puis il regarda fixement son visage, avec son profil délicat et ses yeux perçants. Seigneur, qu'elle était belle lorsqu'elle le contemplait avec ses yeux émeraude si pleins… d'amour. Non, il ne fallait pas qu'elle l'aime. Il était un homme pétri de défauts, un homme brisé. Il avait si peu à lui offrir.

— Puis-je soutenir une cause juste avec des moyens obtenus de manière contestable et indigne ? demanda-t-il. Mais si j'accepte, Klara, je suis bien conscient que cela vous éviterait de devoir faire un choix embarrassant.

Nikolaï allait dire oui. Pour elle. Klara se sentait tout engourdie, sous le choc de ce qu'elle venait de comprendre. Voilà comment aimait un guerrier : pas avec des mots mais avec des actes. Il avait été si proche d'elle physiquement, dans sa chambre à coucher, tout en caresses et partageant le même désir d'intimité. Il était donc logique qu'il soit ainsi dans la vie. Nikolaï lui prouvait ses sentiments par des actions concrètes. Elle songea au poulain et à la jument qu'il avait sauvés parce qu'elle le lui avait demandé, à l'assiette qu'il lui avait préparée pour le petit déjeuner et à l'attention avec laquelle il avait choisi les garnitures pour le blini, de bien petites choses comparées à ce qu'il venait de lui déclarer. Elle ne pouvait pas le laisser faire une chose pareille.

— Je n'ai pas besoin d'être sauvée, Nikolaï.

Il poussa un petit gloussement familier qui lui donna envie

d'arrêter la voiture, d'arrêter le monde et de lui faire l'amour ici même, à la lumière du jour.

— Si, vous avez besoin d'être sauvée, Klara. Vous êtes beaucoup trop inconsciente lorsque vous vous échappez à Soho et que vous pénétrez dans la chambre à coucher des hommes.

Il la taquinait maintenant et Klara éprouva un certain soulagement à l'idée d'abandonner les questions sérieuses quelques instants. Mais ce moment passa beaucoup trop vite. Nikolaï lui serra la main et lui parla d'une voix basse et complice. Les pires choses se disaient en chuchotant, semblait-il, comme pour détourner celui qui écoutait de leur importance.

— J'ai un père que j'aime aussi beaucoup, Klara. J'ai dû choisir entre lui et venir ici.

Il dut s'interrompre pour se ressaisir puis il serra sa main plus fort entre les siennes.

— Je ne veux pas que cela vous arrive. Tout comme vous, ma mère est morte. Mon père est la seule famille qui me reste.

Le père qui lui avait donné la médaille de saint Jean. Le regard de Klara se posa brièvement sur son cou, sur ce torse où le bijou reposait en secret sous sa chemise. Pas étonnant qu'il le porte si près de son cœur. Cette médaille n'était pas seulement une protection pour le soldat qu'il était, mais un rappel de l'amour que son père lui portait.

— Mon père était fier de moi. Lorsque cette femme, Helena...

Il hésita à prononcer son nom.

— ... m'a poignardé, c'est Stepan et lui qui ont veillé sur moi. Mon père m'a caché. Il a refusé que le tsar pénètre dans notre maison pour me protéger lorsque les gardes sont arrivés.

Il déglutit de nouveau péniblement, et Klara vit sa pomme d'Adam bouger. Elle était attentive à chaque mot.

— À Kouban, continua-t-il, une famille qui abrite un traître doit le répudier si elle veut échapper aux représailles. Sinon, elle est considérée comme complice. Mon père n'avait pas le choix. Je voulais qu'il me répudie mais j'ai compris qu'il aurait plutôt préféré mourir. La dernière fois que je l'ai vu, il sortait du palais. On aurait dit qu'il avait vieilli de vingt ans. C'est ce que je veux vous éviter, Klara.

— Et à mon père aussi, dit Klara d'une voix douce. Vous sauveriez mon père aussi.

Nikolaï était tellement différent d'Amesbury ! songea-t-elle aussitôt. Le duc ne pensait qu'à lui et à son argent. Klara se pencha vers Nikolaï et approcha sa bouche de la sienne, comme pour l'embrasser.

— Et je vous sauverai, vous, conclut-elle.

Ils étaient dans le même camp à présent. Nikolaï et Klara contre son père, contre la révolution, contre les conséquences d'un refus ou d'une acceptation. Nikolaï et Klara, ensemble contre le reste du monde.

19

— Comment avez-vous pu faire une chose pareille ? fulmina Klara.

Debout à côté de son père face au terrain d'exhibition, elle pouvait à peine contenir sa colère. C'était la première fois qu'ils avaient l'occasion de se parler depuis qu'elle avait découvert la proposition qu'il avait faite à Nikolaï.

— Faire quoi, Klara ? demanda-t-il sans cesser de regarder le spectacle qui se déroulait devant lui.

Il applaudit poliment lorsqu'un jeune capitaine trancha le dernier nœud en corde à l'aide de son sabre pendant la course d'obstacles.

— M'utiliser pour envoyer Nikolaï à Saint-Pétersbourg. Il avait refusé au cours du premier dîner, mais vous avez insisté.

Son père ne cilla pas. Un autre cavalier était entré dans la course.

— Il est capable de décider par lui-même, Klara. Je ne pense pas que l'on puisse contraindre le prince Baklanov à faire quelque chose qu'il ne désire pas.

Il lui décocha un regard en coin.

— T'a-t-il dit quelle était sa décision ? Serais-tu si proche de lui que tu saches ce qu'il pense avant moi ?

— Non, il ne m'a rien dit. Je sais simplement que tu lui as posé la question.

Elle fit une pause et applaudit le cavalier. Son père lui avait pourtant bien appris à ne pas se fier aux apparences. Malheureusement, elle n'avait pas mis en pratique ce conseil avec lui. Elle pensait que ce n'était pas nécessaire. Son père aurait dû faire partie des rares personnes en qui elle pouvait avoir confiance, mais manifestement ce n'était pas le cas.

— Et Amesbury ? avança-t-elle prudemment. Lui avez-vous promis quelque chose dont je devrais être informée ? Il s'est montré assez possessif à mon égard dernièrement.

Le mot était faible. Il avait été violent et menaçant.

— Il te tient en grande estime, Klara, éluda son père. J'ai promis à ta mère de te marier à un Anglais. Amesbury est l'homme idéal. Sa richesse, sa stature et son rang social sont inégalables. Personne n'a jamais assez d'amis.

Un valet s'avança pour donner le départ de la course suivante et Klara parcourut des yeux la ligne de départ à la recherche de Nikolaï, mais elle ne le trouva pas. Il avait raison. Elle avait servi d'appât. Son père l'avait utilisée. L'idée était si difficile à accepter qu'il était plus facile de la nier. Nikolaï était un cynique dans l'âme. Il ne pouvait pas comprendre. Et pourtant, elle redoutait tellement que, avec son regard cynique, il ait pu percer la vérité. Qu'est-ce que cette vérité signifiait pour elle ? chuchota sa conscience. Méritait-elle que Klara choisisse Nikolaï plutôt que son père ?

Il y eut des murmures dans la foule. La course allait reprendre et un autre cavalier s'était placé sur la ligne de départ, attirant tous les regards. Non, ce n'était pas un simple cavalier. Il portait un magnifique manteau écarlate garni de pattes bleu foncé bordées de galons dorés sur la poitrine et des épaulettes également dorées aux épaules. La tête du cavalier était nue malgré le froid. Ses longs cheveux noirs étaient retenus en une queue-de-cheval qui pendait dans son dos. Il s'agissait indubitablement de Nikolaï. Elle ne l'avait pas revu depuis la visite de la ferme. Il avait eu le temps de revêtir son uniforme militaire et de toiletter Cossack, qui caracolait à côté de lui, aussi élégant que son cavalier. Le prince guerrier apparaissait dans toute sa gloire.

Klara sentit monter un frisson de désir en songeant que cet homme avait été à elle pour une nuit, et qu'il pouvait l'être encore si elle en avait le courage. Amesbury apparut soudain à côté d'elle.

— Il a toujours l'air un peu grossier, siffla-t-il. Un uniforme n'est qu'un bout de tissu, après tout. Je suis surpris de vous voir aussi éprise de lui, Klara.

— Je ne suis pas éprise de lui, se défendit Klara, mortifiée à l'idée d'être si transparente à ses yeux.

Que voyait-il d'autre ? Entre les mains du duc, une information pouvait toujours s'avérer dangereuse.

— Vous avez passé beaucoup de temps avec lui dernièrement, alors que je vous avais prévenue que cela pourrait vous nuire, répondit Amesbury en haussant les épaules. Il ne veillera pas à préserver votre réputation, Klara. Il vient d'un monde différent du nôtre. Il ne partage pas le même code de l'honneur que nous, Anglais.

Le duc désigna d'un signe de tête la course et changea de sujet.

— Je pense qu'il a mis la barre un peu trop haut.

L'espace d'un instant, Klara pensa que le duc faisait référence à elle, et que Nikolaï se fixait des objectifs trop ambitieux. Puis elle suivit le regard du duc en direction de la course. Non seulement le parcours avait été rétabli, mais il avait été transformé. Là où les jeunes capitaines avaient dû remonter une seule allée pour montrer leurs capacités avec une arme, le parcours comprenait à présent toute une série d'obstacles.

De son regard de cavalière, elle évalua facilement sa complexité : il y avait une allée de nœuds en corde qu'il fallait trancher avec précision à l'aide d'un sabre tout en demeurant sur le dos du cheval, une rangée de poteaux entre lesquels le cavalier devait se faufiler, suivies d'un petit drapeau à arracher du sol et d'un mannequin à poignarder en galopant à toute vitesse, avant de tirer sur une dernière cible. La course demandait de la concentration et la faculté de passer d'une compétence à une autre, aussi bien pour le cheval que pour le cavalier.

— Voulez-vous parier avec moi ? Je pense que le prince s'en tirera à merveille, déclara Klara avec un sourire insolent juste pour contrarier le duc.

— Je préfère décliner. Je n'ai pas eu beaucoup de chance au jeu dernièrement. J'ai perdu un pari hier soir, et je ne m'y attendais pas. J'ai mal jugé la personne en question.

— Je suis navrée de l'apprendre, Votre Excellence.

Klara garda le regard braqué sur la course dans l'espoir de mettre fin à cette conversation. Amesbury haussa les épaules avec désinvolture.

— Je n'ai pas perdu grand-chose, continua-t-il comme si elle l'avait interrogé. Pas pour le moment, en tout cas. C'est plus ma fierté qui a été mise à mal. Voyez-vous, j'ai perdu un pari avec moi-même. Nous pourrions nous promener un peu afin d'en parler après la course du prince.

Il s'était approché tout près de son oreille et Klara frissonna de peur. Elle ne voulait aller nulle part avec lui, et encore moins s'éloigner du groupe, et de Nikolaï. Elle n'eut pas la possibilité de lui répondre. Le valet abaissa le drapeau et Cossack bondit en avant. Nikolaï se tenait en équilibre sur les étriers, le sabre levé tandis qu'il approchait des nœuds en corde suspendus. Il fallait être régulier. Les boucles étaient petites. La moindre secousse pouvait déséquilibrer le cavalier, dont le sabre ne serait plus dans l'alignement de ces dernières.

Klara retint son souffle. Elle était inquiète. Le cheval avançait trop vite et risquait de trop accaparer l'attention de Nikolaï. Mais le prince trancha les boucles sans la moindre hésitation. Il rangea ensuite son sabre et se tourna vers les poteaux. Cossack navigua entre eux sans le moindre effort, changeant habilement de direction chaque fois. Ils se dirigèrent ensuite vers le drapeau. Il était planté beaucoup trop près du sol, trop bas pour qu'un homme puisse l'attraper. Pour les autres participants, les drapeaux étaient placés bien plus haut, à hauteur du ventre du cheval. Celui-ci ne dépassait pas du sol de plus d'une dizaine de centimètres. Pour l'attraper, il fallait que Nikolaï se déporte complètement par rapport à la selle, ce qui nécessitait à la fois beaucoup de souplesse et de force. Klara poussa un cri. Nikolaï avait lâché les rênes et se penchait sur le côté. Seules ses cuisses étaient encore en contact avec son cheval lorsqu'il se balança tout près du sol. Il saisit alors le petit drapeau au vol.

La foule applaudit longuement mais Nikolaï n'avait pas terminé. Il fallait poignarder un mannequin et tirer sur une cible. Mais comment allait-il s'y prendre ? se demanda Klara. Il ne portait pas d'armes. Nikolaï passa entre les piquets, puis il en arracha un du sol et le passa au-dessus de sa tête, la pointe dirigée vers l'avant comme une lance. Il talonna durement Cossack pour le faire galoper plus vite, plaça son bras en arrière avant de plonger la pointe du piquet dans le mannequin avec une force qui aurait désarçonné n'importe quel cavalier. Il ne restait plus qu'une cible. Nikolaï dégaina une fois de plus son sabre et le lança, propulsé à toute vitesse sur le dos de Cossack. La lame vibra avant de se loger dans le centre de la cible.

— Très ingénieux ! murmura Klara.

Il avait passé tous les obstacles uniquement armé de son sabre, alors que d'autres hommes auraient eu besoin de quatre armes différentes pour les franchir. La course avait duré moins d'une minute, mais elle ferait parler d'elle pendant des heures et même des jours. Klara s'avança vers Nikolaï avec le reste de la foule pour le féliciter et se réjouit en elle-même que cette démonstration ait réduit Amesbury au silence. Son père et Vasilev arrivèrent près de Nikolaï les premiers. Ils le complimentèrent en lui donnant des claques dans le dos.

— Magnifique, absolument magnifique, s'extasia Vasilev. Vous faites honneur à Kouban et aux militaires. Vos compétences sont sans pareilles. Vous devez être imbattable dans un combat. Et vos troupes ? Vous leur apprenez à monter comme vous ?

— Oui, répondit Nikolaï avec modestie.

Il se montrait poli mais elle voyait bien qu'il essayait de ne pas paraître trop chaleureux avec le général.

— J'entraîne tous les jours mes troupes sur le terrain.

Tout près d'elle, Klara entendit des femmes glousser et murmurer des commentaires, attirées par la vision de tous ces hommes si « talentueux ». Une voix traînante interrompit ces exclamations. Klara se rappela alors qu'Amesbury était toujours à ses côtés.

— Prince, tous les hommes de Kouban portent-ils les cheveux longs ?

Nikolaï le regarda durement.

— Seulement les vrais hommes.

Tout le monde rit aux éclats. Même Amesbury feignit d'être amusé par cette réponse mais il posa de nouveau une main ferme et insistante sur le bras de Klara, avant de l'entraîner avec lui à travers la foule, loin du centre de l'attention.

— Venez avec moi, Klara, dit-il sur un ton menaçant. C'est l'heure de notre promenade. Je vais vous dire pourquoi j'ai perdu mon pari.

Amesbury l'emmena à l'écart du groupe, avant de lancer :

— Je suis allé dans votre chambre, hier soir. J'avais fait le pari que vous seriez heureuse de me voir. À ma grande surprise, vous n'y étiez pas.

Il pouffa mais son rire était dur.

— Vous m'avez désobéi, Klara, continua-t-il.

— Qu'insinuez-vous, Votre Excellence ? demanda cette dernière, le corps tendu devant ces allusions.

Tous ses sens étaient en éveil. Que savait-il ?

— N'ai-je pas le droit chez moi d'aller à la bibliothèque me chercher un livre, ou à la cuisine me servir un bol de lait chaud ?

— Si, bien sûr. Mais ce n'est pas ce que vous avez fait, n'est-ce pas ? insista-t-il sur un ton accusateur. Quelque chose me dit que vous êtes allée le rejoindre.

Le duc enfonça les doigts durement dans son bras puis il fit une pause, peut-être pour laisser la peur suscitée par cette déclaration l'envahir. L'affirmation était effectivement inquiétante, mais Klara refusait de se laisser intimider. Il y avait du monde tout autour d'eux. Amesbury ne pouvait pas lui faire du mal.

— J'ai attendu que vous reveniez. Vous avez des fauteuils très confortables dans votre chambre, d'ailleurs. Dieu merci, car je suis resté assis pendant des heures.

Ainsi, il était entré dans sa chambre sans y avoir été invité. Cette idée l'effraya autant que le fait qu'il ait découvert son absence. Qu'allait-il se permettre avec elle sans y être invité ? songea-t-elle en frissonnant. Klara dégagea son bras et préféra jouer à la femme outrée.

— Je suis profondément choquée qu'un gentleman prétende détenir des preuves qu'il n'a pas. Rester assis dans une chambre vide ne prouve rien, Votre Excellence. Si vous voulez tout savoir, je me suis endormie dans la bibliothèque.

Elle se trouvait sur une pente très glissante. Elle espérait juste ne pas tomber. Le duc se faisait maintenant menaçant et son corps tremblait de colère.

— Ne me prenez pas pour un imbécile. Je ne suis pas votre père. Je sais ce que je vois. Vous êtes amoureuse de ce prince, Klara, et vous vous êtes comportée de manière inconsidérée, siffla-t-il contre son oreille. Contrairement à votre père, je connais le regard des femmes qui ont serré un homme entre leurs cuisses.

— Comment osez-vous ! Je vais aller de ce pas trouver mon père et lui dire tout ce qui se passe dans votre esprit tordu, la façon dont vous vous êtes permis de poser vos mains sur moi à deux reprises...

Elle leva une main pour le gifler mais il saisit son poignet et l'entraîna derrière le tronc d'un gros chêne.

— Vous n'en ferez rien, petite traînée. Vous allez parler à votre père, oui, mais pour lui dire que nous avons fixé une date pour notre mariage. Début juin, je pense.

— Notre mariage ? Mais vous n'avez même pas fait votre demande.

La situation devenait de plus en plus terrifiante. Le duc paraissait fou de colère.

— Considérez que ceci est ma demande en mariage, grogna Amesbury en plaquant son corps contre le sien, la clouant contre l'écorce rugueuse de l'arbre.

Klara sentait son érection à travers ses jupes.

— À moins que vous n'ayez besoin d'une plus grande démonstration. Je suis tout à fait capable de vous compromettre ici et maintenant.

Elle se débattit pour de bon cette fois, mais cela ne fit que le rendre encore plus furieux.

— Vous accepterez si vous comprenez que vous le faites pour le bien de ceux que vous aimez.

Il mordit son oreille mais son geste n'avait rien de sensuel.

— En m'épousant, vous protégez votre père et votre amant, continua-t-il. Votre docilité les maintiendra en vie.

Elle le repoussa de toutes ses forces mais ne put l'écarter d'elle.

— Mon père n'a pas besoin de votre protection ! protesta-t-elle.

Il emprisonna son sein avec sa main.

— Un mot de ma part aux proches du tsar sur les projets de votre père et il sera qualifié de traître. Je peux même m'arranger pour qu'il soit renvoyé dans son pays. Je sais que je peux agir de même avec le prince. Chez lui, on rêve de mettre sa tête sur une pique. Votre père le fera pour moi afin de sauvegarder sa position. Il peut difficilement se permettre d'héberger chez lui un traître notoire.

Il se frottait maintenant contre sa cuisse en une grotesque simulation de copulation dans le seul but de l'humilier et de l'effrayer. Et cela fonctionnait. Elle avait peur. Elle imaginait son père mort, Nikolaï trahi. Ces peurs étaient réelles, et pouvaient vraiment se concrétiser.

— Klara...

Le duc haletait à présent. Il se délectait infiniment de la torturer.

— Laissez-moi vous le demander encore une fois. Voulez-vous m'épouser ?

Un seul mot et elle pouvait les sauver tous les deux, son père et Nikolaï. Ils ne mourraient pas pour elle. Elle prit son courage à deux mains.

— Oui.

— Voilà qui est beaucoup mieux, ma chérie. Nous annoncerons nos fiançailles après le bal, le dernier soir. Entre-temps, cela sera notre petit secret. Je serais désolé que notre prince prenne une balle perdue parce que vous vous seriez confiée à lui.

Le duc lui décocha un léger sourire faussement indulgent.

— Pardonnez ma jalousie. Vous devriez le prendre comme une marque de l'affection que je vous porte, de mon empressement à ce que nous soyons unis par les liens du mariage. Je suis tellement impatient que je ne pense pas pouvoir attendre le mois de juin, ma chérie.

L'horreur de la situation lui permit de réfléchir aux événements avec la lucidité nécessaire. Debout dans sa chambre, Klara agrippa le rebord de la fenêtre et retint ses larmes. Pleurer ne l'avancerait à rien. Son père ne pouvait pas l'aider et Nikolaï encore moins. Il provoquerait le duc en duel et du sang coulerait, probablement le sien. Elle était certaine que le duc ne jouerait pas franc-jeu. Elle s'était sentie tellement atterrée à l'idée d'être le jouet de son père qu'elle n'avait pas vu qu'elle pouvait devenir celui d'Amesbury. À présent, elle était le rempart qui protégeait les vies de Nikolaï et de son père.

D'une manière ou d'une autre, elle devait descendre dîner et feindre que tout allait bien. Nikolaï se douterait-il de quelque chose ? Que lui dire s'il devinait sa détresse ? La croirait-il ? Elle avait parfaitement compris l'absurdité de la situation : maintenant que Nikolaï croyait en elle, elle allait devoir lui mentir. Pour son bien, pour le protéger. Peut-être qu'un jour il le comprendrait.

Elle laissa Mary entrer et l'habiller pour le dîner. Elle passa une robe en soie anthracite, l'une de ses préférées. Mary élabora une coiffure sophistiquée, faite de boucles relevées qui dévoilaient sa nuque. Klara accrocha à son cou le collier de perles de sa mère. Si cela devait être sa dernière nuit de liberté, il fallait qu'elle compte, même si elle ne pourrait pas en jouir beaucoup. Amesbury ne la quitterait pas des yeux. De plus, la question de savoir si elle se rendrait dans la chambre de Nikolaï ou s'il viendrait la rejoindre ne se posait plus. Ce soir, la porte de sa chambre resterait définitivement close.

Klara goûta à peine au délicieux saumon accompagné de champagne qui était proposé pendant le dîner. Elle était beaucoup trop occupée à se demander comment elle allait pouvoir passer du temps seule avec Nikolaï. Ce soir, après le brandy, tout le monde serait invité à assister au feu de joie et au feu d'artifice que l'ambassadeur avait organisé. Ce serait le moment idéal. Assis à côté d'elle, Nikolaï se montra charmant. Il riait aux plaisanteries et paraissait parfaitement à son aise. Klara tirait une certaine fierté d'être informée du dilemme tapi sous cette bonne humeur. Il lui avait fait assez confiance pour partager ses pensées avec elle, et elle les avait gardées pour elle lorsque son père l'avait interrogée. Nikolaï devait faire ses propres choix. Ce soir, lorsqu'ils se retrouveraient ensemble, elle pourrait le mettre en garde une dernière fois.

Au moment où les hommes sortirent du boudoir, elle l'attendait dans le couloir et lui murmura quelques instructions lorsqu'il passa devant elle.

— Tout le monde va sortir pour brûler l'effigie de Maslenitsa. Venez me retrouver à ce moment-là.

Cette tradition était une façon de tourner le dos à l'hiver. Dans l'obscurité, personne ne remarquerait leur absence. Comme par enchantement, son père commença alors à diriger les invités vers les pelouses où le feu de joie lançait ses flammes vers le ciel étoilé. Klara sentit les doigts de Nikolaï enlacer les siens afin de ne pas la perdre dans la bousculade.

— Restez près de moi, je connais un endroit, lui dit-elle.

Un endroit où être seuls, où oublier. Klara frissonna. Si Amesbury les découvrait ensemble... Eh bien, ils pouvaient se provoquer en duel pour un tel motif. Et pour de bonnes raisons. Sauf qu'ils n'auraient plus aucune occasion d'être ensemble après cette soirée. Demain à la même heure, Amesbury et elle auraient annoncé leurs fiançailles. Le duc la tiendrait sous sa coupe avec ses attentions constantes, et Nikolaï la mépriserait de toute son âme. Mieux valait ne pas y penser maintenant. Elle entraîna son prince avec elle et ils contournèrent la maison.

— Nous sommes en sécurité ici, murmura-t-elle.

Nikolaï avait lui aussi soif d'elle. Il trouva immédiatement ses lèvres dans le noir et l'embrassa avec assurance. Klara essaya de lui répondre avec le même enthousiasme. Nikolaï ne craignait pas d'être surpris. Il n'avait pas peur du duc, mais il aurait dû. S'il était au courant de ce qu'elle savait... Mais elle ne pouvait se confier à lui. Si elle le faisait, il finirait par mourir. Nikolaï la plaqua contre le mur. Son corps lui cachait le feu de joie derrière eux. Elle accueillit avec bonheur sa force et sa chaleur.

Elle ne s'attendait pas à ce que cela soit aussi dur de le laisser partir le moment venu, mais il y avait tellement de choses qu'elle n'avait pas prévues lorsqu'elle s'était rendue à l'école d'équitation la première fois. Ce qui n'était qu'une simple tâche à accomplir pour son père au début s'était transformé en une aventure pour elle-même, et bien plus encore. Cette idée l'effrayait tellement qu'elle n'arrivait pas à mettre de mots dessus. Elle était tombée amoureuse de lui, de ce beau prince cosaque qui lui avait dévoilé une partie de son monde, qui l'avait traitée comme son égale, lui avait fait vivre des expériences inoubliables et montré de quoi le véritable amour était capable. En retour, elle avait offert sa vie pour le protéger.

Les lèvres de Nikolaï descendirent le long de son cou et s'attardèrent à la base de sa gorge, où palpitait furieusement son pouls.

— Vous sentez l'effet que vous me faites ? murmura-t-elle.

Il prit sa main et la pressa contre lui.

— Vous également, *lyubov*. Regardez comme je suis dur pour vous.

Sa voix était sensuelle et rauque de désir. Klara sentit une douce chaleur envahir son ventre pendant qu'elle caressait Nikolaï de bas en haut à travers son pantalon. Il était son homme, son guerrier puissant et viril. Nikolaï ouvrit un peu plus l'échancrure de sa robe et dénuda ses seins pour mieux les embrasser. Qui aurait cru qu'une bouche pouvait à ce point bouleverser un corps sans prononcer un seul mot ? Le désir gonflait et montait entre eux, il les dévorait. L'attirance effrénée qu'ils éprouvaient l'un pour l'autre fut remplacée par une pluie de baisers et de caresses qui relevaient plus de la nécessité que de l'art. Ils étaient fous l'un de l'autre. Contre ce mur, pendant que le reste des invités festoyaient un peu plus loin, Klara chercha à tâtons les boutons du pantalon de Nikolaï tandis qu'il glissait une main entre ses cuisses, repoussant ses jupes et la dénudant dans l'air vif de la nuit.

— Maintenant, Nikolaï, maintenant, implora-t-elle dès qu'elle eut libéré son sexe.

Elle était brûlante de désir, trop impatiente pour attendre ou pour jouer. La libération allait être aussi explosive et rapide que le feu d'artifice dans le ciel au-dessus de l'épaule de Nikolaï.

— Vite ! le pressa-t-elle.

Elle reconnut à peine sa propre voix. Celle-ci appartenait à une femme dévergondée, habituée à faire l'amour en plein air, à deux pas d'un groupe d'invités. Nikolaï la souleva, écarta ses cuisses afin qu'elle enlace sa taille, et saisit ses fesses rondes pour se positionner. Il la pénétra durement, profondément.

Il se laissa aller en elle. Son propre langage était réduit à quelques grognements. Ils cherchaient désespérément une satisfaction capable de les apaiser tous les deux, s'abandonnant au plaisir qu'ils savaient faire naître entre eux. Ils n'avaient ni le temps ni l'envie de réfléchir, alors que c'était la dernière fois qu'ils jouissaient dans les bras l'un de l'autre. Klara ne songeait qu'à s'unir à lui et le retenir en elle. Elle enfouit les mains dans ses cheveux et étouffa ses cris contre son épaule.

Puis elle leva la tête, le regard tourné vers le ciel où s'éteignaient les dernières lueurs du feu d'artifice. Elle éprouva alors un sentiment d'immense plénitude. Elle ferma les yeux pour graver à tout jamais ce moment et cet homme dans sa mémoire, et pouvoir se raccrocher à ce souvenir dans les ténèbres qui ne manqueraient pas de survenir.

— À quoi pensez-vous ? murmura Nikolaï contre son cou, la tête posée sur son épaule.

— Je pense que c'est la dernière nuit du monde.

— D'un certain monde, mais pas le nôtre.

Il l'embrassa tendrement et elle eut envie de pleurer. Il ignorait à quel point il avait tort.

20

— Puis-je venir vous retrouver ce soir lorsque la maison sera endormie ? demanda doucement Nikolaï tandis qu'ils rejoignaient les invités qui s'apprêtaient à rentrer dans la demeure.

Il prévoyait déjà une fascinante nuit d'amour. Leur étreinte contre le mur lui avait fait l'effet d'un puissant préliminaire. Il avait éprouvé le frisson de l'amour en plein air, même si du côté de Klara il avait senti une certaine urgence. Peut-être craignait-elle d'être découverte ? Il lui apprendrait comment évaluer le risque et le laisser agir en sa faveur.

— Non, il ne faut pas, répondit Klara un peu trop rapidement.

Il la retint par le bras et la tira sur le côté. Quelque chose n'allait pas. Peut-être que l'urgence dont elle avait fait preuve ne relevait pas de l'inexpérience, après tout.

— Pourquoi cela ?

Elle parcourut des yeux la foule comme si elle cherchait quelqu'un.

— Amesbury sait que je suis venue vous rejoindre dans votre chambre, hier soir, dit-elle très vite. Il va me surveiller. Il ne faut pas qu'il nous trouve ensemble.

Encore maintenant, elle avait peur du duc. C'était lui qu'elle cherchait dans la foule.

— Je ne le crains pas. Laissez-le nous trouver. Cela me donnera une bonne excuse pour le provoquer en duel.

Il commençait à en avoir assez de ce duc. Puis il se radoucit. C'étaient des propos de guerrier, une réaction de guerrier. Et

Klara était une femme. Ses paroles risquaient de l'inquiéter. Elle préférait sûrement entendre un discours de gentleman.

— Je vous protégerai, Klara. Je ne le laisserai pas vous calomnier.

— Il ne s'agit pas de moi. J'ai peur de lui, je l'avoue, mais il ne m'humiliera pas publiquement alors qu'il convoite l'amitié de mon père.

Elle saisit le revers de son manteau et ajouta très vite :

— Écoutez-moi, Nikolaï. Reportez votre décision de rejoindre la révolution aussi longtemps que vous le pourrez, jusqu'à la fin du séjour. Tant qu'ils auront l'espoir que vous vous rallierez à leur cause, vous serez en sécurité. Ensuite, dites non à mon père. Ne regardez pas en arrière. Il n'y a rien pour vous ici. Partez et créez votre école d'équitation sans jamais regarder derrière vous, quoi qu'il arrive. Vous me le promettez ?

Les mains de Klara étaient froides lorsqu'il les prit entre les siennes.

— Que se passe-t-il, Klara ?

Il était arrivé quelque chose. Les craintes de Klara ne concernaient pas seulement Amesbury.

— Je ne peux rien vous dire mais vous devez me croire. S'il vous plaît.

Elle s'éloigna rapidement avant qu'il ne puisse la retenir et elle disparut dans la foule des invités. Le séjour ne prendrait fin que le surlendemain et pourtant il avait compris ce qu'elle venait de faire. Elle lui avait dit au revoir. Elle avait agi dans l'urgence, sauf qu'il n'y en avait pas. Klara était désespérée. Elle lui avait fait ses adieux. Depuis le début, elle savait qu'il n'y aurait rien de plus. Nikolaï se sentait trahi. Klara l'avait quitté après l'avoir imploré de lui faire confiance, après lui avoir fait don de son corps. Elle l'avait quitté brutalement et sans explication.

Il ne pouvait la laisser faire sans réagir. Klara ne le quitterait jamais sans raison. Il était prêt à parier sa fortune qu'elle essayait de le protéger. Très certainement d'Amesbury. Pourtant, elle devait le croire lorsqu'il lui disait qu'il était capable de s'occuper du duc, et ce soir il le ferait. Il ne quitterait pas Klara des yeux tant qu'elle ne serait pas en sécurité dans sa chambre.

Caché un peu en retrait, Nikolaï vit Klara entrer dans sa chambre. Il se tenait assez près pour pouvoir lui venir en aide en cas de besoin et assez loin pour ne pas être vu. Il regarda la porte se fermer et resta immobile, aux aguets, prêt à intervenir si d'aventure Amesbury avait décidé de la surprendre en lui rendant une visite nocturne. Nikolaï décida de rester posté au moins une heure de plus au cas où le duc se glisserait à pas de loup dans le couloir, car Klara était toujours à lui et il se devait de la protéger. Peut-être avait-elle choisi de le quitter, mais la réciproque n'était pas vraie. En matière de femmes, l'honneur d'un cosaque était quelque chose de profond et de sincère.

Malgré tous ses efforts et leur situation impossible, Nikolaï l'aimait. Cette révélation étonnamment nouvelle pour lui lui donnait le tournis. Il n'avait jamais aimé de femme avant elle. Il n'avait pas connu sa mère. Celles qu'il fréquentait avaient toutes le même profil : elles s'intéressaient plus à l'aspect physique de leur relation qu'aux émotions, et cela lui convenait très bien. Il savait comment les distraire, comment les éblouir. Il était ce prince guerrier qui dansait l'*hopak* comme un acrobate, qui pouvait les surprendre à cheval sur un terrain d'exhibition, et leur faire l'amour ardemment durant toute la nuit. Il savait être de bonne compagnie, tout comme elles. Tout ce qu'il leur donnait, il le recevait en retour. Mais cela n'avait jamais été de l'amour. Nikolaï les fréquentait et elles ne lui avaient jamais rien demandé de plus que ce qu'il était prêt à leur donner. Il n'avait jamais remis en question sa règle d'or qui consistait à ne pas s'engager.

Mais aujourd'hui, Klara Grigorieva était venue bouleverser toutes ses idées reçues à propos du mariage. Cela s'était passé en douceur. Klara avait commencé comme de nombreuses femmes, agissant avec audace et de manière scandaleuse. Puis elle s'était mise à pénétrer son être et y était demeurée avec tout son entêtement et sa détermination. Non seulement il l'aimait, mais elle l'aimait en retour, ce qui obscurcissait encore plus le mystère de cette soirée. Qui abandonnait la personne qu'elle aimait ?

Nikolaï entendit des bruits de pas dans le couloir et tendit l'oreille. Sa longue attente venait de payer. Le mufle était venu. Amesbury frappa à la porte de Klara.

— Klara, ouvrez-moi, murmura le duc d'une voix dure en voyant que le battant ne s'ouvrait pas aussitôt.

Il chuchota de nouveau. Nikolaï posa la main sur le manche de sa dague. Klara était effrayée ce soir et maintenant il en comprenait la raison. Amesbury avait l'intention de pénétrer de force dans sa chambre, et peut-être même de la violer. Amesbury n'hésiterait pas à la terroriser pour obtenir ce qu'il voulait. Klara avait besoin de quelqu'un pour la défendre. Nikolaï sortit de l'ombre qui le dissimulait.

— Il semblerait que la lady soit endormie et qu'elle ne vous entende pas.

Amesbury se détourna de la porte et lui lança un sourire méprisant.

— Seriez-vous devenu expert sur la façon de dormir de Miss Grigorieva ? Ou bien espérez-vous me faire fuir afin de pouvoir essayer vous-même de franchir sa porte ?

— Si vous insinuez que je suis capable de m'introduire à l'improviste et de force dans la chambre d'une dame, la réponse est non. Ce n'est pas la raison de ma présence ici.

Il ne s'abaisserait pas à répondre directement aux sous-entendus du duc.

— Je vous suggère de retourner dans votre chambre et d'y rester, ajouta-t-il en serrant le manche de sa dague. Il est évident que Miss Grigorieva ne vous attendait pas.

Le duc lui sourit froidement en s'éloignant de la porte.

— Je n'ai pas besoin d'une arme pour vous mettre à terre, Baklanov. Gardez-le à l'esprit la prochaine fois que vous essaierez de jouer au chevalier servant. Je sais que vous êtes un meurtrier. Vous avez tué la cousine du tsar. Vous êtes un membre de l'Union du Salut, un homme recherché pour avoir trahi son pays. Un seul mot de ma part, et je pourrais vous renvoyer à Kouban avec des chaînes.

Ainsi, Amesbury était au courant... Combien cela lui avait-il coûté ? Ce genre d'information n'était pas bon marché. Nikolaï joua avec le bout de sa dague.

— Je vous aurai tranché la gorge bien avant.

C'était donc ainsi qu'ils comptaient le forcer à rejoindre la révolution, par le chantage. Il comprenait mieux pourquoi Klara l'avait mis en garde. Oh ! Seigneur, non... Soudain, une horrible pensée traversa son esprit. Amesbury n'avait peut-être payé personne pour obtenir ces informations. Il se pouvait que Klara les lui ait livrées. Klara était au courant. Il s'était confié à elle !

L'avait-elle prévenu ce soir parce qu'elle se sentait coupable ? Était-ce pour cette raison qu'elle lui avait fait ses adieux, parce qu'elle n'avait plus besoin de lui ? Elle avait obtenu ce qu'elle voulait, ou plutôt ce que son père voulait. Un moyen de pression. Pas étonnant qu'elle lui ait demandé d'attendre le dernier moment pour se prononcer sur son choix. L'avait-elle prévenu ou trahi ? Dire que quelques instants plus tôt il avait été prêt à reconnaître qu'il l'aimait.

Nikolaï sentit son cœur se serrer en regardant Amesbury tandis qu'il faisait défiler les événements de la soirée sous un autre angle. Le duc le salua sèchement de la tête.

— À ce que je vois, ces nouvelles semblent vous fasciner. Je vous dis bonne nuit et vous laisse y réfléchir.

Nikolaï suivit des yeux sa silhouette s'enfonçant dans le couloir avant de disparaître. Il attendit encore une demi-heure pour s'assurer que le duc ne reviendrait pas. Klara était en sécurité à présent. Non, il avait dû se tromper. Elle n'aurait jamais livré ses plus grands secrets à Amesbury qu'elle méprisait. Il lui poserait la question dès la première heure, demain matin. Dire qu'il avait été tellement réticent à lui accorder sa confiance. Maintenant qu'elle l'avait obtenue, comment aurait-il pu se tromper à ce point à son sujet ? Non, c'était impossible. Son cœur ne s'en remettrait pas.

Quelque chose n'allait pas. Ce qui avait commencé comme l'ébauche d'un tourment la veille s'était transformé en une véritable inquiétude. Nikolaï n'avait pas pu approcher Klara de la matinée. Au début, il essaya de se convaincre qu'il en aurait été ainsi de toute façon. Ce soir, un petit bal était donné à l'intention des invités et des voisins, dans le plus pur style traditionnel russe. En tant qu'hôtesse, Klara était très occupée. Mais lorsque la matinée laissa place à l'après-midi et qu'il ne trouva toujours pas le moyen de l'emmener à l'écart pour lui parler, Nikolaï commença à imaginer le pire. Elle l'avait bel et bien abandonné. Ce qu'il avait pris au départ pour une urgence était le désespoir d'un adieu.

Il n'arrêtait pas d'y penser tout en s'habillant pour le bal. Pourquoi avait-elle rompu avec lui ? Pourquoi faisait-elle comme s'il n'existait pas ? Au fond de lui, il sentait que ce qui l'avait poussée à prendre cette décision dépassait ses craintes d'être menacée par Amesbury. Mais de quoi s'agissait-il ? S'il ne parvenait pas à l'approcher, il ne le saurait jamais.

Nikolaï enfila une tunique en soie rouge cette fois, ornée de broderies sur l'avant. Il la ceintura sur un ample pantalon noir de style cosaque et rangea son poignard de cérémonie dans son fourreau. Tout le monde serait habillé en costume traditionnel ce soir, et les danses seraient celles de son pays. S'il ne s'inquiétait pas pour Klara, il se serait réjoui. Et s'il l'avait perdue ? Non, toute la journée, il avait tenu à l'écart de telles pensées. Il était trop tôt pour tirer des conclusions. Mais maintenant que la journée était derrière lui, elles revenaient le hanter. Klara était à lui. Il lui avait fait l'amour, il lui avait dévoilé son âme et il n'était pas prêt à la laisser partir ni à imaginer le pire.

Le valet se présenta pour l'aider pour sa toilette mais Nikolaï le renvoya. Il laisserait pendre ses cheveux sur ses épaules. Il avait parfaitement conscience de ressembler au pur prince cosaque, avec ses cheveux détachés et son costume traditionnel. Il l'avait fait intentionnellement. Il voulait montrer à Grigoriev, à Amesbury et à Klara ce qu'il était en réalité : un homme dangereux, prêt à se battre pour ceux qu'il aimait. Il s'empara d'une petite boîte en cuir sur le bureau et enfila à son majeur l'épais anneau en or orné d'un saphir qu'elle contenait. Le saphir était la pierre de la vérité et de l'apocalypse, la pierre de la protection. Il la portait toujours dans la bataille. Elle semblait appropriée à la soirée qui l'attendait.

Amesbury se rirait certainement de lui et de ses superstitions. Raison de plus pour porter cette tenue. Hormis Klara, il avait plusieurs combats à mener ce soir. Il n'avait pas oublié que l'ambassadeur attendait une réponse de sa part dès le lendemain quant à sa participation à la révolte. Il savait en outre qu'un refus ne serait pas accepté de gaieté de cœur. L'ambassadeur ne pouvait pas se permettre de le laisser partir alors qu'il connaissait tous ses secrets. Nikolaï verrait ce qu'il ferait à ce sujet plus tard. Tout d'abord, il devait s'occuper de Klara. Il danserait avec elle et, une fois en tête à tête, il lui poserait les questions qui le hantaient et il obtiendrait des réponses.

Nikolaï descendit dans la salle de bal et découvrit que Grigoriev s'était surpassé. Il y avait des violonistes, des guitaristes et des joueurs de balalaïka. Des tenues à la musique, l'ambiance était festive. Tous les invités avaient revêtu leurs costumes traditionnels. Les hommes portaient des chemises brodées et des pantalons comme le sien, attachés avec de larges ceintures et agrémentés de bottes montantes. Les femmes étaient vêtues de blouses blanches et de tabliers brodés de fils multicolores. Certaines étaient même coiffées de manière traditionnelle, tandis que d'autres avaient tressé leurs cheveux qu'elles portaient en couronne. Dans les niches qui perçaient les murs de la salle de bal, les vases bleus de Lomonosov étaient garnis de roses rouges et de *dendrobium* à longues tiges bleu foncé. Contrairement à ses habitudes, Nikolaï compta les fleurs dans chaque composition, toutes en nombre impair. Parfait. Pas de mauvais œil ce soir. Klara s'était souvenue de l'une de ses leçons.

Tous les danseurs étaient rassemblés sur la piste de danse pour les *khorovods*. Nikolaï rôda dans le périmètre à la recherche de Klara. Il la trouva debout au bord de la piste, vêtue d'une jupe rouge et d'un joli tablier brodé, les cheveux relevés en une élégante couronne. Mieux encore, elle était seule pour l'instant. Il avança prudemment, en veillant à ne pas se montrer. Si elle faisait vraiment exprès de l'éviter, elle s'enfuirait avant qu'il ne puisse la rejoindre.

Il arriva derrière elle et posa une main dans son dos pour la prévenir de sa présence avant de murmurer :

— Ce ne sont pas les mêmes danses que dans le restaurant, n'est-ce pas ?

Il laissa sa main s'attarder. Dans la foule dense des invités, personne ne remarquerait cette petite marque d'intimité, ni la façon dont Klara ferma brièvement les yeux, comme si elle savourait cet instant.

— Non, en effet, répondit-elle d'une voix mélancolique. Ces danses sont beaucoup trop… structurées.

Elle avait l'air fatiguée.

— Voulez-vous leur montrer comment on fait ?

Les musiciens venaient d'entamer une polka, l'une de ses danses préférées : rapide et enragée. Elle était faite pour les danseurs audacieux.

— Êtes-vous prête à vous envoler encore ? murmura-t-il, déjà disposé à l'entraîner sur la piste de danse.

— Je ne peux pas, Nikolaï.

Il ne s'était pas attendu à cette résistance.

— Que me cachez-vous, Klara ?

Elle détourna le regard et garda les yeux braqués sur la piste de danse.

— Éloignez-vous de moi, s'il vous plaît. Si vous avez quelques sentiments pour moi, laissez-moi tranquille. Je vous ai prévenu, hier soir.

Qu'il soit maudit s'il lui obéissait. Jamais il n'avait laissé une femme dans la détresse, et il la sentait dans chacune de ses paroles cruelles.

— Klara, commença-t-il.

La foule se mit en mouvement autour d'eux et Amesbury vint se placer à côté de Klara avant de lui prendre le bras d'un geste possessif.

— Klara, ma chère, y a-t-il un problème ? Le prince vous ennuie-t-il ? Vous avez l'air contrariée.

Nikolaï effleura sa dague du bout des doigts. Il était prêt à « contrarier » le duc sur-le-champ s'il n'ôtait pas ses mains de Klara.

— Nous venons tout juste d'avoir un léger désaccord, expliqua Klara.

Le duc hocha brièvement la tête vers Nikolaï.

— Dans ce cas, si vous voulez bien nous excuser, prince Baklanov, ceci est notre danse.

Nikolaï regarda Klara une dernière fois. S'il avait lu dans ses yeux le moindre appel à l'aide, il y aurait répondu, même s'il avait dû se battre en plein milieu de la salle de bal. Mais ses yeux émeraude, qu'il avait si souvent vus briller d'espièglerie et de vie, étaient vides. Elle n'attendait rien de lui. Il regarda Amesbury la conduire vers la piste, une main sur sa taille, et sentit monter en lui un immense élan de possessivité. Il aurait dû être à la place du duc ! Il devrait être en train de danser avec Klara. La litanie qui l'avait hanté toute la journée revint en force : quelque chose n'allait pas. Mais maintenant, il se posait la question : et si la seule chose qui n'allait pas, c'était lui ? Et si Klara avait fait son choix ?

Elle avait choisi. Elle savait que ce serait dur mais elle ignorait le sentiment qui en découlerait : celui d'être transpercée par une lame chaque fois qu'elle repoussait Nikolaï. Et la plus grande des trahisons restait encore à venir.

Klara essaya de se perdre dans la frénésie de la danse, mais le duc la contraignait à adopter un rythme plus doux. Elle ne pouvait pas voler, pas vraiment. Elle était comme un faucon retenu par des rets, entravée par les diktats de cet homme afin que les deux autres hommes de sa vie puissent vivre. Elle finirait sûrement par l'accepter, sauf si son regard s'égarait au bord de la piste d'où Nikolaï les considérait d'un œil dur, les yeux plissés tandis qu'il réfléchissait. Il essayait de percer son secret et elle savait les questions qu'il se posait : pourquoi l'avait-elle quitté ? Que s'était-il passé ? Elle pria pour qu'il ne le devine pas. Amesbury le tuerait avant même que Nikolaï le voie venir. Le duc était un homme malin et discret. Il enverrait des voyous parcourir la ville et déguiserait son meurtre en un vol à l'arraché qui aurait mal tourné. Elle le faisait pour Nikolaï, pour le protéger d'une telle éventualité, afin qu'il puisse créer son école d'équitation et qu'il mène la vie qu'il désirait.

— Le prince est contrarié, Klara, gloussa froidement Amesbury. J'imagine que vous vous êtes montrée convaincante ?

Il les fit tournoyer, lui faisant miroiter la promesse d'une accélération qu'il lui refuserait plus tard.

— Je suis prêt à de grands sacrifices pour vous faire mienne, Klara. Je pourrais renoncer au faste d'une cérémonie, déclara-t-il en la regardant droit dans les yeux. Je pense qu'avec Baklanov dans les parages je ne pourrai pas attendre le mois de juin. J'ai peur qu'il ne tente quelque chose de drastique, comme vous enlever. Une licence spéciale nous permettra de nous marier dans l'intimité à notre retour. Si tout va bien, à la même heure la semaine prochaine, nous serons mari et femme.

Klara ne broncha pas. Elle était beaucoup trop occupée à tempérer la peur qui menaçait de l'envahir totalement. Le duc ne lui laissait aucun quartier. Ses yeux brillaient d'un éclat sombre et dangereux.

— Une femme obéit en tout à son époux, Klara. Je suis prêt à me montrer reconnaissant en échange de cette obéissance. Je suis prêt à prendre votre père sous mon aile si jamais la révolte vient à échouer. Mais si jamais vous me désobéissez, Klara, vous serez durement punie.

Amesbury se pencha vers elle.

— Laissez-moi vous rappeler ce qui est en jeu. Un mot de ma part et votre père sera ruiné. Un ambassadeur qui fomente une rébellion n'est pris à la légère ni par les Britanniques ni par les Russes.

Klara entendait résonner dans sa tête la malédiction du contrat qu'elle avait conclu. Amesbury serait un boulet accroché à son cou pour le reste de sa vie, et son mariage une source de pression constante.

— Mon père a déjà fait votre fortune, protesta-t-elle. Rien que pour cela, il mérite votre protection.

— Oui, en effet. C'est pourquoi je n'ai pas dit un mot. Pas encore, pouffa Amesbury. Vous êtes tellement naïve, Klara. Ce n'est pas pour rien que l'on appelle cela le prix du silence. Je pense que vous préférez que les choses restent en l'état. N'oubliez pas ce que je peux faire pour le prince, aussi. Votre mariage les sauvera tous les deux, Klara.

La musique s'arrêta et il s'inclina vers elle avant de prendre sa main.

— Venez, ma chère, il est l'heure d'officialiser votre pacte avec le diable.

C'était donc ainsi que se sentait un condamné à mort montant sur l'échafaud lorsqu'il voyait la corde et qu'il comprenait que sa vie était sur le point de s'achever, songea Klara pendant qu'Amesbury la conduisait vers l'estrade des musiciens. Son père était déjà là. Il fit tinter son verre à l'aide d'une fourchette pour attirer l'attention des invités. Elle avait entendu que les hommes qui s'apprêtaient à mourir cherchaient dans la foule un visage ami, une personne sur laquelle fixer son regard au moment où la mort survenait. Elle fit de même. Et en dépit de tout bon sens, ses yeux cherchèrent Nikolaï.

Elle agissait par amour. Elle le faisait pour qu'il vive, même s'il venait à la détester. Elle verrait le moment où cette haine s'insinuerait dans son esprit. Elle en tirerait de la force, car elle savait qu'elle se comportait ainsi sous la contrainte et que son geste le maintiendrait en vie. Ce serait le premier des nombreux actes qu'elle entreprendrait pour protéger la vie de son père et de Nikolaï. Elle n'osait pas regarder son père qui paraissait si heureux, si fier de sa décision, lui qui pensait respecter ainsi la promesse faite à sa mère sans soupçonner le prix immense à payer que cela représentait pour elle.

— S'il vous plaît, je réclame l'attention de tous ! lança son père. Comme nos réjouissances pour Maslenitsa touchent à leur fin, j'aimerais fêter avec vous tous les fiançailles de ma fille à Frederick Bixley, duc d'Amesbury.

Il rit doucement.

— Je sais de la bouche du duc qu'ils seront mariés dès que possible. Ce soir, je compte sur vous pour leur adresser tous vos vœux de bonheur.

Nikolaï paraissait totalement incrédule. Klara se força à soutenir son regard, à lire tous les messages qu'il contenait tandis que son cœur se brisait. *Avez-vous besoin de moi ?* C'était la question qu'elle lut aussitôt dans ses prunelles, sa principale inquiétude pour elle. Nikolaï ne croyait pas ce qu'il voyait ni ce qu'il entendait. Il désirait de toutes ses forces penser qu'il avait perdu la raison. Klara ne lui montra rien et veilla à garder une expression neutre. Il aurait été si simple d'implorer l'aide qu'il lui offrait. Si elle lui disait qu'elle était désolée, il saurait que quelque chose n'allait pas et qu'il assistait à son sacrifice. S'il se précipitait sur l'estrade, il se mettrait en danger ainsi que son père. Il ne fallait pas que cela arrive, qu'importe la douleur qui grandissait dans les yeux de Nikolaï.

Elle savait ce qu'il pensait à cet instant : qu'elle était elle aussi comme Helena. Il songeait à tout ce qu'il lui avait confié. Il pensait qu'elle avait rapporté tout ce qu'elle savait sur lui à Amesbury et à son père, qu'elle s'était habilement servie de lui. Elle laissa ensuite le duc s'emparer de ses lèvres pour satisfaire la foule, et sa trahison fut complète. Lorsqu'elle se tourna de nouveau vers les invités, Nikolaï avait disparu. Il avait emporté son cœur avec lui.

21

Klara l'avait trahi ! Nikolaï rejoignit sa chambre sans trop savoir comment. Il ne se souvenait pas avoir marché, seulement de la colère qui brûlait ses entrailles. La douleur n'était pas très différente de celle d'un coup de poignard. Klara s'était tenue sur cette estrade à côté de ce corrompu d'Amesbury, et elle l'avait trahi ! Avec ses yeux, avec ses paroles ! Il la détestait elle, mais il se détestait encore plus lui-même. Il s'était pourtant tenu sur ses gardes, il avait pris des précautions. Il avait été attentif à toute tentative de manipulation et en fin de compte il avait oublié toute prudence en se disant que cette fois les choses seraient différentes parce qu'*elle* était différente. Klara paraissait sincère sauf qu'elle ne l'avait pas prouvé. Elle s'était contentée de faire du très bon travail. Elle avait appâté un prince en le persuadant qu'elle était amoureuse de lui. La seule différence entre elle et Helena était qu'il n'avait pas fini presque mort. Pas encore.

Mais ce n'était qu'une question de temps, non ? En attendant, il lui fallait encore se prononcer sur sa participation à la révolution. Un non signifiait la mort et un oui était peu engageant. L'idée de se battre pour Klara et de lui éviter l'horreur de devoir choisir entre son père et lui avait disparu. Depuis le début, ses motivations n'étaient peut-être qu'une illusion. Klara n'avait jamais vraiment perçu cette situation comme un dilemme. Elle avait déjà choisi de soutenir son père, déjà décidé de se ranger du côté de ce duc pervers.

L'annonce de leurs fiançailles avait été planifiée avec art. Ils avaient choisi de le faire à minuit, alors que l'obscurité de la nuit était trop dense pour qu'il puisse partir. Il était piégé jusqu'au lendemain matin. À ce moment-là, il ne pourrait plus fuir. Les hommes devaient passer la matinée à visiter l'usine de munitions du duc et à réfléchir aux prochaines étapes de la révolte. Grigoriev lui demanderait alors de se prononcer.

Nikolaï baissa les yeux vers sa dague. Il allait devoir se battre pour pouvoir partir. Pas avec des armes, mais avec des mots. Ce ne serait pas son premier choix, mais son seul choix. Il ne pouvait pas s'engager et ne pouvait pas refuser non plus, sauf si la question de la révolte ne se posait plus. Personne ne l'obligerait à prendre une décision s'il n'y avait rien à décider.

Un plan commença à germer dans son esprit. Le désir de vengeance brûlait dans ses veines. Il ne pouvait pas abattre Klara. Il avait beau être blessé, il était incapable de se résoudre à la frapper délibérément. En revanche, il se sentait prêt à s'en prendre au duc. Il pouvait l'anéantir. Si Klara avait besoin d'être libérée de son emprise, le ruiner, exposer sa réputation, serait une libération pour elle. *La libérer. La sauver.* Quelle idée absurde ! Nikolaï se tira les cheveux en gémissant. Quel idiot ! Même après avoir été trahi par cette femme, il nourrissait encore une bribe d'espoir qu'elle avait été contrainte d'accepter la demande en mariage du duc. Seigneur ! Quand allait-il admettre qu'elle l'avait utilisé avant de l'abandonner ? Pourquoi faisait-il encore comme si tout n'était pas fini entre eux ? Bonté divine, elle était destinée à devenir la femme d'un autre. Elle était hors de sa portée désormais. Leur histoire ne pouvait pas être plus morte. Klara était partie. Pour toujours.

La douleur de cette perte l'envahit de nouveau. Comment avait-elle pu lui faire une chose pareille ? Gagner sa confiance, éveiller ses sentiments, pour les lui jeter au visage ? C'était justement pour cette raison qu'il avait des principes rigoureux ! Il était à la veille de mener une bataille et il était distrait par ses émotions et sa douleur alors qu'il devrait se concentrer pour trouver un moyen de battre Amesbury. Sauf que toutes ses pensées étaient tournées vers Klara, et qu'elles étaient incontrôlables. L'atroce douleur suscitée par sa trahison l'envahit de nouveau. Il ouvrit en grand les fenêtres et hurla à la lune comme un loup de Kouban ayant perdu sa compagne.

Le lendemain matin, Klara était partie. Elle était rentrée à Londres pour s'occuper des préparatifs de son prochain mariage, les informa Grigoriev tout sourire en prenant congé de certains invités. De nombreuses femmes s'en allèrent plus tôt sans leur mari. Les hommes furent alors libres de partir à cheval visiter l'usine de munitions. C'était le dernier événement officiel du séjour, la dernière barrière qui protégeait Nikolaï du choix qu'il devait faire. Il se sentait prêt. Il avait eu toute la nuit pour y réfléchir. Il anéantirait le duc, quelles que soient les circonstances.

Une fois dans l'usine, on leur montra les impressionnantes machines qui fabriquaient des balles et des obus d'artillerie à un rythme vertigineux.

— La Russie ne possède rien de tout cela, souffla Vasilev à côté de Nikolaï, d'un air admiratif. C'est tout à fait le genre de progrès que nous devons apporter à notre pays.

— Pensez à l'argent que vous pourriez gagner si vous vendiez une telle machine à l'armée, déclara Amesbury. Il vous suffit d'investir rapidement, de la ramener chez vous, là où vous pouvez avoir la maîtrise des contrats, et en un rien de temps, votre fortune est faite. Il y a toujours une guerre à mener, et une armée trouve toujours une raison de se battre. Si la Russie souhaite aller de l'avant, c'est un bon moyen de commencer à construire un empire.

— J'espère que le progrès ne se limite pas à la fabrication en masse d'armes, corrigea Nikolaï avant de croiser le regard acéré et glacial du duc. Le progrès dont nous avons besoin va bien au-delà des usines d'armement. Nous avons besoin d'une philosophie, d'une toute nouvelle façon de penser.

Les machines ne représentaient qu'une infime partie de ce raisonnement.

— La guerre dans le seul but d'en tirer profit n'est pas une noble philosophie que nous pouvons soutenir, conclut-il.

— Exactement.

Nikolaï sentit se poser sur son épaule une main chaude au moment où Grigoriev vint les rejoindre.

— Merci, Votre Excellence, renchérit Nikolaï. La guerre devrait toujours être invoquée en dernier ressort. Nous planifions une révolution, pas une guerre civile. Il y a une grande différence.

Il y en avait une pour lui et pour tous les hommes de principes, mais pas pour les individus comme Amesbury. La guerre était un commerce pour eux, une occasion de faire de l'argent. Nikolaï devait aider Grigoriev à s'en rendre compte.

— Venez avec moi, gentlemen, proposa alors Grigoriev. Nous allons essayer les balles avec des pistolets dans la salle de tir. J'ai entendu dire que du champagne nous y attendait également.

Grigoriev sourit en désignant le duc de la tête.

— Votre Excellence sait comment recevoir. Vous avez une très belle installation, Amesbury.

Le duc était pour une large part actionnaire de l'usine et ce détail n'échappa pas à Nikolaï. Les enjeux financiers devaient être très importants pour lui s'il était autorisé à organiser des visites et à servir du champagne avec les démonstrations de tir. Pas étonnant qu'il soit impatient de passer un contrat pour ces armes. En tant qu'intermédiaire, il percevait des commissions de Cabot Roan et de l'ambassadeur pour faciliter le contrat, en plus des bénéfices dégagés par son usine.

Nikolaï s'attarda en queue de groupe afin de prendre le temps de réfléchir. Les pièces du puzzle qu'il avait rassemblées la nuit dernière commençaient à se mettre en place. Le duc encourageait la rébellion parce qu'il y gagnait de l'argent. Il s'arrêta longuement sur cette idée. Amesbury l'attendait près de la porte de la salle de tir.

— Vous commencez à comprendre, n'est-ce pas ? C'est la loi de l'offre et de la demande dans sa plus simple expression, railla le duc. Je vais pouvoir continuer à offrir à Klara tous les satins et les soies qu'elle désire. Une fois devenue mon épouse, elle n'aura plus besoin de rien. Pas étonnant qu'elle m'ait choisi moi, plutôt que vous.

— De quoi l'avez-vous menacée ? grogna Nikolaï.

Même à la lumière du jour, il ne pouvait se résoudre à l'idée que Klara l'ait abandonné de son plein gré.

— Pauvre de vous ! exulta Amesbury. Vous ne pouvez pas accepter l'idée qu'elle puisse préférer mon argent à votre queue. Les femmes sont des créatures pragmatiques, prince Baklanov. De plus, pourquoi voudrait-elle associer son nom à celui d'un meurtrier ? D'un homme recherché pour trahison ?

Il baissa le ton.

— Je sais qu'elle a été vôtre, mais après quelques nuits dans mon lit elle vous oubliera. N'ayez crainte, vos secrets seront bien gardés tant qu'elle saura se tenir. Mais connaissant Klara comme je la connais, en sera-t-elle capable ? Qu'en pensez-vous, Baklanov ? — Je pense que vous venez juste de déclarer la guerre.

Nikolaï passa devant le duc pour se diriger vers une place de tir vacante. Il lui fallut faire d'immenses efforts pour contenir sa fureur. Seigneur, cet homme était ignoble. Il rêvait de laisser libre cours à sa rage et de tuer le duc ici même, mais celui-ci n'attendait que cela. Il voulait le rendre fou et le contraindre à commettre un acte irréfléchi. Peut-être même espérait-il qu'il s'en prendrait à lui. À quel chantage serait-il alors soumis ? « Prenez la tête de la révolution et nous ne dirons à personne que vous avez essayé de tuer un duc. » Encore faudrait-il qu'Amesbury parvienne à éviter ses balles, ce qui n'était pas chose aisée. Nikolaï n'avait pas pour habitude de rater sa cible.

Une fois sa colère passée, Nikolaï s'empara du pistolet posé devant lui. C'était l'un des tout nouveaux revolvers Collier, aussi impressionnants que coûteux. Cette arme avait la particularité d'être équipée de plusieurs chambres et de pouvoir tirer plusieurs fois avant d'être rechargée. Il en avait déjà entendu parler mais n'avait jamais eu le privilège d'en tenir une dans la main. Il tendit le bras et testa le poids et l'équilibre de l'arme. Le soldat équipé de ce revolver jouirait du bénéfice de la vitesse.

— Ce sont les armes que nous donnerons à nos officiers, déclara Grigoriev en rechargeant la sienne. Cela leur donnera l'avantage. Je ne crois pas que les gardes du palais aient librement accès à ce genre de revolvers.

— Pas encore, répondit Nikolaï en visant sa cible. Mais cela n'est vrai que si les négociants en armes n'ont pas eu vent de vos projets et ne leur en vendent pas de leur côté.

Rien n'empêchait le duc de jouer sur les deux tableaux. Grigoriev le regarda durement.

— Ce serait effectivement très fâcheux. C'est pourquoi nous faisons affaire avec nos amis.

Nikolaï tira la première balle, qui atteignit presque le centre de la cible. Il était impressionné par la précision de son arme.

— Vous comptez Amesbury parmi vos amis ? demanda-t-il.

— Il va devenir mon beau-fils.

Nikolaï comprit que Grigoriev était tendu et préféra remettre à plus tard ses questions. Il fallait avancer prudemment. Mais peut-être avait-il semé suffisamment de graines pour inciter l'ambassadeur à réfléchir. Nikolaï se concentra sur le tir. Il fit feu encore et encore. Soudain, son cinquième coup partit de travers sans raison apparente. Il rechargea et recommença. Dix tirs plus tard, il rata de nouveau sa cible. Au cours de la session qui suivit, son quatrième coup fut dévié, puis plus rien dix fois encore. En tout, il avait tiré quarante coups, et quatre étaient partis de travers. Bizarre, d'autant qu'il répétait toujours le même geste et qu'il était un bon tireur.

Il posa son arme et observa les autres personnes qui s'entraînaient en se concentrant sur les jeunes officiers de Vasilev, qui devaient être eux-mêmes habiles avec un revolver. Eux aussi rataient de temps en temps leur cible. Mais cela ne suffisait pas pour en déduire quoi que ce soit. Personne ne pouvait tirer à la perfection tout le temps, et les armes étaient neuves. Tous les soldats s'accordaient à dire qu'il fallait s'habituer à son arme. Nikolaï entreprit d'observer la pyramide de balles en plomb qui s'était empilée devant lui. Il les soupesa dans sa main et les fit rouler dans sa paume. La plupart étaient parfaitement lisses et sphériques mais certaines étaient vrillées à leur extrémité, ce qui pouvait expliquer pourquoi elles déviaient de leur course. Leur déformation et leur poids altéraient la trajectoire de la balle. Nikolaï en rangea deux dans sa poche tandis que la séance de tir touchait à sa fin. Grigoriev réunit tout le monde dans la salle de conférences attenante à celle de tir.

Les officiers discutaient avec excitation des nouvelles armes. Ils les comparaient au passage du pistolet à pierre au revolver à percussion dont tout le monde parlait dernièrement à Paris. Grigoriev demanda alors le silence.

— Nous pouvons fabriquer en masse le revolver Collier même si son prix reste élevé. En effet, cette arme est encore nouvelle et elle n'est fabriquée que dans très peu d'endroits.

Il secoua la tête avant de reprendre.

— Mais nous ne pouvons pas envisager de fabriquer des revolvers à percussion. Ils sont trop récents, et trop peu répandus.

Il regarda le duc.

— Combien de temps faudra-t-il pour obtenir la quantité d'armes et de munitions que nous voulons ?

— Quatre mois, si nous augmentons la cadence, répondit le duc.

Nikolaï observait ce petit jeu à la recherche d'une ouverture pour intervenir. Le général était aux anges.

— Quatre mois et nous pourrons attaquer, s'extasia celui-ci.

Grigoriev se montra plus réservé.

— Nous n'avons pas besoin de passer à l'acte dès que les armes seront prêtes.

D'autres personnes approuvèrent d'un hochement de tête. Le groupe était divisé. Lorsqu'ils se penchèrent sur des cartes et des calendriers, il devint évident que personne ne pouvait prévoir quand la révolution aurait lieu. Cela pouvait être dans un an ou deux comme dans six mois.

— Qu'en pensez-vous, Votre Excellence ? lui demanda Vasilev.

Nikolaï tenait l'occasion qu'il cherchait. Il rassembla ses idées.

— Je pense que nous allons avoir besoin de l'aide du Sud.

Il avait conscience du regard d'Amesbury qui pesait sur lui.

— Pour réussir, c'est-à-dire pour que la rébellion soit pérenne, il faut viser bien plus qu'une simple révolte de palais limitée à Saint-Pétersbourg. Nous avons déjà vu que le manque de coordination est la raison pour laquelle nous ne pouvons pas renverser les Ottomans. On ne peut pas repousser cet empire par de simples révoltes sporadiques de village. Nous devons prendre soin de tout planifier.

La meilleure tactique consistait à se donner du temps tout en ayant l'air impliqué. Plusieurs personnes hochèrent la tête et le duc lui décocha un regard cinglant.

— Ne tardez pas, riposta Amesbury. Prenez les armes dont nous disposons et concentrez-vous sur Saint-Pétersbourg. C'est le centre politique de la Russie. Retenez son attention et le reste de la nation suivra. Vous avez des ressources limitées. Vous devriez les concentrer là où elles serviront au mieux vos intérêts. Si vous vous dispersez et que vous essayez d'agir en multipliant les endroits où frapper, vous n'arriverez à rien.

Amesbury disait « vous ». Pas « nous ». Grigoriev l'avait-il remarqué ?

— Vous pourrez réfléchir aux détails ultérieurement, ajouta-t-il en parcourant le groupe des yeux. Vous n'êtes pas obligés de choisir la date de la rébellion, mais vous pouvez décider de la façon de vous y préparer. Aujourd'hui, il vous suffit de signer le bon de commande pour les revolvers Collier et les munitions.

Vasilev acquiesça et son approbation encouragea d'autres hommes prêts à accepter n'importe quelle avancée. Nikolaï était en train de les perdre. Disposer d'armes rendait leurs chances de voir aboutir la révolution plus élevées.

— Existe-t-il une clause d'exclusivité dans ce contrat ? demanda Nikolaï.

Amesbury le fusilla du regard depuis l'autre côté de la table.

— Cela n'est pas nécessaire. Nous sommes des gentlemen. Ces clauses sont faites pour les commerçants qui ne savent pas tenir leur parole.

— C'est vrai, mais cette usine ne vous appartient pas exclusivement, n'est-ce pas ? insista Nikolaï.

Il se lança dans son explication en regardant tour à tour chaque personne pour donner du poids à ses paroles.

— Sans doute avez-vous raison, Votre Excellence...

Il en doutait mais il était prêt à accorder au duc le bénéfice du doute.

— ... mais il se peut que vos partenaires aient vent de ce contrat et qu'ils cherchent à vendre leurs armes à la partie adverse pour approvisionner les gardes du palais fidèles au tsar Alexandre. Nous perdrions alors notre avantage sur eux. Je suis même prêt à parier que votre conseil d'administration est déjà au courant de notre existence.

— Le conseil d'administration se doit d'aborder tous les sujets, répondit sèchement Amesbury, sinon nous n'aurions aucune responsabilité les uns envers les autres.

— Bien entendu. Mais qu'en est-il de votre responsabilité envers nous ? riposta Nikolaï en voyant l'impact de sa question se refléter sur les visages autour de lui.

Tous venaient de comprendre que leur secret avait été éventé, et ce depuis longtemps. Il existait à l'extérieur de cette pièce des hommes qui savaient qu'ils planifiaient une révolte de palais à Saint-Pétersbourg, des hommes qui pouvaient exploiter cette information à des fins pécuniaires.

— Combien de personnes sont au courant ? demanda Grigoriev, les dents serrées. J'ignorais que vous ne gardiez pas ces informations secrètes.

— Le conseil d'administration sait se montrer discret. Nous ne communiquons à personne avec qui nous faisons affaire, commença Amesbury, les yeux plissés.

Il paraissait nerveux.

— Sauf entre vous, rétorqua sèchement Grigoriev.

— Cela est sans importance. En revanche, Votre Excellence, il est important que vous sachiez que vous hébergez un homme recherché dans son pays pour trahison. Son propre tsar ne lui fait pas confiance et vous préférez l'écouter lui plutôt que moi.

Il y eut des échanges de regards autour de la table. Les hommes murmuraient entre eux, l'air inquiet. Le sceau du secret était rompu. C'était ainsi qu'échouaient les rébellions.

— Ce n'est pas moi qui fabrique des balles défectueuses.

Nikolaï sortit deux balles de sa poche et les posa côte à côte.

— Certains d'entre vous ont-ils relevé à combien de reprises ils ont raté leur cible ? Vous avez là une explication. Je pense qu'il s'agit d'un défaut produit par les machines à intervalles réguliers. Le duc s'intéresse surtout à la production de masse et à l'argent, au détriment de la qualité. Nous mettons nos vies en jeu si nous nous fions à des produits défectueux.

Les murmures s'intensifièrent. Tous s'imaginaient déjà en plein combat contre un adversaire, pensant qu'il leur restait encore une balle. Sauf qu'en déviant elle donnait à l'ennemi une nouvelle chance de les abattre.

— C'est ridicule ! gronda le duc. Vous cherchez à me salir parce que vous êtes jaloux. Je sais que vous vouliez Klara pour vous.

— Ce que je veux, c'est que des hommes qui se battent pour des principes que je juge bons soient en sécurité.

Vasilev se tourna vers le duc.

— Je n'encouragerai pas des hommes à se battre en sachant que les armes que je leur propose ne les protègent pas.

Il braqua son regard sur Grigoriev et les deux hommes échangèrent un message silencieux. Nikolaï se redressa. C'était le moment qu'il attendait : ils allaient prendre leur décision.

— Votre Excellence, je recommande que nous ajournions pour l'instant la rébellion, déclara Vasilev.

Nikolaï se leva. Malgré la joie qui gonflait son cœur, il continuait de se méfier du duc et de sa malveillance. Peut-être qu'un jour il participerait à une rébellion, mais seulement si elle défendait la cause première de Grigoriev.

— Il est important d'être convaincus que nous pouvons réformer la Russie, déclara-t-il. Mais je ne veux pas prendre part à une rébellion basée sur la recherche du profit et de la guerre. La cupidité trahit les hommes aussi sûrement qu'ils se trahissent entre eux. Gentlemen, je pense en avoir assez dit pour aujourd'hui. Faites ce qui vous plaira de mon avis. Et maintenant, si vous voulez bien m'excuser...

Quelques minutes plus tard, Nikolaï enfourchait le dos de Cossack et avalait les kilomètres qui le séparaient de Londres. Il essaya de se concentrer sur sa victoire : après son intervention et celle du général, il ne faisait aucun doute que la révolte serait reportée à une date indéterminée. Il avait réussi à s'échapper sans s'engager. Il avait pris sa revanche sur le duc.

Mais de telles victoires se payaient au prix fort. Comme le général, il avait l'impression d'avoir gagné la guerre en ayant sacrifié ses troupes. Son histoire n'était plus un secret. Il était redevenu un homme en exil, avec des charges qui pesaient sur lui. Si le duc continuait dans cette voie, la nouvelle se répandrait dans la société dès l'ouverture de la saison. Il entendait déjà les mères murmurer. Les rumeurs iraient bon train. On chuchoterait qu'il avait assassiné la cousine du tsar dans sa chambre à coucher, mais qu'il était riche comme Crésus et qu'il présentait bien.

Mais par-dessus tout, il avait perdu Klara, s'il pouvait dire qu'elle avait jamais été à lui. Depuis le début, Stepan avait raison.

La douleur qu'il ressentait lorsqu'il pensait à elle n'était pas moins forte. La blessure que Klara lui avait infligée mettrait longtemps à cicatriser, s'il en guérissait un jour. Mais il savait comment traiter cette douleur. Il le ferait comme il l'avait fait avec Helena, comme lorsqu'il avait perdu son père et son pays : en regardant devant lui, et jamais en arrière. Il était temps de commencer une nouvelle vie. Il s'arrêterait au 4, Leicester Square avant de rentrer chez lui.

22

Le prince de Kouban l'avait anéanti devant des personnes importantes. En quelques phrases, ce cosaque arriviste l'avait compromis et ruiné. Amesbury jeta un bref coup d'œil à son reflet dans le miroir de plain-pied tandis que son valet finissait de brosser son manteau. Il lui restait encore une carte à jouer, et il irait jusqu'au bout. Aux grands maux les grands remèdes. Après le départ de Baklanov, l'affaire des munitions l'avait poursuivi. Vasilev s'était montré beaucoup moins enthousiaste et Grigoriev avait refusé de signer le contrat en invoquant ses maudits principes. L'ambassadeur s'était montré poli. Il signerait peut-être une autre fois, lorsque les choses seraient plus assurées. En quinze minutes, le prince avait anéanti deux années de travail. Avait-il la moindre idée de l'argent que cela lui avait coûté ?

Amesbury renvoya le valet et s'empara du pistolet rangé dans le tiroir de son bureau. D'une façon ou d'une autre, il aurait son dû. Il savait qu'il était vain de penser à rétablir la rébellion. Mais Baklanov et Grigoriev allaient payer à travers ce qu'ils avaient de plus cher : Klara.

Il fouilla dans un autre tiroir et en sortit un document plié en quatre, la licence spéciale qu'il avait réussi à se procurer la veille. Après être parti de chez Grigoriev, il avait été très occupé. Il s'était directement rendu à Lambeth Palace dans une véritable course contre la montre. Grigoriev l'avait regardé avec dégoût la veille, laissant ses hauts principes prendre le pas sur leur marché. Il lui avait également fait comprendre que ses fiançailles avec sa fille étaient potentiellement compromises.

Amesbury évalua ses chances. Maintenant que la rébellion n'était plus d'actualité, il ne pouvait plus dénoncer le complot et accuser Grigoriev de trahison. Il ne disposait plus de cet argument pour faire pression sur Klara. Elle n'avait plus à s'inquiéter de protéger son père. Mais il lui restait encore Nikolaï. Par ailleurs, l'ambassadeur désirait qu'elle épouse un noble. Amesbury possédait toujours cet atout. Personne n'était plus noble, plus éligible que lui. Peut-être cela lui suffirait-il, en fin de compte. Mais pourquoi prendre ce risque ? Pourquoi ne pas transformer ces fiançailles en mariage express ? La veille, Grigoriev avait déjà donné son accord. Tout le monde s'attendait à les voir mariés très vite, et la société était prête à tout pardonner à un duc.

La licence en poche, il rangea le pistolet dans la ceinture de son pantalon et descendit l'escalier en direction de sa voiture. Il était prêt à parer à toutes les éventualités. Klara pouvait lui compliquer la tâche ou la lui simplifier, mais dans un cas comme dans l'autre elle serait à lui.

— Avez-vous envoyé le message à Baklanov ? demanda-t-il à voix basse à son valet occupé à déplier les marches de sa voiture.

— Oui, Votre Excellence. Il le recevra à 14 h 30, comme vous l'avez demandé.

Amesbury sourit pour lui-même, ravi de ses machinations. Il allait enlever Klara en plein jour et le prince connaîtrait le prix à payer pour avoir causé du tort au duc d'Amesbury. Klara le saurait aussi. Personne ne le prendrait pour un imbécile. Une fois qu'il en aurait terminé avec Baklanov, Klara allait être plus qu'heureuse d'être l'épouse du duc d'Amesbury.

— Le *samogon* ne peut pas te rendre heureux.

Stepan tira les rideaux de la bibliothèque et laissa la lumière entrer à flots dans la pièce.

— On peut toujours essayer, maugréa Nikolaï en faisant la grimace. Bon sang, ferme ces rideaux !

— Cela fait deux jours que tu es rentré et tu n'as rien fait d'autre que de signer l'acte d'achat de Leicester Square et de te perdre dans la boisson.

Stepan s'affala dans le fauteuil en face de lui.

— Il vaudrait mieux que tu te décides à parler. J'imagine que les choses ne se sont pas très bien passées, à Richmond.

Nikolaï ouvrit un œil et grogna. Puis il passa une main devant sa bouche et se redressa très lentement. Il se sentait horriblement mal et l'odeur qu'il dégageait était encore pire. Stepan ne bougerait pas. Mieux valait en finir avec lui.

— Elle va épouser le duc, expliqua-t-il. Ils l'ont annoncé la veille de mon départ. La nouvelle est arrivée de nulle part. Je ne l'ai pas vue venir.

Cette seule idée le faisait déjà souffrir.

— Mais en y réfléchissant, j'aurais dû m'en douter, conclut-il.

La douleur augmenta d'un cran.

— La dernière fois que nous avons été ensemble, elle m'a supplié de la laisser tranquille. Pendant tout ce temps, elle me faisait ses adieux et je ne l'ai pas compris.

Stepan changea de posture. Il semblait plus alerte.

— La dernière fois que vous avez été ensemble ? répéta-t-il. Ensemble comment ?

— Qu'est-ce que tu crois ? répliqua Nikolaï en passant avec lassitude une main dans ses cheveux.

Il n'était pas prêt à tout dévoiler à Stepan. Ce dernier soupira longuement.

— Je croyais que tu ne la séduirais pas tant que tu n'étais pas sûr de toi ?

— J'étais sûr de moi, bon sang !

Crier lui faisait du mal mais pas autant que les paroles qu'il prononça dans la foulée.

— Je pensais que je l'aimais et qu'elle m'aimait en retour. Je croyais être en sécurité avec elle.

Il prit sa tête entre les mains.

— Je lui ai parlé d'Helena, de Kouban, de mon père.

Il lui avait confié tout ce qui était important pour lui. Cette rage le quitterait-elle un jour ? Il avait beau hurler, boire et chevaucher comme un diable sur sa monture, rien ne parvenait à l'apaiser.

— Tu es content, maintenant ? demanda-t-il en levant la tête vers son ami. Tu avais raison.

— Non, je ne suis pas content, répondit Stepan d'un air grave. Je n'ai jamais voulu avoir raison, ni voir mon ami souffrir autant, au point de chercher l'oubli dans la boisson.

Il attendit quelques instants avant de continuer.

— Parfois, cela peut aider de comprendre pourquoi. Tu as une idée ? Si tu étais si sûr d'elle, c'est qu'il s'est passé quelque chose. Je ne peux pas croire que ton instinct t'ait trompé à ce point.

— C'est bien ça, le problème, répliqua Nikolaï avec un sourire en coin. Je ne peux pas imaginer m'être laissé berner de cette façon. Klara m'a supplié de la croire, elle s'est donnée à moi puis elle m'a quitté sans explication. Je suis encore à la recherche d'une réponse.

La douleur menaçait de l'envahir de nouveau.

— Parle-moi de ton séjour à Richmond, demanda Stepan patiemment.

Nikolaï lui confia tout : comment Klara l'avait prévenu de refuser de se joindre à la révolte avant de lui tourner le dos sans un regard.

— Elle m'a dit qu'il n'y avait rien pour moi ici et le lendemain, dans la salle de bal, elle m'a trahi. Oh ! pas avec des mots, pas debout sur une scène, devant tout le monde, mais dans son regard. Elle avait les yeux tournés vers moi, comme si je n'étais qu'un visage de plus dans la foule, comme si tout ce que nous avions vécu ensemble n'avait pas d'importance. Je n'étais rien pour elle. Le jour suivant, dans l'usine, le duc a dit qu'elle avait préféré sa fortune plutôt que ma... Qu'importe. La comparaison était grossière.

Nikolaï sentait encore la brûlure de la trahison lorsqu'il songeait à ces propos.

— Il m'a même laissé entendre que Klara m'oublierait après seulement quelques nuits dans son lit.

— Ce salaud mérite d'être abattu, répondit Stepan d'un air songeur.

— J'y ai pensé. Les usines de munitions rendent ce fantasme

assez plausible, dit Nikolaï d'une voix traînante tout en repassant dans son esprit sa conversation avec le duc.

« N'ayez crainte, vos secrets seront bien gardés tant qu'elle saura se tenir. Mais connaissant Klara comme je la connais, en sera-t-elle capable ? Qu'en pensez-vous, Baklanov ? »

Nikolaï leva les yeux et croisa ceux de Stepan tout en se répétant lentement ces paroles. Peu à peu, leur signification devenait claire. La première fois qu'il les avait entendues, il était en colère, sous l'emprise d'une rage nouvelle. Il avait cherché désespérément à la contrôler pour pouvoir réfléchir de manière sensée. Il savait que le duc avait voulu le provoquer et n'avait pas regardé plus loin. Maintenant, il comprenait que le duc s'était trahi, et avait trahi Klara par la même occasion.

— Le duc connaissait ma situation à Kouban. Nous nous étions déjà affrontés et il pensait me faire chanter pour m'inciter à rejoindre la révolution. S'il a menacé Klara...

Elle avait certainement cherché à le protéger. *Sa* Klara, prête à bondir dans un enclos avec un étalon enragé et un poulain sans défense pour les sauver ; sa Klara qui vendait ses bijoux pour acheter une jument promise aux abattoirs. Sa Klara qui avait pris le risque de venir le retrouver dans l'écurie pour le mettre en garde sur les enjeux de son séjour à Richmond, et qui l'avait prévenu encore. « Ne regardez pas en arrière. Il n'y a rien pour vous ici. » Rien à l'exception de la femme la plus audacieuse et la plus courageuse qu'il connaissait.

— Stepan, elle ne m'a pas trahi. Elle a essayé de me sauver.

Stepan hocha la tête.

— Je pense que tu as raison, vieux frère.

Il lui décocha un large sourire et Nikolaï sentit le poids qui l'oppressait glisser de ses épaules. Klara l'aimait encore.

Soudain, le majordome se présenta avec un message.

— Désolé de vous interrompre, je viens de recevoir ceci pour vous, monsieur.

Nikolaï prit le pli, s'attendant à découvrir un appel à sauver un cheval ou un document concernant la propriété de Leicester. Sa joie se dissipa à mesure qu'il en prenait connaissance.

— Que se passe-t-il, Nik ? demanda Stepan en se penchant en avant pour lui prendre la feuille des mains.

— C'est une invitation à un mariage.

Seigneur, pas maintenant, alors qu'il venait tout juste de la retrouver.

— Stepan, Amesbury est avec elle. Quelle heure est-il ?

— 14 h 30.

Stepan se leva et lui tendit la main pour l'aider à se redresser.

— Nikolaï, nous devons réfléchir. Tu ne peux pas agir sans avoir un plan.

— J'ai un plan. Arrêter Amesbury !

Il savait que Stepan avait raison, mais il n'avait qu'une demi-heure pour retrouver Klara, sachant qu'Amesbury l'attendait. Il était tout à fait possible que le duc ait fait livrer le message trop tard et qu'ils soient déjà en route pour l'église.

— Nik ! lança Stepan derrière lui.

Mais Nikolaï ne l'écoutait pas. Il avait un mariage à interrompre.

Il fallait qu'elle abandonne son désespoir et qu'elle trouve un moyen d'être de nouveau heureuse. Elle avait sauvé Nikolaï et son père. N'était-ce pas suffisant ? Klara contempla son ouvrage à travers des yeux brouillés par les larmes. Elle brodait la cathédrale Saint-Basile de Moscou avec ses dômes multicolores pour la salle de réception de l'ambassade. Même ses travaux de broderie lui rappelaient Nikolaï. Tout lui rappelait son beau prince. Dans ses rêves qu'il hantait, elle revoyait son visage et la façon dont il l'avait regardée lorsqu'elle s'était détournée pour laisser Amesbury l'embrasser. La douleur qui avait traversé ses prunelles ne la quittait pas.

Elle s'inquiétait pour lui. Avait-il réussi à s'extirper des griffes de la révolution ? Elle l'espérait pour lui. Était-il revenu à Londres et avait-il acheté les murs de sa future école d'équitation ? Comment se portaient les chevaux ? Reverrait-elle un jour la jument et le poulain ? Oh ! comme elle aurait aimé voir l'étalon dévoiler tout son potentiel, ainsi que le pur-sang. Il allait devenir un sérieux atout pour l'écurie de Nikolaï. Klara s'essuya les yeux. Il lui manquait tellement. Elle n'avait pas prévu cet aspect lorsqu'elle l'avait quitté.

— Il y a un gentleman qui désire vous voir, miss, annonça le majordome.

Klara leva les yeux vers l'horloge. Il était 14 h 45. L'espace d'un instant, son cœur s'emballa à l'idée qu'il puisse s'agir de Nikolaï. Puis elle réalisa à quel point elle était stupide. Après ce qu'elle lui avait fait, il ne viendrait jamais lui rendre visite.

— Faites-le entrer.

Elle lissa ses traits ainsi que ses jupes et s'assit avec dignité au bord du fauteuil. Elle entendit des bruits de pas résonner dans le couloir. Elle plaqua sur ses lèvres un sourire factice et se prépara au pire. Un seul gentleman pouvait venir lui rendre visite à cette heure.

— Bonjour, ma chère Klara.

Amesbury se tenait sur le pas de la porte, impeccable dans sa tenue d'équitation adaptée à l'après-midi. Il s'inclina vers elle et lui offrit le bouquet de fleurs qu'il tenait dans la main. Il s'agissait d'une douzaine de roses jaunes et blanches fort coûteuses. Nikolaï ne lui aurait jamais offert un nombre pair de fleurs.

— En Russie, on dit que les fleurs jaunes portent malheur, dit-elle sur un ton sec et réservé. Je suis navrée que mon père ne soit pas là pour vous recevoir. Il n'est pas encore rentré de Richmond.

— Je ne suis pas venu le voir. Je suis venu pour vous, déclara Amesbury en souriant.

Ses mains étaient moites lorsqu'elle serra le bouquet. Qui savait de quoi le duc était capable s'il prenait conscience qu'ils étaient seuls. Il désigna la fenêtre.

— Je suis venu avec ma voiture afin que nous puissions sortir nous promener. Il fait très beau aujourd'hui.

Klara ne voulait aller nulle part avec lui. Mais comment pouvait-elle refuser ? Elle désigna le travail de broderie sur ses genoux.

— Je ne peux pas sortir. Je dois terminer ceci.

— Venez avec moi, Klara.

Il repoussa son manteau et dévoila la crosse en ivoire de son pistolet. Il fallut quelques instants à Klara pour digérer la vue de l'arme.

— Vous me menacez ? demanda-t-elle, très agitée.

Klara était tout à fait à l'aise lorsqu'elle tenait un pistolet dans la main mais beaucoup moins lorsque celui-ci se trouvait dans celle d'un homme qui les avait menacés elle, son père et l'homme qu'elle aimait, avant de la contraindre à l'épouser. Elle était terrifiée. L'incrédulité teintait sa voix lorsqu'elle essaya de deviner les intentions du duc.

— Vous ne pouvez pas m'abattre dans mon salon.

— J'espère bien que non, répondit Amesbury en s'attardant sur la crosse de son pistolet. Si vous faites ce que je vous dis, vous ne risquez rien.

Il haussa les épaules.

— D'ailleurs, la menace ne s'adresse pas directement à vous. Vous n'imaginez pas que je veuille tirer sur ma fiancée, n'est-ce pas ? En revanche, je pourrais très bien abattre le prince Baklanov si nous nous trouvons encore là lorsqu'il arrivera. Je lui ai envoyé un message en lui demandant d'être ici à 15 heures.

Il dégaina le pistolet et visa la fenêtre.

— Il a dû renoncer à vous harceler. L'attention qu'il porte à la fiancée d'un autre est indécente. Ne vous inquiétez pas, je suis incapable de rater ma cible, même à travers une fenêtre. Il ne se rendra compte de rien.

Amesbury poussa un grand rire. Il avait l'air d'un fou.

— Mais que dis-je, ma chère ? continua-t-il. Bien sûr qu'il saura qui a tiré. Il le comprendra pendant qu'il se videra de son sang sur les pavés. J'espère juste qu'il ne laissera pas de taches.

Klara resta immobile, le sang glacé. Pourtant, il fallait qu'elle réfléchisse et qu'elle agisse. Et vite. Il était presque 15 heures. Devait-elle rester et attendre Nikolaï dans l'espoir qu'il vienne la sauver ? Pouvait-elle le prévenir avant que le duc se serve de son arme contre lui ? Nikolaï valait vingt hommes comme Amesbury dans un combat, mais cela ne lui servirait à rien si Amesbury le tuait par surprise. Elle pouvait aussi le sauver et partir dès à présent avec le duc. Nikolaï essaierait-il de la suivre ? Saurait-il discerner la part de ruses et de mensonges venant du duc et d'elle-même, et en tirer les bonnes conclusions.

— Klara, prévint le duc, le temps passe. Je vous demande une fois de plus de monter dans ma voiture. Voulez-vous m'obliger à traverser la pièce pour venir vous chercher ? Je vous assure que cela sera beaucoup moins agréable que si vous venez à moi de votre plein gré. Je pense depuis fort longtemps qu'une bonne fessée vous ferait le plus grand bien.

— Très bien. Laissez-moi disposer les fleurs dans un vase avec de l'eau et nous partirons.

Elle choisit deux vases et sépara les fleurs en deux bouquets, six blanches dans un vase, et six jaunes dans l'autre. Puis elle les posa au centre de la table, là où Nikolaï ne manquerait pas de les remarquer.

— Je savais que vous réagiriez ainsi, jubila Amesbury. Par ici, ma chère.

Il effleura son dos tout en la poussant vers la porte. Klara résista à l'envie de grimacer à son contact tandis qu'il l'aidait à s'installer dans le cabriolet. Elle s'étonna que le contact avec un homme puisse avoir un effet à ce point différent. Cela n'avait rien à voir avec les caresses de Nikolaï, capables de déclencher des frissons de plaisir et de désir dans son corps. Elle balaya du regard la rue à la recherche de Nikolaï lorsque le duc se fondit dans la circulation, mais elle ne vit aucun signe de sa présence. La partie d'elle la plus désespérée et apeurée savait qu'elle allait le rater de quelques minutes seulement. Mais la partie courageuse était soulagée. Elle l'avait protégé.

Ils tournèrent à l'entrée de Hyde Park pour éviter les axes les plus fréquentés et se dirigèrent vers la Tamise et le Parlement.

— Où allons-nous ? demanda-t-elle.

Il dégaina son pistolet et le posa sur ses genoux.

— Nous allons dans une petite église que je connais sur le Strand. Elle est très pittoresque et ses vitraux ont grand besoin d'être restaurés.

Un tremblement de peur la secoua. Pourquoi avoir choisi de se rendre dans cet endroit ?

— Vous et moi, nous serons mariés cet après-midi, puis nous

prendrons un bateau pour notre lune de miel à Paris. Ce sera la surprise de la saison, qui n'a même pas commencé. Vous imaginez les soirées que vous allez pouvoir donner une fois que vous serez la duchesse d'Amesbury ?

Il lui sourit comme s'il venait de lui faire un magnifique présent.

— Et la maison de Londres a besoin d'être redécorée. Vous pourrez dépenser autant que vous le voudrez.

Mariés ? Amesbury avait-il perdu l'esprit ?

— Et qu'en est-il des invités, et des fleurs ? protesta Klara.

Qu'en était-il de tout le faste, si important aux yeux d'un homme arrogant comme lui ? Il se mariait pour être vu, pour se donner en spectacle.

— Il se trouve que je désire simplement être lié à vous plus que tout, répondit-il avec un sourire froid.

Il parcourut son corps du regard.

— Il me tarde d'être à notre nuit de noces, continua-t-il. Je pourrai alors effacer toutes les traces de ce cosaque et vous montrer ce dont est capable un Anglais. Vous croyez qu'il va venir vous chercher ?

Ses yeux brillaient d'un éclat malfaisant et fou.

— Il peut le faire, même si je doute qu'il réussisse.

Il contempla alors le pistolet posé sur ses genoux.

— Je tirerai le premier, si vous faites quelque chose de fâcheux, et j'implorerai plus tard votre pardon.

Il bifurqua dans une petite ruelle.

— Laissez-moi vous expliquer ce que cela signifie. Je ne veux pas de cris, pas de protestations, ni que vous cherchiez à gagner du temps avec le prêtre. Vous prononcerez vos vœux sans vous plaindre et je le laisserai vivre. Un seul pas de côté et je l'abattrai. Suis-je bien clair ? Ah, nous sommes arrivés, ma chère.

Il s'empara du pistolet tandis qu'il descendait d'un bond de la voiture.

— Ne bougez pas. Je vais venir vous aider, ajouta-t-il.

— Peut-être ne viendra-t-il pas, le défia-t-elle.

Elle savait qu'Amesbury espérait sa venue afin de pouvoir régler cette querelle une bonne fois pour toutes. Il la mettait face à un terrible dilemme. Elle était partagée entre la tristesse à l'idée que

Nikolaï l'ait abandonnée à son sort et l'espoir que celui-ci vienne la sauver, au risque de mettre sa propre vie en péril.

— Il viendra, ma chère. Reste à savoir s'il arrivera à temps. J'ai demandé la version courte de l'office. Ne serait-il pas délicieux qu'il arrive trop tard et que ses efforts soient réduits à néant ? Il nous découvrirait au moment où nous serions en train de nous donner notre baiser nuptial, unis pour le reste de nos jours.

Seigneur, Amesbury était fou, et diabolique. Il serra très fort sa main en l'entraînant vers l'église.

— Pourquoi êtes-vous si sûr de vous ? tenta Klara.

L'information était le pouvoir, et elle avait besoin de tout ce qu'elle pouvait obtenir. Amesbury aimait se donner en spectacle. Peut-être que, privé de public, il serait plus enclin à attendre.

— J'ai vu ce que vous aviez fait avec les fleurs, ma chère, murmura Amesbury à son oreille. Vous les avez regroupées en nombre pair et vous avez séparé les jaunes des blanches. Pour un Russe superstitieux, c'est le pire signe de malheur.

Amesbury était certain que Nikolaï allait venir. Et elle aussi, ce qui l'inquiétait beaucoup. Comment allait-elle les sauver tous les deux maintenant ?

23

Klara était partie. Nikolaï l'avait compris dès l'instant où il avait vu les fleurs. Il compta le nombre de tiges. Il y en avait douze. Six dans chaque vase, un nombre pair. Et le jaune était également une couleur qui portait malheur. Il comprit aussitôt qu'Amesbury avait enlevé Klara. Le majordome protesta, prétextant qu'elle avait suivi le duc de son plein gré dans sa voiture. Mais Nikolaï n'était pas dupe. Elle était avec Amesbury, et c'était tout ce qui comptait. Contrairement au majordome, il savait que le duc l'avait menacée, et que c'était sa façon de se venger de lui pour avoir dévoilé au grand jour sa tromperie. L'heure de la vengeance ultime avait sonné et il manquait de temps.

Les yeux rivés sur l'horloge, Nikolaï arpenta la pièce de long en large en réfléchissant à cette idée de temps qui passait. Le tic-tac de l'horloge ne faisait que le distraire. Klara était l'outil de vengeance parfait, le seul qu'il restait au duc. Lui fallait-il Klara vivante ou morte ? Il posa une main sur le dossier du canapé pour se ressaisir tant cette idée lui paraissait insupportable. Il imagina le corps sans vie de Klara flottant sur la Tamise. Ou peut-être était-elle encore de ce monde, mais la vie s'échappait-elle de son corps pendant que lui était là, s'attardant dans son salon. Cette image lui parut terrible. Amesbury était suffisamment en colère pour le faire. Dans l'esprit du duc, Klara l'avait trompé et Nikolaï l'avait humilié, détruit.

Que voudrait-il en échange de ces crimes ? Quelque chose d'encore plus douloureux que la mort, songea Nikolaï. Le duc chercherait à les faire payer tous les deux aussi longtemps que possible. Il voudrait une rétribution à long terme. Peut-être ne tuerait-il pas Klara tout de suite. Il l'épouserait d'abord, s'emparerait de sa dot comme récompense financière en échange de tout ce qu'il avait perdu avec la commande d'armes qu'il n'avait pas signée. Il pourrait ainsi faire souffrir Grigoriev. Et il était évident qu'en tenant Klara hors de sa portée à travers le mariage il chercherait à le faire souffrir, lui, songea Nikolaï en grinçant des dents.

Le scénario du mariage était le plus plausible. Mais où chercher ? Londres comptait plus d'une centaine d'églises. Il pouvait en éliminer certaines. Amesbury n'emmènerait pas Klara dans des lieux prestigieux, il ne pourrait pas le faire. Il fallait chercher du côté des petites églises, assez près d'ici. Il fallait se dépêcher.

— Apportez-moi un plan de la ville et de quoi écrire, lança-t-il au majordome, qui s'empressa d'obtempérer.

Quelques minutes plus tard, il déplia une carte sur la table où trônaient des statuettes en porcelaine de chiens. Nikolaï posa le doigt sur Mayfair Street où vivait l'ambassadeur et dessina un cercle tout autour. Il fallait qu'il se calme et qu'il réfléchisse, qu'il cesse de penser qu'il ne la retrouverait pas. Il pouvait y arriver. Ce n'était pas très différent d'une campagne militaire où il fallait partir en reconnaissance pour débusquer l'ennemi. Il s'empara du crayon et commença à barrer les églises qui ne répondaient pas à ses critères : St. Martin-in-the-Fields, St. George, la chapelle de Grosvenor Square. Elles étaient beaucoup trop connues. Il lui en fallait une petite et sans prétention. Par ailleurs, le duc n'emmènerait jamais Klara à St. Giles ou à Whitechapel, il en était presque sûr. L'endroit était malfamé et il ne prendrait pas le risque d'être agressé. Le lieu qu'il cherchait se trouvait entre les deux. Nikolaï tapota du doigt le Strand. Le quartier n'était pas vraiment pauvre, mais loin d'être huppé. Il commencerait ses recherches par là. Il griffonna à la hâte une note.

— Envoyez ceci à Kouban House et donnez-le à Stepan Shevchenko. Dites-lui ce qui s'est passé et demandez-lui de venir avec de l'aide.

Puis il partit. Il dévala les marches du perron et enfourcha à la hâte Cossack. Il avancerait plus vite dans les rues de Londres sur son cheval qu'avec une voiture. Cet avantage l'aiderait peut-être. Il avait déjà perdu vingt minutes. Le temps d'arriver au Strand, il en aurait consommé quarante-cinq.

La première église qu'il visita était vide, de même que la deuxième. Au loin, il entendit une horloge sonner 16 heures. Les avait-il ratés ? Ses hypothèses étaient-elles fausses ? Klara et Amesbury se trouvaient-ils à cet instant dans une autre église, située dans un autre quartier ? Soudain, Londres lui parut immense tandis que Klara comptait sur lui. Il se trouvait à une rue de la troisième église lorsqu'il vit ses portes en bois usées s'ouvrir pour laisser passer un homme et une femme bien habillés, beaucoup trop pour ce quartier. L'homme tirait derrière lui la femme qui cherchait à lui résister. Ils n'avaient pas l'air heureux.

— Ce mariage n'est pas légal tant qu'il n'est pas consommé !

La femme tira sur la main de l'homme pour se libérer de son étreinte et lui cracha au visage tout en jurant bruyamment... en russe. Puis elle tourna le visage vers Nikolaï en regardant tout autour d'elle à la recherche de quelque chose ou de quelqu'un. Klara ! Dès qu'elle le vit, elle cria.

— Nikolaï !

Mais Amesbury l'avait vu, lui aussi. Il prit Klara à bras-le-corps et la porta jusqu'au cabriolet. Nikolaï vit le duc la jeter sur le siège, l'enjamber pour prendre les rênes et lancer ses chevaux dans la circulation. Non, il ne les laisserait pas s'en aller sans rien faire !

Nikolaï talonna Cossack pour accélérer la cadence autant que les rues bondées de Londres le lui permettaient. Bon sang, il était en train de les perdre. Ils avaient une longueur d'avance sur lui et la circulation jouait en leur faveur. Des charretiers envahissaient les rues étroites pour effectuer leurs dernières livraisons. Le cabriolet bifurqua et Nikolaï le suivit, forçant Cossack à trotter plus vite. Il se faufilait entre les chariots sous les cris et les jurons des cochers. Il commençait à les rattraper lorsque Amesbury se tourna et leva son pistolet. Il tira dans la foule entre lui et la voiture. Klara hurla et Nikolaï baissa instinctivement la tête. S'il croyait effrayer son cheval, il se trompait lourdement. Cossack, entraîné pour la bataille et les balles, continua à avancer et à esquiver le chaos. Mais tous les chevaux n'étaient pas aussi bien entraînés.

Nikolaï jura et tira durement Cossack vers la droite tandis qu'un chariot se renversait devant lui. Sa cargaison de tonneaux se déversa dans la rue. Nikolaï talonna Cossack et se pencha sur l'encolure du cheval. Il n'avait pas le choix, il devait sauter par-dessus ces obstacles. Cossack s'éleva dans les airs, franchit un tonneau. Le danger était passé, ils avaient réussi.

Nikolaï sentait son sang battre dans ses veines tandis que le cabriolet se dirigeait vers le fleuve. Il était au cœur d'une bataille et il était entraîné à se battre. Si seulement il pouvait prendre un peu de vitesse. Il n'avait pas de place pour manœuvrer. La circulation le ralentissait beaucoup. Il ne pouvait ni la contourner ni l'esquiver, mais il pouvait se frayer un chemin à travers. Sans hésiter, Nikolaï bondit du dos de Cossack vers la charrette la plus proche. Le cheval le suivrait comme il pourrait. Nikolaï commença à escalader les chariots, à sauter de l'un à l'autre, se frayant un chemin à travers la circulation sans cesser d'avancer vers le cabriolet d'Amesbury.

Il voyait Klara distinctement à présent. Elle était pâle et paraissait furieuse. Elle se battait avec Amesbury et essayait de lui arracher le pistolet des mains. Nikolaï sentit la peur l'envahir. Avait-elle conscience des risques ? Le coup pouvait partir à tout moment. Il ravala la panique qui le pétrifiait à l'idée que Klara puisse être en danger. C'était ce qu'il redoutait le plus : être incapable de sauver la femme qu'il aimait. Maintenant, cette crainte était plus que jamais présente. Toute l'habileté du monde ne pouvait pas l'aider à diminuer l'encombrement de Londres. Il mit ses inquiétudes de côté et se concentra sur sa tâche. Encore un chariot et il les aurait rejoints. La rivière se trouvait sur sa gauche maintenant, et la route qui la longeait était étroite. Il se tint en équilibre et bondit vers le cabriolet avant d'atterrir sur le siège arrière.

Amesbury tourna la tête, le bras qui tenait le pistolet en arrière, mais Nikolaï était prêt. Il saisit le bras d'Amesbury et le tordit jusqu'à ce qu'il entende un sinistre craquement. Le duc hurla de douleur lorsque son bras se brisa. Le pistolet rebondit sur le tablier et les chevaux, effrayés, partirent au galop.

— Klara, les rênes ! cria Nikolaï.

Mais après un rapide coup d'œil, il comprit que c'était inutile. Les rênes étaient tombées entre les traits. Ils se trouvaient tous les trois dans un cabriolet devenu incontrôlable. Leur situation était devenue infiniment plus dangereuse.

Il passa un bras autour du cou d'Amesbury pour l'étrangler tout en esquivant les coups que le duc essayait de lui porter de sa main valide en s'efforçant de ne pas tomber de la voiture. Si Nikolaï lâchait sa prise, il perdrait l'équilibre, et si Amesbury se débattait plus violemment, il risquait de pousser Klara hors du cabriolet. Il n'y avait pas assez de place pour trois.

Soudain, Nikolaï aperçut du coin de l'œil un alezan. C'était Cossack ! Le bon cheval, loyal jusqu'au bout, galopait à côté du cabriolet.

— Sautez de la voiture, Klara ! cria-t-il. Montez sur Cossack !

S'il parvenait à mettre Klara en sécurité, il pourrait en finir avec Amesbury. Il vit ses jupes voler à la périphérie de son regard et comprit qu'elle était saine et sauve. Ou presque.

— Je l'ai épousée. Vous arrivez trop tard, haleta Amesbury lorsqu'une ornière sur la route le fit relâcher son étreinte.

Nikolaï lutta pour ne pas être éjecté du cabriolet. Si jamais il tombait, il atterrirait dans la rivière ou mourrait écrasé sous les roues de la voiture.

— Pas si elle est veuve, gronda Nikolaï en baissant habilement la tête.

Amesbury essaya de le frapper avec un couteau qui semblait sorti de nulle part. Il rata de peu son visage.

— Lâchez-moi ou elle n'aura aucun de nous deux, grogna le duc.

Amesbury gémissait à présent sous l'effet de la douleur.

— Nous arrivons au bout d'une impasse ! lança-t-il en grimaçant de terreur.

Nikolaï regarda devant lui. La route se terminait bientôt sur un ponton d'embarquement. Au-delà, il n'y avait plus que l'eau du fleuve. Il ne lui restait plus que deux cents mètres pour prendre une décision.

Il était prêt à mourir pour elle ! Klara aperçut le fleuve sombre et traître sur lequel débouchait la route. Un homme ne pouvait guère se libérer des décombres d'un attelage accidenté. Elle avait réussi à enfourcher Cossack et maintenant elle le cravachait pour qu'il accélère. Plus vite, plus vite, il fallait revenir à leur niveau ! Cossack avait perdu du terrain lorsqu'elle avait sauté de la voiture.

C'était périlleux de se rapprocher du cabriolet qui oscillait sur l'étroit chemin. Klara risquait de tomber dans le fleuve ou de trébucher à cause des roues. Un cheval moins robuste n'aurait pas survécu à cette course, mais Cossack était solide comme un roc. Il tint la cadence.

— Nikolaï, lâchez-le ! cria-t-elle, saisie de panique en voyant le sol disparaître devant eux.

Il fallait à tout prix arriver à temps ! Le cabriolet tangua et elle perdit du terrain. Elle devait essayer encore.

— Nikolaï !

Elle tendit la main vers lui, sans succès. Elle revint en arrière. La fin de la route était toute proche. Cossack montrait des signes de fatigue. Il ne lui restait plus qu'une chance. Elle prit le risque de s'approcher encore plus près. Les roues de la voiture étaient dangereusement proches des sabots du cheval. Si le cabriolet tanguait maintenant, elle courait à la catastrophe. Elle ne pouvait pas attraper Nikolaï car elle avait besoin de ses deux mains pour tenir les rênes. Elle évalua la distance. Dans cinq secondes, il lui faudrait renoncer. Quatre, trois, deux. Finalement, Nikolaï s'élança vers elle. Elle sentit Cossack encaisser son poids, et une bouffée de joie l'envahit. Nikolaï était en sécurité et elle aussi.

Elle regarda alors avec terreur le corps d'Amesbury voler dans les airs comme une poupée de chiffon juste avant que le cabriolet ne s'abîme dans la Tamise. Klara détourna le regard. Elle enfouit son visage contre le torse de Nikolaï tandis que Cossack s'arrêtait sur la berge.

Bientôt, des cavaliers les dépassèrent. Stepan était à leur tête. Elle entendit Nikolaï leur lancer des ordres.

— Récupérez les chevaux, ils essaient de nager. Libérez-les !

Les minutes qui suivirent furent intenses. Les trois hommes plongèrent dans le fleuve et coupèrent le harnais des chevaux pour les libérer. Klara bondit avec Nikolaï et courut en direction de la rive pour aider les équidés à remonter les berges boueuses. Tant qu'elle restait en mouvement, elle n'avait pas besoin de réfléchir à ce qui venait de se passer et ce à quoi elle avait échappé.

Une seconde plus tard, et Nikolaï aurait pu sombrer dans l'eau et mourir, lui aussi. Ce dernier l'emmena loin de la rive, en direction de Cossack.

— Vous allez bien ? demanda-t-il.

Ses vêtements étaient mouillés et couverts de boue et ses cheveux étaient détachés. Il posa les mains sur ses épaules.

— Vous a-t-il fait du mal ? ajouta-t-il, l'air inquiet.

— Je vais bien maintenant. Vous êtes venu et c'est tout ce qui importe.

Elle soupira longuement et lentement. Elle ne voulait pas céder à l'hystérie, pas maintenant que tout était terminé et qu'elle était en sécurité, comme Nikolaï.

— Il voulait vous tuer, expliqua-t-elle. Je devais le faire sortir de la maison.

Elle commençait à bafouiller.

— Et c'est ce que vous avez fait, répondit Nikolaï en déposant un baiser sur son front. Je ne veux plus jamais revivre ce que j'ai vécu lorsque j'ai découvert tout à l'heure que vous étiez partie, ou lorsque je vous ai vue avec lui, un pistolet entre vous, ou encore lorsque vous avez failli tomber de la voiture.

Il soupira longuement à son tour, de soulagement cette fois.

— Mais vous connaissant, il va peut-être falloir que je m'y habitue.

Klara se blottit contre lui et enroula les bras autour de sa taille, s'assurant qu'il était entier et tout à elle. Nikolaï la serra à son tour.

— Je sais bien que le moment n'est peut-être pas très bien choisi, mais je me demandais si vous trouveriez une date dans votre agenda pour vous marier une seconde fois, cette semaine ?

— Je pourrais en trouver une, en effet.

Elle leva les yeux vers lui et lui sourit.

— Je voulais vous demander quelque chose, moi aussi. J'espérais que vous rechercheriez des professeurs d'équitation pour votre école. J'ai entendu dire que vous possédiez une nouvelle jument qui pourrait être parfaite pour le saut d'obstacle.

— J'ai effectivement une jument, dit-il en souriant, et je suis à la recherche d'un instructeur. Vous en connaissez un bon ?

— Je sais que votre femme est une excellente cavalière.

Il lui vola un baiser.

— Ma femme. J'aime beaucoup entendre ce mot dans votre bouche.

— Et que dites-vous de « pour toujours » ?

Elle avait failli le perdre ce soir. Plus rien ni personne ne l'obligerait à l'abandonner encore. Pour elle, toujours commençait maintenant.

Épilogue

Ils attendirent. Deux mois, exactement. Nikolaï avait insisté pour repousser la date de leur mariage en prétextant que, le jour où ils regarderaient derrière eux, ils seraient heureux d'avoir bien fait les choses. Un homme et une femme ne se mariaient qu'une seule fois. Et ils avaient une maison et une école d'équitation à préparer. Klara et lui avaient consacré toute leur énergie à meubler leur chez-eux et à réparer les écuries en piteux état. Les chevaux s'y trouvaient déjà. La jument et le poulain se plaisaient dans leur nouvelle demeure au 4, Leicester Square. Ce soir, Klara se joindrait à eux. Sa fierté de futur mari exigeait que pour sa nuit de noces sa toute nouvelle épouse ne dorme pas dans la maison que son ami lui avait prêtée, mais dans sa propre demeure, et dans son propre lit. *Leur* lit dans lequel, à la grâce de Dieu, ils fonderaient une famille.

Debout sur le perron de l'église où il attendait Klara, Nikolaï prit une profonde inspiration et essaya de se calmer. Stepan se tenait à côté de lui. Il était son *koumbaros*, son témoin, l'ami qui l'accompagnerait tout au long de la cérémonie et de sa vie d'époux. Ses amis étaient tous là, assis au premier rang, y compris Dimitri et Evie. Cette dernière avait une main posée sur le ventre rond qui tendait sa robe. L'autre tenait celle de son mari.

Jamais il ne s'était senti aussi nerveux, pas même avant une bataille. Nikolaï contempla la foule rassemblée dans la cathédrale orthodoxe russe de la Dormition et de tous les saints. Elle était emplie des connaissances de Grigoriev, qui avaient hâte de rencontrer le nouveau beau-fils de l'ambassadeur. Mais Nikolaï avait le temps. Pour l'heure, son regard était braqué vers les imposantes portes derrière lui, attendant de tout son cœur qu'elles s'ouvrent. Elles finirent par le faire et il retint son souffle.

Sa gorge se serra en apercevant Klara qui portait la robe de mariage de sa mère. Un voile en dentelle russe cachait son visage. Elle avançait vers lui en tenant le bras de son père. Ces derniers mois avaient été riches en émotions pour elle aussi. Son père n'était pas enclin à célébrer un mariage russe. Il aurait préféré l'église St. George à Hanover Square, plus anglaise. Puis il avait cédé. Il avait abandonné son passé pour laisser place à un avenir où Klara était libre d'embrasser toutes ses racines. Arrivé devant l'autel, l'ambassadeur plaça la main de sa fille dans celle de Nikolaï, qui leva son voile. Il croisa les yeux émeraude de celle qu'il aimait tant, qui brillaient déjà, illuminés par des larmes de joie.

James Smirnov, le prêtre, commença le service et la cérémonie. Nikolaï avait assisté à de nombreux mariages sans imaginer qu'il serait un jour concerné. Il connaissait tout le rituel par cœur : la bénédiction des alliances, les bougies, les couronnes avec leurs rubans blancs les liant à tout jamais. Ils burent dans le calice et firent le tour de l'autel pendant que Stepan et le prêtre tenaient les rubans de leur couronne au-dessus de leur tête. Puis le prêtre entama la bénédiction finale.

— Soyez bénis… Allez en paix… sur le droit chemin… *Na zisete.* Que Dieu vous prête longue vie.

Oui, ils allaient vivre. Ensemble. Chaque jour serait une bénédiction dans ce nouveau monde. Nikolaï se pencha vers Klara pour l'embrasser. Sa bouche resta en suspens au-dessus de la sienne pendant qu'il lui murmurait sa propre bénédiction :

— Je vous aime, Klara.

L'ancien monde avait disparu. Tout était nouveau. Il découvrait un univers où un soldat pouvait être sauvé par l'amour, prouvant ainsi que tout était possible. Un monde qui méritait qu'un homme et une femme se battent pour lui.

BRONWYN SCOTT

Un prince pour une débutante

PRINCES DES STEPPES
VOLUME 1

Traduction française de
ANNIE LEGENDRE

SAGAS
HARLEQUIN

Titre original :
INNOCENT IN THE PRINCE'S BED

Ce roman a déjà été publié en 2020.

NOTE DE L'AUTRICE

Bienvenue parmi les Altesses Royales du Kouban.

Cette série de romans va vous faire voyager dans le monde mais vous proposera également des voyages intérieurs, à la conquête de soi.

Dans ce récit, notre héros, le prince Illarion Kutejnikov, jadis poète officiel de la cour royale du Kouban, est venu s'installer à Londres après avoir été exilé de sa patrie. L'héroïne, Lady Dove Sanford-Wallis, est une jeune « débutante » contrainte à un mariage de raison pour complaire à ses parents. Pour trouver leur voie, tous deux vont entreprendre, contre vents et marées, un long périple.

Les aventures de Dove et Illarion ont quelque chose d'intemporel. Contrairement à l'histoire de Nikolaï et de Klara, qui ne pouvait se dérouler que dans un contexte historique précis, l'aventure que je vais raconter ici pourrait se situer n'importe quand, y compris de nos jours. Se battre pour imposer ses idées, oser vivre ses rêves et découvrir qui on est vraiment, voilà qui est encore aujourd'hui au cœur de l'expérience humaine.

J'espère que vous apprécierez à sa juste valeur le courage qu'il a fallu à mes jeunes héros pour proclamer leur volonté d'être eux-mêmes dans un monde particulièrement conformiste et étriqué. J'espère aussi avoir mis en évidence les difficultés qu'ils ont dû surmonter. L'un de mes dictons favoris est le suivant : « Dans un monde où vous pouvez tout devenir, faites d'abord en sorte de devenir vous-même. » Mais, bien sûr, c'est plus facile à dire qu'à faire !

Comme le montrent les tribulations de nos héros, il n'est pas toujours si aisé de mettre ses propres intérêts avant ceux d'autrui. Dove et Illarion vont devoir trouver le juste équilibre, comme tout un chacun, entre ne pas se trahir soi-même et ne pas trahir ceux qui vous sont chers.

NOTE DE L'[illegible]

Bienvenue parmi les [illegible] du [illegible]

[illegible] dans le monde [illegible] la [illegible]

[illegible] Lady [illegible] est une [illegible] à ses [illegible] vents et marées, [illegible]

Les [illegible]

[illegible] le public [illegible]

[illegible]

1

Londres — mai 1823

Ainsi voilà comment mouraient les rêves : ensevelis dans la plus banale médiocrité.

Expédiés sans préavis dans l'au-delà en moins de deux heures après avoir été amoureusement bercés et nourris pendant dix-huit ans.

Foulés aux pieds par ce qui passait aux yeux du jeune Strom Percivale, futur duc d'Ormond, pour la quintessence de l'esprit.

Lady Sanford-Wallis regarda le parterre de jeunes gentlemen qui l'entourait opiner docilement du chef tandis que Percivale s'étendait longuement sur les différentes manières de faire du feu, dont il venait d'avoir la démonstration lors d'une récente excursion d'ordre diplomatique.

— Croyez-moi, mes amis, conclut-il avec un geste d'emphase. La manière la plus simple est la meilleure. Il suffit de deux bâtons et d'une bonne dose d'huile de coude pour obtenir une étincelle.

Le groupe éclata d'un rire servile qui rendit justice à Strom Percivale : pour faire étalage de sa bêtise, il faut avoir le public adéquat…

Dove l'interrompit d'une main gantée de blanc posée sur sa manche.

— Ne serait-ce pas plus aisé si l'un des deux bâtons était une allumette ?

Sur sa droite, le jeune Lord Fredericks, visiblement perplexe, arqua l'un de ses élégants sourcils blonds.

— Je ne vois pas...

Les espoirs longtemps entretenus par Dove de faire de brillants débuts à Londres s'ébranlèrent encore davantage sur leurs fondations.

— Mais oui, expliqua-t-elle avec un gracieux sourire, car avec l'un, vous pourriez allumer l'autre, n'est-ce pas ?

Les sourcils de Lord Fredericks reprirent aussitôt leur place.

— Oh ! Mais bien sûr, répondit-il dans un grand rire exubérant. Tout à fait exact ! Quelle présence d'esprit, Lady Dove ! C'est tout à fait admirable.

Dove soupira *in petto*. Elle avait assez d'esprit en tout cas pour savoir que sa première soirée à Londres était tout à fait gâchée. Elle était plus que déçue. Dégoûtée. Et même franchement en colère ! Rien de ce qu'elle vivait depuis qu'elle était arrivée à Londres ne ressemblait à ce qu'elle s'était imaginé de ses débuts dans la capitale. Y compris la ville elle-même. Et pourtant, elle avait du mal à définir ce qui justifiait sa déception.

Elle inspecta du regard la fameuse salle de bal de l'hôtel particulier de sa marraine pour y détecter, au milieu du tourbillon de robes claires et d'habits de soirée, la cause de son dégoût. Elle était partout et nulle part à la fois, dissimulée derrière la splendeur immaculée du décor et les sourires accrochés sur tous les visages.

La salle de bal elle-même, encadrée sur ses flancs nord et sud par des colonnades jumelles, était un miracle d'architecture. Les colonnes, drapées de tentures de brocart lie-de-vin et ornées à leur pied d'une corbeille de roses ivoire venues tout droit des serres de la propriété de Richmond de Lady Burton, ressemblaient chacune à une belle odalisque. Au-dessus des têtes des invités, deux immenses lustres de cristal de Bohême, offerts au parrain de Dove par Metternich[1] en personne, étincelaient de mille feux.

1. Klemens Wenzel Von Metternich fut ministre des Affaires étrangères de l'empire d'Autriche de 1809 à 1848. Il consacra l'essentiel de son action à maintenir les traditions et les valeurs de l'Ancien Régime dans une Europe bouleversée par les contrecoups de la Révolution française de 1789. Une de

Chaque pouce de la vaste salle était décoré de façon à répondre avec emphase aux trois critères dictés par les règles du bon goût : élégance, excellence et dépense.

Mais s'il était difficile de mettre en cause l'opulence des lieux, on ne pouvait s'empêcher d'en remarquer la déplorable uniformité. Mis à part les lustres du célèbre diplomate autrichien, Dove commençait à soupçonner que bon nombre de salles de bal londoniennes ressemblaient en tout point à celle-ci, magnifiques et sans charme. Sans doute — elle commençait à le craindre —, afin de se mettre au diapason de leurs insipides invités.

Où étaient la couleur et le pittoresque dont elle avait rêvé, la vie foisonnante qu'elle avait imaginée ? Comment les contes de fées qui avaient bercé son enfance pouvaient-ils avoir la moindre chance de s'épanouir dans un cadre d'une aussi stupéfiante banalité ?

Plusieurs autres jeunes filles avaient fait leur révérence à la reine au cours de l'après-midi mais seulement la crème de la crème avait été conviée à la soirée donnée en l'honneur de ses débuts à elle, Lady Dove Sanford-Wallis. Elle n'en tirait aucune vanité. Mais elle connaissait son rang. N'était-elle pas l'enfant unique et la fille chérie du duc de Redruth, dotée d'une rente de quinze mille livres annuelles, à quoi s'ajoutait le revenu de trois mines de charbon dans l'ouest du pays ? Eût-elle été malencontreusement pourvue d'une tête de cheval ou d'un dos bossu, qu'elle aurait encore été la débutante la plus attendue et la plus convoitée de la Saison[1]. Sa beauté n'était qu'un bonus pour la moisson annuelle de jeunes gens à marier.

ses formules les plus célèbres vaut d'être citée : « En Autriche, l'homme commence au baron. » Il sera l'un des principaux acteurs du congrès de Vienne, convoqué pour tenter de rétablir la paix en Europe après la défaite de Napoléon. (NdT)

1. La Saison londonienne bat son plein entre avril et juillet. L'aristocratie et la *gentry* quittent leur résidence campagnarde pour rejoindre Londres et participer à de nombreuses mondanités publiques et privées : fêtes, bals et réceptions, *garden-parties*, concerts, théâtre, opéra, courses hippiques, comme le fameux derby d'Epson. C'est également l'occasion pour les jeunes filles des meilleures familles d'être présentées à la reine.

Et pourtant, savoir tout cela n'avait rendu Dove ni cynique ni gâtée. Du moins, jusqu'à ce soir. Elle avait vu s'approcher la date de son entrée dans le monde avec une impatience fébrile. Impatience à la perspective de s'éloigner pour un temps des lointaines régions de l'Ouest — elle n'avait en effet jamais quitté sa Cornouailles natale — mais aussi impatience de visiter les meilleurs couturiers de Londres pour renouveler sa garde-robe. Elle qui, jusqu'à présent, n'avait jamais porté que chastes mousselines et gabardines légères en été, et sombres vêtements de laine en hiver, comme il convenait à une jeune fille de son âge.

Impatience enfin de découvrir les plaisirs et les festivités de la grande ville.

Elle brûlait d'envie de monter à cheval dans Hyde Park, d'assister aux spectacles équestres d'Astley[1], de grimper jusqu'au sommet de la Tour de Londres, de déguster les glaces de chez Gunter[2], de recevoir des fleurs et des chocolats de la part de charmants jeunes gens, d'écumer les boutiques à la mode et de danser jusqu'à l'aube, avant de rentrer, à la naissance du jour, épuisée et heureuse, dans le carrosse familial. Tout ceci menant inévitablement à la rencontre du prince charmant qui ne manquerait pas de l'enlever sur son beau pur-sang pour l'emporter au galop vers un horizon radieux. Si ce n'était pas cette Saison, du moins très certainement la suivante. Même les interminables admonestations de sa mère durant le long voyage depuis la Cornouailles, l'avertissant de manière circonstanciée qu'il ne saurait être question de choisir un époux à la légère, n'avaient pu éteindre son enthousiasme.

Car telle était la légende dans laquelle elle avait été élevée. Sa mère, sa femme de chambre qui n'y connaissait évidemment rien,

1. Astley's Amphiteater, ouvert à Hyde Park en 1813, présentait au public des exercices de manège et des acrobaties équestres. (NdT)

2. Gunter est un célèbre salon de thé londonien situé dans le quartier de Mayfair. À l'origine, c'était une épicerie créée en 1757 par un Italien du nom de Domenico Negri. C'est James Gunter, devenu son associé en 1777, qui donnera son nom au magasin. Ses glaces, toujours très appréciées aujourd'hui, sont citées, entre autres, par Colleen McCullough dans son roman *Les Caprices de Miss Mary* publié en 2011. (NdT)

ses tantes, toutes s'étaient extasiées sur la magie d'une Saison à Londres. Pas une seule fois elles n'avaient mentionné que, quelque part entre la Cornouailles et l'autel, il pouvait s'insérer de tristes épisodes comme celui que Dove vivait à présent, facile à résumer en un chapelet de pensums : devoir écouter le verbiage creux du jeune Strom Percivale, subir les éclats de rire mécaniques et sans joie de ses courtisans et danser la valse avec de jeunes fats sans attraits dont la principale occupation était de lorgner plus ou moins discrètement dans son corsage en spéculant sur tout ce qu'ils pourraient faire avec quinze mille livres de rente. Non, décidément, ce n'était pas ce dont elle avait rêvé. Était-ce donc là tout ce que Londres pouvait lui offrir ? On lui avait laissé espérer mieux.

Alors ? Qu'était-on supposé faire quand on voyait mourir ses rêves ? En chercher d'autres, sans doute.

Mais en attendant, pour ce soir, il allait bien falloir trouver le moyen de tuer le temps. La perspective des heures de morne ennui qui s'étendaient devant elle emplit Dove d'une angoisse nauséeuse.

Un brouhaha s'éleva soudain à l'entrée de la salle de bal. Le regard de Dove, passant par-dessus la carrure étriquée de Lord Percivale, fut attiré par un petit groupe d'invités qui se rassemblaient près des portes ouvertes à deux battants. Enfin, il se passait quelque chose ! Un retardataire faisait son entrée. Quand elle vit de larges épaules fendre la foule, son cœur se mit à battre plus fort, son sang s'accéléra dans ses veines. Elle aperçut d'abord, dominant la foule des habits noirs, une masse de cheveux blond champagne couronnant un visage à la mâchoire carrée et au sourire éclatant. Puis elle rencontra deux yeux d'un bleu perçant, effrontés et moqueurs, et son espoir se trouva confirmé. Des murmures excités s'élevaient autour d'elle. Ce superbe spécimen masculin était le poète officiel de la cour royale du Kouban[1]. Et il répondait au nom surprenant de prince Illarion Kutejnikov. Un

1. Le Kouban ou Koubane est une zone géographique au sud de la Russie, riveraine de la mer Noire et de la mer d'Azov. En 1792, Catherine II attribue ce territoire aux Cosaques du Kouban, originaires du nord-ouest

vrai prince, en chair et en os, mais qui n'avait pas grand-chose en commun avec le personnage éthéré des histoires de son enfance.

Tout, de la tête aux pieds, le distinguait des gentlemen de l'assemblée. Il portait ses cheveux blonds, longs et abondants, noués sur la nuque dans un catogan et, au lieu d'un habit de drap ou de satin, il était vêtu d'une longue tunique de soie bleu roi ornée de broderies d'or au col et sur le plastron. Sa ceinture de soie noire mettait en valeur la largeur de son torse et ses hautes bottes de fin cuir blanc la longueur de ses jambes dont la forte musculature était impudemment moulée dans des pantalons de drap noir.

Dove, la respiration suspendue, ne pouvait quitter des yeux le nouvel arrivant. C'était sans conteste l'homme le plus séduisant, le plus exotique, le plus sensuel, le plus vivant qu'il lui ait jamais été donné de voir. Tel un paon faisant irruption dans un poulailler, il mettait une tache de couleur vive au milieu des blancs et des noirs de cette terne basse-cour. Revenue tout à coup à la vie, Dove se prit à souhaiter de toute son âme que le jeune homme la regarde. En même temps, elle fut prise d'une soudaine panique. Mon Dieu ! Que ferait-elle s'il la regardait vraiment ?

« Un Byron russe », chuchota une femme derrière elle. « Mais avec beaucoup plus de *sensualité* », ajouta une autre, plus audacieuse derrière son éventail.

Un homme à l'âme de poète et au corps de guerrier.

Et du reste, à la minute même où le bel inconnu avait fait son apparition dans la pièce, les femmes s'étaient agglutinées autour de lui comme un bourdonnant essaim de femelles excitées. Il interrompit un instant sa progression pour s'incliner sur la main de Lady Burton, dont le visage austère s'éclaira d'un sourire avenant. Dove se mordit les lèvres, retenant difficilement un sourire. Apparemment, même sa redoutable marraine était sensible aux charmes du jeune poète.

Puis, à sa grande confusion, la main de Lady Burton s'agita dans l'air, attirant l'attention du prince dans sa direction. *Non, non, par pitié !* murmura Dove *in petto. Pas par ici. Pas moi !*

du Caucase, les chargeant de défendre les frontières sud de l'Empire russe, notamment contre les Turcs.

Il ne fallait pas qu'elle fasse la connaissance de cet homme. Instinctivement, Dove savait qu'elle n'était pas faite pour quelqu'un comme lui. Le prétendant qui lui était destiné depuis toujours, c'était un homme comme Percivale. Peut-être même le Percivale qu'elle avait sous les yeux, précisément, si médiocre fût-il. Cette cruelle évidence la frappa en plein cœur. Voilà pourquoi elle se sentait agitée et insatisfaite. Elle ne voulait pas d'un Percivale dans sa vie, fût-il duc d'Ormond. Elle attendait *davantage*.

Et ce *davantage* était là, devant elle, en train de la regarder. Au grand désespoir de toutes les autres femmes de l'assemblée, la marraine de Dove et le jeune prince marchèrent droit sur elle, leur intention bien visible. Dove faillit tourner les talons et s'enfuir. Mais sa bonne éducation lui interdisait évidemment toute forme d'échappatoire. Encore plus maintenant que Lady Burton commençait les présentations.

— Ma chère enfant, laissez-moi vous présenter...

Dove, fébrile, assistait à la scène dans une sorte de brouillard. Rien de bon ne pouvait sortir de tout cela. Cet homme si beau, qui la dévisageait avec une telle intensité, n'était pas fait pour elle. Elle n'avait que l'embarras du choix parmi tous ces fils de pairs du royaume. Strom Percivale ferait très bien l'affaire...

Mais la fille de Cornouailles qui attendait *davantage* de la vie se rebiffa. Souriant gracieusement, elle laissa le séduisant poète se pencher sur sa main et la baiser.

Les dés étaient jetés.

Finalement, la Saison à Londres soutenait parfaitement sa réputation. C'était le paradis sur terre. Douze semaines de divertissements tous plus excitants les uns que les autres. Le champagne coulait à flots, les bals se succédaient sur un rythme effréné, des vagues ininterrompues de jolies femmes se pressaient vers lui, la nièce de Lady Burton n'étant pas des moindres. Douze semaines à boire à la coupe de la vie un élixir assez puissant pour lui faire oublier ce qu'il avait laissé derrière lui au Kouban, assez puissant pour lui redonner le goût de vivre.

Tout au moins le temps d'une soirée.

Illarion s'inclina avec assurance vers la ravissante créature vêtue d'une délicieuse toilette de satin blanc, et dont les cheveux blonds tressés de perles donnaient sur sa tête gracieuse l'illusion d'une couronne de fée. Faire un brin de cour à ce charmant bibelot n'était pas la plus mauvaise manière de commencer la soirée.

Pour lui, la nuit de Londres, synonyme de liberté, était le meilleur moment de la journée. Les salles de bal étincelantes de lumière rivalisaient à qui mieux mieux pour lui faire oublier la sourde angoisse qui le taraudait tout le jour. C'était aussi la nuit qu'il était le plus créatif, alors que l'odeur d'une femme continuait à flotter dans sa chambre, parfumant sa peau et les draps de son lit, et que le champagne courait encore dans ses veines. Alors son esprit empruntait des chemins inconnus au creux desquels les émotions et la philosophie se rejoignaient pour lui inspirer ses meilleurs poèmes.

Illarion enveloppa la jeune et jolie inconnue d'un regard intense, comme si elle était la seule femme digne d'intérêt dans toute la salle. En vérité, il n'avait pas beaucoup d'efforts à fournir pour lui donner cette impression. Une fois qu'on avait plongé son regard dans la profondeur gris argent des yeux de la jeune fille, il était difficile de s'en libérer. On aurait pu aisément s'y noyer.

Et si ces yeux-là n'avaient pas suffi, elle avait aussi pour elle un teint aussi translucide que l'orient d'une perle. Un charmant visage en forme de cœur avec un petit nez insolent et un délicieux menton creusé d'une fossette. Le tout supporté par la délicate colonne d'un cou gracieux comme celui d'une colombe.

Il y avait aussi cette incroyable masse de cheveux qui faisait comme une auréole à sa beauté. Oh ! S'il en avait le loisir, Illarion écrirait cette nuit même une ode en leur honneur. C'était des cheveux couleur de neige à peine dorée par un rayon de lune. Des cheveux à la fois sages et fous qui ne demandaient qu'à être délivrés de leur filet de perles pour ruisseler en avalanche sur les belles épaules d'opaline. Oh ! s'il pouvait être celui qui aurait le privilège de leur rendre leur liberté !

Illarion se ressaisit aussitôt. À n'en pas douter, seul le mariage lui permettrait une telle faveur.

La jeune beauté faisait partie de ces précieuses progénitures couvées dans le giron des grandes familles anglaises jusqu'à l'âge d'être présentées dans le monde pour y trouver un bon parti. C'est-à-dire quelqu'un de leur milieu.

Soulevant délicatement la fine main blanche, il en effleura le dos d'un impondérable baiser.

— Prince Illarion Kutejnikov, à votre service, milady.

Le beau regard d'argent se leva vers lui avec l'expression de défi, l'arrogance même, des privilégiés de ce monde habitués à toutes les formes d'adoration. Et sans doute avait-elle raison. Après tout, elle était belle. Et surtout, elle était fille de duc. Ce n'était pas le genre de beauté qu'on entraînait dans le recoin d'une fenêtre pour lui voler un baiser.

Même si, déjà, Illarion en mourait d'envie.

Comme l'orchestre entamait une valse, il la prit délicatement par le coude.

— Vous dansez ?

La question était purement rhétorique. Aucune femme, à sa connaissance, n'avait jamais envisagé de refuser une danse au prince Illarion Kutejnikov.

Un instant, il crut pourtant qu'elle allait enfreindre la règle. Ce qui n'aurait pas manqué d'intérêt... Mais, ce soir-là, il ne se sentait pas d'humeur à faire ce genre d'expérience. Sans laisser à sa partenaire le temps de réfléchir, il la prit par la taille et l'entraîna sur le parquet, leurs pas s'accordant aussitôt.

Lady Dove dansait de manière exquise. Son corps gardait invariablement la distance imposée par les conventions. Ses grands yeux gris, qui ne s'attardaient jamais sur lui plus qu'il ne le fallait, se portaient la plupart du temps vers un point invisible au-dessus de son épaule droite. Quant à sa conversation, elle était d'une banalité parfaitement étudiée. Oui, en effet, le temps était beau pour le début du mois de mai. Bien sûr, elle appréciait tout à fait cette soirée. Sur ce point, Illarion aurait parié qu'elle mentait. Elle n'avait pas du tout l'air de s'amuser. Aucune étincelle dans son regard liquide, rien de véritablement vivant dans son visage immobile. Quand il en fut à lui demander si elle était déjà venue à Londres, il ne supportait déjà plus le sourire figé de sa ravissante cavalière. Un sourire de poupée de cire peinte. Aussi lorsqu'elle répondit bien poliment que non, c'était la première fois, il n'y tint plus.

Captant son attention à l'un des rares moments où elle ne regardait pas par-dessus son épaule, il rétorqua d'un ton provocant :

— Moi aussi, c'est ma première fois. Nous voici donc aussi vierges l'un que l'autre.

Il espérait la tirer de sa politesse léthargique. D'ordinaire, les femmes ne restaient pas insensibles à son charme. Et encore moins à son humour. Soit elle éclaterait de rire, laissant fondre enfin la réserve derrière laquelle elle se dissimulait. Soit, trop innocente pour trouver la réponse adéquate, elle lui opposerait un silence choqué.

Il en fut pour ses frais.

Dove Sanford-Wallis soutint tranquillement son regard avant de répondre :

— Je ne suis ni choquée ni impressionnée par ce que vous prenez pour un trait d'esprit, voyez-vous. Il se trouve certainement ici des femmes susceptibles d'apprécier vos *bons mots*[1]. Malheureusement, je n'en fais pas partie.

Elle conclut en désignant du menton quelques-unes des admiratrices d'Illarion qui, dans un angle de la salle, le couvaient d'un regard gourmand :

— Je ne doute pas un instant que ces dames vous pardonneront votre brève désertion.

Dieu du ciel ! Lady Dove Sanford-Wallis était aussi froide et limpide qu'un glaçon. À moins que… Un horrible instant, Illarion fut traversé d'une idée terrible. À moins que… Se pouvait-il qu'il ne lui plaise pas ?

Il se pencha vers l'oreille de sa cavalière.

— Savez-vous ce qu'on dit dans mon pays ? Quand on marche sur la glace, mieux vaut éviter de rire.

Comme elle levait vers lui un regard médusé, il ajouta, impassible :

— Parce qu'on risque de la faire craquer. Qui aurait envie d'un bain glacé en plein hiver ? Mais je crois que, avec vous, il n'y a aucun risque.

1. En français dans le texte. (NdT)

— Je suppose que, dans votre gracieuse métaphore, je joue le rôle de la glace ?

La valse s'achevait. Une valse bien déroutante, aux yeux d'Illarion. Il ne s'attendait pas à un tel dénouement.

— Ne vous surestimez pas, milady... Je ne prends jamais de risques inconsidérés.

— Merci pour cette danse, prince Kutejnikov.

Sa partenaire lui adressa une petite révérence et, pivotant sur elle-même, fit la seule chose à laquelle il ne s'attendait pas.

S'envolant comme un grand oiseau blanc, elle s'enfuit au plus éloigné de la salle.

Il fallut un moment à Illarion pour comprendre ce qui venait de se passer. Il venait de subir un camouflet. C'était non seulement inhabituel, mais terriblement inspirant. Déjà des mots lui venaient à l'esprit, sa main cherchait une plume, et l'étincelle de l'espoir s'allumait en lui.

Et si c'était elle, la muse destinée à briser le mauvais sort qui l'accablait depuis qu'il avait quitté le Kouban ?

La belle inconnue venait à peine de disparaître que, déjà, il brûlait de la revoir.

2

Elle voulait le revoir. Ce qui n'était guère original, elle s'en doutait bien. Après avoir rencontré un homme comme lui, la plupart des femmes devaient éprouver ce sentiment. Cependant, c'était une idée fort incongrue à la table du petit déjeuner alors que, la veille, Dove avait tout fait pour décourager le prince. Elle avait opposé aux tentatives de conversation de son cavalier un quasi-mutisme qui se voulait aussi dissuasif que possible et elle l'avait planté là dès la danse achevée. Puis elle avait passé le reste de la soirée à l'éviter. En vain. Il l'avait hantée toute la nuit et, ce matin-là, il était encore présent dans son esprit. Même l'habituelle litanie de sa mère sur les qualités que devait réunir le mari parfait n'avait pas réussi à la distraire de son obsession.

Autant de considérations qui lui étaient déversées sans compter au-dessus d'une assiette d'œufs brouillés et de saucisses. « Déversées » était peut-être un terme exagéré. Plutôt exposées avec toute la diplomatie dont sa chère maman était capable. La duchesse de Redruth n'élevait jamais la voix. Elle se contentait d'exposer inlassablement ses arguments, insistant d'une voix douce sur la conduite que devait adopter sa chère enfant devant l'assiduité que sa beauté et sa jeunesse ne manqueraient pas de susciter chez les gentlemen qui lui seraient présentés.

« La fille du duc de Redruth doit se comporter avec la plus grande dignité, polie avec tous mais sans jamais encourager à quelque familiarité que ce soit ceux qui sont en dessous d'elle. Seule une union avec un duc saurait convenir. C'est ainsi que les grandes familles se perpétuent. Et vous ma fille, vous appartenez à l'une des meilleures familles qui soient, n'est-ce pas ? », lui répétait-elle ainsi chaque jour.

Dove écoutait ce discours avec une patience de plus en plus vacillante. Heureusement, elle commençait à le connaître par cœur et pouvait laisser vagabonder son imagination à sa guise.

— Il sera intéressant de voir qui viendra en visite cet après-midi à la maison, poursuivit cette fois sa mère, passant à son deuxième sujet de conversation favori avec un sourire entendu. Nous pouvons certainement compter sur Percivale… Quoique, étant un garçon intelligent, il s'arrangera pour arriver assez tard. Alfred-Ashby et Lord Fredericks devraient être là très tôt, en revanche. Lord Fredericks est joli garçon. Il est toujours bon d'avoir quelqu'un d'agréable à voir dans un salon, même s'il n'est pas duc.

Fredericks ? Joli garçon ? Sans doute si on aimait une tête blonde, certes fort aristocratique, mais vide et perchée sur un long corps dégingandé. La combinaison n'était pas dans le goût de Dove.

— Et que faisons-nous du prince Kutejnikov ? s'enquit-elle avec une feinte indifférence.

Sa mère hésita.

— Voilà un bel homme, à n'en pas douter…

La duchesse jeta un regard interrogateur à son mari, qui venait de lever les yeux de son journal, avant de reprendre :

— Il est très populaire et on l'invite partout. C'est incontestablement la coqueluche de la Saison.

— On ne sait rien sur ses antécédents, objecta Lord Redruth d'une voix aimable mais brève en se resservant du café. Olivia, ma chère, il paraît que Constable[1] a présenté cette année à l'Académie un tableau tout à fait remarquable.

La mère de Dove opina du chef.

— J'ai hâte de le voir. On dit que notre cher Constable s'est remarquablement servi de la lumière pour rendre compte des variations atmosphériques.

1. John Constable, peintre anglais du début du XIXe siècle, rend si bien compte du paysage, d'une manière si novatrice, qu'on le considère parfois comme l'un des précurseurs de l'impressionnisme français. (NdT)

Le prince était tombé aux oubliettes. Le tour de passe-passe avait été effectué avec une telle virtuosité qu'on ne pouvait leur en vouloir. Quelqu'un qui ne fréquentait pas habituellement les parents de Dove ne se serait aperçu de rien. Mais elle-même les connaissait parfaitement. La brièveté du commentaire de son père était révélatrice. Le prince ne valait pas la peine qu'on parle de lui. Il était au-dessous d'eux. Ce n'était qu'un outsider qui ne pouvait en aucun cas prétendre à la main de leur fille.

Illarion Kutejnikov venait d'acquérir le statut de fruit défendu. Dove avait suffisamment entendu les sermons de sa mère pour savoir à quoi s'en tenir. Mais elle en mesurait seulement maintenant les conséquences. Il y avait les gens qui comptaient. Et les autres. Ceux qui n'existaient même pas, parce qu'ils n'avaient pas eu la chance de naître du bon côté, au bon moment, ou dans le bon pays. C'était un jugement définitif et terriblement arbitraire.

Dove observait ses parents tandis qu'ils discutaient paisiblement de critères artistiques sur lesquels ils étaient tous les deux du même avis. Elle les avait toujours considérés comme des gens aimables et bons, qui prenaient leur rôle social très au sérieux. Son père ne buvait ni ne jouait plus que de raison, contrairement à beaucoup d'hommes de leur monde. Sa mère était toujours vêtue selon la dernière mode, quoique avec modestie. Elle se consacrait sans ménager son temps ni sa peine aux bonnes œuvres de leur village de Cornouailles, s'occupait des malades et des nécessiteux. Tous deux l'avaient élevée avec amour, et même avec dévotion. Jamais Dove n'avait eu l'occasion de douter de leur affection. Et pourtant, ces mêmes personnes capables de bons sentiments venaient de rejeter un de leurs semblables comme s'il n'était qu'une fourmi qu'on écrase du talon. Sans même s'en rendre compte.

Pour la première fois de sa vie, Dove sentit naître en elle quelque chose qui ressemblait à de la révolte. Une révolte provoquée par ses interrogations devant les réactions de ses parents. Mais aussi sans doute par la série de déceptions qu'elle avait éprouvées depuis qu'elle était à Londres et qu'elle avait pris contact avec la réalité. On la destinait, à peu près comme si elle eût été une marchandise, à Percivale ou à l'un de ses semblables. Même Alfred-Ashby et Lord Fredericks avaient été relégués au rang de figurants, tout juste bons à jouer le rôle de faire-valoir dans la mise en scène destinée à prendre au piège un pair du royaume.

Que se passerait-il si elle refusait de se soumettre ? Perdrait-elle elle aussi de sa valeur ? Pour Dove, c'était un terrain vierge à explorer. Il ne lui était encore jamais arrivé de désobéir. Ses parents avaient toujours voulu le meilleur pour elle et elle avait grandi dans le respect de leur volonté. Jamais elle ne s'était permis de remettre leurs choix en question. Elle n'avait eu aucune raison de le faire.

Jusqu'à aujourd'hui.

C'était là des idées nouvelles, en vérité. Un peu comme si elle y voyait clair pour la première fois de sa vie.

Un violent assaut de lumière frappa les paupières d'Illarion, qui leva un bras pour se protéger avec un grognement de protestation. Qui diable avait pu tirer ces fichus rideaux ? Pour avoir la réponse à sa question, il aurait fallu qu'il ouvre un œil, ou qu'il attende que l'intrus se mette à parler.

Il n'eut pas à patienter longtemps.

Une exclamation de dégoût lui parvint depuis la fenêtre, qui ne pouvait provenir que de Stepan, son ami et mentor occasionnel. Quand les quatre princes avaient fui le Kouban, ils avaient eu besoin d'un chef et Stepan avait endossé le rôle, leur prodiguant conseils et directives à chaque fois que cela s'était avéré nécessaire.

— Que s'est-il passé ici ? tonna Stepan en ouvrant plus largement les rideaux. On dirait qu'un ouragan a traversé ta chambre.

— L'inspiration, sans doute, tenta d'expliquer Illarion d'une voix pâteuse.

— Une bonne beuverie, veux-tu dire !

Illarion entendait Stepan arpenter la chambre, se débarrassant des obstacles d'un pied chaussé d'une lourde botte. Il reconnut le claquement sec de livres qu'on empilait sur une chaise, le bruissement de feuilles de papier remises en ordre.

— Ne touche à rien ! gémit-il en portant les deux mains à ses tempes.

— Comment peux-tu t'y retrouver là-dedans ? Je vais envoyer une domestique mettre de l'ordre dans tout ça...

Soudain galvanisé, Illarion parvint à se redresser d'un coup de reins, se rappelant juste à temps pour ne pas en tomber de l'étroitesse du sofa sur lequel il s'était endormi. Il avait la nuque endolorie, le dos raide, et les jambes pleines de courbatures. Décidément, l'inspiration n'était guère tendre pour les pauvres poètes.

— Pas besoin d'une domestique, Step. Tout ici est exactement comme j'aime que cela soit.

Tandis que son ami et colocataire poursuivait son inspection, Illarion rattacha ses cheveux avec le ruban de la veille.

— Partout des feuilles de papier à moitié remplies de gribouillages ! fulminait Stepan. Des vêtements roulés en boule, un quignon de pain et des fruits avariés dans une corbeille ! C'est là-dedans que tu aimes vivre ? Un pourceau n'y retrouverait pas ses petits.

Illarion laissa échapper un soupir d'exaspération. Stepan avait ses qualités, incontestablement. Et c'était un véritable ami. Mais il ignorait tout à fait ce qu'était un tempérament d'artiste.

Stepan agita dans l'air un feuillet chiffonné.

— Quand je dis « à moitié remplies », je suis généreux. Cette feuille-là ne comporte que six mots. Pas un de plus. « Un bel oiseau dans ma main. » On se demande vraiment de quoi tu parles. Ce n'est même pas une phrase complète.

Luttant contre son mal de crâne, Illarion se pencha vivement vers son ami et lui arracha la feuille.

— J'écris des poèmes, mon vieux. Pas des romans… Donne-moi cela. Évidemment, ce n'est pas complet. C'est à peine commencé !

Il détestait que les gens lisent ses poèmes avant qu'ils ne soient achevés. Surtout les gens qui n'y connaissaient rien. Et Stepan, en dehors de ses colonnes de chiffres et de ses bilans commerciaux… Illarion lissa soigneusement le feuillet qu'il posa sur le lit, à côté de lui.

— Franchement, tu as peut-être mieux à faire que de déranger un poète en pleine action créatrice.

Stepan émit un rire bref.

— En pleine « action créatrice » ? Je ne suis pas sûr qu'on puisse appeler création l'état dans lequel je t'ai trouvé en arrivant.

Sans compter ton mode de vie : noctambule invétéré, rentrant seulement pour dormir toute la journée…

Stepan ajouta en enveloppant le long corps d'Illarion d'un geste large :

— Regarde-toi. Tu es dans un état aussi pitoyable que cette chambre. Les cheveux en désordre, les vêtements froissés… qui commencent à pendre sur toi comme des oripeaux. On dirait un épouvantail. Tu n'oublies pas de boire, cela non ! Mais pour ce qui est de manger ! Des verres vides partout, mais pas une assiette. Quand as-tu pris un vrai repas pour la dernière fois ?

Illarion poussa un gémissement. Parfois, avoir un ami comme Stepan était une vraie plaie. Il tituba jusqu'à la table de toilette et versa le contenu du broc dans la cuvette de faïence. Glacé ! Parfait. Rien de tel pour vous requinquer.

— Tu sais bien comment je suis quand j'écris.

Prenant appui des deux mains sur la tablette de marbre, Illarion se pencha vers le miroir pour s'examiner. Dieu du ciel ! Stepan avait raison. Il avait une tête épouvantable. Mais un bon coup de rasoir et un repas chaud remédieraient à tout cela.

Un heurt à la porte lui fit jeter un second regard dans la glace. C'était une domestique. Et la menace de Stepan de l'obliger à se restaurer se concrétisa soudain. Illarion huma l'air avec précaution, attentif à ne pas déclencher une nausée. Des saucisses, des toasts, du café…

Ah ! oui. Du café. Voilà qui lui ferait du bien.

Il prit le temps d'achever sa toilette de chat tandis qu'on débarrassait une table pour y déposer le plateau lourdement chargé. Le petit déjeuner lui sembla dégager tout à coup un fumet appétissant. C'était plutôt bon signe. Illarion sentit qu'il serait bientôt capable de lui faire honneur.

Mais tout de même… Il était peut-être temps de se trouver un logis, comme Nikolaï ? Il y avait des jours où vivre avec Stepan, c'était pire que d'avoir ses parents sur le dos. Nikolaï, lui, avait été assez malin pour se marier. Mais Illarion n'avait pas la moindre intention de convoler en justes noces. Le monde était trop riche en jolies femmes pour qu'on se contente d'une seule. Et puis, l'institution du mariage à la mode du Kouban n'avait rien pour lui convenir, avec toutes ses règles et ses interdits. Il avait connu trop d'amis, hommes comme femmes, contraints à un mariage forcé pour complaire à leurs parents ou à la société. Ensuite… Eh bien, ensuite, il était arrivé ce qui devait arriver. Ils n'avaient pas tardé à devenir l'ombre d'eux-mêmes. Surtout les femmes.

Comme Katya… Sa chère Katya.

Illarion se sécha le visage avec une serviette propre dont une pile avait été apportée par la jeune domestique en même temps que le petit déjeuner. Puis il s'installa à califourchon sur un tabouret en face de Stepan, qui avait pris place sur le canapé. Celui-ci s'empressa de lui verser une tasse de café.

— Alors, comment va l'inspiration ? s'informa son ami d'une voix radoucie.

— Mieux…

Si on pouvait qualifier ainsi ces fameux six mots formant l'un des clichés les plus banals de la poésie universelle. La veille au soir, Illarion était rentré chez lui dans la plus grande précipitation, composant fébrilement quelques vers dans sa tête sur le chemin du retour. Après s'être enfin retrouvé dans sa chambre, il s'était jeté sur sa plume pour capturer le fruit génial de l'inspiration née de sa rencontre avec la froide et délicieuse Lady Dove Sanford-Wallis.

Mais la source en avait aussitôt tari et, tandis qu'il ressassait les circonstances de son échec, plume et papier lui étaient tombés des mains. Pourquoi Lady Dove n'avait-elle pas succombé à ses charmes ? Il avait pourtant fait tout ce qu'il convenait de faire. Il avait laissé leur hôtesse l'introduire, il avait montré à l'hôte d'honneur qu'elle était au centre de son attention. Il l'avait invitée à danser une valse, la reine des danses pour une jeune lady de son rang. Il lui avait fait la conversation. Bref, il s'était comporté comme un parfait gentleman. Aucune femme du Kouban, pas plus que de la meilleure société londonienne, n'aurait trouvé à redire à sa conduite.

Et pourtant, elle l'avait rejeté.

— Figure-toi, commença-t-il en sirotant son café, qu'hier soir j'ai rencontré une femme extraordinaire. Le péché en robe de satin blanc. Cela faisait bien longtemps…

Il n'avait pas été ému seulement par sa beauté mais aussi par son esprit et par cette petite flamme de rébellion qui brûlait doucement au fond de ses yeux. C'était ce contraste qui lui avait plu. Cette jeune fille tout de blanc vêtue avec cette flamme noire qui brûlait dans son regard. Cela l'avait intrigué et séduit, même si cette rébellion était dirigée contre lui. Maintenant, à la lumière du jour, il se demandait si c'était vraiment lui qui avait déplu à Lady Dove ou si la réaction de cette délicieuse personne était due aux circonstances. Après tout, peut-être n'appréciait-elle pas ce genre de mondanités ? Et si elle avait menti en répondant à ses questions ?

— Hum. Cela me paraît tout à fait prometteur, approuva Stepan.

— Cela l'était ! renchérit Illarion d'une voix passionnée. Jusqu'à ce que, une fois rentré, je me trouve incapable de produire le moindre vers. J'avais la tête pleine d'images... Mais quand j'ai voulu les enfermer dans des mots, elles se sont évanouies, comme ça !

Il claqua des doigts pour mimer ce qu'il voulait dire et conclut, dépité :

— Exactement comme elle.

— D'où l'image de l'oiseau dans la main, murmura Stepan. Honnêtement, je préfère « le péché en robe de satin blanc ».

Illarion opina du chef avec un demi-sourire et prit une plume.

— Plutôt bien trouvé, n'est-ce pas ?

Il s'était déçu lui-même, la nuit précédente. Il avait tout essayé, même le cognac, pour ouvrir les vannes de son inspiration mais rien n'avait fonctionné. Les bougies s'étaient éteintes, noyées dans leur cire fondue, et il avait fini par se livrer au sommeil pieds et poings liés juste avant l'aube. Encore une nuit de gâchée.

— Cette fille m'inspire, Stepan. Il faut que j'écrive quelque chose sur elle. Tu sais que j'ai une lecture publique dans trois semaines et je n'ai toujours rien produit de nouveau.

Ce serait une grande réception, où viendrait tout le gotha de la capitale. On avait invité Illarion à lire les poèmes qui étaient la cause de son exil du Kouban. Cela faisait des mois que les meilleurs salons de Londres le réclamaient à grands cris. Mais on attendait aussi ses toutes dernières productions. Peut-être quelque chose célébrant sa nouvelle vie à Londres. C'était pour cela qu'il avait accepté toutes les invitations, s'immergeant dans la bonne société, faisant bonne chère et collectionnant les jolies femmes, jamais rassasié des splendeurs de la grande ville et de ses turpitudes. Et chaque soir, il rentrait un peu plus vide et désespéré. Jusqu'à cet épisode de la veille où une femme avait su rallumer l'étincelle.

— Il n'y a pas à tergiverser, Stepan. Il faut que j'aie cette fille.

Illarion jeta sa plume et, se levant d'un bond, il se dirigea vers sa garde-robe. Il avait été présenté à sa future égérie et il connaissait son nom. Il ne serait pas difficile de la retrouver.

Stepan ne semblait pas partager son enthousiasme.

— Il faut que tu l'aies ? Qu'entends-tu par là, exactement ? Tu n'as tout de même pas l'intention de la mettre dans ton lit ? Es-tu sûr que ce soit le genre de fille avec qui on peut agir ainsi, de toute façon ?

Illarion pivota sur lui-même pour regarder son ami bien en face. Autrement dit, était-elle du genre veuve joyeuse ou s'agissait-il d'une jeune débutante effarouchée sous la coupe de sa maman ? C'est-à-dire, une intouchable ? Question fort pertinente, bien qu'il n'eût pas la moindre intention d'y répondre. D'abord, parce qu'il ne voulait pas voir se dissiper l'aura de mystère qui entourait sa muse. Ensuite, parce qu'il en aurait été bien incapable.

Il détestait que Stepan aille plus vite que lui. En vérité, il n'avait pas la moindre idée de ce que pouvait impliquer l'expression « avoir Lady Sanford-Wallis ». Pour le moment, la seule chose qui l'intéressait, c'était d'entretenir la flamme de l'inspiration que lui procurait cette femme. Mais, comme d'habitude, Stepan avait raison. Il ne pouvait pas la mettre dans son lit. Du moins, pas sans l'épouser. Et cela lui paraissait une considération pour le moins précoce. Tout ce qu'il souhaitait, c'était pouvoir écrire des poèmes. Une poésie dont le message était précisément de dénoncer les inconvénients du mariage, pas d'en vanter les mérites.

— Eh bien ? insista Stepan. La question est d'importance, Illarion. Tu ne peux pas prétendre séduire toutes les jeunes et jolies Anglaises que tu rencontres. Surtout dans ce milieu-là. Je te préviens tout de suite qu'à ce petit jeu-là tu risques gros.

Illarion revint à la nuit précédente, et à la cour d'admirateurs qui entourait Dove.

— Je ferai partie de ses soupirants, rien de plus. Quelques

danses, quelques visites au domicile de ses parents, un bouquet de fleurs ou des chocolats de temps à autre...

Il faudrait sans doute faire un peu plus que cela s'il voulait obtenir ce qu'il désirait. Mais cette réponse apaiserait Stepan qui lui ficherait la paix. L'idée n'était pas si mauvaise, en y réfléchissant. Il jouerait le rôle du candidat potentiel si c'était là le moyen d'être seul avec elle assez souvent pour puiser en sa compagnie l'inspiration dont il avait besoin.

Un rire fusa des lèvres de Stepan.

— Toi, dans le rôle du timide soupirant ? C'est difficile à concevoir.

Illarion n'avait pas envie de rire.

— À situation extrême, solutions extrêmes. Et je dois en trouver une absolument. Sinon, j'arriverai les mains vides lors de ma lecture publique.

Il farfouilla de nouveau dans sa garde-robe, y cherchant désespérément un gilet.

Stepan rit.

— Il ne faut pas dramatiser. Une personne comme toi s'en sort toujours. En attendant, je vais faire monter quelqu'un pour ranger un peu tout cela.

Illarion haussa les épaules. Stepan lui servait les banalités que les gens ordinaires servent toujours aux artistes. Ou qu'on réserve aux malades dont le cas est désespéré.

— Au fait, quelle heure est-il ? demanda-t-il en extirpant de la pile de vêtements deux gilets, un bleu et l'autre crème.

— Deux heures. Il semblerait que tu aies perdu une bonne partie de la journée.

— Parfait.

Indifférent au reproche qui perçait dans la voix de son ami, Illarion enfila le gilet couleur crème, plus approprié à cette claire journée de printemps, et sonna pour appeler un domestique. Il avait besoin d'un bon rasage. Les visites commençaient l'après-midi à trois heures. Il avait juste le temps de se rendre présentable, sans oublier de s'arrêter en chemin pour acheter des fleurs.

— Qu'as-tu l'intention de faire ? s'étonna Stepan devant ce soudain regain d'énergie.

— Une petite visite, répondit Illarion en fouillant dans un tiroir. Où ai-je pu mettre mes cartes ?

Se levant d'un bond, Stepan attrapa un porte-cartes en argent qui avait effectivement atterri sur le tapis.

— Ici. Et puis-je savoir qui tu t'apprêtes à honorer de ta présence ?

Illarion sourit à son ami. Quand il avait une idée en tête, Stepan était comme un chien avec son os. Mais pas question de lui en dire plus qu'il ne fallait.

— Ma muse. Qui d'autre ?

Cette fois, Illarion avait le temps de préparer une stratégie. Une fois qu'il se serait introduit dans la place, il séparerait d'emblée la jeune fille de son troupeau d'admirateurs. Car, bien sûr, elle ne serait pas seule. En une soirée, elle avait fauché tous les cœurs. Il y avait fort à parier que plus d'un gentleman attendait depuis le matin l'heure de se rendre chez elle pour y déposer sa carte, caressant l'espoir d'être reçu. Mais lui saurait bien la convaincre de faire un tour dans le jardin, ou dans la galerie des portraits de famille. Grâce à Dieu, son charme naturel avait toujours été son principal atout. Pas question, cette fois, de se laisser traiter avec mépris par sa belle inspiratrice en satin blanc.

— Tu m'as l'air bien décidé..., commença Stepan.

Illarion, qui sentait poindre un nouveau sermon, s'empressa de l'interrompre.

— Step ! Ne comprends-tu pas que c'est peut-être elle ! L'unique ! La *diletta*[1]. La seule qui pourra me sauver de ma malédiction.

Stepan secoua la tête.

— Quelle malédiction ? Tu ne vas pas continuer à te mettre toi-même des bâtons dans les roues avec ce genre de faribole ? Tu as écrit une ode pas plus tard que la semaine dernière en hommage à la comtesse de Somersby. Les dames en étaient folles. Toutes les gazettes de Londres l'ont même diffusée dans leur chronique mondaine.

Stepan avait raison, comme d'habitude. Mais Illarion avait

1. Terme emprunté à la langue italienne par les écrivains romantiques pour désigner l'élue, la femme aimée. (NdT)

toujours eu un faible pour l'irrationnel. Et il n'avait pas l'intention de se défaire de cette habitude.

— Balivernes ! Cela n'avait pas grand-chose à voir avec de la poésie. Juste quelques vieilles ficelles mises bout à bout. Il n'en faut pas beaucoup pour impressionner la comtesse.

Il n'avait fait que reprendre des thèmes à la mode sous une forme convenue. Mais tout cela allait bientôt changer. Avec un peu de chance, ce soir-là, il pourrait de nouveau écrire.

3

Dove jeta un coup d'œil à l'horloge posée sur le manteau de la cheminée et refit rapidement ses estimations. À cette heure, avec un peu de chance, plus personne ne viendrait et, une fois leur demi-heure écoulée, tous ces gentlemen prendraient congé. Elle aurait ensuite l'après-midi entier pour dessiner.

Plus que quelques minutes avant une liberté bien méritée. Les messieurs dont sa mère avait prévu la visite s'étaient bel et bien manifestés, par vagues successives, à partir de trois heures et quart précises. Il avait fallu une armée de vases pour installer les bouquets qu'ils portaient tous devant eux en guise d'offrande. Dommage qu'ils n'eussent pas préféré, en lieu et place de fleurs, faire montre d'une personnalité plus riche et plus originale que celle qu'ils avaient arborée la veille ! Si Dove avait espéré les trouver plus intéressants à la lumière du jour, cet espoir s'était vite dissipé. Un seul point positif : Percivale n'était pas là.

À chaque nouveau visiteur, annoncé solennellement par la voix forte du majordome, la mère de Dove, le visage empourpré de satisfaction et d'orgueil mêlés, se penchait à son oreille pour murmurer un commentaire.

— Lord Rupert possède quatre domaines d'un bon rapport et il devrait hériter du titre de comte à la mort de son oncle. Lord Alfred-Ashby a dans le Nord une écurie digne de rivaliser avec celle de Chatsworth[1]. Bien sûr, tout cela n'est rien à côté des

1. Chatsworth House, vaste château de style baroque situé dans le Derbyshire, est le fief des ducs de Cavendish, l'une des plus grandes familles

propriétés de la famille de Strom Percivale. Lui seul est vraiment intéressant. Outre ses possessions, il héritera du duché de son oncle avec tous ses domaines. Parmi les plus grands d'Angleterre !

Tandis que ces gentlemen entraient les uns après les autres dans le salon, souriaient et saluaient avec grâce, comme s'ils n'avaient pas conscience du véritable enjeu de leur visite, ils étaient ainsi tous jaugés et étiquetés avec soin.

Ces jeunes gens tirés à quatre épingles et si sûrs d'eux s'imaginaient-ils être jugés pour eux-mêmes ? se demanda Dove. À l'aune de leurs vrais mérites ? Savaient-ils qui avait déjà été éliminé ? Qui avait encore sa chance et pouvait concourir pour le titre de mari ? Lesquels d'entre eux n'étaient venus ici que par politesse, ou simplement pour se faire valoir ? Pour pouvoir dire à leur cercle d'amis : « J'étais chez le duc et la duchesse de… pour déposer mes hommages auprès de mademoiselle leur fille… »

Et qui, dans cette pièce, l'avait déjà éliminée, elle ?

Dove n'était pas assez naïve pour croire que sa mère était la seule à évaluer le poids des candidats au mariage. Chacun des gentlemen ici présents se livrait au même petit jeu. C'était bien pour cela qu'il avait fallu une bonne heure à la femme de chambre de Dove pour élaborer une coiffure qui adoucisse l'angle volontaire de sa mâchoire. Et pourquoi elle avait dû revêtir cette robe d'après-midi rose poudré qui mettait si bien en valeur l'or pâle de ses cheveux. Et malgré ces efforts, il y aurait quelques-uns des visiteurs pour juger qu'ils feraient mieux de porter leurs hommages ailleurs. L'idée qu'elle-même pût être écartée provoqua chez Dove une sorte de surprise. Elle était habituée à être le centre de l'attention et de la concupiscence.

Elle parcourut la pièce d'un œil inquisiteur. Alors qui ? Pour qui dans cette pièce n'était-elle qu'une plume à fixer à son chapeau, comme un trophée mondain ? Réaliser qu'il y avait chez elle

d'Angleterre. Il aurait servi de décor au film *Orgueil et préjugés* (2005), adaptation du roman éponyme, pour représenter la riche demeure de Mr Darcy. On dit même que le château aurait inspiré directement son roman à Jane Austen. On peut trouver aujourd'hui le portrait de son héros en bonne place dans la Galerie des sculptures, à côté des bustes des personnages illustres de la famille. (NdT) quelques jolis cœurs venus seulement se frotter à sa célébrité toute neuve pour en recevoir quelque lustre et pouvoir dire « j'y étais » la vexait bien un peu. Ceux-là n'avaient aucune intention de la courtiser ou de faire l'effort de mieux la connaître.

Ils ne voulaient qu'utiliser son image et son titre.

Une telle vérité ne faisait pas partie du conte de fées dans lequel elle avait grandi. Comme ils jouaient tous bien la comédie ! Et combien peu étaient sincères ! C'en était écœurant. Le sentiment d'indignation tout neuf que Dove avait découvert en elle la veille au soir resurgit intempestivement. Il y avait des hommes et des femmes pour construire toute une vie sur cette comédie. Si on ajoutait à cela le ridicule protocole mondain qui s'imposait à tout jeune homme souhaitant faire sa cour, la situation devenait franchement grotesque. Un gentleman pouvait rester une demi-heure chez la demoiselle de ses pensées, parfois moins, en sachant qu'il ne passerait pas une minute en tête à tête avec elle.

Comment pouvait-on apprendre à se connaître au milieu d'un salon bondé dans lequel la conversation se limitait à des considérations sur la pluie et le beau temps ou sur le prochain bal ? Dans un coin, près d'une fenêtre, Lord Fredericks riait, portant gracieusement sa jolie main manucurée devant sa bouche et son interlocutrice, en extase, hochait la tête tandis qu'il répétait :

— Mais parfaitement, mais parfaitement...

Bah ! Ce cérémonial n'était peut-être pas si mal conçu, finalement. La veille, n'avait-il pas suffi à Dove d'une soirée pour se convaincre qu'elle ne pourrait passer sa vie avec aucun des jeunes gentlemen l'entourant de leurs assiduités ?

Quand la délicate horloge de porcelaine sonna la demie de quatre heures, ce fut comme une envolée de moineaux. Les visiteurs de la dernière vague s'empressèrent de prendre congé et l'espoir de Dove de pouvoir se réfugier dans son cabinet de dessin se renforça. Elle croisa discrètement deux doigts dans les plis de sa robe pour se porter bonheur tout en répondant poliment aux adieux répétés en échos. Elle sentait déjà le contact lisse et froid de son fusain dans sa main, et imaginait l'éclat blanc du papier sous le soleil.

Elle travaillait à ce moment-là sur un dessin représentant la jument qu'on venait de lui acheter pour la promenade. L'animal avait un regard expressif et profond que Dove avait hâte de reproduire. Elle avait déjà fait des esquisses mais quelque chose manquait encore. Peut-être, pour ses séances de dessin, aurait-elle intérêt à conduire la jument dans les prés, où la lumière était meilleure ?

Les deux derniers gentlemen étaient partis, la porte allait se refermer quand le désastre survint.

La voix du maître d'hôtel s'éleva de nouveau, claironnante et fière.

— Son Altesse Royale, le prince Illarion Kutejnikov !

Et le prince fit en effet irruption, vêtu d'un habit bleu et d'un gilet de soie crème, plus anglais aujourd'hui que la veille, mais pas pour autant plus discipliné. Le sang de Dove s'accéléra dans ses veines. Le matin même, elle rêvait de le voir et voilà qu'il était là, chez elle, beau et frémissant comme un jeune pur-sang. Décidément, il fallait faire attention à ses rêves. Certains, plus dangereux que les autres, pouvaient tout aussi bien se réaliser.

— Prince Kutejnikov, dit poliment Dove avec une brève génuflexion. Quelle bonne surprise !

Ne trouvant plus rien à dire, elle prit des mains du jeune homme le frais bouquet de muguet qu'il lui présentait. Quel original c'était pour oser se présenter chez elle après avoir reçu la veille pareil camouflet ! Deux qualificatifs lui vinrent simultanément à l'esprit : obtus et arrogant. Il devait faire partie de ce genre d'hommes absolument persuadés que toutes les femmes tombaient amoureuses d'eux dès le premier regard.

L'ennui, c'est qu'il avait sans doute raison...

— Ces fleurs m'ont fait penser à vous, déclara-t-il dans un sourire.

Dove attendait l'enfilade de clichés qui allait suivre : « Vous êtes comme un printemps fleuri, pure et fraîche comme ce modeste bouquet... », etc. Elle avait entendu cela tout l'après-midi. Mais rien de tel ne vint. Au lieu de cela, son visiteur se pencha sur elle et chuchota à son oreille :

— Belles au-dehors, poison au-dedans.

— Quel joli compliment ! Très original, vraiment.

Elle s'arracha un sourire, mais moins convaincant que celui

de son aimable visiteur. Que pouvait bien dire une jeune fille à l'homme qu'elle avait tenté de décourager le jour précédent ? Il l'avait prise au piège et il le savait. Il se moquait d'elle, elle le voyait bien dans ses yeux. Des yeux… d'un bleu… Bleu de cobalt. Oui, c'était bien cela. Les lustres de sa marraine ne leur avaient pas rendu justice.

— Je vais chercher un vase. Je sais exactement celui qu'il faut.

N'importe lequel pourvu qu'il soit besoin d'une bonne demi-heure pour le trouver !

Peut-être le prince, se lassant de l'attendre, serait-il parti quand elle reviendrait ?

Une fois dans le hall, Dove s'exhorta au calme. Elle prit plusieurs longues respirations, une main sur son cœur affolé. Illarion Kutejnikov était venu là pour se moquer d'elle, c'était certain. Par pure provocation. Mais, chuchota une petite voix perfide tout au fond d'elle, lui au moins n'était pas ennuyeux comme les autres. Et plutôt agréable à regarder.

Certes, mais c'était pire encore. Il était la tentation même. Doté de la beauté du diable, original et intelligent, il offrait le parfait contrepoint à la profonde déception qu'elle avait éprouvée la veille. Alors que, à eux tous, les autres gentlemen avaient du mal à remplir la pièce de leur présence, l'arrivée du prince avait été comme un soleil.

Un valet se précipita vers Dove avec un vase d'opaline à la main, interrompant net sa tentative d'évasion. Décidément, les domestiques de ses parents étaient trop bien formés.

Dove prit son temps pour regagner le salon. Et quand elle en franchit le seuil, ce fut pour s'apercevoir qu'elle avait peut-être eu tort de laisser le champ libre à son importun visiteur.

Le prince Kutejnikov, tout sourire, était assis à côté de sa mère, les yeux rivés sur la duchesse comme s'il s'agissait de la personne la plus fascinante du monde. À l'entrée de Dove, il se leva d'un bond et lui décocha un sourire éclatant. Sa mère se leva aussi.

— Vous voici donc, ma chère fille. J'étais justement en train de dire au prince qu'il fait trop beau pour rester enfermé. Il m'a suggéré de vous emmener faire un tour au parc. Je vais envoyer chercher vos gants et votre chapeau.

— Mon cabriolet attend devant votre porte, renchérit le prince avec un sourire malicieux, comme s'il lisait en elle à livre ouvert.

Aucun moyen de lui échapper, décidément. Dove était prise au piège. Il était clair que le prince avait bien l'intention de se venger de l'affront qu'elle lui avait fait subir la veille. Telle était sa revanche. Une promenade au parc en tête à tête, au cours de laquelle elle ne pourrait faire autrement que subir sa conversation. Et qui permettrait au jeune homme d'oser d'autres insinuations sur les vierges de Londres et, pourquoi pas, sur les moyens de les débaucher.

Mon Dieu ! Qu'avait-elle fait pour mériter cela ?

Prenant le châle des mains de la femme de chambre, le prince Kutejnikov le posa sur ses épaules. Dove ne put retenir un frisson. Maintenant, il était trop tard pour refuser.

Le prince lui offrit galamment le bras et la conscience qu'elle avait de lui s'accrut encore. Elle était sensible à la largeur de ses épaules, à sa haute taille, à la vigueur de son torse et de ses jambes. Avec un corps comme celui-là, comment pouvait-on être poète ? Les poètes étaient de pâles créatures éthérées, pas des forces de la nature au tempérament de cheval fougueux.

— Le temps nous presse, Lady Dove. Partons avant que d'autres admirateurs ne se présentent à votre porte.

Il s'inclina devant sa mère.

— Nous ne nous attarderons pas, duchesse, je vous le promets. Merci pour votre charmante conversation. Je comprends maintenant d'où votre fille tient son esprit.

Dove haussa un sourcil soupçonneux. Sa mère ne rougissait-elle pas ? De quoi avaient-ils donc pu parler ?

Elle y songeait encore tandis que le prince l'aidait à monter dans son véhicule. Sa mère, extrêmement pointilleuse quant à sa réputation, n'avait pas manifesté la moindre réticence quand Illarion Kutejnikov avait proposé d'emmener Dove se promener avec lui en tête à tête. C'était tout à fait inattendu. Et même presque inquiétant. Qu'était-il advenu de la règle numéro deux : « Rester polie avec les inférieurs sans jamais les encourager » ? Il n'y avait à cela qu'une explication.

— Vous avez manipulé ma mère, décréta Dove sur un ton mi-accusateur, mi-admiratif tout en s'installant sur la banquette.

Il avait fallu au prince une réelle adresse pour enrouler la duchesse de Redruth autour de son petit doigt.

Illarion cligna de l'œil avec un sourire suffisant.

— Les femmes sont assez sensibles à mes talents de persuasion. Et puis, ce n'est pas tous les jours qu'on a la chance de voir sa fille invitée à se promener en compagnie d'un prince russe !

Il prit place à côté d'elle et conclut avec un petit rire :

— À quoi servirait un titre s'il ne vous permettait d'obtenir quelques avantages ?

Mais Dove était certaine que ce n'était pas le titre qui l'avait emporté. Elle savait parfaitement ce que ses parents pensaient du jeune homme. Qu'il ait réussi à orienter favorablement la décision de sa mère était d'autant plus étonnant. Elle commençait à croire que, prince ou non, Illarion Kutejnikov faisait partie de ces heureux élus qui avaient toujours gain de cause.

— Vous trouver seule chez vous était tout à fait inespéré, poursuivit Illarion en s'engageant dans la circulation. J'avais élaboré toute une stratégie pour vous enlever à vos admirateurs. Profiter de ce beau temps est tellement plus agréable, ne trouvez-vous pas ?

Dove ne put s'empêcher de sourire.

— Ils étaient pourtant là, tous autant qu'ils sont. Vous les avez manqués.

Elle s'astreignait à des réponses courtes. C'était la seule défense qui lui restait. Si elle n'encourageait pas son compagnon, peut-être la laisserait-il tranquille ?

Mais avait-elle vraiment envie qu'il la laisse tranquille ?

— Eh bien… Dans ce cas, je suis votre sauveur. Je vous ai épargné la deuxième et la troisième vague, ceux qui arrivent à l'heure du thé puis du porto et dont on ne peut se dépêtrer. Peut-être devriez-vous me remercier ?

Le prince eut un rire bas, presque complice, tandis qu'il la taquinait de son coude.

— Je sens que vous êtes contrariée, Lady Dove. Est-ce du fait de ma compagnie ou parce que je vous ai privée de celle de ces gentlemen ? Teniez-vous à voir quelqu'un en particulier ?

Dove se renfrogna. Là était le problème, précisément. Le seul qu'elle tenait à voir, c'était lui. Et maintenant qu'il était là, elle ne savait plus quoi faire de lui. Pas question de l'encourager. Ni de le dissuader, même si c'était ce que l'étiquette réclamait en de telles circonstances.

— Je ne suis pas contrariée.

Illarion la regarda de côté, l'œil pétillant.

— J'aimerais bien que vous ne me mentiez pas, ma chère. Cela fait deux fois en deux jours. C'est du reste pourquoi je suis là. Je veux savoir la vérité sur ce qui s'est passé hier soir. Pourquoi éprouviez-vous un tel désarroi à danser avec moi ? À moins que ce bal n'ait pas répondu à vos attentes ? J'étais fort ennuyé, comme vous pouvez l'imaginer. C'est seulement en rentrant, une fois allongé sur mon sofa, que je me suis avisé que ce n'était peut-être pas contre moi que votre mauvaise humeur était dirigée.

Dove se sentit rougir à l'idée de ce grand corps allongé et, sans doute, à moitié dévêtu.

— Votre conversation devient tout à fait indécente, Votre Altesse. En Angleterre, les jeunes gens ne discutent pas avec les jeunes filles de leurs rituels nocturnes…

— D'après ce que j'ai pu voir, les couples légitimes ne le font pas davantage. Pas étonnant qu'ils aient l'air si compassés, rétorqua Illarion du tac au tac.

Dieu du ciel ! Cette conversation prenait un tour de plus en plus gênant. Ce n'était pas là des propos de gentleman.

— Sans doute est-ce votre art du sous-entendu qui me déplaît, Votre Altesse. C'est la seconde fois que notre conversation prend un tour… disons, plutôt intime.

Illarion rétorqua, le regard dansant :

— Intime me va très bien. Maintenant, je commence à me demander si ce n'est pas vous qui voyez le mal partout, Lady Dove.

Dove, les joues en feu, se mit à triturer ses gants de fil. Ses études au couvent ne l'avaient pas préparée à échanger des mots d'esprit avec ce qui avait tout l'air d'être un libertin.

Mais elle n'avait pas tout à fait perdu la bataille. À défaut de rivaliser d'audace et d'impertinence avec son interlocuteur, elle trouverait bien le moyen de lui clouer le bec.

— Si j'étais une fille dévoyée, Votre Altesse, je ne serais pas ici, avec vous, à essayer de garder la conversation sur un terrain sérieux, comme la fille respectueuse et aimée de ses parents que je suis.

Ignorant délibérément le ton définitif de sa repartie, son interlocuteur revint à la charge.

— Ah ! vraiment ? Et où seriez-vous, dans ce cas ?

Une brise légère s'était levée. Dove capta les odeurs qui émanaient de son compagnon. Celles du citron et de la bergamote mêlées au parfum plus exotique du patchouli. Rien à voir avec les gentlemen au corps étroitement serré dans leur habit qu'elle avait vus défiler cet après-midi dans son salon comme à la parade. En fermant les yeux, elle aurait pu se croire en Toscane, ou peut-être même plus loin, dans la mystérieuse Arabie des *Mille et Une Nuits*. Ou plus loin encore, dans l'Inde des maharadjahs, peignant et dessinant tout ce qui lui tombait sous la main.

— Où je serais ? Pas à Londres, en tout cas. Pas après ce que j'en ai vu.

Elle se détourna, peu soucieuse de se livrer davantage. Illarion Kutejnikov en avait assez deviné sur elle-même. Avait-il aussi compris qu'elle ne lui était pas aussi hostile qu'elle l'avait laissé paraître ?

— Ah ! ah ! C'est bien ce que je pensais. Ce sont les circonstances qui vous déplaisaient, hier soir. Pas ma modeste personne.

Se tournant vers Dove, il lui décocha un sourire taquin.

— Je suis soulagé, voyez-vous. Je craignais d'avoir perdu un peu de mon charme.

— Vous êtes surtout d'une extrême arrogance. Il me paraît important que vous sachiez que je ne supporte pas les arrogants et les vaniteux.

Dove était heureuse de l'avoir pris en faute. Cela lui donnait un prétexte pour le repousser. Elle commençait à s'amuser plus qu'il n'était convenable.

Illarion fronça un sourcil menaçant.

— Et moi, je n'aime pas les menteuses. Allons, Lady Dove. Soyez honnête. Vous êtes bien contente d'avoir pu vous échapper cet après-midi. Vous ne demandiez que cela. Sans mon opportune intervention, vous seriez enfermée dans votre salon à faire des politesses forcées à d'ennuyeux gentlemen jusqu'à l'heure du porto.

Dove resta silencieuse. Que pouvait-elle répondre, du reste, sinon qu'il avait raison ?

Mais lui ? Quel intérêt le prince trouvait-il à inviter pour une promenade au parc une jeune fille qui lui avait infligé une humiliation publique, montrant aux yeux de tous que sa présence lui était désagréable ?

4

Finalement, par ce beau temps, ils se rendirent à Kensington Gardens, moins peuplé que Hyde Park.

— Ce sera plus calme, décréta le prince en contournant le cabriolet pour aider Dove à descendre. J'y viens souvent pour méditer ou quand j'ai à discuter avec un ami. On a moins de risques qu'à Hyde Park d'être interrompu par des mondanités.

Dove fut aussi consciente de ses mains à elle posées sur les larges épaules que des grandes mains d'Illarion qui se refermaient autour de sa taille, et des clairs yeux bleus lui riant en plein visage. Ces yeux-là riaient-ils toujours ? Bah ! Stupide réaction. Ils étaient déjà entrés en contact, ne serait-ce qu'en dansant. Et que risquait-elle ? Ils étaient en public, sous le regard du jeune laquais qui, debout à l'arrière, attendait les ordres. Sans compter toutes les voitures qui circulaient dans les allées. Ce moment n'avait rien de particulièrement intime.

Se penchant sur elle, le prince retira quelque chose de sous le siège. C'était un sac de toile qu'il passa en bandoulière avant de lui offrir son bras. Puis ils descendirent l'allée qui conduisait à Long Water, le lac d'où partait la Serpentine.

Une brise légère venait de la rivière et le lac était calme. Un banc installé sous un arbre leur tendait les bras.

— Quel endroit merveilleux pour dessiner ! s'exclama Dove avec nostalgie.

Elle aspirait depuis des jours à laisser libre cours à ses talents mais il semblait que Londres ne fût pas une ville favorable aux artistes.

— Et que dessineriez-vous ? s'enquit Illarion en balayant de la main les débris de feuilles et de branches avant de l'inviter à s'asseoir.

Le visage de Dove s'anima.

— Ces amusants petits canards avec leur habit vert, par exemple. Et les branches de ce saule pleureur qui effleurent si joliment la surface de l'eau. Si j'avais mes pastels, je pourrais aussi essayer de reproduire cette lumière à la manière de Constable.

— Alors, il nous faudra revenir ici avec votre matériel. Aujourd'hui, nous devrons nous contenter d'admirer tranquillement le paysage. Et vous pourrez me dire enfin pourquoi vous avez trouvé votre premier bal si détestable.

Encore un marchandage. Quand le prince lui accordait quelque chose, c'était toujours pour obtenir autre chose en échange.

Il lui avait offert de s'échapper de chez elle en acceptant une promenade en sa compagnie. Et maintenant, c'était la jouissance de cet endroit paisible et ravissant contre ses pauvres secrets.

— Tout est-il objet de négociation, avec vous ? s'enquit-elle avec un sourire faussement aimable tandis qu'elle prenait place sur le banc.

Le prince rit, laissant voir ses belles et fortes dents blanches.

— Et chez vous, tout est-il reproche et défense ? Vous êtes aussi méfiante qu'une jeune chatte, Lady Dove.

Dove plissa les lèvres. Évidemment, un homme comme lui était habitué à des femmes plus audacieuses. Cela allait sans dire.

Déjà, il revenait à la charge.

— Alors ? Allez-vous me dire ce qui vous a tant contrariée, hier soir ? Je vous jure que je sais garder un secret.

À ce moment, Dieu sait pourquoi, Dove eut envie de le croire. Peut-être à cause du bleu de ses yeux, de l'éclat de son sourire, de la douceur printanière de l'air, de cette liberté dont elle disposait soudain. Ou peut-être parce que, tout simplement, il s'était enquis de ce qu'elle désirait vraiment. Ce dont elle n'avait pas l'habitude, tant elle avait appris à obéir.

Quelle qu'en fût la raison, la réserve habituelle de Dove se rompit soudain comme un barrage. Les vérités nouvelles qu'elle venait de découvrir se précipitaient sur ses lèvres tandis qu'elle cherchait les mots pour les formuler.

— Je… Je crois que je suis un peu… je dirais même terriblement déçue par Londres. Chez moi, en Cornouailles, on m'avait présenté la capitale comme une cité de conte de fées, une métropole de lumière. Pendant des années, j'ai eu cette image de Londres, avec ces femmes en robe de soie, le cou et les bras chargés de joyaux précieux, ces salles de bal remplies de musique et de rires, ces galants et beaux jeunes hommes empressés.

Dove secoua tristement la tête et conclut :

— Mais Londres ne ressemble en rien à tout cela.

Le prince hocha la tête, son regard empli d'une soudaine sollicitude.

— N'y avait-il pas de belles robes et des bijoux, hier soir chez votre marraine ? Pas de salle de bal ni de galants jeunes hommes pleins d'esprit ?

Dove leva la tête, le regard plein de défi.

— Oui, bien sûr ! Toutes les apparences y étaient. Mais les hommes n'étaient ni vraiment beaux, ni vraiment galants. Et encore moins pleins d'esprit…

Elle s'interrompit et poussa un long soupir.

— Oh ! Vous me faites paraître tellement ingrate.

— Pas ingrate, rétorqua Illarion Kutejnikov en croisant ses longues jambes. Honnête. Même si cette honnêteté est basée sur des présomptions terriblement naïves. Ne trouvez-vous pas ?

— Si vous voulez… Mais ce n'est pas très flatteur pour moi.

— L'innocence serait-elle un défaut ? Je croyais pourtant que c'était ce qui avait de l'importance, de nos jours. La virginité, l'innocence, la pureté. Quant à l'intelligence, la créativité, l'esprit critique… Leur cote est au plus bas.

Dove baissa la tête.

— Pourtant… Vous disiez hier que Londres nous avait pris notre virginité.

Illarion émit un petit gloussement.

— C'est vrai. La cité vous a déflorée, d'une certaine manière, si elle vous a rendue cynique. Quel effet cela fait-il ? Je veux dire, qu'on ait si brutalement retiré le voile devant vos yeux ? Londres est un amant très exigeant, voyez-vous. Il veut être accepté tel qu'il est, et à ses conditions.

Ce discours truffé de sous-entendus était tout à fait déplacé. Il ressemblait à celui qui le tenait. Peut-être qu'une partie d'elle-même avait attendu tout le jour pour l'entendre, pour être secrètement choquée et émue par un homme qui préférait dire ce qu'il pensait plutôt que de jouer la comédie. Pourtant, si Dove voulait conserver sa réputation, il fallait qu'elle réprimande le prince.

— Faut-il que pour vous tout revienne toujours à...

Elle chercha un terme convenable, qui ne la mette pas dans une situation délicate tout en remettant clairement à sa place son interlocuteur.

— Au sexe ? compléta le prince d'un ton léger. Oui, absolument. L'essentiel de ce qui se passe dans ce monde renvoie au sexe. Si vous ne l'avez pas encore compris, alors, heureuse mortelle, c'est que vous êtes toujours en possession de votre innocence.

Dove parvint à ne pas rougir.

— Vraiment ? Je croyais que c'était plutôt l'argent qui était le centre du monde, rétorqua-t-elle d'une voix assurée.

En disant cela, elle revoyait les regards spéculateurs posés sur sa personne pendant le bal.

— C'est également vrai, reconnut le prince en se penchant sur elle avec un air conspirateur. Mais il me semble que le sexe est infiniment plus important.

Il rit quand elle ouvrit de grands yeux choqués et insista, visiblement heureux de l'effet qu'il produisait sur elle :

— La vérité vous scandaliserait-elle, Lady Dove ? Est-ce que je vous scandalise ?

Scandaliser était un faible mot pour désigner l'effet qu'Illarion Kutejnikov produisait sur elle. Il faisait vibrer son corps tout entier, bousculait ses pensées dans sa pauvre cervelle, faisait basculer sur son axe l'univers calme et sage dans lequel elle avait grandi.

— Personne ne m'a jamais parlé comme vous le faites.

— Honnêtement, voulez-vous dire ? Personne ne vous a jamais parlé d'une manière ouverte et honnête ? Préféreriez-vous que, comme tout le monde, je vous présente une vision édulcorée du monde dans lequel nous vivons ? Vous avez pourtant compris de vous-même que cela ne fonctionnait pas.

La vérité était amère, en effet. Peut-être Dove avait-elle espéré d'Illarion qu'il rende tout son faste à l'image de Londres. Peut-être avait-elle besoin qu'il fasse renaître devant ses yeux la légende dorée des contes de son enfance ? Au lieu de cela, le jeune prince avait brandi un miroir à sa propre déconvenue, rendant pire encore, et peut-être plus vraie, la vision grimaçante et terriblement médiocre qu'elle avait maintenant de la capitale et de ses habitants. Aux yeux d'Illarion Kutejnikov, le problème, ce n'était pas Londres, mais elle-même, Dove. Sa naïveté congénitale, la bêtise presque, qui l'avait empêchée de remettre en question les contes à dormir debout de sa mère et de ses tantes. L'arrogance qui l'avait fait se convaincre que toutes ces légendes lui étaient dues parce qu'elle était fille de duc, enfant unique et adorée.

Elle ne put retenir un soupir.

— La vie était plus simple, en Cornouailles. J'ai attendu pendant des années de pouvoir en partir et maintenant mon pays et ses gens commencent à me manquer affreusement.

— Nostalgique, déjà ? Bah ! Il faut toujours un moment avant de s'habituer à Londres.

Dove eut un petit rire sans joie.

— Vous paraissez pourtant vous y être acclimaté sans peine. Londres vous va comme un gant.

Mis à part l'habit des plus exotiques qu'il portait la veille, elle ne pouvait imaginer gentleman plus londonien que le prince. Avec ses manières, la grâce athlétique avec laquelle il se déplaçait, il affichait la plus grande aisance avec lui-même et avec les autres. Et maintenant, elle savait d'où lui venait sa confiance en lui.

De sa lucidité sur le monde dans lequel il évoluait, et de son audace.

— Est-ce une manière de me dire que vous me trouvez superficiel et décevant ? s'enquit Illarion d'une voix brève.

Dove réagit tout aussi vivement.

— Mais ce n'est pas ce que j'ai dit !

Le prince déformait ses propos à loisir, comme pour mieux les retourner contre elle.

— Mais c'est peut-être ce que vous pensez. Me jugez-vous vraiment ainsi ?

— Je ne vous connais pas assez pour émettre un tel verdict.

Sa défense présentait une telle faiblesse qu'Illarion chargea comme un taureau furieux.

— Et pourtant, c'est ce que vous faites. Je l'ai vu dans vos yeux hier soir. Et je le lis encore cet après-midi. Vous vouliez refuser cette sortie au parc avec moi. Quitter le refuge de votre salon, de votre salle de dessin peut-être, fut un véritable sacrifice. Vous ne savez que faire de moi, Lady Dove. Bien sûr, il est plus facile de me repousser que d'essayer de me comprendre.

Comme elle ne répondait pas, il lui prit la main, insistant encore.

— Avouez-le. Vous n'êtes pas certaine de m'apprécier. Mais vous le voudriez bien.

Dove se leva brusquement, empourprée jusqu'au front.

— Vous êtes l'individu le plus exaspérant que je connaisse ! Ainsi, voilà ce que vous vouliez ? M'inviter à la promenade pour m'insulter à tout moment. Vous avez fait de votre cynisme une vertu et de mon innocence une preuve de stupidité. Voilà donc ce que vous voyez quand vous me regardez ? Une petite débutante sans cervelle ? Une enfant gâtée ?

Sa colère et son indignation étaient encore au-delà de ses propos. Elle était furieuse de s'être laissé prendre au piège, et plus encore d'être considérée comme superficielle et bornée, elle qui dénonçait ces défauts chez les autres.

— Pardonnez-moi si ma sincérité et la vérité vous offensent, Lady Dove.

Le ton d'Illarion Kutejnikov était froid. Il n'attendait pas réellement le pardon qu'il paraissait solliciter. Dove ne lisait aucun remords dans son regard brillant.

Elle poussa un soupir exaspéré.

— Le souci de faire preuve de sincérité ne vous autorise en rien à vous montrer grossier. Si vous voulez m'excuser, j'ai besoin de me retrouver seule un moment.

Désireuse de mettre de la distance entre le prince et elle, Dove marcha jusqu'au bord du lac. Comment un véritable gentleman pouvait-il tenir de tels propos devant une dame ? Le discours d'Illarion Kutejnikov avait le mérite de la franchise, certes. Mais au risque de susciter la gêne et le désaccord. De telles choses pouvaient se penser mais elles ne se disaient pas. Comment s'entendre avec quelqu'un qui énonçait aussi clairement la façon dont il vous voyait ? Qui mettait vos défauts sur la table, en quelque sorte ? Sans la comédie mondaine, comment la vie en société pourrait-elle être supportable ?

Peut-être était-elle hypocrite, elle aussi, après tout. Dove commençait à comprendre les visiteurs qui s'étaient succédé dans son salon, avec leurs mimiques, leurs poses et tout leur comportement. Comment auraient-ils pu faire autrement sans que cet après-midi mondain ne tourne au pugilat ? Ou à la farce ?

Cela dit, elle ne les en appréciait pas davantage pour autant.

Décidément, le prince était un paradoxe. Pour autant que Dove pût en juger, en dépit de sa naissance, c'était quelqu'un de mal élevé. L'éducation qu'elle-même avait reçue en Cornouailles ne l'autorisait pas à aborder de tels sujets. Et surtout pas de cette manière ! Maintenant, tous deux étaient prisonniers de Kensington Gardens pour le reste de l'après-midi, avec, entre eux, ces choses qu'ils venaient de se dire. C'était comme être surpris dehors par un gros orage et n'avoir aucun endroit où se réfugier.

À moins que le prince ne fasse repentance. Qu'il ne s'excuse sincèrement. Oui, cela suffirait peut-être pour qu'ils puissent supporter décemment le voyage de retour en tête à tête dans le cabriolet.

Il devait lui-même en être venu à cette conclusion, bien sûr. Il fallait s'attendre à cela. Dove imagina la scène. Il allait la rejoindre sur la rive et s'excuserait pour ses paroles déplacées. En retour, elle murmurerait quelques regrets sur le caractère exagéré de ses réactions. Autant commencer tout de suite à préparer le discours adéquat.

Mais dix longues minutes s'écoulèrent et Dove n'entendait toujours rien venir. Un quart d'heure plus tard, elle commença à se demander si Illarion n'était pas tout bonnement rentré chez lui. Mon Dieu ! Comment expliquer une telle chose à sa mère ?

Comment lui révéler que le prince lui avait rendu la monnaie de sa pièce en la « laissant tomber » exactement comme elle l'avait fait la veille chez sa marraine ? Ou qu'ils s'étaient disputés à propos de l'image qu'elle se faisait de lui ? On ne discutait pas de ces choses-là, dans son milieu, et la duchesse serait tout bonnement horrifiée.

Dove patienta encore deux bonnes minutes et lança un regard par-dessus son épaule. Illarion était toujours assis sur son banc. Un vif soulagement envahit Dove. Dévorée par la curiosité, elle feignit de chercher dans son soulier un caillou qui n'y était pas et jeta un nouveau coup d'œil en direction du banc. Oui, il était bien là, et il était en train d'écrire.

D'écrire ? Mais quoi donc, mon Dieu ? Elle regarda plus attentivement. Une petite écritoire de voyage était en effet ouverte sur ses genoux, et, la plume à la main, il était visiblement fort absorbé par sa tâche. Au moins, cela expliquait pourquoi il n'était pas venu la rejoindre. Ainsi que la nature de ce qu'il transportait dans son mystérieux sac. Ce n'en était pas pour autant moins étrange. Elle était là, à l'attendre près de l'eau, espérant des excuses, et lui était déjà passé à autre chose. Les accusations bien senties qu'elle lui avait adressées n'avaient pas laissé plus de traces qu'un caillou lancé à la surface du lac.

Une idée la saisit. À moins qu'il soit précisément en train de rédiger une lettre d'excuses ?

Elle était en train de le guetter de ces grands yeux gris qui tantôt dissimulaient, tantôt révélaient ses sentiments. Illarion pouvait sentir sur lui l'intensité de son regard. Un regard qui la révélerait tout entière s'il levait les yeux. Mais il n'en avait guère besoin. Il savait ce qu'elle attendait.

— Je ne vous mentirai pas, Lady Dove, remarqua-t-il en poursuivant sa tâche. Je ne peux pas vous donner ce que je ne possède pas.

Les mots coulaient aisément de sa plume. Il avait presque fini.

— Et à quoi faites-vous allusion, je vous prie ?

Elle était de nouveau en colère, irritée qu'il ne prononce pas les excuses qu'elle pensait légitimes.

— Au remords, répondit-il en posant enfin sa plume. Vous attendez que je répande mes excuses à vos adorables petits pieds. Or, c'est tout à fait impossible puisque je n'éprouve aucun regret de ce que je viens de vous dire.

Voyant le regard de la jeune fille s'attarder avec curiosité sur sa feuille de papier, Illarion l'agita dans l'air deux ou trois fois pour s'assurer que l'encre en était bien sèche puis il la rangea dans son écritoire qu'il referma soigneusement.

— Pensiez-vous que je rédigeais un acte de contrition à votre intention ?

Une jeune fille comme elle, avec sa naissance et sa beauté, avait assez d'assurance pour croire que tous les hommes mouraient d'envie de lui complaire.

Et, de fait, elle opina du chef.

— C'eût été vraisemblable, et même attendu, étant donné la nature de notre conversation.

Illarion étudia attentivement le frais visage tendu vers lui, cherchant ce qui se cachait derrière sa beauté. Il y avait chez Lady Dove une belle audace dans cette naïve présomption que tout lui était dû. Et c'était ce qu'il avait essayé de capturer dans les mots qu'il venait de coucher sur sa feuille. Cette audace, cet élan de la vie même ne sauraient durer. C'était comme l'éclosion du printemps, l'éclatante couleur d'une saison, destinée à s'estomper quand la chaleur de l'été puis les froidures de l'hiver seraient venues. Illarion avait observé cela chez trop de femmes pour en douter.

Il ne voulait pas en voir l'effet sur Dove.

Il rangea l'écritoire dans son sac qu'il lança sur son épaule.

— Puisque je suis tout à fait incapable de vous présenter mes excuses, je vous propose, en lieu et place, de faire la paix. Avant de vous raccompagner chez vous, je souhaiterais vous montrer mon endroit préféré.

Et, sans attendre sa permission, il posa tranquillement la main au creux des reins de la jeune fille et la poussa doucement dans Lancaster Walk, vers Queen's Temple, tout en devisant d'un ton léger.

— Ce temple fut édifié par la reine Caroline[1] en 1734, expliqua-t-il tandis que la silhouette du bâtiment se dessinait entre les arbres. C'était une résidence d'été.

Combien étrange cela était d'être maintenant le guide et non plus le jeune touriste ignorant qu'il était encore il y a quelques mois. Londres devenait peut-être enfin sa maison.

Illarion marqua une pause assez longue pour permettre à sa compagne d'admirer l'architecture néoclassique du bâtiment, dont la couleur blanche créait un point de lumière dans les arbres aux feuilles naissantes. Puis il conduisit Dove à l'intérieur, sombre et humide. Le riche mobilier apporté là pour le confort de la reine avait depuis longtemps disparu. Illarion laissa sa compagne déambuler au travers des pièces à l'écho sonore, admirant la grâce de sa démarche, la manière dont elle effleurait un mur de sa main en marchant, retraçant du bout du doigt les graffitis laissés là par des hôtes irrespectueux.

— Quel dommage de défigurer un endroit si romantique, murmura-t-elle enfin.

Illarion s'arrêta derrière elle, assez près pour humer son parfum fleuri.

— Bah ! Pour les gens qui passent, ce n'est qu'une ruine abandonnée.

Lady Dove secoua vivement la tête.

— Mais jadis, ce fut le refuge de quelqu'un qui aspirait au repos et à la beauté, qui cherchait un asile, loin du tumulte de la ville !

Il y avait une telle nostalgie dans sa voix qu'Illarion ne put s'empêcher de demander :

— Aviez-vous un tel refuge, en Cornouailles ? Un endroit bien à vous ?

Dove ne lui fit pas face. Ses yeux étaient posés sur le mur souillé,

1. C'est la reine Caroline, épouse du roi George II, qui commandita la création de Long Water et de la Serpentine, formant à eux deux un grand lac à l'extrémité est des jardins de Kensington. Queen's Temple fut une de ses résidences d'été. À noter également que la reine Victoria est née dans le palais de Kensington. Ce fut aussi la demeure de la princesse Diana.

mais son regard s'était fait lointain et un sourire tremblait sur ses lèvres.

— Oui, en effet. Au fond du parc, au bord de la mer, nous avons une orangerie, protégée des vents par un muret de pierre. Il y fait toujours bon, hiver comme été. J'aimais à m'y rendre pour dessiner... En été, j'ouvrais grand les portes et j'écoutais la mer.

— Pourquoi parlez-vous à l'imparfait ? protesta Illarion, ému involontairement par la tristesse qui habitait la voix de la jeune fille. Londres n'est pas au bout du monde, que je sache ?

Le regard argenté se tourna vers lui cette fois.

— Sans doute, prince Kutejnikov. Londres n'est pas si loin... Mais c'est un autre univers, diamétralement opposé à celui qui m'est familier. Lady Dove Sanford-Wallis ne repartira jamais en Cornouailles. Quand j'y retournerai, si mon père obtient ce qu'il désire, et en règle générale, c'est plutôt le cas, je serai duchesse. Peu importe qui j'aurai épousé. Je ne serai plus moi. Et je n'irai plus jamais là-bas autrement qu'en visite. Comme une invitée, en quelque sorte. Ma place sera auprès de mon mari. Si on m'a amenée jusqu'ici, ce n'est pas pour savoir si je serai capable de décrocher un mari. On le trouvera pour moi, soyez-en certain. La question est plutôt : à qui me mariera-t-on ? Et la réponse est évidente. Au plus offrant...

Lady Dove s'écarta un peu, lui tournant de nouveau le dos, et poursuivit :

— Les belles histoires, les contes de fées qu'on m'a racontés à propos de la Saison ont nourri mes illusions de jeune fille. J'étais si enthousiaste de découvrir enfin toutes ces merveilles que j'en avais perdu de vue l'objet de ma venue dans cette ville.

— Et ce n'est pas ce que vous désirez ? s'enquit Illarion d'une voix douce. Vous marier, je veux dire ?

Il sentait sa vieille colère remonter en lui, cette colère qui était la cause de son exil parce qu'elle avait provoqué le déplaisir du tsar.

— Évidemment. Si je suis là, c'est pour répondre à mes obligations envers ma famille, c'est-à-dire faire un bon mariage. Quand je dis « bon », ce n'est pas au sens d'un mariage entre gens éprouvant l'un pour l'autre une réelle affection. Non, mon devoir, ou celui de mes parents, ce qui revient au même, c'est de trouver quelqu'un d'aussi titré et d'aussi riche que mon père, pour faire honneur à notre lignage.

La jeune femme s'interrompit, un peu essoufflée, puis reprit d'une voix vibrante :

— Mon devoir, c'est de me montrer à l'église dans une toilette époustouflante, arborant au bras comme un trophée un mari du meilleur rang, et devenant ainsi le symbole de la gloire toujours vivante de notre nom. Et non un être sensible et raisonnable, libre de ses choix.

Sa colère était âpre, presque palpable, et visiblement toute neuve. Elle parlait comme si elle venait seulement de prendre la pleine mesure de ce qui l'attendait.

Illarion fut frappé d'une telle preuve de maturité chez une si jeune fille. Ainsi, malgré la grande liberté qui semblait régner à Londres, aux yeux du reste du monde, malgré la modernité de la métropole, rien n'avait changé. Même dans les salons de la meilleure société, les femmes, pourtant vêtues de soie et de perles, étaient encore des esclaves. La vieille colère qu'Illarion éprouvait depuis toujours pour ce type de société remonta en lui. Il avait beau avoir refoulé sa révolte, depuis un an qu'il avait quitté le Kouban, elle était toujours là, prête à se manifester de nouveau.

Il retint un soupir. Bien sûr, la vie était plus facile quand on ne se préoccupait pas de justice sociale. Mais combien vaine et insipide !

Là, dans la pénombre de Queen's Temple, il se sentait renaître. Le poète-guerrier qui sommeillait en lui, ses vieux réflexes, ses émotions refaisaient surface.

Il franchit la distance qui le séparait de Dove, désireux de la réconforter, de la protéger contre la réalité d'un monde qu'elle venait à peine d'entrevoir. Et, par-dessus tout, il voulait lui rappeler qu'elle était une personne à part entière, avec son libre arbitre.

— Peut-être n'est-il pas obligatoire que cela se passe ainsi pour vous ? murmura-t-il à son oreille en posant ses mains sur ses épaules, l'effleurant à peine.

— Malheureusement, si. Je ne peux ni ne veux être la cause du déshonneur de ma famille.

Illarion perçut la résignation dans la voix de la jeune fille.

Malgré sa colère, Lady Dove respectait ses parents et ne ferait jamais rien pour les trahir. Oserait-elle seulement émettre la moindre protestation ? Ou bien, comme Katya, se sentirait-elle obligée d'accepter son destin ?

— Au prix de votre bonheur ? interrogea-t-il doucement, désireux de faire prendre conscience à Dove du prix qu'elle aurait à payer pour son obéissance.

Il la fit pivoter lentement sur elle-même, la forçant à rencontrer son regard.

— Ô ma douce ! Combien il est facile de renoncer à ce qu'on ne connaît pas.

Il brûlait de l'éveiller, de lui donner l'envie de se battre. Pourquoi ne pas lui donner un échantillon de ce à quoi elle renonçait ? Si elle tirait les conclusions qui s'imposaient de cette démonstration, grand bien lui fasse !

Illarion posa une fraction de seconde les yeux sur la bouche de Dove avant d'y poser ses lèvres.

Il joua avec elle un instant, lui apprenant avec délicatesse l'art subtil du baiser, attendant qu'elle s'ouvre d'elle-même à lui. Et il comprit que, pour elle, c'était la première fois. C'était sa première expérience du désir, sa première faiblesse, certainement. Il approfondit son baiser, lentement, avec science, pour ne pas lui faire peur. Elle était absolument délicieuse dans son innocence. Avide et effrayée en même temps. Illarion s'écarta imperceptiblement, pour ne pas l'affoler. Mais Dove l'avait devancé…

Et *flap* !

Sa main s'abattit avec force sur la joue d'Illarion. Elle le dévisageait maintenant, le regard furibond.

— Mais… Quelle mouche vous a piquée… ? lança Illarion.

Il était trop surpris pour soigner son langage. Ce n'était pas la première fois que ses assauts suscitaient la plus juste indignation, mais une gifle ? Jamais aucune femme n'avait osé s'en prendre à sa personne.

5

Bon sang ! Elle n'y était pas allée de main morte. Une marque rouge, bien nette, s'étalait sur la joue gauche d'Illarion, dont le regard bleu la transperçait telle une lame brûlante.

Dove dévisageait le prince, stupéfaite. Elle n'avait jamais frappé personne. Pas même un chien. C'était parfaitement insensé. Elle avait seulement voulu lui signifier qu'il cesse ce comportement inqualifiable, et voilà qu'ils se défiaient maintenant comme deux coqs en colère. Le prince se massait doucement la joue, le regard empli d'éclairs. Il ne devait pas avoir l'habitude de subir ce genre de traitement de la part d'une femme. Elles appréciaient certainement trop ses baisers pour le punir de la sorte. Dove aussi, du reste, même si elle n'était pas prête à l'admettre. Ce qu'elle ne pouvait tolérer, c'était l'intimité du geste. Un geste qui ne faisait à aucun titre partie du registre protocolaire que lui avait enseigné sa mère.

— Avez-vous seulement pensé à ma réputation ? Nous sommes dans un lieu public. N'importe qui peut nous voir. Avez-vous une idée du scandale, si nous avions été surpris ?

On l'avait assez répété à Dove : un baiser, de quelque nature que ce soit, était hautement compromettant. Et si celui qui en était l'auteur était un parti acceptable, cela le menait tout droit à l'autel. Or c'était ce contre quoi le prince venait précisément de la mettre en garde.

Dans l'autre cas de figure, c'était le couvent.

— Je vous retourne la question : vous, à quoi pensez-vous ?

Une lueur amusée brillait maintenant dans les yeux du prince.

Il avait été surpris, indubitablement. Mais il n'éprouvait aucune colère.

— Ne vous êtes-vous donc pas rendu compte du sacrifice qu'exigent de vous vos parents et la société ? poursuivit-il. Et ceci afin de satisfaire à leurs codes ?

Quelque chose s'émut tout au fond de Dove. Elle s'attendait à une réponse bien différente. Il aurait pu dire par exemple, pour se justifier, qu'il la trouvait irrésistible. Qu'il avait été dépassé par ses émotions.

Illarion lui adressa un demi-sourire.

— Je vois bien que je vous déçois. Vous tenez toujours à votre conte de fées, n'est-ce pas ?

Dove rougit. Il avait sans doute raison. Il devait falloir plus de deux heures pour tuer un rêve, après tout. Mais plus rien ne pourrait faire renaître leur complicité naissante.

— Prince Kutejnikov, j'aimerais que vous me raccompagniez chez moi.

Il lui présenta le bras.

— Suite à l'après-midi que nous venons de passer ensemble, ne pourriez-vous m'appeler par mon prénom ?

— Je suis désolée, mais c'est tout à fait impossible.

Si Dove lui autorisait cette liberté, elle acceptait de fait ce qui s'était passé entre eux. Cette bouche chaude sur la sienne. Son corps, à elle, qui répondait tout entier. Ce besoin qu'elle avait eu de se coller contre lui, de sentir pour la première fois les muscles durs d'un homme plaqués contre elle. Même au travers de leurs vêtements, ce contact physique avait été d'une enivrante volupté.

Illarion émit un petit gloussement. De nouveau, il se moquait d'elle. Il la prenait certainement pour une prude.

— Si vous voulez, nous réserverons l'usage de nos prénoms à nos moments d'intimité…

Comme Dove rougissait de nouveau, il lui adressa un clin d'œil. Puis, comme s'il tenait sa réponse pour acquise, il lui prit le bras et l'entraîna au-dehors. Les premières ombres du soir s'allongeaient sur le sol, éteignant doucement la pâle lumière printanière. Le prince lança encore, tandis qu'ils rejoignaient le cabriolet :

— Autant vous le dire tout de suite, ma chère. Je n'ai jamais laissé la marée me mouiller les pieds. Autrement dit, je n'en fais jamais qu'à ma tête, quoi qu'on dise à mon propos.

Il resta un moment silencieux, comme pour laisser le temps à Dove de méditer ces paroles. Comme ils atteignaient la voiture, il l'aida à s'y installer avant de poursuivre leur conversation initiale, comme s'il n'y avait pas eu la scène du baiser.

— Bien sûr, la révolte est un parti pris dangereux. Vos parents veulent que vous ayez le titre. Vous êtes une fille, vous ne pouvez donc en hériter. Il ne reste que le mariage. Alors, il est plus facile pour eux de faire comme si vous n'étiez pas une personne à part entière, avec ses désirs et ses volontés. C'est aussi plus facile pour vous. Vous pouvez faire semblant d'oublier ce que vous désirez vraiment, ce dont vous rêvez. Jusqu'à ce qu'il soit trop tard.

Il contourna la tête de ses chevaux et se hissa d'un bond sur son siège. Dove fut consciente de ce corps vigoureux et chaud qui comblait soudain l'espace vide à côté d'elle. La cuisse d'Illarion se pressa contre la sienne sans qu'il paraisse s'en rendre compte, tout occupé qu'il était à faire démarrer l'équipage.

Tandis que le cabriolet se mêlait à la circulation, le prince demanda sans la regarder :

— Est-ce ma personne qui vous met mal à l'aise, ou est-ce ce que je vous dis ?

Comme Dove ne répondait pas, Illarion lui glissa un regard de côté.

— À moins que ce ne soit ce qui s'est passé tout à l'heure ? Vous avez voulu échapper à mes baisers... Mais cela ne vous a pas déplu, n'est-ce pas ?

Dove se mordit les lèvres. Elle aurait voulu mettre les mains sur les oreilles pour ne pas l'entendre. Lui crier de se taire. Toutes ces idées contestataires, ces baisers... Prise d'une soudaine panique, elle passa à l'attaque.

— Je commence à me demander si vous avez vraiment quitté le Kouban de votre plein gré. Si on ne vous a pas plutôt mis dehors par la force. D'un bon coup de pied où je pense.

Elle s'était volontairement montrée offensante. Comme une demoiselle de bonne naissance envers un gentleman qui aurait franchi les limites de la politesse. Elle ne s'attendait pas à l'effet que ces mots produisirent sur son interlocuteur.

La mâchoire d'Illarion se contracta, tout son visage se tendit.

— Vous ne savez rien à mon sujet, Lady Dove, rétorqua-t-il d'une voix dure. Ne vous a-t-on pas appris à ne pas parler pour ne rien dire ?

— Vous non plus, vous ne connaissez rien à mon sujet, prince Kutejnikov. Et vous aussi, vous parlez pour ne rien dire.

Redressant fièrement les épaules, Dove se concentra sur la route. Voilà ce qui arrivait quand on se confiait à un quasi-inconnu.

— J'ai eu tort de me confier à vous, conclut-elle. C'était d'une naïveté stupide. J'apprécierais beaucoup que vous oubliiez tout ce que je vous ai dit.

Un vrai gentleman ne pouvait qu'accepter ses excuses. Leur relation devait s'arrêter là, du moins pour ce qui concernait leurs rapports d'amitié. Dove comptait sur Illarion pour le comprendre et agir en conséquence. Elle en fut pour ses frais.

— Et le baiser que nous avons échangé ? Dois-je également le reléguer aux oubliettes ?

Son ton était moqueur et complice à la fois. L'impudent personnage ! Il était si sûr de lui ! Et le pire, c'était qu'il n'était pas loin d'avoir raison.

Mais déjà, la résidence de la famille était en vue, ce qui dispensa Dove de répondre.

La rue était tranquille et, hormis le groom d'Illarion assis sur la banquette arrière, ils eurent un instant l'impression d'être seuls au monde. Comme le prince ne faisait pas mine de descendre, Dove lui lança un regard interrogateur.

— Donnez-moi votre main, Lady Dove. Je veux vous faire un cadeau.

Son visage avait perdu sa sévérité et il poursuivit d'une voix basse et frémissante :

— Il s'agit d'un talisman. Si vous avez déjà oublié notre premier baiser, peut-être celui-ci restera-t-il davantage dans votre mémoire.

Lui ouvrant la main, il déposa un lent baiser dans sa paume. Un baiser qui n'avait rien à voir avec le précédent, en effet. Il était tendre, vibrant, intense. Et Dove sentit un feu l'envahir doucement. En serait-il ainsi désormais à chaque fois qu'il la toucherait ? Question dangereuse, puisqu'elle supposait qu'il y aurait une autre fois.

Et, pourquoi le nier, Dove était tentée.

Un valet de pied, qui les avait vus arriver, se précipita pour aider Dove à descendre.

— Au revoir, Lady Dove.

— Au revoir, Votre Altesse.

Pas question de faire montre de la moindre familiarité. Dove s'en sentait incapable. Elle descendit du cabriolet avec toute la dignité requise, laissant clairement entendre qu'elle souhaitait limiter leurs relations aux strictes obligations mondaines. Pas de prénoms, pas de privautés, de quelque sorte que ce soit. Elle se promit de ne pas ressembler aux femmes qui guettaient l'arrivée du prince dans les salons comme de petits chiens haletants, attendant humblement qu'il leur fasse l'aumône d'une danse ou d'un regard. Non, pas question de leur ressembler.

Elle n'en avait pas le droit. Elle était la fille du duc de Redruth et elle devait tenir son rang. À tous les égards.

Le prince inclina sa belle tête blonde, un sourire dansant sur les lèvres, comme s'il connaissait un secret.

— Merci pour ce bel après-midi, Lady Dove.

Le ton était si parfaitement maîtrisé qu'un témoin extérieur n'aurait vu dans ses propos qu'une impeccable courtoisie. Dove était sans doute la seule à percevoir l'ironie légère qui se glissait sous ses mots.

Elle était parvenue à mi-escalier quand il dit encore :

— Lady Dove... J'espère que ce pacte avec le diable en valait la peine ? Au moins le temps d'un après-midi ?

Elle lui lança un regard par-dessus son épaule et ne put retenir un sourire.

— Et pour vous ?

Oh oui, cela en valait la peine ! Et plutôt mille fois qu'une. Il avait dans son sac la preuve de ce qu'il avançait.

Illarion, en extase, était assis dans la véranda de Kouban

House, un verre de *samogonka*[1] confectionnée par Stepan à portée de main, des feuillets répandus sur la table en face de lui. Il avait rassemblé son épaisse chevelure sur sa tête, tel Attila le sauvage guerrier, comme à chaque fois qu'il avait à travailler sérieusement. Il s'était débarrassé de son manteau aussitôt rentré, parce qu'il avait chaud. Il aimait avoir le corps comme l'esprit dépourvus de toute entrave. S'il l'avait pu, il se serait mis tout nu pour écrire. Mais si Stepan l'avait trouvé là en rentrant, nu comme un ver, il l'aurait tué. Un jour, Illarion avait tenté l'expérience dans le jardin et il savait ce qu'il lui en avait coûté. Maintenant, il réservait cette délicieuse licence à l'intimité de sa chambre.

Pour l'heure, en bras de chemise, manches relevées, il humait, les narines palpitantes, les odeurs de printemps émanant de leur jardin en fleurs. C'était un endroit idéal pour s'immerger dans la nature, surtout à la tombée de la nuit, une fois les lanternes allumées.

S'abandonnant dans son fauteuil de rotin, les yeux clos, Illarion laissa défiler dans son esprit les images de l'après-midi à Kensington Gardens. Il revoyait Dove déambulant sur la rive avec une grâce inconsciente, pareille, avec ses cheveux d'or pâle et son cou gracieux, à un cygne blanc glissant sur l'eau. Elle était l'incarnation même du printemps et de l'innocence.

Cette allégorie printanière provoqua aussitôt une série d'images plus audacieuses. Dove, vêtue de simples voiles qui ne cachaient rien des attraits de son corps, de sa taille fine, de ses seins fermes dont le bout rosé pointait sous la mousseline. Elle dansait, ses pieds nus foulant d'un pas léger l'herbe neuve. Puis le Printemps lui-même venait lui ôter ses voiles, révélant son corps blanc et tendre aux yeux des divinités cachées dans les bosquets. Dove, telle la Flore de ce peintre italien, Botticelli, incarnait la dualité même de la femme, mélange d'innocence et de sensualité.

1. En Russie, la *samogonka* ou « vin de grains » était une boisson traditionnelle confectionnée par les paysans, le plus souvent à partir d'alcool de contrebande et de grains de blé, d'orge ou autres céréales, à quoi on pouvait ajouter des fruits séchés. C'est seulement en 1936, sous le régime soviétique, que la vodka deviendra la boisson officielle, condamnant ainsi à disparaître les « vins de grains » dont le goût est aujourd'hui oublié. (NdT)

À en juger par son émoi physique, les images qu'Illarion venait d'invoquer n'étaient pas inefficaces. Mais ce n'était pas suffisant. N'importe quel poète débutant pouvait peindre une jeune vierge sous la forme d'une allégorie printanière. Le printemps était la saison du renouveau, le symbole de la virginité et de la fécondité. Pourtant, ce n'était pas la saison qui convenait à Dove. Avec ses cheveux d'argent, la pâleur de son teint et ses yeux gris, elle incarnait bien davantage l'hiver. Saison bien plus ingrate, qui évoquait le froid, le sommeil et la mort.

Ah ! Nous y voilà. Le sommeil ! C'était là la clé. Le cerveau d'Illarion s'enflamma soudain. En ce mois de mai, l'hiver avait achevé son long sommeil. Illarion se rappelait comment le soleil, aidé il est vrai par l'assaut de la colère, avait déposé une touche de rouge sur les joues si pâles de sa muse. Il se concentra sur cette rougeur, si délicate et si lumineuse en même temps. C'était la preuve que, sous la glace, il y avait un cœur qui battait. Le feu et la glace... La reine des neiges s'éveillant d'un long sommeil... Les idées évoquées amenèrent une image forte et Illarion s'empressa de griffonner un mot. Un seul. Un nom russe : Snegourotchka[1].

La demoiselle des neiges des contes de son pays. Une jeune fille d'une grande beauté qui, selon certaines versions du conte, avait fondu comme un flocon de neige dans la tiédeur du printemps quand, désireuse de trouver l'amour, elle avait quitté l'ombrage protecteur de la forêt.

Illarion écrivait très vite, maintenant. Il transposait à sa manière les malheurs de la belle et pâle Snegourotchka prisonnière du printemps, sa saison ennemie. D'une princesse de glace, éloignée de chez elle, prisonnière d'une explosion de fleurs printanières dont les parfums entêtants et les vives couleurs l'étouffaient peu

1. Snegourotchka ou Snegourka, la « Fille de neige », est dans le folklore russe la petite-fille de Ded Moroz, le « Grand-Père Gel », équivalent russe du Père Noël.

« Un paysan et sa femme se désolent de ne pas avoir d'enfant. Un jour d'hiver, pour apaiser leur chagrin, ils fabriquent une enfant avec de la neige. C'est une jolie petite fille au teint pâle... »

Cf. l'opéra de Rimski-Korsakov : *Snegourotchka ou La demoiselle des neiges, conte de printemps* (1881).

à peu. Les images et les mots tourbillonnaient dans son cerveau comme emmenés par une valse folle.

Quand Illarion eut enfin terminé, son verre de *samogonka* était toujours intact à côté de lui. Toutes les lanternes brillaient dans les arbres. Un plat de viandes froides avait été posé sur la table, sans doute apporté par une servante. Il était si absorbé par sa composition qu'il n'avait rien remarqué. En envisageant cette promenade dans le parc, il ne s'était pas attendu à faire une telle provision d'images et de sensations. Bien sûr, s'il avait invité la jeune fille, c'était pour des raisons égoïstes. Pour voir d'abord s'il retrouverait la même excitation que lors de leur première rencontre. Ensuite, si la vue de Dove allumerait en lui la même étincelle, la même envie d'écrire, que ce soir-là au milieu des lumières et de la musique.

Mais cet après-midi-là, elle lui avait apporté plus, beaucoup plus. Il avait rencontré une jeune fille dont l'esprit s'aiguisait, que l'expérience nouvelle de la ville avait brutalement mûrie. Et quelque chose en lui s'était réveillé. Son hiver à lui aussi venait enfin de prendre fin.

La preuve en était ces quelques feuillets couverts d'une écriture fine et serrée.

Des pas résonnèrent sur les dalles de la véranda. Pas des bottes, cette fois, mais des chaussures de soirée. Ruslan et Stepan s'étaient habillés pour sortir. Les bals de la grande ville les attendaient à bras ouverts.

— Je vois que tu n'es pas encore ivre, constata Stepan. C'est plutôt bon signe.

Comme son ami fixait son chignon d'un regard moqueur, Illarion ne put s'empêcher de répondre à son reproche muet.

— Les Huns se coiffaient ainsi, quand ils partaient au combat. D'autres aussi... Les samouraïs, les mongols...

— Mon Dieu, le railla Stepan avec un petit rire. Être un guerrier hun, manger cru et dormir sur mon cheval ! Mon rêve le plus cher.

— Au moins, tu es habillé, intervint Ruslan, diplomate et positif, comme à son habitude.

Illarion avait toujours pensé que, sans l'intervention de Ruslan, quelques années plus tôt, Stepan et Nikolaï se seraient entre-tués.

Son ami reprit, tout en lui administrant une tape amicale sur l'épaule :

— Je crois comprendre que ta petite excursion de cet après-midi te fut profitable.

Il lui arracha l'un des feuillets avant qu'il n'ait pu réagir.

— *Snegourotchka* ? Mmm… Bon titre !

Ruslan se mit à lire silencieusement, ses yeux noirs et expressifs parcourant rapidement le poème. Puis il conclut :

— Très joli, mon vieux. Peut-être une des meilleures choses que tu aies jamais écrites. Il y a vraiment l'âme russe, là-dedans ; ce fatalisme, cette conviction qu'on ne peut échapper à son destin… C'est un peu notre histoire, non ? Celle de quatre princes russes exilés de chez eux, de leur froid pays tant aimé.

Illarion sourit, sincèrement heureux du compliment de son ami. Mais il fallait aussi tenir compte du regard de Stepan, dur et scrutateur.

— Ne sois pas stupide, Ruslan. Ce poème ne parle pas de nous. C'est d'une femme qu'il s'agit.

Ruslan lança à Stepan un regard sceptique.

— Mais si. Regarde ce vers, là. C'est tout à fait nous. J'en suis certain.

Stepan était plus sûr de lui encore que de coutume.

— Non, réfuta-t-il sur un ton catégorique. Il s'agit d'une femme. Qui est-ce, Illarion ?

— Ma muse secrète, répondit Illarion d'une voix brève. Inutile d'insister. Je ne vous en dirai pas plus.

Il sourit et conclut, à la visible consternation de Stepan :

— Quand il le faut, un gentleman sait se montrer discret.

Mais un gentleman savait aussi rendre grâce à qui lui avait rendu service. Et Illarion savait exactement ce qu'il fallait faire pour cela. Dove l'avait rappelé à la vie en payant le prix fort. Elle s'était livrée au grand jour, avouant ses espoirs, ses déceptions et sa souffrance. Ces aveux l'avaient laissée désemparée et triste. Lui qui avait abandonné derrière lui toute une vie, tout un pays, était bien placé pour savoir à quel point il était dur de voir un rêve s'évanouir.

Il ferait renaître le rêve de sa Snegourotchka l'espace d'une journée. Il lui démontrerait que, si on ne pouvait satisfaire tous ses rêves, on pouvait réaliser les plus chers, au moins l'espace d'un instant. Illarion souhaita une bonne soirée à ses deux amis d'un air distrait, songeant déjà à l'étonnement ravi de Lady Dove quand elle lirait le petit billet qu'il ne lui avait pas encore écrit.

Elle penserait tout d'abord qu'il s'agissait d'un mot d'excuses, naturellement. Mais il avait une bien meilleure idée. Pourquoi s'excuser, du reste ? Il ne regrettait rien de cette journée. Bien au contraire. Il en avait retiré un nouveau poème, qui, une fois corrigé, n'aurait rien à envier à la plume de Pouchkine. Et qui sait ce que demain lui réservait ?

Pour la première fois depuis un an, Illarion attendait de nouveau quelque chose de l'avenir.

6

Dans l'habituel encombrement de fin de journée du quartier de Mayfair, le carrosse familial avançait à l'allure d'un convoi funéraire. Non que Dove eût hâte d'atteindre leur destination ! Rien de bien motivant dans la perspective de ces sempiternels thés, soupers, bals, réceptions diverses où elle croiserait les mêmes jeunes hommes sans attraits, tellement envahis de certitudes à l'égard de ce qu'ils représentaient qu'ils ne cherchaient pas à savoir qui ils étaient vraiment. Ce qui l'attendait, elle ne le savait que trop. Une salle de bal saturée de lumière, des salons luxueusement meublés, une salle à manger confortable, à la table bien fournie, autant de lieux remplis de comédiens et de menteurs.

Pensée peu encourageante pour un début de soirée. Sa mère, assise à côté d'elle, lui pressa la main.

— Vous devez être dévorée par l'impatience, ma chérie. Vous pouvez être sûre que nous allons nous marcher sur les pieds. Cette soirée chez Lady Tolliver est un des must de la Saison.

Lady Redruth entreprit de réciter la liste des invités, l'agrémentant de ses habituels commentaires.

— Il y aura Lord Percivale, naturellement, précisa-t-elle avec un sourire entendu. Il semblerait que le cher garçon ait décidé d'aligner ses sorties sur les nôtres. Figurez-vous qu'il est arrivé cet après-midi juste après que vous êtes partie avec le prince. Il a été tout à fait désolé de vous avoir manquée. Il compte bien vous voir ce soir, vous vous en doutez.

Elle ponctua ses propos d'une nouvelle pression de la main

de Dove, accompagnée d'un sourire affectueux non dépourvu de fierté, et conclut :

— Vous faites de merveilleux débuts, ma chérie. Votre père et moi ne saurions être plus satisfaits. Tout se passe exactement comme nous l'avions espéré.

Lord Redruth, assis en face d'elles, leur offrit l'un de ses rares sourires.

— Autant que vous le sachiez, mon enfant, Percivale est l'un de nos candidats favoris. Il a tous les atouts : la richesse, le titre, les relations familiales, une certaine influence dans le gouvernement par ses fonctions à la Chambre des Lords. Une fois qu'il sera duc, il aura sous son contrôle les revenus de dix districts. C'était aussi bien que vous ne soyez pas là cet après-midi, quand il a fait sa visite. Il ne faut pas que l'affaire se présente trop facilement pour lui. Il n'en mordra que plus fermement à l'hameçon.

Il lança à sa femme un vif regard d'avertissement. C'était tous les deux des gens fort occupés, rarement réunis, songea Dove. Mais quand c'était le cas, elle les voyait échanger sans cesse de mystérieux coups d'œil, des sourires entendus comme s'ils avaient une vie secrète connue d'eux seuls. Dove s'imaginait mal qu'une telle complicité puisse régner un jour entre Percivale et elle.

Puis son père reporta son attention sur elle.

— À propos du prince, ses attentions sont flatteuses et susciteront à votre égard une certaine popularité. Mais je souhaiterais éviter que les gens ne prennent cela au sérieux, mon enfant. Après tout, ce jeune homme n'a rien à nous offrir. Pas de véritable lignage, pas de terres et, d'après ce qu'on dit à son propos chez White's[1], son titre est plus que douteux. Il me semble que nous devons nous montrer d'une grande prudence vis-à-vis de lui. Je vous demande de ne l'encourager en aucune manière et d'éviter de vous trouver

1. White's est encore aujourd'hui l'un des clubs les plus fermés de Londres. Fondé en 1693 et situé dans St James Street, il est interdit aux femmes et n'a enfreint cette règle qu'à deux reprises, en 1991 et en 2016, pour recevoir la reine Elizabeth II. Il est amusant de se souvenir que, à l'origine, la maison fut fondée par un émigrant italien, Francesco Bianco, pour y débiter du chocolat chaud. La maison portait alors le nom de Mrs White's Chocolate House. (NdT)

en tête à tête avec lui. Il est indispensable que Londres comprenne qu'il n'est qu'un des membres de votre aréopage d'admirateurs, rien de plus. Au même titre que le vicomte de Northumberland, qui a déjà hérité du titre et du domaine, que le charmant Lord Fredericks ou le jeune Alfred-Ashby. Votre mère ne vient-elle pas de m'annoncer que nous aurions également un comte sur les rangs, maintenant ! Un prince sera une plume de plus à votre chapeau. Il n'est pas mauvais que Percivale tire un peu la langue.

Dove se laissa aller contre la banquette, les yeux mi-clos. Quel vocabulaire ! On aurait pu croire que son père évoquait une chasse au renard. Elle-même jouant le rôle du renard, naturellement. Elle ne savait que trop comment cela se terminait. La pauvre bête cruellement mise à mort et sa queue, sauvagement coupée, remise en trophée au chasseur le plus méritant. Dove préférait ne pas imaginer sa propre chevelure offerte en récompense à l'un de ces gentlemen. L'image était plus que choquante. Mais pas davantage que la manière dont son père parlait d'Illarion, comme s'il ne s'agissait que d'un charlatan mondain. C'était un jugement bien plus sévère que celui émis le matin même, à la table du petit déjeuner.

Spontanément, Dove aurait voulu défendre Illarion. Mais elle se ravisa. Après tout, ce qu'elle savait de lui confirmait que ce n'était pas un candidat défendable. Il avait la fâcheuse habitude de dire ce qu'il pensait et ses idées étaient précisément du genre à ne pas plaire à ses parents. Si le duc et son épouse avaient pu entendre les propos qu'Illarion lui avait tenus dans l'après-midi, le prince n'aurait même plus sa place dans l'escadron de ses admirateurs.

Le plus déconcertant, c'était que, aux yeux de ses parents, Percivale, avec sa morgue et sa faconde imbécile, apparaissait comme le cheval gagnant. Dove se mordit les lèvres jusqu'à se faire mal. Comment pourrait-elle supporter pareil individu sa vie entière ? Elle lança un regard à ses parents sous ses paupières baissées. Comment réagiraient-ils si elle déclarait tout à trac qu'elle se fichait comme d'une guigne des dix districts de Percivale, de leurs revenus, et de Percivale lui-même pour faire bon compte ? Question tout hypothétique, au demeurant. S'il lui prenait la fantaisie d'exprimer ce qu'elle ressentait, il lui serait aussitôt rétorqué qu'elle n'avait pas eu le temps d'y réfléchir, qu'après tout elle n'avait rencontré le futur duc qu'une seule fois, etc.

Non, il fallait attendre de meilleures circonstances pour leur dire ce qu'elle avait sur le cœur.

Dove serra les poings dans les plis de sa robe, bouillant d'impatience. Si elle ne parlait pas franchement à ses parents maintenant, ne serait-il pas trop tard ensuite ? Dans une semaine, deux tout au plus, les dés seraient jetés. Et si Percivale avait compris qu'il était l'heureux élu, il n'attendrait certainement pas aussi longtemps pour demander sa main. Serait-il alors trop tard pour qu'elle oppose ses arguments à ses parents ? La ligne de démarcation entre trop tôt et trop tard était en vérité bien mince et on ne lui avait rien appris dans ce domaine. Sans doute parce qu'il n'en était guère besoin. Les filles obéissantes ne disaient jamais non, n'est-ce pas ? En tout cas, pas sur des questions d'une telle importance.

Le carrosse s'arrêta devant le perron de Tolliver House. Dove entendit le valet de pied rabattre le marchepied. On n'en dirait pas plus sur le sujet ce soir-là. Le lendemain peut-être ? Oui, demain, elle trouverait le courage de parler, se promit Dove.

— Rappelle-toi, ma chérie, chuchota sa mère, pressée de lui donner les conseils de dernière minute. Laisse ces messieurs parler d'eux. Ils adorent cela. Un homme apprécie de pouvoir montrer combien il est compétent en toutes choses.

Était-ce de l'humour ? De la part de sa mère, cela eût bien été la première fois.

— Et pour ce qui me concerne ? rétorqua perfidement Dove. Dois-je parler de mes dessins et de la petite école que j'ai créée pour les enfants des paysans en Cornouailles ? Ou de la jolie jument dont vous m'avez fait cadeau ?

Sa mère fit une moue de réprimande.

— Dove, je t'en prie ! Ne dis pas de bêtises.

— Dans ce cas, comment puis-je montrer mes propres compétences ?

Cette fois, Dove eut conscience d'en faire un peu trop.

Mais Lady Redruth ne manifesta aucune impatience. Au contraire, elle sourit complaisamment.

— En les écoutant, en les encourageant sans cesse, expliqua-t-elle tranquillement tandis qu'elles montaient les escaliers. L'amour-propre des hommes est quelque chose de fragile, ma chérie. Il faut sans cesse le relancer.

Dove se demanda ce qu'Illarion penserait d'un tel avis. Il lui avait paru que l'amour-propre du jeune homme se portait parfaitement bien malgré tous les efforts qu'elle avait faits pour le faire au moins vaciller sur ses fondations. Mais il ne fallait pas songer à lui. Et surtout pas l'appeler par son prénom. Cela lui rappelait de manière poignante combien le jeune homme tenait déjà une place dans sa vie. Comme s'il ne l'avait pas quittée, comme s'il était là, à ses côtés, depuis l'après-midi. Et même depuis leur première rencontre.

Illarion Kutejnikov n'avait cessé de l'habiter depuis leur première valse, formant un étonnant contraste avec les pâles jeunes gens qui faisaient partie de sa cour. Depuis, Dove se disait à tout propos : « Que penserait Illarion de ceci ? » Ou bien : « Jamais Illarion n'aurait réagi comme cela. »

Ce qui n'avait rien de rationnel. Pouvait-elle prétendre si bien le connaître après l'avoir vu seulement deux fois ? Ne lui avait-elle justement pas assuré le contraire cet après-midi-là ? De fait, si elle avait giflé Illarion, ce n'était pas seulement à cause de l'audace de son geste, mais aussi à cause d'elle. Il avait raison. Après tout, elle n'avait pas été indifférente à son baiser. Loin de là.

On n'était pas encore au milieu de la soirée que Dove ne supportait déjà plus le troupeau de ses soupirants. En dehors de lui demander sans relâche si elle désirait être resservie en punch ou en petits gâteaux, aucun de ces messieurs, y compris le très convoité Strom Percivale, ne s'était intéressé à ce qu'elle pensait ou ressentait. Seuls leurs exploits méritaient d'être au centre de la conversation. Contrairement à eux, Illarion avait su montrer son véritable intérêt pour elle.

Dove ne pouvait s'empêcher d'établir d'autres comparaisons, surtout d'ordre physique. Illarion était grand, large d'épaules, avec de longues mains fortes qui imposaient l'obéissance. Par leur simple contact, il avait su la faire frémir tout entière. Hormis

Lord Fredericks, par ailleurs maigre comme un cent de clous, ces jeunes gens étaient tous de taille médiocre comme ils étaient médiocres en toute chose. Leur contact lui était indifférent, quand il ne la répugnait pas. Leur regard n'avait pas le don de l'enflammer, leur conversation ne provoquait ni son intérêt, ni sa colère. Impossible d'envisager la moindre discussion un peu vive avec aucun d'entre eux. Ils étaient trop bien élevés pour cela.

Quant à échanger un baiser dans un lieu public ! C'était là la comparaison la plus cruelle. Comment imaginer la moindre étincelle, le moindre frisson sous la caresse de ces pâles jeunes gens, qui n'avaient probablement dans les veines que la quantité de sang suffisante pour se mouvoir avec la raideur d'une marionnette et débiter leurs kyrielles de banalités ? On s'étonnait déjà qu'ils pussent tenir sur un cheval. Alors, prendre une femme dans leurs bras...

Non, décidément, aucun d'eux ne pouvait l'émouvoir comme un seul avait su le faire d'un simple baiser effleurant sa paume.

Peut-être était-ce la raison pour laquelle les jeunes débutantes avaient une fâcheuse tendance à se faufiler dans les jardins, les soirs de réception ? Sans doute espéraient-elles se laisser embrasser par des inconnus. Cette attente devait créer dans ces mornes soirées une sorte d'excitation et de mystère qui n'avait rien à voir avec les titres, les terres et la richesse. Rien à voir, en d'autres termes, avec tout ce qui importait aux yeux des parents, qui souhaitaient que leur fille fasse un bon mariage. Comme s'ils l'avaient mise au monde pour cela.

Dove ne put s'empêcher de rire sous cape. Quand elles revenaient de leur petite escapade, ces jeunes filles n'avaient certainement plus tout à fait la même conception de ce que pouvait être un mariage avantageux.

Pourtant, le côté pratique et rationnel de Dove faisait qu'elle prenait les paroles de son père fort au sérieux. Le prince pouvait certes l'émouvoir avec ses baisers, mais son comportement était tout à fait imprévisible, ses lettres de créance fort suspectes et ses antécédents peu fiables. Il venait d'une partie du monde peu connue à Londres même si cet exotisme avait le mérite de lui attirer les faveurs de la bonne société.

Ce qui n'empêchait pas Dove de guetter sa venue avec impatience. De le chercher sans en avoir l'air, sous ses paupières baissées, dans la foule des habits noirs et des robes chatoyantes. À la huitième danse, une valse dans les bras raides et peu accueillants de Percivale, elle commençait à se demander si le prince leur ferait l'honneur de venir ce soir-là. L'apercevrait-elle soudain comme la première fois, traversant la foule dans son habit de ciel et d'or ? Viendrait-il droit sur elle pour lui réclamer une valse ?

Elle se ressaisit. Si le prince venait, ce ne serait pas nécessairement pour s'intéresser à elle. Après tout, il lui avait déjà consacré un temps considérable au cours de cette journée sans y gagner autre chose qu'une gifle. Pourquoi venir faire sa cour à une ingrate alors que tant de jolies femmes éclairaient la salle de leur beauté et de leurs yeux brillants ? Quant à elle, si elle suivait les conseils de son père, elle avait mieux à faire que d'encourager un mauvais parti.

Pourtant, s'il lui adressait un seul regard, un seul sourire... Était-ce comme cela qu'il capturait le cœur des femmes ? Avec son beau regard bleu, ses sourires à la fois tendres et carnassiers et sa conversation saugrenue ?

Dove, sa main gantée posée sur la manche de Percivale qui la conduisait dans la salle à manger comme s'il l'introduisait dans la salle du trône, s'efforçait en vain de se concentrer sur la conversation de son cavalier. Quelque chose à propos de la propriété de sa grand-mère à Hereford et de ses vergers de pommes. Non, jamais elle ne ressemblerait à ces femmes. Jamais elle ne se laisserait briser le cœur par un homme. Mais on pouvait la décevoir. Et ce soir-là, elle était déçue par deux hommes. Illarion, parce qu'il ne venait pas. Et Percivale, parce qu'il était venu.

Elle aurait dû être reconnaissante des marques d'attention que lui manifestait le jeune homme. Il était sans nul doute la cible favorite des filles à marier de la Saison qui, du reste, ne se privaient pas de la fusiller du regard à chaque fois qu'elles en avaient l'occasion. Et tout particulièrement Miss Sarah Tomlinson. La demoiselle, dont les yeux d'un noir profond auraient pu être deux dagues d'acier, lui tenait visiblement grief de monopoliser le jeune Percivale.

Dove retint un petit rire. Si la demoiselle le voulait pour elle, elle était toute prête à le lui abandonner. Mais Miss Tomlinson n'entreprendrait aucune manœuvre pour attirer le futur duc. Il y avait des préséances, un code tacite qu'il était d'usage de respecter. Et, petite-fille d'un comte, jamais elle n'aurait le pas sur la fille d'un duc quand il s'agissait de se trouver un mari.

Il vint à Dove une pensée machiavélique. Et si elle s'amusait à jouer les entremetteuses... Elle pouvait toujours faire les présentations. À la donzelle ensuite de se charger d'éblouir Percivale.

— Nous pourrions nous asseoir ici ? suggéra-t-elle en indiquant à son cavalier la table de Miss Tomlinson où deux places étaient libres.

Percivale sourit obligeamment.

Enfin une chose qui tournait à l'avantage de Dove dans cette soirée.

Mais ce fut la seule.

À la fin des festivités, malgré tous les efforts de Dove, Percivale était toujours à ses côtés, englué tel un pauvre oiseau sur la branche. Il y avait bien eu quelques moments d'espoir lorsque, après le souper, son soupirant avait invité la jeune Tomlinson à danser. Mais, sitôt la valse achevée, il avait bien vite repris sa place au côté de Dove.

— Percivale est décidément un garçon loyal, remarqua sa mère avec un sourire satisfait sur le chemin du retour. Il est resté auprès de toi autant que la bienséance l'y autorisait.

Dove fit une grimace dans la pénombre. *Collé* eût été un terme plus approprié. Une véritable bernique.

— Tu t'es comportée à la perfection, ma chère enfant. Jamais condescendante, toujours aimable... Ton idée d'aller vous asseoir, Percivale et toi, à la table de Miss Tomlinson fut un coup de génie. Tu as paru généreuse aux yeux de tous sans prendre pour autant le moindre risque de te voir voler ton cavalier.

Dove jeta à sa mère un regard froid. Pour ce qui la concernait, cette tentative de rapprochement avec la demoiselle en question n'avait rien à voir avec un sentiment de partage.

— Je vous remercie, mère. Mais j'ai simplement pensé que, leurs deux familles appartenant au gouvernement, ils auraient quelque chose à se dire...

— Percivale est un garçon intelligent, intervint le duc en allongeant ses longues jambes au milieu de leurs jupes. Il n'a pas perdu son temps avec cette jeune fille. Un brin de conversation, une invitation à la danse. Rien de compromettant. Une simple petite-fille de comte ne saurait l'intéresser. Il vise plus haut pour acquérir de l'influence.

Il conclut, l'air satisfait d'un gros chat qui vient d'attraper une souris replète :

— Nous n'avons rien à craindre. Il restera dans notre sillage.

— Je ne l'aime pas.

Les mots étaient sortis de la bouche de Dove avant qu'elle ait pu les retenir.

Sa mère ne cilla pas. Loin de s'insurger, elle répondit aussitôt, un sourire conciliant sur son bon visage.

— Comment le pourrais-tu ? Vous vous connaissez à peine. Mais vous avez la vie entière pour apprendre à vous découvrir. Avec le temps naîtront l'affection et le respect mutuels. Ce sont là les vrais sentiments sur lesquels s'établit un mariage solide. Vous construirez une famille ensemble, vous élèverez vos enfants sur des valeurs communes, traverserez les épreuves de la vie main dans la main.

Dove, écœurée par ce tableau idyllique, baissa les yeux sur ses deux mains crispées. Deux idées lui venaient simultanément à l'esprit. La première, c'était que ses parents avaient déjà décidé pour elle. C'était Percivale, et personne d'autre. Et ce constat provoqua en elle un terrible sentiment de définitif ; comme si une porte, à peine entrouverte, venait de lui être brutalement claquée au nez. L'énormité de cette prise de conscience lui donna une sorte de vertige. Elle était arrachée du doux abri de son enfance pour être jetée dans la prison d'un mariage non désiré sans avoir eu l'occasion d'expérimenter le monde, de découvrir d'autres pays, d'autres mœurs, d'autres gens. Sans avoir eu même le temps d'apprendre à se connaître elle-même.

La deuxième idée, c'était qu'en refusant elle serait considérée par tous, par ses parents comme par la « société », comme une fille ingrate et irresponsable.

Les arguments de sa mère n'étaient pas dépourvus de bon sens. Dove avait été élevée dans un milieu privilégié. Elle serait mariée dans des conditions plus privilégiées encore, qui lui permettraient à son tour de fonder une famille à qui elle rendrait tout ce bonheur au centuple.

Ainsi, ce processus étant répété aussi souvent que possible au sein des grandes familles de l'aristocratie anglaise, toute cette satisfaction démultipliée rejaillirait, comme les cercles que fait un caillou jeté dans l'onde, sur tout leur milieu dont il consoliderait encore davantage les assises.

Comment oserait-elle se révolter contre la décision de ses parents ? Et pourtant, c'était exactement ce que les mots d'Illarion chuchotés à son oreille lui suggéraient de faire.

Je vous ai embrassée pour que vous sachiez ce que vous allez manquer.

Et encore d'autres mots qui dansaient la sarabande dans son esprit :

« Aux dépens de votre bonheur... »

Avait-elle le droit de faire passer son bonheur avant son devoir envers les siens ?

Sa mère, lui pressant affectueusement la main, lui sourit dans le noir. Elle prenait visiblement le silence de Dove pour de la soumission.

— Tu peux faire confiance à tes vieux parents, ma chérie. Nous saurons toujours te guider sur la bonne voie.

La voie de la réussite, sans aucun doute, selon leurs critères. Une voie qui signifiait pour elle la mort de toutes ses espérances.

La gorge de Dove se serra. N'y avait-il pas un chemin médian qui puisse satisfaire tout le monde ? Un chemin qui ne la contraigne pas à épouser un homme pour lequel elle n'éprouvait qu'une profonde antipathie ? Elle n'était pas naïve. Elle savait depuis le début que ce voyage à Londres avait pour objet de lui trouver un mari. Mais elle avait toujours cru qu'on lui demanderait son avis.

Quand ils s'arrêtèrent devant leur maison, ils aperçurent le maître d'hôtel qui les attendait malgré l'heure tardive. Il avait une lampe à la main pour éclairer le hall obscur.

— Un billet est arrivé pour vous, Lady Dove.

De sa main libre, il lui présenta un plateau sur lequel se découpait un carré blanc. Le prenant entre deux doigts, Dove en étudia dans le halo de lumière la haute écriture nerveuse. Elle l'avait reconnue au premier coup d'œil et, déjà, son sang se mettait à courir plus vite dans ses veines.

— Mère, annonça-t-elle après avoir pris connaissance du billet. Le prince Kutejnikov aimerait m'accompagner demain à Somerset House pour y voir une exposition de peinture.

La duchesse, prenant des mains de Dove le carton blanc qu'elle lui tendait, lança un coup d'œil interrogateur à son mari. Le duc hésita puis acquiesça d'un imperceptible mouvement de la tête.

— Vous accompagnerez cette enfant, Olivia. Il est bon qu'on la voie dans le monde, mais il lui faut un chaperon.

Dove retint un soupir de soulagement. Ces invitations commençaient à lui faire l'effet d'une brève échappée hors de sa prison. Elle serait loin de chez elle, hors de portée de Percivale. Et surtout, immergée au milieu des œuvres d'art, elle se sentirait enfin dans son élément. Un soupçon lui vint à l'esprit. Et si Illarion avait choisi Somerset House[1] pour s'excuser de ce qui s'était passé dans l'après-midi ?

Espérait-il se faire pardonner ses privautés ? À moins qu'il n'ait choisi cet endroit parce qu'il était public. Il ne pourrait se permettre aucune audace. Bah ! Après ce que Dove venait de comprendre ce soir-là des intentions de ses parents, peu importaient ses raisons. Elle était heureuse de cette diversion quels qu'en soient les motifs.

Le lendemain, au moins pour quelques heures, elle serait libre.

1. Somerset House, grand bâtiment classique situé sur le Strand et dont la partie centrale a été construite par Sir William Chambers à la fin du XVIIIe siècle, a été pendant longtemps le siège de la Royal Academy of Art. Deux expositions temporaires s'y donnaient chaque année en plus des expositions permanentes. (NdT)

7

« Illarion... »

Le doux murmure résonna en écho dans son sommeil. Il rêvait de Katya et du Kouban, des grottes de Maykop près de sa résidence d'été.

La jeune fille l'appelait encore. « Illarion, viens... » Elle se matérialisa soudain dans l'obscurité de la grotte, vibrante et joyeuse, ses beaux yeux violets remplis de flammes.

Illarion se mit à courir vers elle. « Katya ! »

Jadis, elle avait été sa muse. Il avait écrit pour elle de beaux poèmes sauvages. Elle avait été son amie, sa confidente et son inspiratrice. Il s'était senti plus proche d'elle que de quiconque.

Il était tout près, maintenant. Il pouvait voir la peau laiteuse de la jeune femme, ses longues boucles noires flottant sur ses épaules. Elle était aussi belle dans la mort qu'elle l'avait été de son vivant. Son exceptionnelle beauté avait permis que son oncle, le tsar, lui pardonne beaucoup de choses. Y compris l'amitié qu'elle éprouvait pour lui, Illarion, le poète rebelle.

Il tendit la main. Il la touchait presque.

Accélérant sa course, elle s'enfonça au plus profond des grottes, suivie par ses éclats de rire. « Attrape-moi, Illarion ! »

Il se lança à sa poursuite, l'incitant à la prudence. « Katya, attends ! Non ! »

Maintenant, ils étaient dans la cavité principale... Une piscine naturelle en occupait le centre...

Sa vieille terreur le reprit. Il savait ce qui allait arriver. Le rêve se terminait toujours de la même manière. Mais cette fois, peut-être en serait-il autrement ? Peut-être trouverait-il les mots...

Il espérait toujours. Mais cela n'arrivait jamais. À chaque fois, c'était un échec.

Katya se tourna vers lui. Cette fois, son regard était sombre, comme hanté. Toute sa joie de vivre avait disparu. Elle ressemblait maintenant à celle qu'il avait revue deux jours après son mariage. Son beau visage avait une expression tragique, son sourire n'était plus qu'une ombre. Elle paraissait déjà usée, vieillie par une union qui l'avait humiliée et asservie. Une union qui avait enrichi et consolidé la couronne du Kouban, mais qui avait causé sa perte, à elle. Elle tendit vers lui une main livide.

Il s'approcha d'elle très lentement pour ne pas l'effaroucher.

« Katya... Viens vers moi. Éloigne-toi de cette eau sombre. » Sa voix était rauque. Sa gorge serrée lui faisait mal.

« Viens-tu me chercher, Illarion ? Pouvons-nous partir enfin loin d'ici ? Très loin. Là où il ne pourra pas me retrouver ? »

Tirant sur l'étoffe de son corsage, elle lui présenta ses seins dénudés. La perfection...

Illarion se figea. Non, il n'y avait plus rien de parfait dans le spectacle qu'elle lui offrait.

« Regarde ce qu'il m'a fait ! »

Une marque au fer rouge, de la forme d'un U, était imprimée dans la peau tendre de son sein droit.

« Il croit toujours que nous sommes amants, toi et moi. Alors, pourquoi ne pas le devenir, en effet ? Tu avais raison, Illarion. Je n'aurais jamais dû épouser Ustinov. J'aurais dû avoir la force de dire non. »

Illarion ravala sa colère. Il tuerait le monstre qui avait fait cela. Qui avait abîmé la beauté même.

Il la touchait presque, maintenant. « Écarte-toi de cette eau mortelle, Katya. Viens me rejoindre ! Viens... »

Il répéta sa prière, tendant ses deux mains vers elle. « Je te protégerai. Je te le jure. »

Il était prêt à lui promettre n'importe quelle folie. Jamais il n'était arrivé aussi près d'elle.

« Je provoquerai Ustinov en duel. »

Il était un bon duelliste. Trop bon de l'avis de certains qui avaient payé cher leurs offenses.

Mais cette perspective la terrifiait. Ce n'était pas ce qu'il fallait dire. Katya recula d'un pas et l'eau blanchâtre du bassin creusé dans le calcaire mouilla le bas de sa robe.

Son regard s'assombrit. Une ombre traversa son blanc visage.

« Il te tuera. Je ne veux pas que tu prennes ce risque, Illarion. Tu es tout ce qui me reste. C'est sans espoir... Pour moi, la seule liberté, c'est la mort. »

Le sang d'Illarion se figea dans ses veines. Si seulement il n'avait jamais écrit ces mots !

« Non ! »

Trop tard. Étendant les bras comme un oiseau blessé, elle s'était laissée tomber dans l'eau sans fond...

— Katya !

Ce fut le son de sa propre voix qui réveilla Illarion. Son corps était couvert de sueur, son cœur battait à rompre. Il avait échoué, une fois de plus. Se mettant sur son séant, il tendit une main tremblante vers le verre posé sur sa table de nuit. Il fut incapable de se servir et la carafe remplie d'eau explosa sur le sol.

Des coups retentirent contre la porte. Ruslan appelait.

— Illarion, tu vas bien ?

Poussant le battant, son ami fit irruption dans la chambre, sa robe de chambre ouverte, les cheveux en broussaille.

— Que se passe-t-il ? Encore un cauchemar ?

— At-attention, bégaya Illarion. Du verre, sur le parquet.

— Oui, merci. J'ai entendu la carafe tomber. Je vais te donner à boire. Quelque chose de plus fort que cela.

Ruslan tourna dans la chambre jusqu'à ce qu'il tombe sur le flacon de *samogonka* posé sur le bureau. Il en apporta un verre à Illarion, qui se sentit comme un enfant tandis que son ami le faisait boire, entourant sa main de la sienne pour l'aider à tenir le gobelet. Puis Ruslan s'assit à côté de lui, le laissant boire en silence.

— C'était Katya, encore ? finit-il par demander.

— Je n'ai pas pu la sauver.

Les vieilles récriminations revinrent à la surface, la douleur, le terrible sentiment de culpabilité quand il avait appris la nouvelle. Elle s'était rendue toute seule jusqu'aux grottes. La présence d'Illarion, à chaque fois qu'il rêvait d'elle, n'était qu'une production de son imagination. Et c'était délibérément qu'elle s'était noyée dans le bassin de calcaire.

— J'aurais dû trouver le moyen de l'aider. J'aurais dû empêcher ce mariage.

Le général Ustinov était connu pour sa brutalité. Mais le tsar avait eu besoin d'une alliance avec le commandant militaire du Kouban pour réduire à néant la menace d'un coup d'État. Il avait vendu Katya, sa nièce, pour sceller cette alliance.

— Personne n'aurait pu faire quoi que ce soit, intervint Ruslan. La paix du royaume dépendait de cette alliance. Tu le sais bien.

— Mais c'est ma poésie qui l'a encouragée à se rebeller, se lamenta Illarion.

Il avait même fini par se persuader qu'elle avait été aussi à l'origine du suicide de la jeune femme.

— Si je n'avais pas écrit le poème *Liberté*, elle serait toujours vivante.

« La seule liberté est la mort. » Le dernier vers. Le vers fatal. C'était ce qu'avait cru le tsar. Il avait publiquement accusé Illarion de la mort de Katya. Il l'avait destitué de son titre de poète officiel, déclarant sa poésie dangereuse et nuisible à la patrie.

Ruslan resta avec lui jusqu'à l'aube, attendant que la lumière et les bruits familiers du jour dissipent les terreurs de la nuit. La ville de Londres, moderne et active, n'était pas atteinte par les malédictions. Mais Illarion, si. Il avait failli à Katya et il était maudit. Il avait causé la mort de la femme qui inspirait ses poèmes. Il lui fallait d'urgence trouver une autre muse. Dans quelques heures, il avait rendez-vous avec le destin. Un nouveau destin. Il était plus convaincu que jamais que c'était le seul moyen pour lui d'aller de l'avant.

Il n'oublierait jamais le passé. Il n'oublierait jamais Katya.

Mais il devait s'en libérer.

Ne plus perdre son énergie dans ses cauchemars.

Enfin, elle avait rendez-vous avec le Londres dont elle avait rêvé, songeait Dove ravie par la perspective d'un après-midi passé dans l'Académie royale de peinture en compagnie d'Illarion. Lui au moins ne passait pas son temps à calculer et recalculer les avantages apportés par sa dot. Cela dit, que faisait-il avec elle, finalement ? Illarion — elle avait abandonné toute velléité de ne pas l'appeler par son prénom — pouvait retenir l'attention de n'importe quelle femme dans Londres. Baste ! S'il était heureux de se montrer à son bras, elle pouvait en dire tout autant de la réciproque.

D'autant plus que le comportement du jeune homme était irréprochable. Aucun propos déplacé, aucun commentaire audacieux tandis qu'ils se promenaient dans la vaste galerie de l'aile nord.

Dove sourit pour elle-même. Faute avouée est à moitié pardonnée. Même si elle se mettait presque à regretter les audaces dont le prince avait fait preuve la veille !

Les eaux de la Tamise miroitaient comme de discrets joyaux sous les hautes fenêtres de Somerset House. Dans la galerie, la foule des visiteurs étant peu compacte, Illarion et Dove avaient tout loisir de s'arrêter devant les œuvres qui attiraient leur attention. Devant le tableau de Constable représentant la cathédrale de Salisbury, en revanche, les admirateurs étaient plus nombreux et il leur fallut attendre un instant pour qu'ils y voient à leur aise.

— Oh ! quelle merveille ! s'exclama Dove quand Illarion et elle purent enfin s'approcher. Regardez comme il a bien su représenter le mauvais temps.

Elle indiqua d'un geste discret les nuages sombres amassés dans le ciel jusqu'à l'horizon. On voyait même la course des nuées entre les branches des arbres dépouillés de leur feuillage.

— L'orage arrive, poursuivit-elle. Les gens qui font un pique-nique, là, dans l'angle droit, ne se rendent compte de rien. Ils sont encore au soleil. Mais pas pour longtemps.

Elle ajouta, souriant de plaisir :

— Ils vont devoir faire vite. On croirait voir les nuages galoper dans le ciel.

Illarion, s'approchant plus près de la toile, opina du chef.

— Il y a une sorte de gageure à vouloir capturer la fugacité des choses. Je suppose que Constable, comme tant d'autres, a essayé de l'emprisonner dans ses toiles…

Dove, agréablement surprise par la profondeur de ses propos, jeta un regard à son compagnon.

— Les poètes ne tentent-ils pas de faire la même chose ? rétorqua-t-elle avec un sourire taquin. Ils utilisent la plume au lieu du pinceau, voilà tout.

Le regard bleu, magnétique, l'enveloppa tout entière, et elle eut l'impression qu'il s'efforçait de la capturer, en effet, pour l'emprisonner dans un poème. À cet instant précis, c'était comme s'ils étaient seuls au monde.

— *Touché*[1], Lady Dove. En effet, c'est ce que nous faisons. Très perspicace, vraiment.

— J'ai l'impression que vous passez un bon moment. Vous aimez vraiment la peinture, finalement.

Ce n'était pas une question. Un simple constat. Non sans surprise de la part de Dove. Oui, il était content d'être là. Et elle aussi. Ils appréciaient tous les deux ce qu'ils voyaient. Et ils appréciaient aussi mutuellement leur compagnie.

— Mais tout à fait. Cela semble vous étonner ?

Il lui décocha un de ses sourires charmeurs, pour la première fois depuis le début de l'après-midi, et ils poursuivirent leur chemin, passant devant des œuvres de moindre intérêt sans s'attarder.

— En dehors de mon père, aucun gentleman de ma connaissance n'apprécie vraiment la peinture.

Dove ne pouvait s'imaginer en train de discuter des œuvres de Constable avec aucun des membres officiels de sa cour. Lord Fredericks se contenterait de hausser les sourcils en répétant « Mais parfaitement, mais parfaitement… » et il était impensable pour elle de venir ici en compagnie de Percivale qui, de toute façon, ne s'y promènerait que pour être vu.

Cela dit… La plupart des gens qui étaient ici y venaient strictement pour la même raison.

Mais pas elle. Ni Illarion. Ils étaient venus pour apprécier ce qu'on pouvait y voir. La peinture à son sommet.

1. En français dans le texte. (NdT)

Dove regarda son compagnon d'un œil neuf. Maintenant, ils avaient quelque chose en commun.

— Vous semblez vous intéresser beaucoup au monde de l'art, Lady Dove. Hier, vous disiez que vous dessiniez. Peignez-vous également ?

— Je pratique surtout le dessin. Fusain et crayon. Un peu de pastel... Mais rien de commun avec toutes ces splendeurs.

Dove était soudain réticente. Elle n'aimait guère parler de ses talents.

— À l'occasion, j'aimerais beaucoup voir vos créations, suggéra-t-il, sans doute par politesse.

Puis son regard s'éclaira soudain.

— J'ai une idée. Pourquoi n'organiserions-nous pas un pique-nique entre artistes ? Vous apporterez votre carnet de dessin et moi mon calepin. Assis sous les ombrages d'un saule, nous pourrons échanger nos productions.

Dove sourit à l'image qu'il venait d'évoquer. C'était à la fois charmant et tout à fait impossible. La situation aurait été trop intime. Elle ne répondit rien, préférant savourer l'idée plutôt que de la gâcher par des considérations raisonnables. Ne serait-ce que l'obligation d'un chaperon... comme sa mère, qui traînait derrière eux dans la galerie, s'arrêtant ici et là pour bavarder.

— Toute votre famille a donc des talents artistiques ? s'enquit encore Illarion.

— Oui. Ma mère peignait beaucoup autrefois. De l'aquarelle, essentiellement. Personne ne peut vivre en Cornouailles sans aimer la peinture, il me semble. Là-bas, le paysage offre un potentiel artistique absolument fou. Tout y est tellement sauvage, d'une telle beauté naturelle, que le pinceau vous jaillit dans la main avant que vous n'ayez eu le temps d'y penser. Les falaises, la mer, les cours d'eau qui sillonnent la campagne... Et puis, il y a aussi les jardins. Grâce au climat, nous pouvons faire pousser des fleurs incroyables.

Dove s'interrompit, honteuse de son exaltation. Son pays lui manquait-il à ce point ?

— Excusez-moi. Je suis terriblement bavarde.

Illarion sourit et ses yeux se plissèrent amicalement.

— Mais pas du tout. J'aimerais bien visiter la Cornouailles. Si elle inspire les peintres, elle doit aussi inspirer les poètes. Ils ont eux aussi bien besoin d'un peu d'exaltation.

— L'art est un bon moyen pour exprimer ce que l'on ressent.

Dove s'interrompit, le cœur serré. Elle pensait aux enfants qu'elle avait laissés derrière elle, en Cornouailles. Tous ces tableaux l'avaient rendue nostalgique de ces temps heureux.

— Chez moi, reprit-elle d'une voix lointaine, j'avais organisé un petit atelier de peinture pour les enfants du village.

Elle n'en avait parlé à personne depuis qu'elle était à Londres mais, Dieu sait pourquoi, elle éprouvait le besoin de partager ces souvenirs-là avec Illarion.

Le visage de son interlocuteur s'éclaira d'un sourire.

— Quelle merveilleuse idée ! Il est si important de pouvoir s'exprimer de toutes les façons dès le plus jeune âge. Vous les aidez ainsi à s'inspirer de ce qu'ils voient autour d'eux, à aimer la nature. Et qui sait ? Peut-être grâce à vous un nouveau Constable verra le jour parmi vos élèves ?

Dove se sentit rosir de plaisir.

— Ce n'est pas grand-chose. Je ne fais que leur transmettre le peu que je sais, ce que j'ai appris de mes professeurs.

Illarion ne la laissa pas se défendre contre ses compliments.

— C'est plus qu'ils ne pouvaient espérer. Il ne faut jamais sous-estimer le pouvoir d'un cadeau, si modeste soit-il.

Elle était touchée qu'il comprenne si bien ses intentions. Sa petite école n'avait pas seulement vocation à apprendre aux enfants à tenir un crayon ou un pinceau. C'était aussi, à sa manière, une leçon de vie.

Ils avaient atteint l'extrémité sud de la galerie. S'emparant de son coude, Illarion guida Dove jusqu'à l'une des vérandas qui surplombaient la Tamise. Il indiqua une petite table nappée de blanc ornée d'un bouquet de roses blanches à peine épanouies. Trois chaises l'entouraient, leur rappelant qu'ils n'étaient pas vraiment seuls. La duchesse, arrêtée sans cesse par des échanges de politesse, allait bientôt les rejoindre.

— J'ai pris la liberté de prévoir quelques rafraîchissements.

Il présenta l'un des sièges à Dove avec un sourire désarmant.

Décidément, il avait décidé ce jour-là d'interpréter une version moderne du parfait prince charmant.

Indiquant du menton le bouquet de roses, Dove s'enquit d'un ton moqueur :

— Pas de muguet, aujourd'hui ?

Elle aimait le côté prince charmant du jeune homme, mais son esprit caustique, qui l'obligeait sans cesse à se ressaisir et à se remettre en question, lui manquait.

— Ces roses blanches vous ressemblent. Avant de pouvoir arriver jusqu'au cœur, il y a chez vous aussi maintes circonvolutions, que je commence à découvrir.

Esquivant une réponse de Dove, il prit l'une des roses qu'il lui tendit avec un petit salut mi-galant, mi-moqueur, avant de conclure :

— Symbole de la fugitive beauté du monde, je suppose, comme les tableaux de Constable que nous venons de voir.

Leurs regards restèrent noués un instant, un courant subtil passa entre eux. Puis il jeta un œil par-dessus l'épaule de Dove et se redressa. Elle sut sans avoir besoin de se retourner que sa mère arrivait. À cette minute précise, elle éprouva envers la chère femme un vif ressentiment. Le charme était rompu. Plus d'aimable badinage à propos de muguet et de roses, plus de doux bavardages sur ce qui lui tenait à cœur. Illarion garda prisonnier son regard, s'attardant encore un instant comme si lui aussi éprouvait ce même sentiment de regret.

— À la beauté, ma chère, aussi fugitive soit-elle, murmura-t-il avec un sourire.

Puis, se levant d'un geste vif, il présenta une chaise à la duchesse et fit signe qu'on avançât le chariot chargé d'une lourde théière, de gâteaux et de sandwichs.

— Lady Redruth, prenez place, je vous prie. Nous avons d'ici une vue superbe sur la Tamise. Constable lui-même ne résisterait pas à l'envie de sortir sa palette et ses pinceaux.

Dove percevait le sous-entendu de ses paroles, le compliment qu'elles contenaient. Et aussi cette allusion à l'intimité de leur conversation. Où qu'ils soient, même au milieu d'une foule, Illarion savait toujours lui donner cette impression de complicité.

C'était à la fois agréable et troublant, même s'il était nécessaire de s'en défendre.

Dove se ressaisit. Décidément, elle devait apprendre à résister au charme du prince. Que pouvait-il sortir de cette relation, sinon des souvenirs dont rien ne garantissait qu'ils soient aimables ?

Elle avait tout l'après-midi pour y songer, tandis que le prince jouait de son charme, éblouissant sans effort de ses regards bleus et de sa faconde la gent féminine qui gravitait maintenant autour d'eux sous prétexte de les saluer, comme une ronde d'insectes autour d'une lampe.

8

Mon Dieu ! Comme il savait plaire !

Dove ne pouvait s'empêcher d'admirer la manière dont le prince conversait avec sa mère tout en saluant avec grâce tous ceux, parmi leurs relations, qui passaient à proximité. Il semblait connaître tout le monde et leur table devint soudain un centre de ralliement pour la fine fleur de la société, qui paraissait s'être donné rendez-vous à la Royal Gallery.

Bientôt, ils eurent autour d'eux une véritable cour, ou plutôt, ce fut comme si le prince tenait salon. Les gens, comme attirés par un aimant, voulaient être avec lui, dans son orbite. Ce qui n'avait rien d'étonnant. Dove remarqua qu'il avait en mémoire un détail personnel sur tout le monde. Il demandait à un tel des nouvelles de son cheval favori. À tel autre d'un parent souffrant. Personne n'échappait à son attention, pas même la vieille tante condamnée à jouer le chaperon en échange du gîte et du couvert, ni la vieille fille mise à l'écart de la société, ni la mère de famille chargée de filles à marier.

Il était courtois et généreux avec tous.

Des chaises supplémentaires furent apportées, le chariot de thé fut de nouveau rempli de délicieuses victuailles, et les visiteurs continuaient à affluer. D'élégants gentlemen arrivaient avec une dame à leur bras pour échanger quelques mots, les femmes ne se gênant pas pour envelopper Dove d'un regard spéculatif. Cette dernière lisait en elles comme à livre ouvert. Que pouvait bien faire Dove, fille d'un duc tout-puissant, avec le célibataire le plus séduisant de la Saison, certes, mais qui, après tout, venait de nulle part ? Les mêmes interrogations se lisaient dans le regard des messieurs. Que diable faisait ce jeune homme avec la débutante la plus prometteuse ? Et probablement la plus convoitée ? N'était-elle pas déjà destinée par ses parents à quelqu'un de… disons de plus conventionnel ? Quelqu'un de plus… anglais ? Tout le monde était-il donc au courant ? Était-elle la seule à ignorer ce que signifiaient réellement ses *débuts*[1] dans le monde ? La société semblait avoir déjà décidé de son avenir alors qu'elle-même n'en avait pas encore compris les enjeux.

Dernière l'aimable bienveillance des gentlemen, Dove sentait une certaine tension. Elle lança un regard à Illarion. Ces messieurs étaient inquiets. Le prince Kutejnikov n'était pas tout à fait des leurs, en dépit des apparences. Il était riche, il avait un titre considérable, aussi douteux pût-il paraître. Mais c'était un étranger. Quelqu'un de différent. Illarion était-il conscient de cela ? Dove considérait tout à coup la manière dont il était vêtu, le soir de leur premier bal, sous un jour nouveau. Avait-il choisi ce costume « exotique » pour jouer la provocation ? En guise de pied de nez à la société ?

Si ce genre de réflexions le perturbait, il n'en laissait rien paraître. Mais cette prise de conscience permettait à Dove de découvrir en lui encore une nouvelle facette. Malgré toute son assurance, Illarion était un homme très jeune, et de surcroît loin de chez lui. Un homme seul dans un monde complètement nouveau et qu'il affrontait courageusement. En quittant la Cornouailles, elle avait eu l'impression d'y laisser un peu d'elle-même. En était-il de même pour lui ? Avait-il laissé son véritable moi au Kouban ? Elle ne l'avait pas cru la veille quand il avait prétendu qu'il savait ce qu'était la nostalgie. Mais pourquoi pas ? Peut-être se trompait-elle encore sur son compte dans d'autres domaines. Sa véritable séduction ne résidait pas seulement dans son physique, bien que les femmes, en général, ne semblassent pas regarder au-delà. Elle venait surtout de la manière dont il se comportait à l'égard d'autrui. Avec bienveillance. En dépit de leur inquiétude,

1. En français dans le texte. (NdT)

les hommes ne pouvaient s'empêcher de l'aimer, du moins, sur le moment. Il est toujours difficile de ne pas éprouver de sympathie pour quelqu'un qui vous témoigne de la sollicitude. Après tout, n'était-ce pas ainsi que cela s'était passé pour elle ?

Le flot de visiteurs finit par se tarir et Dove eut un instant de répit. Elle regretta de ne pas avoir de crayon pour dessiner le portrait de l'homme qu'elle avait en face d'elle. Pour tenter de capturer la ligne ferme de cette mâchoire, ce beau nez droit, cette chevelure léonine. Si elle parvenait à l'enfermer dans un portrait, elle le connaîtrait mieux.

Une ombre tomba soudain sur leur table. Le répit tant souhaité fut interrompu par un nouveau visiteur. Percivale en personne.

— Ah ! s'exclama celui-ci. Je pensais bien vous trouver ici, au centre de toute cette agitation.

On n'aurait su dire s'il avait voulu faire un compliment ou se moquer. Il les engloba tous les deux dans un bref signe de tête qui pouvait passer pour un salut. De l'inquiétude de tous les hommes qui étaient venus les saluer, celle de Percivale était la plus palpable.

— Décidément, Kutejnikov, vous êtes partout où il faut être.

C'était donc bien de l'ironie. Sans compter que Percivale avait volontairement omis le titre de son interlocuteur.

— Vous devez apprécier votre première Saison à Londres, poursuivit-il du même ton de persiflage. Vous obtenez un franc succès. Un proverbe français ne dit-il pas « Tout nouveau, tout beau » ?

Une autre allusion au statut d'outsider d'Illarion, étranger à l'élite londonienne au sein de laquelle tout le monde connaissait tout le monde depuis des générations. Le regard bleu pâle de Percivale tomba sur les vestiges du thé.

— Je suis tout à fait désolé de n'avoir plus rien à vous offrir, rétorqua Illarion d'une voix qui restait courtoise malgré le sarcasme. Mais, comme vous pouvez le constater, vous nous surprenez à la fin de notre petite collation.

Traduction : *Vous êtes arrivé trop tard pour les festivités, mon vieux. Et vous n'êtes pas le bienvenu.*

Le chariot avait pourtant été rechargé à plusieurs reprises mais Illarion ne fit pas un geste en direction du serveur. Une antipathie primitive, presque palpable, se manifestait au grand jour entre les deux hommes.

— Aucune importance, répliqua Percivale avec un petit geste désinvolte de la main. Je ne me suis arrêté que pour saluer Lady Dove.

Il poursuivit, enveloppant Dove de son regard inexpressif :

— J'espère que vous avez apprécié cette exposition, milady ?

Elle ouvrit la bouche pour répondre mais Percivale continuait du même ton un peu supérieur :

— Regarder tous ces tableaux n'a-t-il pas fini par vous lasser ? Il y a tellement de toiles sur ces murs qu'on finit par ne plus les distinguer les unes des autres.

Dove dut se contenir pour ne pas pouffer de rire. Décidément, le pauvre garçon distribuait des verges pour se faire battre. Tandis qu'Illarion avait organisé cette sortie pour lui faire plaisir, Percivale n'avait même pas cherché à savoir si elle aimait la peinture. Il était probablement persuadé du contraire. Elle qui appréciait dans un tableau toutes les nuances de couleur, les touches de pinceau, la lumière qui s'en dégageait, voyait les objets de son admiration transformés en une abondance de sucreries dont il ne fallait pas abuser sous peine d'indigestion.

Mais Percivale n'en avait pas fini de sa propre immolation.

— Toute cette agitation deux fois par an autour de tel ou tel original ! reprit-il d'une voix plus nasillarde que jamais. Ce bon Constable n'est après tout que le fils d'un marchand de grains, et il n'a jamais peint rien d'autre que le ciel ! On peut avoir du goût pour un divertissement, mais de là à vouloir en faire une carrière ? Encourager cela est tout à fait irresponsable.

Il se tourna vers Illarion.

— Je suis un scientifique, voyez-vous. Les inventions techniques, la vapeur, l'industrialisation, voilà où se trouve le progrès.

Il fallut à Dove toute sa volonté pour ne pas lui objecter que l'art était une forme de l'expression humaine, une manifestation du progrès qui capturait l'essence de l'expérience de chacun d'entre nous. Mais elle n'avait pas à s'en faire. Illarion était tout disposé à prendre le relais.

— On peut ne pas être d'accord avec vous, Percivale. Lady

Dove est elle-même une artiste de qualité. Elle y prend beaucoup de plaisir. N'est-ce pas, milady ?

— Excellent passe-temps pour une femme ! Cela lui occupe les mains et le cerveau, approuva Percivale en opinant du chef.

Maintenant, Dove éprouvait presque de la compassion à son égard. Le jeune homme pensait-il vraiment que ce genre de remarque le mettait en valeur ? Illarion se jouait de lui comme un chat avec une souris et le faisait paraître parfaitement sot. Il lui avait pourtant tendu une perche mais Percivale, loin de la saisir, s'était enfoncé encore plus profondément dans la vase de son raisonnement.

Illarion n'en avait pas fini.

— Figurez-vous, mon cher, que Lady Dove vient de me confier qu'elle a organisé une sorte d'atelier de peinture chez elle, en Cornouailles, à l'intention des enfants de son village. Ainsi, ils ont la possibilité d'explorer tous les moyens de s'exprimer. N'est-ce pas une belle et bonne action de sa part ?

— Bien sûr, Lady Dove fait preuve d'une grande générosité pour ces pauvres infortunés, accorda Percivale avec un sourire condescendant. Et vous, Kutejnikov, le progrès vous atteint-il dans vos régions lointaines ?

Allusion perfide au Kouban et à son isolement notoire au milieu de territoires occupés par les Turcs.

— Heureusement, non, répondit Illarion avec aux lèvres un sourire faussement amical. Contrairement à ce qui se passe en Angleterre, nos steppes et nos forêts ont échappé aux mines de charbon et aux usines, qui ont défiguré vos paysages.

Se levant sur ces mots, il offrit galamment ses bras à Dove et à sa mère.

— Lady Redruth, Lady Dove, puis-je vous raccompagner ? J'ai demandé à mon cocher de venir nous chercher à six heures. Il doit nous attendre. Lord Percivale, si vous voulez bien nous excuser…

C'était fait de main de maître. Dans un conflit, la meilleure manière de l'emporter n'est-elle pas de quitter les lieux en laissant son adversaire coi ? Dove sourit pour elle-même. Il était tout à fait réjouissant de s'en aller tandis que Percivale, ruminant sa déconvenue, fusillait le dos d'Illarion d'un regard assassin.

Le prince était en train de gâcher sa Saison. Il n'avait visiblement aucune éducation. Ne venait-il pas de donner, quasiment, son congé à un futur duc ? Quel véritable gentleman se comporterait de la sorte ? Bouillonnant de rage contenue, Percivale jeta un coup d'œil autour de lui. Encore heureux que la scène n'ait pas eu de témoins ! C'était tout de même terriblement humiliant.

Mais lui qui n'émettait jamais une opinion sans s'assurer que la majorité pensait comme lui trouva à se consoler en s'apercevant qu'il n'était pas le seul à partager ce point de vue.

Quand il arriva chez White's pour puiser un peu de réconfort dans la fréquentation de ses semblables, ce fut pour trouver, rassemblés autour d'une table, d'autres gentlemen de sa génération qui exposaient leurs récriminations contre le prince Kutejnikov.

— Ce diable d'étranger n'a décidément pas la moindre idée des usages, était en train de décréter l'un des comparses avec autorité.

— Ne dirait-on pas que l'animal se croit au-dessus de nous ? lança un autre.

— Ce n'est pas seulement cela, dit un homme dans un angle de la salle, un jeune baronnet arrivé récemment à Londres et qui croyait visiblement pouvoir se trouver une fiancée bien nantie sur sa seule bonne mine. Avec ses façons sans gêne, il accapare l'attention de toutes ces dames. Quand il est là, il n'y en a que pour lui.

Le volume sonore de la salle monta tandis que ces messieurs échangeaient leurs impressions. Ces pauvres jeunes filles étaient fascinées par les manières de sauvage du jeune Russe. Il dansait comme un paon à la parade, fusillait tout le monde de son regard d'azur. Et avait-on idée de se coiffer de la sorte, avec une telle crinière !

Bref, il était tout à fait insupportable. Sans compter cet horrible accent !

L'un des amis intimes de Percivale, le jeune vicomte Heatherly, lui donna un coup de coude.

— Eh bien, Percivale ? Que dis-tu de tout cela ? L'animal n'est-il pas en train de marcher sur tes brisées en courtisant Lady Dove sans se gêner ?

Percivale haussa les épaules avec une feinte indifférence.

— Lady Dove a beaucoup de succès. Tout le monde veut lui faire ses compliments. Même toi, mon ami.

Assez intelligent pour ne pas s'attirer son inimitié, Percivale rendit avec bonhomie son coup de coude à Heatherly. Et surtout, il ne tenait pas à montrer à quel point il était affecté par sa déconvenue.

— J'ai entendu dire qu'il a accompagné la demoiselle à l'Académie cet après-midi, insista Heatherly.

— Je sais. Je les y ai vus et me suis arrêté pour parler avec eux un instant.

Peu importait qu'ils l'aient planté là. Heatherly et les autres n'avaient pas à en être informés. Tout le monde savait que Lady Dove lui était destinée. La règle était enseignée à tous les rejetons de l'aristocratie anglaise dès la naissance. Les descendants des grandes familles ne se mariaient qu'entre eux. Et Dove et lui faisaient partie des plus grandes. Formuler ses inquiétudes à haute voix serait de la dernière maladresse.

Et puis, outre son indéniable pouvoir de séduction, il avait d'autres arguments. Ses parents venaient d'apprendre le matin même par porteur que son oncle, le frère de son père, était au plus mal. Le titre de duc d'Ormond était à portée de main. Percivale avait eu l'intention d'en partager la nouvelle avec Lady Dove mais Kutejnikov avait tout gâché.

C'était pour ainsi dire une affaire faite. Lady Dove Sanford-Wallis était sienne, ainsi que sa dot. Bien sûr, Percivale n'avait guère apprécié d'apprendre qu'elle était sortie au parc avec le prince la veille et qu'il l'avait accompagnée dès le lendemain à Somerset House. Même si tout s'était fait dans les règles, puisque la duchesse sa mère avait chaperonné Dove à la galerie. Mais tout de même… Deux jours de suite ! Percivale n'avait aucun doute sur les intentions du prince. Ce que voulait cet individu, c'était l'argent, comme tous les gentlemen à marier dans leur bonne ville de Londres. D'après la rumeur, Kutejnikov aurait des moyens financiers très convenables. Mais pas de terres. Ce n'était qu'un exilé, finalement. Quel meilleur moyen de s'établir dans son nouveau pays que d'épouser une jeune fille riche ? Il lui suffirait ensuite d'acheter un domaine et l'affaire serait dans le sac. Le charme de Kutejnikov ferait le reste.

Mais une chose était sûre. Le prince avait beau se démener, il échouerait comme les autres. On n'essayait pas de s'introduire dans la bonne société, et surtout dans le cercle des grandes familles du royaume d'Angleterre, sans montrer patte blanche. Sinon, on risquait de s'y casser les reins.

Percivale opina du chef, satisfait. Aucune raison de se mettre martel en tête. Encore moins de paniquer. Même si la Russie passait à l'attaque, elle n'était pas près de l'emporter.

Il consacra le reste de la soirée à aller de table en table, écoutant grandir avec satisfaction la vague de mécontentement. Il était toujours étonnant de voir comment un mouvement naissait puis s'amplifiait au travers des différents réseaux sociaux. On aurait pu comparer cela à un organisme vivant qui, reconnaissant l'intrusion d'un corps étranger, s'organisait pour l'expulser.

Le prince se doutait-il que la jeune génération du gotha londonien se mettait sur le pied de guerre ?

Et que lui, Illarion Kutejnikov, était devenu l'ennemi numéro un ?

9

Apparemment, Percivale avait plutôt mal pris l'accueil qui lui avait été réservé à l'Académie, songea Illarion, qui se tenait fermement sur le flanc droit de Dove, Percivale occupant pour ainsi dire son flanc gauche, tandis que la foule habituelle de jeunes gens s'agglutinait autour d'elle pendant l'entracte.

Depuis leur visite de l'exposition, celui qui se prenait pour le prétendant en titre, comme relié à la jeune fille par une chaîne invisible, ne la quittait plus d'une semelle. Et, dès son entrée dans la salle de concert, il avait dardé sur Illarion un regard brûlant de haine. Chose qui laissait Illarion parfaitement indifférent. Ce n'était pas la première fois qu'il se faisait un ennemi à cause d'une femme. Ce n'était pas la première fois non plus que des salles de bal ou d'activités mondaines se transformaient en champs de bataille… Quand une jolie fille en était l'enjeu. Illarion savait parfaitement jouer la partie. Il lui fallait plus que des froncements de sourcils menaçants pour l'intimider.

Ce soir-là, Percivale devisait, le verbe haut, sur le prochain débat parlementaire. Le sourcil impérieux, il comptait visiblement faire entendre à son auditoire que lui se souciait de l'avenir de son pays, qu'il lui consacrait son temps et sa peine, tandis que d'autres coulaient des jours heureux dans le luxe et les plaisirs qu'offrait leur belle capitale.

Illarion accueillit le regard méprisant de Percivale avec un large sourire. Si son rival croyait que cela suffirait à le dissuader de faire sa cour à Dove, il se trompait. Au contraire, il n'en était que plus stimulé. Et bien déterminé à tenter sa chance.

Ne serait-ce que pour le principe. Jamais il ne céderait le pas à ce jeune fat. Sa réputation de séducteur impavide l'exigeait. Mais il avait des raisons plus nobles. Il avait trouvé sa muse. De nouveau, il pouvait écrire des poèmes pleins d'émotion, de bruit et de fureur, bien au-dessus des ritournelles qu'il couchait mollement sur le papier depuis son arrivée à Londres.

Sans compter qu'il n'avait pas pour habitude d'abandonner une demoiselle en détresse. Et ce soir-là, Dove avait tout l'air d'avoir besoin de ses services. Quelque chose était arrivé.

Quelque chose de grave.

Le regard d'Illarion glissa en biais vers la jeune fille, qui se tenait entre son rival et lui. Un étranger n'aurait rien remarqué. Son maintien était parfait, comme toujours. Dove avait été trop bien éduquée pour laisser transparaître ses émotions. Et, dans sa robe de satin blanc où jouaient des reflets bleus, comme sur les rivières gelées du pays d'Illarion, elle était éblouissante. Alors que les autres jeunes filles ressemblaient à autant de bouquets de printemps dans leurs robes d'organdi rose ou jaune pastel, Dove, telle une élégante statuette de marbre, se détachait par sa distinction et sa grâce. On pouvait prédire que, là où ses concurrentes se faneraient comme fleurs des champs au fur et à mesure de la soirée, elle se dresserait toujours, droite et fière, insensible à la chaleur et à la fatigue.

Mais Illarion n'était pas dupe. Quelque chose la tracassait. Cela se voyait à cette lueur sombre au fond de ses yeux, à ce pli entre les sourcils qui se creusait tandis que Percivale pérorait complaisamment.

Depuis leur visite de l'Académie, Illarion ne pouvait s'empêcher de jouer avec cette métaphore de l'iceberg. Comme lui, sa jolie débutante cachait beaucoup plus qu'elle ne laissait voir. Dove Sanford-Wallis aimait la peinture. Elle l'enseignait dans un atelier pour les enfants de son village. Elle comprenait ce que l'art, sous toutes ses formes, pouvait apporter à l'âme et au cœur de l'homme. Et elle avait la nostalgie de sa région natale. À cause de sa propre expérience, Illarion savait combien il était difficile d'être arraché à ses racines. Comme lui, Dove avait tout quitté. Pas seulement des terres et des paysages familiers, mais aussi des gens qui lui étaient chers. On pouvait toujours remplacer une maison, comme l'avait fait Nikolaï en installant à Londres une école d'équitation et de spectacle, dans laquelle, du reste, il vivait selon les coutumes de son pays. Mais on ne pouvait pas remplacer les êtres qui comptaient pour vous.

Percivale pérorait toujours. Illarion s'autorisa un regard de sympathie à l'intention de Dove. L'ombre d'un sourire planait sur ses lèvres. Percivale ignorait-il qu'on ne donnait pas ce genre de détails platement matérialistes dans une soirée ? Ce fichu individu était en train de monopoliser tout l'entracte avec sa prose. Si les autres gentlemen restaient, c'était à coup sûr pour Dove. L'animal s'en rendait-il compte ? Probablement pas. En face de lui, Illarion vit le jeune Alfred-Ashby commencer à danser d'un pied sur l'autre, bientôt imité par plusieurs de ses compagnons. Dove l'avait-elle remarqué, elle aussi ? Avait-elle conscience de ce à quoi ressemblerait sa vie si elle épousait Strom Percivale, futur duc d'Ormond, titulaire de dix sièges au Parlement ? Si son pouvoir politique promettait d'être important, il lui faudrait à ses côtés une épouse dévouée pour le seconder. Était-ce là la raison de ce pli soucieux qui se creusait sur le front de la belle ?

Il fallait absolument qu'Illarion lui parle. Seul à seule. Pas question d'endurer deux heures durant l'audition de cette séduisante mais médiocre soprano italienne à l'accent douteux. S'il était venu ce soir, c'était pour contrer Percivale, bien sûr. Mais surtout pour voir Dove. Une muse n'était guère une muse si on ne pouvait passer du temps avec elle, afin de trouver l'inspiration à son contact. Et, si besoin était, afin de la protéger. Dove, à dire vrai, ne faisait pas que l'inspirer. Plus Illarion la voyait, plus il appréciait sa façon d'être, sa sensibilité, l'attention qu'elle portait à toute chose.

Il ne voulait pas qu'elle soit condamnée à un mariage sans amour. Il souhaitait lui démontrer qu'elle pouvait s'insurger contre une telle décision. Tant de jeunes filles, trop innocentes, ne comprenaient pas où leur obéissance les menait. Comment l'auraient-elles pu ? Mais Dove l'émouvait plus que toute autre et il voulait la protéger.

La protéger ? Mais dans quel but ? Dans quelle intention voulait-il lui dessiller les yeux ? Que lui arriverait-il si elle n'épousait pas Percivale ou l'un de ses semblables, acquérant ainsi la place qui lui était due dans la société ? La première conséquence serait qu'elle pourrait continuer à être sa muse plus longtemps. Mais ce n'était guère là une position stable, reconnut Illarion *in petto*. Cela n'assurait en rien l'avenir de la jeune fille. Il était très égoïste de sa part de la retirer des griffes de Percivale s'il n'avait lui-même rien à lui proposer.

Cependant Percivale s'obstinait à ses côtés. La tentation de défendre Dove en même temps que de donner une leçon à l'insupportable jeune fat était trop forte. Lady Hampton commençait à pousser les invités vers leurs sièges. L'entracte était fini. Règle numéro un d'une guerre de salon : ne jamais quitter la place sans avoir marqué des points. Il était temps de passer à l'attaque. En l'occurrence, d'isoler Dove du reste de la foule.

C'était la partie la plus délicate du plan d'Illarion car Percivale donnait tous les signes de vouloir faire la même chose. Illarion ne put retenir un sourire. Ce ne serait pas la première fois qu'il réussirait cet exploit. Il y avait eu cette ravissante soprano romaine à Vienne, puis la femme de l'ambassadeur de France, et aussi la princesse de Habsbourg. Autant dire qu'il se considérait comme un expert.

Mais il n'avait jamais eu affaire à une jeune débutante, à l'un des fleurons de la noblesse britannique. C'était des plus risqué. À part le ridicule, on ne craignait pas grand-chose à être pris en faute avec la femme d'un ambassadeur. Le scandale ne durait pas plus de trois jours, vite remplacé par un autre. Mais compromettre la fille d'un pair du royaume ne vous offrait qu'une seule issue, et de taille : le mariage.

Or, c'était précisément la solution que tous les deux paraissaient vouloir éviter.

Illarion décida d'avancer un pion.

— Lady Dove, je dispose de deux places dans un endroit de la salle où l'acoustique est tout à fait excellente. Si vous vouliez bien me faire l'honneur de m'y accompagner pour la deuxième partie du concert…

D'autorité, il posa une main au creux des reins de la jeune fille, formulant une prière muette pour qu'elle ne s'esquive pas. L'une des clés de la réussite, dans ce cas-là, c'était de faire déjà un pas sans attendre la réponse.

Heureusement, Dove était une brillante élève.

— Merci, Votre Altesse. Avec plaisir. J'apprécie beaucoup cette musique, pas vous ?

Peut-être avait-elle fait montre d'un peu trop d'enthousiasme, mais cela faisait partie de la stratégie. À présent, la conversation ne les concernait plus que tous les deux et ils pouvaient aller la poursuivre ailleurs, sous le regard furibond de Percivale. Ils s'éloignèrent en devisant à mi-voix jusqu'au fond de la salle. Les places en question n'étaient que deux misérables petites chaises, à dire vrai. Illarion soupçonnait Percivale, grand ami de Lady Hampton, d'avoir obtenu d'elle qu'elle lui réserve cet endroit peu glorieux.

Mais ces deux malheureuses chaises présentaient l'immense avantage d'être tout près des portes-fenêtres donnant sur le jardin.

— Êtes-vous sûr que l'acoustique soit meilleure par ici ? s'enquit Dove en disposant ses jupes sur le siège étroit.

— Tout dépend si vous appréciez vraiment cette cantatrice, rétorqua Illarion à voix basse. On y est surtout plus tranquille.

Il ajouta en faisant un geste vers la porte la plus proche :

— Et puis, si vous éprouvez le besoin de prendre l'air, il nous sera facile de sortir… Il a été difficile de vous voir en tête à tête, ces derniers jours, conclut-il en baissant encore la voix.

Cette déclaration prit apparemment Dove par surprise. Ses yeux s'élargirent légèrement.

— Le désiriez-vous vraiment ? J'ai entendu dire…

Elle s'interrompit, reformulant ses propos, probablement pour ne pas avoir l'air de porter intérêt aux bavardages. Elle paraissait plus froide, plus maîtresse d'elle-même que lors de leurs précédentes entrevues.

— Je veux dire… Il me semble que vous avez été très occupé. On m'a parlé de cette lecture publique que vous avez effectuée chez la comtesse de Somersby.

Ainsi elle savait. Il avait en effet lu un long poème érotique qui lui paraissait convenir au public essentiellement masculin de la comtesse de Somersby. Tout Londres était au courant, ou presque. Le poème n'était pas plus un secret que la vie licencieuse de la comtesse elle-même. Mais d'une certaine manière, le fait que Dove l'ait appris ternissait quelque peu l'éclat de son succès. Le poème, qui s'intitulait *Primavera*, était l'aboutissement de ce qu'il avait écrit lors de leur promenade au parc, au bord de Long Water, agrémenté des images érotiques qui lui étaient venues à l'esprit dans le jardin de Kouban House. Quelle serait la réaction de Dove s'il lui avouait que c'était elle qui l'avait inspiré ? Se sentirait-elle trahie ? Embarrassée ? Flattée ? Sans doute un peu des trois à la fois. Peut-être le lui avouerait-il un jour. Pour l'heure, mieux valait rester dans les limites d'une conversation mondaine.

— Je souhaitais vous parler de votre atelier d'art, là-bas, en Cornouailles. Nous avons eu si peu de temps pour développer le sujet l'autre jour, au musée.

— Mon atelier ? répéta Dove sur un ton ironique. Il est rare qu'on s'intéresse à mon art…

— La plupart de ces messieurs ne sont guère des artistes eux-mêmes.

Illarion, à dire vrai, n'avait pas non plus grand intérêt pour la question. Mais il désirait plus que tout avoir un moment de solitude avec Dove. La contempler au clair de lune, sans le masque mondain qu'elle portait tous les jours, comme en service commandé. Car c'était celle-là, la femme qui l'inspirait, celle qui montrait son vrai visage dans la nature, ou un soir comme celui-ci, au clair de lune. De plus il voulait s'assurer qu'elle allait bien. L'air tourmenté qu'il avait décelé un peu plus tôt avait presque disparu. Elle paraissait aller mieux, maintenant qu'ils étaient seuls.

Quand la cantatrice remonta sur scène, Dove adressa à Illarion un sourire facétieux :

— Dans ce cas, tenez-vous prêt. Il se pourrait bien que j'éprouve le besoin d'aller prendre l'air avant la seconde aria.

Dieu du ciel ! Que lui prenait-il ? Accepter de sortir ainsi en tête à tête avec un homme à la nuit tombée ? Jamais elle n'aurait dû encourager quelqu'un comme le prince, qui lui murmurait sans cesse à l'oreille une incitation à la révolte. Et pourtant, voilà qu'elle l'autorisait à l'emmener dans ces jardins, pour une raison qu'elle discernait mal, en dehors du fait que cela leur permettrait à tous les deux d'éviter les trilles suraigus de la soprano. L'ennui, c'était qu'Illarion était au centre d'une alternative dans beaucoup de domaines ces derniers jours. Et surtout, face à beaucoup de gens, d'Alfred-Ashby à Fredericks en passant évidemment par Percivale dont Dove apercevait la tête d'un blond fade à quelques rangées devant elle.

Elle se demanda une fois de plus ce qui lui déplaisait tant chez le jeune homme. Tout, à dire vrai. Il possédait pourtant beaucoup d'atouts. Il avait une belle prestance, était habillé avec goût, porterait bientôt un titre prestigieux, il était riche... Bref ! Il était l'incarnation même de toutes les valeurs qui avaient été enseignées à Dove depuis sa prime enfance. Et pourtant, elle n'imaginait pas une seconde pouvoir lui consacrer sa vie entière. Pourquoi ? Qu'est-ce qui n'allait pas en elle pour qu'elle veuille éviter ce qui lui apparaissait pourtant comme une fatalité ? Pourquoi était-elle prête à décevoir profondément ses parents en refusant cette union ? Et à se compromettre en se faufilant dans les jardins avec un homme comme Illarion, à la réputation aussi sulfureuse ?

Ses parents seraient choqués par son attitude quand ils l'apprendraient. Et ils l'apprendraient, cela allait sans dire. Sa marraine, Lady Burton, qui lui servait de chaperon ce soir-là et qui n'était assise qu'à quelques rangs avec de vieux amis, ne manquerait pas de les en informer.

La brune soprano entama la première aria. Dove avait encore le temps de se raviser. Mais elle savait qu'elle ne le ferait pas. L'horloge qui décomptait les dernières heures de liberté qui lui restaient semblait avoir accéléré le mouvement de ses aiguilles. Percivale avait rendu visite l'après-midi même à son père pour l'informer du mauvais état de santé de son oncle. Le temps s'enfuyait maintenant à tire-d'aile. Puisqu'elle ne pouvait en arrêter la course, autant profiter au mieux de chaque minute qu'il lui restait, songea Dove.

Sortir dans le jardin serait chose facile. Le fait d'être assis au fond de la salle avait l'avantage de permettre de bouger sans être vu. Et elle jouait fort bien son rôle d'auditrice attentive, agitant son éventail, se penchant parfois sur Illarion pour lui exprimer son intérêt, au cas où quelqu'un les surveillerait.

— Si vos efforts pour réussir la Saison en remportant un mari échouaient, vous pourriez faire une bonne carrière au théâtre, commenta Illarion en riant quand ils purent enfin se glisser dans les ombres du parc.

Dove rit aussi.

— Cette soprano était tout simplement abominable. Pensez-vous qu'elle vienne réellement d'Italie ? Ses talents me semblent quelque peu...

— Je crois qu'ils tiennent plus à ses charmes qu'à sa voix. C'est Lord Hampton, d'après ce que j'ai entendu dire, qui a insisté pour la faire venir.

Dove, évitant de montrer qu'elle avait saisi l'allusion, se contenta de répondre :

— Dans ce cas, c'est qu'il est complètement sourd.

— Et sa femme, aveugle, renchérit Illarion tandis qu'ils s'éloignaient dans l'allée. Ils font la paire !

Il fit un geste en direction du ciel et Dove leva la tête vers les étoiles.

— Voilà un autre couple bien assorti. L'étoile Polaire et le Chariot, comme vous dites en Angleterre.

Dove ne les vit pas tout de suite. Son compagnon se pencha sur elle pour lui expliquer. Son parfum, à dominante de patchouli, était exotique et terriblement excitant.

— Là, un peu à gauche. Vous voyez cette étoile, plus brillante que toutes les autres ? On ne la voit pas bouger parce qu'elle se trouve exactement dans l'axe de rotation de la Terre.

— Ça y est ! Je la vois, s'exclama Dove, levant un doigt pour dessiner le contour de la constellation. Et je vois aussi le Chariot. Ne l'appelez-vous pas ainsi dans votre pays ?

— Non, nous préférons l'appeler la Grande Ourse parce que

les ours font partie d'une symbolique très importante dans la culture populaire russe. En avoir un au-dessus de nos têtes pour nous protéger nous semble très précieux.

— Mon Dieu, mais vous voilà astronome autant que poète ! le taquina Dove, ravie d'en apprendre davantage sur lui.

Illarion hocha la tête.

— Un poète est toujours un peu touche-à-tout, vous savez. C'est indispensable s'il veut évoquer avec exactitude le monde qui l'entoure. Son rôle n'est-il pas d'établir des connexions entre ce qui se passe autour de nous et notre vie intérieure ?

Dove resta un instant silencieuse, méditant sur la profondeur de cette remarque.

— Il me semble que c'est aussi le cas pour le peintre, dit-elle enfin. Mais je n'en suis pas encore là. Ma vie a été bien trop protégée.

Renversant de nouveau la tête, elle l'interrogea, son regard scrutant le ciel étoilé :

— Qu'y a-t-il vraiment là-haut ? Il m'arrive parfois de me le demander.

— Beaucoup de choses, murmura Illarion. Des planètes encore pleines de secrets pour nous, peut-être même des mondes comme le nôtre. Et aussi des choses et des êtres qui nous dépassent complètement. Le ciel est à la fois infini et éternel.

Dove était consciente de sa présence, tout près d'elle, du geste imperceptible qu'il fit pour se rapprocher encore, puis de son bras qui s'enroula autour de sa taille. Sa large stature la dissimulait complètement pour un observateur indiscret. Personne, depuis la salle où se donnait le concert, ne pouvait voir qu'il l'avait enlacée.

Le prince reprit la parole, sa voix réduite à un doux susurrement.

— Au Kouban, nos ciels sont merveilleusement clairs. La nuit, c'est comme un velours couvert de diamants qui scintillent, clignotent et nous chuchotent leurs secrets.

— Il faut bien reconnaître que nos villes ne sont pas faites pour les mystères du ciel, approuva Dove, pensive. Mais en Cornouailles, nous avons nous aussi de beaux ciels. Un soir, par une chaude nuit d'été, j'ai accompagné les enfants pour un pique-nique dans la prairie et nous avons essayé de peindre le ciel.

Jamais elle n'avait été soutenue ainsi, d'une main légère et ferme à la fois. C'était spontané et délicieux. D'une certaine manière, être là, quasiment dans les bras d'Illarion, lui semblait parfaitement naturel. Mais cela suscitait en elle de dangereux espoirs. Allait-il de nouveau l'embrasser ? Le laisserait-elle encore faire ?

— Ainsi, la Cornouailles vous manque ? Y aurait-il un cœur dans la poitrine de la jolie princesse des neiges avec qui j'ai dansé la valse, le soir de notre rencontre ?

Dove opina du chef.

— Oui, la Cornouailles me manque. Comme vous-même vous languissez de votre pays. À chaque fois que vous en parlez, vous dites « nous », comme si vous viviez encore là-bas. Comme si vous n'étiez pas encore vraiment un habitant de Londres.

Ils avaient davantage de choses en commun qu'elle ne l'avait pensé. Elle non plus ne se trouvait pas comme chez elle à Londres. Tous les deux s'accrochaient désespérément aux souvenirs de leur enfance, à la maison dans laquelle ils avaient grandi. Peut-être le prince n'avait-il pas quitté son pays de son propre gré, tout comme elle sa région ?

— Le Kouban est la seule patrie que j'aie jamais connue, soupira Illarion.

Dove aima sentir son grand corps s'émouvoir contre le sien. Elle l'écouta évoquer rien que pour elle des souvenirs de sa jeunesse, peignant avec des mots riches en couleurs les longues vacances estivales passées dans le palais d'été de la famille, au milieu d'un parc immense peuplé de daims. Elle tomba amoureuse de la beauté de ce pays, avec ses lacs propices aux promenades en bateau, ses rivières dans lesquelles bondissaient les saumons, ses montagnes où il faisait bon randonner avant les premières neiges, ces hivers passés auprès d'immenses *kachelofen*[1] en céramique tandis que le vent hurlait avec les loups derrière les volets clos. Il évoqua encore pour elle *Maslenitsa*[2], la fête qui marque la

1. Poêle en carreaux de céramique

2. *Maslenitsa*, la « semaine des crêpes » (les fameux *blinis*), fête folklorique slave d'origine païenne, est célébrée la semaine précédant le carême orthodoxe, soit sept semaines avant Pâques. Elle correspond à notre carnaval.

fin de l'hiver et l'arrivée du printemps, avec ses gâteaux au miel, ses *blinis* et ses *piroshkis*.

— Les *piroshkis* font partie de la nourriture paysanne, à ce qu'on dit, expliqua Illarion qui entreprit de décrire les petits pâtés fourrés à la viande ou au chou. Au Kouban, tout le monde n'appartient pas à l'aristocratie de Saint-Pétersbourg. La famille de mon ami Nikolaï Baklanov est issue des tribus cosaques originaires des steppes.

Il entreprit de lui faire un petit cours d'histoire, lui expliquant que le Kouban était une nouvelle province créée récemment par la Russie pour protéger les frontières nouvellement conquises et se défendre de la Turquie.

— Finalement, nous les princes cosaques du Kouban, nous ne sommes vieux que de trois siècles.

Dove dévorait son compagnon du regard. Se rendait-il compte du cadeau qu'il venait de lui faire en lui racontant son histoire ? Il lui avait confié les souvenirs de son enfance, lui avait fait découvrir son pays, avec sincérité et émotion, dans une conversation qui n'avait rien à voir avec les bavardages insipides qu'elle devait subir à longueur de journée dans ses activités mondaines. Elle avait appréhendé cette soirée de concert, comme elle appréhendait maintenant les dîners, les bals et autres divertissements que lui offrait sans discontinuer la vie dans la société de Londres. Elle craignait tellement l'ennui qui y régnait ! Mais ce soir-là, si cela avait mal commencé, la deuxième partie de la soirée était tout simplement passionnante.

— Et votre famille, Illarion ? Sont-ils cosaques, eux aussi ?

Illarion rit.

— Non. Nous, nous sommes originaires de Saint-Pétersbourg. Je suis trop blond pour faire un bon Cosaque. En fait, ma famille a cherché à plaire au tsar en étant la première à s'installer au Kouban. Grand succès ! Mon grand-père a été fait prince, et lui et sa famille ont obtenu une position très enviable dans la nouvelle cour royale avec tous les bienfaits, domaines et richesses qui

On y mange tout ce qui est interdit pendant le carême : viande, œufs, lait et produits dérivés. C'est aussi la période des bals masqués.

accompagnent ce titre. C'était un véritable conte des *Mille et Une Nuits*. Mais pour garder cette position, il fallait savoir se montrer coopératif. Ce que nous n'avons jamais su faire… quand il s'agissait de compromission.

Ces derniers mots paraissaient recéler un mystère mais cette soirée n'était probablement pas le meilleur moment pour y voir plus clair.

Dove poussa un long soupir.

— Je vous envie. Vous avez tellement voyagé, vécu tant d'expériences nouvelles… Moi, je ne connais rien du monde et cela n'a guère de chance d'évoluer. Je viens seulement de le comprendre. En me mariant, je vais simplement changer de tuteur. Mais je n'en serai pas plus libre pour autant. Je sais bien que le mariage est censé me protéger. Mais ce n'est pas comme cela que j'envisageais ma vie.

Sa voix se brisa et elle se tut, de peur d'éclater en sanglots.

— Dove ? Que se passe-t-il ? J'ai compris tout de suite en vous voyant ce soir qu'il était arrivé quelque chose.

Dove contempla un instant le beau regard inquiet. Pouvait-elle considérer le jeune prince comme son ami ? Comme son confident ?

La tentation de tout lui dire était forte.

— Percivale a rendu visite à mon père aujourd'hui. Il lui a annoncé que son oncle était au plus mal. Que ses espérances de devenir duc d'Ormond allaient sans doute bientôt se réaliser.

Elle s'interrompit un instant, laissant le temps à son interlocuteur de mesurer le poids de ce qui venait d'être dit. Il ne parut pas s'émouvoir outre mesure. Dove était certaine que, étant donné son rang, le prince connaissait les implications d'un deuil.

Il hocha la tête.

— Il voudra se marier avant que le vieil homme ne trépasse. Sinon, il faudrait attendre la longue période de deuil imposée par les convenances. Plusieurs longs mois…

Dove soupira de nouveau.

— Exactement.

Une vague de panique la submergea soudain. Elle ne pourrait même pas profiter de la Saison, dont elle avait rêvé depuis son adolescence. On la marierait en juin, ou plus tôt si l'état du vieux duc d'Ormond devenait alarmant.

— Cela vous paraîtra sans doute stupide, reprit-elle, la gorge serrée, mais je ne peux m'empêcher de m'imaginer toute une mise en scène. Je me vois déjà réveillée au milieu de la nuit et poussée jusque dans le salon où l'on me mariera en catimini, à la lueur d'une chandelle, avant que l'oncle de Percivale ne rende le dernier soupir.

Illarion sourit dans la pénombre.

— Alors que, bien sûr, toutes les jeunes filles voient leur mariage comme le plus beau jour de leur vie.

Dove secoua énergiquement la tête.

— Ce n'est pas l'idée d'un mariage à la sauvette qui me terrifie. C'est sa soudaineté. Et le fait de ne pas savoir quand cela se passera. C'est comme une épée de Damoclès au-dessus de ma tête...

Elle s'efforça d'expliquer qu'elle ne supportait pas l'idée de se voir privée de liberté avant même d'avoir commencé à vivre vraiment. De se retrouver enterrée vivante dans le mariage sans pouvoir protester. Sans même avoir son mot à dire.

Illarion l'écoutait maintenant sans bouger, le regard opaque. Quand il parla, sa voix était nette, incisive.

— Dans ce cas, il faut parler avant qu'il ne soit trop tard, Dove. Sinon, ce que vous redoutez arrivera aussi sûrement que vous me voyez là, devant vous. Et c'est toute votre vie qui est en jeu.

Dove eut un rire sans joie.

— Vous ne m'offrez pas là le réconfort que j'attendais.

Lui prenant le menton entre le pouce et l'index, Illarion la força à rencontrer son regard.

— Non, mais c'est la franchise que je vous avais promise.

Dans la maison, la voix de la soprano avait été remplacée par un quintette à cordes. Les notes d'un adagio de Vivaldi commencèrent à tourner dans l'air du soir.

— Dansez avec moi, Dove, reprit Illarion contre son oreille. Dansez sous les étoiles et oubliez Percivale et ses semblables l'espace d'une nuit de printemps.

La main d'Illarion était chaude sur ses reins, et paraissait naturellement à sa place pour Dove, comme si le jeune homme avait toujours été là quand elle en avait besoin. Elle ne résista pas au lent tourbillon dans lequel il l'entraînait, ne l'empêcha pas de murmurer son incitation à la révolte.

— Vous n'êtes pas obligée d'épouser Percivale. Tout peut être différent. C'est à vous de choisir, Dove. N'oubliez pas cela.

Et elle ne résista pas davantage quand, se penchant plus près, il lui prit les lèvres dans un long baiser.

Sans doute pour lui montrer quel meilleur choix elle pouvait faire.

Cette fois, elle était prête, et avide, affamée de ce baiser à un point qu'elle n'aurait osé imaginer. Sa bouche s'ouvrit aussitôt, ses bras s'enroulèrent d'eux-mêmes autour du cou de son compagnon. Et la valse, leur valse, devint une danse de l'amour tandis que leurs corps se fondaient l'un dans l'autre. Dove sentait les muscles durs d'Illarion sous l'épaisseur des vêtements, la main ferme du jeune homme sur sa nuque, le jeu sensuel de sa langue qui la goûtait avec gourmandise, allumant en elle un incendie jusqu'alors inconnu.

— Illarion, murmura-t-elle comme si ce simple mot exprimait la somme de ses émotions.

Voilà ce à quoi elle aspirait quand elle avait rêvé de sa Saison à Londres. Être emportée dans un tourbillon, voir son avenir dans un seul baiser.

— Voilà ce que vous méritez, Dove… Voilà ce que vous attendez.

Il l'embrassa de nouveau, la conduisant au bord de l'ivresse. Dove respirait son odeur avec volupté, savourait le contact de ses mains sur elle. Il n'était pas aisé pour elle de laisser ses sens l'emporter sur sa raison. Si elle en croyait les paroles d'Illarion, une femme pouvait être prête à faire n'importe quoi. Et ce n'importe quoi pourrait changer sa vie à jamais.

S'il donnait l'alerte, tout pouvait encore basculer.

Percivale écrasa rageusement le reste de son cigare sous son talon en contemplant la scène. Il était sorti pour fumer et voilà ce à quoi il avait droit. Lady Dove valsant avec le prince Kutejnikov sous les étoiles. Se laissant embrasser par le prince sans aucune pudeur. Et le pire, c'était qu'il ne pouvait rien faire. S'il attirait l'attention de la maîtresse de maison, Lady Dove serait gravement compromise. On exigerait très probablement du prince qu'il précise ses intentions, et c'était justement ce que Percivale voulait éviter. Dove était jolie, intelligente et bien élevée. Bref, exactement ce qu'il lui fallait comme épouse, à lui, Percivale, très bientôt duc d'Ormond. Elle dirigerait la maison, élèverait leurs enfants, ses héritiers. Et il serait fier de l'avoir à son bras.

Si ce n'est que, pour l'heure, la demoiselle perdait beaucoup de sa dignité en s'abandonnant dans les bras d'un aventurier. Percivale ne put s'empêcher de se demander si elle le regarderait un jour avec le même regard extasié. Un regard où se reflétaient toutes les étoiles contenues dans le ciel. Le sentiment d'une perte imminente, lui à qui rien n'avait jamais été refusé, le traversa comme la foudre. Il fallait faire quelque chose, et vite. Lady Dove n'était certainement pas la première femme que Kutejnikov avait tenté de compromettre depuis qu'il était à Londres. Heatherly et les autres avaient raison. Il fallait mettre un terme à tout cela. Kutejnikov représentait un danger pour eux tous. Mais il fallait agir prudemment, sous peine de porter atteinte à l'honneur de Dove et de s'aliéner les femmes qui étaient tombées sous le charme de ce goujat.

Même si c'était dans leur intérêt.

10

À cette heure de la journée, White's était bondé. Apparemment, tous ceux qui comptaient dans Londres avaient été prévenus qu'il y aurait une dégustation de vodka en fin d'après-midi. Pour la plupart des jeunes gens qui étaient là, la perspective de boire des alcools forts en compagnie de leurs comparses masculins l'avait emporté de loin sur l'habitude quasi quotidienne de prendre le thé dans le salon de telle ou telle mère de famille pourvue d'une ou deux filles à marier.

Les assistants se pressaient autour d'Illarion qui brandissait un petit verre rempli de liquide incolore.

— La vodka, c'est comme les jolies femmes, lança-t-il dans un slogan agréablement provocateur. Limpide et pure au regard et chaude à l'intérieur.

Le public eut un rire entendu et quelques-uns lancèrent des commentaires salaces, vite interrompus par Stepan, désireux de leur fournir des explications plus académiques.

Illarion alla se rasseoir et regarda son ami à l'œuvre. Il avait joué son rôle de bateleur et maintenant Stepan pouvait mettre en pratique ses talents d'orateur. Ce dernier espérait en effet convaincre le fournisseur de White's ainsi que quelques gentlemen ici présents d'importer de la vodka. Il avait décidé d'essayer de faire de Londres un satellite de sa patrie perdue.

Les petits verres commençaient à circuler, accompagnés de

zakouskis[1], et Illarion leva un toast muet à Stepan. Grand bien lui fasse, mais, pour son compte, il préférait couper les ponts.

Le prince Nikolaï Baklanov, qui avait accepté de faire une brève apparition pour soutenir Stepan dans son entreprise, était assis en face de lui. Depuis son mariage et l'ouverture de son académie équestre, Nikolaï était très pris. Et visiblement, c'était un homme heureux. Il avait trouvé la paix et Illarion ne pouvait s'empêcher de l'envier. Le reste du quatuor, à commencer par lui-même, cherchait toujours une forme de bonheur. Illarion commençait pour ce qui le concernait à se demander si cela se présenterait un jour. Un an s'était écoulé depuis leur départ du Kouban et probablement s'était-il trompé en pensant qu'un changement de décor suffirait à exorciser le passé.

Après la soirée de la veille dans les jardins de Lady Hampton, il était plus conscient que jamais de l'étrange similitude entre la situation de Dove et celle de Katya. Ce qui était au départ la quête d'une muse pour l'aider à échapper à ses démons semblait les avoir au contraire réveillés.

Bien sûr, la situation des deux jeunes femmes n'était pas absolument identique. Il n'avait jamais embrassé Katya, n'avait jamais composé de poème érotique à son sujet. Katya avait été son inspiratrice, mais ils n'avaient jamais été amants. En Dove, il cherchait davantage qu'une muse, davantage qu'une amie. Jamais il n'avait tenté de dissuader Katya de sa décision d'accepter le mari que le tsar lui imposait. C'était là sans doute son erreur. Peut-être n'aurait-il pas dû se contenter de jouer le rôle de l'ami secourable. C'était sûrement la raison pour laquelle il avait décidé de montrer à Dove l'ampleur de son sacrifice. Et cela aussi, c'était un choix dangereux. Si elle refusait Percivale, ce serait à lui, Illarion, d'en assumer les conséquences.

Levant son verre de vodka vers les lustres, Illarion en admira la luminescence, pour se mettre au diapason des autres membres de l'assemblée. Mais ses pensées étaient ailleurs. Déjà, un autre

1. Les *zakouskis* sont les amuse-gueules servis en Russie : quiches, poisson fumé, saucisses épicées, olives des bords de la mer Noire et concombres marinés. (NdT)

poème, très sensuel, naissait dans son cerveau fécond : « *Vodka, jolie femme. Pure et limpide à la lumière du jour, douce et chaude au cœur de la nuit. Liqueur âpre et sucrée sur la langue...* »

Un peu trop attendu et superficiel, preuve que son inspiration n'était pas encore tout à fait revenue. Exactement le genre de poème susceptible de plaire à la comtesse de Somersby. La jolie comtesse, un peu mûre mais encore belle, ne cachait pas ce qu'elle attendait de lui : la scandaleuse nouveauté d'un amant russe dans son lit.

Et c'était exactement le genre de liaison que la société s'attendait à le voir engager. Le jeune prince à la beauté éclatante autant qu'un peu trop voyante et la charmante veuve libertine. Voilà qui lui permettrait d'asseoir plus solidement encore son image de poète romantique, le faisant plus facilement tolérer à défaut d'être vraiment adopté. Il pourrait ensuite, tel un Byron russe, mettre dans son lit toutes les femmes qu'il voudrait. À condition de rester bien sûr à distance des jeunes filles à marier.

À dire vrai, c'était aussi le genre de liaison qu'il avait commencé à rechercher au début de la Saison. Il n'avait aucun doute sur les compétences amoureuses de la comtesse qui saurait lui occuper le corps autant que l'esprit jusqu'au mois d'août suivant. En outre, c'était une femme cultivée, intelligente et non dépourvue de relations.

Hélas, elle ne l'inspirait pas. Elle était trop cynique. Trop mondaine. Elle n'avait pas besoin de lui. Elle apprécierait certainement le poème qui venait de naître dans sa cervelle, mais ce n'était pas elle qui l'avait inspiré. Ni rien d'autre de ce qu'il avait écrit récemment.

« *Vodka, pure et limpide, vif-argent comme ses yeux.* »

Non, la comtesse pouvait être son amante, mais pas sa muse, même s'il ne pouvait nier qu'elle l'attirait.

Au Kouban, il avait souvent pu trouver cela dans deux femmes différentes. Une amante qui satisfaisait aux besoins de son corps et une muse qui répondait aux élans de son âme, qui maintenait allumée la flamme de son esprit, de ce qui était l'essence même de son être. Son grand corps musclé, qui faisait tant d'effet sur la gent féminine, n'était là que pour abriter cette flamme. Hélas, jamais il n'avait trouvé de femme qui puisse jouer les deux rôles. S'il commettait l'erreur de conduire l'une de ses muses dans son lit, le mirage s'évanouissait aussitôt et il n'avait plus qu'une maîtresse, avec ses faiblesses, ses exigences et ses larmes.

Mais, avec Lady Dove, il n'était pas question de tout cela. Avoir avec elle une liaison amoureuse impliquerait aussitôt une relation plus sérieuse, un engagement matrimonial. Illarion n'était pas prêt à jouer cette carte-là. Cela dit, il ne pouvait nier la forte attraction qu'elle exerçait sur lui. Depuis le bal de Lady Burton, cette attraction n'avait fait que croître. Le baiser qu'ils avaient échangé la veille en était la preuve. Elle était tout à fait irrésistible, avec ses cheveux pâles brillant doucement dans un rayon de lune, ses yeux d'argent liquide levés vers lui, son jeune corps innocent mais déjà frémissant de désir pressé contre le sien. La perspective de rompre avec cette innocence, d'éveiller ce corps tiède et déjà consentant était fort tentante. Illarion prit conscience, avec une intensité viscérale, qu'il éprouvait le désir âpre d'être son premier amant. Celui qui, comme dans les contes, réveillerait la jeune beauté endormie. Et il savait aussi qu'il ne supporterait pas que ce soit un autre que lui.

Dans le parc, la nuit précédente, Illarion avait eu l'impression de danser avec un rayon de lune. Image poétique, s'il en était. Elle était déjà fixée sur le papier, parmi les feuillets éparpillés dans sa chambre. Mais combien de temps ce rayon de lune survivrait-il dans la société ? Dove avait déjà parfaitement compris ce qu'était son destin. Percivale et le monde auquel ils appartenaient tous les deux feraient en sorte de détruire toute forme de poésie en elle. De réduire à néant l'univers idéal dans lequel elle avait grandi. Ils ne la laisseraient pas jouer le rayon de lune bien longtemps. Un mariage avec Percivale l'écraserait lentement mais sûrement, éteignant toute la flamme de son regard, toute la vivacité de son jeune corps, jusqu'à ce qu'elle ne soit plus que l'ombre d'elle-même.

Illarion avala le reste de sa vodka d'une seule gorgée. Que pouvait-il faire pour sauver Dove de sa destinée ?

Autour de lui, des hommes se mirent à applaudir, le ramenant brusquement à la réalité. La dégustation de vodka obtenait un franc succès. Nikolaï avait tiré son sabre et, la main sur la garde, maintenait en équilibre sur la lame un verre de vodka. Stepan tenait l'autre extrémité de l'arme. Vieux rituel cosaque au cours duquel les jeunes recrues devaient vider leur verre sans le faire tomber ni se couper à la lame, d'un tranchant redoutable. Un gentleman de l'assemblée s'apprêtait à y porter les lèvres quand la porte du club s'ouvrit brutalement sur un groupe de jeunes gens pourvus de sticks qu'ils balançaient devant eux d'un air arrogant. Le vicomte Heatherly et Percivale étaient parmi eux.

— Tiens, tiens, s'exclama Heatherly d'un ton narquois. Mais que vois-je ? Ne dirait-on pas un numéro de foire ? Dans le club le plus distingué de la ville ?

— Simple dégustation de vodka, expliqua aimablement Ruslan en s'avançant vers eux, un plateau chargé de verres à la main. Joignez-vous à nous, je vous prie. Le prince Baklanov va nous faire la démonstration d'une vieille coutume cosaque.

Ignorant l'offre, les nouveaux arrivants laissèrent l'impeccable Heatherly reprendre la parole.

— D'après ce qu'on dit, votre vodka n'est rien de plus que de la pomme de terre fermentée, rétorqua-t-il, les narines pincées. Chez nous, c'est là nourriture de serfs et d'Irlandais.

Les rires s'éteignirent dans la salle. Illarion posa son regard sur Percivale. C'était Heatherly qui portait le premier coup, mais le futur duc était derrière tout cela, il en était sûr. Et du reste, le jeune freluquet ne faisait pas un geste pour intervenir. Peut-être avait-il orchestré cette petite escarmouche dans l'idée de donner une leçon à la colonie russe et à Illarion en particulier ? C'était tout à fait la manière de faire des gens du monde. Indirecte et perfide.

Mais pas question de se laisser prendre à ce petit jeu-là.

Se levant d'un bond, Illarion se dirigea vers les nouveaux arrivants. Puisqu'il n'était pas question de vodka, mais de lui, autant ne pas y aller par quatre chemins.

— Vous faites erreur, Lord Heatherly. La vodka est la boisson de tous les Russes. Au Xe siècle, le prince Vladimir n'a-t-il pas dit : *« La tradition la plus ancienne de notre pays est de boire tous ensemble l'eau-de-vie pour se réjouir de notre grandeur et de notre force »* ?

— *Za zdorobie*[1] ! renchérit Nikolaï en choquant son verre contre celui de ses voisins, dont plusieurs semblaient déjà reconsidérer leur alliance avec Percivale. Je dois dire que nous ne sommes pas les seuls dans ce domaine...

Illarion sentait la présence amicale et solidaire de son ami contre son épaule. Nikolaï le guerrier, Nikolaï toujours prêt à rallier la cause de ses amis. Un peu inquiet, Illarion se demanda où avait bien pu passer le sabre cosaque.

— Les Anglais sont si attachés à leur brandy, poursuivit Nikolaï, qu'ils ont organisé le plus fort réseau de contrebande de toute l'Europe. Il paraît que beaucoup de gentlemen et d'hommes d'Église sont de la partie.

Il adressa un sourire légèrement narquois à Heatherly, dont le regard s'étrécit dangereusement.

— Ce serait l'ambroisie, la boisson des dieux, que je ne la partagerais pas avec vous et vos semblables. Pas question de trinquer avec des hommes qui prétendent être civilisés et se comportent comme des loups. Notre ami Amesbury en est la preuve, qui l'a payé de sa vie, pourchassé jusqu'à ce que mort s'ensuive par vous et vos complices. Est-ce ainsi qu'un gentleman se comporte dans votre pays ?

— Ce que vous dites là ressemble de très près à de la calomnie, aboya Nikolaï, encore sensible aux ragots qui avaient entouré son mariage avec la fille de l'ambassadeur de Russie, Klara Grigorieva. Oserez-vous parler plus clairement ou préférez-vous continuer à vous cacher derrière vos insinuations ?

Illarion posa la main sur le bras de son ami. Si ce qui avait pris le tour d'une joute verbale s'envenimait, du sang risquait d'être versé sur les tapis persans qui ornaient les salons du White's. Il fallait absolument parvenir à séparer Percivale du reste du groupe et prendre de front le seul problème qui comptait.

Désignant une petite table dans un coin, il se tourna vers l'intéressé.

— Un mot, Percivale ?

Le futur duc d'Ormond n'était pas sans attraits. Grand, bien

1. *Za zdorobie* : « À votre santé » en russe. (NdT)

qu'un peu étroit d'épaules et de poitrine, la mâchoire ferme, le cheveu blond et l'œil bleu… Bref, l'archétype du gentleman britannique de bonne naissance. Si ce n'était que ce regard bleu était d'une étrange vacuité et le visage par trop figé.

— Vous vous êtes comporté à l'égard de Lady Dove Sanford-Wallis de manière tout à fait offensante, grommela son interlocuteur à mi-voix quand ils eurent rejoint l'embrasure de la fenêtre.

Maintenant, Illarion comprenait les insultes lancées à Nikolaï. Percivale n'avait pas osé exposer la jeune fille à la curiosité de la salle. Il était plus habile de les prendre tous dans le même filet, lui, Illarion, et ses trois amis. Il avait donc laissé Heatherly faire le sale travail. Ce qui n'était pas si bête. Illarion avait vu le jeune homme s'exercer dans la salle de tir de Manton[1]. Il ratait rarement son coup. N'importe qui y réfléchirait à deux fois avant de le provoquer en duel.

Illarion croisa les bras.

— Vous seriez-vous déclaré le champion de la demoiselle en question, par hasard ? S'est-elle plainte auprès de vous d'un mauvais traitement de ma part ?

— C'est une jeune fille innocente. Elle n'a pas idée de ce dont un homme comme vous est capable. Il est de mon devoir de la protéger.

Illarion ne put résister à l'envie de pousser Percivale dans ses retranchements.

— Un homme comme moi ? De quel homme parlez-vous ? D'un prince royal de la maison de Kouban, dont le titre va de pair avec plus de propriétés que celles dont vous pourrez vous targuer une fois votre vieil oncle défunt ? Je suis autant gentleman que vous, si ce n'est davantage. Même à l'aune de vos propres standards.

— Vous n'êtes qu'un étranger et un voyou, articula Percivale entre ses dents serrées. Prince sans royaume et dont la fortune, à ce jour non démontrée, ne peut être que d'une origine fort suspecte. Ce qui, selon nos propres standards, comme vous dites, fait de vous un aventurier et un chasseur de dot.

1. Célèbre armurier londonien.

Il poursuivit, inconscient de la tempête qu'il était en train de soulever :

— Jamais un prince ne se serait comporté comme vous l'avez fait. Je vous ai vu danser avec elle dans les jardins d'Hampton Court. Et vous l'embrassiez !

Il cracha le mot comme s'il s'agissait de quelque chose d'obscène.

Illarion prit rapidement la mesure de la situation. Percivale avait donc été témoin de ce qui s'était passé entre Dove et lui le soir précédent. À son crédit, il fallait bien admettre que le jeune homme était sincèrement horrifié.

— Il semblerait que vous ayez pris votre temps, rétorqua-t-il. Avez-vous apprécié le spectacle ? Il paraît que, pour certains hommes, c'est le cas...

Il vit les narines de Percivale se pincer. Le regard du jeune homme lança quelques faibles éclairs. C'était un coup bas, Illarion le reconnaissait bien volontiers, mais si le prétendant de Dove voulait s'en prendre à son honneur, il était nécessaire de lui montrer ce qui l'attendait en retour.

— Mais vous êtes pris à votre propre piège. Vous ne pouvez révéler ce que vous avez vu sans compromettre à jamais vos chances d'épouser Lady Dove.

— En revanche, je peux vous lancer cet avertissement, répliqua Percivale, hargneux comme un roquet. Prenez garde à vos agissements envers Lady Dove, sinon vous risquez de le payer très cher. Plutôt vous voir mort que de laisser cette innocente jeune fille tomber entre les mains d'un malfrat. Dove Sanford-Wallis m'appartient. La prochaine fois, je vous le dirai moins poliment.

Sur ces mots, il tourna les talons, prit Heatherly par le bras et se dirigea vers la porte.

— Allons-nous le laisser sortir ? s'enquit Nikolaï, se matérialisant soudain à côté d'Illarion. Quand un homme voit miroiter la lame d'un sabre sous son nez, il lui arrive assez souvent de retrouver la raison.

Illarion exhala sa colère en un long soupir.

— Pour aujourd'hui, pas question de couper en rondelles qui que ce soit.

Il ne fallait pas sous-estimer Strom Percivale. Le jeune homme exerçait visiblement une certaine suprématie sur ses congénères du grand monde. Ses insinuations pouvaient les faire mettre au ban de la société, lui, Illarion, mais également Stepan et les autres. Au travers d'Heatherly, le futur duc pouvait nuire gravement à la prospérité de l'école d'équitation de Nikolaï, notamment en laissant se répandre la rumeur au sujet de la mort d'Amesbury.

Illarion avait déjà été témoin de ce genre de manœuvres perfides à la cour du Kouban. On pouvait considérer cela comme de bonne guerre, mais il n'était pas question de laisser faire. Il fallait absolument aider Dove à échapper à l'emprise de Percivale. Et la meilleure manière d'y parvenir était de remplir suffisamment l'emploi du temps de la demoiselle pour qu'elle n'en ait plus à consacrer aux assiduités de son prétendant officiel. Mais les jeunes filles de bonne famille ne pouvaient s'échapper du cercle familial sans un chaperon. Il lui fallait donc s'adjoindre une complice appartenant à la gent féminine. Et il n'en connaissait qu'une à qui il puisse faire confiance.

— Nikolaï, j'ai besoin que Klara aille porter ses hommages à la duchesse de Redruth.

— La duchesse de Redruth ? Qu'êtes-vous en train de mijoter tous les deux ? intervint Stepan en se faufilant entre eux. Savez-vous de qui il s'agit ? Le duc de Redruth contrôle plus de sièges au Parlement que n'importe qui d'autre. Ne me dites pas que vous avez l'intention de séduire son honorable épouse ? Honnêtement, je ne crois pas qu'elle soit du genre à se laisser faire, ajouta-t-il en riant. Redruth et la duchesse me paraissent des gens très convenables.

— Ce n'est pas la duchesse qui nous intéresse, c'est sa fille, le coupa Nikolaï, croyant bien faire.

Illarion foudroya son ami du regard et, s'empressant de battre en retraite, celui-ci alla rejoindre le groupe des amateurs de vodka.

Nul ne pouvait accuser Stepan d'être lent d'esprit. Il scruta aussitôt Illarion d'un regard lourd de soupçons.

— Lady Sanford-Wallis ? Ainsi, c'est elle, ta nouvelle muse ?

S'emparant du bras d'Illarion, il se rencogna encore davantage dans l'embrasure, à moitié dissimulée par les rideaux, avant de poursuivre.

— Enfin, Illarion, où as-tu la tête ? Ne me dis pas que tu as déjà séduit cette jeune fille ? Tu n'en as pas le droit, tu le sais ? Tu ne devrais même pas te permettre de poser le regard sur elle. Tous les paris misent sur son mariage avec...

Stepan s'arrêta net, les morceaux du puzzle paraissant se mettre soudain en place dans son esprit.

— Percivale, acheva-t-il dans un souffle en se passant nerveusement la main dans les cheveux. Voilà donc le sens de toute cette comédie, cet après-midi ? Qu'as-tu donc fait pour que Percivale lance les chiens sur Nikolaï ?

— Lady Dove ne veut pas épouser ce sinistre individu. Et ses parents y tiennent absolument..., commença à expliquer Illarion.

Mais Stepan ne le laissa pas finir.

— Tu vas cesser immédiatement de la voir ! Nous ne sommes pas au Kouban, Illarion. Plus question de te mêler des arrangements matrimoniaux des uns ou des autres. Ni d'écrire des choses extravagantes à ce sujet.

— Il n'y a rien d'extravagant dans ce que j'écris ! protesta Illarion, furieux de voir Stepan discréditer sa poésie.

Se penchant sur lui, son ami lâcha dans un chuchotement rauque :

— Oublies-tu qu'une femme est morte un jour au Kouban pour avoir lu l'un de tes poèmes ? Veux-tu que cela arrive ici ?

Illarion recula d'un pas, comme frappé au visage.

— Tu sais très bien que je ne voulais pas... Comment toi, toi plus que tout autre, peux-tu dire une chose pareille ? Laisser entendre que le tsar avait raison de m'accuser du suicide de Katya ! Comment aurais-je pu imaginer qu'elle...

Il s'interrompit, la voix étranglée par l'émotion. Puis il acheva dans un souffle :

— Si tu n'étais pas mon ami, je te provoquerais en duel.

Stepan haussa un sourcil.

— Comme tu l'as fait avec les autres ?

Illarion avait été impliqué dans une série de duels, avant de devoir fuir le Kouban, pour défendre l'honneur de Katya autant que le sien. Il les avait tous gagnés sans en gagner vraiment aucun. Ses victoires n'avaient en rien supprimé les accusations à son encontre. Les gens s'étaient montrés simplement plus prudents quand ils les formulaient.

— Illarion, reprit Stepan plus posément, ce n'est pas comme cela qu'on se fait des amis. Nous sommes venus à Londres, tous les quatre, pour prendre un nouveau départ. Il ne faut pas laisser le passé te hanter. Ni chercher sans cesse à le répéter. Laisse cette fille tranquille. Ce n'est pas ton affaire.

— Lady Dove est mon inspiratrice. Sans elle, ici, je ne suis plus rien.

Stepan émit un soupir exaspéré.

— Tu trouveras toujours une autre muse. Bon sang ! Ce ne sont pas les jolies filles qui manquent dans cette ville. Qu'arrivera-t-il si tu parviens à la persuader qu'elle est libre de son destin ? Que pourrais-tu lui offrir à la place de la sécurité financière et sociale que lui garantirait un mariage parmi les siens ?

— Je ne sais pas, reconnut piteusement Illarion.

Stepan avait retrouvé son calme.

— Il faut pourtant que tu y réfléchisses avant de continuer. Sinon, ce n'est pas loyal à son égard. Il faut que cette jeune fille prenne entièrement conscience de ce qui l'attend. Étant donné son rang et son éducation, la vie en dehors de son milieu serait insupportable pour elle. Comme un poisson sorti de son bocal.

Illarion était ému. Pourtant, il dit avec détermination :

— Le meilleur moyen pour que le mal triomphe, c'est que les gens de bien ne fassent rien.

Il n'avait rien fait pour sauver Katya. Et Ustinov, son épouvantable mari, avait eu raison d'elle. En écrivant ce maudit poème, il l'avait conduite à la mort aussi sûrement que s'il l'avait prise par la main. *Pas question que cela se reproduise.* Dût-il le payer d'un nouvel exil. Et même de sa vie s'il le fallait.

Stepan soupira encore.

— Puisque mes conseils ne te servent à rien, que vas-tu faire ?

— Inviter Lady Dove à un déjeuner sur l'herbe, repartit Illarion avec un sourire désarmant.

Entre-temps, il ferait parvenir à Percivale un poème à sa façon. Avec quelques allusions que lui seul pourrait comprendre.

Et qui devraient le faire réfléchir.

11

Dove reçut une invitation le surlendemain du concert chez Lady Hampton.

Très protocolairement envoyée par la princesse Klara Grigorieva Baklanov, c'était une invitation à l'intention de Lady Dove Sanford-Wallis, lui proposant de participer à un déjeuner sur l'herbe. Ce serait un repas à la mode russe pour fêter l'arrivée du printemps, comme c'était la tradition à Saint-Pétersbourg.

Tout fut fait dans les règles. L'après-midi suivant, la princesse et son époux vinrent chercher Dove dans un landau ouvert dont les portières de laque noire portaient une discrète couronne surmontant un G et un B entrelacés. La princesse était vêtue d'un ensemble d'après-midi en organdi bleu pigeon brodé de fleurs jaune pâle. Le prince Nikolaï, quant à lui, avait fière allure sur le siège du conducteur dans son costume de tweed gris clair, ses épais cheveux nettement tirés en arrière, ce qui lui donnait un air très respectable. Rien n'aurait pu laisser prise au moindre reproche de la part de la duchesse de Redruth qui, l'eût-elle souhaité, se serait vue dans l'impossibilité de refuser cette invitation sans commettre un impair quasi diplomatique.

Et pourtant, songea Dove, tout portait la signature d'Illarion. Il avait voulu ce déjeuner, en avait confié la réalisation à la jeune princesse russe nouvellement mariée. Ce qui, évidemment, conduisait inévitablement à se poser la question : pourquoi ?

Le trajet jusqu'à Hampstead Heath fut fort plaisant, le temps était agréable, et les Baklanov de charmante compagnie.

— Les autres nous rejoindront là-bas, expliqua la princesse Klara, le regard posé amoureusement sur la nuque de son mari.

Ils se jetaient de fréquents coups d'œil et le cœur de Dove se serra en remarquant le sourire tendre et vigilant que le prince Nikolaï adressait de temps à autre à sa femme en se retournant sur son siège. Elle aurait tant voulu être chérie comme le prince chérissait la jolie Klara ! L'amour dans un couple était possible. Les Baklanov en étaient la preuve vivante.

Était-ce la raison pour laquelle Illarion avait organisé ce pique-nique ? Pour lui montrer les nombreuses possibilités de bonheur en dehors du choix imposé par ses parents ? Son baiser sous les étoiles, leur valse lente, ses bras autour d'elle, les mots qu'il avait chuchotés à son oreille la hantaient.

Elle observa plus attentivement le jeune couple princier. Il y avait davantage entre eux qu'une simple entente sensuelle. Et elle aussi désirait davantage d'Illarion. Il voulait mieux la connaître, avait-il dit, et c'est ce à quoi elle aspirait elle aussi. Peut-être finirait-il par lui en révéler davantage sur lui-même ? Jamais elle n'avait éprouvé une attirance aussi forte envers quiconque. Et certainement pas envers Percivale.

Une idée troublante s'imposa à Dove. Et si Illarion était le seul homme avec qui elle pouvait éprouver ce genre d'émotions ?

La situation avait beaucoup évolué depuis sa première rencontre avec le prince. Au départ, elle était surtout taraudée par un certain nombre d'appréhensions. La perte de sa liberté, la perspective d'un mariage sans amour, la peur de quitter sa maison, de renoncer à connaître l'aventure. La question n'était alors pas de choisir entre Illarion et Percivale mais de choisir entre la liberté et la prison. Mais, peu à peu, c'était l'obligation d'avoir à se décider pour l'un des deux hommes qui avait pris le dessus. Illarion était sa liberté. Percivale était sa prison. Considérations fort dangereuses, en vérité. D'autant plus que rien ne l'autorisait à envisager qu'Illarion soit l'objet possible de son amour. Rien ne garantissait qu'il la choisirait, elle, plutôt qu'une autre. Et pourtant, il avait prévu ce déjeuner sur l'herbe, leur donnant ainsi l'occasion d'être de nouveau ensemble. Illarion avait-il voulu également se montrer sous son meilleur jour ?

— Lady Dove, vous semblez être à des centaines de miles de nous, remarqua la princesse Klara d'une voix aimable. Tout va bien ?

— À dire vrai, reconnut Dove, je me demandais pourquoi le prince Kutejnikov avait souhaité m'inviter.

Mais, si tant est que Klara connaissait la réponse, elle ne fut d'aucune aide. Elle se contenta de sourire et indiqua une tente blanche qui s'élevait au bout d'une allée.

— Regardez ! Notre petite collation est déjà installée.

« Petite collation » était un euphémisme. C'était un véritable campement qui s'étendait maintenant devant leurs yeux. Dove en remarqua les détails tandis que le landau s'arrêtait sous un arbre, un peu à l'écart. Partout, des chaises longues, des couvertures étalées sur l'herbe, des tables égaillées sur la pelouse et des serviteurs qui couraient en tous sens, chargés de lourds paniers de victuailles.

— Mais jamais nous ne pourrons manger tout cela ! s'exclama-t-elle naïvement.

Klara se mit à rire.

— On voit bien que vous n'avez jamais vu ces garçons à table ! dit-elle en se laissant glisser à terre dans les bras du prince Nikolaï. Et pour nous, les Russes, offrir beaucoup de choses à manger à ses invités est une question d'honneur.

Nikolaï gratifia sa femme d'un baiser sur la joue.

— Du moment qu'il y a tout ce que j'aime.

Puis Illarion fut là et plus rien d'autre n'eut d'importance. Ses cheveux blonds étaient retenus selon son habitude dans une queue-de-cheval et il portait un pantalon léger de toile bise, de hautes bottes de cuir fauve et une chemise blanche à larges manches bouffantes. Sa veste et son gilet gisaient déjà sur l'herbe.

— Bienvenue sur notre campement, Lady Dove ! s'exclama-t-il avec un galant salut. Nous n'avons pas chômé, comme vous le voyez.

— Je vois bien, en effet.

Dove rit à son tour, mise à l'aise par l'atmosphère festive. Lui prenant la main, Illarion la conduisit vers la tente.

— Quand Klara et Nikolaï entreprennent quelque chose, cela tient de l'opération militaire. Gigantesque et parfaitement organisé.

Il montra des cibles de tir à l'arc et d'autres pour les armes à feu.

— Nous avons prévu quelques divertissements. Klara est incroyablement efficace au tir au pistolet. Et à l'arc aussi. Avez-vous déjà essayé ?

— Jamais ! Vous m'imaginez, moi, armée d'un pistolet ? Ou même d'un arc. Cette seule idée n'aurait pas manqué de faire se pâmer ma chère maman.

Illarion arqua un sourcil, l'air à la fois curieux et amusé.

Évidemment, la parfaite Klara, dotée d'un mari tout aussi parfait, savait tout faire. Dove sourit encore. Elle aurait pu se sentir humiliée mais elle était si contente d'être là que son sourire se mua en un rire joyeux.

Illarion répondit à son sourire, l'air ravi.

— Je vous montrerai.

Quelque chose dans sa voix déclencha un vol de papillons dans l'estomac de Dove. Mais Illarion poursuivait sa présentation des festivités.

— Nous allons d'abord déjeuner. Ensuite, j'écrirai et, vous, vous pourrez dessiner.

Exactement ce qu'il avait promis. Un déjeuner d'artistes. Mais il y avait un problème.

— Je n'ai pas mon matériel.

Les yeux d'Illarion dansèrent.

— J'y ai pensé. Mais vous devrez attendre la fin du repas pour avoir votre surprise. Nous nous promènerons aussi. Peut-être trouverons-nous les premières fraises ? Pour l'instant, je vais vous présenter à tout le monde.

« Tout le monde » se réduisait en fait aux deux autres hommes de l'assemblée :

— Stepan et Ruslan. Deux de mes meilleurs amis.

Stepan était grand, avec des cheveux noirs coupés très court, un regard observateur et un comportement étudié. Ruslan, plus petit que les autres, était aussi plus mince. Il arborait une belle chevelure crantée d'un blond doré et son regard intelligent recélait une nuance de mélancolie.

Les quatre hommes étaient unis comme les doigts de la main, c'était évident. Déjà prêts à en découdre à grand renfort d'arcs, de flèches et de pistolets, ils avaient tout d'une portée de jeunes chiots. Si ses frères avaient vécu, c'est ainsi que Dove les imaginait, faisant cercle autour d'elle, disposés à la taquiner autant qu'à la protéger. Mais l'heure était aux réjouissances et, s'empressant de chasser sa tristesse, Dove alla rejoindre les autres.

Galamment, les jeunes princes laissèrent Klara tirer la première. Dove était très impressionnée. Elle n'avait jamais vu une femme se servir d'une arme à feu. Et l'épouse de Nikolaï, visiblement bien entraînée, tapa tout de suite dans le mille. Puis les hommes tirèrent mais Illarion, avant de se placer à son tour, tendit son arme à Dove.

— Vous plairait-il d'essayer ?

Dove prit le pistolet, le soupesa et le rendit aussitôt.

— Trop lourd pour moi. Je me réserve pour le tir à l'arc. Ce sera plus calme.

Illarion opina du chef et alla se mettre sur la ligne de tir avec une grâce dans les mouvements que Dove ne put s'empêcher de remarquer. Le tir au pistolet requérait un savoir-faire dont elle n'avait jamais eu le moindre soupçon. Elle remarqua la stabilité du bras d'Illarion tandis qu'il le levait lentement, l'arme au poing. L'impeccable immobilité de son corps, son regard aigu évaluant la distance qui le séparait de la cible. Il respira à fond, expira longuement et tira. L'impact de sa balle couvrit exactement la marque laissée par celle de Klara.

Nikolaï siffla.

— Pas de doute. Tu es dans ton élément, commenta-t-il en administrant une claque sur l'épaule d'Illarion.

— Tu es encore meilleur que moi au tir à cheval, rétorqua aimablement Illarion, modeste dans sa victoire.

Mais Dove remarqua le regard qu'il lança à son ami, comme s'il craignait qu'il en dise trop. Tout de suite, il tendit la main à Dove.

— Venez tenter votre chance au tir à l'arc, maintenant.

Après avoir choisi un arc sur la table, Illarion entraîna Dove vers les bottes de paille qui, dans un angle du terrain, servaient de cible. Puis, se plaçant derrière elle, il l'entoura de ses bras pour lui montrer comment tenir son arc et l'armer.

— Détendez-vous, murmura-t-il contre son oreille.

Dove tremblait un peu. Se doutait-il à quel point cela était difficile avec son corps collé contre le sien, ses mains enserrant les siennes pour lui montrer le geste parfait ?

Ce n'était pas un exercice de tir à l'arc mais bien plutôt un numéro de séduction.

— Doucement, maintenant.

Ils tendirent ensemble la corde.

— À présent, lâchez !

L'arc se détendit brusquement, la flèche vola jusqu'à la cible et se ficha dans le cercle le plus éloigné du centre. *Pas si mal, pour un premier tir…* Dove s'aperçut qu'elle aimait cet exercice, même quand Illarion, se reculant, la laissa ajuster seule son deuxième coup. En regardant la flèche voler vers son but, elle éprouva un étonnant sentiment de liberté.

Ensuite, ils passèrent au lancer de poignards. Klara et elle se reculèrent sur l'un des côtés. Les hommes rivalisaient maintenant d'habileté, fiers d'exhiber leurs prouesses tout en échangeant quolibets et provocations amicales.

Klara rit tandis que Nikolaï et Stepan contestaient un tir.

— On dirait des enfants ! J'aime les voir ainsi, joyeux et insouciants.

On entendit un glapissement et Stepan tomba sur l'herbe, Nikolaï pesant de tout son poids sur son dos.

— Illarion ! Attrape-lui la jambe.

Dove poussa un cri de frayeur mais Klara lui sourit.

— C'est toujours comme cela. Nikolaï et Illarion contre Ruslan et Stepan. Les deux têtes brûlées contre la sagesse et la raison.

— Font-ils cela souvent ?

— Plus souvent qu'à leur tour. Ils se connaissent depuis l'enfance. Il paraît qu'ils étaient inséparables.

Le visage de Klara se fit soudain plus grave tandis qu'elle poursuivait :

— Maintenant, ils sont tout les uns pour les autres. Ils ont tout laissé au Kouban, parents, amis, maison, chevaux… Ils ne supporteraient pas d'être séparés. Partir a dû être plus difficile encore pour Illarion et Nik, parce qu'ils n'avaient pas le choix… Nik a fait là-bas des choses qui ne pouvaient pas lui être pardonnées…

Dove attendit que son interlocutrice lui en dise davantage. Mais Klara savait être discrète. Elle ne dirait rien qui pût nuire à son mari.

— Et Illarion ?

Le visage de Klara se ferma.

— Ils ne peuvent pas rentrer chez eux, Dove. C'est tout ce que je peux vous dire.

Aussitôt, mille questions assaillirent Dove. Pourquoi ? Qu'avaient-ils fait ? À qui ? Quand ? Comment ?

La lutte s'était terminée aussi vite qu'elle avait commencé. Les quatre hommes gisaient sur le sol, pieds et jambes emmêlés.

Illarion, ses cheveux détachés lui cachant à moitié le visage, souriait de toutes ses dents. Il était visiblement heureux et il avait la beauté du diable.

— Je meurs de faim. À table !

Ils allèrent s'installer en cercle sur les couvertures étendues sur l'herbe. Dove aida Klara à disposer sur la nappe les victuailles contenues dans les paniers tandis qu'Illarion les présentait avec une voix tonitruante de bateleur de foire. Tomates, concombres, saumon froid et chaud, en croûte, caviar, salades fortement assaisonnées au raifort, au yaourt aigre...

— Et mon plat préféré, des *piroshkis* aux champignons ! s'exclama Illarion en prenant un pâté encore chaud qu'il tendit à Dove. Tenez, goûtez.

Mordant dans la pâte odorante, Dove laissa les riches arômes lui envahir la bouche. Ses yeux s'écarquillèrent.

— Je n'ai jamais rien goûté d'aussi bon.

Elle vit que sa réponse lui plaisait et en fut touchée. Illarion semblait comblé de la voir contente.

— Maintenant, goûtez ceci, dit-il encore en disposant dans son assiette deux *blinchikis*[1], farcis aux fruits de mer, lui expliqua-t-il, et nappés d'une sauce odorante.

Son assiette n'avait pas le temps de se vider. Illarion ne cessait de la remplir, veillant à ce qu'elle goûte un peu de tout.

— Mais en petites quantités, afin d'avoir assez de place pour

1. Variante du blini.

faire honneur à tous nos plats, conseilla-t-il en lançant un regard narquois à Nikolaï, qui vidait des assiettes lourdement chargées à une vitesse record. Pique-niquer est tout un art, voyez-vous. Vivre pour manger et non manger pour vivre, dit un auteur français.

Tout le monde rit. C'était l'après-midi le plus agréable que Dove ait passé depuis longtemps. Elle aimait à rester là, assise sous la tente, se régalant de délicieuses spécialités russes tandis qu'Illarion et ses amis lui racontaient des histoires du Kouban et de Saint-Pétersbourg, la ville où Klara avait grandi.

— Aujourd'hui est donc réellement un jour férié ? s'enquit-elle en achevant son troisième *blinchiki*.

Elle avait soupçonné Illarion d'avoir organisé tout cela simplement pour jouir de sa présence.

S'abandonnant contre l'épaule de son mari, Klara eut un rire léger.

— Vous savez, nous n'avons que deux mois d'été, dans le Nord. Alors, toutes les occasions sont bonnes pour festoyer. On appelle cela les « nuits blanches » car le soleil ne se couche guère avant minuit. Et, au mois de juin, quand il se couche, c'est pour se relever presque aussitôt. Cette tradition remonte à Pierre le Grand[1], qui en a établi beaucoup d'autres. Une année, alors que j'étais encore petite fille, j'ai été autorisée à remonter le fleuve en bateau pour assister au coucher de soleil.

— Un coucher de soleil… de nuit ! s'exclama Dove, stupéfaite.

Elle aurait dû se sentir étrangère, elle qui n'avait jamais quitté la Cornouailles. Tous les convives étaient russes et on sentait l'âme slave vibrer en eux. Mais elle n'eut à aucun moment l'impression d'être mise à l'écart. Au contraire, ils lui parlaient de leur pays pour mieux l'intégrer à leur groupe. Pour mieux se faire connaître. Un puissant sentiment de nostalgie envahit Dove. Voilà à quoi devrait ressembler la vie. Sa vie. Une vie libre, bien sûr, mais aussi une vie aux côtés d'Illarion, et parmi ses amis.

Soudain, Nikolaï se leva d'un bond et tira Klara par la main.

1. Pierre le Grand (fin XVIIe siècle, début XVIIIe), empereur de toutes les Russies, a contribué à moderniser son pays, y a encouragé la culture, notamment francophone, et fut le fondateur de Saint-Pétersbourg.

— Nous allons faire un petit tour. Je commence à avoir des fourmis dans les jambes.

Ruslan et Stepan l'imitèrent aussitôt mais, manifestant une délicatesse inattendue, partirent dans la direction opposée.

— Vos amis sont des gens tout à fait délicieux, remarqua Dove une fois qu'Illarion et elle furent seuls.

Après de longues heures passées au milieu d'une si vivante compagnie, leur tête-à-tête avait quelque chose d'un peu gênant.

— Ils représentent tout pour moi, dit simplement son compagnon en allongeant le bras pour saisir sa grande sacoche de toile.

— Est-ce à cause d'eux que vous avez quitté le Kouban ? Klara a dit que, tous les quatre, vous ne supportiez pas l'idée d'être séparés.

Lors de leurs précédentes rencontres, la conversation s'était surtout centrée sur elle. Ils avaient à peine parlé de lui. Peut-être que, ce jour-là, cela allait changer ?

Illarion s'agita sur son séant, visiblement mal à l'aise.

— Regardez, Dove ! J'ai quelque chose pour vous.

Tirant une petite boîte d'aquarelle de son sac, il la lui tendit.

— J'ai pensé, expliqua-t-il, que vous souhaiteriez peindre quelques scènes de cette journée pour en conserver le souvenir.

Il préférait donc changer de sujet. Dove le laissa faire. Pour le moment. Elle prit le coffret de bois et caressa du plat de la main sa surface polie, consciente des yeux d'Illarion posés sur elle, de la présence de ce grand corps assis en tailleur sur la couverture, à peine à quelques centimètres. Même si elle ne peignait pas aujourd'hui, elle se souviendrait de la magie de cette journée à chaque fois que ses yeux se poseraient sur la boîte.

— C'est le plus joli cadeau qu'on m'ait fait depuis longtemps, dit-elle d'une voix enrouée par l'émotion.

Tellement plus attentionné que de simples fleurs ou des bonbons. C'était un cadeau rien que pour elle, choisi pour lui faire plaisir. Cette pensée la fit revenir tout naturellement à la question qui avait inauguré sa journée.

Elle reposa soigneusement la boîte à côté d'elle.

— Pourquoi faites-vous tout cela, Illarion ? Ce pique-nique, cette boîte de peinture, cette rencontre avec vos amis ?

Levez un peu le voile, Illarion. Dites-m'en un peu plus sur vous-même, sur vos sentiments...

— Pourquoi je fais cela ?

Il lui caressa la joue du dos de la main. Sa voix était basse. Il parlait sur le ton de la confidence.

Dove rassembla son courage. Tout au fond d'elle, elle se doutait de ses intentions. Mais pour le formuler à voix haute, il faudrait une audace dont elle ne se sentait pas capable. Si elle se trompait, n'aurait-elle pas l'air ridicule ? Et s'il se moquait d'elle ?

Non, Illarion n'était pas comme cela.

Bravement, elle affronta son regard.

— Ne seriez-vous pas en train de me faire la cour, par hasard ?

Son regard ne cilla pas tandis que la main d'Illarion se posait sur sa nuque.

— Et si c'était le cas ?

Donc, il ne niait pas. Dove sentit sa bouche s'assécher. Elle s'éclaircit la gorge.

— Alors, il faudrait que je puisse me faire une opinion suffisamment claire de ce que vous voulez.

Se penchant sur elle, Illarion effleura sa bouche d'un baiser. Oh ! le plus léger, le plus subtil des baisers.

— C'est pourtant évident, Dove, murmura-t-il contre sa bouche tandis que, de ses mains habiles, il retirait les épingles qui retenaient ses cheveux. Je vous veux. Vous.

12

Le désir qu'Illarion éprouvait pour Dove, de tant de manières différentes, avait fait croître en lui depuis le début de l'après-midi une tension aussi délicieuse qu'insupportable.

Il se mit à lui taquiner le lobe de l'oreille, ses dents laissant une marque blanche dans la peau tendre.

— Je vous ai désirée depuis l'instant même où je vous ai aidée à descendre du landau. Mes mains autour de votre taille… Un délice…

Avec ses cheveux blonds transformés en couronne de lumière par le soleil, la perfection de son teint pâle mis en valeur par sa robe de simple cotonnade blanche, dont une fine broderie de myosotis bleus agrémentait le col, Dove lui rappelait qu'elle était sa Snegourotchka revenue à la vie, sa princesse de l'hiver entrant dans le printemps. Quand elle avait glissé sa main dans la sienne, l'évidence l'avait frappé que cette femme était à lui. Mais ce n'avait été que la naissance de son désir. Il l'avait entourée de ses bras pour lui apprendre à manier un arc et cela n'avait rien arrangé. La regarder rire au milieu de ses amis, écouter leurs histoires, les yeux pétillant d'intérêt, manger avec appétit les mets de leur lointain pays avait été un ravissement. Le désir latent s'était transformé en un élan incontrôlable, presque primitif.

— Pourquoi moi, Illarion ? insista Dove en lui emprisonnant le visage entre les mains, les yeux brillant d'une flamme qu'il était fier d'avoir allumée.

Une flamme qu'il était le premier et l'unique à avoir su faire naître. Dove le désirait, elle aussi avait faim de lui. Mais sa bonne éducation, sa pudeur la faisaient résister.

— Parce que vous m'avez fait renaître à la vie, répondit-il en la poussant doucement sur les coussins. Je suis prêt à faire la même chose pour vous si vous m'y autorisez.

Et Dieu savait qu'il en mourait d'envie. Il brûlait de la caresser, d'entendre ses petits cris de ravissement quand il la toucherait, de voir le désir embraser ses yeux d'argent quand il approfondirait ses baisers. Et pourtant, il devait refréner cet élan, pour ne pas lui faire peur.

Il voulait lui montrer les possibilités qu'offraient les jeux de l'amour. Plus que cela, le loup sauvage enfermé tout au fond de lui lui criait de s'emparer d'elle comme d'une proie. De l'enfermer dans sa tanière pour plonger en elle et y oublier les tourments de sa culpabilité. Ses cauchemars disparaîtraient enfin. Il pourrait de nouveau écrire. Écrire vraiment, livrant ses émotions et ses pensées. S'il pouvait aimer Dove, si elle se laissait aimer, il serait enfin libéré de ses tourments.

Et ce serait profondément injuste, murmura une voix au fond de la conscience d'Illarion. C'était de Dove qu'il était question, dans cette affaire. C'était elle qu'il fallait sauver. Mais... Et s'il parvenait à les sauver tous les deux ? Enveloppant Dove d'un regard intense, il déposa un léger baiser dans le creux de son cou.

— Puis-je, Dove ? M'autorisez-vous à vous ramener à la vie ?

— Oui, souffla-t-elle, vous le pouvez.

Alors, s'agenouillant devant elle, Illarion souleva la longue jupe blanche, révélant la blancheur des cuisses de la jeune fille, juste au-dessus de ses bas. Et, se penchant, il posa ses lèvres sur la peau douce et frémissante, la parcourant d'un chemin de baisers dont chacun le rapprochait du cœur de sa féminité. La respiration de Dove, d'abord haletante, se transforma en longs soupirs. Illarion sentait l'odeur musquée de son plaisir lui envahir les narines et son désir à lui se faisait plus douloureux, plus exigeant. Mais donner du plaisir en procure également, songea-t-il. D'une main habile, il caressa sa compagne dans son intimité, doucement d'abord, pour la laisser s'accoutumer à la naissance de sa jouissance.

— Aimez-vous cela, Dove ? En voulez-vous davantage ?

La situation était merveilleusement érotique. Quoi de plus excitant et émouvant à la fois que de contempler une femme allongée devant soi, ses seins soulevés par l'excitation du plaisir, ses yeux élargis. Vu d'en haut, le corps d'une jolie femme n'était plus que creux et courbes sensuels, pièges et invites à mille caresses.

— Oh ! oui... Encore, je vous en prie...

Les longs soupirs étaient devenus des gémissements. La prenant alors par les hanches, Illarion enfouit son visage entre les cuisses de Dove et goûta longuement son sexe tandis qu'elle soupirait et se tordait sous lui. Elle fut enfin secouée d'un grand frisson puis s'apaisa dans ses bras, comme évanouie.

Qu'elle était belle, dans son extase amoureuse, les cheveux répandus sur ses épaules, les yeux brillants d'émerveillement entre ses paupières mi-closes. Jamais il n'avait été si heureux de donner du plaisir à une femme. C'était cela, la magie de Dove. Ce pouvoir qu'elle avait de rendre sacré le profane, de grandir le vulgaire.

— Cela se passe-t-il toujours ainsi ? s'enquit-elle enfin avec candeur.

— Non, répondit Illarion avec la même franchise. Un homme et une femme ne s'accordent pas toujours.

Déjà, il pressentait l'intrusion de Percivale au milieu de leur entente. Il sentit la jalousie lui mordre le cœur. *Pas question de laisser Dove croire qu'elle aurait le même plaisir avec un autre.*

— Comme pour écrire de la poésie ? murmura Dove d'une voix endormie. La poésie de l'amour...

Illarion repoussa une mèche de ses cheveux, sa main enserra le beau visage.

— Oui, d'une certaine manière... Vous êtes si belle. Qui ne serait pas inspiré ?

Elle était belle, mais aussi confiante et merveilleusement innocente malgré ce qu'ils avaient fait. Dove était encore éprise d'idéal, ses convictions étaient encore intactes. Il devait prendre grand soin de ne rien gâcher.

Elle lui enlaça les doigts avec les siens d'un geste intime et déjà familier.

— Merci pour cette belle journée. J'ai apprécié de connaître votre univers, au moins l'espace de quelques heures. Vous avez de bons amis, dont vous pouvez être fier.

— Nous sommes prêts à sacrifier notre vie les uns pour les autres. Stepan a pris de grands risques pour aider Nikolaï à quitter la Russie. Il n'était pas question de les laisser se débrouiller tout seuls.

— Mais, d'après ce que j'ai compris, vous aussi deviez partir ? interrogea Dove en fouillant son regard.

Il fallait qu'il lui raconte tout. C'était là que sa conscience achoppait. Il ne pouvait attendre d'elle qu'elle lui donne tout sans qu'il livre un peu de lui-même en retour. Mais cela était à double tranchant. Si elle apprenait ce qu'il avait fait, elle ne voudrait peut-être plus le voir. Elle saurait désormais que ses parents avaient raison de le craindre. Que, selon les règles de leur milieu, il était réellement quelqu'un de dangereux.

— Oui, en effet. J'avais de bonnes raisons. J'ai incité le peuple du Kouban à se rebeller contre des lois arbitraires. Il se trouve que notre tsar n'a pas apprécié.

C'était un euphémisme… mais qui ne trahissait pas la vérité.

— Quel genre de lois ?

Ils devisaient à voix basse, nonchalamment appuyés contre les coussins, dans l'air calme de ce bel après-midi de printemps.

Illarion respira profondément. Il sentait s'ouvrir en lui une porte fermée depuis longtemps. Il avait bien fait d'engager le sujet ainsi. Il était plus facile de parler d'une manière générale que d'évoquer son cas particulier.

— Les lois concernant le mariage forcé. Elles exigent des nobles qu'ils se marient dans l'intérêt du royaume. Chaque union doit être soumise à l'autorisation de notre tsar. Au départ, il s'agissait juste d'obtenir sa bénédiction, en quelque sorte. Simple formalité. Mais très vite, c'est devenu beaucoup plus exigeant. Maintenant, c'est le tsar, en concertation avec les grandes familles, qui programme pour ainsi dire les unions. Croire qu'on peut refuser relève de l'illusion. Les personnes concernées perdraient aussitôt leur rang à la cour, et les faveurs qui vont avec. Plus la fille à marier a de qualités, plus sa famille a de chances d'obtenir une alliance prestigieuse, à condition que la jeune fille soit parfaitement chaste et pure. Les familles de l'aristocratie russe sont prêtes à n'importe quoi, complots, promesses, meurtres parfois, pour que leurs rejetons fassent un beau mariage.

Dove opina du chef, songeuse.

— Nous n'en sommes pas encore là. Mais le principe est le même. Vous avez bien fait de vous dresser contre cela. Les jeunes gens devraient avoir le droit de choisir le compagnon de toute une vie... Peut-être, grâce à des gens comme vous, ce jour arrivera-t-il enfin ?

— Seriez-vous prête à vous battre pour conquérir ce droit, Dove ?

Elle baissa les yeux.

— Sans doute... Mais comment faire ? Il ne suffit pas de dire non. Je ne voudrais pas décevoir mes parents, leur faire honte. Ils ont toujours été si bons pour moi.

Indigné, Illarion se redressa sur un coude. Dove ne comprenait-elle pas que sa liberté était en jeu ?

— Ils ne se soucient guère de votre bonheur. Rien ne vous oblige à vous sacrifier pour eux. C'est de votre vie qu'il est question, Dove.

— Croyez-vous vraiment ? rétorqua-t-elle, le visage grave. Eux ont pourtant sacrifié leur vie pour moi.

Elle s'interrompit, les sourcils froncés. Puis parut se décider soudain.

— Savez-vous pourquoi je n'ai pas d'amis ? Parce que j'ai été surprotégée. Élevée dans un véritable cocon. Mes amis, c'était mes parents, les seules personnes que je voyais quotidiennement, et qui m'entouraient sans jamais se lasser de me manifester sollicitude et affection. Le seul moment où je voyais un peu de monde, c'était à la messe, le dimanche. Bien sûr, il y avait les visites des cousins pendant les vacances, en été. Mais jamais je n'ai été autorisée à me rendre dans leur propriété, à la campagne ou à Londres. Voyez-vous, Illarion, je suis la dernière de cinq enfants.

Illarion dévisagea sa compagne, étonné. Ne disait-on pas dans les salons que la jeune débutante était la seule enfant des Redruth ?

— Cinq ? Moi qui pensais que vous étiez fille unique !

— J'avais quatre frères, commença à expliquer Dove, le regard lointain. Je n'en ai jamais connu aucun. Ils sont tous morts avant ma naissance. Deux de fièvres inconnues, un autre à la naissance et le dernier, de mort subite alors qu'il n'avait pas trois mois.

Sa voix s'étrangla et Illarion l'attira contre lui. Il ne fallait pas qu'elle parle, qu'elle ressasse cette douleur qui la rongeait.

— Vous n'avez pas besoin d'en dire plus, Dove. Je comprends…

Elle murmura, la bouche contre son épaule :

— Si, je le dois. Pour que vous vous rendiez compte que je n'ai pas le choix. Tout est beaucoup plus compliqué, pour ce qui me concerne. Je suis celle qui a survécu. Et donc la seule à pouvoir réaliser leurs rêves.

Illarion percevait la colère qui faisait vibrer la voix de Dove. Une colère dirigée à la fois contre ses parents, que, pourtant, elle aimait tant, contre lui parce qu'il la mettait en face de sa propre impasse, et contre elle-même, parce qu'elle ne trouvait pas d'arguments pour lutter contre son destin.

Elle s'écarta brusquement.

— Qu'adviendra-t-il de moi si je refuse d'épouser Percivale ? En lui disant non, je perdrai tout.

Tout, sauf sa liberté.

— Et qu'adviendra-t-il de vous si vous acceptez de devenir sa femme ? répliqua Illarion d'une voix douce mais ferme.

— Illarion, je vous en prie… Ne croyez-vous pas que j'ai déjà réfléchi à tout cela ?

Elle lui sourit, comme pour s'excuser. Puis, se remettant debout, elle entreprit maladroitement de rattacher ses cheveux.

L'interlude était terminé.

— Peut-être devrions-nous dessiner et écrire un peu en attendant que les autres reviennent ?

Pourquoi pas, en effet, puisque c'était là ce qu'il lui avait proposé en premier lieu ? songea-t-il. Ils s'installèrent donc à bonne distance l'un de l'autre, Dove avec sa nouvelle boîte d'aquarelle sur les genoux, le visage éclairé d'un sourire secret tandis qu'elle commençait à tracer quelques traits. Lui, appuyé sur un coude, avec son calepin dans l'herbe, la tête bouillonnant de pensées contradictoires.

Il était évident qu'ils ne résoudraient pas le cas Percivale ce jour-là. Et peut-être même pas un autre jour. Cette idée n'avait rien pour le réjouir. Il ne voulait pas perdre Dove. Maintenant, il le savait. Cette idée l'habitait depuis qu'il s'était confié à Stepan. Mais, depuis, cette histoire semblait avoir pris un sens différent. Au départ, il était seulement question d'aider Dove à se libérer de l'emprise de ses parents, cela afin d'éviter à une autre femme le destin de Katya. Mais aujourd'hui... Se pouvait-il qu'il encourage Dove à rejeter Percivale pour des raisons plus personnelles ? Plus égoïstes.

Voulait-il Dove pour lui-même ?

Illarion se mit à observer la jeune fille sous ses paupières mi-closes. C'était sa bonté qui risquait de faire le malheur de Dove. Elle était prête à tout sacrifier pour ses parents. Était-ce ce qu'ils attendaient vraiment d'elle ? Ne connaissaient-ils rien de l'amour et du rôle qu'il peut jouer dans une vie ? Cela paraissait peu probable. Dove avait été chérie, attentivement préservée des brutalités du monde réel. Comment des parents aimants pourraient-ils souhaiter le malheur de leur fille ? Il pouvait être intéressant de se renseigner sur les conditions du mariage du duc de Redruth et de sa femme. Il y aurait peut-être là un moyen d'aider Dove à se battre. Ruslan, toujours au courant de tout et déjà introduit dans la meilleure société, pourrait l'aider en cela.

La voix de Dove le tira de ses pensées.

— Vous me regardez, déclara-t-elle en lui glissant un regard en biais.

— Parce que vous êtes jolie, répondit-il spontanément. Et vous êtes ma muse, ne l'oubliez pas.

Elle s'empourpra.

— Je suis sûre que vous dites cela à toutes les jeunes filles.

Illarion lui décocha un sourire.

— Non, Dove. Juste à vous. Pour moi, vous êtes la seule.

Et Illarion s'aperçut que, pour la première fois de sa vie, il disait vrai.

Maintenant, qu'allait-il faire de cela ?

13

Ce qu'il y a de mieux, dans un buffet vénitien, ce sont les desserts. Dove mordit dans un délicieux *bigne cioccolato*[1] et laissa la crème lui emplir la bouche. En dehors de cela, le petit déjeuner vénitien de Lady Camden était loin de rivaliser avec le déjeuner sur l'herbe russe de la veille. D'abord, parce que Illarion n'était pas là, du moins pas physiquement, même s'il occupait constamment ses pensées. Un soir et une nuit s'étaient écoulés et il lui suffisait d'un rien, l'évocation d'un sourire, de l'éclat de deux yeux bleus, d'une main posée sur sa peau nue pour raviver le feu de la passion qu'il avait su éveiller en elle. Dove se souviendrait de ces moments précieux sa vie durant. Et pour cela, elle aimait Illarion autant qu'elle le haïssait. Il lui avait procuré délibérément ce plaisir très intime afin qu'elle s'en souvienne.

Ou qu'elle se souvienne de lui ?

C'était là que tout devenait confus. Il l'avait appelée sa muse. Il l'avait incitée à refuser un mariage dont elle ne voulait pas. Pourquoi ? Avait-il l'intention de se mettre sur les rangs de ses prétendants ? Ou voulait-il seulement lui montrer qu'elle avait le choix ? Dove avait d'abord penché pour la seconde hypothèse. Mais après ce qui s'était passé au cours du pique-nique avec ses amis et ce qu'il lui avait confié sur lui-même, elle commençait à penser qu'il y avait quelque chose de plus.

À moins que ce ne soit le pur produit de son imagination. Interprétait-elle la simple réalité, fort banale, en fonction de

1. Équivalent d'une profiterole au chocolat.

ses propres désirs ? Sa confusion ne faisait que s'accroître. Qu'éprouvait-elle réellement pour Illarion ? Et lui, qu'éprouvait-il pour elle ?

Elle saisit délicatement un deuxième *bigne* de sa main gantée de dentelle. Si on pouvait éliminer toute forme de confusion par la seule logique, cela se saurait. Et en tout cas, rien de tel que le chocolat pour apaiser vos tourments, même fugitivement. Du reste, était-il important de donner une réponse à ces questions ? Que se passerait-il si elle tombait vraiment amoureuse du prince ? Et s'il décidait de tomber amoureux d'elle ? Ses parents avaient de toute façon déjà décidé qu'il n'était pas un parti envisageable. Les dés étaient jetés depuis longtemps. Aucun avenir n'était possible pour eux.

Illarion Kutejnikov n'avait qu'un seul vrai défaut. Mais il était de taille. Il n'était pas Percivale. Aux yeux de la bonne société londonienne, il n'était qu'un jeune homme de belle prestance à la réputation quelque peu sulfureuse. Sa popularité durerait encore quelques mois. Mais, à la prochaine Saison, il serait déjà oublié, comme tant d'autres avant lui. Un homme comme lui, aux antécédents inconnus, n'était pas destiné à épouser une fille de duc, fût-il riche à millions. Peu importait qu'il n'y ait que lui pour la faire rire, pour la faire réfléchir, pour éveiller ses sens. Bref ! Pour lui donner le sentiment d'exister.

Autour d'elle, les jeunes filles de son milieu papotaient gentiment, passant d'un sujet de conversation à un autre : toilettes, conquêtes amoureuses, prochain bal... Dove se surprit à vouloir leur ressembler. Elles bavardaient avec insouciance, telle une volière d'oiseaux exotiques, comme si elles ne savaient pas ce qui les attendait. À moins qu'elles le sachent, justement, songea soudain Dove. Et si c'était le cas, comment pouvaient-elles accepter d'être ainsi traitées comme du bétail ? Comment pouvaient-elles même s'en réjouir ? Était-elle la seule à percevoir l'injustice du sort qu'on leur réservait ?

— Quelqu'un a-t-il lu les pages mondaines du *Morning Chronicle*, ce matin ? s'enquit Eliza Brantley, une débutante qui n'en était plus tout à fait une, puisqu'elle en était déjà à sa seconde Saison.

Elle tira subrepticement de son corsage l'article en question et déplia le feuillet, son regard brun pétillant de malice.

— *Il* a publié un nouveau poème.

Une jeune fille entièrement vêtue de rose se pencha vers Eliza, tout excitée par la perspective de quelque commérage de choix.

— Qui ?

— Mais, le Prince des poètes, évidemment ! Qui voulez-vous que ce soit ? rétorqua Eliza avec un petit rire moqueur.

Le Prince des poètes ? Était-ce ainsi qu'on l'appelait, désormais ? Dove reposa le deuxième *bigne* sur son assiette.

— Ce poème-ci s'intitule *Jalousie*, expliquait Eliza à demi-voix, pour ne pas être entendue par les mères attablées non loin de là. La situation est incroyablement romantique. Il s'agit de deux hommes qui rivalisent pour la conquête d'une femme.

Elle commença à lire : « Elle ne peut appartenir qu'à un seul… »

Quand sa lecture fut achevée, elle fut récompensée par un concert de soupirs.

— Comme j'aimerais que Mr Adamson et Mr Gilbert éprouvent les mêmes sentiments à mon égard ! osa révéler Sally, l'air rêveur. Parfois, il me semble que c'est le cas. Parfois, non. Il m'arrive même de penser qu'ils cherchent davantage à plaire à mon père qu'à moi-même.

— Il est agréable de pouvoir constater qu'après tout les hommes pensent et sentent comme nous, constata, l'air docte, une autre jeune fille. Nous croyons devoir rivaliser entre nous pour capter leur attention, alors qu'en fait ils sont en train de se battre pour obtenir la nôtre.

— Pourquoi devrions-nous nous battre, à la fin ? intervint Dove, n'y tenant plus.

Sally la dévisagea, stupéfaite.

— Que voulez-vous dire ?

— C'est pourtant clair. Pourquoi ne pas épouser l'homme qui nous plaît au lieu de faire tous nos efforts pour conquérir l'homme choisi par nos parents ? Et pourquoi se laisser marier tout de suite, à peine sorties de l'enfance ? Pourquoi ne pas exiger le droit de faire un Grand Tour, comme nos frères ? Ne serait-il pas préférable de partir nous aussi à la découverte du monde avant de nous enfermer dans la vie de famille ?

Elle s'échauffait au fur et à mesure de son discours mais son auditoire n'était que surprise et désarroi. Tous les jeunes visages tournés vers elle manifestaient la même stupeur. Seule Eliza Brantley paraissait comprendre ce qu'elle disait, sans pour autant faire mine de la soutenir. Ce qui l'intéressait, c'était de parler du prince.

— Je me demande à qui le prince fait allusion dans ce poème. Quelqu'un parmi vous a-t-il une idée, mesdemoiselles ?

— Peut-être s'agit-il de la comtesse de Somersby ? proposa Sally Rinehart dans un chuchotement passionné. S'il m'adressait un seul regard, je crois que je tomberais en pâmoison à ses pieds.

Cette déclaration enflammée suffit à déchaîner les commentaires exaltés de ces demoiselles.

— Il est si beau...

— Son regard !

Ces cheveux... Ces yeux...

— Et vous avez vu ses épaules ?

— Ma cousine a dansé une fois avec lui. Il paraît qu'il valse comme un dieu...

Devant pareilles évocations, les jeunes filles, le regard rêveur, poussaient des « Oh ! » et des « Ah ! » aussi discrets que possible.

— Dites donc, mesdemoiselles ! s'exclama soudain Eliza, le regard brillant. Lady Dove a dansé avec lui. Elle pourrait nous dire ce qu'elle en pense !

Dove fut prise d'une soudaine panique. La valse sous les étoiles avec Illarion traversa fugitivement sa mémoire. Comment Eliza pouvait-elle être au courant ? Cette jeune pécore devait plutôt faire allusion au bal chez sa marraine. Oui... Elle faisait elle aussi partie des invités.

— C'est un personnage assez arrogant, commença-t-elle. Sa conversation est très... originale.

Si peu qu'elle ait dit, Dove avait l'impression de révéler un secret. Pas question de partager Illarion avec ces jeunes perruches. Il était à elle. Étrange prise de conscience, au milieu de toutes ces têtes de linotte qui babillaient à propos des épaules d'Illarion, de sa bouche et de ses yeux, comme si cela suffisait à le définir.

— Son accent est tout à fait délicieux, déclara avec enthousiasme une jeune fille en robe bleu lavande. Sa manière de prononcer les « r » est absolument irrésistible.

Dove, exaspérée, aurait voulu crier que ce n'était pas son accent qui était intéressant mais ce qu'il disait. Sa conception du monde, sa manière d'orienter la conversation vers les sujets qui l'intéressaient ou le message qu'il avait à délivrer. Mais ces jeunes filles n'auraient pu la comprendre.

— Je suppose que son accent est assez plaisant, en effet, dit-elle platement, préférant capituler.

En dépit des excellents *bigne* au chocolat, il était temps de se retirer. Le petit déjeuner vénitien avait singulièrement perdu de son charme.

Dove aurait bien voulu laisser le poème d'Illarion derrière elle aussi facilement qu'elle avait quitté les jeunes bécasses. Mais, dans le silence du carrosse, sur le chemin du retour, son poème et les commentaires d'Eliza la hantaient. De qui parlait-il dans ce texte ? Il ne s'agissait peut-être de personne en particulier mais quelque chose lui disait que c'était pourtant le cas.

Le dragon vert du printemps cracha sa flamme
Sur l'ours de la forêt, tout ragaillardi par son long sommeil d'hiver.
À peine réveillé à la vie nouvelle, l'ours avait faim et se sentait plein de rage.
La jeune fille ne pouvait leur appartenir à tous les deux.
Il se pouvait même qu'elle ne veuille appartenir ni à l'un ni à l'autre.
Mais elle n'avait pas le droit de choisir son champion.

L'imagination de Dove se focalisa sur l'image de l'ours. L'étoile Polaire, le Chariot, l'ours... Elle se souvenait fort bien de l'explication que lui avait fournie Illarion à propos de la symbolique de l'ours. L'ours, c'était la Russie, et dans le poème, cela ne pouvait faire allusion qu'à un Russe. Peut-être à Illarion lui-même ? Si c'était le cas, le « dragon vert du printemps » devait bien lui aussi incarner quelqu'un de sa connaissance. Un dragon vert… de jalousie ? Et que faisait ce dragon ? Il soufflait du feu. Elle se souvint de la longue péroraison de Percivale à propos des différentes manières de faire du feu, le soir où ils avaient été présentés l'un à l'autre. Ce fut comme un choc. Percivale ! Le dragon incarnait Percivale. Restait la jeune fille. Là, c'était presque trop facile. La jeune fille, c'était elle, bien sûr.

La jeune fille ne pouvait leur appartenir à tous les deux.

Il se pouvait même qu'elle ne veuille appartenir ni à l'un ni à l'autre.

Mais elle n'avait pas le droit de choisir son champion.

Était-ce ainsi qu'Illarion se considérait ? Comme un soupirant parmi les autres ? Un rival de Percivale ? Il y avait également le message contenu dans ce poème. Une femme avait toujours le choix si elle était assez courageuse pour l'imposer. Et ce choix ne passait pas obligatoirement par le mariage.

Le carrosse venait tout juste de s'arrêter devant Redruth House quand toutes les implications du poème frappèrent Dove pleinement. Les *bigne* se figèrent dans son estomac. Comment osait-il ? Illarion ne mesurait-il pas le danger qu'il leur faisait encourir à tous les deux ? N'imaginait-il pas l'embarras de Percivale si quelqu'un comprenait la dimension allégorique du poème ? En dépit de son manque d'humour et d'intelligence, Percivale était un ennemi puissant. Pas physiquement, bien sûr, mais du fait de sa position sociale. Toute la bonne société de Londres serait prête à suivre ses diktats. Si Percivale comprenait les sous-entendus du poème, Illarion pouvait bel et bien avoir réveillé le dragon endormi. Se sentant menacé dans ses intérêts, et pour le moment, ses intérêts, c'était Dove, il lancerait les chiens sur Illarion, qui risquait d'être tout bonnement mis en pièces.

Dieu du ciel ! Illarion avait tout simplement poussé ses rivaux hors du bois, les forçant à jouer maintenant à découvert.

La portière du carrosse s'ouvrit et Dove descendit après sa mère. Un autre carrosse était arrêté le long du trottoir.

— Il semblerait que nous ayons de la visite, observa Lady Redruth d'un air entendu. Il est heureux que votre père soit resté à la maison. Quelque chose me dit que ce jour s'est levé sous les meilleurs auspices.

Les mâchoires de Dove se crispèrent. Dans tout Londres, un seul gentleman conduisait un phaéton bleu roi perché sur quatre roues immenses et tiré par deux chevaux gris parfaitement assortis. Le dragon n'avait pas fait que se réveiller et sortir du bois. Il était venu jusque chez elle.

On pouvait toujours espérer, songea Dove, que l'individu en question, enfermé dans le bureau de son père avec un bon cognac, ne remarquerait pas leur retour. Mais elle n'eut pas cette chance. Lord Redruth et son invité se tenaient dans le petit salon juste en haut de l'escalier. Au premier bruit de talons, le maître de maison se précipita sur le seuil pour les inviter à le rejoindre, le visage éclairé d'un large sourire.

Percivale accourut à son tour, tout en courbettes et formules de politesse.

— Lady Redruth, Lady Dove, c'est toujours un plaisir.

Il y eut un échange d'amabilités, suivi d'un autre bref échange de banalités, mais l'air vibrait de paroles contenues.

— Accepteriez-vous de faire une promenade dans le jardin avec moi, Lady Dove ? s'enquit Percivale dès que les convenances le permirent. Votre père m'a parlé de ses nouveaux rosiers.

Impossible pour Dove de refuser puisque ses parents donnaient leur bénédiction. Mais elle était bien décidée à se débarrasser de cette corvée au plus vite. Elle conduisit son soupirant tout droit à la roseraie et récita sa leçon.

— Père a greffé le rosier offert par ma marraine sur ce pied cet hiver. Ils ont appelé la fleur « Olivia Redruth », du nom d'épouse de ma mère. Il s'agit d'une fleur blanche aux pétales ourlés de rose.

Dove fouillait frénétiquement dans sa mémoire, à la recherche d'autres précisions, soucieuse de ne pas se laisser entraîner dans une conversation oiseuse. Mais Percivale n'était pas pressé.

— Je me souviens des roses de votre premier bal. Elles n'avaient rien de commun avec celles-ci. Elles étaient couleur ivoire. Très classiques, mais d'une grande élégance, comme la jeune fille qui les portait, déclara-t-il avec emphase.

— Oui. Il s'agissait du rosier French White.

La gorge sèche, l'estomac contracté, Dove aurait été incapable d'en dire plus.

Percivale fit un geste vers un banc.

— Si nous nous asseyions, Lady Dove ? J'ai quelque chose à vous dire. Quelque chose qui vous fera plaisir, j'en suis sûr. Du moins, je le croyais jusqu'à ces derniers jours. Aujourd'hui, j'en suis moins sûr.

Dove s'assit docilement et croisa ses mains sur son giron. S'il attendait d'elle un encouragement, il perdait son temps.

— Comme vous le savez déjà, je tiens votre famille en grande estime. Et vous savez aussi sans doute que mon cher oncle est au plus mal, ce qui me conduira certainement à assumer mes responsabilités plus tôt que prévu. J'avais pensé attendre encore un peu avant de me marier mais, bien que l'affection que je vous porte soit toujours la même, les circonstances ont changé. Il m'a paru qu'il valait mieux que je me marie au plus vite afin de pouvoir endosser la charge autant que le titre de duc dès que mon oncle aura trépassé.

Sur ces mots, Strom Percivale s'agenouilla solennellement devant Dove et prit sa main dans la sienne. Le geste ne manquait pas de grâce, et devait fournir un agréable spectacle de la fenêtre du parloir. Comme toujours, Percivale était l'image même de la perfection avec son habit du meilleur faiseur, son linge d'un blanc éclatant, ses gants beurre frais, une raie impeccable tracée dans sa blonde chevelure. Mais tout cela paraissait à Dove terriblement dérisoire. Elle n'éprouvait rien au contact de son épiderme, sinon une irrépressible panique. Elle savait ce qui allait venir.

— Bref… Chère Lady Dove, ce que je veux vous demander… c'est : me feriez-vous l'honneur de devenir ma duchesse ?

Pas son épouse, mais « sa duchesse » ! Qu'avait dit Illarion, déjà ? « Au diable les titres ! » Était-ce là en effet tout ce que Percivale voyait en elle ? Une duchesse ? Pas une femme, ni une artiste, mais l'incarnation d'un lignage ?

Il dut prendre son silence pour de la surprise.

— Bien sûr, je vous prends un peu au dépourvu. J'avais l'intention d'attendre jusqu'à la fin du mois de juillet pour vous laisser profiter de votre Saison. Mais je ne pense malheureusement pas que mon oncle ait encore tout ce temps devant lui.

— Combien de temps lui reste-t-il ? s'enquit Dove d'une voix brève.

Elle aurait voulu se montrer plus délicate mais elle avait besoin de savoir. Combien de temps lui restait-il, à elle ?

Percivale hocha la tête avec gravité.

— Un mois, selon les médecins. Il peut vivre un peu plus longtemps, mais comment savoir ?

Dove lui adressa un sourire compatissant. Ces nouvelles bouleversaient visiblement le jeune homme. Elle se souvenait d'avoir entendu dire que Percivale et le vieil homme étaient assez proches et s'en voulait de la brutalité de sa question. Mais aussi redouté qu'il eût été, cet entretien n'était pas imprévu. Et son éducation l'y avait préparée. Une jeune fille de bonne famille, et qui avait ce qu'il convenait d'appeler des « espérances », devait s'attendre à devoir refuser maintes demandes en mariage. Il lui fallait se montrer convenablement émue, honorée et même sincèrement navrée. Elle aurait dû s'entraîner devant sa psyché. Cependant jamais il ne lui était venu à l'esprit qu'elle pourrait avoir à éconduire un prétendant qui ne lui plairait pas. Il n'y avait pas de place dans son conte de fées pour ce genre de situation.

Percivale avait-il conscience de son désarroi ? Dove se contraignit à afficher un sourire aimable, trouva le courage de rencontrer le regard bleu porcelaine de son interlocuteur.

— Vous me faites un grand honneur, milord, même si vous me prenez là par surprise. Mais, précisément, puisque c'est une surprise, je vais vous demander un peu de temps pour m'y acclimater. Je n'avais pas envisagé de me marier si tôt après mes débuts.

Parvenant à trouver dans son répertoire un sourire de charmante pudeur, Dove conclut en battant des cils :

— Vous comprendrez que la perspective de devenir duchesse à dix-huit ans ne soit pas sans m'effrayer…

Elle priait le ciel pour que Percivale ne cherche pas d'autres raisons. Que pourrait-elle dire s'il désirait des détails ? Si elle devait défendre sa position ? Pis encore, s'il connaissait la vraie raison de son manque d'enthousiasme et lui demandait de s'expliquer ? Comme ce serait plus facile si elle parvenait à trouver en elle quelque amitié pour Percivale, quelque respect pour les valeurs qu'il incarnait. Malheureusement, un mariage avec lui l'entraînerait dans une vie dont elle ne voulait pas. Elle ne pouvait dire oui au jeune homme sans accepter en même temps tout ce qu'il représentait.

Son prétendant lui pressa la main avec effusion.

— Bien sûr, Lady Dove. Je comprends très bien. S'il ne tenait qu'à moi, je vous accorderais tout le temps que vous souhaiteriez.

Dove se leva, le contraignant à l'imiter. Si elle restait assise, il serait capable de la retenir là jusqu'à ce qu'il soit parvenu à détruire ses moindres objections.

— Je suis consciente de la situation. J'y réfléchis donc et vous donne ma réponse dès que possible.

Le visage aimable de son interlocuteur exprima aussitôt la plus vive déception.

— Mais naturellement, Lady Dove.

Il marqua une pause puis reprit :

— Puis-je vous demander si votre hésitation a quelque chose à voir avec les attentions de… d'un… d'un autre gentleman ?

Il s'interrompit de nouveau, comme gêné par sa propre audace, puis, prenant son courage à deux mains, la questionna enfin clairement :

— Êtes-vous certaine que votre affection n'est pas engagée ailleurs ?

L'espace d'un instant, Dove eut un aperçu de ce qu'aurait pu devenir Strom Percivale. Du jeune homme courageux et émouvant qu'il aurait pu être si la société ne s'était pas chargée de le tuer dans l'œuf.

Elle répondit du mieux qu'elle put.

— Je vous assure que ma famille vous porte la plus grande considération.

— Et vous, Lady Dove ? insista-t-il, refusant de se laisser payer de mots.

Donc, il avait pris connaissance du poème. Pis encore, il l'avait compris. Et c'était peut-être cela, plus que le prétexte de l'oncle à l'article de la mort, qui lui avait fait précipiter sa demande.

— Mon intérêt pour vous n'a pas changé, affirma Dove.

Ce qui était vrai. Elle ne s'était jamais particulièrement intéressée à Percivale et les choses n'avaient pas évolué. Mais cette déclaration émise avec un sourire aimable parut rassurer le pauvre garçon.

— Je suis heureux et soulagé de vous l'entendre dire. Je craignais qu'un homme de peu d'honneur vous ait tourné la tête. Je n'aimerais pas vous voir en proie aux menées d'un chasseur de dot.

Ces paroles la mirent en rage. Percivale la prenait-il pour une sotte ? D'un autre côté, il faisait preuve d'une sincère sollicitude. En la protégeant ainsi, il croyait agir pour son bien.

— Je puis vous assurer qu'il n'est question de rien de la sorte. Et même si c'était le cas, je suis tout à fait capable de me défendre.

— Mais précisément, Lady Dove ! Vous ne devriez pas avoir besoin de vous défendre. C'est à cela que sert un mari. Titre que j'ai l'audace de vouloir porter au plus vite. J'attends donc votre réponse, ajouta-t-il en s'inclinant sur sa main. Et entre-temps, je me considère comme votre champion.

Son regard resta fiché dans celui de Dove quelques secondes de plus qu'il n'était convenable. Elle fut aussitôt convaincue qu'il n'avait pas choisi ses derniers mots par hasard.

14

Comment diable avait-elle réussi à se tirer de cette situation ? Dove retournait la question dans sa tête tandis que Mary, sa femme de chambre, l'aidait à se préparer pour la soirée. Comment pouvait-elle refuser d'épouser Percivale et rester loyale envers elle-même et sa famille ? La demande en mariage que le jeune homme lui avait faite en bonne et due forme dans l'après-midi avait soudain concrétisé ce qui avant cela ne représentait qu'une menace. Menace désagréable, certes, mais jusque-là simplement hypothétique.

— Vous êtes bien silencieuse, miss, commenta sa femme de chambre en mettant la dernière main à sa coiffure. Votre nouvelle toilette n'est-elle pas à votre goût ? À moins que vous ne songiez déjà aux beaux gentlemen qui vont vous inviter à danser ?

Dove sourit à Mary dans le miroir.

— Sans doute, Mary. Sans doute... Si nous essayions cette robe, maintenant ?

Elle se leva et, aidée de sa chambrière, entreprit de se glisser dans la robe en question, composée d'une ample jupe d'organza blanc posée sur plusieurs jupons de soie et ceinte à la taille d'un ruban bleu. Après en avoir lacé étroitement le corsage, Mary attacha le collier de perles dans le cou de Dove et la fit pivoter vers la psyché.

— On dirait une princesse de conte de fées. Ne trouvez-vous pas, miss ?

Dove jeta un coup d'œil dans le miroir. Elle en avait peut-être l'air, mais elle ne se sentait plus rien de commun avec les héroïnes des contes de son enfance. Londres avait réussi à lui arracher le bandeau qui lui cachait les yeux. L'image qu'avait employée Illarion quelques jours plus tôt, lui disant qu'elle avait été déflorée par la grande ville, lui paraissait dater maintenant de plusieurs années. La jeune fille qui l'avait réprimandé pour une telle audace n'existait plus. Sous la belle robe blanche se cachait une jeune femme beaucoup moins innocente, capable de lire maintenant couramment dans le grand livre des machinations et des tractations qui présidait à la bonne marche de la Saison londonienne.

Ne rien dire, d'une certaine manière, c'était être complice.

La porte s'ouvrit, tirant brusquement Dove de ses pensées. Sa mère entra, habillée elle aussi pour la soirée. Tout sourire, elle tenait une petite boîte de velours bleu entre ses mains.

— Ma chérie, tu es absolument ravissante ! s'exclama-t-elle en embrassant sa fille d'un regard radieux. Ceci complétera à merveille ta toilette.

Lady Redruth souleva le couvercle de l'écrin bleu, révélant ainsi deux perles d'un orient parfait.

— Oh ! s'exclama Dove. Les pendentifs de bonne-maman !

Il y avait si longtemps qu'elle attendait ce moment ! Elle avait grandi avec un œil jaloux fixé sur ces joyaux, brûlant d'impatience à la perspective de pouvoir enfin les porter lors de ses débuts dans le monde.

Et voilà que le grand jour était arrivé.

Le visage de la duchesse rayonnait de fierté.

— Tu te souviens, ma chérie ? Je te revois encore, toute petite, en train de jouer avec mes bijoux pendant que je me préparais pour une soirée.

Dove sourit à cette évocation. C'était l'un de ses plus jolis souvenirs d'enfance. À chaque fois qu'elle l'ouvrait, un délicat parfum de cèdre et de lavande s'échappait du coffret, qui, aux yeux d'une petite fille, recélait de nombreux trésors. Combien de fois les avait-elle remués en les admirant, rêvant au jour où son tour viendrait de choisir parmi eux ? Et maintenant que le moment était venu, il était trop tard. Ses rêves étaient morts. Comme ce serait plus facile si elle était capable d'accepter ce qui l'attendait ! Sortant les pendentifs de leur écrin, Lady Redruth les fixa elle-même aux oreilles de Dove.

— Superbe. Ta grand-mère aurait été si fière en te voyant.

Son sourire s'adoucit tandis qu'elle prenait les mains de Dove.

— Un jour, ce sera à ton tour de remettre ces perles à ta propre fille et tu pourras lui raconter à quelle occasion tu les as portées pour la première fois.

Elle s'interrompit encore, parut réfléchir.

— Ton père m'a dit que Percivale avait fait sa demande officielle.

Dove n'avait pas parlé avec ses parents de ce qui s'était passé dans le jardin. Percivale était parti tout de suite après et elle-même était montée dans sa chambre pour se reposer. Apparemment, Lord et Lady Redruth avaient une telle confiance en elle qu'ils n'avaient pas douté un instant que le jeune homme était rentré chez lui satisfait.

Comme elle ne disait rien, sa mère la pressa doucement.

— Percivale aurait dit à ton père que tu demandais un peu de temps...

Ainsi, il était allé voir son père avant de quitter la maison... Dove commença à réciter la réponse qu'elle avait soigneusement préparée une fois dans sa chambre.

— Il est encore trop tôt. Cela ne fait même pas un mois que nous sommes à Londres. Et à dix-huit ans, je ne saurais avoir l'expérience nécessaire pour devenir duchesse.

Sa mère alla s'asseoir sur le lit et tapota la place à côté d'elle.

— Viens ici, mon enfant... Est-ce vraiment cela qui te tracasse ? Le manque d'expérience ? Percivale le comprend très bien, tu sais. Il te montrera tout ce qu'il attend de toi. Et nous sommes là, ton père et moi.

Elle prit doucement la main de sa fille, et, l'espace d'un instant, Dove éprouva l'envie de se blottir dans les bras de sa mère pour tout lui confier, ses espoirs, ses doutes, ses réticences. Et aussi les sentiments qu'elle avait pour Illarion. Elle aurait voulu demander à sa mère si elle avait déjà ressenti la même confusion qui régnait dans son cœur. Mais elle n'osa pas. La brave femme aurait été tellement déçue !

— Et si je ne voulais pas qu'on me montre ? Si je voulais découvrir la vie par moi-même ? Percivale ne pourrait-il patienter un an ? Ou au moins, attendre la fin de son deuil ?

Le visage de Lady Redruth se fit grave.

— C'est qu'il y a d'autres questions à envisager, Dove. Percivale est trop bien élevé pour aborder le sujet mais les détails pratiques ont leur importance. Il est le seul descendant mâle de la famille d'Ormond. Il ne peut se permettre d'attendre un an pour convoler en justes noces. Il doit veiller à sa descendance, assurer sa succession. Est-ce cela qui te tracasse ? Ne t'inquiète pas, ma chérie. Tu seras une bonne mère. Je t'ai vue à l'œuvre avec les enfants du village.

Elle, une bonne mère ? À dix-huit ans à peine révolus et sans rien connaître de la vie et du monde ?

S'il lui fallait vraiment s'imaginer avec une ribambelle d'enfants accrochés à ses jupes, munis de carnets à dessin et de crayons, alors ils avaient tous des cheveux blond champagne et des yeux turquoise.

— Ce n'est pas que je ne veux pas d'enfants, maman. Simplement, je ne les veux pas tout de suite.

Et certainement pas l'été prochain !

— Quand tu tiendras ton propre bébé dans tes bras, ma chérie, tu te sentiras aussitôt tout à fait prête et bien contente, lui assura sa mère.

Mais Lady Redruth avait déjà vingt-huit ans quand Dove était née. Elle avait eu des années pour s'habituer à sa vie de femme mariée, à son mari, aux obligations inhérentes à son rang.

— Et puis, ajouta la brave femme comme ultime argument, que ferais-tu pendant toute une année, de toute façon ?

Dove rassembla tout son courage. Si elle ne confiait pas ses aspirations maintenant, elle ne le ferait jamais.

— J'aimerais voyager et me perfectionner en dessin.

Sa mère parut se détendre. Son regard s'éclaira.

— Oh ! Est-ce là tout ? Mais tu voyageras avec Percivale, pendant votre lune de miel. Nous pourrons vous organiser un séjour chez tes tantes de Bath, et même jusqu'en Écosse pour aller voir tes cousins. Percivale peut avoir d'autres idées. Le Lake District est ravissant en été.

— Non, répondit Dove d'une voix ferme. Ni Bath ni l'Écosse. Je voudrais aller en France et en Italie. Prendre des cours à Florence avec un professeur de dessin.

Prononcer ces mots retenus depuis si longtemps donnait à Dove un sentiment de puissance et, pour la première fois, rendait ses projets presque réels. Un rêve s'incarnait enfin aujourd'hui, qui prenait la place de ceux qu'elle avait perdus. Oui, c'était décidé, elle irait étudier le dessin à l'étranger. Malgré le sentiment de panique suscité par la perspective de devenir l'épouse de Percivale, elle éprouva une soudaine exaltation. Elle aurait voulu ouvrir les portes-fenêtres de son balcon et crier à tout Londres : « Je vais aller à Florence pour y faire du dessin. »

Et surtout, elle brûlait de l'annoncer à Illarion. Elle désirait de toute son âme qu'il l'accompagne là-bas. Ce serait merveilleux. Elle se voyait déjà en train d'arpenter l'Europe avec lui, elle avec son carton à dessin et lui muni de son calepin de poète. Il y aurait ainsi d'autres déjeuners sur l'herbe, d'autres valses sous les étoiles, d'autres fêtes des sens...

— L'Italie ? répéta sa mère, perplexe. Je ne pense pas que Percivale t'autoriserait à partir aussi loin. Une lune de miel en France, peut-être ? Il accepterait certainement de t'offrir cela. Il désire tellement t'être agréable. Tout va s'arranger, tu verras.

— Comment pouvez-vous en être si sûre, maman ? Comment peut-on savoir par avance qu'on sera capable de passer sa vie entière avec quelqu'un ?

Si elle avait la réponse à cela, peut-être pourrait-elle prendre une décision ?

Lady Redruth secoua la tête, soudain rêveuse.

— On le sait, c'est tout ce que je peux te dire. On le sent ici, affirma-t-elle en posant la main sur son cœur. Et puis, le monde vous aide, vos parents vous aident. Nous connaissons nos enfants mieux que personne. Nous savons ce qui leur conviendra le mieux. Et surtout, on le sent soi-même très fort. On éprouve quelque chose de particulier quand on est près de l'être aimé. On est en sécurité. Persuadée soudain que rien ne peut nous arriver de mal. Comme si on était tout à coup devenue invincible.

Ce qu'elle disait là, avec une exaltation inattendue chez une personne aussi posée, c'était à la fois la bonne et la mauvaise réponse.

Dove baissa les yeux, émue et amusée à la fois de voir soudain sa chère maman si transportée. Oh ! surprise... Mais en était-ce vraiment une ? Elle reconnaissait les sentiments que la brave femme décrivait. Maintenant, c'était une certitude. Ce qu'elle éprouvait pour Illarion, ce n'était pas une amourette de jeune fille. Elle était vraiment tombée amoureuse de lui, de cet homme insupportable et délicieux, et probablement le plus inapproprié qui soit parmi tous ses soupirants.

Il fallait qu'elle le voie immédiatement.

Un léger heurt à la porte de sa chambre arracha à Illarion un grognement contrarié. Il était en train d'apporter la dernière touche à sa *Snegourotchka* et s'il y avait une chose qu'il détestait dans ces moments-là, c'était bien d'être dérangé. À cette fin, il n'avait quasiment pas quitté sa chambre de la journée et avait refusé toutes les invitations pour la soirée. Un rapide coup d'œil à l'horloge lui indiqua qu'il était près de minuit. Pas vraiment une heure pour les visites.

— Une personne demande à vous voir, Votre Altesse. Acceptez-vous de la recevoir ? s'enquit le valet de pied avec l'aplomb imperturbable qui caractérisait les domestiques anglais en toutes circonstances.

Il n'avait pas même les yeux troublés par le sommeil alors qu'il venait très probablement d'être réveillé au milieu d'un petit somme sur l'un des tabourets du hall tandis qu'il attendait le retour de Stepan et de Ruslan. Même la tenue d'Illarion n'avait pas réussi à le faire ciller. Celui-ci lui décerna de muettes félicitations. Il n'y avait pas beaucoup de maisons de Londres où l'on avait l'occasion d'introduire un visiteur dans la chambre d'un prince qui travaillait intégralement nu.

Il le renvoya pourtant d'un geste impatient.

— Non. Je travaille. Je ne veux pas qu'on me dérange.

Le valet de pied s'inclina respectueusement.

— Très bien, Votre Altesse. Je vais donc dire à cette demoiselle...

Illarion leva les yeux, surpris.

— Une demoiselle ? Ici, au milieu de la nuit ? S'agit-il de Klara ? Quelque chose ne va pas ?

Il avait pensé tout de suite à l'épouse de Nikolaï, connaissant le talent de son ami pour s'attirer des ennuis.

— Non, Votre Altesse. Il ne s'agit pas de la princesse Baklanov.

Illarion fit défiler rapidement dans son cerveau surchauffé la liste des femmes susceptibles de venir le déranger en pleine nuit. Qui cela pouvait-il bien être ? La comtesse ? Il lâcha un juron. Dans ce cas, il savait pourquoi elle était venue. Il s'apprêtait à demander au domestique de la renvoyer poliment quand un bruit de talons retentit dans le corridor. Se levant d'un bond, Illarion passa la tête dans l'entrebâillement de la porte et aperçut, venant vers lui, la silhouette blanche et vaporeuse d'une femme en robe de bal. Et, sidéré, il reconnut la chevelure blond platine et les grands yeux gris de Dove Sanford-Wallis.

Jamais il ne lui serait venu à l'esprit que c'était elle qui attendait dans le hall. Quel incroyable événement avait pu amener la fille du duc de Redruth chez lui ? Plus précisément chez trois célibataires endurcis, dont la réputation de joyeux drilles n'était plus à faire ?

— Lady Dove ! Que diable faites-vous ici ?

Des considérations lui vinrent aussitôt à l'esprit. Quelqu'un l'avait-il vue entrer ? Avait-elle dit qu'elle se rendait chez lui ? Et surtout, comment la persuader de rentrer chez elle au plus vite ? Mais, en même temps, tout au fond de lui, Illarion se réjouissait de la voir là. Dans sa robe blanche, le regard troublé, sans doute par le spectacle qu'il lui offrait dans sa nudité, Dove était d'une beauté à couper le souffle.

Malgré son âme de poète, Illarion ne put s'empêcher de poser une question d'une affligeante banalité.

— Savez-vous à quel point votre présence ici est scandaleuse ?

Elle opina du chef, paraissant elle-même sidérée par sa propre audace. Deux évidences assaillirent en même temps Illarion. Dove avait des ennuis et il était complètement nu. Il vit le beau visage de sa visiteuse s'empourprer lentement, ses dents blanches s'enfonçant dans sa lèvre inférieure. Pour laisser ainsi transparaître ses émotions, elle d'habitude si maîtresse d'elle-même, elle devait vraiment être sous le coup d'un choc important. C'était la seule explication pour qu'elle ait osé enfreindre les convenances.

Bah ! Au point où on en était, autant faire les choses correctement, songea Illarion. Traversant la pièce le plus naturellement du monde, il alla chercher un vêtement. Il était inutile de feindre un embarras qu'il n'éprouvait pas. Il aimait être nu et, en règle générale, les femmes aimaient le voir ainsi. Du reste, il était trop tard pour changer le fait que, pour Dove, il était le premier. *Alors, autant lui laisser le temps d'en profiter, n'est-ce pas ?*

Il enfila nonchalamment sa robe de chambre tout en expliquant :

— J'aime à travailler nu, voyez-vous. Les vêtements me font toujours l'effet d'un carcan.

Il y eut un silence dans son dos, puis Dove, qui s'était ressaisie avec une remarquable vélocité, reprit la parole.

— Je vous dois des excuses pour avoir fait ainsi irruption chez vous à cette heure de la nuit.

Elle faisait semblant de ne rien trouver d'insolite à la situation, mais Illarion n'était pas dupe. Il se souvenait de la gifle qu'il avait reçue pour lui avoir donné un baiser. Aux yeux de la jeune fille, les convenances avaient une grande importance.

— Il y a une bonne raison à cela, je n'en doute pas.

Mais il espérait qu'elle la garderait pour elle jusqu'à ce que le valet soit sorti de la chambre. Certes, la domesticité de Kouban House était digne de confiance, mais il ne fallait pas tenter le diable.

— Peut-être devrions-nous descendre au salon ? suggéra-t-il.

— Si vous n'y voyez pas d'inconvénients, je préférerais rester ici.

— Comme vous voudrez.

Le dommage était fait, de toute façon. La jeune fille était là où elle n'aurait pas dû être. Un scandale était un scandale, quel qu'en soit le degré.

Illarion examina Dove pendant que le valet s'activait dans la pièce, ranimant le feu, remettant de l'ordre ici et là. Sous son masque poli, Dove avait l'air à la fois déterminée et désespérée. On pouvait le voir à la lueur qui brillait dans ses yeux, à sa mâchoire serrée. Cela lui conférait une expression de grande force et d'inébranlable courage. Le valet continuait à s'agiter sans plus d'utilité. Le feu brûlait dans l'âtre, la carafe de brandy était pleine, il ne restait plus à Illarion qu'à le renvoyer.

— Merci, mon ami. Retournez à votre poste dans le hall. Les Altesses ne vont pas tarder.

Ce qui était loin d'être probable, ils le savaient tous les deux. Les princes rentraient rarement avant les petites heures du jour. Mais ce soir-là, c'était tant mieux. Illarion aurait ainsi le temps de régler le problème de Dove et de l'escorter ensuite jusque chez elle en toute sécurité. Autant ne pas être obligé d'expliquer à Stepan les raisons de la présence de la jeune fille à leur domicile.

— Bien, commença-t-il en la faisant asseoir sur le sofa. Dites-moi tout. Pourquoi êtes-vous venue ici ?

S'asseyant à côté d'elle, il lui prit les mains.

— Percivale a fait sa demande aujourd'hui.

Il se ressaisit.

— Ce n'est pas une surprise. Et quand doit avoir lieu l'heureux événement ?

Ce qui signifiait, Illarion n'était pas dupe de lui-même : Combien leur restait-il de temps à tous les deux ? Maudit soit le vieil oncle malade. Sans la perspective du décès de ce pauvre homme, il aurait pu espérer un délai d'au moins un an pour tenter de... De quoi, en fait ?

Dove secoua la tête.

— Aucune date n'a encore été fixée. Je lui ai dit que j'avais besoin de temps, que tout allait beaucoup trop vite.

Illarion ne put retenir un petit gloussement. Il était assez comique de penser que Percivale croyait avoir emporté l'adhésion de Lady Dove par sa fougue chevaleresque.

— Je ne vois pas ce qu'il y a d'amusant, le réprimanda Dove, le visage sombre. Il fera tout pour avoir gain de cause au plus vite. Et je ne sais pas quel argument avancer pour le repousser.

C'était pourtant évident.

— Vous ne savez vraiment pas ?

Elle se pencha vers lui.

— Mais non. Dois-je dire oui et accepter cet homme pour mari ? Mettre tout ce mélodrame derrière moi et me conformer à ce pour quoi je suis faite ? Ou bien dois-je trouver le courage de refuser ?

Dove ne se donna pas la peine d'énumérer les conséquences de ce refus. L'expression de son visage disait assez leur gravité. Sans qu'elle en ait conscience, derrière ces paroles une question était sous-entendue : *Si je dis non à Percivale, serez-vous là pour moi ?*

Illarion respira profondément. Il voulait Dove, mais il était impossible qu'il puisse se substituer à l'un des meilleurs partis de Londres. Il fallait qu'elle le sache.

— C'est à vous de faire votre choix, Dove. Ne laissez ni un homme, ni un titre vous empêcher de réaliser ce que vous désirez vraiment.

Prononcer ces mots était une véritable torture. Il aurait voulu lui crier qu'il était là pour la protéger. Pour prendre soin d'elle. Mais comment cela serait-il envisageable ? Que pouvait-il apporter à une femme comme Dove ? Il ne disposait que d'une méchante petite chambre dans une maison généreusement prêtée par Dimitri Petrovitch. Rien à côté de ce qu'il aurait pu offrir à la jeune femme au Kouban.

Chez lui, en Russie, il n'avait jamais eu besoin de se poser ce genre de question. Il possédait un palais d'été, un autre d'hiver, des joyaux, des chevaux. Des vêtements pour toutes les saisons remplissaient ses garde-robes, des amis venaient tous les soirs à sa table quand il n'était pas lui-même invité dans les meilleures maisons de la ville. Mais ici, à Londres, il n'était rien. Pauvre diable, hanté nuit et jour par le fantôme d'une femme, il ne possédait que lui-même. Il n'était plus, à ses propres yeux du moins, qu'un poète raté qui ne tenait maintenant la plume que pour écrire des banalités insipides.

Se levant d'un bond, Dove se mit à arpenter la pièce.

— Je ne veux pas choisir. Pas encore.

S'arrêtant devant la table de toilette, elle saisit entre deux doigts un papier sur lequel étaient griffonnés quelques mots et se retourna vers son hôte, l'œil flamboyant :

— Aussi, c'est votre faute ! Vous n'auriez pas dû publier un poème à propos de nous. Percivale a compris tout de suite qu'il était en cause.

— Cela n'a rien à voir, sa précipitation est due plutôt au fait que son oncle est mourant, Dove. Il était déjà au plus mal quand le poème est paru dans le *Chronicle*, rétorqua froidement Illarion.

Mais il souffrait de cette accusation.

— En l'attaquant, vous me mettiez en scène, moi aussi. Et maintenant, me voilà obligée de prendre une décision. Pour laquelle je ne suis pas prête.

Telle était donc la véritable origine de sa colère. Elle voulait qu'il décide pour elle.

— Je ne puis vous donner ce que vous voulez, Dove. Je ne puis décider pour vous. Si je le faisais, un jour, vous risqueriez de me haïr.

Comment pourrait-il ne pas faire un mauvais choix ? Les trois options qui s'offraient à elle pouvaient tourner au désastre.

— C'est de votre responsabilité, insista-t-il encore. Je serais tout à fait incapable de vous garantir le succès, quelle que soit votre décision.

De fait, il avait bien peu de choses à offrir à sa princesse des neiges, à sa Snegourotchka. Devant ce constat, le cœur d'Illarion se serra. Jamais il ne s'était senti si vulnérable, si impuissant.

Mais du moins pouvait-il lui offrir un peu de réconfort.

Rejoignant Dove en trois enjambées, il la prit dans ses bras, comme il l'avait fait dans les jardins de Hampton Court. Autant pour son réconfort à lui que pour celui de la jeune femme. Il avait besoin de la sentir contre lui, de la toucher, de humer le parfum fleuri de ses cheveux.

— Quel que soit votre choix, Dove, vous ne serez pas seule. Je ne vous abandonnerai pas.

Même si elle choisissait Percivale, il continuerait, comme les troubadours de la cour de Bretagne, à être le champion de la dame de ses pensées.

Mais peut-être parviendrait-il d'abord à lui éviter de commettre une erreur.

Tu pourrais la faire changer d'avis. Tu pourrais faire en sorte qu'elle te choisisse, toi. La tentation était forte. Dove était à sa merci dans ses bras, presque offerte. Il serait si bon de lui couvrir la gorge de baisers, d'explorer sa bouche entrouverte de sa langue, de sentir son émoi s'éveiller.

Si tu la veux vraiment, ne vas-tu pas te battre ? Vas-tu abandonner la place si facilement ? Il fut un temps où tu ne reculais jamais. N'abandonne pas, Illarion. Tu as tourné le dos au Kouban. Et tu as vu comment cela s'est terminé.

Illarion posa doucement sa bouche au creux de l'épaule de sa compagne.

— Votre peau sent la rose et le miel, comme dans les jardins de mon pays, murmura-t-il, sentant sous ses lèvres la pulsation du sang de Dove.

Elle se tourna vers lui et se pressa contre son torse.

— Alors, respire-moi comme une rose du Kouban, Illarion. Aime-moi pendant que je suis encore épanouie.

15

Lui prenant la bouche, Illarion se pressa contre elle de toute la longueur de son corps, lui faisant connaître sans fausse pudeur la force de son désir.

— Regarde-moi, Dove.

S'écartant, il rejeta soudain sa robe de chambre d'un geste délibéré. Maintenant, elle pouvait le voir vraiment et non par surprise, comme à son arrivée. Elle pouvait prendre son temps pour contempler sa nudité et elle ne s'en privait pas. Il vit le regard de Dove parcourir son corps. Il capta avidement la lueur appréciative qui brillait dans ses yeux. Être ainsi contemplé, adulé presque, était un aphrodisiaque comme il n'en avait jamais connu. Jamais une femme ne l'avait regardé avec une telle adoration. Jamais il n'avait été si ému que par ce qu'il lisait dans le regard de Dove, sur ses lèvres frémissantes.

— Un homme peut donc être aussi beau ? remarqua-t-elle ingénument. Je me suis toujours dit, en visitant les musées, que les Grecs exagéraient certainement.

La voix de Dove était rauque tandis que, tendant le bras vers Illarion, elle suivait de l'index la ligne qui descendait de sa hanche jusqu'à l'aine. La main de la jeune femme était si près de son membre en érection qu'il en trembla. Incapable d'attendre plus longtemps, il la guida jusqu'à son sexe vibrant. Une flamme de curiosité s'alluma dans le beau regard gris tandis que, sans manifester la moindre hésitation, elle le caressait lentement. Sa Dove était une femme audacieuse et fière, faite pour la passion.

Il la laissa faire un instant puis, quand le plaisir fut trop intense, la repoussa gentiment.

— À mon tour, maintenant, Dove, murmura-t-il d'une voix enrouée. Tourne-toi.

Il dénoua rapidement les lacets de son corsage, révélant la ligne élégante de ses épaules, la courbe tendre de sa nuque.

— Oh ! Dieu, murmura-t-il en posant un baiser là où le cou rejoignait la ligne si parfaite de son dos. Tu es si belle, Dove. Laisse-moi te regarder tout entière, comme tu l'as fait pour moi.

Il la fit pivoter sur elle-même et son regard parcourut avidement les jeunes seins pommelés, la taille souple et bien prise, la douce fourrure entre les cuisses d'opaline. Sa muse était la beauté faite chair. Le sang d'Illarion se mit à battre plus fort, répondant au vieil appel primitif qui menait l'homme à la femme depuis toujours. Elle était sienne, désormais. Il devait l'aimer et la protéger à jamais. D'un geste vif, il fit tomber les épingles qui disciplinaient les cheveux de Dove en un savant chignon, dernier rempart des conventions.

— Toi aussi, tu es beau, chuchota Dove en dénouant en retour le lacet de cuir qui retenait les cheveux d'Illarion. Ainsi coiffé, tu ressembles à un guerrier des steppes.

Illarion rit.

— Stepan trouve que cela me donne un air plutôt efféminé.

Dove se colla à lui, peau contre peau, la main entourant son sexe.

— Stepan ne t'a jamais vu comme je te vois maintenant.

Illarion poussa un soupir. *Le péché en robe de satin banc.* Il ne s'était pas trompé. Il avait su dès la première fois que cette femme était faite pour l'amour.

— Ma douce et tendre Dove… On ne le croirait pas au premier abord, mais tu es une tentatrice…

Elle leva vers lui des yeux qui exprimaient à la fois l'innocence de la jeune fille et le désir de la courtisane.

— Est-ce que je te tente, Illarion ? demanda-t-elle en passant le pouce sur l'extrémité de son sexe.

Il gémit sous la caresse.

— Tu ne peux imaginer à quel point.

Elle le tentait, lui, cet homme qui pouvait avoir toutes les femmes ? Pour Dove, c'était une idée enivrante, autant que le fait de sentir ce grand corps d'homme contre elle, frémissant de désir, tandis qu'il la couchait doucement sur le lit. L'importance de l'instant qu'elle vivait la submergea. Elle était nue dans les bras de l'homme qu'elle aimait ! Et c'était merveilleux.

— Comme Adam et Ève dans le jardin céleste, murmura-t-elle en souriant.

À quelques détails près, bien sûr. Adam ne ressemblait probablement pas à un dieu scandinave et elle-même n'était pas venue chez Illarion ce soir-là dans le but conscient de se jeter dans ses bras.

Pourquoi était-elle venue, du reste ? Seules de vagues réponses lui venaient à l'esprit. Elle avait éprouvé l'irrépressible besoin de s'échapper, de trouver chez Illarion un peu de consolation, et peut-être la réponse à ses questions. Mais maintenant, ses intentions avaient pris un tour beaucoup plus concret. Il était si tentant de puiser du réconfort dans les bras d'un homme en qui elle avait confiance, qui aimait les femmes et savait leur donner du plaisir. Tout au fond de sa conscience se cachait aussi l'idée que, sans doute, Illarion était le seul homme à pouvoir lui donner tout cela à la fois. Qu'il représentait pour elle la seule chance de connaître la passion. Cette nuit-là, et cette nuit seulement, il n'y avait plus de titres, plus de calculs, plus de pression sociale. Rien d'autre entre eux que leurs corps joints et leur désir.

Dove, tremblante d'anticipation, sentit le poids du corps d'Illarion à côté d'elle. Elle n'avait pas peur. Comment aurait-elle pu avec le clair regard de son compagnon planté dans le sien, la chaleur de son corps, la douceur de sa main qui lui caressait la poitrine avec une infinie douceur. Elle s'arqua comme un jeune chat et gémit de plaisir.

— Tu aimes cela les caresses, ma petite sorcière, murmura-t-il contre sa bouche.

— Je pourrais faire cela toute la nuit...

La main d'Illarion se glissa alors entre ses cuisses, attisant le centre de son plaisir, et il ajouta dans un souffle :

— Tu es prête, à présent... Oh ! comme tu es prête ! Es-tu sûre, ma douce ? Es-tu sûre de vouloir être mienne ? Il y a d'autres moyens de se faire plaisir sans...

Elle l'attira à elle avec véhémence.

— Je veux connaître l'amour avec toi, Illarion. Maintenant.

Puis elle s'ouvrit à lui, s'enroulant autour de ses hanches, et ce fut comme s'il avait toujours fait partie d'elle. Le sexe d'Illarion poussait doucement, demandant l'entrée sans forcer. Elle sentait son propre corps accueillir l'invasion. Involontairement, elle poussa un cri.

Il lui couvrit la bouche d'un baiser.

— Détends-toi, *goloubuchka*[1]. Nous prendrons le temps qu'il faudra.

Cela lui fit penser à la marée les poussant ensemble loin du rivage, puis les ramenant sur la plage. Dove n'était plus que sensations éclatées, fragments de plaisir, étincelles de lumière jouant sur les vagues. Plus tard, elle essaierait de comprendre ce qui s'était passé mais déjà, tout au fond de son cœur, elle savait qu'elle ne serait plus jamais la même. Elle était déjà une autre, en mieux.

Quand ils eurent enfin atteint ensemble le rivage, Illarion se laissa aller à côté d'elle. La prenant dans le creux de son bras, il la réchauffa de son corps tandis qu'elle reprenait son souffle.

Dove sourit. Rester ainsi paisible et repue contre le corps nu d'un homme était un nouveau bonheur. Un bonheur qui la comblait.

— J'avais raison, dit enfin Illarion. Dès que je t'ai vue, la première fois, j'ai pensé que, si je détachais tes cheveux, ce serait comme une merveilleuse avalanche de blancheur.

— Mes cheveux sont-ils comme de la neige ? s'étonna Dove, perdue dans une léthargie heureuse.

L'amour l'avait vidée de toute sa substance. Ou peut-être au contraire avait-il comblé le vide qui était en elle depuis son arrivée à Londres.

— En Russie, nous avons une légende qui raconte l'histoire d'une demoiselle de l'hiver, Snegourotchka. Il existe plusieurs versions par rapport à ce personnage mais ma préférée, c'est celle qui la décrit comme une fille des neiges. Elle a les yeux bleus, les

1. « Ma chérie » en russe. (NdT)

cheveux blonds et une jolie bouche rouge comme une baie de houx. Certains disent que c'est la fille de la déesse du Printemps et du seigneur Hiver et qu'elle vit dans les épaisses forêts, là où se trouve le royaume de son père, et où il fait toujours froid.

Dove rit doucement.

— Raté ! Je n'ai pas les yeux bleus.

— Mais tu es ma Snegourotchka aux yeux gris, voilà tout.

Cela plut à Dove. Dans la béatitude de son demi-sommeil, peu importait que ce soit impossible.

— Et que fait Snegourotchka toute la journée ?

— Eh bien... Dans tous les contes, on trouve toujours quelqu'un qui rêve de faire comme tout le monde et pour qui c'est impossible. Snegourotchka, elle, voit les autres filles jouer avec leur poupée, faire du patin et danser sur l'étang gelé avec les garçons. Elle rêve de faire comme eux, de s'amuser, tout simplement. Elle voudrait aussi tomber amoureuse. Mais pour cela, il faut sortir de la forêt d'Hiver. Un jour, elle trouve le courage de s'éloigner de la lisière, de rejoindre les autres. Mais la nuit tombe et les autres filles décident de faire du feu. Puis elles s'amusent à sauter par-dessus en criant le nom du garçon qu'elles aiment. Snegourotchka en fait autant. Elle n'a pas encore de garçon à aimer mais elle espère bien qu'un jour cela viendra. Elle a oublié qu'elle n'est qu'une fille des neiges.

Illarion s'arrêta et Dove finit l'histoire à sa place.

— Alors... Elle meurt ! s'exclama-t-elle, déçue. Mais cette histoire est horrible ! Faut-il en conclure que la liberté, le désir d'indépendance peuvent vous être fatals ?

Illarion se redressa sur un coude.

— Ce n'est pas si tragique que cela en a l'air, affirma-t-il dans un grand rire. Snegourotchka est immortelle. Elle retourne donc dans la forêt d'Hiver et n'en sortira plus jamais.

Illarion conclut en donnant une pichenette sur le bout du nez de Dove :

— La morale de cette histoire, ma petite demoiselle, comme dans la plupart des contes de notre pays, c'est qu'on ne peut échapper à son destin. Et celui de Snegourotchka, c'était d'être une fille des glaces. Rien de plus, rien de moins.

Elle le laissa l'attirer à lui et se blottit de nouveau au creux de son épaule.

— À moins, soupira-t-elle, que la morale, ce soit que la joie ne peut durer qu'un instant... Je ne suis pas sûre d'aimer cette légende, finalement.

Et même, elle ne l'aimait pas du tout. Le parallèle avec sa propre situation était trop évident. Et si... Saisie d'une peur soudaine, Dove formula à voix haute l'idée qui lui venait à l'esprit avant de ne plus en avoir le courage.

— Illarion, est-ce ta manière de me dire que je dois épouser Percivale ?

Lui conseillait-il de l'oublier, lui, le prince sans royaume, l'étranger ? De ne pas vouloir jouer aux dés avec sa destinée ?

Se mettant sur son séant, Illarion la regarda droit dans les yeux. Il arborait un air grave, presque solennel, qu'elle ne lui avait jamais vu.

— Dove, tu dois croire avant tout que je n'encouragerai jamais une femme à épouser un homme dont elle ne veut pas.

Dove déglutit péniblement.

— À cause de ce qui s'est passé chez toi, au Kouban ? Parce qu'on t'a exilé ?

Ce n'était pas là la réponse qu'elle attendait. Elle était nue dans les bras d'un homme. Elle lui avait donné tout ce qu'elle pouvait lui donner. Après ce qui s'était passé entre eux, après l'élan irrépressible qui les avait poussés l'un vers l'autre, elle attendait davantage qu'une profession de foi morale ou idéologique.

— Non, Dove. À cause de Katya. À cause d'une femme qui est morte parce que je n'ai rien fait pour éviter ce drame.

Dove eut l'impression de recevoir un coup en pleine poitrine. Katya ? La femme qu'il aimait, sans doute... Elle fut prise d'un soudain étourdissement. Elle avait fait un contresens complet sur la situation. Elle avait cru... Oh ! elle avait cru tant de choses, tout d'abord qu'Illarion partageait ses sentiments.

Se redressant d'un coup de reins, Dove jeta ses jambes hors du lit. Elle devait s'habiller, quitter ces lieux au plus vite. Ce qu'elle venait de faire était une terrible erreur, et elle était la seule à blâmer.

Voilà ce qui arrivait quand on essayait de sortir du chemin qu'on avait prévu pour vous. Snegourotchka, mon œil !

La main d'Illarion se referma sur son bras au moment où ses pieds touchaient le sol.

— Où vas-tu, Dove ? Que se passe-t-il ?

— Ne vous tracassez pas, Illarion. Je comprends très bien.

Elle avait instinctivement rétabli le vouvoiement. Elle ne pleurerait pas. Pas tout de suite. Elle n'était pour lui qu'une femme parmi d'autres, l'aventure d'une nuit. Elle l'avait toujours su. Elle n'avait fait que l'oublier un instant, parce que cela lui convenait.

— Bon, je vois… Alors, c'est moi qui vais me lever et tout vous expliquer. Mettez ceci.

Illarion se glissa hors du lit et lui tendit sa robe de chambre.

Elle était déjà blessée. Pourquoi ne pas le laisser remuer le couteau dans la plaie, pendant qu'il y était.

Dove prit place sur le sofa où il avait rêvé d'elle. Du moins, c'était ce qu'il avait prétendu. L'assise était étroite. Elle rassembla la robe de chambre autour d'elle, les longues manches dépassant ses poignets, et attendit. Illarion, qui avait enfilé un pantalon, s'assit en face d'elle.

— Katya était une amie très chère et, quand elle avait besoin de moi, j'étais toujours là pour elle. Contrairement à ce que vous pensez, nous n'étions pas amants. Un jour, on l'a fiancée à un puissant général de l'armée. Un homme réputé pour sa violence et sa cruauté. Mais elle était la cousine du tsar et cette union était destinée à consolider le pouvoir de celui-ci, menacé par la possibilité d'un coup d'État militaire. Katya était une âme fière et courageuse, de ce genre de femme que certains hommes se plaisent à briser.

La voix d'Illarion s'adoucit tandis qu'il évoquait la personnalité de celle qui avait sûrement été sa muse.

— Elle était si belle qu'elle attirait tous les hommes… Elle devait sans cesse se défendre. Elle a cru qu'une fois mariée…

Derrière la tendresse, Dove perçut la colère qui faisait vibrer la voix d'Illarion. Instinctivement, malgré son désarroi, elle lui posa la main sur le bras.

Quand il eut fini de raconter son histoire, elle se sentit triste et un peu honteuse.

— Ma situation n'est guère comparable, constata-t-elle enfin. Percivale n'est pas un homme méchant. Jamais il ne me ferait de mal...

Il représentait seulement ce que Dove redoutait le plus au monde : une vie terne, sans passion et dont la seule contrepartie serait le prestige d'une haute position sociale et une existence de luxe et de confort. Katya avait épousé le général pour sauver son pays. On ne lui en demandait pas tant. Pourquoi ne pas se résigner à prendre Percivale tel qu'il était ? Pourquoi fallait-il qu'elle se montre à ce point entêtée ?

— Bien sûr, reprit Illarion comme s'il lisait dans ses pensées, Percivale ne vous ferait aucun mal intentionnellement. L'histoire de Katya est un cas extrême. Mais épouser le futur duc d'Ormond est tout aussi risqué. Un homme comme lui ne peut pas vous apporter le bonheur. C'est ce qui se passe la plupart du temps quand on se marie sans amour.

Il s'interrompit un instant, cherchant ses mots, puis reprit :

— Au Kouban, certains parents placent leurs filles dans un couvent à partir de l'âge de onze ans et elles ne rencontrent aucun représentant du sexe opposé jusqu'à ce que leur mariage soit arrangé. Si un homme doit pénétrer dans les bâtiments du monastère, pour y faire quelques travaux, par exemple, les jeunes filles sont enfermées à double tour dans leur dortoir jusqu'à ce que le danger se soit éloigné. Dans certaines familles, on présente la jeune fille à son futur mari le jour du mariage, les yeux bandés. Elle n'a le droit de faire sa connaissance qu'une fois la cérémonie terminée.

Dove laissa échapper un petit cri.

— Mais c'est de la barbarie ! Pourquoi ces pauvres filles ne s'enfuient-elles pas ?

— Pour la même raison que vous, Dove, rétorqua Illarion d'une voix nette.

Dove savait déjà la réponse. Elle ne s'enfuyait pas parce que c'était impossible. Où pourrait-elle aller ? Qu'adviendrait-il d'elle ?

Elle aussi aurait bien eu besoin d'un courageux défenseur dans un système où les femmes n'avaient pas droit à la parole.

— Mais vous, Illarion, vous étiez là. Et vous étiez au courant de son dilemme, lança-t-elle soudain d'un ton accusateur. Pourquoi n'êtes-vous pas intervenu ?

Illarion opina du chef, un pli dur déformant sa bouche.

— J'ai essayé. J'ai vu la pauvre Katya le jour de son mariage, effrayée, le visage trempé de larmes, tandis que ses parents recevaient mille compliments pour la beauté de la mariée et la manière parfaite dont elle avait été élevée. Moi, je ne voyais dans tout cela qu'indignité et horrible marchandage. Alors, j'ai pris la seule arme qui était à ma disposition, ma plume. Et, la nuit même de ses noces, j'ai écrit mon grand poème, *Liberté*. Quelques semaines plus tard, lors de festivités données à la cour je suis monté sur une table, et j'en ai fait une lecture publique. Deux jours après, Katya était morte. Et le Kouban en sédition. Le tsar a utilisé sa mort pour réprimer cruellement la révolte de son peuple et me bannir du royaume, au prétexte que j'en étais responsable. J'ai appris plus tard que, poussé par le peuple, il a dû rendre illégitime toute forme de mariage forcé. Pour ce qui me concerne, il a réussi son coup. Pendant des mois, je n'ai plus été capable que d'écrire des banalités.

Illarion s'interrompit une fraction de seconde, puis plantant son regard dans le sien, conclut d'un ton net :

— Jusqu'au jour où je vous ai rencontrée.

Dove restait silencieuse, absorbant lentement toutes ces révélations. Rien d'étonnant à ce qu'Illarion se montre si prudent à son égard. Cet homme audacieux et d'une grande franchise, qui l'incitait à agir selon ses convictions, avait peur de la pousser à prendre des risques. Il avait peur aussi de ce qu'il éprouvait pour elle. Et pourtant, toutes ces peurs conjuguées ne l'avaient pas empêché de parler. Cette nuit-là, il lui avait fait un immense cadeau en lui confiant son secret, l'encourageant ainsi à prendre enfin une décision.

— Merci, Illarion, dit-elle en lui souriant. Vos secrets sont en sécurité avec moi.

Lui prenant la main, il en baisa la paume.

— Et vous, ma douce, vous êtes en sécurité en ma compagnie. Quoi que vous décidiez, je vous protégerai. Rhabillez-vous. Je vais vous raccompagner chez vous… Comment êtes-vous venue, au fait ?

— À pied. Mais personne ne m'a vue, s'empressa-t-elle d'ajouter.

Illarion haussa un sourcil.

— Personne ne vous a vue ? Avec cette robe blanche, vos cheveux et l'éclat qui émane de toute votre personne ? Ce serait un miracle.

Dove rosit de plaisir.

— Personne ne m'a vue entrer chez vous, voulais-je dire. J'ai quitté le bal en disant à mes parents que je souffrais de maux de tête et que les parents d'une amie me raccompagnaient. Ils resteront au bal toute la nuit. À peine arrivé chez nos hôtes, mon père s'est enfermé dans la bibliothèque avec quelques amis pour une question concernant le Parlement. Vous n'avez rien à craindre, Illarion. Je vous le promets.

Avait-il peur qu'elle l'ait compromis ? L'idée était plaisante. D'habitude, c'était plutôt les messieurs qui risquaient de nuire à la réputation des dames.

Illarion se leva.

— Ce n'est pas pour moi que je m'inquiète, *goloubuchka*. Mais pour vous. Êtes-vous prête ?

La faisant pirouetter sur elle-même de ses deux mains autour de sa taille, il vint l'aider à lacer son corsage.

— Voilà, cela devrait aller.

Dove se sentait confuse, heureuse et triste à la fois. Bref ! Tout sauf prête. Elle ne voulait pas quitter cette chambre. Elle y voyait peut-être plus clair, maintenant, mais sa décision n'en était pas facilitée pour autant.

— Et maintenant, Illarion, qu'allons-nous faire ? demanda-t-elle anxieusement en se tournant vers lui.

Ouvrant la porte, il la poussa doucement devant lui.

— Je ne sais pas. Cela dépend de vous, j'imagine.

Et il avait raison, bien sûr. Elle voulait son indépendance et elle avait agi en conséquence. Elle n'avait plus maintenant qu'à la réclamer haut et fort. Mais elle n'avait pas réalisé jusqu'à cette nuit-là à quel point cela était difficile. Pourtant, elle ne devait plus son bonheur, ou son malheur, qu'à elle-même.

16

Ce qu'il devait faire au sujet de Dove, ou plutôt pour Dove, maintint Illarion éveillé toute la nuit. Le problème avec les jeunes vierges, c'était qu'il y avait toujours un après. On ne pouvait leur faire l'amour et tirer sa révérence. Dove en avait-elle conscience ? L'eût-il voulu, ce qui n'était pas le cas, il ne pouvait la laisser tomber. Avait-elle compris à quel point il avait dû prendre sur lui pour ne pas lui conseiller de refuser Percivale ? De le choisir lui, à la place ? S'il l'avait fait, Dove aurait obéi, il en était sûr. Mais il n'était pas question qu'elle pense que, pour elle, le mariage était la seule issue. Lui qui luttait pour que la femme conquière son autonomie, il se serait senti terriblement hypocrite.

Illarion marqua une pause dans ses réflexions. *Attendez un moment...* Pourquoi voulait-il que Dove le choisisse ? Pour en faire son mari ? Comment pareille idée avait-elle pu s'insinuer dans sa cervelle ? Bien sûr ! C'était la faute de Nikolaï et de sa femme. Toujours à roucouler tous les deux, main dans la main... Il fallait croire qu'on pouvait être heureux, même en passant sous les fourches caudines de cette vénérable institution.

Quand l'aube perça enfin au travers de ses persiennes, Illarion s'étira longuement, se jeta un broc d'eau froide au travers de la figure et se décida à descendre. Un ventre plein l'aiderait peut-être à y voir plus clair. Nikolaï et Klara étaient en train de démontrer avec brio que le mariage pouvait être plus qu'une simple convention. Qu'avec la bonne personne, on pouvait être heureux. Et si Dove était justement la femme qui lui convenait ? *Admettons...*

Mais lui, était-il l'homme qui lui convenait, à elle ? Étant donné les circonstances, l'épouser serait peut-être pour Dove un sacrifice plus grand que d'accepter une union avec Percivale.

Raison de plus pour faire comprendre à la jeune fille qu'elle n'était pas obligée de se marier, songea-t-il. Du moins, pas dans l'immédiat.

Quand il entra dans la salle réservée au petit déjeuner, près de l'office, Illarion trouva Stepan et Ruslan déjà attablés. Il leur adressa un bref sourire et alla au buffet se servir de blinis encore tièdes, de hareng mariné et de confiture d'airelle. Sa préférée.

— Bien dormi ? s'enquit Stepan par-dessus sa tasse de café quand il vint les rejoindre.

Il échangea un regard entendu avec Ruslan, et Illarion pesta intérieurement. Bon sang ! Ils savaient.

— Il paraît que ta muse est descendue de son piédestal pour te rendre visite ?

Sous-entendu : Pas trop déçu ? La muse maintenant incarnée était-elle plus inspirante que l'idéal qu'Illarion s'en était fait ?

— Je te prierais de rester correct quand tu parles de Lady Dove.

Stepan abattit son poing sur la table, faisant tinter la porcelaine.

— Et moi, je te prierais de te comporter correctement avec les demoiselles quand elles viennent ici. Un Cosaque peut faire ce qui lui chante mais il doit agir de manière responsable.

Illarion accueillit l'éclat de Stepan d'un regard glacé. Se levant posément, il se pencha vers son ami, les deux mains bien à plat sur la table.

— Comment oses-tu me dire ce que je dois faire ? N'ai-je pas pris mes responsabilités, pour Katya ? Qu'est-ce qui te laisse supposer que je n'en ferai pas de même pour Dove, nonobstant le fait que c'est elle qui a pris l'initiative de venir ici ?

Cela dit, il aurait quelques mots à dire au valet de pied. Dove avait droit à la discrétion sur sa vie privée. Et, accessoirement, lui aussi.

— Tu as fait l'amour à une jeune fille vierge, qui plus est la fille d'un duc et pair du royaume, et dans cette maison, rétorqua Stepan, l'œil noir. As-tu seulement conscience des règles que tu as enfreintes ?

Illarion souffla bruyamment par le nez. Les règles qu'il avait enfreintes ? Toutes ! Absolument toutes. Et si c'était à refaire, il le referait.

Ruslan intervint à son tour d'une voix apaisante.

— Personne n'est au courant, Stepan.

— Si, le valet de pied. Autant dire, tout Londres. Quand le bruit aura couru partout, notre réputation sera détruite. Que comptes-tu faire pour arranger cela, Illarion ? As-tu l'intention d'épouser cette jeune fille ?

— Si elle veut bien de moi, oui.

Les mots étaient sortis de la bouche d'Illarion avant même qu'il ait eu le temps d'y réfléchir. Il regarda ses amis, les yeux arrondis de surprise.

— Si elle veut bien de toi ? Mais elle t'a déjà eu, que je sache.

— Elle ne peut pas l'épouser, objecta Ruslan. Il n'est pas considéré comme un honorable gentleman. Du moins, c'est ce qu'on dit chez White's. Percivale n'a pas perdu son temps. Ce n'est qu'une rumeur, bien sûr. Mais elle n'est pas tout à fait fausse.

— Et qu'est-ce qui se dit, au juste ? s'enquit Illarion en se rasseyant.

— Que tu n'as rien à offrir à une femme. Pas de nom, pas de terres. Que ton titre ne vaut rien. Que, si ça se trouve, tu en as même été destitué après ton exil. Et que de toute façon, sans domaine, il ne repose sur rien.

Illarion bouillait de rage. Bien sûr, ces messieurs n'avaient pas tout à fait tort...

Mais Ruslan n'en avait pas terminé.

— Ils disent aussi que tu es un chasseur de dot. Que tu ne t'intéresses à Lady Dove que pour son argent et ses terres. Qu'elle pourrait t'apporter tout ce qui te manque.

Exactement ce que Dove reprochait à son aréopage de courtisans. Illarion espérait de toute son âme qu'elle n'entende pas ces racontars. Et si quelqu'un de mal intentionné les lui rapportait, qu'elle n'en croie surtout pas un traître mot !

— Dans ce cas, il faut que je devienne respectable. Comment s'y prend-on ?

Stepan émit un petit ricanement. Ruslan, toujours très pragmatique, sortit un objet de sa poche avec un mystérieux sourire.

— Tu pourrais commencer avec ceci.

— Une clé ? Mais pour quoi faire ?

Illarion la prit et la tourna et retourna dans sa main.

Ruslan rit.

— C'est la clé de ton avenir. Si tu en veux un… Pendant que tu étais occupé à courtiser ces dames, j'ai investi dans un bien immobilier. Au numéro 2 de Portland Square. Tu ne pourrais trouver meilleure adresse dans Mayfair.

Illarion dévisagea son ami, incrédule.

— Je n'ose rêver que tu aies également dans ta poche un petit manoir sis en Cornouailles ?

Dove aimerait cela. Un endroit à elle, pour peindre et rêver, pas très loin de sa famille.

— Pas aujourd'hui, mais cela peut se trouver. Bon, il faut que je vous quitte. J'ai à faire.

Une fois Ruslan sorti, Stepan revint à la charge.

— As-tu réellement l'intention de l'épouser, Illarion ? Je te croyais viscéralement opposé au mariage ? Ou bien as-tu dit cela parce que je t'ai poussé dans tes retranchements ?

Stepan lui donnait une chance de se rétracter. Mais pour Illarion, pas question de revenir en arrière. Plus il y songeait, plus cette perspective lui plaisait.

— Je souhaiterais épouser Dove, de tout mon cœur, mais je veux que ce soit elle qui décide. Que ce soit vraiment son choix. Il faut qu'elle comprenne ce que sera la vie avec moi. Il y a des choses que je ne pourrai jamais lui donner, que même l'argent ne peut acheter.

Un certain statut social, la considération… Elle risquait, ils risquaient tous les deux de se voir fermer pas mal de portes. Y compris celles de la propre famille de Dove. L'argent d'Illarion ne pourrait rien y changer. Il devait lui faire comprendre à quoi ressemblait l'exil parce que c'est l'expérience qu'elle vivrait si elle choisissait de partager sa vie. Même si elle choisissait de ne pas se marier du tout, du reste. Prendre en main les rênes de sa propre vie aurait socialement les mêmes conséquences.

Stepan hocha la tête, solennel.

— Je te comprends. Et, une fois n'est pas coutume, je suis entièrement d'accord avec toi… À propos, ce soir, Nikolaï donne une représentation équestre. Tu pourrais inviter ta dulcinée. Elle verrait ce que c'est que de vivre entre deux mondes.

L'école d'équitation du prince Nikolaï était située à Leicester Square, dans le quartier de Soho[1]. L'endroit avait connu des jours meilleurs, à en juger par ses grandes maisons et les vastes jardins aujourd'hui mal entretenus qui les desservaient, songea Dove. Leicester Square avait été, autrefois, un quartier très prisé par les nantis. Puis, par goût et par commodité, ils s'étaient déplacés vers Mayfair, abandonnant leurs vastes demeures aussitôt divisées en appartements et autres pensions de famille. Avec l'essor industriel et l'exode rural, Soho était devenu très vite un quartier populaire, envahi par les immigrants. D'abord les huguenots français, émigrés après la révocation de l'édit de Nantes, puis l'aristocratie française, qui avait quitté son pays après la Révolution sans autre bagage que ses titres et sa tête. Il y avait eu ensuite des inventeurs polonais, des compositeurs allemands, nombre d'aventuriers désargentés mais riches d'idées, la plupart espérant n'y faire qu'une escale avant la fortune. De petites fabriques, un grand nombre de commerces avaient vu le jour, des tavernes voisinaient au coude à coude sur les trottoirs, proposant la gastronomie bigarrée de tous les pays d'Europe. Certaines rues étaient dédiées aux libraires, dont l'éventaire proposait des ouvrages dans toutes les langues. D'autres aux tailleurs, dont l'étalage montrait des étoffes somptueuses venues du monde entier.

Bref, c'était une ville dans la ville, dont Dove ignorait jusque-là l'existence. Et qu'elle aima tout de suite, avec ses mille odeurs, les langues qui formaient autour d'elle comme une tour de Babel, les

1. Pour la petite histoire, « Soho » était à l'origine un cri de chasse. C'est en 1636 que le quartier, situé dans l'arrondissement de la Cité de Westminster, reçoit ce nom.

vêtements chatoyants ou misérables de ses habitants. Elle avait laissé la Londres aristocratique et bourgeoise loin derrière elle. Ici, la tunique d'Illarion, celle qu'il portait le soir du bal, en soie bleue brodée d'or, n'aurait pas paru insolite. C'était elle qui n'était pas à sa place. Le prince avait pourtant insisté pour qu'elle porte quelque chose de simple. Elle avait jeté son dévolu sur une robe de taffetas bleu céleste avec un simple petit parement de dentelle sur le corsage et portait sur les épaules un châle de cachemire orné de fleurs bleues sur fond blanc.

Mais à présent, tandis qu'elle circulait au milieu de la foule, elle comprenait ce qu'Illarion avait voulu dire. Les femmes portaient toutes de modestes robes de toile dont la couleur sombre, par contraste, rendait le bleu de sa robe encore plus éclatant. Elle n'en était que plus visible et, si elle avait été seule, elle aurait pu avoir peur. Mais avec Illarion à ses côtés, il ne lui vint même pas à l'esprit qu'elle pouvait craindre pour sa sécurité.

— L'école d'équitation de Nikolaï est par là, sur la gauche.

Illarion lui indiqua un grand bâtiment de brique tandis qu'il faisait tourner son attelage dans la rue. Il l'arrêta le long du trottoir, derrière une longue file de voitures dont la plupart étaient de simples fiacres. Il y avait même des gens qui arrivaient à pied.

Illarion était resté succinct sur la nature de leur sortie. Il avait simplement mentionné dans son invitation que le prince Baklanov présentait un spectacle équestre. Le carton était aussi élégant et chargé de dorures que l'invitation pour la garden-party.

— Me direz-vous ce que nous allons voir exactement ? demanda Dove tandis qu'il la déposait sur le trottoir.

— Il s'agit d'une démonstration d'équitation cosaque, d'inspiration très militaire. Nikolaï et ses apprentis écuyers montent debout sur le dos d'un cheval, puis de deux, sautent à terre en plein galop, remontent en voltige, etc.

Dove rit.

— Vous me taquinez ! Personne ne pourrait faire des choses pareilles. Sérieusement, Illarion, qu'allons-nous voir ?

— Exactement ce que je viens de vous dire, glousse le prince, visiblement ravi de sa surprise.

Il paraissait parfaitement à l'aise et, au contact de sa bonne humeur, la gêne qu'aurait pu éprouver Dove à propos de ce qui s'était passé entre eux la nuit précédente s'était évanouie comme par enchantement. Peut-être n'y avait-il nul besoin de manifester une telle gêne, du reste, qui aurait sous-entendu qu'elle éprouvait de l'embarras ou des regrets, ce qui n'était pas le cas. Elle s'était réveillée d'excellente humeur, quoique toujours perplexe. Si elle avait espéré que faire l'amour avec Illarion réglerait ses problèmes, elle s'était trompée. Son dilemme était toujours là, plus brûlant que jamais.

Une fois qu'ils eurent passé l'entrée du bâtiment, qui possédait une vaste cour intérieure autour de laquelle s'alignaient sur un côté une longue rangée de box, sur l'autre une carrière et, au fond, un grand manège couvert, ils se trouvèrent au milieu d'une foule dense. Mais, dans le manège, Nikolaï avait réservé pour eux des fauteuils au premier rang, juste à côté de sa femme. Tandis qu'elle rejoignait Klara avec Illarion, la main du jeune homme, chaude et vibrante, posée au creux de ses reins, Dove passa discrètement en revue le public amassé. Personne de leur monde, évidemment. Il y avait là essentiellement des hommes dont le métier gravitait autour du cheval, des familles d'expatriés, et même, sur les gradins du fond, des gens du peuple. Il se mêlait certainement à eux quelques familles de la *gentry*, de petits hobereaux de province s'occupant probablement d'élevage de chevaux et qui séjournaient en ville pour quelques semaines. Il n'était pas étonnant qu'Illarion se soit montré avare de détails. Un soupçon émergea lentement dans la conscience de Dove. S'il l'avait menée là, il devait avoir une bonne raison.

Le spectacle fut aussi époustouflant qu'Illarion l'avait annoncé, et même davantage. Jamais Dove n'avait vu de telles performances à cheval. Nikolaï et ses cavaliers s'en donnaient à cœur joie, enchaînant prouesses sur prouesses et elle aurait voulu ne jamais voir la soirée se terminer. C'était infiniment plus amusant que n'importe quel bal de Mayfair. Quand elle le dit à Illarion, il se pencha vers son oreille.

— Et ce n'est pas fini ! Vous plairait-il d'assister à une petite fête d'après spectacle ?

Voilà qu'il la mettait de nouveau à l'épreuve. S'attendait-il à ce qu'elle refuse ? Croyait-il pouvoir l'effrayer avec cet aperçu sur sa vie de Cosaque londonien ? À moins qu'il n'utilise l'arme de la tentation ?

L'expérience était une véritable réussite. Quand Illarion avait eu l'idée de montrer à Dove la vraie vie, en dehors de la bonne société au sein de laquelle elle était née, il n'était pas très sûr des réactions qu'il allait susciter. Bien sûr, il craignait de la faire fuir à jamais. Pourtant il savait qu'il fallait en passer par là. Mieux valait pour elle qu'elle sache à quoi s'attendre si elle acceptait de partager sa vie.

Mais Dove n'avait pas bronché. Elle avait pris la soirée à bras-le-corps dès qu'elle avait eu mis le pied dans son cabriolet. Et sa bonne humeur était toujours au plus haut alors qu'ils étaient maintenant « chez Mikhaïl », un bistro qui servait des produits russes et où ils avaient rejoint Nikolaï, Klara et leurs amis. Elle avait dévoré les *piroshkis* à une vitesse record, bu là-dessus deux petits verres de vodka et l'avait suivi sans la moindre hésitation jusqu'à la piste de danse. Et maintenant, elle s'appliquait à imiter l'enchaînement compliqué des pas d'une danse populaire, sautant et pirouettant sur elle-même, le sourire aux lèvres et les yeux pleins d'étoiles. La seule ombre au tableau, c'est que ce n'était pas avec lui qu'elle dansait mais avec un jeune et fringant officier attaché à l'ambassade russe de Londres.

Nikolaï vint s'asseoir à côté d'Illarion et lui présenta un verre de vodka.

— Je vois que tu as le sens du partage, plaisanta-t-il en indiquant du menton l'endroit où dansait Dove.

Illarion haussa les épaules.

— Ce n'est pas en restant avec moi toute la soirée qu'elle découvrira le monde dans lequel je vis.

Son ami rit.

— L'as-tu emmenée ici pour la dissuader ou pour mieux la convaincre ? Qui voudrait vivre comme les gens « de la haute » quand on peut avoir tout cela ? J'ai essayé de décourager Klara en lui faisant vivre les mêmes expériences. Dieu merci, cela a été tout le contraire ! conclut-il avec un sourire béat.

— Tout cela ? C'est-à-dire une vie « entre deux » ?

Nikolaï avait en effet opté pour cette vie-là, partagée entre le raffinement de la haute société, offert par le père de Klara, Alexeï Grigorieva, et les rues pittoresques et colorées de Soho, dans lesquelles il se sentait à son aise.

— Il n'y a rien de mal à cela, rétorqua Nikolaï, sur la défensive.

Illarion le gratifia d'une bourrade amicale. Il n'avait pas voulu le vexer. La vie que son ami avait choisie lui allait comme un gant. Nikolaï était prince, certes, mais il avait été également officier de cavalerie. Il était habitué à la rude vie des soldats en campagne. Il ne survivrait pas longtemps si on le cantonnait à la fréquentation des salons mondains et des salles de bal.

Mais il n'avait rien de commun avec Dove. Combien de temps des endroits comme le bistro de Mikhaïl garderaient-ils leur charme aux yeux de la jeune fille ?

— Lady Dove est fille d'un duc et pair du royaume d'Angleterre, lui rappela Illarion. Elle ne connaît rien d'autre qu'une vie de luxe. Comme une fleur de serre, elle ne survivrait probablement pas plus d'une semaine en dehors de sa sphère.

C'était ce qui le tracassait le plus. Lady Dove était une rebelle, certes, mais seulement en théorie. Elle n'avait pas la moindre idée de ce que cela lui coûterait de mettre ses idées de révolte en pratique. Les raffinements du luxe étaient pour elle comme une seconde nature, dont elle n'avait absolument pas conscience.

— Eh bien, si le luxe est si important pour elle, qu'elle épouse notre bon Percivale et n'en parlons plus, rétorqua Nikolaï, désinvolte. Mais honnêtement, mon cher, si c'était le cas, il y a beau temps qu'elle aurait accepté sa demande.

Il jaugea un long moment Illarion du regard avant de poursuivre :

— Franchement, tu te tracasses beaucoup pour une femme à qui tu étais supposé ne demander rien d'autre que de t'inspirer... Il paraît que Ruslan t'a donné les clés d'une maison à Mayfair ?

Illarion balaya la remarque de son interlocuteur d'un geste.

— Oui, mais nous n'en sommes pas là. Ruslan a toujours eu le défaut de s'emballer... Pour ce qui est du mariage, tu sais très bien que je défends mes idées. Tu ferais la même chose. Nous sommes tous les deux, toi et moi, opposés au mariage forcé. Nous l'avons payé assez cher au Kouban.

Nikolaï rit et but une rasade de vodka.

— Des idées ? Est-ce ainsi qu'on appelle les histoires d'amour, aujourd'hui ? Comme tu voudras...

Il tourna un moment son verre entre ses mains, l'air pensif.

— Tu as tout l'argent qu'il te faut à la banque pour assurer à Lady Dove le niveau de vie auquel elle est habituée... Pour des raisons idéologiques, bien entendu, précisa-t-il avec un sourire.

Puis, se rapprochant encore, il ajouta :

— Mais tu ne peux pas mettre cette jeune fille dans ton lit sans l'avoir épousée au préalable. C'est bien clair, Illarion ? Pas une fille comme elle.

Quelque chose avait dû transparaître sur le visage d'Illarion. Nikolaï lui agrippa l'avant-bras.

— Tu l'as déjà fait ! Bon sang ! Ne m'en veux pas si je me comporte comme Stepan mais, si Lord Redruth ne s'en charge pas le premier, Percivale va se faire un plaisir de te passer l'épée au travers du corps. Tu ferais mieux de la conduire à l'autel avant que le pot aux roses ne soit découvert... À moins que ce ne soit ce que tu cherches ? Un prétexte pour te débarrasser de Percivale ?

— Un meurtre ou un mariage ? Je ne crois pas que nous soyons obligés d'en arriver là. Je n'ai pas l'habitude de provoquer des duels par plaisir, rétorqua Illarion avec une froide ironie.

Mais l'idée ne manquait pas d'intérêt. Percivale commençait vraiment à lui tanner le cuir.

Nikolaï rétorqua, mi-figue, mi-raisin :

— Si on en arrive à l'une de ces deux extrémités, préviens-moi. Je serai ton témoin.

La danse s'acheva et l'orchestre enchaîna aussitôt sur une musique endiablée. Quand Illarion la reconnut, ses idées sombres s'évanouirent.

— Un *hopak*[1] ! s'exclama-t-il. On y va ?

1. Le *hopak* ou *gopak* est une danse folklorique traditionnelle d'Ukraine,

Rien de tel qu'un bon *hopak*, plein de bonds, de jeux de jambes et de pirouettes, pour lui rappeler les moments heureux de sa jeunesse au Kouban. Passant son bras sous celui de Nikolaï, il l'entraîna vers la piste où tournoyaient déjà plusieurs danseurs.

à l'origine dansée chez les fameux Cosaques zaporogues. Elle donnait lieu à des démonstrations acrobatiques d'une grande virtuosité.

17

Le *hopak*, dans sa version originelle, était une danse réservée aux hommes. Dove, assise à côté de Klara Baklanov et encore essoufflée de sa mazurka menée bon train par l'officier diplomate, tapait dans ses mains à l'unisson du reste des spectateurs, le cœur en fête. Ce qui avait commencé comme un numéro collectif se réduisit bientôt à deux danseurs : Nikolaï et Illarion. Ils ressemblaient à deux diables bondissants tandis qu'ils rivalisaient en sauts de plus en plus hauts, de plus en plus spectaculaires, jambes écartées, les mains touchant leurs pieds pour enchaîner ensuite, sitôt qu'ils touchaient le sol, des combinaisons de pas compliquées ponctuées de frénétiques claquements de talons.

Nikolaï était particulièrement impressionnant mais Dove n'avait d'yeux que pour Illarion, dont les cheveux, libérés de leur ruban de soie noire, lui retombaient sur le front et les épaules. La plupart de ses vêtements tendaient eux aussi à échapper à leurs entraves habituelles. Sa chemise était sortie de son pantalon, son gilet gisait quelque part sur le parquet, sa cravate avait disparu depuis longtemps. Et tout cela n'avait guère d'importance. L'élégant gentleman qui était venu la chercher à son domicile de Mayfair avait disparu, laissant place à un être primitif et exubérant, plus vivant qu'aucun autre homme qu'il lui avait été donné de voir. En l'espace d'une soirée, le prince-gentleman Illarion Kutejnikov tel qu'il se plaisait à paraître dans le monde avait été remplacé par cet inconnu flamboyant et irrésistible.

La métamorphose avait commencé pendant le spectacle

équestre, alors qu'Illarion échangeait quelques mots en russe avec d'autres spectateurs. Durant le trajet jusqu'au bistro, la langue anglaise avait fini par laisser complètement place au russe. Très vite, tout l'attirail de l'homme civilisé avait disparu sans qu'il ait l'air de s'en soucier.

Peu importait, du reste. Si le jeune prince de Mayfair était d'une séduction indéniable, ce jeune sauvage était tout simplement irrésistible. Dove aimait entendre la langue russe, appréciait indéniablement, à sa grande surprise, le goût épicé des aliments et l'âpre saveur de la vodka par-dessus les *piroshkis*. Et plus que tout, elle adorait voir Illarion évoluer dans son élément.

Il s'avança vers elle en dansant, le sourire aux lèvres, tandis qu'il glissait plutôt qu'il marchait, les bras étendus. Ce soir-là, Dove avait l'impression de le découvrir vraiment. Il recula puis avança de nouveau de la même démarche glissante et soudain, lui prenant la main, il l'entraîna dans la danse tandis que la musique entamait une polka. Une petite voix tout au fond d'elle lui lança un avertissement. Cet homme était le diable en personne. Et, dans le même temps, une autre évidence la frappa : c'était pourtant lui qu'elle voulait à ses côtés pour toujours.

Tournoyant et virevoltant autour du parquet de danse, la tête renversée dans un grand rire, Dove s'abandonna au bonheur du moment. En dansant à un tel rythme, c'était miracle qu'aucun couple ne marche sur un autre.

— Mais c'est de la folie ! cria-t-elle, haletante, s'en remettant en toute confiance à l'habileté de son cavalier.

Ses épingles à cheveux ayant lâché la partie depuis longtemps, elle dansait telle une jeune bacchante enivrée par le retour du printemps, les cheveux répandus sur ses épaules.

Illarion, l'étreignant plus fort, rit avec elle.

— C'est justement pour cela que c'est bien.

Cette folie s'acheva bien trop tôt au goût de Dove. Il était minuit, encore tôt effectivement pour un bal mais déjà très tard pour un spectacle équestre. Ils firent leurs adieux à Nikolaï et à Klara puis Dove monta avec réticence dans le cabriolet.

— Je me sens à peu près comme Cendrillon qui doit quitter le bal en toute hâte, confessa-t-elle tandis que le véhicule quittait le trottoir. J'aurais volontiers dansé toute la nuit.

Les autres dansaient encore. Ils avaient été les premiers à partir.

Illarion, étirant ses longues jambes devant lui, lui décocha un sourire. Son gilet et son habit gisaient en vrac à côté de lui sur la banquette.

— À dire vrai, je n'étais pas très sûr que cela vous plairait.

Après quelques secondes, Dove formula à haute voix le soupçon qui la taraudait depuis le début de la soirée.

— Le souhaitiez-vous vraiment ? Que cela me plaise, je veux dire... Vous savez ce que je pense, Illarion ? Vous avez voulu me donner une leçon, en m'amenant ici. Mais je ne suis pas certaine que ce soit celle que j'ai retenue...

Elle sentait sur elle le regard attentif de son compagnon.

— Et puis-je savoir quelle leçon vous avez retenue ?

— Que j'ai besoin d'être libre. Que j'avais raison, quand je vous disais que je désirais découvrir le monde. Quel que soit le prix à payer.

— Parce que vous n'imaginez pas une seconde ce que cela peut vous coûter, rétorqua Illarion d'une voix âpre.

Il n'allait pas lui retirer cela, pas ce soir, alors qu'il venait de lui faire entrevoir un autre monde. Comment pouvait-il penser qu'il pourrait lui faire un tel cadeau pour le lui arracher ensuite ? La veille, déjà, il doutait de sa volonté. Eh bien ! Elle allait lui montrer, lui prouver même, qu'elle était autre chose qu'une fille de riches.

— Mes parents me traitent toujours comme une enfant et décident de tout pour moi. Ne me dites pas que c'est ce que vous pensez, vous aussi !

Se levant prestement, elle vint se glisser à côté de lui sur la banquette. Elle sentait la chaleur de son grand corps, sa vitalité. D'une main, elle lui caressa la joue, puis, saisissant sa mâchoire entre ses mains, elle le força à la regarder.

— Je ne suis plus une enfant, Illarion, murmura-t-elle, les yeux posés sur sa bouche. Je sais ce que je veux. Et ce que je veux, c'est vous. Je veux l'homme que j'ai vu ce soir, et qui est pour moi le vrai Illarion.

Elle lui prit la bouche. Il sentait bon la vodka, la sueur et le patchouli.

Elle le désirait. Oh ! Dieu, oui, comme elle le désirait. Repoussant ses épais cheveux blonds de son visage, elle l'embrassa, encore et encore. Mais maintenant, elle n'était plus seule. La bouche d'Illarion lui répondait. L'invitation avait été acceptée avec l'enthousiasme qui le caractérisait en toute chose. Il taquinait sa langue de la sienne, la provoquait gentiment. Approfondissant son baiser, elle le mordilla et joua avec lui jusqu'à ce qu'il pousse un gémissement.

— Où diable une fille de duc a-t-elle appris à embrasser ainsi ?

Dove sourit.

— J'ai été à bonne école, me semble-t-il...

Elle l'embrassait comme il l'avait fait lui-même dès le premier jour, comme si ce baiser était la chose la plus importante au monde.

Mais ce fut lui qui la repoussa doucement.

— Il ne faut pas jouer avec le feu. Pas ici... Nous parlions de ce qui s'est passé ce soir...

Elle vint reprendre sa place en face de lui.

— Vous étiez sur le point de me dire ce que j'étais supposée apprendre ce soir.

Elle avait appris beaucoup, en vérité, sur elle-même comme sur lui. Et d'abord qu'elle pouvait se passer des lambris dorés de Mayfair. En fait, elle pouvait se passer de beaucoup de choses pourvu qu'elle soit avec Illarion. Cette découverte suffirait-elle à lui donner assez de force pour s'opposer à la volonté de ses parents ?

— Je voulais vous faire découvrir la vie entre deux mondes, déclara Illarion tout à trac. Nikolaï et Klara disposent des relations de son père à elle. Mais ils ne sont pas nécessairement reçus partout à titre personnel. En particulier, les plus hautes sphères leur sont fermées.

Il marqua une pause avant de préciser :

— Elle était promise à un duc, tout comme vous.

— Qu'essayez-vous de me dire, Illarion ? Si cette soirée était une tentative de dissuasion, cela a malheureusement échoué.

Tout comme l'exemple de Klara qui avait l'air parfaitement heureuse dans son « entre-deux mondes », elle aussi.

— Pensez-vous, ajouta-t-elle, que je sois superficielle au point de me nourrir du regard de la société ? D'obéir à ses diktats ?

Illarion jeta un coup d'œil par la vitre et poussa un soupir.

— Un jour, cela peut devenir important à vos yeux... Mais nous sommes presque arrivés. Merci pour cette soirée. Je suis heureux que vous ayez passé un bon moment.

— Est-ce là tout ce que vous vouliez me dire ? insista Dove. Pas question de quitter le cabriolet en laissant la conversation inachevée, songea-t-elle. Illarion ne lui disait pas tout. Pourquoi cette soirée avait-elle eu tant d'importance à ses yeux ?

Il eut un demi-sourire.

— Nous en reparlerons demain. Klara passera vous prendre chez vous vers midi pour faire quelques emplettes.

— Des emplettes ?

C'était bien la dernière chose dont elle avait envie.

— Enfin, pas exactement, rectifia Illarion en riant devant son air abasourdi. Mais vous devrez attendre demain pour voir de quoi il s'agit, *golubushka*.

18

2 Portland Square,

À midi.

J'ai quelque chose à vous dire.

Tâtant l'enveloppe dans laquelle elle avait reçu le message, Dove sentit la forme d'une clé. Pour un poète, le message était plutôt succinct. Mais, malgré sa brièveté, il avait le pouvoir d'accélérer le rythme de son cœur.

Il en serait toujours ainsi avec Illarion, elle en était convaincue. Même quand il n'était pas là, entendre prononcer son nom dans une conversation, sentir un parfum de patchouli suffisait à la bouleverser. Plus jamais elle ne serait libérée de lui. C'était le prix à payer pour avoir voulu sortir des sentiers battus. Et cela continuait avec cette visite inattendue à Portland Square.

Dove, heureuse de la compagnie de Klara dans le landau, serra son châle autour de ses épaules. La présence de la jeune femme lui avait évité de mentir à ses parents.

Il leur fut facile de repérer le numéro 2, dont les murs blancs et les volets noirs présentaient un contraste très visible au milieu des maisons voisines à l'uniforme façade de brique. Dove leva les yeux vers les trois étages de fenêtres aux volets clos. La demeure était impressionnante. Tout à fait digne d'un duc ou même, se hasarda à penser Dove avec un frisson d'anticipation, d'un prince. Mais pourquoi le prince auquel elle songeait éprouvait le soudain besoin d'une maison de ville, cela la dépassait complètement.

Elle avait bien quelques vagues idées, qui faisaient battre son cœur un peu plus vite.

Était-ce de cela qu'il avait dit vouloir discuter la veille au soir ?

Prise d'une soudaine impatience, Dove grimpa les marches du perron en toute hâte, suivie par Klara. Illarion avait-il l'intention de la demander en mariage ? Étant donné son peu de goût pour les entraves, c'était peu probable. Elle-même n'y était guère favorable, quoique le mariage avec Illarion eût fort peu de chance de ressembler à ce qu'il serait avec le bon Percivale.

L'étroite porte de laque noire s'ouvrit sur Illarion avant même que Dove n'ait eu le temps de soulever la petite main dorée qui servait de marteau. Il la fit entrer dans le hall d'un geste vif.

— Bienvenue... chez moi.

Il ajouta avec un sourire à l'intention de Klara :

— Merci de me l'avoir amenée, ma chère. À très bientôt, n'est-ce pas ?

C'était une manière un peu expéditive de donner congé à l'épouse de son ami mais son sourire était désarmant. Dove comprit qu'Illarion voulait rester seul avec elle et l'émotion lui noua la gorge.

En ce jour, il y avait en lui quelque chose de différent. Il était vêtu d'une jaquette bleu sombre et d'une culotte de drap beige. Ses cheveux, tirés en arrière, étaient retenus par un ruban et sa cravate nouée dans un impeccable style Osbaldeston[1]. Un saphir monté sur une chevalière en or ornait l'index de sa main gauche. Cela dit, il était toujours habillé avec goût quoique en général de manière plus originale. Non, ce qui était nouveau, songea Dove, c'était la tension qui émanait de sa personne. L'aisance qu'il manifestait d'ordinaire en toutes circonstances avait disparu. Aujourd'hui, il était nerveux. Ce qui ne faisait rien pour dissiper la tension que Dove éprouvait elle-même. L'anxiété d'Illarion devenait la sienne.

1. Nœud de cravate particulièrement sophistiqué adopté par le dandy Brummel sous la Régence anglaise (Beau Brummel changeait de cravate pas moins de trois fois par jour…). On publia même à l'époque plusieurs traités sur l'art de nouer sa cravate ! (NdT)

— Nous devons parler, Dove. Mais permettez-moi d'abord de vous faire visiter les lieux.

Dove embrassa le hall dans lequel elle venait de pénétrer d'un regard admiratif. À en juger par le sol en damier de marbre noir et blanc, le plafond de poutres peintes et le majestueux escalier à double volute qui s'élevait vers les étages, l'intérieur de la demeure en valait la peine.

— C'est absolument superbe !

Cette entrée pouvait rivaliser sans conteste avec la maison de son père.

Illarion sourit, heureux du compliment.

— Vous n'avez encore rien vu. Laissez-moi vous montrer...

À l'étage, ils s'arrêtèrent d'abord dans un petit salon tendu de soie chinoise peinte à la main. Il conduisait à un salon de musique, lui aussi dans la note orientale avec ses tentures peintes d'oiseaux multicolores. La salle à manger, dont les boiseries simplement peintes en blanc mettaient en valeur quelques belles tapisseries, pouvait accueillir une bonne vingtaine de convives. Il y avait aussi une bibliothèque, un grand salon de réception, un boudoir tendu de soie rose avec un petit secrétaire. Un chintz bleu pâle serait peut-être plus approprié, imagina Dove... Quant à cette adorable petite cheminée, un vase d'opaline rempli de roses serait parfaitement à sa place sur son manteau de marbre blanc. Dans cette pièce qui donnait sur un jardin intérieur, la lumière était excellente. Elle pourrait y dessiner et peindre tout à son aise.

Prenant conscience du tour que prenaient ses pensées, Dove se ressaisit. Elle n'était pas là pour revoir la décoration de la maison.

— Montons-nous à l'étage supérieur ? suggéra Illarion, indiquant d'un geste l'escalier plus étroit qui conduisait au deuxième étage. Il y a six chambres dont une que je souhaiterais vous montrer plus particulièrement.

— J'imagine mal ce que vous pouvez me montrer de plus beau. Cette maison est tout simplement parfaite. Et tellement originale !

En fait, chaque pièce illustrait une des régions du monde. L'Extrême-Orient dans le petit salon et la salle de musique, le style Ancien Régime français dans le grand salon et la salle à manger, l'atmosphère jardin anglais dans le boudoir. On avait l'impression de voyager sans quitter son domicile.

Illarion lui répondit par un sourire énigmatique et, l'entraînant dans l'escalier, en grimpa les marches quatre à quatre.

Quand ils furent sur le palier, il poussa une porte à double battant d'un geste théâtral.

— Eh bien… Que dites-vous alors de cela ?

S'effaçant, il laissa Dove entrer la première.

À l'exception de la salle à manger, la plupart des pièces étaient vides. Mais ici, au centre de la pièce, trônait un gigantesque lit à baldaquin, drapé d'une somptueuse collection de soies multicolores ornées de motifs divers, papillons d'or brun, sarcelles en plein envol, fleurs exotiques, soleil rouge. Des piles de coussins étaient disposées à sa tête, un jeté de lit en satin écarlate était négligemment jeté à son pied.

Un véritable lit de pacha oriental.

— Je l'ai fait apporter ici hier, expliqua Illarion. Je voulais que vous voyiez cette chambre avec un lit.

Cette remarque ne manquait pas de pittoresque et la curiosité de Dove était maintenant à son comble.

— Illarion, puis-je savoir quel est le sens de tout cela ?

Il prit un air innocent.

— Il n'y a rien de bien mystérieux. Il est grand temps que j'aie une maison à moi, n'est-ce pas ?

Il lui laissa le loisir de jeter un dernier coup d'œil au décor magique avant de refermer la porte, puis il acheva son explication :

— Je ne peux vivre à Kouban House jusqu'à la fin de mes jours. Dimitri et Evie voudront récupérer la maison à un moment ou à un autre et il est grand temps que je m'ancre dans la réalité londonienne. Que je me fasse des racines, en quelque sorte.

Sous le coup de la déception, les papillons qui voltigeaient dans l'estomac de Dove s'évanouirent aussitôt. Il voulait cette maison pour lui, voilà tout. Rien de plus normal et elle aurait dû en éprouver un certain soulagement.

— Mais il me reste encore une pièce à vous montrer. Ce n'est pas aussi grand que chez votre marraine, bien sûr…

Comme il redescendait l'escalier, elle le suivit, pressant l'allure. Plus tôt elle serait sortie d'ici, mieux ce serait.

— ... Mais, ajouta-t-il en s'arrêtant au rez-de-chaussée devant une immense porte à double battant, cela devrait me suffire.

Il ouvrit à la volée les deux battants et Dove admira le spectacle qui s'offrait à elle, bouche bée.

Devant elle se déployait une immense étendue de parquet ciré. De part et d'autre, de hautes fenêtres déversaient dans la salle un flot de lumière dorée, et du plafond décoré de nuages crémeux et de chérubins dans le style du peintre Raphaël descendaient quatre magnifiques lustres en cristal.

— Ils sont en verre soufflé de Murano, m'a-t-on dit. Une petite île près de Venise. Bien sûr, rien de comparable avec ceux de votre tante, mais cela devrait aller, n'est-ce pas ?

Il conclut avec un clin d'œil, visiblement plus décontracté qu'au début de leur visite :

— Alors ? Cette maison vous plaît ?

— Plus que cela, murmura Dove, encore sous l'effet de la surprise. C'est comme un enchantement.

Elle déambula dans la pièce pour admirer les lustres sous différents angles.

— Peut-être devrions-nous essayer ce parquet...

S'élançant soudain vers elle, Illarion la prit par la taille et l'entraîna dans une valse.

— Mais que faites-vous ? s'exclama Dove dans un grand rire.

— Je ne veux rien négliger. Pas le moindre détail, murmura-t-il contre son oreille. Pas question d'acheter une maison dont la salle de bal ne nous convient pas, n'est-ce pas, mon cœur ?

« Nous » ? Quel joli mot ! Un moment, Dove s'abandonna à ses fantasmes. Elle se voyait dansant avec Illarion, l'automne succédant à l'été, le printemps à l'hiver, leur vie devenant une grande valse, remplie de rires, de fêtes et de jeux.

Quand ils parvinrent à l'extrémité de la salle, Illarion l'arrêta devant l'une des portes-fenêtres qui s'ouvraient sur la terrasse.

— Cette maison vous plaît-elle vraiment, Dove ? s'enquit-il, un peu essoufflé. Vous voyez-vous habiter ici ? Avec moi ?

Les mots la prirent par surprise. Les papillons étaient de retour.

— Que voulez-vous dire, Illarion ?

Se laissant tomber sur un genou, il prit ses mains entre les siennes, son beau regard bleu brillant d'une flamme ardente.

— C'est une demande en mariage, Dove. En bonne et due forme. Dans cette maison, dans ce pays ou ailleurs si vous le voulez, acceptez-vous de vivre avec moi pour toujours ?

La force avec laquelle il étreignait ses mains témoignait de sa sincérité. Ce n'était pas une plaisanterie. Illarion Kutejnikov lui demandait bel et bien de l'épouser. Et Dove ne savait que lui répondre.

— Pour notre voyage de noces, je vous emmènerai faire un tour du monde, promit-il. Nous meublerons cette demeure avec les objets rapportés de notre voyage. Nous partirons le temps qu'il faudra. Des années, si c'est là ce que vous souhaitez. Vous pourrez dessiner et prendre tous les cours que vous voulez. Et quand nous rentrerons, nous suspendrons vos œuvres dans toute la maison afin qu'elles nous rappellent nos aventures.

Combien il était tentant d'accepter, d'ignorer ce que sous-entendait la demande d'Illarion ! D'un seul mot, elle pouvait obtenir ce à quoi elle aspirait depuis toujours. L'aventure, la liberté, la passion. Cela représentait tout ce qu'elle désirait. Mais lui, était-ce vraiment ce qu'il voulait ?

Il fallait qu'elle pose la question.

— Pourquoi faites-vous cela, Illarion ? Ne disiez-vous pas que vous ne vouliez pas vous marier ?

Peut-être, après ce qui s'était passé entre eux, se sentait-il obligé de l'épouser ? Mais elle ne voulait pas de lui de cette manière. Être la seule à aimer dans leur couple la détruirait, elle le savait. Elle retira ses mains de celles de son compagnon. Ce serait plus facile s'ils ne se touchaient pas. Elle s'efforça aussi de ne pas penser au lit gigantesque, dans la chambre de maître, ni à l'adorable petit boudoir avec son excellente lumière.

— Il m'est venu à l'esprit que je pouvais vous sauver des griffes de Percivale.

— Vous êtes donc venu à la rescousse, sur votre beau cheval blanc ?

Noble sentiment, mais qui n'avait rien de bien romantique.

Et ces mots, comme des flèches fichées en plein cœur, faisaient à Dove un mal atroce. Illarion ne voulait certainement pas la blesser, elle en était certaine. Mais le fait était là. Elle souffrait. S'il faisait un tel sacrifice maintenant, il y avait de fortes chances qu'il finisse par le regretter un jour. Et par la haïr.

— Pour ma part, je crois que le mariage requiert des motifs un peu plus solides, reprit-elle. Je suis désolée, Illarion. Je ne pense pas que sauter d'un mariage de raison à un autre soit une bonne idée.

Elle comprenait maintenant clairement, avec une lucidité douloureuse, les motifs qui avaient conduit Illarion à lui faire partager la soirée de la veille. Il voulait lui montrer les avantages et les inconvénients d'une vie avec lui avant de lui faire sa très raisonnable demande officielle. En agissant ainsi, Illarion pensait la sauver. Il l'aimait assez pour cela. Mais il n'était pas amoureux d'elle.

Elle ne pouvait pas faire autrement que refuser, n'était-il pas vrai ?

Illarion se releva, incrédule. Elle l'éconduisait ? Après la nuit qu'ils avaient partagée à Kouban House ? C'était tout à fait invraisemblable. Il avait tout planifié si soigneusement, fait en sorte qu'il soit impossible à Dove de refuser. Ni même d'hésiter, ne serait-ce que l'espace d'un instant.

— Pensiez-vous que je ne vous respecterais pas assez pour vous demander en mariage, après ce que nous avons connu ensemble ? Ne voulez-vous pas de moi, Dove ?

Cette révélation le laissait comme engourdi, littéralement stupéfait. Il savait qu'il souffrirait l'enfer plus tard, quand elle serait partie.

— Il n'est pas question que j'accepte votre sacrifice. Plus tard, vous me haïriez pour cela.

Une rage soudaine s'empara d'Illarion. Au diable cette bonne éducation qui poussait Dove à penser au bonheur des autres avant de penser au sien.

— Mais je peux vous sauver. Vous donner tout ce que vous désirez, insista-t-il, la voix enrouée par l'émotion, en s'emparant de nouveau de ses mains. Comment pourrais-je considérer le mariage avec vous comme un sacrifice, Dove ?

Une idée émergea dans son cerveau confus.

— À moins que... que, vous, vous ne considériez que vous marier avec moi soit un sacrifice ?

C'était donc cela ? Après la soirée de la veille à Soho, elle avait réfléchi. Elle avait mesuré l'importance d'appartenir à un certain milieu, et de respecter tous ses codes. Avait-elle choisi sa famille plutôt que lui ? Peut-être avait-elle reconsidéré le prix à payer pour retrouver sa liberté et l'avait-elle trouvé trop élevé ? Logiquement, il pouvait la comprendre et même approuver sa décision. Mais en tant qu'homme, il ne parvenait pas à l'accepter.

À la perspective de voir Dove se résigner à épouser un homme qu'elle n'aimait pas, à accepter de devenir un bel oiseau prisonnier d'une cage dorée, il sentit son cœur se briser.

— Dove..., commença-t-il, voulant l'exhorter à la révolte.

Mais les mots se formaient à peine dans sa tête qu'il en comprit le danger. Un mariage avec lui pouvait avoir des conséquences sociales terribles. Les parents de Dove pouvaient renier leur fille, la déshériter, même. Et pourtant, malgré tout, il voulait lui crier : « Je dois vous suffire amplement, Dove. Je peux être tout pour vous. »

— N'en dites pas plus, Illarion, intima Dove en lui posant doucement la main sur les lèvres. Je suis encore sous l'effet de la surprise. J'avoue que vos arguments sont de poids : une maison des *Mille et Une Nuits*, une lune de miel aux quatre points cardinaux... Vous pouvez imaginer sans difficulté quel retournement de situation cela représente à mes yeux, n'est-ce pas ? Je ne peux prendre une telle décision d'un simple claquement de doigts. J'ai besoin de temps pour y réfléchir. M'accorderez-vous cela ?

Illarion se raidit. Elle avait aussi demandé à Percivale un peu de temps... En réalité, parce qu'elle s'apprêtait à refuser. Voulait-elle le refuser, lui aussi ? Soudain, la perspective de perdre Dove, qu'elle puisse passer sa vie loin de lui l'effarait.

— Le temps est précisément ce dont vous manquez le plus, Dove. J'attendrai autant qu'il sera en mon pouvoir.

Le temps grignotait leur petit paradis. Dove mesurait-elle

combien peu il leur en restait ? Les choses se précipitaient, du côté de Percivale et de ses amis. Du fait des rumeurs qu'ils faisaient circuler, une provocation en duel était imminente.

Dove s'écarta de la balustrade qui dominait le jardin et, soudain muette, parcourut le visage d'Illarion d'un regard intense.

— Merci... Vous voudrez bien m'excuser ? Il faut que je rentre, maintenant.

Et, tournant les talons, elle s'enfuit. Il n'y avait pas d'autre mot pour désigner sa course. Elle traversa la maison en courant à toutes jambes, visiblement pressée de mettre autant de distance que possible entre elle et cette maison. Entre elle et lui.

Illarion la laissa partir, le cœur dévasté. Il était tombé amoureux, finalement. Il avait rencontré la muse qui pouvait rompre le sortilège paralysant sa plume. La femme qui pouvait le sauver de lui-même. Et, ironie du sort, cette femme ne voulait pas de lui.

Jamais il n'avait désiré une femme à ce point-là. Et jamais une femme ne lui avait paru aussi inaccessible.

Et pourtant, perdre Dove, ce serait comme perdre un peu de lui-même.

19

Dove restait parfaitement calme, afin de ne pas effaroucher l'animal. Mais si son corps était immobile, son esprit n'était qu'un tourbillon de pensées. Derrière la haie, la jument hennit doucement. Dove était déjà venue devant le paddock herbu, au fond du parc, pour la dessiner, mais c'était le visage d'Illarion qui était sorti de son crayon. Apparemment, c'était tout ce qu'elle parvenait à faire pour le moment. Ces derniers jours avaient été particulièrement riches en événements. Deux hommes l'avaient demandée en mariage, exigeant d'elle une réponse qui engagerait sa vie entière. Elle avait fait l'amour, elle avait bu de la vodka, un homme avait acheté une maison pour elle, pour eux deux, en fait. Et cet homme jurait qu'il voulait passer le reste de ses jours à tenter de la rendre heureuse.

Elle aurait dû se réjouir et faire les premiers pas vers son indépendance. Mais cela n'avait pas été le cas. Elle n'avait pas progressé d'un pouce vers sa liberté depuis le jour de son arrivée à Londres, et les circonstances récentes n'avaient rien changé. Et en même temps, tout était tellement différent ! Elle, en tout cas, avait changé, même si le visage que lui renvoyait tous les matins son miroir était le même.

Comme il était étrange que tout ce qui était extérieur à elle soit resté si semblable. Les mêmes robes blanches, soigneusement empesées, étaient étendues tous les matins sur son lit, les mêmes colliers attendaient d'orner son cou, les mêmes invitations, les mêmes soirées se présentaient chaque jour, avec les mêmes gens.

Alfred-Ashby parlerait de ses chevaux. Lord Fredericks répéterait « Mais parfaitement, mais parfaitement… » une bonne centaine de fois. Percivale se tiendrait à sa droite toute la soirée, une main possessive posée sur son coude.

Il n'était pas étonnant qu'on interdise à une jeune fille toute relation intime avant le mariage. L'amour déformait radicalement la vision qu'on pouvait avoir sur le monde qui nous entourait. Dove n'avait pas été préparée à cela. Sans parler de la métamorphose qu'elle avait subie et qui lui rendait impossible d'envisager une relation avec quelqu'un d'autre que l'homme qui l'avait aimée pour la première fois. Elle ne pouvait imaginer se montrer aussi libre, aussi dépourvue de toute forme d'inhibition qu'elle l'avait été avec Illarion. Se retrouver dans un lit avec un autre homme… Cette seule perspective la révulsait tout entière. Encore un exemple du choix cornélien qu'elle avait devant elle.

Frissonnante, elle ramena son châle sur ses épaules. La jument leva la tête et la regarda de son doux regard pensif.

Dove lui adressa un sourire triste.

— Que dois-je faire, à ton avis, ma belle ?

Il fallait prendre une décision. Percivale s'était montré plus que patient. Illarion, plus que généreux. Bien sûr, son cœur la portait vers Illarion. Mais pouvait-elle encourir le risque de s'aliéner sa famille, de se couper de tout ce qu'elle aimait pour un homme qu'elle connaissait à peine ? Et cependant, si elle n'acceptait pas l'offre d'Illarion, seule la fuite lui permettrait d'éviter un mariage avec Percivale.

Sa raison lui dictait bien d'autres arguments. Percivale serait-il un si mauvais choix ? Après tout, il présentait plus de qualités que de défauts. La seule chose qu'elle pouvait lui reprocher, c'était la totale indifférence qu'elle éprouvait en sa compagnie, l'absence de cette étincelle qui jaillissait entre eux sitôt qu'elle se trouvait avec Illarion. Percivale ferait d'elle une duchesse, il lui offrirait la sécurité, le confort et la considération sa vie durant. Son premier fils serait duc.

Que risquait-elle ? Sinon de se marier par raison plutôt qu'en écoutant son cœur ? Sans doute était-ce pour cela que, dans cette affaire, les filles avaient besoin d'être conseillées par leurs parents, évitant ainsi de se laisser guider par leurs seules émotions et s'épargnant bien des déconvenues.

Dove réalisa soudain qu'elle avait fait une erreur dès le départ. Elle n'avait pas vraiment le choix. Elle s'était trompée en présumant qu'elle avait le pouvoir de prendre une décision.

— Miss, je suis désolée de vous déranger, appela une servante derrière elle. Votre père veut vous parler.

Il y avait une certaine excitation dans sa voix, comme si elle était au courant de quelque chose qu'elle n'avait pas le droit de révéler.

— De quoi s'agit-il ? s'inquiéta Dove en rassemblant ses affaires.

C'était comme si une main glacée venait de se refermer sur son cœur. L'oncle de Percivale venait-il de mourir ? Le dernier grain de sable du sablier était-il tombé ?

— Je ne sais pas, miss.

Mais la petite bonne savait, Dove en aurait mis sa main au feu. Et pour une fois, elle maudit la bonne éducation de leurs domestiques.

Son père et sa mère l'attendaient tous les deux dans le bureau de Lord Redruth. La porte se referma derrière Dove avec un bruit sec.

— Que se passe-t-il ? Rien de grave, j'espère ?

Sa mère vint vers elle et lui prit affectueusement la main, un doux sourire éclairant son bon visage.

— Non, ma chérie, ne crains rien.

Mais son père prit aussitôt les rênes de la conversation.

— Percivale était ici il y a encore cinq minutes. Il a demandé et obtenu par précaution une licence spéciale. Il souhaiterait avoir ta réponse aujourd'hui avant minuit.

Le regard de son père se planta dans le sien, sans ciller, et Dove se figea.

— Il a besoin de cette réponse, Dove, insista-t-il. Il la veut aujourd'hui. Et franchement, je ne comprends pas pourquoi tu tardes tant à la lui donner.

Dove respira profondément. La décision qu'elle n'était pas parvenue à prendre dans le paddock devait être prise maintenant.

C'était pour elle le moment ou jamais. Ce n'était pas seulement la cause d'Illarion qu'elle défendrait, mais aussi la sienne.

— Je suis très honorée par les attentions de Strom Percivale, père, commença-t-elle tandis que son cerveau cherchait à toute vitesse la meilleure technique d'approche. Tout comme je le suis par d'autres. Le prince Kutejnikov m'a également demandée en mariage et il me paraît mériter toute ma considération.

D'un coup, les épais sourcils de Lord Redruth grimpèrent au milieu de son front.

— Le prince Kutejnikov t'a fait sa demande ? À toi, directement ?

— Oui, père.

Dove recula d'un pas, s'efforçant de maintenir sur son visage l'expression la plus neutre possible.

Elle tenait à éviter toute forme de dispute, mais aucun doute n'était permis. Son père était furieux.

Déjà, il avait bondi de son siège, derrière le vaste bureau, et se mettait à arpenter la pièce.

— As-tu conscience qu'il vient de te déshonorer, en adoptant un tel comportement ? Et qu'en s'épargnant de me consulter il m'a manqué de respect ?

Soudain, s'arrêtant net, il planta à nouveau son regard dans celui de Dove.

— Et que lui as-tu répondu ?

— Que j'avais besoin de temps, et que j'étais surprise par sa demande.

Dove haïssait ces mots, même s'ils étaient l'exacte vérité. N'avait-elle pas ainsi l'air de blâmer Illarion pour son offre ? Elle devait faire preuve de plus de courage. En d'autres circonstances, cette demande en mariage l'aurait comblée de joie.

— Quel gâchis ! Tu comprends maintenant pourquoi il est de rigueur de présenter une demande en mariage d'abord au père de la jeune fille, gronda Lord Redruth. C'est à lui de juger si elle peut être recevable et quand il sera judicieux d'en faire part à la principale intéressée... J'ai su que cet homme serait source d'ennuis au moment même où il a mis les pieds dans cette maison.

— Mais Illarion... euh... Son Altesse Kutejnikov est un prince, père. Sa demande est tout à fait honorable.

Le visage de son père s'empourpra de dangereuse manière.

— Il est indigne de toi, ma fille. Des rumeurs circulent sur son compte. On s'interroge sur la légitimité de son titre, sur les raisons pour lesquelles il a quitté le Kouban. D'après ce que l'on sait, ce ne serait pas de son plein gré, loin de là. Il aurait été banni de son pays, comme un vulgaire criminel. C'est un homme en exil. Sans terres et sans famille.

— Des rumeurs répandues par Heatherly et Percivale, qui ont beaucoup à gagner dans cette affaire !

Peu importait si ces rumeurs étaient fondées ou non. Il n'était pas question de laisser Illarion se faire calomnier sans réagir.

— Parce que tu serais prête à accepter un tel homme ? interrogea son père d'une voix glaciale. Pour l'heure, tu te soucies peu des conséquences d'un tel choix. Mais il viendra un temps où tu pourrais t'en mordre les doigts, Dove ! Quand la société te fermera ses portes, à toi et à tes enfants, quand personne ne voudra de vous nulle part parce que ton mari est un imposteur et un intrigant, nul doute que tu commenceras à regretter ta décision irréfléchie.

Lord Redruth faisait des efforts visibles pour contenir sa rage.

— Nous n'avons pas consacré notre vie entière à ton éducation, poursuivit-il après avoir repris son souffle, pour te voir te jeter dans les bras d'un aventurier venant d'un pays de sauvages, renié qui plus est par ses semblables… As-tu réfléchi aux raisons pour lesquelles cet homme tient tant à t'épouser ? Et pour lesquelles il s'est d'abord adressé à toi pour faire sa demande ? Parce qu'il sait parfaitement que je l'aurais rejetée. Que j'ai découvert son jeu et que je vois en lui le charlatan qu'il est depuis toujours. Ne sois pas naïve, ma petite fille. Il te manipule. Et si tu te laisses faire, il aurait tort de s'en priver.

Dove dévisageait son père, interloquée. Jamais elle ne l'avait vu dans une telle colère.

Il reprit, haletant :

— Il a besoin de ton argent, Dove. De tes relations. Percivale veut te protéger de lui, éviter qu'un individu comme ce Kutejnikov ne te mêle à sa vie tissée de scandales.

Dove serra les poings. Elle aurait tellement voulu crier à son père qu'il se trompait. Que l'ennemi, ce n'était pas Illarion, mais

Percivale et ses semblables qui voulaient la réduire en esclavage au nom de valeurs périmées et contestables. Mais elle ne parvenait pas à se décider. Ce chemin serait semé de trop de chagrin et de remords, pour ses parents comme pour elle.

Elle lança un regard implorant à sa mère, dont le visage n'était plus qu'un masque attristé.

— Bien sûr, les attentions du prince ont pu te flatter, ma fille, poursuivait Lord Redruth, intarissable. C'est un bel homme et n'importe quelle gamine de ton âge pourrait s'en amouracher… avant de réaliser quelle erreur elle était sur le point de commettre. Il faut dire au prince ce qu'il en est au plus vite. Il est hors de question qu'il continue à te harceler.

Se penchant sur Dove, sa mère lui tapota gentiment la main.

— Si Illarion Kutejnikov nous rend de nouveau visite, il trouvera porte close, ma chérie. Dans ton seul intérêt, crois-le bien. Toi et moi, nous allons commencer dès demain à faire nos emplettes pour le mariage. Imagine un peu tout ce que nous avons à faire ! Une cérémonie à organiser, tout un trousseau à monter… Tu verras, ce sera tout à fait passionnant.

Dove arracha sa main et secoua la tête. Exactement la même stratégie qu'on avait employée à son égard dès le début. La distraire de ses pensées, l'éblouir avec la perspective de vivre un conte de fées, afin qu'elle oublie la sinistre réalité.

Son père était parvenu à se ressaisir. Il lui présentait maintenant un visage calme et composé.

— Percivale et toi formerez un couple parfait. C'est le prétendant le plus convoité de la Saison. Peut-être même des dix dernières années… Tu es simplement trop jeune pour apprécier ta chance, ajouta-t-il en se radoucissant. Mais ta mère et moi savons ce qui est bon pour toi. Il te faut nous faire confiance, ma chère enfant. Plus tard, quand tes réceptions seront convoitées par tout ce qui compte dans Londres, tu nous remercieras. Mais pour cela, tu dois accepter la demande de Percivale. Dès ce soir.

Ce soir… Le soir de la très attendue lecture publique de poésies ! Tout le monde serait là. Dove regarda ses parents l'un après l'autre, les deux personnes qui avaient compté le plus dans son existence, qui l'avaient choyée, nourrie, élevée avec soin. Elle ne supportait pas l'idée de les décevoir. Ils avaient déjà tellement souffert. La vie, en faisant disparaître au plus jeune âge quatre de leurs enfants, les avait déjà tant blessés. Elle était le seul rêve qui leur restait, leur seul espoir de voir se poursuivre leur lignée, de voir récompensés tous leurs efforts. Lord et Lady Redruth la dévisageaient maintenant de leur bon regard brillant de tendresse et d'espoir.

Dove se résigna, le cœur brisé. Elle savait ce qui lui restait à faire. Dieu sait comment, mais elle en trouverait la force.

Il semblait que personne dans l'histoire récente de la Saison n'ait su nourrir l'imagination et captiver l'attention comme il l'avait fait depuis son arrivée à Londres. Déjà il avait pour lui son physique, sa silhouette longiligne et ses cheveux blonds, qu'il portait longs et noués d'un ruban, le faisant paraître tellement romantique aux yeux de tous. À quoi s'ajoutait maintenant cette rumeur d'un titre douteux et d'une fortune considérable, qui portait la curiosité à son comble.

Illarion se doutait bien que c'était à cette curiosité qu'il devait la foule qui se pressait dans le grand salon de réception d'Hathaway House. Les gens voulaient entendre les poèmes qui étaient la cause de l'exil du prince, certainement pour alimenter la rumeur. Cela dit, le bruit qui courait sur son exil du Kouban était parfaitement exact. Mais les autres ne l'étaient pas, qui pourtant commençaient à se répandre un peu partout. Il n'avait tué personne, il n'avait pas été destitué de son titre et avait encore moins été disgracié. Peut-être aurait-il dû remercier Heatherly et Percivale pour l'explosion soudaine de sa popularité. Cela lui permettrait de vendre ses poèmes. Mais il détestait le mensonge et la calomnie. Heatherly, parce que c'était lui qui avait commencé à répandre la rumeur, et Percivale, parce qu'il avait contribué à l'entretenir pour soutenir sa propre cause, avaient gravement nui à la réputation d'Illarion. L'image qu'ils s'acharnaient à donner de lui risquait au bout du compte de lui faire plus de mal que de bien. Pour un homme exilé de sa patrie, loin de sa famille et de ses amis, la réputation était tout. Sans compter que ces bruits de scandales risquaient d'éloigner Dove à jamais.

Illarion fouilla la foule du regard, tentant de repérer sa jolie tête fine au milieu des échafaudages de cheveux, d'oiseaux et de fleurs qu'arboraient en guise de coiffure la plupart des autres femmes. Cette soirée était l'occasion pour lui de se faire accepter tel qu'il était par la bonne société londonienne. Ce soir, il allait écraser du talon toutes les calomnies. Mieux encore, il allait convaincre Dove d'accepter sa demande en mariage. Parce que, ce soir-là, il allait mettre son cœur à nu.

— Il est l'heure, Votre Altesse.

Lord Hathaway l'avait saisi par le coude et le poussait sur la scène. Illarion passa en revue une fois encore les rangées d'auditeurs. Il entendait à peine la présentation que faisait de lui son hôte. Il était impossible que Dove ne fût pas là. Toute la bonne société de Londres s'était donné le mot pour assister à cette lecture. C'était l'événement à ne pas manquer en ce début de Saison. Lord Redruth ne pouvait faire défaut. Il ne pouvait se le permettre. Son absence donnerait crédit aux rumeurs selon lesquelles il y avait une tension entre sa famille et le héros du jour. Rumeur à laquelle, une fois de plus, Percivale avait évidemment largement contribué.

Bien sûr, cette rumeur-là n'était pas sans fondement. Il existait bel et bien un désaccord entre Redruth et lui-même. Illarion s'était rendu chez le duc dans l'après-midi après avoir entendu au club circuler la nouvelle de la licence spéciale obtenue par Percivale. Mais à peine s'était-il fait annoncer à la soubrette qui lui ouvrait la porte que le maître d'hôtel s'était précipité pour lui apprendre que Monsieur le duc ne recevait pas. Quand Illarion avait décrété tout net qu'il ne partirait pas sans l'avoir vu, ou avoir vu sa fille, on avait fini par l'introduire dans le bureau du maître de maison. L'entretien fut déplaisant pour les deux parties, Lord Redruth n'ayant pas hésité à traiter son visiteur de chasseur de dot.

Illarion continua à scruter l'un après l'autre les membres de son auditoire, blondes ou brunes jeunes filles en robe pastel, messieurs en habit noir, honorables mères de famille, replètes et sanglées dans des toilettes de satin violine, fuchsia ou grège, jeunes femmes audacieuses qui, bien qu'assises à côté de leur mari, ne se privaient pas de le détailler d'un regard gourmand.

Et enfin, il la trouva. Elle était là, flanquée d'un côté par sa mère et de l'autre par l'inévitable Percivale. Elle était toujours aussi exquise, lumineuse et discrète à la fois dans l'une de ses habituelles robes blanches, sa chevelure ornée d'une simple barrette de violettes blanches et bleues. Leurs yeux se rencontrèrent, comme si elle le cherchait, elle aussi. Aussitôt, Percivale réclama l'attention de la jeune fille, chuchotant quelque chose à son oreille. Illarion s'efforça d'ignorer la morsure de la jalousie. Dove était sienne. Mais elle ? Oserait-elle le réclamer pour sien, lui, Illarion, le prince maudit ? Elle ne croisa plus son regard. Les yeux baissés, elle écoutait, humble et soumise, ce que lui disait son voisin.

Avait-elle déjà pris sa décision ? Illarion avait-il déjà perdu ? L'ironie de la situation ne lui échappait pas. Il avait traversé tout un continent afin d'échapper à la tyrannie d'un tsar et c'était pour se retrouver victime des diktats d'un monde qui se prenait pour le sel de la terre. Mais pas question de perdre Dove. Il ne le supporterait pas.

Puissent mes paroles la convaincre ce soir, supplia-t-il en une muette prière. *Mon Dieu, faites que Dove puise assez de courage en elle !* Jamais il ne s'était trouvé dans une situation où tant de choses dépendaient de si peu. En fait, il en était bien conscient, ce soir-là, c'était sa vie même qui se jouait.

Le public applaudit. Lord Hathaway avait terminé son discours. Illarion s'avança sur la scène, faisant appel à toute la force de son amour pour tenter de persuader Dove. Dans son cœur, cette soirée lui était dédiée. Saurait-elle décrypter le message caché dans ses vers ?

Il commença à déclamer le premier poème, vibrant éloge de son pays, de ses steppes tantôt brûlées par le soleil, tantôt figées par le froid, de ses montagnes aux douces ondulations qui descendaient vers la mer, de ses jardins de roses et de ses bassins dont le jet d'eau faisait un doux murmure. Puis, sans attendre les applaudissements, il entama *Liberté*, le poème qui avait déclenché la fureur du tsar et signé son exil, et qui avait entraîné la mort de Katya.

Sa voix s'enflait tandis qu'il laissait libre cours à la colère toujours vivante qui montait en lui comme un orage. Stepan, jugeant le poème trop audacieux, lui avait déconseillé de le garder dans son répertoire. Et en effet, au bout de quelques vers, plusieurs mères de famille effarées poussèrent leur précieuse progéniture vers la sortie. Mais quelle importance ? C'était pour Illarion l'heure ou jamais de convaincre Dove, de la toucher en plein cœur. Il commençait à avoir chaud. Son catogan se dénoua. Jetant sa jaquette sur la scène, il acheva sa performance en bras de chemise, utilisant tout son corps, sa voix, son regard pour transporter son auditoire, pour le séduire par ses incantations.

Serait-ce assez pour impressionner Dove ? Pour l'ensorceler ?

Dove, assise sur le bord de son siège, regardait la scène, fascinée. Elle avait fini par se convaincre qu'il ne lui restait qu'à tenter de survivre à cette soirée. Elle n'aurait pas cru cela si difficile. Elle s'attendait à ce qu'Illarion se contente d'un simple exercice de lecture. Mais la performance qu'il leur offrait tenait à la fois du théâtre et de la déclamation. Le corps tout entier du jeune prince devenait le véhicule de ses émotions, de sa colère et de ses larmes, sa voix s'enflant puis redescendant jusqu'à ne plus être qu'un léger murmure, un chuchotement ténu, tandis qu'il décrivait ses rêves et ses espérances brisées. Dès le second poème, Dove comprit que ces vers lui étaient adressés. Il s'agissait de ses propres rêves et de ses espoirs déçus. Illarion l'incitait à réagir, il l'appelait à la révolte, communiquant avec elle de la seule façon qui lui restait, tentant en public et de toutes ses forces, avec tout son courage, de réveiller son cœur.

Percivale, de son côté, avait sorti ce soir-là toute sa panoplie de gracieusetés et de minauderies. Il s'était incliné sur sa main, en avait effleuré les jointures d'un impondérable baiser, lui souriant avec une bonne grâce que d'autres femmes auraient trouvée irrésistible.

— J'attends avec impatience notre tête-à-tête, Lady Dove.

Ce qui était une manière fort courtoise de lui rappeler qu'il commençait à trouver le temps long. Il ne manqua pas de lui faire compliment de sa toilette, lui répéta à plusieurs reprises qu'il était tellement, tellement content de la voir. Lui-même était vêtu comme de coutume de manière irréprochable d'une jaquette d'une délicate couleur vert céleri sur une chemise d'un blanc immaculé, et, comble d'élégance, d'une cravate de soie blanche dans laquelle était piquée une épingle à tête de diamant. N'importe quelle femme aurait été fière de parader au bras d'un tel gentleman, pur produit de nombreux siècles de civilisation, d'ingéniosité et de raffinement. Il connaissait les usages sur le bout des doigts et les observait à la lettre, convaincu qu'il était que leur respect lui apporterait tout ce à quoi il aspirait. Dove soupira. Elle aurait bien voulu partager cette conviction.

Des applaudissements retentirent. Illarion salua. Il présentait maintenant le poème qui devait clôturer sa prestation.

— Ces vers sont dédiés à ma muse. À une femme qui m'a ramené à la vie. Que ces mots l'inspirent comme elle m'a inspiré. Ladies et gentlemen, je vous présente *Snegourotchka*.

Dove réprima un cri. C'était à elle, cette fois directement, qu'il s'adressait. Des larmes se pressèrent sous ses paupières, qu'elle refoula aussitôt. Elle n'avait pas le droit de pleurer, de révéler aux yeux de tous l'identité de la muse. Mais elle pouvait au moins boire les paroles du poète, lui faire comprendre du regard qu'elle savait qu'il évoquait leur amour.

C'était hélas tout ce qui leur restait.

Parce qu'elle avait fait son choix.

Snegourotchka marche dans la forêt blanchie de givre

Le royaume de glace de son père Hiver

Ses cheveux ont la pâleur d'un rayon de lune

Ses lèvres sont rouges comme les baies du houx en décembre

De ses yeux gris pareils au lac figé par le grand froid

Elle regarde vers le ciel chargé de neige

Et soupire

Elle attend le printemps

Et l'amour…

« Elle attend le printemps et l'amour... » Dove eut grand-peine à ne pas soupirer à son tour. L'allusion était claire. À son côté, elle vit Percivale se tourner vers elle, sidéré.

— Par tous les saints ! Mais il parle de vous ! Il se permet de vous exposer publiquement ! Je ne le tolérerai pas. Qu'est-ce que cet individu... ?

Il était visiblement hors de lui.

Dove posa une main sur sa manche.

— Ce n'est rien, Percivale. Je vous en prie...

Mais c'était tout, au contraire. Tout ce que Percivale ne pouvait comprendre. De tout son être, elle se tendit vers la scène pour mieux entendre, chaque intonation lui faisant l'effet d'une caresse, chaque mot, d'un encouragement. Illarion l'appelait à lui comme le ferait une sirène. Tous les muscles du corps de Dove, chaque parcelle de son être aspiraient à bondir pour le rejoindre.

Mais elle n'en avait pas le droit, puisque sa décision était prise.

— Cet individu ne s'en sortira pas comme cela ! murmura Percivale entre ses dents, dévisageant Dove comme s'il la voyait pour la première fois. Je vais le provoquer en duel pour vous avoir insultée. C'est mon droit. Cette fois, il est allé beaucoup trop loin !

Dove se raidit. Percivale faisait-il allusion à autre chose qu'à ce poème ? Se doutait-il de la limite qu'ils avaient en effet franchie, Illarion et elle ? En séduisant Dove, en lui prenant sa virginité, Illarion avait transgressé l'une des règles les plus intangibles de leur société. Et pour un homme comme Percivale, pour qui ces règles étaient comme une bible, c'était intolérable. Parce que c'était tout un monde qui en dépendait.

Leur monde.

Dove fut prise d'une soudaine panique. La dernière chose qu'elle voulait, c'était bien que les deux hommes s'affrontent en duel.

— Strom...

C'était la première fois qu'elle appelait le jeune homme par son prénom. C'était à la fois étrange et inconfortable.

— Strom, reprit-elle d'une voix plus ferme. Vous ne pouvez pas faire cela. C'est un prince étranger. Son ambassade...

La déclamation arrivait à son apogée. Les mots d'Illarion se précipitaient, comme pour mimer une course, un saut...

Snegourotchka s'élance vers le feu comme les autres jeunes filles

Ses jupes haut levées, ses jambes la portant en avant dans un élan irrépressible...

La voix d'Illarion ralentit, ménageant un effet de suspense. Son corps se figea, comme devant un obstacle.

Au dernier moment, malgré la peur des flammes, elle saute très haut, très haut...

Le récit s'interrompit, comme suspendu. Illarion, les bras et une jambe levés, immobile, suivait du regard l'envol de Snegourotchka vers le ciel.

Dove, penchée en avant, attendait l'inévitable. Elle connaissait le dénouement de cette histoire. Snegourotchka, dont le corps fait de particules de glace ne pouvait supporter la chaleur des flammes, disparaissait dans les nuages.

Mais la fin n'arrivait toujours pas. Illarion abandonna sa pose, et son grand corps se plia dans un dernier salut. Et aussitôt, le public explosa en applaudissements et en cris d'enthousiasme.

Pourtant, autour de Dove, il y eut quelques protestations.

— Superbe ! Mais quel étrange récit ! Il n'y a pas de dénouement.

Elle seule n'était pas dupe. Le dénouement, c'était à elle de l'écrire. Choisirait-elle de se laisser anéantir par les flammes ou choisirait-elle de s'élever vers le ciel, avec lui ? Son sang s'accéléra dans ses veines, son cœur battait à tout rompre. Peu importait, maintenant, que sa décision soit déjà prise. Elle avait le droit de changer d'avis. Elle avait gâché une chance. Elle ne gâcherait pas la deuxième. Percivale s'en remettrait. Un homme comme lui s'en remettait toujours.

Se levant d'un bond, elle repoussa le bras de son soupirant qui tentait de la retenir.

— Lady Dove, où allez-vous ? interrogea-t-il, stupéfait, en la dévisageant de son regard pâle. Êtes-vous souffrante ?

— Je suis désolée, Percivale. Je ne peux pas. Je croyais que ce serait possible, mais je m'en sens incapable.

S'arrachant à l'étreinte de son compagnon, elle s'enfonça dans la foule.

Son cœur était sur le point d'éclater. Si elle pouvait rejoindre Illarion, tout irait mieux. Qu'avait dit sa mère, déjà ? Que, quand on est avec celui qu'on aime, on se sent invincible ? Les spectateurs se ruaient vers Illarion pour le féliciter, tout le monde voulant être le premier à lui serrer la main. Dove se faufilait entre les corps agglutinés, écrasant et écartant sans pitié les obstacles. La foule était son alliée autant que son ennemi. Percivale, ralenti lui aussi, ne parvenait pas à la rejoindre. Quelqu'un la bouscula. Un homme de haute taille lui bloqua la vue, lui cachant Illarion. Elle sentit la traîne de sa robe se déchirer. Mais, aveugle et obstinée, elle continuait son chemin. Et, profitant d'un trou dans la masse, elle s'y faufila. Encore une dernière manœuvre et elle atteignit enfin son but.

— Illarion ! appela-t-elle d'une voix forte.

Il tourna la tête, leurs yeux se rencontrèrent.

— Dove !

Mais le regard d'Illarion la dépassa, se portant sur quelqu'un, derrière elle. Le silence tomba aussitôt dans la salle tandis que la foule s'écartait, laissant émerger Percivale. Enfin survenait l'instant que tout Londres attendait depuis des semaines. La confrontation entre l'impeccable Strom Percivale, futur duc d'Ormond, et le douteux mais irrésistible prince Kutejnikov, qui était parvenu à lui voler le cœur de la plus jolie, et de la plus convoitée, disait-on d'elle, des débutantes de la Saison.

Dove retint son souffle. La bonne éducation de Percivale l'empêcherait-elle de provoquer un scandale ? Mais c'était précisément son éducation qui avait conduit le jeune homme à réagir ainsi. Son sens de l'honneur exigeait de lui qu'il affronte le prince rebelle.

— Kutejnikov ! lança Percivale, omettant volontairement le titre d'Illarion. Comment osez-vous mêler une innocente jeune fille, la fille d'un pair du royaume d'Angleterre, à votre poésie malsaine et débauchée ? Comment osez-vous l'appeler votre muse ? Lady Dove Sanford-Wallis est sur le point de devenir ma femme, je doute que vous l'ignoriez !

Il tremblait de fureur. Jamais Dove ne l'aurait cru capable d'une telle émotion.

Illarion se tourna vers elle.

— Est-ce exact, Lady Dove ? Les félicitations sont-elles à l'ordre du jour ?

C'était maintenant ou jamais. Lady Redruth se tenait derrière Percivale, le visage livide. La volonté de Dove en fut un instant ébranlée. Elle allait faire tant de mal à sa mère. Lord Redruth serait furieux et blessé lui aussi. Mais devait-elle payer leur tranquillité de son propre bonheur, et de celui d'Illarion ? Devait-elle se livrer pieds et poings liés à Percivale, s'enfermer avec lui à jamais dans un tombeau pour satisfaire leurs ambitions et apaiser leurs inquiétudes ?

Des inquiétudes tout à fait arbitraires, au demeurant.

Elle ouvrait la bouche, s'apprêtant à répondre, quand Percivale s'interposa de nouveau.

— Qui vous autorise à interpeller ainsi une dame en public ?

Illarion, croisant les bras, le dévisagea froidement.

— Auriez-vous peur de sa réponse ? Avez-vous le droit de répondre à sa place ?

Le visage de Percivale se convulsa de rage.

— Vous osez vous adresser ainsi directement à une dame ? Ignorez-vous que, dans notre monde, une jeune fille ne doit pas intervenir en public ? Quand je dis notre monde... Bien sûr, vous n'en faites pas partie !

Un mince sourire étira les lèvres du prince. Il ressemblait maintenant tout à fait à un gros chat jouant avec une souris. Mais la conversation prenait un tour dangereux.

— Je croyais que seuls les enfants n'étaient pas autorisés à prendre la parole en public ? Mais peut-être ne voyez-vous pas la différence entre une jeune adulte, dotée de tout son bon sens, et un enfant ? Une fois marié, cela ferait bien votre affaire, j'en suis certain.

Un homme dut retenir Percivale de bondir sur son interlocuteur.

— Je ne doute pas qu'un individu comme vous ignore toutes les règles de la bienséance..., lança-t-il.

— Qu'en savez-vous ? Pensez-vous que tout le monde ici prête foi à vos médisances ?

— Osez-vous me traiter de menteur ?

Cette fois, la bataille rangée n'était pas loin. Dove décida d'entrer en action.

S'interposant entre les deux adversaires, elle repoussa Illarion, prêt à bondir lui aussi. Mais il était trop tard pour arrêter les fatales paroles.

— C'est précisément cela. Strom Percivale, futur duc d'Ormond, je vous considère comme un menteur.

Le poing de Percivale partit. Dove ne put s'écarter à temps. Le coup, particulièrement violent, l'atteignit à la tempe et elle bascula en arrière, tombant dans les bras d'Illarion qui se refermèrent sur elle.

Un voile noir obscurcit son regard et elle perdit connaissance.

20

Dove s'étira voluptueusement dans la lumière dorée que déversait la fenêtre de sa chambre, grande ouverte sur le ciel bleu. Elle savourait les précieux instants de lucidité dont son cerveau disposait chaque jour, seul moment de la journée où elle avait l'impression que son corps et son esprit étaient vraiment libres.

Ses parents l'avaient ramenée en Cornouailles. C'était l'une des deux ou trois choses dont elle était certaine après la débâcle qui avait eu pour théâtre le salon des Hathaway. Tout le reste était plongé dans le brouillard provoqué par les drogues qu'elle ingurgitait. Malade pendant tout le trajet, elle n'avait gardé qu'un vague souvenir du voyage, mené au grand train des quatre chevaux du carrosse familial. Avant cela, elle se rappelait s'être réveillée dans son lit de Redruth House, tandis que toute la maisonnée s'agitait autour d'elle pour préparer le départ. Nauséeuse et prise d'une forte fièvre, elle accusait le coup après un début de Saison agité et une situation pour le moins dramatique. Quand elle avait réclamé Illarion, sa mère s'était précipitée vers son lit et, lui prenant les deux mains, lui avait annoncé qu'elle ne le reverrait plus jamais. Son père et elle allaient la ramener à la maison.

Elle avait manifesté son refus de partir. Elle se rappelait avoir lutté physiquement, se débattant contre des mains ennemies qui la repoussaient dans son lit. C'était alors, sans doute, que les drogues avaient commencé à lui être administrées. Et cette nuit-là, quand elle s'était réveillée, ils étaient dans le carrosse et avançaient sur la route à vive allure. Il était trop tard pour se rebeller.

La deuxième chose dont elle se souvenait, c'était que Percivale et Illarion devaient se battre en duel. À moins que cela ne se soit déjà passé ? Les journées se succédaient sans qu'elle s'en rende compte, n'étant plus maintenant que de longues périodes de sommeil entrecoupées de brefs réveils. Sans doute à cause des drogues qu'on l'obligeait à prendre. On lui donnait maintenant tous les jours du laudanum, mêlé à une infusion de tilleul ou de verveine, parce que le thé était trop excitant. « Pour faire tomber ta fièvre, affirmait sa mère, et pour calmer tes nerfs. » Mais cela avait surtout le pouvoir de l'endormir.

Dove avait besoin de ce court moment de lucidité, tôt le matin, avant que sa femme de chambre ne s'aperçoive qu'elle était réveillée. Il fallait qu'elle réfléchisse, qu'elle trouve en elle assez de force pour se lever et pour retrouver sa liberté. Ou en tout cas, pour sortir de cette chambre. Il fallait qu'elle ait des nouvelles du duel. Elle voulait savoir si Illarion était vivant. Elle ne doutait pas que Percivale, s'il en avait l'opportunité, tirerait pour tuer. Illarion était-il mort ? Gisait-il dans sa chambre de Kouban House, gravement blessé ? Bah ! À quoi bon se torturer ? Même si son cher amour était toujours de ce monde, il était à plusieurs jours de voyage de la Cornouailles et ne pouvait lui être d'aucune aide. D'ailleurs, s'il en était physiquement capable, viendrait-il vers elle ? Ou penserait-il que le jeu n'en valait pas la chandelle ? Qu'il avait eu assez d'ennuis comme cela ?

Après tout, c'était à cause d'elle qu'il avait dû risquer sa vie.

La troisième certitude, c'était que ses parents étaient furieux contre elle. Son père n'était pas venu une seule fois la voir. Sa mère lui rendait visite tous les jours, mais elle se contentait de la regarder, image même de la réprobation. Elle considérait sa fille d'un œil nouveau, maintenant. Comme si Dove représentait une cause perdue, qu'elle n'était plus qu'un jouet cassé. Un objet fragile et peu fiable qu'il fallait manipuler avec précaution de peur qu'il ne se brise complètement. Dove avait essayé de manifester sa volonté d'indépendance et le résultat en était catastrophique.

Ce n'était certainement pas à cela que ressemblait la liberté.

Dove se redressa précautionneusement dans son lit, pour éviter que la pièce ne se mette à tourner autour d'elle, comme les jours précédents. Elle était affolée de la vitesse à laquelle son corps s'était affaibli. Il n'avait pas dû se passer plus d'une semaine depuis leur retour de Londres. Il fallait qu'elle trouve le moyen de s'habiller avant que sa femme de chambre n'arrive. Pour le moment, l'effort lui paraissait insurmontable. Il suffisait de mettre la main sur une de ces robes de jardin, qui ne nécessitent ni agrafes ni jupons. Peut-être la verte, qu'elle avait coutume de revêtir pour aller donner leur leçon de dessin aux enfants du village. Glissant ses jambes hors du lit, elle se leva prudemment.

Quand sa mère arriva pour sa visite matinale, Dove était assise sur le banc, près de la fenêtre, vêtue de sa robe et les cheveux à peu près coiffés.

— Ma chérie ! Mais que fais-tu debout et habillée ? s'exclama la brave femme, comme si les gens ne se levaient et ne s'habillaient pas tous les jours. Tu vas bien ?

Dove lui sourit d'un air enjoué. Elle avait décidé que le meilleur moyen de sortir de cette chambre, et du carcan mental que lui imposait la drogue qu'on lui faisait prendre, c'était de recommencer à vivre sa vie paisible de Cornouailles, comme si de rien n'était.

— Mais oui, chère maman. Je me suis prélassée dans ce lit bien trop longtemps. Les enfants doivent attendre que les cours reprennent. J'ai l'impression que cela fait des siècles que je ne les ai pas vus... Je crois que cet été, je vais commencer à leur apprendre les rudiments de la peinture.

Cette perspective parut embarrasser sa mère.

— Es-tu sûre de te sentir assez bien ? Jeannie va monter d'une minute à l'autre avec ton petit déjeuner et ton médicament.

— Je suis tout à fait guérie, maman. Plus besoin de toute cette médecine.

Lady Redruth, alarmée, porta une main à sa gorge.

— Tu as été victime d'un grave choc nerveux, ma chérie. Nous devons veiller à t'éviter toute forme d'agitation, sinon cela va reprendre. D'après notre brave Dr Smith, certaines femmes ont une constitution beaucoup trop fragile pour supporter les émotions. Les médicaments qu'il a recommandés sont indispensables pour t'empêcher de t'exciter et de devenir un danger pour toi-même ou pour les autres.

Elle hocha la tête tristement avant d'ajouter :

— Tu n'étais pas prête pour cette Saison à Londres. Je n'avais pas imaginé...

Lady Redruth s'interrompit, au bord des larmes, et elle caressa la joue de sa fille dans un geste qui remontait à l'enfance de Dove.

— Ma pauvre enfant... Ton père voudrait t'envoyer dans une institution spécialisée, où l'on pourrait te surveiller nuit et jour. Mais je m'y suis opposée. Je veux m'occuper moi-même de toi. Ce sera juste entre nous trois, comme avant.

La femme de chambre entra dans la pièce avec le plateau du petit déjeuner. Des muffins, quelques toasts grillés, et la fameuse mixture noyée dans la tisane.

Dove soupira, découragée. Sa mère croyait vraiment qu'elle avait été victime d'une dépression nerveuse due à la pression des trop nombreuses obligations mondaines de la Saison. La Cornouailles, cette maison allaient devenir pour longtemps sa prison. Il n'y aurait plus de bals, plus de concerts, plus d'expositions, plus de folles soirées avec les amis d'Illarion. Elle était réduite à vivre en réclusion jusqu'à ce que cette prétendue maladie des nerfs, que sa mère redoutait tant, devienne réalité. C'était la faute du médecin, bien sûr. C'était lui, sans doute à l'instigation de Lord Redruth, qui avait concocté cette explication absurde après ses débuts désastreux à Londres.

Dove refoula la panique qui la poussait à contester, à se défendre. Cela ne pourrait qu'inquiéter davantage sa mère. Son meilleur allié, désormais, était le calme, et la démonstration d'une parfaite maîtrise de soi. Le moindre éclat, la moindre saute d'humeur seraient utilisés contre elle comme une preuve de sa maladie.

Pourtant, elle ne put résister à produire un argument en sa faveur.

— Maman, je n'ai pas eu de dépression nerveuse, je t'assure. Je suis simplement tombée amoureuse.

Sa mère lui tapota gentiment la main, une lueur d'inquiétude traversant de nouveau son bon regard. Elle parut réfléchir un instant.

— Les hommes ne t'importuneront plus, ma chérie. Percivale a retiré sa demande, bien sûr. Ce qui est préférable. Tu n'es pas en état de subir la fatigue d'un mariage et d'après le Dr Smith, qui te suit depuis ton enfance, les obligations qui vont de pair avec le rang de duchesse auraient été beaucoup trop lourdes pour ta constitution.

Dove fut prise d'un rire silencieux, qu'elle parvint à contenir. Et celles d'une princesse, alors ?

— Que s'est-il passé après mon malaise, mère ? s'enquit-elle, évitant de manifester trop d'intérêt.

Mais elle brûlait d'envie de savoir comment les événements avaient tourné après qu'elle avait été assommée par le poing de Percivale.

La duchesse haussa les épaules.

— Ce qui se passe toujours dans ces circonstances. Percivale et le prince ont failli en venir aux mains, Percivale l'a provoqué en duel en bonne et due forme... Il lui aurait envoyé un cartel à peine après être rentré chez lui.

De nouveau, Lady Redruth lui tapota la main. Puis elle prit une profonde inspiration et sourit. Elle ne dirait rien de plus sur le sujet.

— Tout cela appartient au passé, maintenant. L'important, c'est que nous ayons regagné la maison et que ta santé s'améliore. Loin de tout cela...

Tout cela, c'est-à-dire les commérages voilés de fausse commisération à l'égard de « cette malheureuse débutante, pourtant l'une des plus prometteuses de la Saison ». Triste sort que d'être contrainte de rentrer chez elle pour y vivre cloîtrée, après un scandale retentissant.

Sa mère se leva.

— Jeannie va te laisser le médicament au cas où. Tu peux essayer de ne pas en prendre aujourd'hui, si tu veux. Je viendrai voir comment tu vas plus tard.

Lady Redruth était à peine sortie que Dove jeta la tisane dans un pot d'azalées. Elle se contraignit en revanche à ingurgiter tout son petit déjeuner afin de reprendre des forces. Cela fait, elle alla s'accouder à la fenêtre pour admirer le parc. Le temps était magnifique et les rosiers déjà épanouis. Elle décida d'aller dessiner dehors. Personne ne verrait de mal à cela. Elle se brossa les cheveux qu'elle attacha en queue-de-cheval, bien incapable de faire mieux sans l'aide de sa femme de chambre. Mais elle ne faisait guère confiance à Jeannie, pas plus qu'aux autres domestiques qui croyaient, tout comme sa mère, qu'elle était fragile et avait besoin d'être surveillée. Ses moindres propos, ses moindres faits et gestes seraient rapportés à la duchesse et il n'était pas question que sa mère devienne l'arbitre de sa vie.

Une fois prête, Dove rassembla son matériel de dessin et descendit dans le parc, résistant à l'envie de se glisser furtivement le long des murs du manoir pour ne pas être vue. Elle marcherait librement, comme si elle avait tous les droits d'être là, d'aller où bon lui semblait. Si elle se comportait normalement, les gens finiraient bien par se convaincre que rien n'avait changé.

Que tout allait bien.

À vrai dire, c'était là une vision un peu trop optimiste. Tout avait changé, en fait. À commencer par elle-même. Mais cela avait été pour son plus grand bien. Dove s'assit sur un banc et ouvrit son carnet d'esquisses sur ses genoux. Chassant une abeille d'une main paresseuse, elle huma voluptueusement le parfum des fleurs printanières.

C'était bon de retrouver l'air frais et la nature.

Son expérience londonienne avait eu au moins le mérite de lui ouvrir les yeux. Sur la bonne société londonienne mais aussi sur le reste du monde. Quel choc elle avait éprouvé en apprenant le triste sort des jeunes filles bien nées du Kouban. Et cela avait été pis encore quand elle avait perçu le parallèle qui pouvait se faire avec sa propre situation. En Angleterre, on y mettait les formes mais, pour le reste, les conditions étaient tout aussi scandaleuses. C'était le poème d'Illarion, *Liberté*, qui avait fini de lui ouvrir les yeux.

Des vers lui revinrent à la mémoire. Elle commença à jeter quelques traits sur le papier. Prise au piège, emprisonnée, forcée... Elle transcrivait maintenant ces mots forts en images. Des silhouettes prenaient forme. Dérangeantes, voire scandaleuses auraient pu dire certains, mais pour elle, agissant comme une catharsis. Le dessin avait toujours été pour Dove un moyen d'explorer ses sentiments, ses émotions. Mais jamais elle n'avait été plongée dans un univers aussi sombre.

Femmes enfermées chez elle pour avoir dénoncé un mari violent et tenté de s'en affranchir. Jeunes filles suppliant leurs parents à genoux de ne pas leur imposer un mariage forcé. Jamais elle n'avait songé à ces situations auparavant. Maintenant, elles la hantaient. Combien de femmes, comme elle, avaient été emprisonnées dans leur maison, droguées, assujetties à leurs parents ou à des tuteurs, enfermées même dans des couvents parce qu'elles s'étaient battues pour leur liberté ? Le seul crime de Dove avait été de tomber amoureuse d'un jeune prince étranger. Et elle allait en payer le prix sa vie entière. Tel était le résultat de sa velléité d'indépendance.

Et tel était le cadeau que lui avait fait Illarion. La main de Dove s'immobilisa et, tournant vivement la page, elle considéra pensivement la surface blanche qui s'offrait à elle. Puis, de nouveau, elle se mit à dessiner furieusement. C'était à Illarion qu'elle devait sa liberté. Il lui avait d'abord montré qu'elle avait le droit de choisir, il avait dénoncé les abus dont elle était victime, comme toutes les autres filles à marier. Puis il avait réuni les conditions pour qu'elle parle enfin et qu'elle s'affranchisse. Elle examina le dessin qui avait émergé sur la page. L'ossature forte et régulière du visage d'Illarion, sa mâchoire carrée, sa bouche généreuse, toujours prête à rire, son regard vif. Il lui avait tout donné.

Et peut-être même sa vie.

Des larmes lui montèrent aux yeux, qu'elle refoula aussitôt. Personne ne devait la voir pleurer, au risque qu'elle se retrouve enfermée et droguée de nouveau.

Elle devait se montrer forte. Plus forte qu'elle ne l'avait jamais été.

Dove comprit vite que pour être forte, pour rester libre, elle devait être seule. Il ne fallait se fier à personne. Ni aux domestiques ni à sa mère. Alors elle se mit à jouer la comédie. Une fois que tout le monde fut habitué à la voir dessiner dans le jardin, elle entreprit de courtes promenades à cheval. Sa destination favorite était la falaise qui dominait la mer. Suivie d'un groom chargé de son matériel, elle passait des heures à reproduire le mouvement des vagues, à dessiner les oiseaux et à penser. Il était plus facile de le faire là-bas, sans personne pour l'observer.

La promenade de ce jour avait été particulièrement stimulante, songea-t-elle en jetant ses gants d'équitation sur la table du hall, plongé dans la pénombre fraîche de cette fin d'après-midi d'été. Elle avait pris une décision, assez difficile, certes, mais elle commençait à y être habituée. Il lui était impossible de rester plus longtemps dans cette maison. Il lui fallait établir un plan d'action. Rapidement. Cela faisait près d'un mois, maintenant, qu'elle était sortie de son lit. Et plus longtemps encore qu'elle était sans nouvelles d'Illarion. Chaque jour, la question la taraudait davantage. Pourquoi n'écrivait-il pas ? Pourquoi ne venait-il pas jusqu'en Cornouailles ? Parce qu'il ne le pouvait pas ou parce qu'il ne le voulait pas ? Avait-il décidé une fois pour toutes qu'elle représentait pour lui trop d'embarras ? Non pas qu'elle attendît qu'il vint la délivrer de sa tour, comme dans les contes. Mais elle voulait savoir.

Qu'était-il arrivé à Illarion ? À son amour ? Si elle se laissait aller à son inquiétude, elle deviendrait réellement malade. Et elle ne pouvait se permettre ce luxe. Sinon, c'était l'enfermement.

Quoi qu'il en soit, il était grand temps d'agir. Physiquement, Dove avait recouvré toutes ses forces, bien que sa mère manifestât constamment des doutes à ce sujet. La duchesse la surveillait comme le lait sur le feu, exigeant à tout instant qu'elle se repose. Mais Dove n'avait pas besoin de se reposer. Elle avait besoin de prendre son envol. Elle n'avait jamais été malade. Simplement assommée. Par inadvertance...

La situation était cocasse, mais elle était aussi tragique.

En tout cas, Dove se sentait parfaitement capable de voyager. Mais jamais ses parents ne la laisseraient partir. La seule possibilité était donc la fuite.

Bien que la tentation en fût grande, elle ne s'échapperait pourtant pas tout de suite. Chaque jour, quand elle se postait devant la fenêtre de sa chambre, son regard se perdait dans l'allée qui conduisait hors du domaine. Comme il serait facile de la suivre jusqu'à la route et de continuer jusqu'à la ville d'où partait la diligence ! Mais ce n'était qu'une illusion. S'enfuir n'aurait rien de facile. D'abord, il fallait de l'argent, et Dove n'en avait pas. Autre manière de tenir les femmes en lisière. Elle ne savait pas non plus où aller, sinon à Londres, qui recélait sans doute les réponses à toutes les questions qui la hantaient.

Mais si elle trouvait le moyen de se rendre à la capitale, elle serait inévitablement suivie. Ses parents n'auraient aucun mal à la rattraper avant qu'elle n'arrive là-bas. Et si elle parvenait à destination, quel accueil lui serait-il réservé ? Si Illarion n'était pas là ? S'il refusait de la voir ? Si... ?

Cette dernière idée était difficile à formuler. Si Illarion était mort et Percivale toujours vivant ?

Dove n'avait pas le droit à l'échec. Il lui fallait donc s'organiser soigneusement. Si elle était reprise et ramenée à la maison, c'en serait fini à jamais du peu de liberté dont elle disposait. Rien ne retiendrait plus son père, qui refusait toujours de lui parler, de l'enfermer dans une institution religieuse ou pis encore.

— Dove, viens ici, je te prie.

La voix du duc, provenant de son bureau, l'arrêta à mi-chemin de l'escalier. Apparemment, le temps était venu de rompre le silence.

Elle s'avança vers la porte avec réticence, se demandant ce qu'il fallait redouter le plus, de l'hostilité du duc ou de ce qui pouvait être une tentative de réconciliation. Son père était assis derrière son bureau, ses yeux noirs posés sur elle.

— Tu sembles mieux te porter, remarqua-t-il d'un ton froid mais poli.

— Oui. Les étés de Cornouailles m'ont toujours bien réussi, répondit-elle avec la même politesse, attendant que son père aborde le véritable motif de l'entretien.

— Je suis rassuré maintenant sur le fait que tu ne portes pas l'enfant de Kutejnikov. C'est déjà cela.

Dove baissa la tête, le feu aux joues. Ne pouvait-elle jouir de la moindre intimité, même dans les détails les plus personnels de sa vie ?

— Tu t'es déshonorée, ma fille, et tu nous as également déshonorés, ta mère et moi, par la même occasion. Comprends-tu cela ? Personne ne voudra plus de toi, maintenant. Personne qui compte, en tout cas. J'ai commencé à m'enquérir de quelque gentleman de la région, qui se soucierait peu des commérages de Londres.

Dove releva brusquement la tête.

— Mère m'avait dit que vous ne m'importuneriez plus à ce sujet !

— C'était avant que nous n'ayons la certitude que tu n'attendais pas d'enfant. Mais tout va bien et, à en juger par ta mine, tu te portes comme un charme. Tu t'es remise de tes mésaventures, semble-t-il…

La dernière phrase ressemblait davantage à une question. Dove vit tout de suite le piège. Si elle prétendait qu'elle ne se sentait pas encore assez bien pour songer au mariage, le duc l'enfermerait de nouveau dans son statut de malade et elle perdrait sur-le-champ toutes les libertés qu'elle avait si patiemment reconquises. Si au contraire elle se déclarait en parfaite santé, alors elle devrait prendre un époux. Et le jeu reprendrait, avec d'autres prétendants.

Son père, penchant la tête sur le côté, un sourire faussement conciliant sur ses lèvres sèches, s'enquit d'une voix brève :

— Quel sera ton destin, Dove, si tu ne te maries pas ? Y as-tu seulement songé ?

Ouvrant l'un des tiroirs de son bureau, il en tira une liasse de feuillets qu'il jeta devant lui.

— Jeannie a fouillé ta chambre, sur ma demande, et m'a rapporté cela.

Il s'agissait des portraits d'Illarion. Dove les considérait comme ce qu'elle avait fait de mieux jusqu'à présent.

— Mais c'est à moi ! protesta-t-elle.

Certains de ces croquis le représentaient nu. Pas étonnant que son père ait sauté sur une conclusion évidente…

— Ce temps-là est révolu, Dove. Il est temps que tu en prennes conscience.

Sortant un briquet d'amadou du même tiroir, il l'alluma et en approcha la flamme des feuillets qu'il tenait entre deux doigts.

— Non ! Père, je vous en prie !

Dove regarda les dessins disparaître lentement sous l'effet du feu, le regard élargi. Mais il fallait rester calme. Ne pas s'affoler.

Son père alla jeter les papiers en flammes dans la cheminée pour qu'ils achèvent de s'y consumer.

— Je fais cela pour ton bien, Dove. Et n'espère pas que ton prétendu prince vienne à la rescousse.

Il avait prononcé ces mots d'un ton si définitif que Dove se demanda ce qu'il savait.

Pourquoi Illarion ne lui donnait-il pas de nouvelles ? Quelle avait été l'issue de cet horrible duel ?

21

Faubourgs de Londres, à l'aube, un mois plus tôt...

Sautant de son cabriolet, Illarion atterrit sur l'herbe trempée par la rosée. Il respira avidement une bouffée de l'air frais du matin. L'été était enfin arrivé jusqu'à Londres et la journée serait chaude. En face de lui, Percivale sortait également de son véhicule. Il fallait lui accorder qu'il ne s'était pas défaussé. Illarion avait à moitié espéré qu'il ne viendrait pas mais c'était une affaire d'honneur et Percivale n'était pas le genre d'homme à transiger avec cela. Lui non plus, du reste.

Illarion se sentait prêt. C'était lui qui avait le choix des armes et il avait jeté son dévolu sur le pistolet. Pas question de laisser sa place au hasard. Et le pistolet était son arme de choix.

Nikolaï descendit derrière lui, déjà tout à sa mission, revêtu de son uniforme de membre de la Garde royale du Kouban. Il avait accepté d'être son témoin.

— Je vais aller parler au témoin de Percivale pour mettre au point les détails.

Illarion opina du chef.

— Vérifie bien les armes, veux-tu ?

Ses pistolets étaient en parfait état et chargés, il s'en était assuré lui-même, mais on ne traitait pas un duel de manière cavalière. C'était une question de vie ou de mort, après tout. Et lui avait voté pour la vie.

Il plia et déplia ses mains à plusieurs reprises afin d'en assouplir les articulations. C'était sans doute son cinquième ou sixième duel mais il ne pouvait refouler un vif sentiment d'excitation mêlé de peur. On ne se sent jamais si attaché à la vie que lorsqu'elle risque de vous échapper. Percivale s'arrêterait-il au premier sang ? Ou voudrait-il aller jusqu'au bout ? Aurait-il assez de sang-froid pour contrôler son tir ? Tout pouvait arriver. Et dans ce cas, se demanda Illarion, lui-même se sentait-il prêt ? Il avait passé la nuit à mettre ses affaires en ordre, au cas où.

Suivi de près par Ruslan, Stepan émergea du cabriolet. En dépit de ses sermons, il avait tenu à venir. De toute façon, Illarion le savait bien, les sermons de Stepan, c'était une manière de lui dire qu'il l'aimait. Qu'il était son frère. Déjà, sa main était sur son épaule.

— Nerveux ?

— Qui ne le serait ? reconnut Illarion.

Il fallait cependant qu'il arrête le tourbillon de pensées qui s'agitaient dans sa cervelle. Maintenant, il devait se concentrer sur le duel, sur les vingt pas qu'il devait faire, dos tourné à l'adversaire, sur la volte-face, sur l'angle de son corps qu'il présenterait au tir ennemi. Puis il devrait armer son pistolet, le lever…

— Vas-tu tirer en l'air ? s'enquit Stepan.

— Oui, très probablement.

Percivale l'avait insulté et il avait insulté une femme qui était sous sa protection, sans doute poussé à une telle extrémité par Heatherly et les autres, pas assez courageux pour l'affronter directement. En d'autres circonstances, un tel forfait aurait mérité le plus grand châtiment. Mais Percivale avait agi sous influence. Sans compter son sens de l'honneur, toujours à fleur de peau.

— Et crois-tu que Percivale le fera ?

— Je ne sais pas, répondit Illarion d'un ton grave.

Il ignorait s'il l'aurait fait à la place de Percivale. Bien sûr, ce dernier s'était comporté de manière inacceptable la veille au soir. Néanmoins il avait été traité de menteur par Illarion en public. Et bien qu'il ait frappé Dove par accident, cela n'avait fait qu'alimenter la rumeur. Illarion revoyait la scène au ralenti. La tête de Dove était partie en arrière avec une telle force qu'il avait craint pour sa vie. Elle s'était écroulée dans ses bras et il l'avait retenue précautionneusement contre lui jusqu'à ce que des spectateurs viennent la lui prendre pour l'emmener. Alors, Percivale avait bondi sur lui et une empoignade s'en était suivie. Illarion n'avait pas hésité à rendre coup pour coup et il avait fallu qu'on les sépare.

Sa première pensée, ce matin-là, avait été pour Dove. Dès la fin du duel, il irait la voir. Il exigerait qu'on le laisse entrer. Nikolaï viendrait avec lui.

Illarion se ressaisit. Pour l'heure, il fallait se concentrer sur les minutes à venir.

— Tous les papiers sont en ordre, dit-il en se tournant vers Stepan.

Cela avait été relativement simple, infiniment plus simple que lors de son dernier duel, au Kouban. À l'époque, il y avait des palais, des bijoux, des affaires en cours.

— Il n'y avait que de l'argent. J'ai signé un papier pour que Ruslan et toi ayez accès à mon compte en banque.

Fouillant dans sa redingote, il en sortit une enveloppe qu'il tendit à Ruslan.

— Tiens. C'est pour elle. C'est l'acte de propriété pour la maison que j'ai achetée.

Si elle voulait partir de chez elle, au moins, elle aurait un endroit où aller.

Ruslan hocha la tête.

— Ne t'inquiète pas. Je garde cela précieusement. Tu peux compter sur nous. Et nous nous occuperons d'elle, je te le promets.

Il glissa le document dans sa poche intérieure sans contester l'utilité des diverses démarches effectuées par Illarion. Les duels étaient toujours une affaire sérieuse.

Illarion, qui se fiait peu à sa voix, le remercia d'un signe de tête. Il avait agi de son mieux dans l'intérêt de Dove. Après ce qui s'était passé la veille, elle ne serait pas obligée d'épouser Percivale. Il avait fait en sorte de lui donner sa liberté. Avec un peu de chance, elle n'aurait même pas besoin de se battre pour la réclamer. Et, avec encore plus de chance, il serait à ses côtés pour l'aider.

Nikolaï revenait vers eux, traversant la pelouse d'un pas décidé.

— Le témoin de Percivale demande une dernière fois que tu t'excuses. Si tu le fais, le duel sera annulé.

Demande de pure forme, afin de démontrer que toutes les tentatives avaient été faites.

— Non, répondit Illarion d'une voix nette avant que Stepan pût intervenir. Néanmoins, si Percivale accepte de s'excuser, je serai heureux de renoncer à ce duel. Il y a du papier et de quoi écrire dans le cabriolet pour prendre note de ses rétractations.

Nikolaï s'inclina respectueusement et retourna vers la partie adverse. Là encore, ce n'était qu'une démarche de pure forme. Une minute plus tard, il était de retour. Comme il fallait s'y attendre, Percivale refusait à son tour. L'honneur était chose avec laquelle un gentleman ne transigeait pas.

Illarion serra à tour de rôle les mains de Ruslan et de Stepan. Ils avaient été, ils étaient les meilleurs amis qu'un homme pût avoir. Ils l'avaient soutenu dans ses mésaventures, au prix de leur exil.

Puis, rejoignant Percivale, il le salua poliment avant de lui donner le choix entre les deux pistolets. Percivale procéda à son choix d'une main experte, vérifia qu'une balle était bien introduite dans le chargeur. Quand leurs yeux se rencontrèrent au-dessus du coffret, Illarion vit que le regard du soupirant de Dove était solennel et assuré. Il essaya de déchiffrer ses intentions. Que signifiait ce regard ? Percivale avait-il l'intention de tuer ? De s'arrêter au premier sang ? Ou renoncerait-il à se battre, considérant son honneur satisfait puisqu'ils s'étaient rendus tous deux sur le terrain et s'étaient affrontés ? Mais il y avait quelque chose d'autre dans les yeux pâles de son adversaire. Quelque chose qu'il connaissait bien : le désir de protéger Dove et de venger son honneur.

Percivale déclara d'une voix sourde mais posée :

— J'aurais épousé Dove, même avec le scandale que vous avez su provoquer autour de son nom…

Il « aurait ». Cela en disait long. Ainsi Percivale avait renoncé à ses espérances. Il savait que Dove n'aurait jamais accepté de l'épouser, et que même si lui et les parents de la jeune fille l'avaient contrainte à lui donner son corps, jamais il n'aurait pu posséder son âme.

— … Mais vous ne l'aurez pas davantage, ajouta-t-il d'un ton glacé. Elle est beaucoup trop bien pour vous.

Illarion ne broncha pas. Il éprouvait une certaine sympathie pour le pauvre garçon. Percivale n'était pas tombé amoureux de la bonne personne, voilà tout.

— Lady Dove est beaucoup trop bien pour la plupart d'entre nous, se contenta-t-il de répondre.

Finalement, à défaut d'intelligence, Percivale ne manquait pas de grandeur. Il faisait preuve d'un beau sang-froid, bien qu'il jouât ici dans la cour des grands. Des hommes comme lui ne se trouvaient pas dans la situation de se battre en duel plus d'une fois dans leur vie. Ils manquaient singulièrement d'expérience et n'avaient pour eux que le sens de l'honneur. Ce qui risquait, le plus souvent, de leur être fatal[1].

Nikolaï reprit le coffret et le compte des pas débuta. *Dix-neuf, dix-huit, dix-sept...* Les idées d'Illarion commençaient à s'éclaircir. Percivale mourrait peut-être un jour pour défendre son honneur, mais pas ce jour-là. Rapidement, il mit au point son plan d'action. *Seize, quinze, quatorze...* Tout était question de rapidité. Il se retournerait le premier. C'était impératif pour que Percivale comprenne ce qui se passait. Illarion lèverait le canon de son arme vers le ciel et tirerait en l'air, espérant que son adversaire l'imiterait, son honneur satisfait. *Cinq, quatre, trois...* Dans une poignée de secondes, tout serait réglé. *Deux, un...* Se retourner, armer son pistolet... Le monde parut se figer autour d'eux. Le temps s'était arrêté.

Il voyait maintenant Percivale à l'extrémité du terrain. Il se mit de profil, dans la position classique du duelliste, de manière à représenter la cible la plus étroite possible.

Son pouce appuya sur la gâchette, il leva son pistolet vers le ciel et tira... Trop tôt ou trop tard. Percivale n'eut pas le temps de comprendre ce qui se passait. Grand Dieu ! Il n'avait pas vu que l'arme de son adversaire était levée vers le ciel. Du fait de son inexpérience et de sa lenteur, il s'était retourné trop tard et, le son de la balle se réverbérant dans l'air tranquille du matin, il avait

1. Le duel, en particulier celui qu'on appelle « duel du point d'honneur », a été extrêmement meurtrier en Europe sous l'Ancien Régime. En France, par exemple, entre 1588 et 1608, on a dénombré plus de dix mille gentilshommes tués pour des questions d'honneur. (NdT)

cru que le coup avait été tiré. Et l'avait manqué. Tendu vers son but, novice en la matière, il n'avait plus le temps de se ressaisir. Illarion imagina, comme au ralenti, son pouce sur la détente. Il vit le chemin de la balle dans le canon. Mais il ne bougerait pas. Il respira à fond. Pour la dernière fois ? Il se contraignit à garder les yeux ouverts. À regarder la mort en face. Il entendit le coup de feu... Toutes ses pensées allèrent à Dove, la femme qu'il aimait. Elle serait la dernière image qu'il garderait du monde qu'il allait peut-être quitter. Parce que Percivale avait l'intention de tuer. Illarion le savait.

Il sentit le vent de la balle près de sa tempe. Tout près. Mais pas assez.

Il vivrait.

Il était impensable que le duel fût déjà terminé. Qu'il s'achève de manière aussi absurde. Un instant, Illarion envisageait sa mort immédiate, et la seconde d'après, il regardait vers l'avenir. Il ferma les yeux, se laissant envahir par le sentiment voluptueux d'être toujours vivant. Il savait qu'il ferait bon usage de ce futur qui s'ouvrait de nouveau devant lui. À l'autre bout du champ, Percivale, qui avait laissé tomber son arme sur le sol, le regardait, hébété. Il venait de comprendre ce qui s'était passé[1].

— Je... Je suis désolé... Je n'avais pas vu... Je n'avais pas compris, s'excusait-il dans un flot de paroles incohérentes.

La gravité de l'acte qu'il avait failli commettre lui faisait perdre tous ses moyens. Illarion le vit s'effondrer dans les bras d'Heatherly, les épaules secouées par un sanglot nerveux.

— Il a renoncé, il a tiré en l'air et moi je...

Illarion ne pouvait le rejoindre. Le protocole et l'amour-propre, celui de Percivale, ne le lui permettaient pas. Cela ne ferait qu'aggraver le désarroi du prétendant malheureux de Dove. À Ruslan de gérer cela. Il était bon pour ce genre de choses. Quant à lui, il avait d'autres chats à fouetter. Il se dirigea droit vers le cabriolet, faisant signe à Nikolaï de le suivre. Il comptait aller

1. Selon le code moral du duel, prendre pour cible son adversaire quand celui-ci a tiré en l'air est considéré comme un crime.

rendre visite à Dove aussi vite que la décence le lui permettait. Il fallait qu'il sache comment elle allait.

Illarion attendit jusqu'à dix heures, torturé par l'impatience. S'il n'avait tenu qu'à lui, il se serait précipité chez elle dès six heures du matin et aurait réveillé toute la maisonnée. Mais il y avait déjà eu assez de scandale.

Pourtant, à peine arrivé devant la belle demeure de Mayfair, il regretta d'avoir attendu. Il sentit qu'il se passait quelque chose d'anormal avant même de grimper les marches du perron. Et quand il eut atteint la porte, ses craintes se trouvèrent confirmées. Le heurtoir de cuivre avait été décroché.

Illarion se mit à frapper la porte à coups redoublés. En vain. Il frappa encore et encore. Il devait y avoir quelqu'un. Il fallait qu'il y ait quelqu'un. La veille au soir, la maison était pleine. On ne déménageait pas comme cela, en l'espace d'une nuit, une maison de ville avec tous ses habitants. Il cogna encore, plus fort, cette fois. Puis il se mit à appeler, attirant les regards des passants.

— Ouvrez, bon sang ! Je sais qu'il y a quelqu'un.

Il sentait l'affolement le gagner. Était-il arrivé quelque chose à Dove ?

Nikolaï, qui l'avait rejoint, posa une main sur son épaule.

— Faisons le tour. Il y a certainement une entrée par-derrière.

— Comme des domestiques ? Pour qui nous prend-on ? Nous sommes des princes, nous n'entrons pas par la porte de service.

Il était en colère, maintenant. Sa tête commençait à lui faire mal. Autour de lui, le décor était devenu flou, les bruits de la rue plus confus. Il frappa encore et, cette fois, la porte s'ouvrit. La haute stature d'un valet de pied lui barrait le passage. Impossible d'aller plus loin sans utiliser la force.

— Je viens prendre des nouvelles de Lady Dove.

Le visage du domestique resta impassible.

— Elle n'est pas là. Toute la famille est partie.

Illarion sentait la sueur lui mouiller le front. De nouveau, le monde se mit à tourner. Sa vision était cernée par un halo sombre. Il sentait le temps lui filer entre les doigts. Il lui fallait des réponses, vite.

Prenant le valet par le col de sa livrée, il le secoua sans ménagement.

— Dites-moi où ils sont allés.

À son côté, Nikolaï jouait ostensiblement avec le pommeau de son épée.

— En Cor-cornouailles, sir, bégaya le valet.

— Et Lady Dove ? Comment va-t-elle ?

L'homme hésita et Illarion le secoua plus fort. Son inquiétude se confirmait. Si Dove avait suivi ses parents, c'était qu'elle n'était pas en état de parler.

— Je l'ignore, sir. C'est la vérité, je vous le jure. On l'a mise dans le carrosse en chemise de nuit, enroulée dans une couverture. Tout ce que je sais, c'est qu'il s'est passé quelque chose chez Lord et Lady Hathaway.

Son regard éperdu allait du visage résolu d'Illarion à la lame de l'épée de Nikolaï qui luisait doucement dans la pénombre du hall.

Illarion le relâcha. Ses forces commençaient à l'abandonner et il ne tirerait rien de plus du domestique affolé. Ainsi Dove et ses parents avaient quitté Londres. Il ne lui restait plus qu'à les suivre. Il regagna le cabriolet, titubant, et Nikolaï l'aida à monter.

— En Cornouailles, cria-t-il au cocher.

— As-tu perdu la tête ? s'exclama Nikolaï. La Cornouailles est à quatre jours d'ici !

Il tendit la main et, fouillant dans la chevelure trempée de sueur d'Illarion, il la ramena maculée de sang.

— Toi, mon ami, tu vas rentrer à la maison au plus vite. Tu es blessé.

Illarion se tâta le crâne à son tour.

— Blessé ? Bah ! Une simple égratignure... Je ne me suis rendu compte de rien.

Mais il sentait la morsure de la douleur, maintenant. Lancinante, et de plus en plus forte.

— Ce n'est qu'une... égratignure, répéta-t-il d'une voix lente.

Et il bascula en avant.

Les égratignures étaient souvent plus graves qu'elles n'y

paraissaient. Celle-ci, mis à part la douleur, semblait relativement inoffensive. Mais, après une longue journée d'agitation fiévreuse, et constatant que le sang coulait toujours, Illarion autorisa Stepan à appeler le médecin. Il ne pourrait pas être d'une grande utilité à Dove s'il était incapable de tenir sur un cheval ou même de supporter quatre jours de voyage en voiture. Quant à se faire transporter inconscient... C'était tout bonnement une idée stupide.

— Dans le contexte d'un champ de bataille, j'aurais pu penser qu'une balle vous avait frôlé de près, déclara le médecin après avoir exploré le crâne d'Illarion, non sans douleur pour l'intéressé. Mais comme, à ma connaissance, la Couronne britannique ne mène pas d'action militaire dans la région, peut-être condescendrez-vous, messieurs, à m'expliquer ce qui s'est passé ?

C'était un vieux médecin aux cheveux blancs, vétéran dans son métier et connu pour sa discrétion. Il leur avait été recommandé par un ami cavalier de Nikolaï.

— Peut-être une balle perdue ? suggéra Nikolaï.

Le médecin opina du chef d'un air entendu.

— Vous vous êtes battu en duel, n'est-ce pas, mon garçon ? dit-il à Illarion. Bon, ce n'est qu'une assez vilaine éraflure. Quelques points de suture devraient suffire.

L'impact était néanmoins assez profond dans le crâne d'Illarion pour rendre nécessaire de raser une bande de cheveux au-dessus de sa tempe droite. Stepan versa une bonne dose de son *samogan* maison sur la plaie, en guise d'antiseptique, et, une fois la blessure nettoyée, le médecin rassembla les deux lèvres de la plaie avec des points de suture. Puis il enveloppa la tête d'Illarion d'un énorme bandage blanc. Avant de partir, il précisa clairement, à la demande de Stepan, que le repos complet était obligatoire. La fièvre risquait d'empirer. Aller jusqu'en Cornouailles était évidemment hors de question.

Illarion se montra le pire des patients. Dès qu'il put s'asseoir, il réclama du papier et une plume et, comme on les lui refusait, il exigea de Ruslan qu'il écrive pour lui. Puisqu'il ne pouvait pas être avec Dove physiquement, qu'au moins il y soit par l'esprit. Quand il ne demandait pas haut et fort son courrier, c'était pour ordonner qu'on lui lise tous les journaux de Londres. Il détestait se trouver enfermé dans sa chambre, dans l'impossibilité de se rendre au club pour y glaner des informations, et c'était Stepan qui tenait lieu de gazette.

Ce fut pourtant Ruslan qui apporta les premières nouvelles intéressantes.

— J'ai bavardé avec une servante de Redruth House, commença-t-il à expliquer tout en ôtant quelques livres pour libérer une chaise. Je l'ai suivie jusqu'à l'auberge que tient sa sœur à Cheapside. La maison de ses maîtres est bel et bien fermée... Cela ne va certainement pas te faire plaisir, mon vieux, mais la fille, une charmante petite rouquine, confirme que Dove était bel et bien inconsciente quand ses parents l'ont emmenée.

Il marqua une pause et Illarion attendit. Pour le moment, rien de bien nouveau, songeait-il.

— Elle avait de la fièvre, s'agitait beaucoup, et on lui a administré du laudanum pour la calmer.

Ruslan hésita.

— Quoi encore ? Parle, Ruslan.

Ce dernier soutint son regard.

— Promets-moi de ne rien faire de déraisonnable. Toi-même, tu n'es pas encore guéri.

Illarion bouillait d'impatience. Une minute de plus et il allait étrangler son ami.

— Je promets, gronda-t-il. Alors ?

— Elle te réclamait. Quand on lui a dit que tu ne serais jamais autorisé à la revoir, elle s'est mise à t'appeler. À crier ton nom.

Il était facile d'imaginer la scène. Dove reprenait conscience, se rappelait qu'un duel était sur le point d'avoir lieu et se sentait impuissante à l'arrêter. Et maintenant, pis que cela, elle était à des dizaines de miles de là, dans son pays de Cornouailles, et resterait sans nouvelles tant que la lettre d'Illarion ne serait pas arrivée.

— Il faut que je la rejoigne.

— Nous irons tous, quand tu seras guéri, le rassura Ruslan.

Mais Illarion avait l'impression qu'il ne lui avait pas tout dit.

— Allez, mon vieux. Courage ! Tu lui as envoyé une lettre. Quand elle la verra, elle comprendra que tu as survécu. Si elle veut te voir, elle te le fera savoir.

— Si elle veut me voir ? répéta Illarion, incrédule. Qu'est-ce que tu sous-entends ?

Il avait fait une demande en mariage. Il avait acquis une maison pour les loger tous les deux. Il s'était battu pour elle. Elle-même l'avait appelé dans sa détresse. Et elle ne voudrait pas le voir ?

— C'est que... D'après la servante, la famille a quitté Londres pour laisser le scandale derrière eux. Pour permettre à Lady Dove de prendre un nouveau départ. La situation a peut-être changé. Lady Dove a peut-être fini par comprendre les raisons de ses parents... Tu dois te préparer à cette éventualité, Illarion, conclut Ruslan en posant une main amicale sur son bras.

— Et je suppose que, maintenant, pour couronner le tout, je suis au ban de la société ?

Ruslan rit.

— Même pas. Tu es plus que jamais la coqueluche de ces dames. Un éditeur nous a contactés. Il veut publier tes poèmes. Tout le monde réclame une nouvelle lecture publique de *Snegourotchka*. Toutes les femmes veulent s'habiller de blanc, au point que les tailleurs se plaignent de pénurie d'étoffe de cette couleur. En règle générale, quand il y a un duel, les protagonistes sont souvent plus célèbres après qu'avant. Et c'est Percivale qui porte la faute. Avoir fait feu sur un adversaire qui avait tiré en l'air... À mon avis, son amour propre ne s'en remet pas.

Mais l'animal n'avait certainement pas perdu son prestige aux yeux du père de Dove, songea tristement Illarion. Après tout, Percivale s'était battu pour défendre l'honneur de sa fille.

— Je doute que Redruth soit ravi d'apprendre cela, soupira-t-il en se laissant retomber sur ses oreillers.

Ruslan répliqua avec un sourire :

— Là, je peux t'aider.

— Comme tu m'as aidé avec la maison ? Mais tu n'arrêtes pas, mon ami ! Moi qui me demande toujours à quoi tu consacres tes journées !

Déjà au Kouban, Ruslan, connu pour sa nonchalance de jeune

prince bien nanti, menait une vie secrète, dans les arcanes de la société.

— Tu te souviens que je me demandais comment Redruth avait rencontré sa femme ?

Illarion opina du chef.

— L'autre soir, au club, je me suis trouvé assis à côté d'un vieil ami à lui. Eh bien ! Incroyable mais vrai... Entre Redruth et sa femme, ce fut une véritable histoire d'amour. Le père de notre duchesse ne voyait pas d'un très bon œil le jeune Redruth tourner autour de sa fille. À l'époque, notre lord actuel n'avait pas encore hérité de son titre et menait une vie de joyeux drille. Mais il aimait passionnément la belle Olivia Huntington. Décidant alors de mener une vie rangée, il se mit à travailler dur pour montrer de quoi il était capable.

Ruslan se laissa aller contre le dossier de son fauteuil avec un sourire satisfait.

— La morale de cette histoire, conclut-il, est que c'est l'amour qui l'a emporté.

L'amour et l'esprit d'entreprise, rectifia Illarion pour lui-même. S'il pouvait montrer à son tour à Lord Redruth ce dont il était capable...

— Et ma maison de campagne en Cornouailles ? s'enquit-il. L'as-tu trouvée ?

Ruslan plongea la main dans la poche intérieure de sa redingote et en retira un document qu'il posa sur la courtepointe, à portée de main d'Illarion.

— J'ai bien cru que tu ne me le demanderais jamais... Non seulement un manoir, mais tout un domaine. Un prince doit avoir des terres, n'est-ce pas ?

Ouvrant le dossier, Illarion l'étudia rapidement. Il s'agissait d'un acte de propriété. Que feraient-ils, Ruslan et lui, d'une propriété si proche de Redruth Hall si sa demande en mariage était une nouvelle fois rejetée ?

— Tu l'as acheté ? Je te remercie pour ta confiance. Mais c'est peut-être un peu prématuré, étant donné les circonstances ?

Ruslan haussa nonchalamment les épaules.

— Je ne crois pas. Tu es l'homme le plus persuasif que je connaisse. En règle générale, quand tu veux, tu peux.

— Merci. Sincèrement. Londres nous considère-t-il toujours comme des princes ? demanda-t-il encore, faisant référence aux rumeurs que Percivale et sa clique faisaient courir sur leur compte.

— Oui. Et là, pour le coup, c'est le beau-père de Nikolaï que tu peux remercier. Avoir des amis dans le milieu diplomatique, cela peut aider. Il a assuré à deux ou trois personnes dont il connaissait le réseau dans les meilleures maisons de la capitale que nous n'avions ni les uns ni les autres été désavoués par notre tsar. Et encore moins déchus de nos titres et de nos biens. Simplement exilés pour un temps indéterminé.

Bien qu'eux-mêmes aient tout fait pour renoncer à leur titre, le Kouban les reconnaissait toujours pour ce qu'ils étaient, contrairement à Dimitri Petrovitch[1]. Qu'ils le veuillent ou non, ils gardaient un lien avec leur patrie. Illarion souffrait moins en pensant au Kouban, ces derniers temps. Son pays lui manquerait toujours. Mais pour l'heure, tout ce qu'il désirait, tout ce à quoi il tenait, était en Angleterre. Et plus précisément en Cornouailles.

Il se rendrait là-bas dès qu'il serait en état de le faire.

Mais son corps le trahit. Le médecin s'inquiétait d'un début d'infection qui provoquait une fièvre assez forte et il dut ronger son frein toute une semaine, puis deux, envoyant lettre sur lettre pour expliquer son retard et s'étonnant de ne pas avoir de réponse.

Au bout de la troisième semaine, quand, enfin, le médecin l'autorisa à entreprendre son voyage, Illarion n'avait toujours pas de nouvelles de Dove. Le doute et l'inquiétude prirent la place de l'espérance. Ne lui répondait-elle pas parce qu'elle ne le pouvait pas ou parce qu'elle ne le voulait pas ? Avait-elle, comme le suggérait Ruslan, décidé de remiser Londres aux oubliettes et lui avec ?

Toujours est-il que, à l'instant même où le praticien eut retiré

1. Voir le premier roman de la série : *L'Amante russe*.

son bandage, il jeta quelques effets dans les fontes de sa selle et sauta à cheval. Le cabriolet ne pourrait pas aller jusque là-bas et un carrosse de louage, ou même la diligence, ne ferait que le ralentir. Or il devait aller bon train. Il avait déjà perdu trois semaines.

22

Avec son architecture gothique, ses tours et ses créneaux, Redruth Hall était particulièrement impressionnant. Le bâtiment ressemblait plus à un château qu'à l'un de ces vieux manoirs qui parsemaient la Cornouailles. Mais Illarion comprenait pourquoi Dove y était attachée. Le parc, avec ses rhododendrons et ses camélias en fleurs, était magnifique. C'est là qu'il la trouverait, il en était sûr. Probablement en train de dessiner.

Et en effet, elle était là, dans la roseraie, sa tête blonde penchée sur son carnet de croquis. Illarion prit le temps de s'emplir les yeux de sa vue avant de s'annoncer.

J'étais certain de vous trouver là, dit-il enfin depuis la grille qui délimitait le jardin de roses.

Le visage de la jeune fille s'éclaira en le reconnaissant comme le ciel au lever du soleil.

Mais ce n'était pas l'expression de surprise heureuse à laquelle Illarion s'attendait et il comprit que quelque chose n'allait pas. Dove paraissait à la fois incrédule et effrayée.

Son carnet glissa sur le sol et elle se précipita vers lui.

— Illarion ! Vous êtes vivant !

Elle lui prit le visage entre les mains, le parcourant d'un regard avide tandis que des larmes jaillissaient de ses yeux. Elle se mit à rire et à pleurer en même temps.

— Oh ! Mon Dieu, vous êtes vivant, répétait-elle.

Elle ne le savait donc pas ? On ne le lui avait pas dit ! Il avait été retenu tout ce temps à Londres malgré lui et personne ne l'en avait prévenue. Comment était-ce possible ? Impulsivement, il l'attira dans ses bras et la serra contre lui.

— Mais oui, je suis vivant, ma chérie. N'avez-vous pas reçu mes lettres ?

Dove fronça les sourcils.

— Non. Aucune.

Son regard s'arrêta sur la cicatrice qu'Illarion avait au-dessus de la tempe. Elle la caressa d'un doigt hésitant.

— Vous avez été blessé ? À cause du duel ?

— C'est pour cela que je ne suis pas venu tout de suite ici. Je me suis présenté chez vous, à Londres, dès le lendemain matin. Mais vous étiez déjà partie. Je me suis mis en route dès que j'ai été capable de tenir sur un cheval. Je vous ai écrit tous les jours.

Dans les yeux de Dove, la peur était revenue.

— Mon père sait-il que vous êtes ici ? Vous a-t-il vu ?

Ainsi c'était la raison de son angoisse. Lord Redruth gardait sa fille sous haute surveillance.

— Non. Je suis venu tout droit dans le jardin.

C'était à son tour maintenant de se sentir nerveux. À présent qu'ils s'étaient retrouvés, il avait une tâche à accomplir.

— Comme vous ne me répondiez pas, je me suis inquiété. Êtes-vous en sécurité ici ? On m'a rapporté des détails déplaisants sur les circonstances de votre départ de Londres.

Le sourire de Dove s'effaça.

— J'allais mieux... Je vais mieux. Mais, malheureusement, mon père s'est remis en campagne pour me trouver un mari. Et si je ne me laisse pas faire, les conséquences seront terribles.

Elle jeta un autre regard anxieux en direction du château et attira Illarion plus loin dans la roseraie. Peu à peu, toute l'épreuve qu'elle venait de traverser sortit de sa bouche, avec tous ses détails sordides. Le laudanum, les menaces, le prix à payer pour sa liberté provisoire, le nouveau projet de mariage...

— Cette fois, pour moi, la seule solution, c'est la fuite, conclut-elle. Mais si je suis reprise...

Illarion lui tendit une enveloppe.

— J'avais confié ce document à Ruslan le jour du duel. Ouvrez-le.

Dove sortit la feuille de papier de l'enveloppe et la déplia.

— Vous… Vous me donniez votre maison ? s'exclama-t-elle, les yeux ronds.

— Afin que vous ayez un endroit où vous réfugier. Mais maintenant, je suis là. Et puisque j'ai survécu, je préférerais vous donner la protection de mon nom. Si vous voulez toujours de moi ?

Si elle voulait toujours de lui ? Dove ne s'était pas encore remise de la merveilleuse surprise de le découvrir en vie et, déjà, Illarion la demandait de nouveau en mariage ! Avec sa générosité habituelle, il lui offrait une seconde chance alors qu'elle avait été assez stupide pour ne pas saisir au vol la première. Jamais elle n'aurait dû le quitter le soir où il l'avait fait venir à Portland Square.

Se hissant sur la pointe des pieds, elle lui baisa doucement les lèvres.

— Avec joie, Illarion Kutejnikov. Et je pars avec vous, immédiatement. Pas parce que vous m'avez offert de me sortir de ce piège, pas parce que vous m'avez offert une maison. Mais parce que je vous aime.

Les yeux d'Illarion étincelèrent. Il se pencha sur elle et murmura, bouche contre bouche :

— Pourquoi m'aimez-vous, ma douce ? Je suis un homme sans patrie, avec un titre qui ne vaut rien aux yeux de beaucoup des vôtres.

— Parce que vous m'aimez, vous aussi. Moi. Pas ma dot. Parce que, avec vous, je me sens merveilleusement vivante. J'étais morte ces dernières semaines, Illarion. Et plus jamais je ne veux éprouver cette sensation-là.

— Dans ce cas, allons parler avec votre père.

Dove le dévisagea, saisie.

— Mon Dieu, non ! À quoi bon ? Il y a une grille au fond du parc. Nous n'avons qu'à passer par là.

La main d'Illarion se referma sur la sienne.

— Un prince du Kouban ne prend jamais la fuite. Une princesse non plus. Nous allons voir votre père et lui exposer notre point de vue. À lui de décider s'il veut partager notre bonheur.

Il ajouta avec un clin d'œil :

— Mais croyez-moi. Il paraît que je sais me montrer très persuasif.

— Avec les femmes...

— Avec tout le monde.

Jamais Dove n'oublierait ce moment. Ils entrèrent main dans la main dans le bureau qui était devenu ces derniers jours l'endroit qu'elle redoutait le plus au monde. C'était là que Lord Redruth l'avait sermonnée à leur arrivée de Londres, là qu'il l'avait menacée du mariage ou de l'asile. Elle vit son père, stupéfait, prendre lentement conscience de la présence d'Illarion, le détailler des pieds à la tête tandis que celui-ci, sous le feu de son regard, se tenait tête haute, épaules droites, le regard assuré.

— Que faites-vous là ? interrogea le maître de maison, son indignation et sa fureur quasi palpables.

Illarion ne se laissa pas démonter.

— Votre fille et moi venons vous demander de nous donner votre bénédiction pour notre mariage, Votre Grâce.

Lord Redruth se leva à demi derrière son gigantesque bureau, s'appuyant de tout son poids sur la surface polie du meuble.

— Je croyais vous avoir dit que votre demande n'était pas la bienvenue, jeune homme. C'était le cas à Londres, c'est toujours le cas en Cornouailles.

Illarion opina du chef.

— J'avais bien entendu. De fait, nous ne venons pas vous demander votre consentement. Simplement votre bénédiction. J'espère m'être bien fait comprendre.

Dove sentait une présence dans son dos, et se rendit compte que sa mère était entrée silencieusement. Illarion lâcha sa main et s'avança vers le bureau. Dove fit un pas pour le rejoindre mais les mains de sa mère se posèrent doucement sur ses épaules.

— Laissons les hommes régler cette affaire entre eux, ma chérie, chuchota-t-elle, surprenant Dove par son ton conciliant. Allons les attendre au salon.

La duchesse avait toujours eu un faible pour le prince, Dove se le rappelait maintenant. Mais elle secoua la tête. Plus question de quitter Illarion. Pas tant que tout ne serait pas réglé. C'était de son avenir qu'il s'agissait et elle avait bien l'intention de prendre part à la discussion. La voix d'Illarion résonnait dans la pièce.

— Dove et moi allons nous marier, quel que soit votre avis sur la question, milord. Nous allons nous marier parce que nous nous aimons. Cela ne vous rappelle-t-il pas quelque chose ?

L'attention de Dove s'aiguisa. À quoi Illarion faisait-il allusion ?

— Dans le monde actuel, l'amour ne suffit pas, rétorqua son père. Ce n'est pas l'amour qui vous fera inviter dans les meilleurs cercles, ce n'est pas grâce à lui que vous obtiendrez les meilleurs appuis pour aider vos enfants à réussir dans la vie. Nous n'avons pas élevé Dove pour qu'elle fasse un mariage d'amour. Ce genre de sentiment ne dure pas. L'amour, acheva-t-il avec une grimace de mépris, c'est pour les poètes.

— L'amour appartient à tous ceux qui sont assez courageux pour y croire, protesta Illarion, ignorant délibérément la pointe. Ce qui était bon pour vous ne le serait pas pour votre fille ? N'avez-vous pas affronté le père de Lady Olivia pour défendre la même cause que la mienne ?

Dove ne put retenir un sursaut. Elle glissa un regard vers sa mère. Elle n'avait jamais entendu parler de cette histoire. Elle avait toujours pensé que le mariage de ses parents était l'association parfaite d'une affection mutuelle et de la raison. Pourtant, ce qu'affirmait Illarion était vrai. Elle put le voir sur le visage de son père.

— C'était différent, répliqua le duc, rouge jusqu'au front. J'avais les moyens d'entretenir une épouse et nos enfants. Olivia et moi savions ce que nous faisions.

Illarion hocha la tête.

— Et nous, pourquoi ne le saurions-nous pas, nous aussi ? Quant aux moyens d'entretenir une épouse et les enfants que j'aurai avec elle...

Il extirpa de sa redingote une grosse enveloppe dont il étala le contenu sur le bureau.

— Voici l'acte de propriété de ma maison de ville, à Portland Square. Et là, celui d'un domaine que je viens d'acquérir non loin d'ici. Voici également les documents bancaires attestant de mes revenus. Et enfin, la liste de mes investissements, authentifiée par ma banque. Vous pourrez vérifier que j'ai largement les moyens de subvenir aux besoins de ma famille. Pas plus que vous, je n'ai envie de voir Dove manquer de quoi que ce soit.

S'interrompant, il prit de nouveau la main de Dove et conclut :

— Cela dit, il ne me déplairait pas que vous fassiez appel à vos souvenirs. Il y a certainement eu un temps où vous pensiez que, pour rendre une femme heureuse, l'amour était plus important que les bijoux, l'or et les belles demeures.

Dove vit le regard attendri de Lord Redruth se poser sur sa mère. Il pensait évidemment aux quatre petites croix qui s'alignaient dans le cimetière familial, aux quatre petits garçons qui n'avaient pas eu la chance de pouvoir grandir. La perspective de pouvoir devenir duc, de vivre dans les hautes sphères du royaume d'Angleterre, ne les avait pas sauvés. Le pouvoir du duc, sa richesse, n'avait pas empêché non plus qu'un jour, l'été venu, sa mère avait failli mourir de la fièvre typhoïde. Dove se rappelait avoir vu son père passer des journées et des nuits entières au chevet de sa femme. C'est la seule fois où elle l'avait vu pleurer. Alors oui, elle pouvait en témoigner, il y avait eu un temps où, pour ses parents, l'amour avait été plus fort que tout le reste.

Que s'était-il passé ensuite, pour que le duc ait tout oublié ? Pour qu'il soit devenu cet homme dur et intransigeant ?

— Olivia ? appela tendrement Lord Redruth.

Soudain, il paraissait se demander lui aussi ce qu'était devenu le jeune homme amoureux qu'il avait été jadis. Comment il avait pu devenir cet homme mûr, brisé par les deuils, écrasé par la charge de son titre et les tracas de la vie quotidienne.

Lady Olivia rejoignit son mari et leurs mains s'enlacèrent.

— Le prince a raison, Georges. Nous devons bénir le mariage de ces enfants. Ils ont le droit d'être heureux. Et puis, ils habiteront tout près d'ici et nous pourrons voir nos petits-enfants.

Le duc, les sourcils froncés, se tourna vers sa fille.

— Est-ce vraiment ce que tu veux, Dove ?

À cette question, Dove faillit éclater en sanglots. Il y avait si longtemps qu'elle espérait entendre ces mots.

— Oui, père. C'est ce que je veux.

Il lui ouvrit grand les bras.

— Peux-tu me pardonner, ma chérie ?

Elle s'approcha et il la serra contre lui, comme lorsqu'elle était petite.

— Je t'aime, ma fille. Je ne veux que ton bonheur.

— Moi aussi, je vous aime, père. Et mon bonheur, c'est Illarion.

Se tournant vers sa mère, Dove ajouta :

— Vous aviez raison, maman. Ce que j'éprouve quand je suis avec lui, c'est exactement ce que vous m'avez énoncé.

Sa mère lui déposa un baiser sur le front.

Alors le duc frappa des mains, faisant sursauter tout le monde.

— Et maintenant, champagne ! Ce n'est pas tous les jours qu'un homme marie sa fille à un prince.

— Vous aviez raison, mon amour, chuchota Dove à Illarion tandis qu'un valet remplissait leurs coupes. Vous êtes réellement très persuasif.

Illarion lui picora la joue d'un baiser.

— Pas moi, ma douce. Ma poésie. L'histoire de *Snegourotchka* en particulier. L'amour a toujours été le meilleur des arguments.

Épilogue

Illarion Kutejnikov épousa sa princesse en Cornouailles par un bel après-midi d'été. C'était le jour le plus long de l'année, au solstice d'été, et cette date n'avait pas été choisie par hasard.

— D'abord, parce que c'est jour de fête dans nos deux patries. Et parce que je veux que le plus beau jour de notre vie dure le plus longtemps possible, avait déclaré Illarion à sa rougissante fiancée.

La cérémonie eut lieu dans la petite chapelle de granit du domaine des Redruth qui, depuis des siècles, avait vu s'y dérouler maintes cérémonies de mariage, de baptême et de deuil. Il y avait autant de Russes que d'Anglais parmi le groupe d'invités soigneusement choisis par les deux familles.

Illarion dirigea son regard vers la rangée où étaient installés Stepan, Ruslan, l'épouse de Nikolaï, Klara, et le père de celle-ci, Alexeï Grigorieva. Derrière eux se trouvaient Dimitri Petrovitch, son épouse Evie, de nationalité anglaise, et leur adorable bébé âgé de deux mois, Alexander.

Quant à Nikolaï, son témoin, il se tenait à côté de lui, et tous deux tournèrent la tête dans un même geste vers la porte de la chapelle qui s'ouvrait solennellement pour livrer passage à une Dove radieuse.

Le son pur d'un violon s'éleva dans l'atmosphère recueillie tandis que la jeune fille avançait dans l'allée centrale au bras du duc. Vêtue de la robe de mariée de sa mère, les perles de sa grand-mère autour du cou, quelques simples fleurs de myosotis piquées dans les cheveux, Dove ressemblait à une fée sortie de la forêt. Dans la rangée anglaise, Illarion vit la marraine de la jeune fille essuyer une larme. La rumeur qui atteindrait bientôt Londres serait conforme à ce qui devait être dit.

Il imaginait déjà la teneur de la chronique mondaine des meilleures gazettes :

> *Le public appartenait au meilleur monde. La mariée était superbe, vêtue comme il convenait à son rang de vieilles dentelles et de bijoux de famille, avec une pointe d'audace dans les délicieuses ballerines de soie bleue rebrodée d'or qu'on entr'apercevait à chacun de ses pas. Toutes les traditions ont été respectées, y compris la lecture des bans.*

Illarion avait dû patienter quatre semaines pour cela, mais il y tenait. Tout le monde devait savoir que son mariage s'était fait avec l'accord de ses beaux-parents et de leur famille.

Prenant la main de Dove, que le père de la jeune fille lui présentait, il la porta à ses lèvres et murmura :

— Vous êtes très belle, Snegourotchka.

Elle lui sourit, ses yeux d'argent brillant de larmes de joie.

— Merci, Illarion. Maintenant, nous connaissons la fin du poème.

— Oui… Notre petite fée de glace bondit dans l'éternité. Elle aussi a rencontré l'amour, comme les autres jeunes filles.

— C'est lui qui l'a rendue immortelle. Du moins, c'est ce que je crois.

Elle lui pressa la main et il se sentit comblé. Tout le monde devrait pouvoir se marier par amour, songea-t-il tandis que le pasteur entamait l'office religieux.

Il ne s'agissait pas d'un service orthodoxe, comme quelques mois plus tôt pour le mariage de Nikolaï. Il n'y aurait ni couronnes posées sur les têtes des mariés par le témoin, ni déambulation du cortège autour de l'autel supportant l'Évangile et la Croix. L'officiant ne prononcerait pas les formules rituelles auxquelles Illarion était habitué. Mais il y aurait l'amour, le même sous tous les cieux, et qui tenait lieu de tout.

Glissant l'anneau de mariage de sa mère autour du doigt

tremblant de Dove, Illarion prononça les mots du rituel protestant. Maintenant, elle était sienne à la face de Dieu et du monde.

Il ne doutait pas que Lady Burton s'attribuerait les mérites de ce bonheur tout neuf. Elle disait déjà à qui voulait l'entendre que c'était elle, dans ses propres salons, qui avait présenté le marié à sa filleule au cours du bal donné pour les *débuts* de la jeune fille à Londres. Que cela avait été entre eux un véritable coup de foudre. Illarion sourit. L'histoire n'avait pas été aussi simple, mais qu'importe ! Cette version était tellement romantique ! La bonne société serait ravie de l'entendre. Du reste, il avait composé un poème de circonstance dont il ferait la lecture plus tard, lors des festivités qui suivraient la cérémonie.

— Vous pouvez embrasser la mariée.

Avait-on jamais entendu mots plus doux dans une église ? Illarion prit la bouche de son épouse dans un baiser qui lui en promettait beaucoup d'autres, pour leur vie durant.

Le soir

Si les noces avaient été célébrées devant un public relativement restreint, la soirée qui s'ensuivit fut la plus grande fête que le domaine ait connue depuis longtemps. Les portes de la vieille demeure étaient grandes ouvertes et le village entier avait été invité, ainsi que les notables des environs. De longues tables sur tréteaux avaient été installées sur la pelouse devant la maison, ainsi qu'un parquet de danse où se tenaient déjà les joueurs de fifre et de violon. Le duc, répétant à l'envi que peu de gentilshommes anglais avaient l'occasion de célébrer le mariage de leur fille avec un prince devant trois autres princes, avait fait éventrer maintes barriques de vin et de bière, et les broches tournaient depuis la veille dans les hautes cheminées des cuisines du château.

Illarion était satisfait. Ce mariage correspondait à ses convictions. Personne ne pouvait insinuer que cette union était forcée, de quelque manière que ce soit. D'ici quelques années, quand ils auraient pris leur place dans le tourbillon mondain de Londres, Dove et lui pourraient apprécier que cet exemple ait pu contribuer à faire disparaître peu à peu ces pratiques d'un autre temps. Mais pour l'heure, il était bien décidé à profiter de cette belle journée avec sa jeune épousée.

Glissant la main de Dove sous son bras, il la conduisit à la place d'honneur sous le dais et prit place à côté d'elle.

— Ce fut une belle journée, murmura-t-elle en se penchant vers lui.

— Et la nuit sera encore meilleure, lui promit-il en effleurant ses lèvres d'un baiser.

Mais la nuit était encore loin. Il y aurait d'abord, avant qu'il ait Dove pour lui tout seul, des quantités de nourriture et de boisson à faire disparaître, des danses autour du feu et des chants qu'entonneraient les bonnes gens du pays. Auxquels répondraient sans nul doute du côté russe les chansons traditionnelles de leur patrie. Qu'importe ! se dit Illarion. Il avait envie de prendre son temps. Sa vie ne faisait vraiment que commencer. Le lendemain, Dove et lui partiraient pour une lune de miel d'une année qui les emmènerait en voyage autour de l'Europe, avec un long séjour à Florence pour que Dove y perfectionne son art. Ensuite, ils pourraient continuer à voyager. Il y avait tant de choses et de pays à découvrir, et tant de gens à rencontrer. Il y avait la Chine et la Turquie, tout l'Orient, et ils avaient une maison entière à meubler avec ce qu'ils rapporteraient de leurs aventures.

— Regardez ! s'exclama Dove en indiquant du menton le parquet de danse.

Illarion, incrédule et content, vit que la duchesse et le duc, qui avaient rejoint une ligne de *Roger de Coverley*[1], riaient, chantaient et sautaient avec les autres danseurs. Se blottissant contre lui, Dove ajouta :

— Le bonheur est partout, ce soir. Voilà ce que vous faites aux gens, mon amour. Vous les inspirez. Et vous les rendez heureux.

1. Danse populaire ancienne d'origine écossaise qui évoque la déambulation du renard en train de chasser.

— C’est vous, ma douce, qui êtes mon inspiratrice. Et c’est grâce à vous que je suis heureux.

Illarion déposa un baiser sur le front de sa jeune épouse. Puis, levant les yeux, il sourit aux étoiles.

Vous avez aimé ces romans ?
Retrouvez les « Princes des steppes » dès le mois de mai
dans votre collection Sagas !